世界一级基建狂魔

THE GREATEST DESIGNER

【上册】

言朝暮◎著

羊城晚报出版社
·广州·

目录

第一章　青年律风　　| 001

第二章　越江船工　　| 015

第三章　应聘国院　　| 028

第四章　公开面试　　| 040

第五章　一年为期　　| 054

第六章　实地勘察　　| 072

第七章　我会等你　　| 088

第八章　盘山建桥　　| 103

第九章　可研报告　　| 118

第十章　重返伦敦　　| 132

第十一章　桥梁盛会　| 150

第十二章	火箭筑桥	166
第十三章	桥体合龙	182
第十四章	春节团聚	196
第十五章	我的祖国	210
第十六章	桥梁协会	225
第十七章	虚假数据	238
第十八章	跨海大桥	248
第十九章	惊艳全场	259
第二十章	颁奖典礼	271
第二十一章	钢铁巨龙	282

第 一 章
CHAPTER 01
青年律风

今澄市一到五六月，就开始潮湿闷热。

律风坐在轻晃的小船上望了望天，有些阴霾，似乎是要下雨。

在这阴沉的天气里，越江湍急地翻腾着，流水随着船夫控制的马达搅动出一滩白浪。

船身猛然一摆，律风笔尖一滑，歪了。

略微歪斜的黑色短线打破了素描画原有的平衡，船体越加摇晃，他皱眉停笔，盯着越江出神。

熟悉的青石崖岸口近在眼前，再等上一个月，这里就会搭起蓝色塑板房，竖起施工用的安全警示牌。再过半年，一座由他设计的桥梁，就能够跨越江面，贯通两岸，将孤零零的村落与现代化都市连接起来，彻底解决越江区的交通问题，进而改善整片区域老旧落后的面貌。

想到这里，律风心情轻松许多，他重新下笔，随心所欲地延展那条歪斜的黑色短线。

几笔过去，白纸上出现一座座连片的仿古式楼栋，正如开发商腾龙集团许诺的那样取代了越江区现有的破败矮楼。

他笔下描绘着未来越江区楼栋的景象，忽然手机振动起来，屏幕上跳出林一齐的名字。

这人是律风所在的全心建筑设计公司的小老板，也是他的老同学。

电话终于接通，林一齐急得要死："风哥你在哪儿？我马上来接你！"

"我在越江。"律风瞥了一眼速写本上尚未画完的房屋，"有事快说，没事我挂了。"

"别挂别挂，大事！"林一齐几近尖叫，他完全了解律风的脾气，"腾龙集团这次的研讨会，你一定要参加！"

沉闷的江面上吹过一丝江风，律风抬手拂过额发，烦躁回道："你们不是说这次的腾龙集团得罪不起，怕我一时冲动又怼了甲方，所以叫我别去吗？陈老师是经验丰富的老师傅，比我更靠谱……"

"哥！这话可不是我说的！"林一齐要哭了，如果他在律风面前非得当场跪下不可。"

"陈工跟我说这次甲方那边空降了一个新总监,人家非说越江桥的设计有问题,他实在是没法说服对方,最后他们请来的英国专家说,要见见真正的设计师!"

律风听林一齐在手机那端嗷嗷哭诉,眉头紧蹙。

"英国专家?"他合上速写本,"到青石崖岸口接我。"

越江区整一片被划给腾龙集团作为今澄市的旅游开发用地,按照城市规划进程,再过五到十年,越江区会成为今澄市的新经济中心。

一条越江划过这片新经济中心的腹地,腾龙集团以七千万的项目预算,公开招标"越江桥"的设计方案。

可惜的是,七千万的预算对于一座桥梁来说太少了。大部分公司给出的设计框死在七千万的限制里,变得平平无奇。

唯独律风的上承式拱桥设计脱颖而出,一举中标,就等后续跟进研讨方案。

然而,空降的孟总监显然对这个设计极为不满。

律风上了车,耳边的"林牌BB机"就没停过。

"我打听过了,那个孟晓飞是英国海归,学的金融经济,根本就不懂建筑!

"他一个外行居然敢在研讨会上指手画脚,腾龙集团的工程师怎么都没跳起来抽他?

"还有,他们请的英国专家是斯蒂芬·莱恩特!靠,莱恩特这种大佬都看不出风哥的设计多优秀?我怀疑他们请了一个假的。"

林一齐各种控诉,身边的人却沉默地翻看设计图。

他急了:"风哥,你倒是说句话啊!"

"你好吵。"律风配合地回应,视线仍专注于手上那张越江桥的设计图纸。纸面上的图样规整,毫无差错。上承式拱桥的弧度,在纸上流畅漂亮地呈现,旁边列明了这样设计省时、省力、省耗料的优点。

这样的设计是越江桥在七千万预算内的最优解。如果现在把他们踢出局,腾龙集团绝对找不出比这个更好的设计方案,除非预算破亿。

接下来的路程中,林一齐开着车狂飙,车厢内沉默安静,连车载音乐都没开,唯恐打扰了律风深思。虽然不敢多说话,但是林一齐的脸上写满了"怎么办怎么办怎么办"。

每停一个红灯,林一齐都会眼神忧虑地看过来,烦死律风了。终于,他夹着笔敲了敲设计图:"先听听他们怎么说。"

腾龙集团是全国数一数二的建设开发公司,哪怕只是在今澄市的一间分公司,驻地大楼也显得气势恢宏。

会议室里已经坐满了十几人,当律风到达会场的时候,里面正在聊着关于桥梁的话题。一位年轻人激动地说着英语,高亢的声音回荡在整个会议室,充满了表现欲。

"这个我知道!悬索桥的最佳代表就是英国的曼斯洛顿桥。你们如果有机会去英国,一定要看看曼斯洛顿桥的风光,这座一百多岁的伟大建筑至今仍然屹立不倒,简直是人类建筑文明史的奇迹和里程碑,更是桥梁史上的骄傲!我们搞建筑的应该好好学习英国先进的建筑技术!"

律风听到这句话,差点怀疑自己听错了。

他在英国留学的时候,不知道听过多少类似的话。那些向往英国的家伙,吹捧英国骑士精神、赞美英国是绅士之邦时的骄傲语气,绝不输给现场这人。

对方炫耀英国桥梁的表情,好像英国一跃成了世界文明古国,全世界的著名桥梁都印上了"Made in UK"的标签。然而,他说的曼斯洛顿桥……

没等律风发出疑问,代替他来现场的设计师陈安急切地过来,悄声同他交换情报。

陈安指了指正在高谈阔论的年轻人:"就是那个富二代,孟晓飞,英国留学回来的,狗眼看人低。"

啊,果然。律风一点儿也不惊讶对方是海归,但是陈安说话时的咬牙切齿令他难以置信。连平常心态平和的陈老师都发出了这样的点评,足够说明这位侃侃而谈的孟总监多么招人嫌。

然而,招人嫌的孟总监还在夸夸其谈。

"当我站在曼斯洛顿桥头,能够切身感受到河流的冰冷和建筑的温暖,英国的桥梁带着深厚的历史内涵,跟我们身边的钢筋水泥桥完全不一样,可能这就是世界第一悬索桥的魅力——"

他面带骄傲和赞颂,正要深入发表自己的感慨,就被一道清晰优雅的声音打断了。

"确实如此。"

孟晓飞神情一顿,寻声望去,只见一位陌生俊朗的青年穿着短袖衬衫,神情悠闲得与周围西装革履的参会人员格格不入,他步伐沉稳,微笑着走了过来。

"曼斯洛顿桥作为英国优秀的悬索桥,足以载入史册。一八二六年,它飞架维卢河两岸，以独特的建设方式和实用性，成为当时悬索桥的标杆，更被誉为'时代的新奇迹'。"

孟晓飞心里对这位识相的青年大加赞许——果然有和他一样懂英国奇迹的人存在！

然而，律风话锋一转，微微偏头，苦恼地补充道："如果——它没有在建成五年后坍塌的话，一定会像你所说的那样成为英国的骄傲吧。"

"塌了？"竖起耳朵听孟晓飞吹水的参会人员摸了摸下巴。

"怎么塌的啊？"低调的工程师也对这样的话题感兴趣。

"不是一座百年大桥吗？"存有疑虑的人提出问题，"我记得它之前还搞了个多少年的周年庆？"

嘈杂的会议室里，孟晓飞的背都僵硬了。

"塌了？怎么可能！"他难得地失去了引以为豪的英式从容，"我亲自去过曼斯洛顿桥，它宏伟的身躯横跨河流两岸，我绝对没有记错！"他说完，立刻转头看向身边的英国专家，"莱恩特先生，你说对吧！"

被孟晓飞求助的英国桥梁专家斯蒂芬·莱恩特忽然一愣。

"嗯？"他从律风身上收回视线，努力理解着孟晓飞的话。

事实上，他对这种外行人讲述旅游经历一般的话题并不感兴趣，也没怎么认真听孟晓飞的吹捧。

"曼斯洛顿桥……曼斯洛顿……"这位英国中年绅士努力搜寻记忆，"啊，它确实倒塌了。"

孟晓飞闻言眼神诧异："怎么会？我在英国留学的时候，明明亲自去过！"

倒塌桥梁却仍旧健在的未解之谜，令莱恩特也格外困惑。

"唔，也许你去的是曼里夫顿桥，或者是马奇洛顿桥？"莱恩特歉意地摊手，无奈又真诚地解释，"不过，曼斯洛顿桥确实坍塌了，因为小小的螺栓弯曲……那真是一个不幸的悲剧，我们应该像你一样，永远铭记它。"

莱恩特完美地给了孟晓飞一个台阶，却止不住参会者的偷笑。

"哦，原来孟晓飞刚才吹的是这个。"

"倒了的桥还吹得这么真，真是稀奇。"

"原来我记得的什么周年庆是别的桥啊，哈哈。"

孟晓飞浑身写满尴尬，脸上的面子几乎要挂不住。

然而律风浑然不觉，径直走上讲台，轻点鼠标，撤下了陈安解说时使用的PPT，准备换上他带来的资料。

孟晓飞皱眉，上下打量律风："你是谁？"

这话问得不客气，站在旁边的林一齐眉毛一横，大声回答："律风，我们全心建筑设计公司的设计师，也是越江桥的设计师！"

他气势惊人，语气笃定，孟晓飞却不信。这人年龄不超过二十五岁，穿着短袖、牛仔裤，哪里是能够设计一座桥梁的样子？

孟晓飞轻蔑地嗤笑道："你们全心建筑的设计师……态度都这么敷衍？"

"嗯？"站在台上的律风手握鼠标，眼神里写满了困惑，听多了别人嫌他年轻，还第一次听别人说他敷衍。

一声轻哼，听得孟晓飞后背发毛。台上的年轻设计师眼睛漆黑深沉，光泽之中透出的平静带着孟晓飞从未感受过的冷漠。

他梗着脖子沉着脸继续呵斥道："参加重要的研讨会却穿得这么随便，怎么让人相信你？在英国重要的会议上，所有人都会穿上正式西装，打好领带出席，以示尊重！"

孟晓飞的话引得会议室一阵低声骚动。不少在场人员尴尬地理了理自己的夹克衫、运动服，跟邻座的人交换眼色。

"孟总的儿子怎么回事啊？"

"年轻人，都这样。"

孟晓飞对他们的不满毫无知觉，傲慢仰头，等着律风为衣冠不整道歉。他以为律风会跟所有乙方一样，卑躬屈膝、歉意憨笑、恭敬地等待他的原谅。

然而律风不以为意地挑眉，手往旁边一伸："领带。"帮忙传输资料的林一齐赶紧站直，拆掉自己整整齐齐的领带，激动地交出去。

接过条纹花色领带的手指骨节分明，律风迅速且熟练地把这条象征"严肃、正经"的领带打出了一个漂亮的温莎结。他将领结推至领口，动作简洁优雅得无可挑剔，旁边等候的林一齐早就抖好了自己的西装外套，毕恭毕敬地帮他展开袖口。

刚才还悠然如度假般的年轻设计师慢条斯理地穿上西装，昂贵布料被展平的瞬间，安静的室内发出利落的轻响。

律风将西装扣好，配上原本的深色牛仔裤，似乎是另一种高雅时尚，绝不会有人觉得他不庄重。

他轻点鼠标，屏幕重新亮起，如墨的线铺开，鲜明的骨架迅速在白纸上延展。一座上承式拱桥好似这位年轻设计师召来的一头恢宏巨兽，气势磅礴地横跨投影屏两端。

律风抬起头，屏幕冷光映照着他的侧脸，他的瞳孔深沉黑亮。

"我从来不靠衣服获得信任。"

会议室十几双眼睛被律风展现的设计图震得一亮。

他们面前这幅越江桥设计图构造精巧，标注齐全，直接将设计者的所思所想传达给他们，勾画出他们心目中最完美的越江桥。

律风拿过话筒，不过片刻，会议室里响起他清晰的英文解说。

"我设计的越江桥采用上承式拱桥结构，全身钢模，使用悬链线，主拱呈双曲制式……"

随着他的解说，黑白设计图被拆分成了无数块规整的图形，他直接略过了最简单的落位、长度解释，给出了内部设计的详细图纸。因为面对莱恩特这样的专家，任何非专业的东西都是多余。然而，他刚说完一句介绍，还没来得及展开讲述，莱恩特就扬了扬手指。这优雅的手势宛如给讲述者按下了暂停键。果然，律风习惯性地停下，耐心地看向这位中年绅士。

莱恩特满意地点点头，出声说道："我记得双曲拱桥是你们中国独创的新型拱桥，然而它最大的弊端就是抗震能力极差，越江区半径三十二公里内存在震区，越江桥至少需要承受4.8级以上地震的能力，所以我不认为你的设计适合越江桥。"

律风就知道莱恩特不会按套路出牌，更不会耐心听他详细解说越江桥的设计思路。

斯蒂芬·莱恩特的名字，律风听说过。他从业二十多年来主持设计了近十座大桥，遍布全世界知名城市，随便一座桥挑出来都能成为桥梁界的标杆。这么优秀的专家自然也有属于自己的癖好，比如——懒得听冗长的讲述，直接提出异议，然后武断地说"不合适"。

换成其他甲方，律风必然神色沉静地要求他们"好好听讲，听完再问"，可他脑海中浮现出了林一齐他爹林老板殷切期盼的脸，大约是要求他摆事实、讲道理，给腾龙一个面子，给甲方一个面子。

于是律风很给面子地放下了手上的激光笔，放弃演示PPT，接下了莱恩特的直击。

"适不适合，要看我的设计参数。"

本该独属于律风的解说时间，变成了他与莱恩特的双人对话。

律风的设计参数，连带着无数专业词汇、专业术语，砸得旁边静观战况的林一齐头晕目眩。林一齐学的是英语专业，但律风放弃演示之后，说的英语单词里满是什么双曲、什么载荷、什么yea方程,每个词的发音他都似曾相识,好像听过,可合在一起根本听不懂!

"陈工,他们现在什么情况?"林一齐赶紧求助身边的专家。

陈安的口语差,但听力一流,他早就发现了莱恩特的这个问题会引发律风的正面攻击。

年轻设计师的语速、腔调,陈安再熟悉不过。这不就是他平时带律风参加研讨会,律风呛无知甲方的样子吗!只不过中文反驳换成了英语之后,竟然如此的美妙动听,一点儿也不用担心甲方暴跳如雷,更不用担心他们会嘶吼道"把你们老板叫过来!"——英国专家可不会这么输不起。

陈安望向律风,真心实意地感慨道:"莱恩特想用地震挑刺,结果律风直接告诉他越江桥设计可以承受八级地震,还有自应力和二次应力相互作用在设计中空结构层抵消桥面受力,分散后的压力循环也能作为桥体支撑。嘿嘿,律风连资料都不看,随口就来!厉害啊!"

林一齐听得一头问号,前几句还能听懂,后面的这什么力那什么力,他连中文都对不上。他急忙止住陈安的自我满足式吹捧,说道:"什么力啊,我听不懂!你说简单点!"

陈安这才反应过来,自家小老板不是建筑专业的。他想了想,举了个最简单、最实际的例子。

"哎呀,也就是说,咱们律工设计的越江桥,就算有八级地震、高温一百度的暴晒、零下二十五度的冰冻再加两辆并列飙车漂移的七十吨满载车,也能安安稳稳地矗立在越江上,毫发无损!根本不怕莱恩特说的什么4.8级地震!"

林一齐一听,七十吨大车飙车漂移?这哪里是飙车,这简直是飙坦克吧!他立刻理解了陈安之前的夸奖,看向律风的目光里满是崇拜:"原来我风哥这么厉害,这次英国专家肯定得服气。"话音刚落,旁边就传来一声轻笑。

见多识广的腾龙集团工程师揶揄道:"你们想得太天真了,天方夜谭的设计我见多了,没几个能成。"

工程师听着律风的参数,佩服归佩服,但心里仍是不会轻易相信。身边两个全心建筑公司的人一唱一和,居然把设计师的理论参数当成了最终效果?他这个真正施工的工程师不禁哂笑道:"小公司就是小公司,那个设计师说自己能上天造月球基地,你们是不是也信啊?"

林一齐顿时怒火中烧,决不允许外人随便批判律风的设计。他眉毛一横,反驳道:"你们请来的英国大专家都没说不行,你凭什么这么讲?要我说,我风哥的设计绝对行!"他声音没控制住,正在回答莱恩特问题的律风一愣,视线略微往旁边看去。

林一齐坐在会议室边角,跟身边的工程师据理力争,那手舞足蹈的样子简直是要把拳头往对方那儿比画。

他这么一愣,讲述骤然中断。一句带着严厉意味的英语趁机插入:"设计师,你说的这些都只是理论而已。"律风收回注意力,只见莱恩特摇着头,万分无奈的模样似乎是对自己所说的设计参数极不赞同。

莱恩特说:"你这样的年轻人在做这种桥梁设计的时候,完全是依靠学到的一些实验室经验,根本没有亲自实践过。"

"中国的技术,根本没办法实现你所讲的理想化工程。"他语气里对中国技术的轻蔑清楚地传进律风耳中,律风眉头微微蹙起,心中升起难以言表的怒火。

中国上下五千年辉煌的文明伴随着各种建筑遗迹绵延至今,而桥梁的身影不仅存在于亭台楼阁、院馆水榭,还存在于诗词歌赋、史记书卷中。

那些传承下来的造桥技术,至今还在中国的各个特级大桥项目里延续着上下五千年的光辉。而莱恩特言语里若有若无的傲慢来自他身为英国人的自豪,但在律风面前,这样的自豪正如井底之蛙对井外世界聒噪的审度。

律风挑眉问道:"莱恩特先生,你的话里透露出对中国桥梁技术的不信任,那么中国自主建成的曲水湾大桥,英国也能建成吗?"

莱恩特的表情有一瞬间的崩裂。他沉默片刻,困惑出声:"曲水湾大桥?"

这座举世闻名的桥梁,因为建造工程的难度以及中国专利技术的神奇,在近几年名声大振。然而因为它使用的技术不具有广泛适用性,莱恩特在惊叹过后很快就忘记了它的名字。

"哦,这确实不能。"他认真地回答道,"年轻人,你得相信我对中国技术没有贬低的意思。然而你所设计的越江桥,和曲水湾大桥完全是不同的东西。"

莱恩特的笑容里充满对年轻人的包容:"中国能够举全国之力建造一座曲水湾大桥,但是你不可能在区区七千万预算的桥梁项目里建成越江桥。"

律风没想过要对莱恩特继续客气,他手指敲击鼠标,迅速地切换了屏幕上静止已久的设计图。

"在中国,没有什么不可能。"

在PPT的后半部分,藏着巍峨宏伟的赤红色桥梁。曲水湾大桥的身影一出现,就让屏幕散发出火焰般的色泽。

律风说:"因为我设计的越江桥,正是采用了曲水湾大桥的三角钢型支撑结构。"

周围一片哗然,那些隔岸观火的工程师本来正优哉游哉地听着莱恩特质问律风,此刻却被曲水湾大桥的三角钢型支撑吸引了注意力。

"曲水湾大桥是困扰了国内长达九年的建筑工程,日本曾经开价三十亿表示可以为我们提供参考建议,但是不允许我们的建筑工程师参与核心设计研讨会。在这样的情况下,总工程师翁承先带领团队,联合国内桥梁工程研究院,花费七年时间试验出以三角钢型支撑的创新建设方法,建造了曲水湾大桥。

"它采用三角钢型支撑结构,主拱部分轻便、坚固,是全世界唯一一座造价低于十五亿的特大型复合式跨江钢拱桥。"

国内做桥梁工程的,不可能没听过三角钢型支撑结构。它是中国桥梁近年来最伟大的创造,仅凭极低的造价,便完美地撑起了曲水湾大桥这条巨型长龙。

律风说得轻松,但做工程的都知道,三角钢型支撑结构除了曲水湾大桥之外,再也没有在其他桥梁运用过。这种独创性设计不是随便什么建设公司就能复原的,就连国家桥梁设计院都还在认真研究三角钢型支撑的普适性。

如果律风的越江桥能够以这样的结构落成,恐怕下一座标志性桥梁工程就要在越江上诞生了!

然而,比起周围工程师的兴奋,莱恩特显得格外平静。

"你太天真了。"他的语气里尽是失望,"桥梁不能一概而论,江水流速、航道承载能力,以及桥基的岩土结构、日晒风化情况,都会让同一条江河上的不同桥梁在建成后产生明显的区别。"

莱恩特用指节敲了敲桌面,眼睛微微眯起:"我认为你在做设计师之前,应当好好走访目标桥梁所在地,找出和你参考的桥梁所在地的具体区别,再尽情做你的妄想。"

律风闻言,眼神轻蔑。

"那么我也建议莱恩特先生,在做一个项目顾问专家之前,先学会好好听完设计者的解说,再提出自己那毫无意义的问题。"

律风也不再管什么老板的谆谆教诲,恢复了他一贯的参会态度,用词顿时变得尖锐,语气十分不客气。

莱恩特习惯了他平静、从容的腔调,一时间无法适应他的针锋相对。就那么一句话,莱恩特明显感觉到律风的变化:之前是与世无争,兵来将挡、水来土掩,现在哪怕是沉默都充满了攻击性。他看着律风一言不发地关掉了解说PPT,不禁升起一丝怀疑……

难道律风要收拾东西立刻离开，用无声的抗议表达最高的不满？

他念头刚起，就见投影仪一闪，屏幕上出现了一份新的文档。第一页顶端赫然是白底黑字的英文——

《越江桥采用曲水湾大桥三角钢型支撑结构的可行性研究》

律风拉下报告，将详细的图表展示在屏幕上。

"会看吗？莱恩特先生，这是综合曲水湾大桥建成前后十年的全部数据，横向对比越江桥所做的调查研究。"

他没了之前的客气，眼底透露出对无理挑刺的甲方的最后一丝耐心。

莱恩特无暇顾及律风的语气，他迅速扫过屏幕上纯英文的论证实验报告。律风展现出来的实验图表专业得无从挑剔，他不禁诧异道："你从哪里拿到的这份可研报告？"

律风轻描淡写地说："我自己做的。"

"这不可能！"莱恩特的语气充满了不信任，"这样一份可行性研究报告，至少需要专业团队花费三个月以上的时间来实地调研。越江桥的项目上个月才公开招标，在此之前你根本没有时间准备！"

"因为我不是为越江桥做的分析报告。"律风说，"三年前，曲水湾大桥刚刚建成，我就进行了详细的研究。从那时候起，三角钢型支撑结构就是我心目中轻型拱桥设计的最优选。"

他的视线扫过分析报告上每一张图表，每一行文字。

三年前，律风听说曲水湾大桥建成，激动得辗转反侧、彻夜未眠，忍不住隔着七小时的时差，去翻看国内对这座大桥的报道。

中国首座，世界第一！

即使是在遥远国度的凌晨，他也能感受到新闻播报里的兴奋和骄傲。

他对曲水湾大桥的兴趣逐渐变得强烈，一发不可收拾地找出曲水湾大桥的论文资料，对三角钢型支撑结构进行了全面的研究和分析。

只要见到曲水湾大桥赤红的身影，他就仿佛能够见到无数载满货物的车辆以最快的速度，最便捷的路线，驶向祖国的各个地方。

"可以说，我一直以来就想用三角钢型支撑结构设计一座桥梁，而现在，刚好碰到了越江桥。"

莱恩特沉稳的表情，终于有了破裂的痕迹。他难以置信地说道："越江桥只是一个七千万的小项目！"

律风平静回答道："但它对我来说，是一个值得认真研究、付诸实践的好项目。"

莱恩特有瞬间的失神，很快又蹙起眉峰，抬手按住太阳穴，烦恼道："你，你……"

他的思绪在可行性研究报告的冲击下变得无比混乱，好不容易找到了合适的形容。

"你真是一个不可理喻的设计师。"他声嘶力竭，充满谴责，"你做的这一切，可以拿下两个亿的大型桥梁项目，哪怕拿去竞标日本的临江岛大桥，也会比法国人的设计更加优秀！

"而你居然浪费时间，在这么一座小桥上！"

律风直面专家的愤怒，说道："莱恩特先生，就算是你也无法用七千万预算建成越江桥。那么这个小项目，不是更加值得我的付出吗？"

一句话，将莱恩特问得哑口无言。

腾龙集团递出越江桥各项数据和要求时，他凭借多年的经验，预估出越江桥最低造价是一亿两千万元。七千万造出一座越江桥，莱恩特自问无法在保证质量的情况下做到。他神色凝重，盯着屏幕上那一页报告数据，快速浏览之后，他立刻站起来走到了律风身边。

"让我再看看。"莱恩特不愿相信，"这里面一定有什么问题。"

会议室无数视线汇聚到莱恩特身上。

只见这位专家拿过鼠标，皱着眉头，一页一页详细查看报告数据，那些详实精准的图表，随着莱恩特的阅读进度展现在屏幕上。

腾龙集团的人都仰头专注地分析起这份报告的内容。

"这不可能……这怎么可能……"

"一个人居然能够完成这么一份报告，他是什么神仙？"

刚才嗤笑着和林一齐打嘴炮的工程师，双眼瞪得老大，诧异地过来问："小老板，你们的律工都这么做设计啊？"

林一齐轻哼一声，止不住骄傲得意："那也看是什么项目。要是我风哥看不上的项目，就算给几个亿预算他都懒得画图。也就是他喜欢越江桥，才会准备得这么全面。"

"这么有个性？"工程师已经不懂当代年轻人了，"你风哥那确实是不得了！"

台下絮絮叨叨，莱恩特在认真翻看报告。

报告长达三十页，随着时间一分一秒过去，每一张图表的对比数据都在他脸上狠狠扇了一巴掌。

他本来的目的是让律风认清现实，不要盲目地降低桥梁成本去迎合甲方的无理要求。但是现在……他发现自己才是那个无知无理的甲方。

读完报告，莱恩特像是经历了越江桥和曲水湾大桥的建设工程一样沧桑。他紧握着鼠标，转头仔细端详律风。这个年轻人看起来只不过是一个建筑专业的大学生或者建筑师助理，可他的数据分析能力、设计能力和行动能力却远远超过了莱恩特所熟悉的年轻人的水平。

莱恩特不客气地扔掉鼠标，从齿缝间吐出一口闷气。

等他下来，孟晓飞小心翼翼地问："莱恩特先生，那份报告需不需要我们打印出来详细讨论？"

"哈，还有什么需要讨论的？"莱恩特抬手指向屏幕，勾起戏谑的笑意，"看到了吗？这篇可行性研究报告已经解决了所有问题。哦，对，我当然建议你们打印下来。因为有了它作参考，如果你们公司还没办法在七千万造价内完成一座越江桥，那么就得考虑一下到底是内部贪污还是养了一群废物了！"

这话说得孟晓飞瞠目结舌，周围的工程师同样被律风的报告震撼了。从未有设计师像这样，直接提供切实可行的研究报告来论证自己的设计。他们大多也就是阐述创意，讲讲标准桥梁构造，把千篇一律的造型吹得天花乱坠，然后由甲方来定夺方案的最终命运。

而全心建筑公司的这个年轻人，跟莱恩特据理力争这么久，竟然只为了证明越江上就该有这么一座桥！

也只该是他设计的桥！

莱恩特遥遥直视律风，感慨道："有人请我来中国做一次桥梁工程的教学，没想到你反而给我上了一课。"

律风摇了摇头："给你上这一课的不是我，而是中国建造的桥。"

莱恩特笑出声，视线落在律风身后的投影上。

横跨曲水湾的钢制大桥，浑身涂满了中国式鲜红色，巍峨地俯视着肆意奔腾的江水。它比越江桥更让人惊心动魄，也比越江桥造价更加高昂。而在律风的手上，长度为曲水湾大桥十分之一的越江桥，仅以七千万的成本就达到了桥梁寿命极限。

他完全可以想象，在越江桥成功之后，还会有多少类似的桥梁在这块神奇的东方大地出现——依靠三角钢型支撑设计，用更低廉的成本、更短的施工时间取代其他费时费力的桥梁。

并且成为又一类中国制造的新桥种，横跨中国与中国以外的山谷河流。

莱恩特为自己的想象，露出了自嘲一笑。

"对。"他点点头，"曲水湾大桥、越江桥确实都是很好的老师。"

他慢条斯理地整理好衣领边缘，才重新直视面前始终平静的年轻人。

"律风。"莱恩特的腔调没有外国人叫中国人名字时的怪异，似乎念出过这个名字许多次。即使被震撼得彻底，他仍旧保持着英国绅士的骄傲，然后给出了最大限度的认可。

"等到越江桥如你所愿建成之后，我们再好好聊聊。"

换成其他新人，得到专家的认可应当欣喜若狂。可律风的神情没有半点儿激动，目送莱恩特转身离开，连要一下联系方式的多余动作都没有。

孟晓飞气急败坏地怒瞪律风，觉得他不识好歹。如果不是他拿出什么设计图，又拿出什么可研报告，莱恩特肯定愿意跟腾龙集团合作而不是怒而离场！他果断追上莱恩特先生，怒斥律风道："莱恩特先生，您别生气，这个设计师太狂妄、太不懂事了！"

孟晓飞的谴责，说得莱恩特一愣。

他难以置信地看向这位兢兢业业的翻译，皱着眉说："孟先生，我发现你不仅不懂桥梁，更加不懂得律风做的事情有多令人惊叹。曲水湾大桥这样的桥梁建设技术，就连我都充满敬佩之情，我以为你听过了律风的解说，至少应该会为自己国家感到骄傲，但是……"

但是他一点儿也没发现孟晓飞有骄傲的神情，反而对律风的所作所为感到羞耻？！

莱恩特的语气满是疑惑，十分不解。

"难道，你不是中国人吗？"

"呃……呃这个……"孟晓飞被他说得面红耳赤，正想辩解几句，却发现莱恩特已经径直往外走了。

"莱恩特先生！莱恩特先生，我送您。"他追上莱恩特，准备送这位大专家出去，可他们还没走到门口，会议室的大门突然被人粗暴地推开。

"砰"的一声，门扇狠狠撞上了后面的缓冲器，所有人都看向会议室入口。

视线所及之处，走进来一群与现场格格不入的人，他们穿着洗得发白的T恤衫、夹克服，还有工地上常常能够看见的灰扑扑的衣服。这样一群人，绝对和孟晓飞要求的"优雅、庄重"不沾边，保安也在努力地拦住他们，大声呼喝道："你们不能进去！"

可是闯入的人却不管，一把推开保安，怒火中烧地环视室内，大喊道："哪一个是叶总!"

坐在会议室角落的叶辉眉峰尽是疑虑,但仍旧站起来好声好气地回答道:"我是。"

他走过去,正好迎上冲进来的助理。

助理低声解释:"这群人是越江的船工,我们已经打了110了,叶总您不必理会他们。"

"不用。"叶辉摆摆手,径直往船工面前走去。助理愣了愣,实在无法理解"不用"是指不用报警,还是不用阻止他。

叶辉几步走到船工们面前,声音沉稳地问道:"各位过来,是有什么事?"

"什么事?哼!"为首的船工怒目而视,语气极为不客气,"谁允许你们在越江建桥?!"

第二章
CHAPTER 02
越江船工

律风对腾龙集团的纠纷没有兴趣,但是这一声饱含愤怒的嘶喊令他止住了收拾资料的动作。他抬眸看去,远远见到为首的船工不客气地冲着叶辉叫嚣。

"你就是负责人叶总吧,我们把话放在这里——只要你们敢动工,我们就去工地拉横幅,找记者,去市里上访!"

叶辉显然是个好脾气的人,面对如此蛮横的威胁,仍旧耐心地说道:"各位老乡,有问题我们可以慢慢沟通……"

"沟通?"船工的愤怒根本无法被他安抚,"没什么好沟通的,越江桥不能建!"

"对!不能建!"船工人多势众,吵吵嚷嚷地附和着。

室内充斥着他们的叫嚣声,林一齐立刻赶到律风身边,帮忙收拾资料。他低声说道:"腾龙的麻烦大了,听说这群船工上周才在区政府闹了一波,警察都抓过人了,居然还没解决。风哥,我们先走吧?"

"怎么走?"律风挑眉看他。

林一齐被他问得一愣,恍然大悟地看向门口。船工来了二十多号人,直接成了一堵人墙,跟腾龙集团的工程师们两军僵持,刚才准备离开的莱恩特都被他们堵了回来,无奈地坐回了会议桌旁。这群船工连叶总的面子都不给,谁冲过去谁就是炮灰啊!

林一齐认真思索,努力给出A计划:"要不然……我过去跟船老大套近乎,吸引他们注意力,你和陈工就趁此机会——"

还没等他说完,律风鼠标轻点,会议室造价昂贵的音响设备骤然传出震耳欲聋的音乐!慷慨激昂的调子,瞬间盖过一切争吵。

所有人大脑空白,本能地看向发出声音的地方。

只见会议室前头的年轻设计师,悠然地播放着电脑桌面上的宣传片,完全没有暂停播放、让出交谈空间的意思。不仅如此,短暂震撼的音乐之后,还传出了字正腔圆的播音腔——

"这里是孕育希望的土地,这里是充满梦想的摇篮!"

更吵了!

终于,律风点下暂停,投影的宣传片定格在俯瞰的越江美景之上,声音戛然而止之时，他抬起头来直视所有人惊讶的表情，说道："拍得不错。"

这一声从容的赞美冲淡了会议室里的硝烟的味道。怒火中烧的争吵一旦被打断，之前积攒的怒气值都要清零重来。

船工的眼里写满了诧异，他盯着刚刚发出超大声响的视频画面，下意识骂道："这是什么鬼东西！"

"越江新区的宣传片。"律风将定格的画面放到最大，再将音量调到人耳觉得舒适的大小，继续播放起来。宣传片里的绿水青山令人心旷神怡，解说的声音也变得温婉庄重，俯瞰的掠影之中，澄澈的江水上飘浮着几只游船，任何人见到这样山水相依的景色都会心生向往。

律风在柔和的背景音里说："张国伟先生，你们有反对造桥的权利，但是越江有造桥的需求。既然叶总在这里，大家为什么不坐下来好好谈谈？"

为首的船工表情立刻变了："你认识我？"

律风回答道："我租过您的船很多次。"

张国伟听到这句话，眼睛无法相信地瞪大，上下打量律风。修剪整齐的短发，令人印象深刻的俊朗长相，极为年轻，却十分有礼貌……

他想起来了，诧异地抬手指向律风："你……你是那个画家！"

律风勾起一丝浅笑，友善回答道："我不是画家，我是越江桥的设计师。"

张国伟在越江上当了十几年船工，接待的客人数不胜数，还是第一次遇到像律风这样的人。他经常一个人包下整只船，请自己绕着越江航行一个来回，拿着速写本，眺望两岸景色，安安静静描绘那些绿树山崖；偶尔也带来单反相机，耐心地拍摄那些在自己看来一成不变的崖口和江面。

那时候，张国伟问他："你是做什么的？"

律风不回答，却笑着反问："您想过越江上会建成一座什么样的桥吗？"

张国伟也是看得懂眼色的人，心领神会地不再去打听律风的事情，默默认定这位客人是一位画家。谁知，他根本不是画家，而是越江桥的设计师！

张国伟回忆起他跟律风聊天时的畅快惬意，再想到律风在腾龙集团助纣为虐的姿态，顿时觉得自己被耍了——这些家伙联合起来欺负他们这群没读过书的船工！

他火冒三丈，抬手不客气地指向律风，愤怒道："你这个骗子！"

律风面对他的指控，不解地歪了歪头："张先生，我骗您什么了？租船的钱，我付了双倍，您也很开心地跟我聊起在越江上掌棹的生活，还给我讲了很多越江的故事。而且——

"我记得您是希望建桥的。"

张国伟脸色一僵，周围的人也因为律风这句话而露出无法相信的表情，看向张国伟。

"老张，怎么回事？"

"你怎么会同意建桥？"

"难道你忘了隔壁区的兴荣桥建起来，我们是怎么被赶走的吗？"

同伴的疑问使张国伟局促不安，他立刻大声驳斥律风："你胡说什么！桥不能建！"

虚张声势的怒吼并没有惹怒律风，他站在台上，能够看出张国伟的挣扎和纠结，也能看出周围同伴带给张国伟的压力。

律风仍旧记得这位船工聊起越江桥的神情，激动、兴奋，对未来会在越江上建起的大桥充满了期待，还数出自己在电视上看过的桥梁，高兴地说——

我们越江的桥，当然要比那些桥都宏伟壮观！

律风直视张国伟愤怒的双眼，说："不管建不建桥，腾龙集团都会将越江新区开发成新的旅游经济区，围绕未来的越江文化馆、度假区还有环江一带的特色旅游文化，建造新的居民区。

"当然，包括张先生你们的村子，也会拆除危楼、旧楼，重建成民宿，将村里主干道两旁的建筑进行修复，兴建文化商业街，预计容纳居民八千人，预计日承载游客量三万人次。

"张先生，只靠你们的渡船，越江新区根本接待不了这么大的人流量。"

三万人的游客数据，把船工们说得一蒙，他们一天来来回回，从未算过自己从两岸接送的人数，但也清楚"三万"是什么天文数字！

律风从船工们神色各异的交头接耳里，感受到了强烈的不认可。

突然，张国伟仇恨地注视着他，大声喊道："就算我们的渡船接待不了这么多的人，也比没有人可接待的好。你们这些人现在口上说着要照顾我们船工，开发旅游业，让游客都来坐船玩，到时候还不是像兴荣区一样建出一座根本不能让船通行的桥，自己赚了大钱，让我们这些靠船吃饭的人去喝西北风！"

船工们听了这话，刚才的迟疑犹豫全都不见，立刻附和道："就是！你们这些公司的人说话根本不能信！"

"你们的桥建了，我们船也不能开了，到时候我们靠什么吃饭？"

"不能建桥，等你们的桥建好了，我们说什么都没用了！"

好不容易安静的会议室，又陷入了船工的愤怒之中。直白的怒火冲着台上的律风燃烧,夹杂着即将丧失维生手段的恐慌。

他们越是愤怒,律风越能感受到他们言语之中的无奈。兴荣区起了一个坏头,击溃了船工们对桥梁所有的期待和向往,令他们变得固执又暴躁,只会用争吵去维护自己的权益。

在这样的人面前,他说什么都没有用,因为他们不会听。

于是,律风不说了。他又打开了一个视频文件,下一秒,会议室巨大的屏幕上展现出一片蓝天碧水。

悠悠越江平静地流淌在这片土地,从高空俯瞰下去,视野里尽是想象之中的静谧美景。

然而,苍葱翠绿、树影掩映的越江上,有一座绝不可能存在的拱桥安安静静横跨两岸。它真实得仿佛从好多年前就已经这么矗立在江面上,巨大的身躯投下的倒影却显得清丽俊秀,悠然落在澄澈的江水之上,成为绝美江景的一部分。一只游船轻轻荡漾过去,搅碎了一江宁静的碧影。

律风说:"越江桥究竟会让你们的生活变得更糟还是更好,就请各位亲眼看看吧。"

"你什么意思?"张国伟皱着眉,迟疑地审视屏幕上绿水青山、大桥小船构筑的和谐景色,根本没法找到语言去描述他的困惑。这样的景色太真实了,但是他清楚地知道,这不可能是真实的视频!越江上,还没有这么一座宏伟秀丽的越江桥!

"这是我做的概念视频。"律风看出他的惊疑不定,耐心解释道,"在腾龙集团的未来规划里,拥有越江桥之后的越江新区,绝对不会像兴荣区一样放弃游船项目。"

随着他的声音,屏幕上的镜头从越江桥的这一头迅速掠到越江新区,像极了游客视角的巡览。

船工们耳边响起的潺潺水声,和他们每天听到的船桨划破水面的响动别无二致,律风播放的视频好像某个带着摄影机的游客,录下了自己走入越江新区的旅游场景。

石板路两旁,仿古居民楼坐落两侧,轻微清脆的脚步声带着众人穿过装潢精致的商业古楼,去看越江保存了几百年的人文风光。

船工们只是略微诧异,腾龙集团的人却显得尤为震惊。

他们公司请专业团队来制作的未来越江新区的模型,山、水、船、桥,全都没有这个视频来得真实!更不用说这些光影映照的楼房、绿树、石板路了!

说是概念视频，更像是一场拍摄好的电影，那种酣畅淋漓的观感伴随着观看者走过悠闲恬静的竹林与湖泊。不过一会儿，他们就在飞瀑崖的渡头见到了熟悉的船只。那些游船重新镀好了彩漆，比他们灰蒙蒙的江船更加漂亮。

　　镜头落在船上时还晃晃悠悠的，像是真正踩在了船面上似的，连背景音的江水都像在笑远道而来的陆客站不稳它们的江船。上了船，画面平静下来，镜头带着观众缓缓驶出渡头。然而，他们这只游船并没有渡江，而是顺着江水而下，遥遥可见越江桥的影子。

　　一室船工沉默地凝视着船舶驶向越江桥的景象。

　　困惑许久的腾龙员工觉得视频要结束了，赶紧拉着身边的林一齐问东问西。

　　"小老板，这是你们公司做的？"

　　林一齐的惊讶不比他们少："应该是我风哥做的，我们公司不做这种概念视频。"

　　得到答案，他们的眼神更加震惊。他们请外面的团队做概念视频，花上大量经费等上十天半个月，成品也远远不如现在播放的视频的质量。律风不仅自己做，还做出了他们想象中山水相依、自然清幽的真实感。

　　屏幕上的越江，远处的越江桥，令他们不由自主感慨万分。

　　"怎么会有设计师自己做概念视频。"

　　"……那也没有设计师自己去做可研报告啊。"

　　船舶悠悠靠近越江桥，律风终于在会议室的嘈杂低声中开了口。

　　他说："各位见到的正是越江新区完整的旅游规划路线——从越江桥启程，穿过建好的文化商业街，沿着青山绿树，一路走到上游的飞瀑。在这里，旅客大多会因为脚程辛苦而疲乏不堪，所以会乘上渡船顺着越江而下，穿过越江桥回到最初下车的岸口。"

　　律风平静优雅的语调融入了江水潺潺轻响之中，而游船两岸的风景则成为律风最佳的陪衬，给在场的所有人带来了绝佳的视听享受。

　　他们仿佛也是参加这次观览的游客，将要随着这只游船，结束最后的旅程。

　　船工们心里仍是不大情愿，他们围着张国伟七嘴八舌地讲意见，已经没有心情去看一段未来的视频。视频是好的，风景也是好的，如果这样的开发能够成功，越江新区必然会吸引更多游客，船工们的收入也会因为游客增多而变得更多。

　　可是——

　　"谁能保证你们公司，会不会像视频里这样开发越江新区呢？"

张国伟似乎不会轻易被一段视频打动，游船还在顺着江水缓缓摆荡，而他的意志不会像船只一样这么容易动摇。

律风被他当成了腾龙集团的人，也不浪费时间解释。他说：“无论新区以后是不是建设成这样，你们也需要一座越江桥。

"前年越江洪峰过境，为了安全起见，政府不允许任何渡船在越江上航行，所以当时越江区的村民只能花费一小时绕道兴荣桥，才能渡过越江。"

张国伟摇头，不同意他的例子：“前年的洪水，二十年才遇见一次……”

"张先生，我记得您希望建桥的理由。"律风的话，直接打断了张国伟固执的反驳。

在对方诧异的视线里，律风说道：“大洪水确实几十年难遇，但是在最危急的时候，一座桥能够救下很多人的命。他们不用担心暴雨的时候渡船停运，也不用担心渡船开得太慢，对岸没有车来接，耽误了救治。作为一个船工，您在越江上经历过很多危急的事情，比我更明白一座桥的意义。

"所以您说，有一座桥就好了。"

张国伟记起了他跟律风的那次对话。

他女儿病了，下着暴雨还要送女儿去对岸的医院。漆黑的夜晚，他冒雨开船到了对岸，却还是没有办法阻止寒风冷雨将女儿淋湿，幸好医院救治及时，女儿并没有因为淋雨受寒而病情加重。

他和律风聊这样的话题时，既有身为父亲的责任，也有惋惜和无奈。何况村子还住着许多老人，有些病重的老人没能等到医生进村，更等不到送进医院，就断了气。

渡船是他们船工维持生计的工具，可是没有一座桥，又给多少人造成了遗憾。这导致村里的人渐渐地选择搬离这里，去别的地方谋生。

会议室只能听到视频里江水"哗啦"的声音，那只承载着众人视线的游船，终于晃晃悠悠穿过宽敞的拱形桥洞。阳光被桥洞遮挡，画面微微暗淡之后，显露出了越江桥下面藏着的雕刻。

专注观看视频的人满脸疑惑，开始在底下议论纷纷。

"这下面是什么？"

"好像是浮雕……应该是战争年代的浮雕吧。"

他们的议论随着一幅一幅连续掠过镜头的浮雕逐渐散播在会议室里，就好像是一群乘船的游客正在欣赏这些暗藏故事的壁画。

桥下的浮雕拥有十分容易辨别的人物特征，有衣衫破旧的船工，帽子上别着红星的红军,后面几幅画上清晰表现出船工折断船桨、砸穿渡船的场景,以及之后被人捆起来时的坚毅神情。

只要听说过一两个战争时代的故事的人,都能隐隐约约感受到这一串浮雕想表达什么,唯独坐在会议室的船工们面面相觑,露出诧异震惊的表情。

他们这些祖祖辈辈生活在越江边的人,总是会给远道而来的游客骄傲地讲述一个故事。

那个故事经过几十遍、几百遍的复述,早就印刻进了他们的心里,甚至比眼前的浮雕,更加深刻。

张国伟难以置信地看着朴实的画作,就算他没读过多少书,也能看懂雕刻的内容。

"……这是《越江船工》。"

生活在越江上的老一辈船工长年以搬运货物、捕捞江鱼为生。贫苦战乱的年代,他们无可避免地被卷入了硝烟之中。红军要渡江援助前线,后方有敌军围追堵截。

船工们顾不上衡量什么代价、什么后果,毅然决然地帮助红军渡江,并赶在敌军追来之前,砸破渡船,折断船桨,为前方战线争取了宝贵的时间,也最终付出了生命的代价。

牺牲了的船工,名字被镌刻在今澄市抗战英雄纪念馆里,成为这座城市永久的记忆。《越江船工》的故事,也成为他们这些继续生活在越江边的人热衷讲述的历史。

张国伟在越江掌棹,不知道给多少乘客讲过这个故事,心里总是怀着骄傲和缅怀之情。

牺牲的船工,是他的祖辈、远亲。在讲究血脉传承的社会,他理所当然地觉得自己是英雄的后代。

但是他以为,《越江船工》只存在于抗战英雄纪念馆的石墙上,却没有想过它会出现在一个年轻人的视频里,以浮雕的形式存在于一座桥梁下方,无声地告诉更多远道而来的游客,这条平静的江水上曾经发生过的故事。

张国伟能够想象,身体疲乏的游客坐在舒适轻晃的船上,穿过这座越江桥坚硬的底部,抬头仰望浮雕的柔软表情。

这座宽阔隽秀的越江桥突然有了特殊的意义,横跨亘古不变的越江,连接过去的战火与现在的安宁。

律风感受到室内沉静下来的气氛,他解释道:"这只是我在制作概念视频的时候出于设计的考虑添加的浮雕,未来的越江桥下方是不是会有《越江船工》的故事,还是要看腾龙集团的规划。"

律风在设计越江桥的时候,思考成本,思考工程技术,一切都要以低廉的预算作为尺标。

可他在做桥梁建模的时候,完全沉浸在属于自己的创作世界里,随心所欲地渲染着越江桥,根本不需要考虑成本的问题,全凭自己的喜好。

然而,会议室传来一句沉稳的回应:"我觉得这是一个很好的提议。"

负责越江新区项目的叶辉,并没有直接否定建造越江桥浮雕的可能性。即使屏幕上的视频早已播放完毕,但是不妨碍叶辉回忆起桥梁与浮雕倒映在水面的和谐美景。

他说:"我们愿意跟各位老乡慢慢谈一下,关于越江新区的全部规划,也包括越江桥的建设。"

船工之前阻挠建桥的气势已经不复存在,会议室里变得安静平和。叶总既然发了话,这一场单方面的闹事也就变成了双方会谈。

林一齐赶紧上去帮律风收拾东西。律风离开会议室之后,脱掉了外套,解下领带,还给林一齐。

"谢了兄弟。"他说。

"为风哥服务!"林一齐神情兴奋,止不住他的话痨,"而且今天应该我谢风哥,你不仅把腾龙集团的人说得心服口服,居然还把船工都给解决了!之前我听我爸说,这群船工可是警察抓了两三次,还要闹事的——"

律风正想打断他,还没来得及出声,身后就传来一声"律风"。他转头看去,是莱恩特。

律风礼貌地问道:"莱恩特先生还没走?"

莱恩特勾起善意的笑,深邃的蓝色眼眸难以置信地打量他。

"我以为,你为越江桥做出可研报告已经是不可理喻,没想到……你帮他们把未来都设计好了。"

律风理解莱恩特的意思,因为他做了多余的事情,也耗费了多余的精力。

可是律风笑着回答他:"莱恩特先生,即使是您接下这个项目,也会做和我一样的事情。

"毕竟,了解建筑对城市的意义,规划好建筑与城市的未来,正是我们设计师的使命。"

远道而来的英国人,听了这"使命"一词,挑眉反驳道:"我可不会为了一座桥,去研究一个过去的故事。"

律风笑道:"但是您只要听说了这个故事,就不会放弃研究它。"

律风的眼神平静,神情里却写满了笃定。莱恩特就算想要反驳,张开口也无法发出声音。

因为,确实如此。

每一座桥都拥有属于自己的故事。

一提起桥梁,莱恩特除了建造技术,还能够巨细无遗地讲述出他设计的桥梁拥有什么样的故事。要么战火纷飞、铁蹄入侵,要么风花雪月、儿女情长。故事会影响他设计桥梁时候的思绪,每一笔线条背后,都藏着他对故事的思考。

莱恩特看律风的眼神,顿时变得柔和又欣慰。

"所以,刚才那个故事,才是你设计越江桥的真正理由?"

律风闻言一笑,心中尽是感慨。他为了建桥回国,轻易地被莱恩特挑起怒火,而最终令他回归平静的,仍旧是《越江船工》。

"故事只是故事。"

律风的声音和视线温柔许多,得偿所愿之后,他也就不那么在乎外人的看法了。

他说:"我设计越江桥,是希望它能够长长久久地矗立在越江上,见到生活在越江的人们拥有更好的生活。"

直到律风和全心建筑设计公司的人走了,莱恩特还在沉默地思考越江桥。

从设计方案、可研报告,再到视频渲染和其中的人文内涵,律风的表现都远远超出了他的预期。他有些不知道该怎么向好友殷知礼转述这个年轻人的表现。再回忆起自己兴致勃勃地跟好友保证"一定会认真教导律风"时傲慢狂妄的神情,觉得无比羞愧。

莱恩特在后悔,孟晓飞还在抱怨。

他完全误会了莱恩特的心情,张口就说:"全心公司的设计师,实在是太年轻了。有多少预算的项目就做多少预算的事,他又是做可研报告,又是做概念视频,一点儿也不像个搞设计的。还有那个可笑的浮雕,现在的人谁还会去关心什么船工、什么红军啊!"

言语之中,暗含了他对律风"不专业"的讽刺。国内业务划分混乱,一个人干完所有事情,被称为勤奋、努力。但是,中国式勤奋,在国外完全是行业大忌,非专业人士插手去做专业的事情,绝对会收到律师函。

他沾沾自喜，以为英国人一定会站在他这边。

然而，莱恩特眉头紧皱，语气深沉地说道："可笑的浮雕？"

他凝视着孟晓飞，将不学无术的孟总监看得后背发毛。

莱恩特的语气变得严肃，他说："桥梁不是建材堆砌的死物，它有属于自己的生命，也有独特的存在意义。越江建起这座桥之后，整个城市会继续往外延展，像是充满生机的植物，在雨后甘霖滋润下，获得全新的内涵和希望。"

孟晓飞从没听过语气这么凝重、这么复杂的比喻。英伦腔调诉说的词汇，带着他心生向往的优雅。

可惜，莱恩特那双蓝色眼睛里燃着显而易见的怒火。他说："你口中可笑的战争浮雕，在我看来是一种本土文化的象征。律风的设计充分考虑了越江的过去、现在和未来，将越江发生过的故事与其内涵，尽数赋予了这座桥"

"如果贵公司不懂得尊重优秀设计师的付出，那就永远别想和C.E建筑事务所谈成合作。"

孟晓飞听到这句话，忽然慌了。他以英国留学回来的身份，主动向他爸请缨担任总监，并且担任翻译陪同莱恩特先生，就是为了打听打听英国顶尖的C.E建筑事务所到底有什么喜好。

那间位于英国的建筑事务所，在城市规划、建筑、展览设计上获得了无数国际奖项，作为全球知名建筑事务所，留下了无数令人交口称赞的作品。

他爸已经亲自去了英国，就是希望见一见C.E建筑师事务所的殷知礼先生，希望对方能看在同是中国人的份上，为越江区设计出一座绝无仅有的文化馆。

现在，莱恩特一个"不尊重"的大帽子扣下来，孟晓飞顿时眼前一黑。他神色慌张，几乎预见了他爸雷霆震怒，对他极度失望的情景。

孟晓飞说："非常抱歉，莱恩特先生，因为我一直在英国留学，所以对浮雕啊红军这些完全不懂。律风确实是我见过最优秀的设计师，他也是最适合越江桥项目的设计师！我绝对没有不尊重他的意思！"

见风使舵，小人作态。

莱恩特跟孟晓飞短暂相处下来，从这位总监身上，见到了他最讨厌的那类人的影子。他心里止不住对这个人的嫌弃，并且决定一定要跟他的朋友殷知礼好好聊聊腾龙集团。

半响，莱恩特似乎平息了怒火，和善地说道："不过，我有一个发自内心的建议，希望你能帮我如实地转达给你父亲。"

孟晓飞眼睛一亮，如获救星，拿出本子摆出绝对认真的态度，握着笔激动地等待莱恩特赐教。

"莱恩特先生请讲,我一定原原本本,只字不漏地告诉我爸!"

莱恩特点点头,眼神真诚、语气严肃地告诉他——

"换个总监。"

律风回到公寓,天都黑了。

陈安和林一齐拉着他聚餐聊天,关上门来痛骂甲方,顺便把孟晓飞这样的"跪族"从头到尾骂了个尽兴。

律风一边听,一边笑。原来平时语重心长教导他不要呛甲方的陈老师,背地里呛起甲方也不遑多让。

单身公寓狭窄,客厅的灯一开,就见到客厅摆放着简单的木质方桌。几十张设计图堆叠在上面,把方桌占据得满满当当,除了越江桥,还有其他桥梁的图纸。

律风回国两年做了许多桥梁的设计,按部就班地参加资格证考试,待在全心建筑公司投标桥梁项目。然而,公开招标的桥梁项目少之又少,能够符合律风心意的也就只有越江桥了。

想到越江桥,律风略微疲惫的精神为之一振。他打开电脑,准备在渲染模型里截出最适合越江桥的角度,重新优化一下作品集的内容。

然而,他还没打开越江桥模型,自动登录的聊天软件就激动地跳跃起来。

"归去来兮,你火了!"

"想不到我们建模区也有火出圈的一天!"

"人呢?人呢?你快出来看,大神!"

律风盯着那些癫狂的消息一头雾水。他之前注册了视频网站,上传了自己制作的模型视频,很快就引来一群相似的爱好者。他们夸赞了一番律风的建模,询问了律风所用的软件,然后互相没什么交集地继续沉默下去。

结果今天,他加入的这个建模爱好者群的群友全都跑来敲他,消息多得没法找到源头,引得律风只好点开群聊发送消息。

归去来兮:"?"

他一个问号惊起网络鸥鹭,无数正在热议的建模爱好者,奔上来对他道"恭喜恭喜"。

"你终于出现了,我们这几天都把你的视频循环了一百遍了。"

"悉尼交响乐团级别的作曲家给你视频配乐,妈妈呀,我算懂了你之前为什么都不给视频配乐了!"

"你的视频绝对是现代版姜太翁钓鱼,钓上来了Zottel这种大神,和你的视频绝配。"

这次律风看懂了。

他一个月前上传的视频《山水逍遥》,被一个叫Zottel的音乐大佬发现,并且配上了全新的背景音乐。

建模区的视频大多会配上激情四射的背景音乐,方便UP主们把建模过程剪辑成一场热血沸腾的视觉盛宴,吸引观众。

可律风的视频里,只有山林鸟鸣、树叶沙沙摩挲、瀑布轰鸣这些纯生态的响动。

现在……律风点开群友发的链接,页面立刻跳转到了他所在的视频网站。

网站全新联动技术,只需要点击Zottel的音频,就会自动播放他的《山水逍遥》建模视频。

镜头带着观众穿过树影,一座古青色的高挑建筑渐渐露出。钢琴、小提琴交织在一起的悠然曲调,随着那座镶嵌在山林中的高楼渐渐传入耳畔,视觉与听觉的享受汇聚在相同的亭台飞檐之上。

管弦音乐之中,那座建筑如同青色钟楼般矗立在山棱之间,与黛绿树叶融为一体,视频原有的鸟鸣及瀑布声成为Zottel新谱的曲子里最好的点缀。原本宁静悠远的青色建筑,在轻盈的钢琴声里发出缕缕尘光,仿佛藏匿在山林之中的人间仙境。

音乐确实是好音乐,然而,律风听完一遍,并不怎么满意。

他制作《山水逍遥》的初衷,就是想在山林树木之中建造远离嘈杂的隐士居所。鸟声、风声、树叶摩擦声、走兽穿过荒草的窸窣声,更适合建模安静的氛围,实在是不需要这种渐渐激昂的高雅交响乐。

律风沉思片刻,抬手一搜,Zottel的信息一目了然。

佐特尔,自由音乐人,来自澳大利亚,毕业于悉尼音乐学院,曾多次在悉尼歌剧院登台表演……网页洋洋洒洒的简介里大部分是他的作曲履历,即使律风不了解音乐,也能感受到对方的优秀。可跟这么优秀的经历对比,律风简直怀疑人物介绍左侧放错了照片。

佐特尔一头金发,带着夸张的墨镜,耳边还有亮闪闪的耳钉,从照片上根本看不清他的具体长相,但是气质嚣张得不像什么音乐家,倒像街头艺术家。

哪怕律风不太认可交响乐与《山水逍遥》的搭配,仍是想回复对方的善意。

毕竟，这曲子确实好听。

于是，律风打开视频网，直接找到了佐特尔的主页。

界面上无数点击过百万的音乐视频都简简单单，一目了然地显示着潦草的"Zottel"，唯独律风的青色建模的封面显得突兀又独特。

律风戳开消息框，却发现这位传说中的音乐大佬已经给他发过无数消息。

"你好，你的建筑很美丽，为什么不配乐呢？"

"你好，因为我实在是太喜欢你的建筑，所以擅自配上了音乐，希望你能喜欢。"

"你好，如果不喜欢的话，可以告诉我。我会立刻删掉。"

问询礼貌，态度诚恳，用词严谨得好像使用过翻译器。

律风心想：毕竟是外国人，发消息的感觉都跟国内UP主不太一样。

秉承着维持国际友谊的想法，他敲下文字，诚恳发送："感谢你的配乐，很好听。"

律风准备关闭网页，继续去完善作品集。

下一秒，回复框就有了动静——

Zottel："大神，我还以为你人间蒸发，再也看不到我的消息了，要知道我等你等得海枯石烂天荒地老花儿都要谢了——"

律风凝视着这一串回复，又像确认什么一般看了看佐特尔的简介。金发，墨镜，亮耳钉。什么澳大利亚人啊，这汉语能力，完完全全的中国味儿。

第三章
CHAPTER 03
应聘国院

　　佐特尔在视频网站拥有三百万粉丝，社交账号关注者过千万。这么一个重量级音乐人真诚配乐推荐了《山水逍遥》，瞬间为网络带来一场超出想象的视听盛宴。宛如在3A大作游戏、顶尖科幻电影之中才会存在的神仙建筑，与清幽舒畅的音律浑然一体。

　　那些热爱佐特尔音乐的粉丝，几乎一瞬间就爱上了配乐版的《山水逍遥》。

　　"我第一次见到这么适合佐特尔音乐的建模，这真的是建模吗？看起来像真的一样。"

　　"确实是不得了的建模水平，这样清淡的山青色就像从山水画里取出来似的，跟山水逍遥的意境绝配！"

　　"落泪了，上次你说没灵感，我就好担心。感谢这么美的建筑物把你的灵感带了回来。"

　　律风单从视频下方的评论都能感受到网友的激动。他们不懂建筑，却懂得欣赏美好的事物，甚至还为佐特尔摆脱了"灵感枯竭"的负面状态感到由衷的兴奋。

　　律风原本不喜欢配乐的心情，在众多人直白果断的赞美里变得浅淡了。他追求的向来不是什么曲高和寡的艺术，而是贴近生活和符合大众期望的设计。

　　于是，他视线扫过几条针对建模的评论，仔细思考。

　　"好看是好看，但是森林这么潮湿，房子会长霉的。"

　　——哦，防水防潮。

　　"其实这种建筑住起来很爽啊，我去住过这种类似的树屋，只不过里面全是昆虫大礼包，够胆你就来。"

　　——嗯，防虫防蛀。

　　网友的挑刺，在律风这里变成了意见反馈。他一条一条翻看视频下面的评论，再转头时才发现佐特尔的消息框一直在闪烁。

　　Zottel："我的意思是，我很激动。在见到你的《山水逍遥》前，我已经很长一段时间写不出满意的曲子了。当我看到这个建模，只觉得耳边音乐环绕，连眼前的绿色树影都有了跳跃的音符！"

Zottel:"最开始看到你的视频,我还以为是什么末世之后建筑物留下的青苔残骸。"

Zottel:"等我看完才意识到,我过去以为冰冷的这些建筑拥有了呼吸,充满生机地生长在森林里!"

律风:"……"

他怎么觉得对面的佐特尔一定是假的澳大利亚人。竟然自顾自地讲起自己的感受,跟准备了很久的演讲稿似的,用词丰富且优美地称赞起《山水逍遥》,弄得律风都不知道应该怎么回复。

"哦,恭喜"?

"啊,是吗"?

"好,谢谢"?

尴尬得像是流程化营业,律风在回复框敲了好几次,又慢慢地删掉。

老年人律风有一点点疲惫。今天一早去越江,又参加了一场令人神经紧绷的研讨会,过惯了画图、建模、写论文的单调生活,他没法直白地面对陌生人的热情。于是,律风选择不回,准备早些睡觉休息。正当他要关闭网页的时候,消息框又跳出了新的消息。

"如果你很忙的话,我们可以下次再聊。但是我非常想了解《山水逍遥》的含义,在我眼中,它是一栋独特的自然式建筑,所以希望知道我的音乐是不是符合你的期望。"

律风手指一顿。佐特尔礼貌的态度,足够抵消他对配乐不合心意的偏见,他很难回避这种文字传递的诚恳。

律风独自居住在公寓,画遍了心目中规划的桥梁。建筑物设计成为了一种爱好,他只会在专注于桥梁之外的时间里,悠闲地创造出属于他自己的世界。正如《山水逍遥》一般,僻静避世,又隐约期待着有人欣赏。

律风在电脑前坐正,敲打键盘的声音清脆。

他回复道:"《山水逍遥》是我做的一套概念建筑,它们依山而生,傍水而长,拥有完整的生态系统,理念是希望人与自然和谐共处。你所看到的是我建设的中心广场。"

从中心广场延展出去的城市,完整拥有现代生活的必备设施。公路、桥梁、路灯,虽归于山林自然,但仍旧保有便捷的生活方式。

Zottel:"所以,它是建造在自然里的城市?"

归去来兮:"不,是将城市归于自然。"

律风聊起他心中对《山水逍遥》的构想，情绪变得轻松。他清晰地知道佐特尔不懂得建筑，甚至不明白在这样的自然环境里音乐更像是噪声，可他依然用手指敲击着键盘，将一腔思绪流畅地转换为文字，讲述着这一片自然天地存在的意义。

人类移山填海，把自然改造成舒适宜居的城市，却始终被拘禁于工业化城市的冰冷尖锐之中。而律风的《山水逍遥》旨在寻找自然本该存在的绿意，花卉绿植以空中花园的形式出没在城市的边边角角，舒缓人类紧张的心绪。

人类渴望回归自然的本性，促使他创造了《山水逍遥》。

"其实《山水逍遥》并不是将城市移动到山林里，而是在已有的'城市森林花园建筑'概念上添加了中国古代山水特有的笔墨意境，实现天人合一，解放人类亲近自然的天性。"

他还没有跟别人提过构建这片建筑的意图。也许是多了一个陌生的听众，他变得更加无拘无束，恣意地阐述着心中所想。

佐特尔虽然言辞跳脱，却极其敏锐。

"那么，你想要创造一个山水都市吗？"这位远隔重洋的澳大利亚人回复极快，"我的意思是，你不止做了这一个《山水逍遥》吗？"

确实不止。

律风的构想，一直在软件里面延伸。发布到网上的《山水逍遥》，不过是城市规划中千分之一的部分，他手上还有更多已完成、未完成的模型，等待他抽出时间慢慢地渲染出自然的色彩。

归去来兮："等一下。"

律风发送了这条消息，就打开了建模软件。渲染了一半的灰色建筑上布满了白色的锚点、网格，安静等候着创作者接下来的发落。

跟佐特尔聊了许多，律风心中迸发出强烈的创作欲望。《山水逍遥》是佐特尔的音乐灵感，更是律风的灵魂倾诉。之前的疲惫一扫而空，律风迅速地取出最适合建筑的颜色，然后将模型渲染出绝佳的色泽，在属于他的世界里，随心所欲延展着梦想之中的自然画卷与山水都市。

佐特尔收到"等一下"，一等就是两天。

大神的世界就是这么虚无缥缈，当他完全确定"归去来兮又消失了"的时候，消息框跳出了全新的信息——

归去来兮："你看。"

律风花了两天时间，渲染制作出了全新的视频，像极了上一个视频的延续。

一栋占地宽阔的建筑，匍匐在高耸的青色建筑之下，拥有仿古式飞檐斗拱。但它又和普通的仿古建筑不同，那些柔美的曲线如同流水一般倾泻而下，形成了完美的弧度，与旁边的湖泊相映生辉。

这是一个崭新的建模，入眼即绿意横生的山林，其中铺展开的是宽阔庭廊，视角再往后转，就能见到瀑布穿过建筑与建筑之间的缝隙汇聚到澄澈明亮的湖水中央。

短短一分钟的视频充斥着自然的喧哗声，不同于之前高耸青色楼房的静谧，带上了天然独特的活力。

佐特尔能够立刻辨别出瀑布声透过建模在低低述说着什么，但又似乎缺少了关键的音调，无法连续成篇。佐特尔若有所感，问道："是不是缺了什么声音？"

这次，律风回复得很快。

"这是我设计的市民中心，缺少的声音应该是人们交谈、生活发出的声音。"

得到了解释，佐特尔再看视频里的建筑，耳边响起的不再是单调的瀑布撞击山棱的声响。人的声音、车辆驶过的声音，以及风声、水声、电子产品响动声交织在一起，变成了另外一种完整的曲调。

那不是吵闹，而是繁华人世带起的自然共鸣，不是将建筑搬入山林，而是让城市回归自然。

山水相依，天人合一。

律风发出消息后，那边安静了许久。

当他以为佐特尔不会回复的时候，消息框又跳出内容。

Zottel："我有了一个全新的想法。你等我。"

律风诧异地盯着这句话，发现佐特尔完全没有放弃给他的视频配乐。

而他也忘记了说——

这样的建筑，只适合自然的白噪声。

律风想告诉他，没有任何背景音乐比自然本身的声音更适合《山水逍遥》。但是脑内高速循环了整个解释、反驳、提问、回答的过程，那种压了两天的心累感，再度出现……

算了，律风伸了伸懒腰，选择放弃。两种不同领域的人，谁也没法说服谁，音乐家爱干什么就干什么，反正他表达好属于自己的建筑理念就好。

忽然，律风的手机疯狂振动，屏幕上跳出熟悉的名字。

"风哥！快看我给你发的消息！你快看啊！"林一齐激动的喊声刺激着律风的耳膜。

他一时间神情恍惚,竟然在点开消息时思考:林一齐和佐特尔展开"哔哔"大战,谁会是最后赢家?

天马行空的胡思乱想,在他看到林一齐发来的图片时戛然而止。

《今澄日报》的头版头条,那座律风熟悉得不得了的桥梁,在报纸上横跨江面,气势恢宏。白纸黑字的印刷体,写着夺人眼球的标题——

《船工舍命铸昔日,越江飞渡看今朝!》

《今澄日报》用了整个版面,讲述了越江的过去和现在。

专业的文字工作者用细腻的笔触重新描绘了越江船工们的故事。从他们协助红军渡江,到被敌人抓住后光荣牺牲,一波三折都充满了战火硝烟的紧迫感。报道的用词严谨又煽情,看得就连律风这些在和平年代成长起来的人都像回到了那个时代,再次为船工们毅然的牺牲而震撼。

律风听过这个故事很多次。

为了制作概念视频里的浮雕,他反反复复琢磨越江船工的精神,甚至去抗战纪念馆观看了壁画,完完全全将这个故事记在了心里。可律风没想到,本已熟悉到快要觉得麻木的故事,经过文字的重新讲述,竟然引发了他新的感慨。

即便英雄的面庞会因为时间的冲刷变得模糊又陌生,但是他们朴实赤诚的信念,会成为活着的记忆,获得全新的生命。

律风慢慢读着《今澄日报》,整整一个版面详尽缅怀过去、追忆英雄之后,终于开始讲述越江的未来计划。

民生基建,旅游开发,政府搬迁,配套设施,都是越江新区的建设重点。其中着墨最多的还是新闻配图上占了大幅版面的越江桥。这样一座桥梁,在革命悲歌后出现,仿佛是结束一个时代、又开启另一个时代的里程碑。

律风只是读着一份报纸,都能清晰感受到"翻天覆地""日新月异"的真实含义。他勾起浅淡笑意,手指缓缓划过图片,逐字逐句地细看报道中对越江桥的赞美。

——"越江桥气势恢宏,雄伟壮观,带人跨越时代与历史的天堑。"

——"它极大地缩短了两岸居民的距离,用冰冷的钢铁水泥,连接起了温暖的心灵。"

不愧是专业的记者,吹起一座还没开建的桥来,能让他这个设计师都觉得不好意思。

他再往下翻,指尖忽然一顿。

第三章 应聘国院

报道的末尾，用括号清楚标注着——越江桥项目由腾龙集团与全心建筑设计公司共同担纲、桥梁设计师律风亲自设计。

如此详细的标注是律风始料未及的。他以为像他这样没有名气的设计师根本不会出现在报道中，报纸上最多提一提腾龙集团的丰富建设经验，让读者因为腾龙集团的成就而感到放心。

然而，令他惊讶的不止于此。

林一齐的电话打了过来，语气激动又急切地催促道："风哥风哥，你快开电视，他们还做了船工专访！"

律风拿着手机走到客厅，一打开电视，就见到本地新闻台在晚间新闻之后播出的《今澄故事》。

带着摄像机的记者正乘着摇摇晃晃的渡船，以追溯者的身份，重走这一条留有革命印迹的江水。记者面前，船工正在慢慢讲述过去发生的故事。他的发音不如主持人字正腔圆，也不如旁白悠然深邃，可他略带口音的发言和骄傲的神情，真实地将观众带回了那个战火纷飞的年代。

"以前的那些船工，就是这么一船一船地把红军渡过越江……"

他的话语引出了黑白色调的战争资料片，让生活在安稳时代的观众回忆起那段缀满伤痛的历史。偶尔的沉默之中，连越江流水"哗啦"的响动都成了过去的低语。

影像的剪辑比文字更加直白。律风安安静静地坐在客厅，整个室内都回荡着江水和战火的声音。忽然，船行到熟悉的口岸，船工指向前方说道："你看，就是这里要建越江桥！"

"您见过吗？"记者问道。

"见过啊，我们去腾龙公司的时候，设计师亲自给我们看的。"船工的皮肤黝黑，笑容中透着朴实，"一座很漂亮的桥，从这里到对岸，我们都见过！"他手指划出一道弧线，"弧形的，特别宽大，我们整艘船都能穿过去。腾龙公司的人说会跟设计师设计的一样在下面做浮雕，讲的都是我们越江船工的故事。"

报纸上精心夸奖的文字也不及船工这句充满期待的转述更令律风心潮澎湃。他长久以来的疲惫像是有了明确的落点，连肩膀都变得轻松许多，倚靠在沙发里的姿势都变得悠闲。

至少他回国这条路没有选错，也算没有辜负老师的期待。

专题报道不长，更像是和《今澄日报》的联动。等到报道结束，林一齐的激动完全展现在通话之中。

"风哥!看到没有!不只是报纸、电视专访,好多今澄市的公众号都在推送越江桥。我爸出去谈生意,别人都说我们公司出名了,在政府面前排得上号了,要跟我们谈越江新区其他合作呢!"

"恭喜小老板。"律风勾起笑容。

林一齐"嘿嘿"笑着回应:"还不是沾了风哥的光,主要是越江桥设计得好啊。我问了腾龙集团的人,听说他们王总计划增加越江桥的预算,还要把概念图铺遍市里的公交站牌,以它为代表重点宣传越江新区!"

这话一出,律风皱起眉来。之前腾龙集团空降了总监,又专门请了莱恩特,显然是对他极为不满。虽然最后被他说服了,但是腾龙的态度未免转变得太奇怪了一些。

律风关掉电视:"我以为腾龙集团不怎么关心这桥呢。"

林一齐的八卦雷达永远不会让人失望,立刻道:"王总是王总,孟晓飞他爹是孟晓飞他爹。我都打听清楚了,这次研讨会之所以拿越江桥设计开刀,是因为两个高层在打架。王总出国考察,孟晓飞他爹马上就趁虚而入,想用莱恩特的设计换掉咱们的越江桥设计。"

"说来也算英国人懂规矩,莱恩特非要先看过咱们的设计,才肯考虑接不接孟晓飞他爹的单子。谁知道……嘿嘿!莱恩特都不是风哥你的对手!"

他语气里骄傲无比,即使人不在面前,律风都能想象出他乐开花的表情。

"风哥,这新闻报道、电视专题都清清楚楚写了我们公司和你的名字,说明王总回来了想给我们补偿呗。这就是腾龙集团的认可!"

腾龙集团的认可?律风嗤笑一声:"我可不是为了得到他们的认可。"

"我懂!"林一齐声音超级大,"是为了人民的认可!"

他哈哈大笑,被自己的聪敏机智折服。律风这么不为所动的人都因为耳边快乐的笑声惹得勾起嘴角。

腾龙集团的认可并没有什么值得欢欣鼓舞的,可是林一齐玩笑般的"人民的认可",竟然真的触动了他平静了两年的心弦。

律风坐回电脑前,任由林一齐在电话那端叽叽喳喳分享自己对大公司利益争夺的猜测。他一直觉得林一齐性格外向,吵吵闹闹,现在耳边"哈哈哈"讲述小道八卦的声音,更是成为空荡室内唯一热闹的响动。

他对公司利益纷争没兴趣,随手在搜索引擎输入了"越江桥"三个字。这座还没有动工的桥梁已经带着这个名字和《越江船工》的故事留下了无数条网络痕迹。

全世界令人震惊的桥梁数不胜数，可对居住在越江的人来说，身边要建的桥比任何获奖的传奇桥梁都叫人期待。

律风随手点开本地论坛的帖子，都能见到居民对越江桥的好奇还有他们对政府大张旗鼓宣传报道越江桥的感慨。

越江桥忽然成为一种象征，似乎等桥建好了，逝去的英雄就会以另一种形式归来，和他们一起享受战争胜利的成果。

"……去了C.E建筑事务所……"

熟悉的名字划过耳畔，律风浏览帖子的动作一顿，立刻打断了林一齐的喋喋不休："你刚才说什么？什么C.E？"

林一齐习惯了律风安静地听他叨叨，忽然被打断了，还有些不习惯。

"啊？啊……"林一齐忘词似的，回忆了一下，"我说孟晓飞他爹去了C.E建筑事务所。"

"他去C.E做什么？"

"邀请C.E设计越江文化馆啊。"林一齐理直气壮地抱怨，"风哥你又走神！孟晓飞他爹想走国际化路线，计划是桥让莱恩特设计，越江文化馆让C.E建筑事务所设计，这样他就能强压王总一头了。"

"结果啊，C.E建筑事务所的殷老先生说，你们桥梁项目才七千万预算，对整个项目没有一点儿规划和远见，直接把孟晓飞他爸给赶回来了！"他说得神清气爽，"风哥你是留学回来的，肯定知道殷老先生就是那个设计首都体育馆的殷知礼。连大师都嫌弃他，真解气！"

林一齐音调高亢，带着一阵见到仇人倒霉似的笑声。

律风却听得呆愣。他很久没有关心过C.E建筑事务所，国内忙碌的生活渐渐抚平了他敏感的神经。忽然从林一齐那儿听到这个名字，心底的感情无法压抑地涌上来，扰得他思绪混乱，眉头紧皱，又止不住回忆起自己在C.E建筑事务所实习时的点点滴滴。

和蔼却严肃的老师，有趣却散漫的同事，还有如阳光一般笼罩了他整个英国求学期间，包容了他一切任性的……

"风哥，这事儿这么高兴，我们得庆祝庆祝啊！"林一齐的兴奋发言打断了他的思绪。

回忆骤然凝滞，整个室内突然变得空荡无比，律风的手撑在桌面，难得烦恼起来。无形的压力渐渐聚拢，令他好不容易升起的轻松感消失得干干净净。

"不了。我也该准备一下资料，去投国院了。"

"啊?"林一齐小声问,"你不是说再多参与几个桥梁项目积累经验再说吗?"

律风在林一齐的问话里沉默地点开电脑里的报名表。越江桥填补了最后的空白,他继续待下去,也不会得到比越江桥更好的项目。所以,他想试一试。

"有越江桥应该够了。毕竟曲水湾大桥就是国院设计的。"

国家设计院作为国家级事业单位,一直在参与国内大型市政基建项目,名下大大小小上百个分院、分公司年年举行大规模招聘,成千上万地引进新鲜血液,又将栋梁之材输送到祖国各地。

唯独处于国院顶尖的建筑、桥梁以及道路分院高冷不可亲近。每年招聘的要求都只有一句"需要参与或主持建设桥道等项目经验",简单一句话就将绝大多数求职者拒之门外。

简而言之,不要新人。

择优录取,宁缺毋滥。

律风想去的正是国家设计院桥梁分院。

桥梁分院院长吴赢启主持设计了曲水湾大桥,与总工程师翁承先一起带领团队建造了这座令律风反复钻研的桥梁。也只有国家设计院能够随时承接国家大型桥梁项目,圆满完成国家交付的任务。

林一齐当然知道律风想去国院的原因,凭律风的能力,待在全心建筑设计公司根本就是看他的面子。

律风在公司设计的建筑、桥梁方案都极为优秀,更何况这座越江桥已经帮全心公司吸引了后续大量的室内设计合作意向,连他爸都对律风赞不绝口。仔细算起来,律风帮他的忙更多。

林一齐耳边尽是他爸夸赞律风的话,沉思片刻后说道:"风哥,既然你要去考国院,我爸有几个熟人在那儿,要不要……找点关系?"

律风闻言,敲打键盘的手指一顿。人情社会,有熟人、有关系就会轻松很多。即便是国院这样顶尖的设计单位,只要能满足招聘要求,剩下的考核或者面试,有熟人去打打招呼,以律风的资历,被录取简直是轻而易举。

然而,他说:"不需要。"

国家设计院是国内基础建设工程人才汇聚的地方。如果他不能完全靠实力进去,这地方也就不值得去了。

律风的回复简短,导致林一齐瞬间误会了他的意思,情绪激动地说道:"也对!风哥连莱恩特都能说得心服口服,国院的考试算什么!你一定行!"

律风笑出声,也不多做解释:"承你吉言。"

第三章 应聘国院

每年国家设计院的统一招聘都是件大事。人力资源部一早就忙碌了起来，筛选简历，审核资料，然后确定面试时间、地点和考官。

早已熟悉的流程，这次却有些不同。

桥梁分院的冯主任正坐在人力资源部悠闲地喝茶看报，与身边忙着审核、接线的员工形成鲜明对比。原因很简单，总院钱副院长的亲生儿子今年研究生毕业，看上了桥梁分院的岗位。

在桥梁分院，关系户只要努努力，四五年就能轻松成为项目主要负责人。如果关系户不想努力了，躺在单位当一条咸鱼混吃等死也没人多嘴多舌。

这不，钱副院长一句话，桥梁分院的冯主任就亲自上门，坐等人力资源部给资料。

张泉在人力资源部干了三年，已经对这种特殊待遇感到麻木了。每次有重大关系户要应聘，都会走这么一遭。

他一边审核报名人员资格，一边跟同事在微信上悄悄聊。

张泉："关系户就是不一样，说要进桥梁分院，主任都来亲自跑腿。"

同事那边见到消息，"嘿嘿"一声，回复道："有个好爸爸呗。"

桥梁分院，从不公开招聘。进院的新人不是地方基建项目的负责人，就是项目成果斐然的分公司骨干精英。

今年，钱大公子要来，钱副院钻研许久，终于说动桥梁分院增加一个"设计助理"职位，要求应聘者拥有研究生学历与一年大型桥梁项目设计施工经验，完全就是给他儿子量身定制的位子。

等钱大公子的报名表审核通过，冯主任拿去往桥梁分院院长桌上一放，这个编制就归"建二代"的了。

张泉羡慕了一会儿，随手又点开一封新的报名表。

"嗯？"

证件照刷新出来，修理得稚气的短发下，一双眼睛神采飞扬，瞬间吸引了他的注意力。

报名者长相英俊，头发乌黑茂密，光看照片都能看出与众不同的精神气。

张泉每天都在看各种男男女女的照片，都有点儿审美疲劳了，此刻突然见了这么一位大帅哥，瞬间打起了精神，认真地看起报名表的信息。

律风，二十六岁，项目经历……

越江桥？！

张泉没忍住，转头问："冯主任，前两天你们说的设计师是不是叫律风啊？"

"嗯?"冯主任捏着报纸,困惑地看过来,"怎么了?"

张泉诧异地指着面前的电脑:"我这儿收到了他的报名表!"

刚才还悠闲养老的冯主任脸色一变,神情严肃地站起来,快步来到电脑前。

屏幕上果然是律风的简历。证件照上眉目舒展的青年,有着令人印象深刻的面容,年轻得不可思议,项目经历简洁得近乎高冷。

但是,冯主任十分肯定地说道:"对,就是他。"他立刻转头吩咐张泉,"马上把律风的报名表、作品集打印一份!"

张泉赶紧执行命令,冯主任背着手站在一边,严肃得像个监工。

悠闲看报的桥梁分院主任忽然认真起来,勾起了周围人力资源部同事的好奇心。他们大多听说过越江桥和律风的名字,因为前两天,国院长期合作的腾龙集团特地跟政府的人一起来桥梁分院申请曲水湾大桥的专利使用权!

集团和政府前脚来,后脚国院上上下下都知道了——

今澄市一个小公司的设计师,利用曲水湾大桥的三角钢型支撑专利,设计了一座上承式拱桥——越江桥!

国院拿出来免费共享的专利技术,自己还没研究透彻,竟然被外人抢了先,以至于他们见面必问技术院的亲朋好友"怎么办到的""这怎么可能呢"。亲朋好友都说不出所以然,只能等着桥梁分院派人去实地考察才能回答这个问题。

而现在,能够亲自回答问题的设计师,他的报名表就在电脑屏幕上。

人力资源部的人就算借着泡茶、碎纸、上厕所的机会路过,也要在冯主任身后伸长脖子看一看。

任何见到这张报名表的人,首先都会为律风的年轻感到惊讶。视线再往下一扫,就见到教育经历那栏。

"英国独立建筑学院!"看热闹的人终于忍不住叫出声。熟悉的学院名称出来,暗藏的好奇心再也摁不住了。

"律风是独立建筑学院毕业的?"

"我看看,我看看!"

"有毕业证吗?绩点是多少啊?"

办公室因为律风的学历变得热闹起来,刚才安安静静只是瞄一眼的人,都光明正大凑过来围观高材生。

英国独立建筑学院是世界上最具个性也最具名气的建筑学院。这间名声在外的独立大学素来高贵冷艳,只有建筑专业,只招收建筑设计方向的学生,在这座独木桥上走了整整两百年,且始终没有海纳百川其他专业的意思。

说它是全球TOP级建筑学院，可它又没有正正经经地参与过国际院校专业评比；说它不是全球TOP级建筑学院，可无数国际知名建筑师毕业于此，履历光辉得足以写进世界建筑史。

英国独立建筑学院几乎是全球建筑系学子仰望的知识殿堂。而且，中国大量建筑专业学生在出国留学的时候，都会首先选择英国独立建筑学院。因为，当今世界伟大的中国建筑师殷知礼先生正是英国独立学院的教授。

相对于其他学院挑剔的择生条件以及师生之间陌生的氛围，他老人家对待中国学生更加宽容，也愿意给中国留学生更多的机会，让他们去接触世界顶尖的建筑事务所。

"不得了啊，我还是第一次见到独立建筑学院的人报考国院。"

"难怪他能设计出越江桥，原来是英国独立建筑学院的毕业生！"

办公室的人发出惊叹。他们的疑问终于得到了解答，能够比国院更先研究出三角钢型支撑的普适性，原来是因为毕业于这间诞生无数传奇的学院！

然而，冯主任沉默地翻看着报名表后面附上的作品集，完全没有参与到周围人的震惊、讶异之中。再神奇、再厉害的学校，对他来说都是噱头。了解一个设计师，得先从作品入手，这样才能全面地衡量设计师的能力。可律风交上来的设计作品，只有两座桥。

一座是他已经听过并且见到了可研报告的越江桥。

一座是类似曲水湾大桥的复合型桥梁，纯属概念之作，更像是越江桥设计之前的实验品。

对于一个桥梁设计师来说，这样的作品集太单调了。单调得不像是一个专业从事桥梁设计的人，又或者，他自信地认为：只要拿出越江桥，别的桥梁都不重要。

冯主任没法立刻判断律风的性格。他想了想，拿上打印好的报名表、作品集就往办公室门外走。

"我回去找吴院看看。"

张泉正跟同事一起列举英国独立建筑学院的知名建筑师呢，听到这话，转头只见冯主任风风火火撤离的身影。没忘正事的张泉赶紧喊道："哎，冯主任，那钱院儿子的报名表呢？"

冯主任脚步一顿，像是才想起来似的，略带烦躁地回答道："你们审过之后给我打印好，送到我们院来！"

第四章
CHAPTER 04
公开面试

律风等了三天才收到国院的面试通知。

面试时间定在一周后,地点是桥梁分院的第一会议室。

本该充裕的时间却因为通知的附加要求变得紧张——

"请完善作品集,提供不少于五项参与项目或设计作品的内容,并准备一小时左右的PPT阐述"。

五项……律风盯着这个数量,只觉得头痛。

国家设计院的标准比他知道的任何建筑事务所都要高。他手上完整的桥梁设计作品屈指可数,而且只参与过越江桥一个项目。

虽然他出过不少桥梁设计图,但大多是类似于曲水湾大桥的复合式桥梁,没有多少新意,更登不上国院的台面。

律风点开电脑里的设计作品文档,里面分门别类放满了他学生时代以来设计的各项建筑。如果只求数量,不限定桥梁主题,他随时能够做出精美漂亮的作品集。

可惜,那些线条温柔、绿色节能的建筑物,一定不是桥梁分院想看到的东西,他们是想看看他所设计的桥梁。

室内响起点击鼠标的声音,律风逐一查看了自己研究过的桥梁种类,终于确定了作品集的完善方向。

做不到尽善尽美,至少要表达出他想创造的桥梁世界。

桥梁分院,第一会议室。

律风携带着面试所需要的作品集和阐述PPT来到现场。

会议室外比他想象中更加安静,两扇大门紧紧闭合,前面站着个中年人。

那人穿着朴素的夹克衫,一见律风便扬起笑容,点点头:"律风,来了?"这人语气熟稔地叫出律风的名字,才自我介绍道,"我是设计部的冯汉林,快进去吧,就等你了。"

说完,冯汉林推开身后大门,像一个专业的引路员,全然不需要律风和他寒暄。

律风习惯了国内工作场合的各种客套话，没想到来了桥梁分院，自己准备好的礼貌问候竟然根本用不上。他带着资料走进会议室，却发现里面黑压压坐满了工作人员。上百双眼睛伴随着嘈杂的声音汇聚过来，在看清来人以后，只一瞬间，场面又变得安安静静。

　　会议室第一排坐着一个领导模样的中年人，面前摆放着厚重的打印文件。见律风进来后，他抬起头，满脸严肃。

　　律风难得呆愣，这样隆重的架势绝对不是面试该有的气氛。

　　他不得不低声跟身边热情的冯汉林强调道："冯先生，我是来面试'设计助理'职位的律风。"——而不是什么同名同姓参加会议的其他人。

　　冯汉林一听就笑了。

　　"对啊，英国独立建筑学院毕业那个，设计了越江桥的律风嘛。"他眼角尽是慈祥温和，"没走错，我也没认错人。面试叫这么多人来，是我们桥梁分院的习惯，这叫广泛听取员工意见，全方面考虑求职者秉性。不用紧张，你就当成普通面试，好好发挥就行。"

　　普通面试？

　　律风扫了一眼满满当当的会议现场，跟随冯汉林走上宽敞明亮的讲台。

　　巨大的投影幕布放下来，足以让会议室最后一排的员工将幕布里每一个字看得清清楚楚。

　　他余光一瞥，发现会议室前方立着一台摄像机，镜头后的灯光亮着，显然正在运作。

　　这么"普通"的面试现场，他还只在学校超级热门的大课、讲座上见到过。

　　国院的面试……这么严格的吗？

　　律风在冯汉林协助下安静地开始传输资料。刚刚才静下来的室内，又响起窃窃私语。

　　"这就是律风？"

　　"确实年轻啊，之前冯主任说年轻我还不信。"

　　"换我我也不信啊，越江桥用的又不是其他专利，那可是三角钢型支撑——"

　　谈话逐渐变得模糊，偶尔几个词汇突兀地蹦出来，又迅速被别的句子掩盖。整个气氛骚动起来，还伴随着纸页"哗啦啦"翻动的声音。

　　对这场独特的面试感到惊讶的不只是律风，还有桥梁分院众多设计师、工程师、研究员。

早在一周前,院里就发了通知:今天在第一会议室,大家可以提前入场聆听越江桥的设计师阐述设计理念。

通知一出,在岗的、外派的、出差的、休假的,个个都震惊无比,分分钟把院里聊天群炸出"99+"的消息提示。

越江桥的名字已经成了桥梁分院的讨论热点,它基于曲水湾大桥专利技术设计而成,令员工们格外震惊。即使他们翻来覆去地看了报告,也有无数的问题亟待解答。

"他在修正三角钢型支撑参数的时候,是怎么平衡桥型差异的?"

"越江洪水峰值和航道线高度为什么会有0.86米的落差?"

各种疑问导致了今天会议室爆满的局面。还有不少员工没法亲自到场,只能在聊天群里找亲切友好的冯主任,发出"给我录个像""帮我提个问"的呼声。

于是,会议现场人有了,录像也有了。

冯汉林的笔记本上还认真记录了几个值得一提的问题,就等着律风解说完再挨个提问。

"感谢各位到场,那么接下来我先阐述越江桥的设计理念。"

律风的开场直接又简洁,会议室在他清晰的声音里重回寂静。

PPT上的内容,在场的人已经看过了无数次。然而,当律风说起越江桥的概念时,他们还是翻动了手边的纸张,跟随设计师一起回顾越江桥的信息。

对律风来说,这是一场面试。

对桥梁分院来说,这是一场计划之中的交流。

他们手上的会议材料印满了越江桥的设计原理、越江数据,还有原封不动打印出来的《越江桥采用曲水湾大桥三角钢型支撑的可行性研究》报告。

曲水湾大桥是桥梁分院的骄傲,设计署名"国家设计院"五个字背后,是他们桥梁分院一百多位设计师、工程师两千五百个日日夜夜的付出和奋斗。

经历过的人,能够一生铭记这段时光。没经历过的人,听着这些过往也会觉得与有荣焉。

最初,他们得知偏远地方某个小公司的设计师解决了三角钢型支撑普适性问题,对此充满好奇,同时也有不甘心。好像自己精心养大的孩子被别人领走了似的,难免忿忿不平。

可是当他们坐在桥梁分院会议室,亲自见到这个年轻人时,心里最后的忿忿都消失得干干净净。

嗐,律风都来应聘了,以后都是一家人,怎么看怎么亲切!

桥梁院员工听得格外专注。会议室里回荡着律风的声音，台下翻阅资料、落下笔迹的轻微响动，像极了和谐的抒情曲，陪伴着律风讲完越江桥的全部。

律风在这样的地方，感到轻松又惬意。他不用采取什么战备状态，更不需要提防被人打断，可以自由自在地用母语阐述自己对越江桥的设计理念，不必为了迎合外国专家而换成英语。

这种舒适的表达，律风很久没有感受过了。

好像回国以后，他每一次解说都要做好应对甲方无礼发言的准备，然后获得同行人员"脾气不好"的点评。

律风慢慢说完，鼠标轻点，结束了越江桥的部分，说："接下来的桥梁设计部分都只是我的概念作品，介绍会稍微短一些。"

此时，有人举手问道："你其他的桥梁设计，也是采用三角钢型支撑吗？"

律风耐心极好地回答道："不是。"他点开花费一周时间赶工的桥梁模型，认真回复，"它们是我参考了其他桥梁制作的设计模型。"

不是三角钢型支撑结构，在座的人显然有些兴致缺缺。

参考其他桥梁设计出来的模型，恐怕远远比不上越江桥有趣。

然而，律风的PPT画面一换，屏幕上崭新的桥梁模型立刻勾起了他们全新的好奇心。悬索桥，斜拉桥，连续梁桥，三座大桥铺满幕布，律风并没有打算浪费听众时间，直接将三项概念作品列在一起开始解说。

"这三座桥梁都采用了国内顶尖的工程建设技术。"律风手按红色激光笔，指着对应桥梁，一一讲起设计它们的灵感来源。

"悬索桥，参考的是深谷大桥钢混凝土组合结构桥面设计。

"斜拉桥，参考的是十行山大桥索面钢桁梁专利技术。

"连续梁桥，则是我在研究宇川特大桥之后，尝试分析了超高钢围堰的技术难度，设计出来的模型。"

他并没有详细阐述这些概念，只是坦然又直白地解释道："都是一些构想中的概念创作，我还没有选定适合场所进行具体的调查研究，大家可以随便看看。如果有机会，我再继续完善它们的详细参数。"

律风一句"随便看看"，桥梁分院的员工已经开始骚动起来。他们从来没有想过，深谷大桥、十行山大桥、宇川特大桥会在荣誉榜和新闻稿之外的地方被并列起来！

在座的不少人还亲自参与过画图、改图、实地勘测的过程，将这三座桥梁视为自己工作经历之中的伟大成就。但是律风的语气轻松得好像只要给他一个确定的建设场地,他就可以像设计越江桥一样再造三座桥出来!

终于,有人忍不住问道:"律风,你到底研究了多少桥啊?!"

律风思索片刻,答道:"国际上具有突破性成就的桥梁大约都研究了一些。但是出于研究桥梁的本土化、适应性等目的,我主要研究了国院参与设计的桥梁,共计二十九座。"

随口一句问话,竟然得到了认真的答案。

二十九座国院参与设计的桥?!

桥梁分院的人已经来不及质疑律风话语的真假了。国院参与建设了多少桥梁,他们这些员工不一定能数得清楚,但是他们自己参与研究、设计过的桥梁项目,恐怕都没有二十九座那么多。

他们盯着幕布上的桥梁模型,很清楚律风所谓的"研究",就是像研究曲水湾大桥一样,充满了将独特专利广泛运用起来的斗志。

"是不是他研究过的桥,设计特性都能用在其他桥上面了?"

"这要是能行,省了我们多少改设计的功夫,能养多少头发啊。"

"我突然就想看他把那几座我们解决不了的乌雀山大桥、金枝湾大桥什么的设计出来了。"

"因地制宜,因材建桥,搞不好他真能做到。"

窃窃私语变成了大范围的讨论,会议室又变得喧闹起来。

忽然,冯汉林打开座位前的话筒,咳嗽两声,压住了身后一切吵闹。

"律风,你只列出了四座桥,还有一座呢?"

冯主任这话一出,其他人眼前一亮,紧紧盯向屏幕,等待着最后一座桥梁登场。

毕竟,越江桥重点说,悬索桥、斜拉桥、连续梁桥合并说,那么最后的一个作品一定格外不同于前四座桥梁。

律风感受到会议室的视线,也理解他们的期待。可惜的是,他并没有什么第五座桥。

他对待设计有严格的标准,无论是设计图、创作理念、3D渲染、概念视频,都需要花费大量的时间和心血,用来面试的东西更不可能敷衍了事。

律风说:"我只参与过越江桥项目,另外三座桥也仅仅是存在于构想中的概念,所以对我来说,为了凑数再制作一座桥梁的概念模型,毫无意义。"

话音刚落,冯汉林诧异地转头,看向身边的人。

果然,他身边的桥梁分院院长吴赢启露出了显然不认可的神色。吴赢启让律风完善作品集,就是想看看律风的设计能力和过往成绩。越江桥令他满意,后续三座参考国院著名桥梁设计的模型也做得不错。整场解说,吴院不动声色地坐着,并没有提出任何的疑问。此时,他终于出声问道:"那么,你没有按照我的要求完善作品集?"

他一发话,全场屏息。

如果律风回答"是",在场全体人员毫不怀疑,冷漠无情的吴院长绝对会因为他这个特立独行的小小答案,将律风拒之门外。

国家设计院从建国之初便承担国家大大小小的建筑设计任务,服从命令是一切的基础,更是他们入职多年的心得。

有意见可以提,有脾气可以发,但是该做的工作、该完成的指标,无论多不合理都必须保质保量地完成。

律风感受到了会议室里忽然凝重的气氛,他回答得也格外坦诚。

"我确实按照要求完善了作品集,但是因为时间问题,我准备的不是桥。"

他随手点击鼠标,放置在PPT最后的一栋建筑物出现在屏幕上。宽敞明亮的建筑坐落在一片莹莹碧草之中,阳光倾泻而下,如同流水一般照亮了它柔和的曲线。

"这是我准备的第五个作品,也是我学生时代最满意的设计。"律风的语调在重新见到这栋建筑时变得极其温柔。

他说:"这是一栋公共图书馆,我设计的时候,是希望它能够给读者带来一个温暖安宁的精神家园。"

吴赢启沉默地凝视着幕布上的图书馆,耳边尽是律风介绍设计理念的声音。

即使声线只有些微不同,他也能够听得出来律风在介绍这栋阳光照耀的图书馆时宁静柔和的情绪。

他坐在会议室第一排,从越江桥听到连续梁桥,坚定不移地认为律风是一位优秀的桥梁设计师。直到这栋图书馆的出现,用温和的光影讲述出了另一个事实——

比起桥梁,律风更擅长建筑设计。

这座图书馆拥有独特的屋檐,流畅的曲线顺着琉璃色调的砖瓦,映照出浅淡温暖的阴影。宛如一片飘落的树叶轻轻落在草丛之中,遮盖出一片安静祥和的小天地。

吴赢启敏锐的职业神经能够清晰辨别出律风设计的每一座桥梁的优点和缺陷。但是他面对这座图书馆时,只觉得疲惫的精神找到了休憩之所,头脑空白得只想夸一个"好"。

身后员工的低声议论清楚地传进他的耳中。

"这图书馆设计得也太好了吧,如果有这么一座楼在我面前,我肯定会进去看看。"

"我也会进去。而且我觉得吧,这图书馆比越江桥还要漂亮。"

"咱们天天看桥,都是一条线、几个弯,单调嘛。建筑物渲染图当然比桥梁丰富。"

吴赢启却立刻意识到,这不是丰富,这是天赋。

建筑师以那些造型夸张、标新立异的建筑物成就自己,创造建筑完全是个人观点的表达,也更适合律风这样天赋异禀的年轻人的个人发展。

但是,国家设计院负责的桥梁绝不是属于某一个人的思想创作,而是国家交予的任务。每一座桥梁都肩负着无数人的期望,它的诞生甚至可能是建设团队几年、几十年、几个世纪代代相传的使命。

吴赢启不相信律风不知道自己的天赋所在,这么优秀的建筑师不可能没有优秀的导师进行指引。

他等律风结束了对图书馆的简略阐述,困惑而直白地问道:"你为什么不继续在建筑设计方面发挥特长,而是选择了桥梁?"

他的问话令律风一愣。

准备这场面试的时候,律风设想过面试官们会问的各种问题。关于桥梁的,测绘的,或者吃苦耐劳的,律风也做好了相应的回答准备。可他没想过,会面对这样一个问题。

这是一个曾经令他挣扎了无数日夜的"为什么",最终经过他尊敬的老师开导,他才确定了真正想要前进的方向。

也许在几年前,面对这样的问题,律风还无法回答,仍旧会感到迷茫。现在,他却如释重负地笑出来,平静说道:"在我回国之前,老师对我说——'单一的建筑改变的是一座城市的风貌,以及居住在这座城市的人对故土的记忆。但是桥梁和道路改变的是城市与城市之间的联系,也给居住在不同城市、不同阶层的人们带去更多的可能性。'

"我选择的不只是桥梁,还有桥梁存在的'可能'。"

律风的未来,原本有另外一个完美的职业规划——

成为著名建筑事务所的一员,设计并建造出属于自己的作品,获得更多的名誉和享受更多的赞美。

然而，当他站在桥梁分院的面试讲台上，他才清楚地意识到：他喜欢和同样黑发黑眼的人表达自己的思想，喜欢和一群专注于桥梁的建设者探讨设计和规划，也喜欢和这些趣味相投的设计师一起探索桥梁的可能性。

律风说："我学习建筑设计，不是想看到一栋孤独美丽的建筑物拔地而起，而是一座座桥梁连接道路，贯通每一座孤岛，为这个国家创造更多的'可能'。"

吴赢启听过太多年轻人的口号。

那些初出茅庐、刚入社会的年轻人，总是怀着一腔热血，愿意为国奉献、不求回报。

然后，随着工作日复一日的循环，生活年复一年的打击，他们的斗志会被渐渐消磨，被社会的阴暗面侵蚀，最终忘记自己的昂扬激情，丧失对未来的信心，以至于可能走上另一种极端。

他本该了然地面对律风的"选择"，波澜不惊地让会议进行到提问环节。

但是，吴赢启面对那双坚定不移的眼睛，竟然觉得——

也许，律风不会轻易动摇自己的信念。

律风的图书馆设计展现出了他惊人的建筑才能，有眼睛的人都知道他的天赋在哪里。

可这么一个前途无量的年轻人依然选择回到祖国，放弃建筑设计转而研究曲水湾大桥，甚至设计出了一座预算不过七千万的越江桥。

仅仅，是为了一种"可能"。

吴赢启清楚地知道，律风不是一时兴起，更不是花言巧语。他为自己的话语所付出的努力，全都凝聚在了越江桥的资料里。

桥梁设计并不是什么轻松的描图工程。

即使拥有曲水湾大桥成功的先例，也不是谁都可以轻轻松松复制三角钢型支撑结构。摆在吴赢启面前的这些数据、图表，比任何铿锵誓言都要真实。

会议室里鸦雀无声，参会者似乎都被律风的话说得开始深思。

吴赢启迟疑片刻，终于重新说道："作为桥梁分院的院长，我十分欢迎你加入设计院成为国家桥梁建设的一员。但是……作为一个设计师，我不得不提醒你，我们的工作没有你想象得那么崇高。

"我们桥梁分院的勘察设计任务，都是和国家建设集团展开的合作，涉及的项目大多位于偏远山区和荒郊野岭。我工作三十多年，只要有负责的项目，绝对是'白加黑''五加二'，天气再恶劣也要顶住压力干，工作紧急起来，一两年回不了家都是常态。除了国家规定的工资薪金和保险之外，国院发放的补贴可以忽略不计，获得的回报也没有办法和成功的建筑师相比。

"而且，你要面对许多徒劳无功的付出，因为不是每一个项目都能像越江桥一样只靠努力研究就能成功。"

吴赢启的一番话，让会议室再次骚动起来。

"来了来了，吴院保留式劝退节目。"

"这不是劝退，这是打预防针，意思是'别让我逮到你偷懒'，勿谓言之不预也！"

桥梁分院能够留下来的设计师研究员，都在大大小小的会议上接受过吴院长的思想教育。

他们吴院是做技术上来的领导，说话耿直，从不假大空，该表扬的疯狂表扬，该批评的从不留情。

比如"不想干，趁早走，我们可以省出名额招新人"。

比如"有更好的出路，我也祝福，但是希望你们不要耽误手上的工作，磨磨唧唧不是男人"。

男员工强烈表示性别歧视，跟女员工嘤嘤嘤："为什么吴院不说磨磨唧唧不是女人？"

独具个性的姐姐妹妹们敷衍道："有意见你找吴院提，别打扰我画图。"

桥梁分院的气氛经历过项目考验，早就变得格外和谐，但他们不明白——

"为什么吴院要特地跟律风说这话啊？"

"因为……律风去做建筑设计会更有前途吧。"

在座的人都能感受到吴赢启对律风的欣赏。特地召开交流会当作面试，特地叮嘱律风完善作品集，特地询问律风为什么不继续走建筑师的路……

这种前所未有的待遇，不少人也是头一次看见。

所以，无数眼睛盯紧了律风，准备看看这位优秀人才要怎么跟固执的吴院长表忠心。

然而，律风听完吴赢启的话，没有讶异，没有迟疑，只是露出微笑。

他说："我了解过国院的情况，对桥梁设计工作里会遇到的挫折做好了充分的准备。而且，请您放心。

"我不缺钱，能加班，不结婚。"

一场公开的面试，流传得最广的不是律风有多优秀、越江桥的考量有多全面，更不是律风阐述之后长达两个小时的解答，而是——

"你知道来应聘的律风吗?就设计越江桥那个。吴院问他,你能不能吃苦,受不受得了常年不回家和工资低,你猜他怎么回答?"

"他说,'我不缺钱,能加班,不结婚'!"

国家设计院一直苦于留不住优秀人才。不少功成名就的职工,一旦有了新的途径,就会考虑向私人设计公司流动。

面对职工正常的个人选择,国院除了加强思想教育、强调国家责任之外毫无办法,大部分人都羡慕离职人员薪水高,然后默默加班。

现在,来了个英国留学回来、对曲水湾大桥研究透彻的优秀人才,开口就是不缺钱、能加班、不结婚!简直是完美的画图工具,震得一群人大呼内行,吴院怎么可能不把人留下来。

即使面试结束,桥梁分院关于律风的话题仍旧炽热。

不到一天时间,国家设计院的人都知道了,那个设计出越江桥、从英国留学回来的律风语出惊人,把桥梁分院的吴院长都折服了。

人类的好奇心在这种八卦上攀上巅峰。就算不是桥梁院的人都找到桥梁院的朋友,要了律风的面试录像、作品集和PPT来膜拜大佬。

律风的录像和资料,成了学习资料,被到处传播。

桥梁分院称赞他的桥梁,道路分院称赞他的觉悟,而建筑分院则在看到那栋图书馆设计后,遗憾这么一个优秀设计师怎么不选建筑分院啊!

他们一边听着律风"不缺钱,能加班,不结婚"的宣言,一边端详着那座温暖静谧的图书馆概念设计落泪。能够设计出这么一栋图书馆的建筑师,如果往他们建筑分院投简历,绝对分分钟被录取。

他们内心充满羡慕嫉妒恨,怎么这么一个优秀人才偏偏要去造大桥?!来做祖国地表最强建筑设计不好吗!真是便宜桥梁院了!

忽然有人问道:"这栋图书馆,怎么好像英国刚建的那个图书馆?"说着,他点出了在网上保存的照片。

刚刚建成的利斯公共图书馆,拥有着类似的树叶曲线。

建筑院的同事凑过来看了一眼,说道:"只是房檐有点像吧?而且啊,英国这个图书馆是C.E建筑事务所的设计。"

C.E建筑事务所的名声如雷贯耳,所里汇聚了国际建筑大师,随随便便出手就是震惊国际的建筑作品。虽然这栋图书馆是尚未完工的建筑物,但是它有了C.E的标识后立刻就显得与众不同了,绝对不会是律风这样毫无名气的建筑师设计得出来的东西。

得到同事的提醒,刚才觉得两个图书馆长得像的人,忽然就觉得不像了:"也对。如果那个律风都能在C.E参与项目设计了,怎么可能去桥梁院,应该来我们建筑院啊!"

英国,C.E建筑事务所。

利斯公共图书馆的外部工程刚刚结束,建筑师们都得到了短暂的休假。办公室里,助理们已经悠闲地开始计划出行,电脑屏幕上都是旅游胜地的视频,蓝天大海,风光无限。

"我觉得马尔代夫不错,我能躺在沙滩边晒上一整天。"

"应该去拉斯维加斯!"

"荷兰也不错,上次我去的时候匆匆忙忙,都没空好好玩一次。"

忽然,室内传来了温柔的钢琴声。

杰森转头一看,发现安娜的电脑屏幕上显示着一栋美丽的建筑物。青色的墙面与树叶色泽辉映,和谐得连背景音乐都无法打扰它的安宁。

他加班加到急需休息的精神顿时一振,问道:"这是哪里?"

"什么哪里?"安娜叹息一声,"这只是一个建模视频。我在听佐特尔的音乐,他又消失了整整一个月了。"

安娜是佐特尔的忠实粉丝,常常和杰森分享这位优秀音乐人的创作。然而,再优秀的音乐,都挡不住杰森的惋惜。

"哦,我还以为视频里是哪个国家的建筑,正想趁着休假去亲眼看看呢。"他作为建筑师,天生对建筑物敏感。光是凭电脑上一掠而过的影像,他也能判断出这些楼栋的优秀之处。

由音乐带起的话题落回到了建筑师的职业通病上,没等他们反应过来,大家已经不由自主地讨论起视频里的建模要如何完成建设。

"虽然它是青色的,但是我发现屋顶的光线其实是树叶反射的影子,不全是涂层。"

"我们在利斯公共图书馆用的琉璃瓦怎么样?那些瓦片反射的光线,就很像他这栋房檐上的流水光。"

"不不不,你看边缘的细节处理,我们图书馆的琉璃瓦做不到这么通透的反射,应该换成金属材料更好。"

"在聊什么?"冷厉的嗓音传来,气氛忽然变得凝重。

他们诧异地抬头,就见到本该好好休息的殷以乔随意地穿着风衣,手拿一沓文件，径直走了过来，神情一如既往地严肃。

"利斯公共图书馆验收单，弗拉门戈音乐厅实地勘查计划，还有奥拉大楼的设计图修改方案。"他一边说，一边将文件放在助理的办公桌上。

休假还不忘工作的大建筑师，瞬间叫助理们觉得头顶凉飕飕的，什么马尔代夫、拉斯维加斯都在跟他们挥手道别。

自从中国的腾龙集团来过之后，他们就觉得殷以乔不怎么高兴。平时殷以乔还会跟他们闲聊几句，嘘寒问暖，最近都公事公办，浑身散发着拒人千里之外的气息，甚至带着他们一起连轴转，赶工完成设计项目。

从他们的角度来说，当时与腾龙集团的会议中，对方并没有失礼的地方，来洽谈的人士位居副总之职，给出的条件也相当优渥。

可是，殷老先生在了解到腾龙集团的越江桥会由斯蒂芬·莱恩特进行设计，并且之前的方案也被推翻了以后，态度忽然就变了。殷老先生语气仍是温和，但拒绝得十分果断，而殷以乔的脸色直接变得阴冷如冰。

杰森这个做助理的见了都觉得匪夷所思。他在C.E工作两年，从来没有见到两位殷先生如此对待来自中国的客户。

虽然殷以乔常常冷着一张脸，可殷老先生对中国来的客户向来如春风般温暖，即使最后不能合作，也会给出最好的建议。如果不是杰森清楚殷老先生和莱恩特的关系有多好，一定会因此认为，莱恩特与殷老先生有难以解开的世仇，以至于祖孙两人同仇敌忾。

然后……殷以乔开始带着他们一起赶工利斯公共图书馆，连小小假期都不肯放过！

杰森拿过殷以乔递来的文件，不得不问道："这三项工作都要提前吗？"

"嗯。"殷以乔不是很想多聊的样子，"图书馆验收之后直接去马德里。尽快，我不想浪费时间。"说着，他余光瞥过安娜屏幕上青色的建筑物——中国式飞檐建筑带着浓郁的自然气息，非常符合他的喜好，一片安静祥和的景象，稍稍抚平了他的心绪。

殷以乔语气稍微缓和一些，客套地夸奖道："这建模不错。"

终于见殷以乔有聊天的意思，杰森立刻插科打诨："当然不错，这可是伟大的澳大利亚音乐家的作品。"

"音乐家？"殷以乔挑眉看向建筑物，他可没见过会做建模的音乐家。

"对，音乐家！"安娜激动地将视频重新播放，认真说道，"听听，这简直是天堂才会存在的音乐。"

视频从头开始播放，殷以乔很给面子地听着音乐，顺便欣赏起这片青绿交织的风景。

他很忙，需要工作填充空闲时间，才不会感到无所事事。但是，面前山水画卷一般的景色令他安宁平静，他愿意花费时间慢慢欣赏。耳边是逐渐激昂的交响乐，本该是优雅从容的调子，殷以乔却觉得吵闹。

"音乐一般，配不上这建筑。"他说着，径直走到安娜工位旁，拿过鼠标，点击静音。

安娜男神的音乐作品被评价"配不上"，完美戳中她的怒点。

"为什么！"她表示强烈抗议，"殷，佐特尔可是音乐天才！"

"音乐天才根本不懂建筑。"殷以乔拖动进度条，观察着这栋无声的建筑物。

他说："这是山水城市建筑，讲究的是贴近自然、安静祥和，它根本不需要配上什么钢琴、小提琴、交响乐，它需要的只是自然的声音。"

殷以乔仔细地端详着这栋建筑物。它依山而起，耸立在山林之间，看起来像是建模师的随性之作，可每一面的打磨，都符合建筑设计模型的要求。

"做这个模型的人，应该拥有扎实的建筑知识，他的飞檐廊桥、窗棂立柱看起来随心所欲，事实上完全符合力学标准，更不可思议的是，他创造了一座融入山水的现代古建筑。"

古代建筑在现代生活里总是存在突兀感，常常撕裂时间空间的维度，瞬间让人分辨出"古"与"今"。可尽管殷以乔在这栋建筑里见到了无数中国古代建筑的特性，依然觉得它是适合现代人居住的现代建筑。

明明是来事务所继续工作的殷以乔拖着视频的进度条，一点一点地给助理们分析这栋想象中的建筑的独到之处，它外部的构造，整体的协调性，还有视频里隐隐约约透出的内部玄机。

殷以乔将画面定格，勾起嘴角，虚指了指檐顶角落透出的微光，说道："他用多层曲木承托做出了最传统的斗拱，明明是现代建筑，在这种细节上又想要还原古建筑的结构，有意思。"

也许只有在聊起建筑的时候，冷漠严肃的殷以乔才会显露出深藏的温柔。

助理们专心致志听着他对视频里建模的解读，慢慢了解到一个遥远又陌生的中国古建筑世界。

当殷以乔指出建模设计中的独到之处，连安娜都无法反驳他的观点——佐特尔的音乐确实配不上这栋建筑。

因为，它远远超出了概念作品的范畴，是一个可以完成且值得付诸实践的真实设计,并且完美融合了古今、山水、人文三大主题。

殷以乔对这个建模产生了浓厚的兴趣。进度条继续往后,他忽然发现了什么,将画面停留在了楼栋边缘的特写上,接着放大了一个角落。

高清的视频足以让他看清角落边缘的图案,那是一枚形似鸟羽的雕刻,形状蜿蜒,赋予了这栋高大建筑最为温柔的边角,也叫殷以乔看得愣神。

这么一个纯粹中国式的纹样,同样引起了助理的好奇。

杰森:"这应该是中国的什么吉祥纹样吧?"

安娜:"有点像栏杆和墙壁上喜欢用的雕纹,什么蝙蝠啊,龙啊,凤凰啊,这个有点像凤凰。"

"不是。"殷以乔笑出声,语调充满怀念,"这不是凤凰。"

更不是什么吉祥纹样。

这样独特的纹路,他见过许多次。它们丝丝缕缕附着在光滑锐利的建筑上,带上了独属于设计者的温柔,连不苟言笑的殷以乔都弯了弯唇角。

助理们面面相觑。他们已经很久没有见到殷以乔这么高兴的笑容,虽然短暂,但是发自内心,仿佛这个来自中国的纹样将他一直以来积累的怒火一扫而空,把他从一个魔鬼变回了一个脾气温和的好上司。

杰森诧异地问:"殷,它到底是什么?"

"与你无关。"殷以乔恢复了他一贯的不近人情,并没有打算为助理们答疑解惑,但他持续低压的心情终于因为这个建筑好了起来。

他视线一瞥,快速记下了视频的名字,转头就改变了之前的计划。

"杰森,刚才三个项目都帮我延期一周,我要休假。"

在C.E工作,经常会体验到过山车般的心情。刚才阴云密布哀悼节假日的杰森,忽然阳光起来:"休假?太好了!哦不,我是问,你去哪儿?"

"中国。帮我订一下机票……"殷以乔看了看行程,"就明天吧。"

第五章
CHAPTER 05
一年为期

律风面试完，以为要等上十天半个月才能得到结果。谁知道当晚冯主任就打来电话，通知他第二天上班。

律风到了现场，发现还有一个新人。

冯主任简单介绍道："这是钱旭阳，A大的研究生，跟你一起实习。"

钱旭阳长得不算高，身材宽阔，撑得一套整齐的西装衬衫略微臃肿。他客套地伸手跟律风打招呼："你好，我学道桥的，你呢？"

"建筑设计。"律风回握他。

一听是建筑设计，钱旭阳微眯眼睛，意味深长地说："哦，建筑设计，专业不怎么对口啊。"

这感叹，律风听着感觉奇奇怪怪的。他总觉得钱旭阳带着一丝敌意，即使对方脸上带着客气笑容，他也没有亲近深交的念头。

律风还没说什么，冯主任倒是开了口："有话待会儿慢慢聊，先来签合同。"

钱旭阳撇撇嘴，走过去拿起笔，随手翻看起实习合同。

冯主任说："实习期一年，工资待遇和五险一金都按院里标准。但是我得提醒你们，实习期是考核机制，如果一年之后表现得好，你们就有直接成为桥梁设计师的机会；表现不好，这份合同就算到此结束了。"

钱旭阳听了这话，一点儿疑问都没有，爽快地签了字。

可律风出声问道："国院招的不是设计助理吗？怎么实习一年，就能成为设计师？"

设计助理作为辅助桥梁设计师的岗位，工作职责与设计师截然不同，其工作内容主要是完成设计师交代的任务，顺便多学习一些业务上的处理方法，更适合没有经验或者经验较少的人。

律风自认在桥梁方面就是一个经验少的新人，所以冯主任忽然来一个"一年之期，期满升职"，他觉得十分意外。

冯主任不急于解释，只是指了指合同，说道："你先签。合同签了，保密协议签了，我再详细跟你说。"

等律风签了字，冯主任将合同收起来，叮嘱道："接下来我带你们去档案室。

一定要记得你们签了合同,档案室里的文件都是机密,不允许外传,更不允许拍照。"

实习做得神神秘秘,律风觉得难以理解。冯主任也不解释,直接穿过长廊,刷了卡,把他们带进了宽敞的档案室。打开灯,室内满是整齐排列的铁皮档案柜,稍远的地方还并排摆放着几张空的电脑桌。

冯主任费劲地摇开其中一个柜门,拿出了一个厚重的档案盒,上面清晰地写着"乌雀山大桥项目",并且标注了年月日和档案编号。

冯主任将档案盒放在电脑桌上,道:"吴院去忙项目了,所以这事他嘱咐我来安排。这里面的资料都与一座叫'乌雀山大桥'的项目相关,你们两个人的工作就是整理这些资料,看看能不能用自己的专业知识解决这座桥的问题。

"考核标准很简单,写一份关于乌雀山大桥的论文,或者做出新的桥梁设计方案,交给国院领导审评。如果他们认可你们的成果,你们就能留下来。"

钱旭阳一脸得意,显然早就知道了这个标准。而律风沉默着,看了一下茫茫大海般的档案柜。

"待会儿有个叫钟珂的会来找你们。她清楚乌雀山大桥的情况,缺什么、想看什么,她再给你们调电脑里的图纸。"冯主任叹息一声,"也不用有什么压力,你们刚来,先熟悉熟悉。"

说完,他就留下两个新人和一室资料离开,止不住心里的感慨。

律风这么优秀的人才,随便送到哪个项目里都能顶起一片天。

昨天面试结束,吴院亲自去找总院李正业院长,要给律风特别申请一个桥梁设计师名额。然而,钱副院早就等在了院长办公室,坚持说今年的名额仅此一个,一定要优先把自己儿子塞进桥梁院。

亲儿子的工作问题,当爹的格外重视。

桥梁分院又是发通知,又是搞录像,气氛热烈得像是把律风当成了自家人,钱副院怎么可能不着急。他堂堂一个国院副院长,比吴赢启这个桥梁分院长还高一级,如果都不能决定一个小小的设计助理岗位,那他的面子怎么放?

冯汉林也不知道当时的战况,更不知道李院长是怎么调解矛盾的。只是,吴院冷着一张脸回来,就叫他分别给律风、钱旭阳打电话,通知两人马上开始实习,专攻乌雀山大桥项目。谁能拿出让国院所有领导满意的结果,谁就直接入职桥梁设计师,要是都不满意……那就各回各家,以示公平。

于是,原定的设计助理岗位没了。两个人都成为了实习助理,一年为期,奔着桥梁设计师的位子,谁去谁留全凭本事。

律风的本事,冯汉林是见过的,把他放在任何一个在建项目里担任主设计都没有问题。可乌雀山大桥……冯汉林惋惜不已,却毫无办法。如果吴赢启选择的不是乌雀山大桥,钱副院恐怕也不会同意来这么一场"公平"的比试。

众所周知,那座桥没法建成,项目又不能取消,这才一直搁置至今。

律风想在这座国院十二年来都没法完成的桥梁上出成绩,还不如指望钱旭阳靠着他爸的积累,写出一篇乌雀山大桥论文讨得领导欢心容易。

冯汉林理解吴赢启的意思。作为院长,他完全可以在明年特地给律风设置一个桥梁设计师岗位,但是,他仍旧希望律风能够靠自己的能力留下来,让人心服口服。

档案室里,安静得只能听到日光灯"嗡嗡嗡"的低鸣。

冯主任走了之后,钱旭阳就找了张凳子坐下来安安稳稳玩手机。律风懒得管钱旭阳什么态度,心思全在面前的资料里。

他稍稍绕着档案柜走了走,搞清楚这些档案的门类和排列顺序之后,随手抽出了一盒,扔在桌上慢慢看。

满满一室的资料,全是关于乌雀山大桥的信息。律风手上这本装订成册的档案,从文件的字号、时间落款都能看出年代感。

厚厚的纸页里全是上传下达的请示以及批复,字里行间写满了乌雀山大桥存在的必要性。公文有着刻板的表述方式,关于乌雀山大桥的表述用词严谨,数据详实,就算是他这样不怎么懂得公文格式的人,都能清楚领悟国家要建的是什么桥——一座横跨乌雀山峡谷,跨度超过一千米,桥面与江面距离高达六百米的特大高速桥。

律风只是见到这两个数据,就忍不住皱眉。全球跨度超过一千米的桥梁,屈指可数。

桥面高度达到六百米的桥梁,根本没有。他不禁快速查看起档案柜标签贴好的时间。

资料室里林立的档案柜,一列一列地装满了迄今已有三年、五年,甚至十年"高龄"的档案盒。律风一路向前,走到最前面一排柜子,终于翻到了最初提出兴建乌雀山大桥的那份资料。

时间:十二年前。

当时曲水湾大桥都还没有开工,桥梁分院就已经开始研究如何建成这么一座惊天地泣鬼神的桥梁了!

律风认真读着那份十二年前的请示文件,完完全全被撰写它的人震撼。彼时中国没有曲水湾大桥的成功经验,更没有超出当年建设工程水平的技术,文件上却白纸黑字地写道:

"只要乌雀山大桥建成,国家高速就能畅通无阻地进入冰天雪地的藏区,缩短四小时的绕山路程,打通西藏与内陆的最后阻碍。"

"只要"与"就能",简单的两个词,意味着桥梁分院必须在一座海拔超过两千七百米的山上造出一座跨度一千米、高度六百米的桥梁。哪怕是律风这样研究过二十九座桥梁奇迹的人,也会觉得撰写这份请示的人异想天开!

然而,正是因为这份异想天开的请示,才有了乌雀山大桥满满一室的研究资料。

律风几乎是怀着震惊和错愕的心情,去翻看后续的项目组文件。他每打开一盒资料,都像打开了一个惊吓箱——

乌雀山环境恶劣,冬季天寒地冻,夏秋阴雨大雾,春季风速七到八级。

交通建设集团规划的桥梁位置,存在严重山体滑坡、落石风险。

最高海拔两千七百米,最低海拔一千六百米,峡谷全长十九公里。

……

乌雀山的恶劣情况数据详实,清晰可见。

然而,这个不可思议的项目,还在继续着勘测。律风跳过中间整整十年的光阴,找到两年前的档案,都能清楚地看到——

"乌雀山受到7.2级地震影响,方案三、方案四原定的桥墩设计地点存在风险,有待进一步勘测研究。"

十二年间,项目组不断发回乌雀山情况的报告,而最后一份资料,日期尚是去年。

律风慢慢翻完这份资料,终于能够确定这个项目完全停滞了。

自从两年前乌雀山遭遇7.2级地震,影响了方案三、方案四的落位点,这座山体的测量数据就再也没有新的变化。

没有变化,代表着项目走向尾声。

律风桌上摆满的资料,连同十二年来勘测研究的全部档案,默默地沉睡在冰冷的铁皮柜里。每一份似乎都在讲述这个徒劳无功的项目耗费了多少人多少年的心血,最终,一腔热血被7.2级地震浇灭。

他忽然懂得了冯主任的叹息。一座没有政策阻碍的桥梁,受制于恶劣的自然条件,以至于十二年没能确定方案,顺利开工。而且,再过十二年也不一定能有进展。

去研究一座没有进展的桥梁，根本不需要压力。他们能给出的论文或者建模，无非是阐述一下个人的观点，展示一下自己的学习成果，最后全凭审阅者的喜好来判断优劣。

他们两个实习生的论点、设计、畅想，在耗费了十二年心血的研究资料面前，空洞苍白得不值一提。

钱旭阳坐在一边玩着手机。他终于没有听到律风翻开那些老掉牙文件的"哗哗"声了，笑着说："你知道了吧，研究这座桥其实挺没意思的，因为它根本不可能建成。"

直到钱旭阳忽然说话，律风才想起来档案室不只自己一个人。他脑海里满是乌雀山的数据，有些机械地循声看向钱旭阳。

钱旭阳见他看过来，表情立刻得意起来，像分享独家八卦似的说道："这座桥啊，我听我爸说过。二〇〇一年修铁路的时候就想建了，没成。等到开了奥运会，交通建设集团那群人修高速的预算花不出去，说来来去去绕开乌雀山这么多年，不如把桥建了，以后省时省力免得绕道。

"所以啊，交通建设集团才拉着国院合作，还成立乌雀山路段项目组专门研究乌雀山大桥。原本定了两个方案，就等最后确定好了开工，结果一场大地震，直接把最适合建桥的地方给震出了裂缝！

"哎，你说，老天爷都不帮忙，怎么可能建得起桥！"

律风沉默着听完，觉得钱旭阳跟那些开着出租车聊国际新闻的司机一样，语气里显得对乌雀山项目熟悉无比，连铁路、高速两拨人马想修建乌雀山大桥都知道。

但是，他的话语中绝对不是钦佩，不是赞同，更不是惋惜。他只是做了个旁观者，嘲笑想要建桥的人纯属蚍蜉撼树，不自量力。

他嘴角勾起的笑，翘起的脚，敲桌的手，都让律风产生了前所未有的熟悉感。律风略微思考，终于想起来了，钱旭阳这样的态度，像极了那些自己最讨厌的人——

那些人最擅长的，便是在建不起桥的时候冷嘲热讽，又在建成了桥的时候说"大可不必"。

这种"理中客"，怎么他到了桥梁分院都能遇上？

律风冷笑一声："曲水湾大桥建成之前，很多人也这么说。"

钱旭阳等着律风附和自己，结果等来了这么一句话。

"不会吧？你不会真的以为乌雀山这种情况跟曲水湾似的，努力努力就能建成桥吧！"

他惊讶道："曲水湾大桥长是长，难是难，可它又不是建在乌雀山这种冰天雪地、荒郊野岭！而且乌雀山还有地震！"

曲水湾可是全国数一数二的繁华地带，地势平坦，气候宜人，只不过是两岸相隔远了点儿罢了，怎么可能和乌雀山相提并论。钱旭阳之前觉得律风狂妄，现在觉得，这人模仿曲水湾大桥设计了一座小桥，就以为自己是什么救世设计师了。

他正要用自己的独家内幕认认真真教训一下律风时，档案室外传来一声清脆的女音。

"嗨，你们是不是今天来实习的？"

他们一转头，就见一位穿着T恤衫，头发简洁地扎在脑后的年轻女性。

律风还没回答，旁边桌的钱旭阳就站了起来。他热情洋溢、笑容满面地喊道："啊，师姐！我叫钱旭阳，以后请多关照。"

"你好，你好。我叫钟珂。"钟珂的表情有一瞬间的尴尬。毕竟，他们桥梁分院的都知道，今天来了两个实习生，一个是律风，一个是……钱副院的儿子，关系户。

他们这些设计师，对关系户都没什么好感，干活少、占名额，还不能当面唧唧歪歪，免得关系户记仇报复。可钱旭阳这么热情地叫她师姐，她这个当师姐的也不可能冷脸相对。

只不过，她还没能与钱旭阳客套两句，律风就出声问道："钟老师，你能不能给我看看乌雀山大桥现有的设计方案？"

钟珂在桥梁分院干了七年，身边同事不是叫她小钟就是叫她师姐。律风突然叫她一声老师，钟珂自己都受不了了。

"别别别，千万别！律工，昨天我还举手问你问题呢，哪里当得起老师的称呼，你叫我一声钟珂就行。"全院期待的英国独立建筑学院天才，要是叫自己老师这事传了出去，她保证自己的外号立刻就会变成"钟老师"！

律风昨天回答的问题太多，根本记不住钟珂问过什么了。但是女孩子都这么坚持了，他也不能不给面子。

"好吧，钟珂。"律风从善如流，坚定不移地提要求，"那就麻烦你带我看看乌雀山大桥的设计模型。"

钟珂本来是按照冯主任的吩咐来端茶送水照顾新人的，结果，还没来得及问他们喝什么，就把人带到了办公室，打开电脑开始调取乌雀山大桥设计模型。

"乌雀山大桥以前做了五个方案，模型都在我电脑里有备份，你想看哪个？"

钟珂亲切友好，律风则简单直接："全部。"

钟珂："……"

律风见她瞪大眼睛，耐心地补充道："顺便请你给我解说一下，每一种方案存在的问题，谢谢。"

新人这么有礼貌，钟珂却差点气绝身亡。乌雀山大桥五个方案，每一个方案的建模超过六七十组，她要是一个一个都讲完，得讲到明年去！

但是，律风对此一无所知，还满怀期待地看着她。钟珂心里满是律风站在讲台上，耐心回答他们关于越江桥问题的风姿。

这么一个优秀的设计天才，一点儿也没嫌弃他们，整整讲了两个多小时，如果不是吴院喊停，他都没有休息的意思。对比起来，自己给他说说模型这种小事怎么了？

"好吧……"钟珂将心比心，"那你们把板凳抽过来坐着，我从第一个方案开始，慢慢说。"

平静美好的早晨，工作时间很有弹性的设计师们慢悠悠来上班。他们刚出电梯，就发现钟珂敞开门的办公室里，传来了她激情四射的演讲声。

"大跨径可以靠悬索桥解决，但是乌雀山的四季气候恶劣，最佳落位点施工难度太大，出于安全考虑，吴院否决了这个方案。

"然后是桥隧方案，从乌雀山打洞过去，架起一座跨峡谷桥。但是乌雀山一片又邻近国家级动植物生态区，省政府严厉拒绝了凿穿山体的方案。"

设计师们竖着耳朵听，脚步靠近办公室就挪不动了。

钟珂坐在电脑前，身边还有两个年轻人。其中一个人看着很陌生，听得一点儿也不专心，还抽空摸手机。另一个人专心致志，凝视着屏幕，随着钟珂的话点点头，眉头微皱。

"这人好眼熟，谁啊？"

"我也觉得眼熟……"同事凝视着钟珂左手边的年轻人，这长相，这眉眼，这神情……

"律风啊！是那个'不缺钱，能加班，不结婚'的律风！"

他们低声发出了一声"我靠"。没想到昨天才听说律风为国奉献不结婚爱加班的豪言壮语，今天就看到他挑战乌雀山大桥了？！

凑热闹这种事，人数总会变得越来越多，办公室门口堆着一群人，都来看传说中的律风。然而，律风跟钟珂在认真分析研究设计模型，完全没有搭理他们。唯独走神玩手机，看模型看得昏昏欲睡的钱旭阳眼睛一亮，走过来跟这群未来的同事打招呼。

"你们好，我叫钱旭阳，是A大研究生，今天来实习。"

一提名字，大家就尴尬起来。

"哦……知道知道。"

"你好你好。"

"好好干，我们院气氛很和谐的……我看看钟珂他们在研究什么呢。"

刚刚还守着办公室门口不肯走的人，在听到钱旭阳自报姓名后，都笑容灿烂但客套敷衍地回答着他，然后借机往钟珂那里靠。看钟珂他们研究什么是假，离关系户远点是真。

院里都知道钱副院长的儿子要来，他们又不愿意溜须拍马以求升职加薪，在摸不清钱旭阳什么脾气之前，当然是有多远离多远，免得身边多一个领导专用监控器。

于是，打着看看钟珂干什么的名义的人，围住了她的办公桌。他们伸头一看——好家伙，上班也就一小时，钟珂居然把乌雀山大桥的设计模型都给翻出来了。

"怎么，律工你对乌雀山大桥感兴趣？"

"厉害了，昨天我听你讲越江桥的时候，就在想你能不能设计个乌雀山大桥出来呢。"

"哈哈哈心有灵犀，心有灵犀。今晚你一定要请律工吃饭，感谢他满足了你的要求。"

"什么我请吃饭啊？律工设计出乌雀山大桥，就该吴院请我吃饭了好吗！"

熟人扎堆的气氛空前热烈，钱旭阳就跟被孤立似的，不参与乌雀山讨论就是不合群。可是，这种根本建不出来的大桥，有什么好讨论的？简直匪夷所思！

人多了，变吵闹了，钟珂也没法继续讲了。她给律风让座，说道："律风你自己看看吧，我把这群家伙赶出去，真的是吵死了！"

设计部大姐大的气势，在面对熟人的时候展露无遗。钟珂把座位让给律风，把一群闲得没事的设计师赶得嘻嘻哈哈到处跑。

律风在座位上看着他们打打闹闹。虽然都已经是三四十岁的人，在设计这一行干久了，还能保持着一颗轻松愉快的心，气氛友好得令他怀念。

他以前也认为,做设计的人都是板着一张脸,苦大仇深地面对电脑和图纸。

事实上真的接触了,他才发现越是热爱设计,越是容易保持天真烂漫的状态,持续不断地创造出令人惊艳的作品。

实习第一天,钱旭阳坐在钟珂腾出来的电脑前,开着乌雀山大桥模型玩手机。而律风把档案室里乌雀山大桥五个方案的资料都拿了出来,对照着电脑里存放的模型一点一点找出问题所在。

五个方案,分别设计了不同的桥梁种类和落点位置,给出的桥梁模型各有优劣。在律风看来,任何一个方案都很完美,可以立刻开工。可惜,受限于自然灾害、环境保护、工程技术这些因素,迟迟确定不了最优选。

设计方案决定着后续的所有付出会不会白费,所以,律风理解桥梁分院的犹豫。乌雀山特殊的地理环境,让这座大桥注定需要更加完善的考虑。可设计师再怎么考虑,始终绕不过高海拔、宽峡谷、大地震。

交通建设集团在两年前就已经放弃了乌雀山大桥的项目,宁愿建设需要绕路三四个小时的新高速,都不愿意继续等下去了。乌雀山大桥真正停止勘测的时候,大约就是这个项目真正结束的时候。

律风觉得可惜。地图里画上简单的一笔横线,需要成百上千人付出十几年的努力。即使研究乌雀山大桥的建模有五百余个,图纸超过万张,还有整整一室信心满满的资料,也不能保证这一笔横线画得圆满。

临近下班,钱旭阳早就不知道什么时候离开了办公室。钟珂已经开始收拾东西。她走到律风桌边,问道:"怎么样?"

"不怎么样。"律风脑子里满是乌雀山大桥模型,测量数据,峡谷深坑,"太难了。"

钟珂笑出声,完全理解律风混乱的状态。

"如果不难,乌雀山大桥早就动工开建了,也没必要绕几百公里建一条新高速。"她看了看时间,意有所指,"今天先回去吧,明天我们继续。"

"我可以再看看吗?"律风刚来第一天,想加班还得经过办公室主人同意。

钟珂听完,眼神诧异道:"你昨天说自己能加班的话不会是真的吧?"

"真的。"律风说,"我喜欢加班。"

喜欢加班的人得到了办公室钥匙,目送钟珂离开。律风贯彻着自己的"加班主义",一心扑在桥梁模型上,完全不觉得枯燥。他就算不在这里研究乌雀山大桥的模型,回家也会研究国院其他的桥梁模型,或者自己动手建模。没什么差别,还省了公寓电费。

夜幕降临，律风还没能从头到尾看完乌雀山大桥的所有模型，但是他能够充分感受到这些方案的谨慎。没有什么突发奇想的创造，也没有什么心血来潮的尝试，因为一旦设计得异想天开，就是工程实践上的艰难付出。

有瑕疵的桥梁方案倘若被鲁莽地付诸实践，可能造成的就不仅仅是上亿的经济损失，还有可能是意料之外的人员伤亡。所以，乌雀山大桥的每一个设计方案，都列上了详细的数据，斟词酌句地阐述着设计者的考量，优点、缺点写得详尽无比。

律风闭上眼睛，都能想象出那一片苍翠幽绿的乌雀山到底印下了多少深邃的脚印。

办公室安安静静，日光灯惨白明亮。

律风盯着屏幕，鼠标随意拖拽着建模角度，尝试跨越时空，去剖析实现它们的可能。

然而，建造一座需要抵抗强级地震、挑战高度极限、跨越宽阔峡谷的桥梁，无异于向大自然宣战。律风作为一个小兵，已经开始认真思考这场战斗究竟需要什么样的神兵利器才能获得胜利。

他的胡思乱想，被一阵振动打扰。

律风拿出手机，发现是一串陌生号码。

回国之后，他的联系人十分固定，这种时候的陌生电话，律风非常怀疑是像他一样热爱工作的推销员。

律风自嘲地笑着，接通电话："喂？"

那边沉默片刻："小风，是我。"

久违的声音透过听筒准确无误地传过来，让律风的心脏差点停跳。即使过了两年，即使远隔八千公里，他依然什么都没有忘记。

"啊，你，你……"律风脑子有些卡，说话也开始结巴，意识到这一点，他整张脸都尴尬得泛红。哪怕他独自一人待在办公室，也跟有人发现他窘态似的局促起来。幸好，他迅速稳住了情绪，试图挽回局面。

律风语气生硬，无事发生般冷静问道："你怎么知道我号码的，殷先生？"

电话那端传来轻笑，全是律风熟悉的腔调。

"怎么，回国了连师兄都不认了？"殷以乔对待他永远是温柔包容的态度，即使两年过去都没有丝毫改变。话里话外的语气好像他们只是久未联系的普通师兄弟，还能隔着电话信号，开一开无伤大雅的玩笑。

律风实在没办法装出满不在乎、强硬冷漠的态度，装出来了，也只是显得他幼稚。

他揉了揉看资料看得酸胀的眼睛,声音都弱了些:"师兄。"

一声"师兄",似乎一笔勾销了他们两年没有联络过的生疏。律风没办法冷漠对待殷以乔。他握着手机,止不住伸手摁住眉骨,为自己没有定力而愁眉苦脸。

"我有事回国,顺便路过今澄市,你请我吃宵夜吧。"殷以乔的声音清晰温柔地传来,还带着"我只是随便路过,你也不用有负担,随便尽一下地主之谊"的意思。合情合理,令人难以拒绝,好像他们真的只是普普通通的师兄弟,阔别多年叙叙旧。

律风毫不意外殷以乔会知道今澄市。自从林一齐告诉他老师见过了腾龙集团孟副总,知道了越江桥,他就隐约觉得殷以乔会来。

然而,律风视线掠过屏幕,狠心说道:"我在加班……"

"这么忙?"殷以乔的语气有些诧异,"九点还在加班,项目很急吗?那明天呢?"

"明天……"律风呼吸一滞,硬气地回答,"明天我要出差!"

通话变得沉默。

律风知道自己在逃避,殷以乔也知道他在逃避。

律风烦躁地皱起脸,暗骂自己狼心狗肺、忘恩负义、不是好人,最好殷以乔赶紧对他失望甚至绝望,拉黑电话,永不相见!

最终,在律风的沉默挣扎纠结里,妥协的依旧是殷以乔。

"好吧,既然你明天还要出差,今天记得早点回去休息。太晚了。"他的话里夹杂着无奈的叹息,"等你有空,我们再联系。"

殷以乔挂断电话,立刻又拨了一通:"莱恩特,请你联系一下全心建筑设计公司,以腾龙集团的名义约一下越江桥项目相关人员,明天聚餐。"他顿了顿,肯定道,"对,我想见律风。"

第二天,钱旭阳踩着点到办公室打卡,却发现律风仍旧坐在原位,姿势都跟昨天一模一样。他惊讶道:"你昨晚没回家?!"

"嗯?"律风皱着眉,不耐烦地瞥他一眼,冷漠回答,"当然回了,我刚来。"

律风这个"刚来",不过是早上五点走到设计院门口,在门卫"加班王者恐怖如斯"的眼神里通过门禁,到达办公室而已。

没办法,昨晚一个电话,搅乱了他平静的心情。虽然想着"我要加班,我爱工作",但是殷以乔一句"早点回去休息",瞬间勾起了律风身体里的困倦疲怠和懒散。

结果,他披着夜色回家,没睡几小时,又醒了过来,躺在床上发呆。手机一亮,凌晨四点,不如上班。

律风发现了,殷以乔的话充满魔力,他会不由自主地倾听、服从。因为,他不想殷以乔对他失望。然而自己放弃建筑设计,选择回国造桥,已经注定了会让殷以乔失望。

律风记得清清楚楚,他在C.E建筑事务所实习的时候,殷以乔曾经满怀期待地说:"我们设计一个陈列室吧,以后把我们两个人获的奖全放进去,免得到处占地方。"

那时候,律风还没有毕业,更没有一个完整的设计作品。殷以乔却说得信誓旦旦,认为律风会成为超越他的真正天才,和他一起成为建筑界奖项常客。

思绪越缠越乱,等律风意识到的时候,他已经在速写本上,描起了杂乱的线条。他烦躁地放开笔,重新点开乌雀山大桥方案,用工作唤回注意力。

建筑模型慢慢加载。律风想:感情这种复杂的东西,果然是事业道路上的阻碍,希望殷以乔早点忙完回英国,不要再管他这个不知好歹的家伙。

律风牵缠于私人感情,在办公室其他人看来,完完全全是在认真思索乌雀山大桥这个旷世难题。他的表情比昨天更加严肃,也比昨天更加专注,一会儿看模型,一会儿抄笔记。

钱旭阳好奇地走过去晃荡晃荡,发现律风竟然在速写本上写满了数据,还有简单的桥梁结构速写。

"他在做什么?"钟珂不好打扰专注的律工,就问闲来无事的钱旭阳。

钱旭阳走回座位,难以置信地回答道:"抄设计方案……他抄这个做什么?"

钟珂小声猜测:"可能是想记录一下乌雀山大桥各个方案的优缺点。"

钱旭阳作为现代人,觉得律风没事找事,多此一举。方案资料,档案里装订得清清楚楚,直接复印就是了;设计模型,电脑预览也一目了然,截个图就行了。

他说:"都是英国回来的人了,他没有平板、手机吗?"

钟珂感受到关系户对律风的不屑,哪怕她也觉得电子产品保存设计方案更方便,但她仍是撇撇嘴反驳道:"万一没电呢?"

钱旭阳想说怎么可能,视线一瞥,就能看出钟珂对他的不满。于是,也就不再争论到底手写、手绘还是电子化方便,反正,别叫他也没事找事就行。

钟珂忙工作,钱旭阳玩手机顺便看资料。三个人安安静静坐在办公室里,上班时间过去了两小时，同办公室的设计师也没来。

桥梁分院一向繁忙，不同设计师忙碌于不同的项目，出差、上工地、开会都是常有的事，偶尔偷个懒，睡个懒觉，大家都能理解，所以基本没有严格的上班时间。

律风在无人打扰的情况下，集中精神，迅速了解了乌雀山大桥每个方案的架桥点和其中优劣。

但是，在第五个方案的资料里，律风发现了几张与方案格格不入的手绘设计图。如果不是它们被好好地装订在了档案里，律风都要怀疑，这几张纸是哪位开会走神的设计师随手在草稿纸上，用横线竖线曲线画出的一个龇牙咧嘴的笑脸了。

"钟珂，这是什么？谁画的？"律风抬起头来，扬了扬手上的资料，求助忙碌的钟老师。

钟珂走过来，见到这几张设计图，神情变得茫然。

"啊，这个啊……"她仔细端详着设计图，惊讶地说，"我也不是很清楚这个草图是谁画的。我去年接手整理乌雀山项目资料的时候，这几张图就已经装订在第五个方案后面了。"

第五个方案是横跨乌雀山的上承式拱桥设计，直直地跨越峡谷，造型格外简单。

可律风发现的设计草图，桥面笔直，梁部曲线下凸，完全是另外一种桥梁结构。

钟珂指着桥梁向下凸出的立柱，说道："你看，这个草图画的是悬带桥吧？悬带桥这种已经被淘汰了的桥种，不可能建在乌雀山上的。"

"悬带桥？"律风难得露出困惑，盯着那几张草图问道，"这也是一种桥梁结构吗？"

他一问，钟珂眼睛都亮了。前天她听到律风说自己是建筑设计专业，就觉得不可思议。因为悬索桥、斜拉桥、连续梁桥、拱桥，律风都说得头头是道，还能列举出知名桥梁进行对比分析，比她这个专业人士还专业。

非科班的设计师都这么厉害，她一个A大道桥研究生简直无地自容，想不到，居然还有律工不懂的知识盲区！科班生的优越感油然而生，钟珂神采奕奕地说："你不知道悬带桥？我跟你说！"

悬带桥作为一种独特的桥种，全世界都没有几座。

国内唯一一座淘金桥，建成不到三十年就因为年久失修倒塌了，完全不符合桥梁设计使用年限一百年至一百二十年的标准,所以国院的桥梁论文里也没有提到过这样冷僻的桥型。

正因如此,律风也没有研究它的机会。但是,道桥专业学生可太熟悉这种桥了。老师最爱用淘金桥举例,讲述悬带桥的奇特与工程师的优秀,希望学生们能够明白敢想、敢做、敢设计才是桥梁设计师该有的魄力。

钟珂模仿着老师的语气,对淘金桥侃侃而谈,而律风则专心补课。于是,当那些不需要赶项目的设计师晃晃悠悠走出电梯间时,立刻透过敞开的办公室大门见到据说昨天才加过班的律风正端坐着听钟珂说话。

昨天加班的人来得比他们上班的还早!而且,昨日重现,往事再来。钟珂居然又在跟律风谈什么省材省料,什么施工方便,什么国际先进水平,简直是不可思议。

这会儿不需要钱旭阳来问好,他们都不由自主地靠过去,准备听一听乌雀山大桥是不是有什么新进展了。

"聊什么啊?哦,悬带桥啊,律工你没听说过?"

"这个桥厉害啊,之前在网上火得不得了,我们都专门去看过。"

"我读过自锚上承式悬带桥的论文,里面有些理念现在看来已经过时了,但是在那个年代,有这种想法和尝试的勇气真的不得了。当年的工程师都是自学成才,还能把桥给建成了,确实了不起。"

钟珂最担心的事情还是发生了,这群人好奇地凑过来,又开始聊天。话题从乌雀山大桥方案,走向了网红桥面与工程师八卦了。

"行了,都几点了,还不去上班!"钟珂再次开始赶人,准备还律风一片清净。

然而,律风拿起手上资料,说道:"等等,我想请问一下,你们知不知道这几张草图是谁画的?"

设计师们热衷闲聊,又有不少都参与过乌雀山大桥这个项目。他们凑过来看律风手上的草图,一张一张地翻过去。这些手绘设计图他们确实在资料里见过,还嘻嘻哈哈调侃了一番"怎么有个悬带桥"。但是,画设计图的是谁,他们竟然一点印象都没有。

"老周你见过吗?"

"没有,这是第五个方案吧,这不是谢宇你们参与的方案吗?"

叫谢宇的设计师,年纪看起来四五十岁,比其他人都要苍老一些。他刚才还笑嘻嘻地聊悬带桥,此时却神情严肃地翻看这几张手绘设计图。

律风见他的表情,看得出他知道什么。

可是，等谢宇翻完图，他迟疑地说道："这个……还是问吴院最清楚吧。"他的语调低沉，似乎这几张图牵涉了什么讳莫如深的内幕。

律风还没开口追问，身边的同事就开始热情地煽风点火。

"怎么又要问吴院啊，谢宇，有什么不能说的？"

"对，你既然知道是谁画的，就直说呗。搞不好律工去跟对方沟通沟通，就出新方案了！"

他们打着律风的旗号，想听内幕的心情呼之欲出。明明是自己想知道，搞得好像是为国为民为大义，一点儿也不八卦一样。

然而，谢宇表情为难，笑得勉强。他看向律风，说："这几张图纯粹是因为方案三、方案四受到地震影响，设计师随便画来开拓思路的。乌雀山建不了悬带桥，所以我们后续才没有更进一步地研究，你知道是谁画的也没什么用。"

"可是……"律风想知道的，是这位设计师为什么明知悬带桥不可能在乌雀山建成，还画出了这几张设计图。是因为悬带桥给了设计师灵感，还是说乌雀山大桥可以从悬带桥的设计理念里找到新的突破口？

律风还没说出他的想法，人群后面就传来一声问候。

"都在呢？"

他们转头，只见吴赢启和冯主任走进办公室，径直向他们走来。吴赢启一直在其他桥梁项目里带队，如果不是为了律风，也不会三天两头回桥梁院来。

他刚回来，就见员工们围着律风热烈地讨论，而钱旭阳离他们远远的，完全无法融入这个集体。吴赢启脸色稍缓。果然，他们桥梁分院的人，还是喜欢有真才实学的设计师。

"看得怎么样？"吴赢启随口问了问律风。

谁知道，律风马上拿起手上的设计图，一点儿想要客客气气回答领导问题的意思都没有。

"吴院，麻烦你看一看这几张设计图。这是谁画的？"

他的直接超出了谢宇的预期。谢宇神色不定地盯着吴院，唯恐律风的要求惹得吴院不高兴。

吴赢启略微皱眉，接过了那份资料。几张陈旧的手绘设计图，上面保留着清晰的笔触，被一张张摆得端端正正，像极了现在手机软件里龇牙大笑的表情。他脸色有些苍白，语气仍是平静地说道："哦，这几张图是吴华同志画的。"

吴院一说画这图的人叫吴华，周围的气氛顿时沉寂下来。刚才只有谢宇脸色忐忑，现在，轮到其他人露出"原来如此""难怪这样"的诧异神情。但律风无法理解他们的变化,仍是追问:"我能见见他吗?"

吴赢启闻言愣了愣,笑道:"你见不到他了,他走了。"

习惯了嘻嘻哈哈的设计师,听到吴院这句轻松的回答,瞬间觉得沉重。他们"咳咳咳""哎哎哎"地咳嗽叹息,掩饰着律风想要见吴华一面带来的尴尬。可惜,律风却没能领会这句话的委婉,更不懂大家怎么突然凝重起来。

他意识到,吴华应当是一位特殊的员工。特殊到吴赢启说他走了,大家不仅没有争前恐后地说说吴华的情况,还表现出一种"我们都认识吴华,但是关于他的离职,我们什么都不能说,你千万别问了"的强烈意图。

即使如此,律风仍是固执追问:"既然这样,我能不能要一个他的联系方式,我想问问他,为什么会画这几张设计图。"他尽量让自己的语气显得诚恳,谁知,吴赢启却苦笑了一声:"你没明白。"他赶紧纠正了自己的说法,"他走了,不是说他离职或者退休,是去世了。"

也许只有在语言表述存在差异的时候,他才意识到律风在国外留学多年,不是很懂得他们这些人委婉的表达。

"吴华同志是我父亲,也是院里的老工程师。他退休前就在负责乌雀山大桥的项目,退休之后,一直记挂着乌雀山大桥,院里就返聘了他,继续负责乌雀山大桥的项目。前两年,我们建成了曲水湾大桥,工程技术又有了突破,本以为可以借此机会推进一下乌雀山大桥,可惜……来了场大地震。"

整个办公室,只有吴赢启显得轻松自然,也许是最亲近的人,最能释怀。他惋惜的不是吴华的去世,而是乌雀山的地震。他继续说:"当时乌雀山地震的问题,导致项目研究遇到了瓶颈,我们一直找不到解决办法,所以他就随手画了这几张悬带桥的设计,启发一下我们的思想,叫我们不要灰心丧气,再去乌雀山走走,看看能不能设计出新的方案。

"但是……那时候乌雀山大桥的项目基本宣布暂停,我又被安排去了其他项目。他就一个人乘车去了乌雀山,结果路上遇到车祸,没能救回来。"吴赢启将手上的资料放在桌面,盯着那几笔清晰的"笑脸",充满怀念,"这几张设计图啊,本身没什么意义。"

在场的人面面相觑,不敢吭声。律风也因为吴赢启的讲述陷入深思。

他以为,这几张设计图能够装进乌雀山大桥设计方案的档案中,必然有它独到的地方。

可他没有想到,更像是出于纪念的目的,整理资料的人才将这几张没有意义的设计图纸,装订进无法建成的大桥里。

钱旭阳坐在旁边，安安静静听完。即使他从他爸那儿已经听说过了吴华和吴赢启父子档的故事，也不免感慨这座大桥真的害人不浅。两代桥梁工程师都解决不了乌雀山大桥的问题，律风这么一个家伙凭什么解决？他神情得意地瞟过律风，发现律风的表情果然很凝重。

吴赢启感受到他们的压抑，反而笑出声来。

"干什么这么安静？吴华同志在国院干了一辈子，早就有心理准备。"

谢宇打破沉默，说："我们这是惋惜啊……"

"惋惜乌雀山大桥建不成还行，惋惜吴华同志就没必要了。"吴赢启叹息一声，"他老人家去世时都快七十三岁了，葬礼都是喜丧。我们还是多锻炼锻炼身体，争取能活得比他命长吧。"

沉闷的气氛，突然被他这句感慨打破。七十三岁啊，一群疯狂加班、天天怕死、天天熬夜的设计师一想，顿时就不难过了。

"也是哈，我现在都怀疑自己能不能活到退休。"

"过几天我得去做个全身体检，老是腰痛、头痛、脖子痛，我觉得自己都快死了。"

周围的气氛变得轻松起来，谢宇出声夸吴老师身体健康、精神矍铄，号召大家向吴老师学习。吴赢启也松了一口气，展开笑容，拍了拍那几张设计图。

"律风，我今天都在院里，应该没有比我更了解乌雀山大桥的人了。你还有什么问题，可以问我。"

在他亲切友好的目光里，律风说道："吴院，我想去趟乌雀山。"

"嗯？"吴赢启不解地眨眨眼，"乌雀山的数据，档案室里都有。最新的数据我可以安排乌雀山的测量员发回来，无论你是要建模型还是写论文，这些资料完全够用了，没必要去一趟乌雀山。"

浪费时间。

律风非常坚持："数据是数据，跟实地调研完全不同。我想亲眼看看每一个方案在乌雀山的实际落位点，还有整个乌雀山的现状。"

谢宇听了，有些讪讪。他参与乌雀山大桥这么多年，经常去乌雀山那个荒郊野岭，进山就像挖煤，搞不好吹得皮开肉绽地出来。律风这样模样清秀的年轻人，指不定嫌弃工作太累太辛苦，想不开就跑了。出于对优秀人才的照顾，他劝说道："乌雀山没什么好看的，都是山林、山崖、大峡谷，你看测量发回来的地形图也是一样的。"

吴赢启没有出声阻止，说明他也赞同谢宇的观点。

律风却并不领情:"如果一样,吴老师也不会七十三岁高龄还坚持去乌雀山了。"

这话说得周围的设计师惊讶无比。只见律风翻看着那几张手绘草图,像在解读吴华在线条里留下来的信息。

"吴老师是优秀的桥梁工程师,他懂得的知识、画过的图纸、建设的桥梁远超我的认知。但是,这么一位了解桥梁、了解乌雀山的设计师,在遇到瓶颈的时候,依然想去现场看看。"

律风知道,没有开工的乌雀山什么都不会有,只有山林树木、岩石峡谷,以及一条绕开乌雀山山脉的高速路,无言讲述着桥梁设计师耗费十二年却徒劳无功的过去。

然而,经验比他丰富几百倍的设计师,即使独自一人,也要乘着车,千里迢迢地前往那里,就代表着很多东西没法透过数据、地形图感受到。他必须亲自到那儿了,才会有新的解决办法。

律风直视着吴赢启,语调平静:"设计图上的悬带桥,也许对解决乌雀山的问题没有什么帮助,但不代表这几张设计图毫无意义。"他的眼神认真,说得格外肯定,"吴老师画出它们,是想告诉看到它们的人——

"去乌雀山。"

室内安静得能听到落针的声音。

他们每一个人都翻看过乌雀山的资料,偶尔会掠过这几张潦草的"笑脸",诧异一下怎么资料里会有这种玩笑一般的悬带桥草稿,可他们都没有想过:这图是谁画的,又想告诉他们些什么。

终于,吴赢启笑着打破了平静。

"行,我帮你联系乌雀山那边的测量员,让他们给你指指路。"

在旁围观的钱旭阳想:这家伙真是没事搞事,闲得发慌了才会跑去深山野林喂蚊子,是不是脑子有病啊!

谁知,钟珂听了吴赢启的话眼睛一亮,跟风喊道:"吴院,我也想去!"

钱旭阳心想:我去!

感叹词。

第六章

CHAPTER 06

实地勘察

今澄市离乌雀山有八百多公里。

高铁能够缩短一定距离,但是出了高铁站,还是得坐大客车再换乘小面包车,最后在约定见面的地点,坐上测量员周五一的私家车。

一路坐车换车,要花费六七个小时才能到达乌雀山脚下的丹拉县。

钱旭阳看到这条道路规划,简直要疯了。

"这么远?不是有一条高速吗?丹拉县不会连高速都没有,走的土道吧?"

钟珂白了他一眼:"等乌雀山大桥建成就有高速了,你嫌远可以不来啊。"

钱旭阳一时语塞,他真的不想来。昨天律风一句要去乌雀山,他单纯看戏,等着这人一无所获、灰头土脸地回来。谁知道,钟珂也要去,动静就变大了。

钟珂是有正式编制的人员,而且还负责一些杂务工作。吴院同意她去乌雀山,意味着她得写出差审批表,一层一层签,很快,全桥梁院都知道钟珂要和律风一起去乌雀山了。

然后,他爸一个电话打过来,恨铁不成钢。

"平时叫你表现、表现!什么是表现?学学律风这种申请去现场勘察,为了乌雀山大桥鞠躬尽瘁、死而后已的态度,这就是表现!"

钱旭阳要气死了。如果不是律风空降,又装腔作势说什么吴老师要他去看山,自己完全可以安安稳稳躺在桥梁院里做一个画图工具混日子,而不是背上背包,离开城市,去往荒郊野岭,还不知道什么时候回来!

钱旭阳的眼神都能杀死律风。然而,律风上了高铁就昏昏欲睡,靠着椅背养精蓄锐,没多久就真的睡着了,完全感受不到钱旭阳的愤怒。

前天晚上他因为殷以乔失眠,昨天晚上又因为收拾行李、琢磨行程睡得太晚,大清早的高铁自带摇篮效果,即使律风前后左右人声嘈杂,也不妨碍他睡得安稳。

等他们到达高铁终点站,换乘大巴车后,整个下午的窗外风景就只剩下蜿蜒的高速公路。山道九转十八弯,当他们终于和测量员周五一顺利会师的时候,钱旭阳脸色惨白,钟珂也不怎么好受。

三个人里,只有律风能够扛住长途跋涉的辛苦,还能和来接他们的测量员做一做自我介绍。

"你好，我们是桥梁分院的律风、钟珂、钱旭阳。"他似乎完全在车上睡够了本，整个人神采奕奕，一点儿也不像加班熬夜爱好者。

周五一见他们这个样子，笑出了一口白牙："你还行吧，但是他们两个……能不能上得去乌雀山啊。"

律风："……"

第二天准备上山的时候，律风才明白他这话的意思。

周五一的越野车没法顺着盘山公路直接驶向目的地，想去桥梁设计方案选择的地点，得靠脚走。哪怕是夏季，乌雀山的气温也远低于今澄市。四个人穿着防寒服，仍能感受到高海拔带来的冰凉寒意。

周五一背着测量仪器，拿着导航走在前面。律风帮他分担了三脚架和测量杆，一浅一深地踩在湿润的黄泥地里，慢慢往山上去。

他不是第一次徒步登山。过去在C.E实习，经常会跟着殷以乔一起去看著名的深山建筑。无论走得多么远，路途多么疲惫，那些在深山建造的艺术品，瞬间就能治愈律风因登山变得颓然的精神。而殷以乔永远都能在他惊艳的眼神里，将属于它们的传奇娓娓道来。

此时，律风踩着相似的湿润泥土，心怀强烈的期待，却完全没有当年的惬意。因为，一路上都是钱旭阳阴魂不散的抱怨和质疑。

钱旭阳："周哥，以前我们院的人来都走这条路？"

钱旭阳："不可能吧，这路这么难爬，那群人能走得下来？"

钱旭阳："啊？你说什么方案一？这只是其中一个方案的上山路？"

后来……他根本没力气说话，喘着粗气随地坐下，强烈要求休息。

律风虽然累，但是不至于累成钱旭阳这样。他远眺前面的山路，看起来林木稀疏，马上就能到山顶了，于是问道："还有多远？"

周五一拿着GPS导航仪，指了指前面的木桩："顺着这条道再走几步，沿途都打了木桩，要不了几分钟就到了。"说完，他看向钱旭阳，显然希望这位虚弱先生能够一鼓作气。

"我不走了！我要休息！"钱旭阳连抗议的声音都很柔弱，他连连摆手，"周五一骗了我好几十个'几分钟'了，我不信！"

刚才还是周哥，现在直呼其名，完全是周五一挂萝卜骗驴的"功劳"。每次钱旭阳问"还有多久到？"，周五一都笑得真诚善良，回答"没几分钟了"。

然后，一口气走了两小时。

律风对周五一这样的老测量员肃然起敬，要不是他持之以恒地说"只有几分钟了"，律风相信钱旭阳这样娇生惯养的家伙早在半路上就撂挑子了。

不过，钱旭阳虽然躺平，钟珂依然选择相信周五一。她扶着树站起来，擦了擦汗，说道："既然不远了，那我再坚持一下吧。"

钱旭阳脸色讪讪，想到自己还不如钟珂，他心里很纠结。但是纠结归纠结，他怎么都不肯起身。律风想了想，从包里拿出来一瓶水，递给钟珂。她脸色苍白地接过，就听见律风劝道："你也休息一下吧，我先到前面看看，如果真的只有几分钟，再回来叫你。"

"哎，这次真的几分钟啊！"周五一强烈抗议。

律风笑了笑，说："周哥，麻烦你陪他们一下。我会认中桩了，我先上去。"

说完，律风转身就走，耳边终于清静起来。没有钱旭阳的抱怨唠叨，律风的脚步都变得轻快。

一路山林杂草泥土看得麻木，可他找起测量留下来的定点木桩来，心情变得格外愉悦。

这些刻有编号的木桩子，未来会随着乌雀山大桥的修建变成高速路的选点，由道路工程师设计出一条连接大桥和现有高速的漂亮通道。

律风脚下踩着泥，眼里见到的却是平坦宽阔的混凝土。当视线变得开阔，距离山顶越来越近的时候，律风抑制不住心脏剧烈的跳动，小跑起来，终于在一个陡然上升的坡度后见到了巍峨深邃的乌雀山山顶。

律风迎着微凉山风，调整着急促的呼吸。乌雀山苍翠碧绿的景色映入眼帘，他根本不能克制自己微扬的嘴角。

这种一览众山的洒脱壮丽，令他迅速懂得了为什么吴老师告诉项目组的人一定要来乌雀山看看。

他站在这里的瞬间，那些印在资料里、建在模型里的桥梁方案，一个一个跳了出来，在每一座可能架起桥梁的山峰间展现出自己雄伟壮观的躯体，在深邃的浓雾中成为人类征服群山的见证。

近三千米的海拔，一千米的跨度，六百米的落差，总算有了实感。

律风凝视着乌雀山久聚不散的雾气，寻找符合地形图的落位点。他双耳轻微传来轰鸣声，大概是耳压有些失衡。当厚实的防寒服振动起来的时候，他差点以为是自己的手臂在发颤。律风拿出手机，惊讶于乌雀山竟然还有信号。

"喂？"他的声音带有雀跃的喘息，无论电话那端是谁，都能接收到他的喜悦。

然而话筒那边一阵沉默。

律风还没能再喂出第二声,就听到一句阴沉的质问:"你在做什么?"

"啊?"律风没能第一时间听出是谁,仍是呼吸粗重地回答道,"爬山啊。"

那边愣了愣,忽然传出低低的笑声。律风莫名觉得这笑声熟悉无比,他皱着眉赶紧看了看通话界面。陌生号码,但是这串数字……

殷以乔?!

律风顿时变得紧张局促,之前充沛于灵魂的兴高采烈全都凝聚在了咽喉,绷得他不知所措。他不知道殷以乔在笑什么,更不知道殷以乔为什么给他打电话。但是他听着这声笑,本能觉得忐忑不安,好像他做错了什么事情,被师兄发现了似的。

律风皱着眉抱怨道:"你笑什么啊。"

殷以乔轻咳一声,恢复了他一贯的温柔体贴:"你在哪座山上?"绝口不提自己为什么笑。

律风气息稍缓,轻轻回道:"乌雀山,很远的。都说了我出差,你别等我了,早点忙完回英国吧,代我向老师问好。"

殷以乔说:"小风,我总不能跟爷爷说,我回了一趟中国,连你人都没有见到——"

忽然,律风听到身后隐约传来聊天走路的声音,也顾不得听殷以乔在说些什么,赶紧和他道别:"不说了,我同事都上来了。"他说完就挂,特别不客气。再转头一看,发现周五一终于拖着钱旭阳和钟珂到达了。

一到山顶,钱旭阳就把背包一扔,瘫坐在地上大口呼吸,一副连话都说不出的模样。钟珂也没好到哪儿去,脸色苍白,出气多进气少,叉着腰站在山顶,转头问道:"周哥,快说吧,方案一在哪儿取的点?"急切得好像只要周五一指出了选点,任务就算完成,她马上可以顺山而下,回家躺平了。

周五一拎着测距仪,走了几步,指了指斜下方一个平坦坡度,那里竟然还插着一面小红旗。

"看到旗子没有?"他手指一划,示意对面的山坳,"到对面,还有一面。"

鲜艳的小红旗成为测量员留给设计师的标识。可惜除了标识,乌雀山再没有留下更多的痕迹。

适应了山顶的冷空气之后,律风很快开始按照自己的习惯,进行实地勘察。他放下背包,拿出单反拍摄了方案一的落点位置,更多的焦点则对准了整座乌雀山。

一座桥梁的每一个方案,都需要选择两座山峰。

他们花了两小时登山,待会儿还要下山,再去对面登一次顶峰,才算考察完方案一的选点。原本充足的时间,却大多花费在路上,所以律风始终忙碌于记录乌雀山的实景。

周五一架起了测距仪,随时可以帮忙测量律风想要的数据。可他看到律风用单反拍摄了乌雀山之后,又拿出了速写本,站在相同的位置,用手上的笔重新绘制起乌雀山的素描来。

他落笔极快,几个来回,就勾勒出乌雀山的走势。

周五一觉得奇怪,他很少见到拍过照的人,还要再画一次素描的。他从吴院那里听说过律风,年轻,但是才华横溢。只不过是研究了曲水湾大桥,就能完成三角钢型支撑的应用,设计出一座新的越江桥来。于是,律风在周五一眼里显得格外不同。

要是别人做了重复工作,他一定会笑着说傻。换到律风身上就成了独特的设计习惯,一定是律风设计出越江桥的制胜技巧。

周五一在旁边架起测距仪,开始测量数据。等到律风停笔,他才充满期待地问道:"有新的解决办法了吗?"

简单的问题包含了各种复杂的情绪。自从周五一开始负责乌雀山的测量工作,几乎每一年、每一次有设计师到场,他都会问相同的问题。

律风读得懂他的神情。乌雀山大桥在他们心里,已经不仅仅是一份养家糊口的工作,更是一个满怀赤诚的希望。

希望长达十二年的项目,能有一个完美的结局。

希望这座横亘在藏区门前的大山,拥有一条通途捷径。

"暂时没有。"律风勾起温和笑意,"不过,一定会有的。"

他们花了整整一天上山下山,才走完了方案一的两个落位点。周五一开车回到丹拉县小旅馆的时候,天早就黑了,县城里亮起了橘黄的路灯,照亮了唯一的主街道。

他们四人都住在旅馆里,一人一间。吃过晚饭,临别了,周五一叮嘱道:"今天早点休息,明天去方案二的选点会更远一点。"

钱旭阳脸色煞白,问:"又要爬那么久的山?"

周五一哈哈大笑:"你要是爬不动了,明天不来也可以啊。"

钱旭阳撇撇嘴,没说话,拖着背包就回了房间。周五一见状,跟律风、钟珂挥挥手,也往自己房间走。

律风关上房门,将背包里的相机拿出来充电,又将速写本放在床上,准备洗完澡继续战斗。偏远山区的小旅馆,水温不高,律风快速洗完,擦干头发,裹着被子拿起速写本,一页一页回顾方案一的困境。

实地勘察的感受,与他透过文字和建模看到的方案截然不同。在设计院里,律风仅仅觉得方案一难度大,具有挑战性。等他亲自走了八小时泥土山路,才对资料里"吊装、运输困难"的描述,有了清晰完整的认识。

方案一的乌雀山大桥,桥面与谷底落差高达607.9米。

在这里建桥,首先要解决山下到山上的高速问题,否则,连钢材水泥都运不上来,更不用谈什么吊装了。

建桥难,建高速也不轻松。按照周五一的说法,要在方案一选点附近建成直通高速,坡度和曲度又会成为道路分院的重大设计难题。

一个方案,两头突破,国院道桥两兄弟,谁也别想跑。

律风笑着抱起速写本,仔细写上自己今天勘察得出的结论。安静的室内,只有笔尖摩擦纸页的轻响。他虽然身体疲惫,但是挡不住精神的振奋。

律风随手画了一座穿过云雾的大桥草图,正准备在桥头位置描上今天见到的测量小红旗时,枕头边的手机又振动起来。

律风拿过手机一看,熟悉的陌生号码,依然是殷以乔。犹豫半晌,他还是接了。刚一接通,殷以乔温柔的声音就从手机那头传来,平静地问道:"你在哪儿?我好像到乌雀山了。"

律风手一抖,差点以为自己听错了!设计院离乌雀山这么远,他亲身经历了高铁、大巴、小面包的换乘之旅,深知路途有多辛苦,殷以乔怎么可能来?

律风整个人坐直,紧张求证:"师兄,你在和我开玩笑吧?"

殷以乔笑着说道:"我早上刚从今澄市导航过来,哪里和你开玩笑了。"

他说得轻松,律风头都要炸了。当初吴院就是说派车送他们过来,可他一查路程,开车接近十二个小时,才选择了自己乘坐高铁、换来换去的快速方案。

殷以乔不仅来了,还是开车来的,这么长的时间,律风一算就知道——早上他挂断电话没多久,殷以乔就出发了!

律风被殷以乔的行动力惊得无话可说,然而,还有更大的惊吓等着他。

殷以乔闲聊般说道:"只不过,我的导航不怎么好用,刚刚跟我说已到达目的地,结果周围一片漆黑,连个村镇、农庄都没有,也不知道这里是不是乌雀山。"

律风心脏剧烈跳动,慌忙问道:"你迷路了?!"

"嗯，好像是迷路了。"语气端庄，丝毫不慌，他说得平静无波，仿佛只是走错了一个下岔路口似的，完全不用在意。

律风现在的担忧急切远超过他之前所有期期艾艾。他知道殷以乔快五年没回来过，怎么一回来就驱车十二小时，在山里迷路找不到方向了！

"你在高速还是乡道？开的水泥路还是泥土路？"刚问完，他忽然想起殷以乔说周围漆黑一片。律风顿时慌了，脑海里浮现出吴老师车祸的事情。如果殷以乔为了他来乌雀山，又出了什么意外，他这辈子都不会原谅自己。

"……师兄，你赶快报警，打110叫警察去接你。"他想不到更好的解决办法，只能有困难找警察。

殷以乔却并不赞同这个建议："可是我报警，也说不清楚具体的位置。"

"你把定位发给我！我来说！"律风恨不得能够飞去现场和殷以乔坐在同一辆车上，"你加我微信，就是这个手机号。不对，你有微信吗？"

"当然有。"

话音刚落，殷以乔结束了两人的通话，律风的微信紧接着响了起来。他迅速通过好友请求，在聊天框里才发现殷以乔的头像是自己的毕业设计。那栋图书馆安宁得像一片落在草丛的树叶，拥有温柔的曲线和澄澈的落地窗，殷以乔选取了最好的角度，将它框进了狭窄的方格里，作为微信的头像。

一时之间，万千思绪涌上心头，律风的焦急里夹杂了更多说不清的复杂情绪，甚至后悔早上匆忙挂断了殷以乔的电话。如果他能跟殷以乔好好沟通，也许就不会是现在这样，捧着手机无能为力地等待一个定位，准备帮殷以乔报警。

然而，微信里发过来的不是定位，是视频通话。

律风想也没想就接了，手机屏幕很快显示出画面。车厢暖光柔和地洒下来，久违的殷以乔坐在驾驶席，温柔凝视着镜头，仍是律风记忆中俊朗从容的模样。

他勾起笑意，眼神欣然，说道："这样也算是和你见面了，小风。"

殷以乔说："我不需要警察，我只需要你的定位。"

律风没有办法说"不"。

视频里的殷以乔神情悠闲，眉目带笑，平静地等待他回应，好像律风才是那个迷路的人，急切得不能自已。律风叹息一声，缩小视频框，发送了定位，再点开画面，就见殷以乔修长的手指在镜头前划过，专注地查看定位信息。

他的师兄无论在什么境地都保持着优雅从容，这下他想逃避都没办法了，再扭扭捏捏的简直不是个男人。律风自嘲着放下手机，翻身下床，准备穿上衣服去接人。

第六章 / 实地勘察

忽然，手机那端传来殷以乔的声音："你发来的定位好像有问题。"

"嗯？"律风卫衣套了一半，赶紧回到手机前，"什么问题？"

殷以乔视线瞥过他，没有回答，反而说："你在哪个地方，我直接搜。"

律风顾不上穿好衣服了，捧着手机说："丹拉县。丹顶鹤的丹，拉扯的拉，离乌雀山最近的一个县城。"他描述得十分清楚，但仍是不放心，"你用的是车里的导航？镜头转一下，我看着你选的目的地。"

殷以乔轻笑一声，伸手取出手机，清晰的镜头拍摄出越野车内置的导航界面，丹拉县已经被殷以乔选好了。很快，殷以乔所在的位置和丹拉县连接起来，大约十几分钟的路程，并不算远。

"太好了。"律风轻松许多，终于重拾对国内导航的信心，"可能你定位在乌雀山，它直接把你送到山脚下了。丹拉县很小，你的车开进来我就能看见你，我在街口等你。"

"等等。"殷以乔将手机放回支架，"还早，你等我到了再出来。"他余光瞥向镜头，"快回床上裹着，夜里冷。"说完，他发动引擎，专注于前方的行驶。

大晚上闹这么一出，律风刻意疏离的态度荡然无存，他顺从地握着手机，重新爬回床上裹起来。

小旅馆没有空调，只有床上的电热毯带着热意。律风将手机夹在速写本里，却没法集中精力去研究乌雀山大桥地形，耳边尽是车厢内浅浅的轻音乐，还有夜间行车轻微的轰鸣，而律风的眼里也只有殷以乔。熟悉的眉眼，在暖光里一如既往地深邃，冷硬的脸庞隐约透着温柔。即使长途开车，他的短发仍旧一丝不乱，那双骨节分明的手悠闲地握着方向盘，胸有成竹地控制着前进的方向。

律风忍不住问："师兄……你为什么回来？"早该问出的问题，延迟了两天才说出口。

殷以乔没有看他，却勾起浅淡笑意："因为我在事务所的电脑上看到了一座绝无仅有的山水建筑，所以特地趁着休假回来看看那位优秀建筑师，还有他热爱的山水。"

"只是我没想到，差点啊，无功而返。"

师兄的戏谑，戳得律风无比心虚："你怎么知道是我做的？"

殷以乔了然道："你读书的时候，就喜欢研究中国古建筑，做的设计大部分都是《山水逍遥》的风格。况且……"他顿了顿，"你不是在建模上留了签名吗？"

律风愣着眨眼，《山水逍遥》的建模不曾做过什么特殊处理，视频上传用的也是网络马甲,他又没跟别人说过"归去来兮"是自己。一时间他并不能立刻理解殷以乔的意思。

"签名?什么签名?"

殷以乔无奈挑眉:"你的雕羽纹理,小风。这可是你一根一根羽毛亲自设计出来的。"

他们做建筑设计的人,经常会在软件里调试,创建适合建筑的纹理贴片或者笔刷。律风读书的时候,沉迷研究中国古代建筑物上的雕花印刻,尝试做了许多羽毛、树叶、砂石、织物的纹理,试图在建筑物外表上进行传统与现代的自然结合,创造出更加舒适的视觉效果。

律风惯用的纹理有数十种,他自己都不记得贴在《山水逍遥》上的雕羽纹理有这么容易辨认了,殷以乔却说得非常肯定。

"你在英国学建筑设计,吃了这么多苦,我以为你绝情到说放弃就能放弃……幸好,我看到了《山水逍遥》。"也许是选对了话题,殷以乔的语气透着愉快,怀念地说道,"你的天赋在那里,你也没有浪费它。"

这话让律风变得沉默起来。他做《山水逍遥》完全是沉闷生活里的一点调剂,却没想到成了殷以乔回国找他的契机。

殷以乔声音更低了一些,轻声说道:"只不过,我希望下次,我能成为第一个看到你的设计的人。"

律风闻言,暗自挪开视线,如果不是视频通话,他可能会将头埋进被子里,无颜面对殷以乔的期待。师兄越是温柔,越显得他逃避怯懦,律风没法给他肯定的回答。

在见到乌雀山连绵千里的山脉、桥梁院内堆积一室的资料和桥梁工作者十二年来的付出之后,他可能很久很久都无法打理心中的世外桃源了。

律风皱着眉,几次张口,都说不出"我只是做着玩""以后都没空做了"之类的话。

殷以乔也不急,噙着笑意,顺着回国的话题聊起他这两天的见闻。

"我以为你设计了越江桥,怎么也会亲眼看着它动工。所以你不肯陪我吃宵夜,我就约了全心建筑设计公司聚餐,想见你一面。结果,你的好兄弟告诉我,你成了国家设计院的桥梁设计师,飞黄腾达,前途无量,会在中国大地上建起比越江桥更出色、更宏伟的大桥,全世界都会知道你的名字。"他说着说着,畅快地笑起来。

"小风,林小老板一口一个'风哥',说得那么认真,我像在听他讲一个陌生高傲的设计师,而不是我熟悉的师弟。所以,我就更想见你了。"

律风哑口无言。林一齐的吹嘘能力他是亲自体会过的,别说林一齐吹的人殷以乔不认识,他也不认识!

"你不要信林一齐的胡言乱语。"律风强烈抗议,"为了见我一面就开车十几个小时,根本不值得!"

然而,殷以乔没说话,视线余光瞥了一眼律风。他没有肯定这个说法,也没有反驳,只是似笑非笑地说:"我到了。"

律风几乎是立刻挂断视频,跳下床穿上鞋夺门而出。小旅馆没有电梯,他顺着曲折的楼梯"蹬蹬蹬"地跑下去,又在临近旅馆狭窄大门的时候,恢复了平静、缓慢的步伐。

这个丹拉县小旅馆一出楼梯口,就是大门外的景色。

夜幕之中,旅馆昏黄的灯光照亮了外面停着的一辆黑色越野车。殷以乔站在车边,穿着休闲T恤和米色长风衣,夜风吹起几丝凌乱的发梢,跟衣摆一起轻柔晃动。

"小风。"他快步走过来,伸手拍了拍律风的肩膀,算是打招呼,"穿这么少,不冷吗?"

律风在他的触碰中屏住呼吸,身体依然可以感觉到熟悉的气息靠近。

"嗯,不冷。"整个人都温暖得像被太阳包裹一样舒适惬意。怎么会冷。

他们没有继续视频通话里轻松愉快的话题,沉默地等着旅店老板登记、开房。偏远贫困的丹拉县,平时也只有他们这种做工程、往来藏区的外乡人,会住在简陋的小旅馆里。

殷以乔的房间,就在律风隔壁。房门打开是一模一样的陈设,律风进去就帮他打开了电热毯,说道:"山里晚上很冷,你开了这么久车肯定累了。早点休息吧,有什么话我们明天再说。"说完,他打开门准备回隔壁房间。

然而,殷以乔伸手就将门狠狠摁回去,发出了利落的声响。律风诧异地瞪大眼睛,却见殷以乔凝视着他,脸上没有笑意。

殷以乔声音低沉地问:"知道我为什么来吗?"

殷以乔的眼睛深邃地倒映着他的脸,眉峰却透出冷意,让律风没由来地感到紧张。

"什么?"他畏惧这样威严的师兄,声音都轻了许多。

殷以乔见他这样,露出一个无奈的笑,冲淡了自己克制不住的严肃。

"我想看看,你在国内过的什么生活,认识了什么人,交了什么朋友,还有……是不是会后悔自己离开了英国。"

律风不会感到后悔。他甚至觉得，离开英国回到国内，是他这辈子做的最重要的决定。

但是这样的话，势必会伤到关心他的师兄。因为他的师兄，一直期望他留在英国，成为一名优秀的建筑师。

殷以乔沉默地等待他的答案，律风却没能像站在国院讲台上坦荡自然地说出口。

他选择了逃避。

"我……我明天还要上山。"律风说完，立刻扭动门把，钻了出去。

殷以乔勾起笑，恢复了一贯的温柔，默许了他的离开。

"嗯，明天我陪你。"

第二天，攀登乌雀山的人数喜加一。

周五一诧异地盯着殷以乔，迟疑问道："这位是……"

"殷以乔，我师兄。"律风显然没睡好，声音恹恹的，"他是建筑师，陪我来看乌雀山。"

"国院的？"周五一又问。

"不……"律风无奈道，"是C.E建筑事务所的。"

C.E建筑事务所，就跟清华、北大、奥斯卡、诺贝尔一样知名。周五一眼神写满震惊，连给大建筑师找防寒服都打满了鸡血似的激动。

昨天他就觉得律风不是一般人，气质、风度、体力都是业内顶尖。现在，来了一个C.E的师兄，他对律风的看法瞬间再拔高八度，觉得这两人不愧是师兄弟，如出一辙的顶尖设计师风采，乌雀山大桥开工指日可待！

等到钱旭阳要死不活地走出房门，周五一冲上去就向他炫耀："律风的师兄来了，C.E建筑事务所的殷以乔，就是那个殷知礼大师的亲孙子啊！"

钱旭阳本来是想找借口推脱今天的行程的，听了这话，精神一振。

"啊？"他乱成糨糊的脑内冒出了一个亮点，"律风和C.E的人是师兄弟，那不就是——"

"对啊！"周五一肯定了他的想法，"律工是殷大师的徒弟！"

钱旭阳这一次的后知后觉来得震撼。律风的英国独立建筑学院学历，在他这个"建二代"看起来，不过是个崇洋媚外、海外镀金混不下去的噱头。然而，"殷知礼弟子""殷以乔师弟"的名号，听起来就像是殷氏正宗、建筑传承一样浑身发光发亮的能者标签。

这下，钱旭阳脾气一下就上来了。他一瘸一拐往前走，之前的鄙夷变成了愤怒。

那他来桥梁院做什么！去建筑院不行吗！

律风和殷以乔坐在丹拉县的破旧小面馆吃早饭。

摆在路边简陋的桌椅，坐着这么两个与众不同的人，这儿忽然就成了富有情调、味道一流的浪漫街边餐厅似的，令人心生向往。周五一、钱旭阳、钟珂走过来的时候，正好见到殷以乔伸手给律风递筷子，简单的动作，透着难以言喻的优雅。周五一和钱旭阳感慨果然是亲师兄弟，殷以乔照顾律风的体贴，简直是微末之处见真章。

而钟珂则是激动万分，拿出手机奔进桥梁院工作群，上去就是一场早上七点的实时直播。

"啊啊啊啊啊啊啊我见到了殷以乔！"

七点的工作群，本该一片死寂，却因为"殷以乔"三个字，炸出了一群人。

"哪儿呢？C.E又出新设计了？还是殷以乔接国内项目了？"

"不是不是！"钟珂随手就是一张面碗照，"他和我们在吃早饭，明天就去乌雀山！"

看到这张照片的人，第一反应是：哦。

"哪家小伙子这么幸运，跟C.E的殷以乔同名同姓？"

"测量那边派了一位殷以乔同志给你们指路？"

"淡定，小钟，咱们也是见过岳飞、郑成功、刘德华的人了，没必要这么大惊小怪。"

回答得极为冷淡，一点儿也没把她说的当回事。

然而，钟珂接下来的话，把人给惊得目瞪口呆。

"我说的就是C.E的殷以乔，他是律工的师兄啊！是师兄！"

之前很多人笑话钟珂没去过实地，好不容易找到机会，居然自找苦吃地去了乌雀山，更有不少人笑她闲得没事，办公室不坐却疯了一样申请去深山。现在这一群人都跳了出来。

"殷以乔是律风师兄？"

"那律工不就是殷知礼的徒弟了吗？"

"难怪我觉得他设计的图书馆看起来这么舒服，原来是C.E培养出来的设计师啊。"

"……现在想起吴院的话,我突然觉得好有道理。C.E啊,那可是一栋大楼预算好几亿的C.E啊!"

贫穷的桥梁分院,今天也在为别人家的项目经费流泪。他们每一座大桥的项目预算虽然都有几亿元、十几亿元,事实上分摊到桥梁院的设计费,几百万顶天了。国家自己的设计师,向来便宜好用又拼命,所以才会有那么多人,进入了国院,又跳进私企。

无他,有钱。

他们除了加班画图,最关心的就是知名建筑设计公司、事务所能拿多少钱了。在赚钱这项伟业里,C.E是建筑界翘楚。C.E接下来的项目,甲方必定是国际财团、资本政府、皇亲国戚,重点突出个阔绰、豪爽、不差钱,作品也是出了名的用料精细、设计新颖、造价昂贵。

等到建筑物拔地而起,每一个欣赏C.E作品的人,都能因为它们满满用金钱雕琢的诚意,发自内心地赞美——

这,就是艺术!

工作群因为钟珂挑起的话题从七点聊到八点。

所有人都在震惊于律风的深藏不露。要是他直接说自己是殷知礼的学生、殷以乔的师弟,国院绝对八抬大轿开绿灯,马上落实编制问题。在他面前,钱旭阳老爸副院长的关系,根本不够看。国院还能反手一个宣传通稿,殷知礼的弟子、殷以乔的师弟荣归故里,为国奉献!

群里热火朝天,一边聊一边等钟珂发回最新战报。

然而,刚才还激动万分说"我一定要问问他怎么设计出的海岸线博物馆"的钟珂,怎么喊都不出来。

眼看消息不回,有人立刻打电话。

同事八卦之心不死,开口就问:"怎么没声了?你问了殷以乔没有,他怎么答的?"

电话这端,钟珂呼哧呼哧地喘不上气:"回,回去再说,我快……快死了!"

爬山真不是个好项目。但是律风在车上睡了一觉,殷以乔体力向来惊人,两个人和周五一边走边聊,也不算痛苦。

比较惨烈的就是腿脚酸痛的钱旭阳和体力稍弱的钟珂了。他们两个人,原本可以在山脚休息,也不知道为什么突然来了斗志,执意要用双脚征服群山。

幸好,这次周五一的"几分钟",只是几分钟的十倍罢了。

他们登上山顶，周五一怜悯地看着两位体力不支人员，关心地安排道："到了就好好休息吧。你们这个样子，后面几个方案选点，还是别上来了。"反正，每个点都差不多，绿树青山大峡谷，看过一个也就没必要再看后面的了。

然而，律风却想每一个都走一遍。

周五一坐在石头上，远远看着山顶的两个身影，一切困惑都有了合理的解答。大概这就是殷大师亲传弟子的成功诀窍吧，难怪两个人体力都这么好。

律风在山顶要做的事跟昨天没有区别，拍照、素描、测距，唯一不同的，是身边的殷以乔。后者目前正在远眺群山翠峰小红旗。律风想，他陪自己一起走上了乌雀山。

崇山峻岭，气温凉爽。

殷以乔饶有趣味地看律风拍照，指了指鲜艳的小红旗，问："在这儿建桥？"

"嗯。"律风握着相机点点头，"乌雀山出了好几种桥梁方案，这只是其中一个地点。"

他微眯着眼睛，迎着冷风，视线飘向千米之外的对岸。

方案二的选点较低，绕道较远。比方案一好建桥，但是各有各的优势，也各有各的劣势。

殷以乔不怎么懂桥。他知道中国一直在刷新桥梁的世界纪录，沉迷于基础建设的延展。

可他一路开车来到乌雀山，并没有感受到在这里建桥的必要性。这里不是什么革命英雄纪念地，也不是什么与世隔绝的贫困山区。有路可以走，有桥可以过，有隧道可以穿。从今澄市到乌雀山，除了忽略不计的迷路，他已经觉得国内的高速便捷程度远超欧美。

他没有切身体会到再建一座桥梁的紧迫，更无法理解这里为什么还需要另一座桥。

越江桥很好，乌雀山大桥也很好。然而，这些一味追求高与长的单调建筑物，完全不符合殷以乔的美学，更不可能让他凭空夸奖出一句好。

他站在律风身边，见律风拿出了速写本，眼神总算欣然许多，即使回国，律风也没有忘记画素描的习惯。站在风声呼啸的山顶，律风每一笔都带着明暗清晰的墨迹，拖长自然真实的曲线。

"你画的山峰都比画的桥好看。"殷以乔的评价向来遵从本心，"就算是越江桥，我也觉得你画的浮雕，比桥本身更有艺术感。"

律风从他的语气中听出了些微遗憾。他们重新通话、见面以来，律风还没有如此清晰地感受到殷以乔的"惋惜"。他一直害怕的事情还是发生了。只要他选择桥梁，必然无法回避殷以乔的失望。

律风笔下生机勃勃的树木草丛，显出了一丝潦草与凌乱。

"师兄，我设计桥梁，又不是为了追求艺术。"他垂眸凝视速写本，"我只是找到了更适合自己的方向，你应该为我高兴才对。"

然而，殷以乔怎么也不可能为他高兴。

在C.E，即使律风是没有名气的建筑师，也没有任何合作方敢以七千万的预算侮辱他。

腾龙集团的嘴脸，殷以乔记得清清楚楚，他带了这么久、全心照顾的师弟，第一次耗费大量心血担任主设计的作品，被一个毫无眼光、满身铜臭的商人当作筹码一样讨价还价，他不可能没有怒气。

也许是他对国内建筑行业部分恶习的排斥，也许是他仍旧想将律风纳入羽翼之下，殷以乔直白地说出了心中的想法："小风，我尊重你的选择，但是……你十八岁到英国，学了六年的建筑，说放弃就放弃了，不可惜吗？"

"六年啊……"律风缓缓停笔，呆愣地看着眼前深邃的乌雀山。

他在英国学习六年，回国两年，也就八年时间而已，却好像过完了一辈子，又重新开始了另一辈子的生活。

他认真数着年份，一年一年地往前推算。

忽然，他诧异地看向殷以乔，问道："师兄，十二年前你在做什么？"

"十二年前？"殷以乔努力回想了一下，"我刚进大学，还没做过独立设计，平时只能帮爷爷画画图纸，看看方案。"

十二年前青涩的殷以乔，是律风无法想象的陌生。

他对殷以乔最初的记忆，源于一份送往C.E建筑事务所的文件。那份文件，是殷以乔签收的。律风忘了那份文件的内容，也忘了他们详细的交谈，却永远记得殷以乔穿着浅白色毛衣，用温柔友好的腔调说道："祝你在英国生活愉快。"

"师兄，从我第一次见你到现在，也不过八年。"律风笑着看向殷以乔，"十二年前，你还没有成为建筑师，我也还没有去英国留学。但是那个时候，就已经有人扛着仪器走进这片深山，像我们一样爬上顶峰，研究怎么建成一座乌雀山大桥。"

他修长的指尖，捏着笔，让笔成为他手指的延伸。律风轻轻一划，虚空中就能连起一条从对岸到脚下的直线。

他说："我想建成这座大桥。无论五年、十年、二十年，只有建成它，其他人十二年来为之付出的努力,才不算白费。"

这座被认为不可能建成的桥梁,凝聚了太多人的期望。这些期望曾经令他感到沉重,此时,却成了他面对殷以乔的勇气。律风合上速写本,勾起浅淡笑意,说道:"师兄,你不是一直想知道我为什么要回国吗?"

这个问题,殷以乔追问了许久。从律风准备转变设计方向开始,殷以乔尝试说服律风至少留在英国,拥有更好的前程、更健康的工作方式、更舒适的生活环境,而不是回到中国,投入"996""007"的劳动剥削之中,成为一个理想主义者。

然而,殷以乔见到律风坦然的表情,忽然就不想知道了。

"这个问题已经不重要了。"他无奈地挑眉,"只要你还能设计出《山水逍遥》,心思还在建筑设计上,你在英国还是在中国,都是一样的。"

"不。"律风摇了摇头,"《山水逍遥》对我的意义和桥梁对我的意义,从来都不一样。"

律风看得出殷以乔希望能借着这次见面,将过去的矛盾分歧一笔勾销。可是,这次是他不想自欺欺人,即使殷以乔不想听,律风仍是开了口。

"当时,我听说了一座中国桥的诞生,被它感动得彻夜未眠,激动得无以复加。我研究了关于它的所有资料,想要设计出像它一样能够使我灵魂震颤的作品。

"然而,我意识到它的存在,不是某一个人天才的奇思妙想,而是一群人为了相同的目标,付出了巨大的心血,共同创造的奇迹。它无可复制,任何形式上的改动,都不能挑起我的创作欲望,因为,它是一座桥梁,也只能是一座桥梁。"

这是他们重逢以来,律风对殷以乔说过最长的话,律风语气平和,从容得不像之前刻意逃避的模样,却叫殷以乔感到无比陌生。

"我选择了回国,是因为我已经无法从建筑设计里找到我想要的东西。"律风回过头,冲殷以乔笑了笑,"也永远不可能成为你所期待的建筑师。"

第七章
CHAPTER 07
我会等你

乌雀山的风拂过律风的乱发。他说得很认真,那双漂亮的眼睛执着地凝视着殷以乔,令殷以乔心绪颤动。这些话,殷以乔听说过。

律风走了之后,殷知礼和他促膝长谈,告诉他:"小风想从事桥梁建设,是经过了深思熟虑的,他有自己的想法,你这个做师兄的应该全力支持他,而不是阻拦他。"

爷爷不知道他们小辈的问题,以为他的心绪不定是因为师弟选择了不同的道路,只有他清楚,是他不能接受那个意料之外的告别,也不能接受律风放弃天赋转向毫无美感的桥梁。

律风成为著名建筑师,以C.E的名义专注于国内的建筑项目,不也是一种为国奉献?

明明律风设计的建筑物,透过陌生冰冷的网络都能让远在英国的他感到温暖,律风却仍旧固执地说着:我不能。

"小风,我不会逼迫你改变想法,来到国内也不是为了绑你回C.E。"殷以乔露出笑容,眼神像是看闹脾气的小孩,"为什么要把我摆在你的对立面?"

律风后背紧绷,刚才那番话里,他不由自主抗拒殷以乔的情绪表露无遗。

殷以乔说:"你所说的中国桥,是你回到中国的理由,那么……"他压低声音,无奈苦笑道,"你不想和我联系,是因为时差,怕打扰到我?"

"不。"律风果断否定,"不是。"

殷以乔诧异地收敛笑意:"那是为什么?"他沉默地看向律风,眼神温柔却溢满了惊讶。

在师兄面前向来骄纵的律风,重新翻开速写本,声音低低地回复:"我不想说。"

至少,现在不想。

他们两人长久相处的默契,足以让殷以乔清楚知道,律风不想说的事情,他怎么逼问都没有用。

殷以乔双手插进口袋,远眺翠绿的乌雀山,心里也绿绿的。

一旦点明,律风都觉得自己过于任性,又没有办法放下自己的任性。

幸好，体贴的师兄没有再问，只是靠近律风，仔细端详着他的素描："嗯，我也带个速写本好了。"

钟珂觉得，C.E不愧是国际TOP级别的建筑事务所，能在那儿工作的人果然都是魔鬼。

钱旭阳疯狂点头表示同意。他们两个人爬山累成狗子，律风扛单反、画素描就算了，等他们换了一座山，殷以乔竟然也拿出一个本子，和律风一起描绘乌雀山！

乌雀山的风景万年不变，除了树树树、泥泥泥，就只剩下大峡谷和久聚不散的阴云。

看一遍还算新鲜，可这来来去去、四面八方全是相同的风景，钱旭阳都看腻了，也不知道在C.E大师们眼中是什么神奇世界。

"师姐，你说他们在英国学建筑的，是不是就跟达芬奇画鸡蛋一样，把同一个东西画上千遍万遍，设计灵感就来了？"

钟珂眼前一亮："有道理，明天上山我也画！"

钱旭阳："……"

只带了手机和充电宝的钱旭阳瞳孔撑大——本意只是逮着钟珂吐槽，怎么钟珂不仅认真了，还要跟风？他发现了，钟珂虽然在桥梁分院干了六七年，但本质是个没有出过外业的菜鸡，充满心血来潮的好奇心。怎么律风干什么，她就学什么啊！

于是，再一次往新的方案选址出发之后，考察乌雀山的队伍都变成了外出采风队，人手一个速写本，连钱旭阳都拿了一个平板装腔作势，免得不够合群。

方案三、方案四的地点，选在乌雀山峡谷两端，相距不过四千米，正是最适合建起乌雀山大桥的地方。

它们紧邻平坦山路，只需要稍加修建，就能完美建起一条贯通南北，离藏区更近的高速公路，而且，还不用爬山。他们一路平稳地顺着山脊走到了贴近峡谷的位置。站在山顶看起来深不可测的峡谷，真正走近之后，更像是一片溪水潺潺的浅滩。

"前面就是断层带，这两年石头滚下来，又长了野草，表面看不出裂缝了。但是上个月刚测了数据，不适合建桥。"

周五一简单一句"不适合"，包含了地质勘测大量的测量分析。

律风在院里查看的最新资料里，拥有详细的数据模型。强行架桥完成任务绝无问题，但是裂隙、危岩会严重影响桥梁的使用寿命。

乌雀山大桥项目迟迟没有开工，甚至搁置了起来，清楚地表明了工程师们对这座大桥的态度——他们不想敷衍了事，而是想建造出符合一百年到一百二十年使用标准、对得起国家名号的合格桥梁。

也许是体会过攀登高山的辛苦，此时他们平地踩着坑坑洼洼的碎石河滩，都悠闲惬意得像在游玩。

喜欢抱怨的钱旭阳，嘻嘻哈哈地跟钟珂在后面聊天。周五一有一搭没一搭地跟他们搭话，气氛难得和谐，律风却格外沉默。

走过了四个方案地点，他完全了解了乌雀山的状况。

方案一属于挑战极限式选址，高度超过六百米，必须建设盘山公路，其优势在于两岸岩体夯实，一旦建成，就能成为高速路线上进藏最快的桥梁。

方案二则是方案一的备选，在接近的地方挑出了较低的山峰，绕了一些远路，然而，它的高低落差接近四百米，仍是不小的建设挑战。

方案三、方案四属于常规模式选址，桥梁横跨浅滩，十几公里外就是高速，稍稍绕道就能横穿乌雀山峡谷，虽然不是进藏最短距离，但是安全平稳，适合架桥。

可惜，两年前出现的地震断层带，成了这两个方案真正的技术难题。

"小风，干吗愁眉苦脸？"律风闻声转头，眉峰带着散不去的深痕。他看见殷以乔温柔的神情，不禁露出一丝自嘲的笑意。

他说："我来之前，以为实地看看乌雀山大桥的选址方案，就一定会有新的想法。现在看来是我太天真了。"天真到以为，自己没办法通过资料给出的数据解决问题，仅仅是缺乏实地勘察的感受。

等到他实地勘察了，才发现——

经验丰富的桥梁工程师们无法攻克的难题，他一个半路转行的门外汉，恐怕得多花上几年时间，才能有想象中的进展。

殷以乔对乌雀山大桥项目并不怎么了解，这两天听他们聊了不少，不由得问："不是还有一个建桥的地方吗？看完再失望也不迟。"

律风叹息一声："方案五……更不可能建成大桥了。"

方案五的地点，比前面任何一个方案，都要偏远。它绕行山脉接近两百六十公里，在那里建桥，仅仅缩短了藏区到内地半小时的时间，算不上什么最佳建桥地点。

自从地震之后，交通建设集团依照方案五的规划，又绕行了几十公里，以最少的成本建了新的高速通道。两年时间,那条新高速已经成为往来藏区的司机惯常选择的通路。

但是,并没有真正缩短什么距离,乌雀山仍旧需要一座横贯两岸的桥梁。

他们不用耗费多少体力,开着车顺着宽敞平坦的高速路,很快就到达了乌雀山大桥方案五的选址。

平缓坦荡的矮峰,简便易行的道路,只要桥梁分院愿意,不出半年,这里就能架起一座名为乌雀山的大桥,毫无技术难度,立刻完成任务。

"你看。"律风叹息一声,"高速路离得这么近,在这里建桥有什么意义。"

那些文件资料里写的距离,终于在他眼前有了实体。他们站在矮矮的山坡,视线稍瞥,都能见到盘山高速绕着峻岭蜿蜒,如同人造的河流,汇聚到自然的山川。

近在咫尺的高速,完全可以自由通行。在旁边再建设一座桥梁,缩短个十几分钟的行程,对乌雀山来说,才是真的可有可无的设计。

即使这次的实地勘察眼看就要无功而返,律风依然认真地拍摄,准备作为参考资料,等到回了设计院继续研究。

山坡上插的小红旗迎风招展,在翠绿山脉和绵延公路的衬托下,成了最佳取景地点。律风往后退了几步,拍下来的画面,刚好装进了殷以乔恣意闲散的身影。

镜头里的殷以乔,正拿着笔专心致志地描绘眼前的景色。他身材颀长,随性站立的姿势透着惬意,好像正在享受笔绘山河带来的畅快。

律风本该为没有收获感到焦躁、烦恼,却因为师兄垂眸专注的模样,心情变得宁静平和。他随地坐下,屈起膝盖,正打算学着殷以乔,好好画一画祖国大好河山,眼前忽然递过来一张素描。

"你看,像不像?"殷以乔笑着给他看自己的速写成果。

速写本上简单勾勒出雄浑山体,盘旋缠绕之上的不再是高速公路,而是一条气势雄浑的巨兽!

"龙?"律风接过本子,诧异于殷以乔的不正经。好好的高速不画,直接把眼前世界跳脱地转入了神话频道。

"嗯。"殷以乔坐在他身边,长腿撑起手肘,扬手指了指眼前车辆穿梭的高速公路,"你看,这条公路盘着山体、穿过云雾的样子,不就是一条龙?"

律风看看高速,再看看手上随心所欲的素描。殷以乔的画工简洁有力,寥寥几笔,勾勒出昂扬的龙首,遒劲的四爪。它的爪尖力透山体,仿佛被困在此处，不得离去，一旦得到机会，就能震碎山峦，冲上云霄！

"师兄……"律风凝视着这张素描，有了一个惊人的想法。

他问道："你说，乌雀山能不能设计一座桥梁，桥身像龙一样蜿蜒盘旋，桥墩像龙爪一样抓紧山体。"

殷以乔不知道他为什么忽然这么想，但他勾起笑意，从来都是纵容。

他说："在设计师的世界，没有什么不可能，只要你想。"

乌雀山一行结束，律风没有和钱旭阳、钟珂一起原路返回，而是乘着殷以乔开来的越野，亲自感受十二小时的长途跋涉。

"你说，桥身采用空管钢结构增加韧性，加强减震怎么样？"

"你觉得，这座桥能不能实现沿山而建，以最小风险横跨峡谷？"

"断裂层距离我设计的桥梁大约有一百二十公里远，考虑到地震带的问题，我是不是应该再改改桥身落点？"

律风在路上，时不时冒出新的念头，一边画图，一边跟殷以乔商量。

殷以乔不懂桥，却享受着这样久违的探讨，也尽可能地用建筑设计的知识回答他的问题。

其实，律风不需要提问。他和殷以乔的讨论，总是以自问开始，以自答结束，但这并不妨碍他开心地和身边人分享着他每一个想法的出现，而且一起用探讨的形式完善它。

殷以乔看着他不断优化着龙一样盘山而起的桥梁方案，心里欣慰又苦涩，也许，自己应该去看看桥梁论文，多了解一下国际前沿工程技术了。

漫长的十二小时旅程，并不能阻止律风加班的心。他说："乌雀山资料、建模都在院里，回家我什么都做不了，完全浪费时间。"

所以，殷以乔送他到设计院门口，然后默默给自己定了回英国的机票。

他们临别的话题，没有温情怀念，更没有依依不舍，只有桥。

殷以乔无奈却期待地说道："希望我下次忙完项目，就能见到你的乌雀山龙桥了。"

律风比钟珂、钱旭阳回来得晚，但是他一回来就加班，灯火通明到天亮。

等到上班时间，一群满怀好奇心的设计师在办公室门外假装路过。

自从他们听说律风是殷以乔师弟，还是殷知礼大师的弟子后，围观的心思便蠢蠢欲动。然而办公室亮着灯，却空荡荡的，根本没有见到律风的影子。

"律工没来？"

"来了！我问了门卫，他昨天七点多就来加班了，一直没走。"

"没走怎么人不在啊……"

他们一边聊，一边走到律风的电脑前。桌面上摆放着无数手绘的线条，它们或盘旋弯曲，或呈T字形直立，林林总总加起来有十几页，还都点出了具体的衔接位置。

可是，他们完全看不出这是什么东西的设计。桥梁不会有这么曲折的弧度，但这些东西要不是桥，律风又在画什么？

"你们有什么事？"律风回来的时候，就见到谢宇他们在端详自己的草图。

谢宇笑道："我们听说你回来了，想来问问你去了一趟乌雀山有没有什么想法。"说着，他指了指手上的草图，问道，"对了，你这画的是什么啊？"

"一个新的桥梁方案。"律风的声音略带疲惫，眼神却格外兴奋。

这只是一个构想，还没有完整的可行性研究报告证明它能够存在，律风却说得极为认真："我在尝试设计一座盘山大桥，它可以弯曲盘旋，顺着乌雀山的走势，飞架山体，然后在最佳的跨越位置，飞过乌雀山峡谷。"

"盘山……桥？"

谢宇觉得不可思议："我们建桥都是选路程最短的直线，从来只有盘山公路，怎么可能去建什么盘山桥！"

"确实从来没有过，所以我还在研究。"律风不意外他的态度，毕竟自己刚想到的时候，都被这个超乎常理的设计吓了一跳。可是，殷以乔面对这样疯狂的念头，仍旧淡定从容地告诉他没有什么不可能。

他想起和殷以乔探讨桥梁时的畅快，轻笑道："毕竟——"

"谁说桥，只能是一条直线？"

律风的盘山建桥概念不到一天就传遍了桥梁分院。不少人听着谢宇的转述都觉得头晕目眩，跟坐了盘旋蜿蜒的过山车一样头疼。他们充分信任律风的实力，也对他实地勘察乌雀山充满期待，可他们万万没想到——

好家伙，回来就搞难以理解的建筑艺术！

"乌雀山那种情况，怎么建盘山桥？架空山体自己插桩？"

"我以为他去了乌雀山发现了新的桥梁落点，居然直接像设计建筑一样设计桥？"

"按乌雀山的走势，也不是不能修盘山桥。但是……有必要吗？"

他们忽然感受到建筑师跟桥梁工程师的思维差异，完全忘记了之前对律风和殷家关系的好奇。乌雀山大桥项目的初衷，是取直线最短距离，减少高速公路进藏的耗时，从来只有"跨越大峡谷"一个目的，怎么律风这么一个学建筑设计的走了一圈，竟然开始想在山里独树一帜地创新桥型了？

于是，律风的盘山桥想法成为劈进桥梁分院的一道惊雷，炸得无数人抓着吴赢启问，到底怎么回事。

吴赢启作为桥梁分院院长，全程参与乌雀山大桥项目，没有人比他更权威。然而，面对院里各种老同志的殷切问候，吴赢启显得波澜不惊。

"急什么？"他的回复尤为淡定，"只是年轻人的一个想法而已，你们就开始咋咋呼呼跟没见过世面似的，合适吗？"

"你们做设计这么多年，又不是没有过突发奇想。"他的教育理直气壮，"盘山桥怎么了？就算他想在乌雀山设计过山车，又有什么不可以。反正乌雀山大桥项目停了这么久，有新研究方向，也是好事。"

吴赢启句句都是放手让律风大胆研究的意思，全然没有半点惊讶。

设计院的老同志表示不可思议，吴赢启曾经带着他们做设计，稍微异想天开的项目，他都会用丰富的经验点出漏洞、严格指正，怎么到了律风这里，就变成了鼓励了？

老同志们很受伤，摸着头顶感慨昨日黄花已失宠。

"也许，这就是给年轻人的优待吧。"

享有优待的年轻人第二天就搬到了全新的大会议室。宽敞明亮，设备齐全，还留出了宽阔的过道，以便于他堆放乌雀山大桥项目资料和图纸。

最重要的是——

中间有一张适合铺开图纸的会议桌。

冯主任说："吴院还在忙项目，但是对你回来之后的成果非常重视。以后你在这里安心设计盘山桥，我绝对帮你把人给拦在外面，不会让那群爱看热闹的家伙打扰你。"

冯主任的办公室就在这间大会议室的前端。任何要过来的人必定会经过他的门口，颇有一夫当关、万夫莫开的气势。

他继续认真转述着吴院的话："我们招你进来，绝对不是想要一个模子刻出来的机器人。大胆想，大胆画，缺什么东西都跟我说，缺人的话，我叫钟珂帮你忙。"

律风面对这样的话，从来不会客气。他站在空旷宽敞的会议室，立刻提出了要求："冯主任，我想查阅桥梁分院成立以来设计过的所有桥梁资料。"

"所有?"冯主任表情一愣,"我们院至少设计过一百多座桥!"

国家设计院桥梁分院成立于二十世纪六十年代,专门负责国家大型桥梁建设。每一座桥的建成都象征着中国桥梁迈上了新的台阶,也给其他省市的设计院提供了全新的学习材料。

造桥任务繁重的时候,国院同时设计三四座大型桥梁都是常有的事情。近七十年的桥梁资料,被分门别类地保管在桥梁分院档案馆,馆藏图纸、文献的数量级,绝不是区区乌雀山大桥项目能比的。

然而,律风要,吴院就批。

冯主任等着吴院忙完,接过他签字同意的审批表,却仍有些担忧。律风确实优秀,也确实很有抱负,但他来国院不足一个月,连背景调查都没有做清楚,突然就这么轻轻松松开放了桥梁分院最机密的档案馆给他,冯主任不可能不迟疑。他拿着审批表,再次确认道:"吴院,我们这些资料……全部开放给律风?"

"不只是律风,钟珂和钱旭阳也可以看。"

吴院这句话,令冯主任脸色错愕。

"有什么问题吗?"吴院反问。

"开放给钟珂还好,她毕竟是我们老员工了,干了七年,知根知底。开放给钱旭阳也没什么太大的问题,毕竟他爸是副院长,从小思想教育肯定没少做。但是……"冯主任皱着眉,常年的谨慎使他不得不说,"律风太年轻了,又是从英国回来的,现在还不清楚他到底能够拿出什么成绩。如果直接开放了全部桥梁资料,万一他选择回那个C.E建筑事务所了怎么办?那不就等于把绝密资料送给英国了吗?"

吴赢启理解他的担心。桥梁是中国基础建设的重中之重,详细完整的图纸只有桥梁分院保管,稍有差池都有可能导致国家的重大损失。

然而,吴赢启笑着宽慰他:"老冯,你忘了越江桥吗?"

"啊!"冯主任恍然回神,又提起他一直以来好奇的事情,"曲水湾大桥的图纸,还有三角钢型支撑结构的专利资料,明明都在我们的档案馆里,他是怎么搞懂里面的具体数据的?"

有关曲水湾大桥从桥梁设计到工程专利的论文,公开发表的已经有两百多篇。但是论文绝不会像蓝图一样,清清楚楚标明曲水湾大桥构造和三角钢支撑结构的关键。而律风竟然仅仅凭借这些论文就设计出了一座越江桥,还能站在桥梁分院的讲台上,回答所有员工的疑问,冯主任怎么想,都觉得不可思议。

吴赢启没有他那么诧异。在听过律风那一场"面试"之后,吴赢启已经完全了解了律风是怎样一个人。

"老冯啊,因为他依靠的不是现成资料,而是自己的努力钻研。我们把图纸交给律风研究,他可能花上几个月时间,就能创造出相同桥梁专利技术的新运用场景。我们不开放图纸,他也许要花上几年的时间,仔细钻研我们对外发布的论文、研究报告,才能设计出一座新的越江桥。"

吴赢启说到这里,笑容淡了些,眼神都带着钦佩和怀念。

"这样的人,可能缺图纸、缺资料、缺参考、缺指导,唯独不缺一腔热血、一身志气、一片赤诚。"

他做了三十多年的桥梁工程,从小听着老一辈无产阶级的故事长大。在桥梁建设的七十年里,没有那一群秉承着奉献精神的桥梁工程师,也就没有国家设计院桥梁分院的今天。

那些看起来宏伟壮丽的桥梁,有多少桥梁专利技术都握在外国人手里,老一辈桥梁工程师在国际讥嘲之中,埋头苦干,专注研究,终于建起了无数座独属于中国的桥,也正是他们,留下了桥梁分院最初的档案资料。

吴赢启发现律风仅仅依靠着曲水湾大桥的论文和自己的实地勘察设计出越江桥时,心里就想起了无数人的名字。他们有的人只有小学学历,有的人从没走出过国门,却依然在祖国大地上建设出了中国人自己的大桥。

"桥梁分院保管了近七十年来所有的桥梁资料,有些桥梁建设技术经过时间推移,已经不符合现在的适用标准了。"吴赢启坐回办公桌,目光平静地说,"但是,我们仍旧保管着这些图纸资料,不是为了纪念它们,而是为了给律风这样有拼劲、有干劲的年轻人一个接触到老一辈桥梁工程师思想理念的机会。"

哪怕只有万分之一的资料能给律风的盘山大桥构想带去一点点启发,它们就不算一堆废纸。

"所以……我们为什么要给自己人设置难题。"吴赢启对律风充满期待,"他签了保密协议,我们就该给他应有的信任。"

桥梁分院开放了档案馆的借阅权限,钱旭阳和钟珂震惊无比。

钱旭阳经常听他爸聊起国院的事情。国院的机密库,桥梁分院的档案馆,建筑院的模拟实验室,道路院的电子地形图,都是传说中"闲杂人等不得入内"的重要场所。他一个成天想着混吃等死的家伙,竟然得到了吴赢启的点名许可,准他进入档案馆,他自己都不信。

"冯主任,吴院这是什么意思啊?"

冯主任如实说道："如果你想去学习一下我们的桥梁，那你就去。不想去就自己研究乌雀山大桥，又没有强迫你。"

"那我呢？"钟珂问。

钟珂在设计院完全是边缘化画图工具人，突然得到了进入档案馆的许可，困惑不比钱旭阳少。

对待女同志，冯主任就变得如春风般温暖了。他解释道："吴院觉得你有前途，能够帮律风一起完善乌雀山大桥的新方案，我已经跟你们组长打过招呼了，你专门跟进乌雀山大桥的项目，给律风提供帮助。手上的那些杂务，你组长会另外找人做。"

差别待遇，一目了然。对钱旭阳就是爱看看，不看算了；对钟珂就是有前途，跟着律风好好干。

关系户也是有脾气的，钱旭阳走过了乌雀山每一个方案点，就算手酸、脚痛、腰受罪也努力表现过，怎么到了冯主任和吴院眼里，他连个女的都不如？

"那正好，你们忙你们的盘山桥，我搞我的研究论文。"钱旭阳什么都没有，说话态度也能趾高气扬，"说不定我论文都发表了，你们都还没弄明白乌雀山怎么建盘山道呢。"

钱旭阳的话说得不无道理。

律风回来之后，画了十几张图纸，在乌雀山地图上来回往复，都没有敲定盘山桥梁的构造及最佳的选址。他的设计从来不会盲目地边走边看，而是经过漫长推敲、资料佐证、数据实验之后，才往前推进。

于是，档案馆开放后，律风大部分时间都在查找桥梁技术。无论是多少年前的老资料，只要是能够符合盘山桥建设需求的桥梁资料，都会被他翻找出来，铺在会议室的大桌上。

每一天，律风都来得最早，走得最晚。

如果不是殷以乔固定会在晚上九点或十点给他拨来视频电话，他一定会买一张折叠床，在会议室住下。

自从殷以乔回英国，他们的微信对话框就变得热闹起来。律风不常查看消息，但他每次点开，都会看到殷以乔发来的图片或者问题。

师兄："我看了曲水湾大桥的报道，国内能够建成这座桥确实不容易。"

师兄："最近我有了一个新的设计灵感，用桥梁搭建室内空间，创造出穿梭楼宇的感觉。给你看看。[图]"

师兄:"越江桥确实设计得不错,我尝试复原了一下,没成功。"

律风在下班的街道上,迎着夜里凉风翻着他发来的消息,疲惫和压力顿时消失得干干净净。

"你是用了3D打印?"律风觉得没成功复原建筑的师兄特别罕见,继续笑着打字,"越江桥有三角钢型支撑设计,是用钢管做出极细极密的支撑空间,3D打印的模型容易出现误差,确实不容易成功。"

他的回复发出去没有几分钟,视频通话就拨了过来。律风习惯性地接通,在昏黄夜灯下,跟殷以乔以跨越七小时的时差相见。

也不知道是殷以乔项目期清闲,还是别的什么原因,律风和殷以乔总是能恰到好处地拥有相同的闲暇时光,捧着手机来一次短暂的越洋视频。

"刚下班?"殷以乔视线瞥过律风身处的环境,"晚上注意安全。"

"国内比英国安全多了,你放心。"律风活动了一下僵直的肩颈,调转镜头给他看路边人声鼎沸的烧烤摊,"大部分人的夜生活刚刚开始,我这种老年人却已经打算回家睡觉了。"

殷以乔笑出声。他习惯了律风这样无所顾忌的玩笑,也怀念律风悠闲走在路上惬意的表情。

他们聊了聊越江桥的3D建模,又说了说桥梁楼宇的设计灵感。殷以乔在视频通话中陪着律风回到公寓后,两人才互道晚安。

中国已经是晚上十点,而英国天刚过中午,C.E建筑事务所业务繁忙,远远没到殷以乔下班回家的时候。他挂掉通话,重新推开了会议室的门,里面仍旧在为音乐厅的外观设计争论不休。

"赛维尔先生要求必须保留弗拉门戈的特色,这个舞者标志只能立在中心点位置!"

杰森据理力争:"我们没有想要去掉它!只是希望能够把它稍微缩小那么一点点!"

"拜托,一点点?你们的一点点会把我们最骄傲的舞者弄成畸形儿,这完全是在侮辱我们弗拉门戈的灵魂!"

杰森跟甲方代表吵得头大,他只是想等比例缩小立在音乐厅屋顶的舞者标志,怎么变成侮辱灵魂了?他皱着眉,还没开始再次耐心解释,就见到了推门回来的殷以乔。

"殷!你终于回来了。"杰森赶紧说道,"你快跟他说舞者标志的问题!"

殷以乔一听,发现讨论进度已经从悬空天顶变成了舞者标志。

他看向甲方代表，淡然道："我们会如你所愿地保持舞者标志的大小。"

杰森目瞪口呆，怀疑自己的耳朵出了问题。

然后，殷以乔抽出了音乐厅整体设计图，拿过笔快速划出了一个虚框，说："当然，按照建筑物与装饰物的大小比例，音乐厅整体设计也会随之外扩一百平方米，减掉外部的花园带，预算也会比之前多出十万到十五万英镑。"

这下轮到甲方代表目瞪口呆，难以置信。对方情绪激动地说道："钱不是问题，可我们的音乐厅外扩了，花园怎么办？赛维尔先生要求音乐厅外必须是一百米宽的花园带！"

"是吗？"殷以乔平静地看他，一点儿也不急，"那就请您回去问问赛维尔先生，要花园，还是要舞者。"

甲方代表刚才强硬的气势荡然无存。他也就仗着杰森是个助理才敢拍桌子怒吼，换成了殷以乔，他只能选择收下缩小舞者标志比例的方案，回去让赛维尔先生定夺。

殷以乔从中国回来后，C.E建筑事务所就迅速结束了图书馆的项目，投入到了弗拉门戈音乐厅的建设中。他仍是严格地对待设计，即使是甲方代表这种"爸爸"级别的人物，面对他也没法胡搅蛮缠。

毕竟，这位是知名青年建筑师兼殷知礼的亲孙子，得罪助理只是小事，得罪了他，很可能第二天就会收到金主的解雇电话，在业内传出"不专业""是废物"的评价。

今天的殷以乔也依旧顺利地摆平了甲方，可是杰森发现自从他休假回来，总会在下午两三点的时候"有事失陪"。无论他们正在开方案研讨会，还是下班休息一起聚餐，他都会离席五到十分钟，却只字不提自己是为什么离开。

这很不正常。对于殷以乔这样毫无社交的工作狂魔来讲，在讨论项目时中途离席根本难以想象。除非——

终于，杰森在某个悠闲的下午状似无意地问道："殷，最近大师身体好吗？"

殷以乔瞥他一眼，不解地回答道："很好。"

"那你父母身体好吗？"忽然，他发现殷以乔微微蹙眉，立刻解释道，"哦不，我绝对没有别的意思，只是想关心一下你。"

殷以乔放开鼠标，挑眉问道："你到底想问什么？"

杰森和他相处两年，当然懂得这个表情就是"尽管问"的意思。于是，杰森直白地说道："我看你最近总会在固定时间消失，像是医生要求的定时报告似的，搞得我们有些担心。"

他的家庭医生,偶尔也会有这些奇怪的要求。比如早上七点一定要汇报早饭吃的什么,中午一定要定时吃药,晚上不能出门饮酒,诸如此类。

所以,他特别关心,是不是殷以乔的身体出了问题,又或者是殷家人出了意外。

"不是。"殷以乔勾起笑,"我只是在打电话。"

杰森:"……???"

打电话?杰森完全不知道打电话这种行为,需要定时定点,中途离席!

"殷,你知道自己因为忙拒接了甲方多少电话,搞得我这边专门帮你接线解释你在忙吗?!"杰森整个人都要跳起来了,"打电话,你居然只是为了打电话,就放我一个人面对甲方的怒吼?哦不!我不相信!还有,你刚才一闪而过的笑容是什么意思?你必须给我一个足够说服我的解释!"

话题逐渐演变成胡搅蛮缠,殷以乔最后一丝温柔也变得冰冷危险。

"杰森,我不需要向你解释我的私事,你如果有空,多学一学建筑知识,对你有好处。"

"呃……"杰森只是太惊讶了。果然现在这么冷漠无情的殷以乔,才是他认识的殷建筑师。

"我真的真的只是担心你。"杰森对天发誓,"你没事就好,如果有事,千万要把我当朋友。"

殷以乔没有这么吵闹的朋友,他随手拿过文件夹,抽出了几张设计图,郑重地给杰森加派任务。

"感谢你的关心,我也没什么能够报答你的,就请你尽快帮我按照设计图重新装修一下C.E陈列室里我的展区。"

杰森接过设计图,毫不意外地感受到了殷以乔式温暖。

果然工作才是建筑师殷的归宿,其他浪费时间、耽误加班的事情,他怎么可能做。

C.E建筑事务所的陈列室里,摆放着从殷知礼时代开始事务所里著名建筑师的成就与奖项,与其说是陈列室,不如说它是C.E博物馆。

它单独位于事务所的一楼,拥有独立进出的大门,定期开放给公众自由参观。每一位建筑师都拥有属于自己的独立展区,可以按照自己的心情、喜好选择设计风格,所以C.E建筑事务所的陈列室,成为了解C.E建筑师最佳地点。

殷以乔的展区,向来简单清爽,除了一堆奖项奖牌、建筑物照片和设计理念之外,一点私人喜好都没有,冷淡得与冷漠严厉的本人如出一辙。

然而，杰森看到那份"重新设计"的展区时，忍不住开始怀疑自己的眼睛出了问题。

墙面不仅凹凸有致地做出了浮雕造型，还破天荒地在天花板与墙面设计了极具空间感的横梁。更不可思议的是，展区最显眼的位置出现了一个巨大平坦的圆形建筑物。

"这是什么？"他指着中间区域的建筑物，"休息所？"

安娜看了看，说："不，这是展柜。"

"展柜？！"杰森盯着那个显眼的展柜，想象上面能够放下多大的东西。

他困惑又惊诧地问："难道他终于想通，要把海岸线博物馆或者康尼斯大厦的模型摆上去了？"

"谁知道呢。"安娜从来不清楚殷以乔的想法，"但我觉得，能够摆在这里展览的东西，一定对他很重要。"

殷以乔的电脑屏幕上，横跨着一座刻有浮雕的桥梁。它拥有完美的弧度，漂亮得像一件艺术品。而旁边，是一张已经建成的图书馆的照片，在黄昏灯光的照耀下，照片里的图书馆显得静谧温暖。

殷以乔端详它们超过十分钟，他瞥了一眼时钟，估算着中国时间差不多晚上九十点的时候，熟练地拨通了视频电话。

"嗯？什么事？"律风眉头微蹙，视线都没看过来，仍是凝视着电脑，显然在加班。

"今天很忙？"殷以乔习惯了以律风回家的道路为视频背景，还是第一次见到宽大空旷的白色墙面。

"嗯，今天查了一点新的资料，刚好可以解决主桥的关键问题，所以我想试试建模。"

说完，他看向殷以乔，承诺似的说道："我很快就能做完，不会熬夜的。"

即使律风继续专注于手上的工作，殷以乔也一直凝视他。他笑着靠在椅背，说道："我发了几张利斯图书馆的实景图给你，原来你还没空看。"

"啊……"律风眼神有一瞬间放空，他诧异地看向殷以乔，感慨道，"这么快就建成了吗？"

殷以乔轻轻叹息，调笑道："它已经开建一年多了，律工。"

"哈哈。"律风听到这个时间，忍不住笑出声，"我以为它会花上四五年的时间，才能建完。"

按照常规的英国速度，是的。可在殷以乔魔鬼一般的赶工速度里，就算是悠闲懒散的英国工人，在利斯图书馆项目上也显出了C.E一如既往的高效。

殷以乔没提这些，只是问："所以，你什么时候有空来看看你的毕业设计？"

刚刚还在调侃英国速度的律风，表情略带挣扎："我可能……"

没有空，没有时间，或者根本不愿意再回英国。

殷以乔能从他的神色看出潜台词，甚至不需要律风找个冠冕堂皇的借口，殷以乔都能给出最准确的回答。

殷以乔说："我等你。"

在律风诧异茫然的视线里，殷以乔笑着说："利斯图书馆建成之后，会一直在这里，无论你什么时候想来看，我都等你。"

第八章

CHAPTER 08

盘山建桥

律风开始建模之后，进度就变得风一般快。不过两周时间，他已经大致建成了盘山结构的桥梁主体，并且摸索出了能够用上的技术和材质。

但是这一套方案的问题，依旧很多。

钟珂进来，把三大盒资料放在地上，说："律风，你说的新云江大桥的抗震设计，我找到相关资料了，但是太多了，你跟我一起去看看，然后再抱需要的过来。"

她和律风接触久了，两人变得更加熟悉，现在可以直接称呼对方的名字。虽然钟珂在国院待了七年，但是负责的大多是绘制图纸、报销记账的简单工作，这还是她第一次主动去研究桥梁设计以外的工程技术，虽然也只是力所能及地帮律风查找资料，顺便跑腿。

他们所做的盘山桥设计工作，已经不单纯局限在照章设计上了。盘山结构存在的可能性、适用的建筑材料以及恶劣气候会对桥梁造成的影响都在他们的研究范围之内。

钟珂清楚地意识到这不仅仅是在完善构想，律风在做的明明是《乌雀山大桥采用盘山结构的可行性研究报告》！思及此处，她的情绪格外兴奋。

当初听到律风一个人做出了越江桥可研报告，她就感到震惊无比，甚至充满了诧异和羡慕。现在能够亲自参与到可行性研究之中，钟珂立刻感受到了与照章画图截然不同的桥梁世界。那些数据、实验图表，关系着一座桥梁的诞生和未来，而她一点一点见到可行性的出现，心中充盈着成就感，哪怕搬资料都感受到无比的快乐。

比起钟珂的轻松愉快，律风显得沉默许多。他快速翻看了新云江大桥的抗震结构，发现里面采用的抗震设计并不像他想象中那么容易学习。

因为，它是一座跨江桥。

虽然同样身处地震带断层区，但是江水的浮力，给了这座桥梁天然的助力，让设计师们足以在桥墩抗震上采用飘浮式体系。

"这座桥的抗震技术不适合用在乌雀山上。"律风很快否定了参考新云江大桥的抗震技术，转头调出电脑里国院桥梁专利的清单。

清单分门别类地总结出国院设计的桥梁特性,都是他依照着档案馆里每一座桥梁的名字在论文库里翻出来的。

然而,并不是每一种都能恰到好处地解决他的设计需求。

律风经验不够,只能边学边做,在这种时候,他才发觉仅仅研究过二十九座国院桥梁的自己是多么的浅薄无知。

他合上新云江大桥的资料,抱起刚刚钟珂才送进来的档案,说道:"我再去查一查,还有两座桥的资料可以参考一下。"说着,他抱着档案往外走,钟珂愣了愣,也跟上去帮忙。

桥梁分院设计过的桥梁,所处环境普遍复杂,地质恶劣、气候多变几乎成了每一座桥的标准配置,他翻看其中任何一座大桥,都会发出由衷的赞叹。

他不过是学习前人的技术,进行实地改良,可他手上资料里保存的这些桥梁,每一座都是前无古人的开拓性创造。

终于,他找到了一座名为岳峰大桥的桥梁资料,它虽然没有建设在地震带,但采用的空管钢建设结构使它成了世界第一轻桥。

世界第一轻桥的吨位轻,不代表它的资料少。律风在档案馆里抽出了整整两排涉及空管钢的档案盒,他比了比重量和数量,直接把蹲在档案馆里磨洋工的钱旭阳拖来一起当苦力。

当他们三人分别扛着岳峰大桥的空管钢设计资料,费劲地搬进会议室时,就发现堆满了档案盒和图纸的办公桌前坐着一个熟悉身影。

吴赢启坐在律风的电脑前,费劲地眯着眼看屏幕里的建筑模型。

他平时严肃正经的态度,因为这个眯眼的小表情显出一丝诙谐,让人感觉像是一个和蔼可亲的长辈。

"吴院,"律风将资料放在墙角,"您在看模型?"

"嗯。"吴赢启皱着眉点头,仍是眯着眼看屏幕,"你这是主体桥部分的设计吧,盘山路段结束之后,衔接了桥塔。"

说着,他终于抬起头看向律风,问道:"你的桥塔是怎么设计的?"

律风走过去,盯着屏幕上巍然矗立如傲慢龙角一般的桥塔,说:"桥塔用的是框架式混凝土空心结构形式,增强了它的抗震能力。但是按照这样的设计,车辆开上去会存在轻微震动,我打算研究一下新型空管钢材料,看看能不能解决这种问题。"

吴赢启听完,眉头微皱,点击鼠标,调出了盘山结构的桥基座:"那么,你在设计桥基座的时候,做了什么考虑?"

律风看着自己不成熟的建模，说道："为了在地震带保持桥体稳定，桥基座都是腹杆式中空设计，全部采用的是钢结构，就算乌雀山的温度降到零下二十度，钢材急剧冷缩，也能维持住桥体形状，不会影响桥基座的稳固性。"

吴赢启脸上渐渐升起不可思议的表情，震惊地问出最后一个问题："你的模型做到什么程度了？"

律风有些奇怪，但面对院长的提问，仍是耐心回答道："我做完了桥梁盘山的起点、终点，还有主桥横跨峡谷的部分。但是我的建模很粗糙，只有设计图描出了详细的点位，选材用料还有浇筑结构都还没找到最合适的选择。"

他说得遗憾，好像乌雀山的盘山桥结构从头到尾都是问题，就连面前的建模也不过是他做的实验，根本拿不出手。

吴赢启却惊讶了。他开放档案馆是希望律风能够获得一丝启发，提出一个新的方案，然后交给更专业的人士慢慢探讨可能性。

但是，听律风这位年轻的设计师的意思，他在档案馆里寻求的根本不是什么灵感，而是切实可行的解决办法！他的盘山桥梁结构已经跨过构想进入了可行性研究阶段，原本并不需要设计师操心的数据问题、材质问题，居然成了律风当前阶段的研究重点。

吴赢启忽然想起了律风自己做的越江桥可行性研究报告，想起了越江桥的那些概念视频，还有律风超乎一般设计师的钻研能力。他忍不住笑出声，严肃的脸上露出慈祥的皱纹。

吴赢启早知道，律风就是这样的人，一个人就想完成一座桥梁的设计工作，并且拥有这样令人惊诧的行动能力。他站起来，板着脸、背着手说道："律风，我必须得严厉地批评你。"

吴赢启的话说得严重，律风都不禁皱起眉来。站在一旁的钱旭阳眼前一亮，他以为以吴院重视律风的程度，绝对不可能对律风进行批评或者警告，但他听着这语气，见着吴院的表情，顿时心花怒放起来：运气真好，这是遇到了领导训人现场了！

可惜，没等钱旭阳幸灾乐祸，吴赢启的严肃表情就绷不住了。他忍不住哈哈大笑，抬手拍在律风的肩膀上，惹得大家困惑茫然，不知道吴院到底是什么意思。

"来了国院，你一定要学会随时跟你的领导汇报工作进展。"吴赢启视线温和又充溢着欣慰之情，语气却十分无奈。

他又指了指电脑里的模型："我开放档案馆给你研究桥梁资料，不是为了让你一个人完成乌雀山大桥的新方案,你只需要给出一个盘山桥的设计图,划出想要建桥的起点、落点、终点,我们自然会有更专业的人负责研究材料和施工难度的问题。既然你已经完全设计好了盘山结构,那么我要求你,尽快把设计图和模型形成方案报告,交给我。

"桥梁设计不是单打独斗,我会重新安排乌雀山大桥项目组来一起完成你的构想。"

重新组建乌雀山大桥项目组的消息成了桥梁分院的重大新闻。

在吴赢启的要求下,那座不可能建成且已经停滞了整整两年的大桥,居然重新召集了桥梁工程精英,准备一起研究新方案!

桥梁分院乌雀山大桥研究会议的参会名单一公布,无数人打爆了吴赢启的电话。

"是之前传的盘山大桥结构吧?肯定是吧?"

"老吴你有点过分了,怎么开会不叫我参加?我以前也给乌雀山大桥画了几十张设计图的。"

"我这边大桥项目快收尾了,不到一周肯定回来,我也要回乌雀山大桥项目组!"

身在其他项目组、心系乌雀山大桥的设计师不在少数,带着十二年未解的心结,他们的心脏在这一刻剧烈跳动起来,浑身焕发出崭新的力量。

要不是大部分人有任务在身,他们绝对会冲上门去,把通知拍在吴赢启办公桌上,怒吼道——

"乌雀山的研究会怎么不叫我参加?!"

但是,盘山结构仅仅只是冒险的尝试,吴赢启手上只有律风的设计图和建模,急需的不是这群热情洋溢的设计师,而是工程技术、抗震研究、勘察测量等多个领域的专家。

"行了,干好手上的活,别想东想西。现在只是研究阶段,等我们的可研报告出来了,你们再申请画图也不迟!"吴赢启一句话回绝所有人,然后让冯主任专心准备久违的乌雀山大桥研究会议。

乌雀山大桥和越江桥根本不是一个体量的东西,它的设计难度和建设难度已经因为其独特的地质环境、四季气候成了世界级难题,一旦被成功攻克,必然又是一项横空出世的世界第一。

吴赢启盯着律风给的设计图,感受到盘山大桥无形之中石破天惊的气势。

它真的就像一条随时腾飞的巨龙，身躯蜿蜒，蓄势待发，随时准备飞过这座无法逾越的乌雀山。一千米的距离，六百米的高度，还有冰雪阴霾、地震裂层……在这么一条巨龙面前顿时变得不值一提。因为，没有任何力量能够阻挡这座庞然大物上天入海的步伐。

吴赢启沉默片刻，忽而骄傲一笑。

这次，他不可能让律风一个人独自行走在调研的道路上。厉害的设计师可以设计出令人惊叹的越江桥，但只有强大的国家，才能建起奇迹一般的乌雀山大桥。他必须叫这个热衷加班、单纯执着的年轻人见识见识国家设计院拥有的力量。

乌雀山大桥研究会议定在宽敞的桥梁分院报告厅。远比任何会议室都要宽敞的报告厅，每一个座位都准备了座式话筒，摆上了参会人员的桌牌。

得到通知的参会代表来到现场，刚跟里面的熟人碰面，就开始了激烈的讨论。没有办法，谁叫这是乌雀山大桥项目。他们从十二年前就常常聚在一起，讨论这座桥梁的未来，为它争执不休。直到两年前，得知它没有了未来，这种争执才戛然而止。

久别重逢的参会人员一起分享着自己知道的内部消息。

"我听说这次搞了个什么盘山桥结构，要围着乌雀山造桥？"

"对，桥梁院招了个新人嘛，叫律风。年轻人的想法是不同寻常一些。"

"他就那个设计越江桥的是不是？我专门看了越江桥的可研报告，确实想法不错。"

"听说他还是殷知礼的学生！"

这话一出，讨论中顿时夹杂了无数诧异的感叹。坐在一旁的参会人员都忍不住靠过来，想听听独家内幕。

"殷知礼不是建筑师吗？他怎么带了个学桥梁设计的学生出来？"

"律风不是学桥梁设计的，他就是学建筑设计的。前段时间小周还说，殷以乔来一起陪律风看过乌雀山了。"

殷知礼和殷以乔爷孙两个的名字，在国内建筑界不可谓不知名。

他们这些工程师，都听过殷知礼设计建造的国会大楼、联邦大厦、皇家博物馆，每一篇盘点中国大师级人物的报道都必然会有殷老先生的名字和作品。

国际社会并不如它们宣传的一般自由包容。中国人想要在资本主义的社会中不夹杂任何政治因素地自由创作，需要拥有超乎想象的艺术造诣。

殷知礼就是这么一个人。

他设计的建筑总能直击灵魂,尤其擅长用冰冷坚硬的混凝土创造出底蕴深厚的建筑物。不需要什么说明文字,人们只需要静静端详他的作品,就能从灵魂深处倾听到建筑自己的声音。

在场的众多工程师、研究者,可能并没有亲自去看过他的作品,但是口口相传了五六十年的传奇建筑师,在他们心中拥有足够的分量。

而律风,正是这位传奇大师的学生。连殷知礼的亲孙子殷以乔,都和他关系密切,甚至一起去了乌雀山……

"这样听起来……"安安静静在旁边听完全程的人表示,"盘山结构说不定真的值得一试。"

不过是一句猜测,却立刻引起了其他人的附和。

"当然值得一试!要不然吴赢启把我们召集来是好玩的吗?"

即使报告厅没有任何资料,即使他们经历过太多希望和失望交织的过程,但参与的人员仍然对接下来的会议充满期待。

两年前乌雀山的地震之后,项目开始停滞不前,他们这些参与过众多建设工程项目的老员工,隐隐约约能够预见它的结局。如今一场"乌雀山大桥研究会"把他们重新聚集在一起,就像点燃了希望的小火苗。

哪怕在乌雀山上建盘山桥的可能性微乎其微,他们也不介意陪着桥梁分院重新开始。毕竟,这是国家的任务,意义重大,没有人愿意在付出心血之后,却迎来一场轰轰烈烈的无疾而终。

因此,当律风走进报告厅的时候,完全感受不到报告厅该有的严肃寂静。聊天的声音热闹喧嚣,还有几句关于地震带裂层的争吵。

吴赢启跟这群人相交多年,清楚现在是什么状态,跟律风说道:"他们能聊成这样,说明心里还没放下乌雀山大桥。你等着,我马上让他们安静下来。"

律风觉得新鲜,以为吴赢启要拿过话筒,喊一声"同志们,安静"。

谁知,吴赢启只是招呼抱着会议资料的人,大声催促道:"你们赶紧把资料发了。"

在律风困惑的视线里,桥梁分院负责发放会议资料的工作人员动了起来。他们仅仅只是公事公办地把资料放在桌面,连多余的问候、解释都没有,整个嘈杂热闹的报告厅竟然慢慢安静下来。

气氛变得太快,律风觉得无比诧异。他习惯了大家聚在一起就会变得吵吵闹闹的会议气氛,还是第一次见到这样的寂静。

那些来自全国各地的参会代表，根本不需要工作人员招呼，便自顾自地拿起身边的资料。

同伴若是还想聊，代表一摆手，再翻一翻手上厚重的打印稿，对方就跟他似的，赶紧回到座位拿起属于自己的那一份来。

工作人员一边发，律风和冯主任一边准备讲解用的PPT。

刚才还喧闹得像有无数人吵架的报告厅，瞬间回归了这个场合该有的严肃氛围，只剩下纸页翻动的声响。等律风准备就绪，再抬头时便见到了无数专注的视线。

建设集团、工程学院、研究所、勘察院……他们身前一块块桌牌，写着的不是他们的名字，而是他们代表的单位。那一瞬间，律风觉得自己面对的不再是报告厅的上百人，而是这上百人背后的所有集体，也是乌雀山大桥项目成立以来参与研究的所有成员。

律风定了定神，点开了准备已久的资料，声音平静克制："这次邀请大家到场，是为了一起探讨乌雀山大桥是否可以采用盘山结构设计的问题——"

随着律风的话，报告厅宽大清晰的幕布上显示出盘山大桥的概念图。

在巍峨连绵的乌雀山上，盘亘着一座银色巨龙般的桥梁，在阳光渲染之下熠熠生辉。

这张盘山大桥概念图一出现，律风就听到了阵阵的感叹。

大桥从乌雀山脚下开始攀升，沿着山体走势弯曲成柔和的弧度，然后在最合适的地方飞跃地震带断层，完成了桥梁横跨两岸的任务。

律风说："这只是我做的一个概念构想，从乌雀山大桥现有方案选点开始，规避方案一的高峰、陡坡，在方案三、方案四的地点自行建设高架桥，跨越地震造成的裂隙和断层。"

他的讲述伴随着精心绘制的黑白设计图款款铺陈开来。画面没有渲染翠绿的乌雀山，单纯的黑色桥梁线条能够更加清晰地表达出他全部的所思所想。

盘山建桥，跨越断层。

人为降低乌雀山架桥地点的高度，将那条能够直通藏区的高速公路全程建设在桥梁上，跨越山体。

听起来像是天方夜谭一般的想法，却因为幕布上细致详尽的设计图，显得尤为认真。

从桥梁两端的引桥高速路到主梁搭桥的初步设计，律风都画得完完整整。即使吴赢启告诉他没有必要，只需要在会议室阐述自己的观点，随便给一个示意图就行,他仍然像一个完美主义者,将它们规划得尽善尽美。

可惜,建设这么一座前所未有的桥梁,不是他图纸画得漂亮就能成功的。

律风说:"这样的设计存在极大的建设施工困难。首先,桥身必须选用抗震材料,保证不受乌雀山地震带影响;其次,乌雀山冬季冰雪会让桥体产生低温效应,增加盘山大桥的行驶风险;最后,我们也没有任何的设计经验可以保证它能够成功。"

他说出的这些困难,全是在桥梁分院档案馆里找不到解决办法的问题。律风将它们直白地抛出来,做好了心理准备,等着迎接台下所有人的质疑和否定。

然而,台下安安静静,参会人员仍旧是捧着资料,仰头端详着设计图,眉头紧锁地深思着。他们不可能不困惑,但是……

他们竟然没有立刻思维活跃地交头接耳,更没有突兀出声打断律风。

律风顺着详细的盘山设计,一页一页地讲述他的想法。参与会议的人员哪怕有随着讲解发出疑惑的声音的,依然保持着会议礼仪,直到这个荒诞不经的构想被阐述完毕。

见此,讲解完的律风主动说道:"如果大家有什么问题,可以提出来,我再做详细解答。"

话音刚落,坐在报告厅前排的一位代表直接举手:"我们一建申请负责主体桥梁的可行性研究工作。"

律风一愣,还没出声,坐在一建旁边的二建代表立刻开麦:"等一下哦,这个部分应该是我们负责的!"

同个建设集团不同分公司的两个代表针对主体桥梁部分的分工问题展开了辩论。

一建的人翻出手上资料:"以前方案一、方案二是你们负责的,现在盘山桥的主桥跨点在方案三和方案四附近,怎么会是你们负责?"

二建的人不甘示弱,直接指出重点:"因为盘山大桥的引桥和主桥必须保证用材、结构一致,我们二建的技术更成熟,调研也比你们一建有经验,肯定得我们负责!"

本该由律风来回答的问题,瞬间成了第一建设分公司和第二建设分公司的直接矛盾。

一建和二建的代表在争论之后立刻看向律风,异口同声问道:"律工,你是设计这个方案的人,你说,谁来负责桥梁主体?"

律风完全没有经历过这种"问题",他难得诧异地看向吴赢启,只见吴赢

第八章 / 盘山建桥

启哭笑不得地打开话筒，严肃说道："你们一建二建都是兄弟单位，怎么又在抢活儿干？"

一建不高兴了："这本来就是我们负责的，怎么叫抢？"

二建也不肯妥协："吴院你说，盘山桥的构造从头到尾就是一座桥梁，我们二建专门做引桥施工，来负责这座桥不是更合适吗？"

"哪里合适了，盘山桥造型特殊，桥墩要跨越地震带，我们一建才最清楚空管钢结构的钢桁梁抗震情况。"

忽然，一声悠然苍老的声音加入战局："哎，你们两个搞建设的不用操心钢材抗震问题，这是我们研究所的项目，这个我们负责。"

两个人的争论加入了第三者，立刻扩大了影响范围。刚刚还握着资料听两家建设单位争夺的参会人员马上举起手来，打开话筒直抒胸臆。

"钢材抗震的研究，我们校研究院的经验更丰富，我觉得应该交给我们。"

"我们在桥面抗寒抗冻方面有完整的建设经历，不管是前期施工还是后期养护，都能胜任这次盘山桥的研究。"

"盘山部分的桥墩选址，我们三勘察可以提供更详细的参考，给你们进行落位点设计。"

"不不不，交给我们第一勘察院，以前我们就做过盘山高速，找起适合架盘山桥的地方来，绝对比三勘察的人熟练！"

律风还没来得及向他们更详细地答疑解惑，台下这群人竟然趁着场面混乱主动抢起工作来！他们的问题没有一个集中在盘山大桥的构想和设计上，争来争去全是——

这个部分应该归我！

律风见多了承包方凑在一起争得面红耳赤的场景。他们往往划分地盘、各司其职，一旦有不符合心意的部分，绝对会大掌一挥，表示拒绝。

可现在报告厅里吵吵闹闹，每一个单位的参会代表都在据理力争，用各种实例表达自己迫切想要参与调研的心情——能研究主桥最好，能负责钢结构抗震更妙。

没有推诿，没有质疑，反而竭力地说服吴赢启、说服对手，想把盘山桥的某一部分纳入自己的工作范围，完全没有把律风的想法当成笑话的意思。

他准备的一腔解释毫无用武之地，因为这群人不需要任何解释。他们愿意为了一个虚无缥缈的念头全力以赴地付出，并且希望抢在兄弟单位的前面，成为项目某个部分的负责人。

所有参与人员主动揽活儿,是律风从来没有过的经历。报告厅里的人员一个接一个地向他认真讲述自家单位的特长和经验,希望获得他的认可。

这一场临时起意的自荐,把律风这个从日不落帝国学成归来的家伙震撼得无以复加。

他们有的人双鬓斑白、皱纹深邃,有的人镜片厚实、神色不明,谈起自己单位能够为盘山大桥构想做出的贡献,却个个信手拈来,毫不含糊。

他们的年龄足够说明这个项目凝聚了多少年的心血,他们的态度简单直白地表达出了同一个期望——哪怕盘山大桥只是一个可能性,他们也愿意为了这一个"可能"倾尽所有。

冯主任见律风一脸诧异的模样,笑了笑,说道:"他们一直这样。"

从乌雀山大桥立项,到乌雀山大桥项目暂停,每一次碰面时的研讨、汇报,只要扔出了新的问题,参与会议的代表们都要进行一次争论,企图击败全部对手,把新问题的研究工作收入囊中。

不是揽活儿,不是好大喜功。而是他们充满了对自家单位的信任,想要用自己最好的技术、最扎实的功底,为国家建起这座桥梁。

律风长久空虚寂寞的灵魂,在报告厅满室的争论里感到充盈。

"难怪……"律风听着他们的信心十足的话语,眼神闪过欣喜的光,"难怪我们能建成曲水湾大桥。"

因为在这样一群人面前,国家设计院给出来的方案无论多么简陋,都是任务和责任。这些人会尽自己一切努力去完成这项看起来不可思议的挑战。

研究会结束后,乌雀山大桥的盘山结构新方案在吴赢启的主导下,拆分给了各个单位回去研究,吴赢启还要求他们定时给律风做汇报。

律风的微信在一天之内暴增了近两百位联系人,从那一天起,手机里的电话、消息就没有停过。

专业的人做专业的事,效率非同一般。律风每天都能收到他们的反馈,立刻就能加班改图,根据他们的研究成果对盘山桥的设计图进行改动。

在来来往往的通讯之中,沉寂了两年的乌雀山大桥项目重新活了过来。

曾经废弃的五个方案,在各个负责单位的建议下,留下了最核心的工程技术,慢慢在律风的图纸、建模里,凝聚成了如同盘山巨龙般的设计,成了乌雀山大桥最新的方案。

律风以前一个人的刻苦钻研,在这些经验丰富的前辈指导下,变成了一次完美的团体协作。抗震的解决办法,空管钢的全新材料,桥梁支撑的设计细节,盘山大桥的选点落位，经过了一次次修正、研讨，终于有了完整的雏形。

他感到前所未有的轻松，和前所未有的压力。前者是因为以前花费在学习上的时间完全可以用来跟经验丰富的工程师、研究院沟通，后者则是因为需要迎着所有人的期待给出令人满意的设计。

律风真正地忙了起来。

殷以乔已经整整两个月没能成功和律风视频通话了。他和律风的沟通仅限于微信上隔着时差的文字往来，即使是周末的晚上，他一拨视频通话，都会被律风直接挂断，然后经过几小时，才会收到律风疲惫的简单回复——加班。

短短二字，往往来自中国时间凌晨三四点。殷以乔穿着舒适睡衣，坐在书桌前凝视着手机，始终没能平静下来。

他知道律风只会为乌雀山大桥的事情忙到这个时辰不睡。可他越清楚，就越觉得他们之间横亘着一道无法逾越的深沟。

殷以乔想，人类要是会在心上造桥就好了。他一定要修一条直达律风心里的大桥，看看律风到底在忙些什么。

煎熬了好几周后，殷以乔终于在中国时区的正常时间收到了律风的消息。

他说："师兄，不用担心。^_^"

文字简洁，但配上了一个默认表情，殷以乔立刻从午休躺椅上坐起来，久违地发去了视频通话。

果然，这次律风接了。

殷以乔担忧地端详着镜头里的人。他瘦了一些，脸颊线条英挺，一双眼睛格外的明亮。头发长得遮住了眉毛，他便把略长的尾发扎了起来，在脑后竖起了一个微翘的发揪，一看就知道有很长时间没去理发了。

殷以乔无奈地问道："怎么忙成这样？"

律风闻言，笑得眉眼弯弯，露出了灿烂的白牙。

"师兄，你不知道，我好快乐！"那种掩盖不住的兴奋，从他的神情、语气表露无遗。

他捧着手机笑着的样子，令殷以乔想起了读书时候那个简单快乐的律风。殷以乔立刻意识到，律风那座龙一般的桥梁结构设计应该快成了。

很多话律风不能说，但他在视频那端，激动地讲述着自己的心情："我参与了像曲水湾大桥一样的伟大合作，明明我跟很多人都不认识，但只要是为了乌雀山大桥，他们每个人都能拿出压箱底的技术和建议，帮助我修改设计图。

"那些经验丰富的工程师,随随便便拿出来的东西,都能让我学习好久。师兄,我真的好快乐!"

他的表情,就像经历了万里长征,跋山涉水后远远见到了胜利的终点,恨不得能够向全世界炫耀他的快乐。

远在英国的殷以乔,为他高兴,又为自己无奈。律风这么快乐的时候,他只能坐在视频前,问一句:"那么,乌雀山大桥要动工了吗?"

律风拿过一杯水,笑着说:"没有那么快,还得经过审批之后,再研究动工时间。毕竟马上要入秋了,乌雀山深秋初冬会大雪封山,今年肯定赶不上。"

虽然今年赶不上是遗憾的事情,但是律风连喝水的姿势都透出雀跃。

只要审批通过,乌雀山建起大桥就只是时间问题,而不是技术难题。他开心地和殷以乔进行着久违的通话,避开了那些需要保密的内容,详细讲述了一座大桥能够雄伟壮观到什么程度。

乌雀山大桥项目组重新组建后,无数设计师主动请缨加入,一如律风见过的建设集团和研究院成员,满怀赤诚,丝毫不倦。搞得他们经常干劲满满一起加班,律风好几次想接殷以乔的通话,都被他们感染得不好意思偷懒。

律风说着这些,已经没有了曾经的压力和包袱。他真真切切来到了自己梦寐以求的地方,实现了刚刚回国时候的期望。

"而且,这次我们院长完全没阻止过我任何想法,一直给我最大限度的支持。"他说,"这很了不起。"

殷以乔心里升起一丝不悦,却仅仅皱了皱眉,仍是默不作声地盯着律风。

律风将手机放在对面,捧着水杯,垂眸凝视水面,勾起笑意,陷入了自己的思绪,像是透过这杯澄澈的水,见到了一个规划好的未来。

他说:"乌雀山大桥一定会成为世界上最高的桥梁,最长的桥梁,也是最好的桥梁。"

顶天立地,势不可挡。

久违的视频通话,律风一直在聊中国桥梁。他比两人碰面时更活跃,也更贴近殷以乔的记忆。殷以乔欣赏的,正是这样的律风。他眼神闪烁的光彩,嘴角带起的笑意,全是出于对桥梁的热爱,正如他当初对建筑设计的热爱。

"我们国院设计的桥真的很漂亮。"律风挑出一座外观好看的中国桥,顺手发给殷以乔,"你看,这样的双塔双索面,从这个角度俯瞰,就像一艘拉起桅杆的帆船。"

殷以乔接收了那张照片,只见绷直的白色钢索一条一条整齐排列成三角形,在深绿山谷的衬托下,确实像一艘行驶在绿色海洋的帆船。他笑着说:"毕竟它建在自然保护区里,设计的时候为了贴合周围的环境,肯定花了不少心思。"

他随口一句夸奖,引得律风格外诧异:"你知道它是什么桥?"

"这是十行山的斜拉桥。"殷以乔笑看律风眼睛亮晶晶盯着自己的模样,连语气都悠闲许多,"我在做桥梁搭建室内空间设计的时候,刚好参考了和它相似的双塔斜拉样式,所以记得很清楚。"

律风忽然想起来,殷以乔确实给他发过新的设计。他眨眨眼,思绪终于从桥梁里走出来,关心起师兄的工作:"那你的设计做得怎么样了?"

"正在装修。"殷以乔说,"我准备先在C.E陈列室里做做实验。如果效果好,会试试把它运用到其他场景。"

律风的注意力总算落在了室内空间设计上。

殷以乔的情绪瞬间放松,之前紧绷的愁绪也渐渐散尽。他不喜欢律风谈论的世界离他如此遥远,好像无形之中升起了隔阂,仿佛律风不再是他熟悉的那个师弟。

他们明明可以一起聊C.E陈列室、利斯图书馆,还有存在于律风概念之中的《山水逍遥》,为什么一定要聊桥。

殷以乔从午休开始,关着办公室门和律风聊了近三个小时。如果不是律风困顿地打呵欠,揉起惺忪的睡眼,殷以乔绝对不会说"时间不早了,你好好休息",然后结束视频通话。

C.E建筑事务所每一天都有繁忙的行程,唯独这一天,殷以乔的办公室门紧闭。

杰森去敲过一次门,得到了"在忙,不要打扰"的短信提醒。

"所以……他到底在忙什么?"杰森疑惑地看着被窗帘严实遮挡着的办公室。平时殷以乔都会展示出通透的玻璃窗,让他们这群助理因为他努力工作的身姿自惭形秽。

可是,自从杰森接过C.E陈列室的设计图,殷以乔办公室的扇叶窗帘就开始全方位关闭,下班必定锁门,仿佛里面藏着什么不可说的惊喜。

"也许是新的设计方案还没考虑好,所以不希望被我们打扰。"安娜习惯了殷以乔的脾气,"又或者,他在研究展台上摆了什么。"

C.E陈列室的装修方案一出,建筑师们都对殷以乔那个宽敞平坦的展台充满好奇心。

殷以乔出了名的低调,连领奖都能让助理代领。杰森不过来到C.E建筑事务所两年,已经在新闻报刊上拥有了姓名。无他,每次颁发给殷以乔的奖项,颁奖现场配图的位置都会给杰森一个"C.E建筑事务所建筑师杰森代为领奖"的标注,让所有建筑师都记住了杰森那张阳光灿烂的脸。

现在,这样的殷以乔,竟然想在号称"C.E建筑博物馆"的陈列室属于自己的区域内做一个展台,他们怎么可能不好奇。只可惜,他们问遍了C.E建筑事务所,连全英国最著名的"代领大师"杰森都不知道殷以乔要展示的到底是什么。

嗯……问殷以乔本人就更不可能得到答案了。

杰森跟安娜闲聊片刻,便开始规划接下来的行程。在他忙碌的键盘敲击声音里,一个身穿休闲夹克衫的老人走了进来。老人头发斑白,眼角皱纹深邃,可他的嘴角始终挂着温柔笑意。

他一进来,杰森的脸上立刻变得惊讶欣喜。

"殷大师!"杰森站起来迎了上去,"您怎么来了?找殷以乔?嗯……他在忙,我先帮您泡杯红茶。"

"在忙?"殷知礼看了看窗帘紧闭的办公室,向杰森摆了摆手,"茶就不必了,我去看看他忙什么。"

殷知礼在英国生活近六十年,仍旧保有中国传统思想,对家族关怀至深。他特地来到这里,就是为了看看他家以乔到底在干些什么,怎么可能为杰森一杯红茶耽误来的目的。

杰森怀着激动兴奋的心情,跟着殷老先生一路走向紧闭的办公室。心想:太好了!说不定立马他就能知道殷以乔办公室里的秘密,还不用背上窥探隐私的黑锅。

杰森走到门前,敲了敲门:"殷,殷大师来了。"

听到了殷知礼来了,殷以乔立刻打开了办公室门,全然没有在忙的样子。

然而,殷以乔关门的速度太快,杰森根本来不及看清办公室里有没有金屋藏娇,就被吩咐道:"去泡茶。"

杰森:"……"

走了走了,去泡茶。

杰森好打发,殷知礼可不是那么容易糊弄的。他好奇地看向紧闭的办公室门,问道:"听说你重新设计了陈列室?"

"嗯。"

"听说陈列室里还有个展台?"

"……嗯。"

殷知礼露出灿烂笑意,眉眼弯弯,指了指房门:"所以,你办公室里到底藏着什么?"

爷爷的问话直白,殷以乔一点回旋的余地都没有,只能无奈地打开房门,邀请难得回到C.E的爷爷,亲眼看看他藏着的东西。

办公室宽敞明亮,正中央摆放着一张长桌,上面堆满了殷以乔亲自绘制的图纸。

老人视线专注地落在图纸线条上,立刻能够看出它是一栋建筑,但是极为陌生。他看向殷以乔,后者居然一点儿想要解释说明的意思都没有。

这不同寻常的沉默,令殷知礼猜测道:"难道这是奥拉大厦的设计?"

"不是。"殷以乔犹豫片刻才说出了真相,"这是小风之前设计的山水建筑。现在他进了中国国家设计院,正在研究一座很多年没成功的桥,没空再看建筑设计了。我就想帮他把这幢建筑物做出模型,实现他的想法。"

……然后将它放进C.E陈列室里,等待律风不知猴年马月才能来的参观。

刚刚还饶有兴致玩解密游戏的老人,脸色顿时惆怅又欣慰。

殷以乔去中国,他是知道的。

律风在中国建桥,他也是知道的。

可是他不知道,律风在建桥之外,还做出了山水建筑的构想,正在经由殷以乔的双手慢慢成形。

他忽然就很想见到那位曾经眉眼惆怅、为前途举棋不定的孩子,宛如叹息般感慨道:"不知道小风过得好不好,什么时候有空来看我。"

他的感慨,正如万千传统老人的想法。

殷以乔只好回答道:"他最近工作忙,等他有空就会来英国了。"

"有空啊……"殷老先生的目光骤然变得深邃。他沉思片刻,竟露出一个狡黠的笑,像是习惯了自己的亲孙子按部就班的刻板脾气,眨了眨眼睛。

"以乔,你不能什么时候都等着对方有空。"

第九章
CHAPTER 09
可研报告

一份《乌雀山大桥可行性研究报告》，在律风的设计图完整敲定之后，顺利成册。

经过国内各个单位的付出和努力，聚焦于乌雀山大桥的高度、长度、宽度、抗震能力、防风能力、抗寒能力等多项专题，全部被写进了这份厚重的研究报告里。

然后，被递交到了国家设计院重大事项审议会现场。

当国家设计院众多院长、书记，坐在重大事项审议会现场，看到《乌雀山大桥可行性研究报告》的时候，没有人能够控制自己诧异的神情。

他们很多人在成为国院负责人之前，都或多或少听说过这个项目。

一座缩短进藏时间的高速桥，让他们历经了努力却徒劳无功的十二年，最终不得不承认乌雀山无法以人力飞跃的事实。甚至，他们还牺牲了一位值得尊敬的老同志。

两年前，所有项目组成员受命调离，所有研究资料单独封存。近两年的时间，乌雀山大桥项目组名存实亡，虽然吴赢启还挂名在里面，实际上还是在忙碌于别的桥梁项目。

这么一座桥，他们绝对想不到还能出现一份可行性研究报告。就连国院院长李正业，都草率地同意了让它作为干部之间争端的筹码，借此对钱旭阳和律风的能力进行测试。

此时，捧着这份可行性研究报告的李正业，只觉得手上的纸页分外沉重。他忍不住问道："吴院，你不会在当初提出让他们针对乌雀山大桥项目做研究的时候，就已经知道律风能干成这事吧？"

吴赢启坐在会议桌前，闻言忍不住笑出声来。他藏不住心里的骄傲，神情飞扬地说道："我怎么知道他能不能干成？我只是知道，他有真本事！"

这话一出，钱副院的表情变得特别精彩。

律风有真本事，那不就是说钱旭阳是个废物？钱副院脸色尴尬，他既震惊于乌雀山大桥的新方案，又气愤于吴赢启简直是在打他这个当爹的脸，他还不能直接发作。唯一值得庆幸的是，会议上所有拿到报告的干部都在专心翻看着里面的分析、图表，没人发现他的尴尬。

那座盘旋于乌雀山的大桥，从设计图到建设方案都有了明确的研究方向。

不懂业务的人，不可能坐到国院领导的位置。

会议室里翻动纸张的声音夹杂着他们由衷的感叹，仿佛已经见到了这么一座桥梁出现在乌雀山中，终于了却项目组十二年的夙愿。

"这桥的最低位置九米，最高位置近五百七十米，确实具有挑战性。"

"既然建筑工程研究院都说空管钢技术成熟，能够承受九级以上的频繁地震，那么我觉得没有问题。"

"从盘山到过山，整座桥梁长达三千米，技术难度肯定不低，但是一建二建这么有信心，说明我们能够实现它的设计。"

在座进行初审的领导，没有一个人对这份可行性研究报告提出异议。唯独钱副院沉默翻看，迟迟没有给出回答。

见状，李院长亲自问道："钱副院，你参与过乌雀山大桥项目，你觉得这份报告有没有问题？"

"……没有问题。"钱副院简洁回答，心中焦躁无比。

这报告怎么可能有问题！他正是参与了乌雀山大桥的项目，才比在座的任何人都清楚律风这个新方案的价值。

手上这一本厚厚的可研报告，编制人员的位置写满了各个单位的名字，代表着这份报告凝聚了全国上下最优秀的团体长期合作的研究成果。

他敢说有问题，无异于挑战全国权威！

李院面容亲切，显然很满意他的回答。

"既然你没有问题，那我也想说说我的看法。"他的语气欣慰，脸上是抑制不住的自豪，"乌雀山大桥在我们院的情况，诸位都非常清楚，这次能够取得突破性进展，全是因为律风设计的盘山桥梁结构。我们院编制有限，名额紧张，但是，如果这份报告得到了国家批准，能够顺利动工，那么——"

他看向吴赢启，说道："我会向上级申请，特聘律风为桥梁分院的桥梁设计师。"

李院的话直接给吴赢启和钱建军的争夺画上了最终的句号。

当初两个人为桥梁分院唯一的设计师助理岗位花落谁家吵得不可开交。吴赢启只想要有能力的人加入团队，而钱建军纯属老父亲思想，一定要给儿子铺路。最终，以"乌雀山大桥项目研究"为决胜关键，暂时平息了两位干部的争端。

李院想起那时候两难的抉择，冥冥中感受到了命运的安排。等到重审会结束,他发自内心地感激,拉着钱副院说:"老钱,我特别感谢你。"

钱副院拧着眉毛,不明白他在说什么。李院长却感谢得真诚恳切:"要不是你一心要跟吴赢启争,他也不会把乌雀山拿出来搞竞赛,说不定律风就去别的项目当一个普普通通的设计助理,乌雀山大桥项目就宣布终了了,哈哈哈!"

领导笑得开心,钱副院气到吐血。他黑着一张脸,把钱旭阳叫到了办公室。

在桥梁分院没有负责的项目,钱旭阳成天摸鱼,乐似神仙。他埋头在档案馆里,悠闲惬意地翻资料、玩手机,每天都过着梦想之中的好日子。他不知道律风已经做出了《乌雀山大桥可行性研究报告》,只知道这个家伙在疯狂加班,忙得昼夜颠倒。

他来到钱副院办公室时,还以为这仍是一场只要老爹提供数据发表论文就能轻松取胜的竞争。而律风,注定要白忙一场。

然而,钱副院阴沉、严肃地说:"明天你就去一建的设计部报道,我已经打过招呼了。"

钱旭阳高高兴兴来,听到这个消息顿时傻了眼。

"一建怎么行?那地方待遇低,老加班,画个图纸不要命,还要上工地!"

钱副院听到他的挑剔,气不打一处来。他一直觉得自己的儿子是人中龙凤,考上了国内最好的A大土木工程专业,又读了专业对口的研究生,进入国院轻而易举,只要吃苦耐劳,过两年成为副主任、主任也不成问题。

结果,对手都拼着命搞出了《乌雀山大桥可行性研究报告》,他居然还在做梦享福呢!

"你和律风一起进桥梁分院,他在干什么,你在干什么?"钱副院狠狠把报告砸在办公桌上,气愤地说,"这么不能吃苦,去什么桥梁分院?你以为那地方是躺着就能钱多事少的地方吗,你得拿出成果!"

"看看!"钱副院指着桌上的报告,"这就是律风的成果!"

钱旭阳盯着那份文件,封面上《乌雀山大桥可行性研究报告》几个大字清晰可见。

他根本不知道律风已经完成了这种东西,震惊地拿过来翻看。

钱副院说:"李院已经说了,等这报告通过国家批准,律风就是桥梁分院的特聘桥梁设计师。你明天就去一建,再在桥梁分院待下去简直是丢我的脸。"

钱旭阳正看到那张匪夷所思、弯弯曲曲的设计图,听到这话,反而问道:"不是批准了才聘他吗?万一上面不通过呢?"毕竟,他可看不出这种盘山桥有什么可实践性!

第九章 可研报告

"不通过?!"钱副院眼睛都绿了,"你读研究生读成傻子了吗?看清楚这份研究报告没有,知道上面给出研究数据的人都来自什么单位吗!"

钱旭阳没见过他爹发这么大脾气。他赶紧认真地翻到编制人员部分,只见一长串熟悉的单位标注——

建筑集团第一建设分公司,建筑集团第二建筑分公司,工程学院研究所,大学研究院……

在列的每一个单位一旦开放校招,都能迅速招满国内985、211顶尖院校最优秀的研究生和博士。这些单位一行字一行字写成的报告,完完全全是一份乌雀山大桥建设说明,根本不需要更多的人指手画脚,只需要照图施工。

本以为简陋的可行性调研,原来是一本不可能挑出错漏的典籍,钱旭阳甚至觉得,搞不好这份报告未来会成为他们A大研究生教材的一部分,让更多人钻研学习这座"不可能建成"的乌雀山大桥。

钱旭阳念头一起,立刻明白了。这样的报告如果都不能得到国家的支持,那就没有报告能够通过国家的批准。

他白了脸,问道:"那我的编制……"

"都这时候了,还想着编制!"钱副院恨铁不成钢,"明天开始跟一建的人画图纸,我叫他们专门给你安排画乌雀山项目的分段工程图,好好学学律风的设计!"

《乌雀山大桥可行性研究报告》通过国院审核,递交到上级的第二天,档案馆再也没有那个摸鱼的身影。

钟珂还奇怪地问了一句钱旭阳的去向,律风是半点儿都不感兴趣。有那时间,不如再整理一下乌雀山大桥设计的研究专题,提前考虑考虑大桥开建之后需要面对的难题。

律风待在会议室继续着他的日常工作,同时等待着报告谨慎的审批。

因为没有了设计的迫切需求,所以他又回到了早睡早起的日子,还能跟殷以乔隔着时差聊一聊建筑设计的新奇观点。

乌雀山大桥经国家批准通过的消息,公布于一个夜晚。

律风正准备洗完澡睡觉,忽然接到吴赢启的一通电话。

他说:"律风,乌雀山大桥已经正式获得批准,等到明年开春,乌雀山的冰雪化了,就能动工了。"

吴赢启只是单纯描述着动工的大约时间,律风却见到了一幅如画的景象。

冰雪覆盖的深山峡谷，在春天暖风的吹拂下消融掉最后的冷意。然后，他们建设乌雀山大桥的队伍，趁着春暖花开，浩浩荡荡地进入那片人迹罕至的深山，开启一段漫长又充满希望的工程。

他抑制不住情绪，也不管英国那边的殷以乔是不是在忙。一个视频电话拨过去，接通之后他便立刻喊道："师兄，过了！"

他的声音隔着电波信号，依然充斥着强烈澎湃的感情："我们乌雀山大桥的审批通过了！"

殷以乔从没听过律风这么兴奋的呼喊。他站在安静的办公室，正持着针管笔修改《山水逍遥》的线条，听了这话，一时竟然想不出什么恭喜、祝贺的话语。他只是眉眼温和，直白地说道："嗯，真好。"

乌雀山大桥获得批准的消息，第二天一早就登上了新闻页面——
《乌雀山大桥可行性报告获国家批准！》
《进藏再快四小时，乌雀山飞架巨龙桥！》
《十二年规划，乌雀山大桥终于来了！》
一则则新闻，包含着媒体人对乌雀山大桥的期待。

早在这座大桥立项的时候，他们就关注着这座将要在乌雀山高峰上建起的桥梁。但是他们绝对没有想到，这座桥会耗时十二年，才变成如今盘山奔腾的巨龙模样！

紧随宣布乌雀山大桥项目获得批准的新闻，更多关于乌雀山大桥盘山设计的详细内容由官方披露。

盘山蜿蜒的引桥，飞跃峡谷的主桥，整个乌雀山大桥的设计图渲染着漂亮的色泽，简直是深绿山脉之中一条恣意洒脱的银龙。

不少关注国内建设的媒体，在发布关于乌雀山大桥的新闻时，都会忍不住感慨——

"以前从来没有见过这种桥，真的是长见识了！"

长见识的不只是媒体，还有国院里各路行政人员。他们没有参与到乌雀山大桥项目之中，仅仅依靠道听途说了解了律风想法的独到之处。

如今，他们翻看着漂亮恣意的盘山桥概念图，仍是觉得不可思议。居然这么快，这么快，律风就能够扛起桥梁分院的大旗了！

"这就是天才啊。"办公室的人听了消息蠢蠢欲动，"之前我们给桥梁分院专门配置的办公系统不知道好不好用，我要去看看。"

"我也要去，我也要去，冯主任有几个资料需要填一下，我顺便给他送送。"

一时之间，大家都有工作得亲自去一趟桥梁分院才能完成。为的就是去桥梁分院逛一逛，亲眼看看乌雀山大桥新方案的大功臣。

不过，这群想要围观律风的家伙还没出门，先收到了一份国际EMS邮件。

国院涉及的项目众多，经常和许多国外工程展开合作，收到国外寄来的快递并不稀奇。这份EMS的寄件地址是英国，收件人笼统地写着"国家设计院"。如此指向不明的邮件，最终都归办公室签收。他们怀着好奇拆开来，竟然抽出了一份印戳严谨的信封，上面还封着传统英国气息的火漆。

这么隆重的信件，国家设计院还是第一次见到。他们小心翼翼拆开封口，抽出来的信纸用材考究，边缘烫出了精致的花纹，还有独特的牛皮纸暗纹。上面用漂亮的英文花体，潇洒地写着什么。

拆信的人皱着眉念道："额，尊敬的国家设计院，我们什么什么一直是建筑方面……"

就算他们是国院的行政人员，英语水平也并不足以流畅地阅读这份措辞郑重的花体英文信。正当他们愁眉苦脸，考虑是不是要找个翻译器拍照的时候，忽然有人眼前一亮。

"后面有中文！"

拿着信的人，赶紧翻到后面的中文页面。相同繁复漂亮的纸张，上面换成了宋体字，清楚地写着"邀请函"——

中国国家设计院敬启：

英国皇家建筑师协会始终秉承"提高建筑设计水平，开展建筑学术研究"宗旨，致力于开展国际建筑学术交流。

贵院优秀的建筑理念和设计经验，以及在建筑、桥梁、道路、城市化方面取得的丰硕成果有目共睹。

因此，我们诚挚地邀请贵院代表莅临英国伦敦，参与"可持续发展与节能建筑"专题交流会议，加强国际建筑文化交流，促进国际建筑学术发展。

期待贵院的回复！

英国皇家建筑师协会

国家设计院一直负责国家大型基础建设，获得过国内无数奖项认可，也一直在国内顶尖学院讲课,却还是第一次收到英国皇家建筑师协会的邀请函。

这个成立于一八三四年的协会,在英国建筑巅峰时期,聚集了无数优秀建筑师,创造了全世界为之赞叹的建筑研究成果,最终成为欧洲乃至全世界最权威的协会之一。

英国皇家建筑师协会不负责教导出优秀的建筑师,也没有任何标准可以评判它。因为,它就是西方巅峰建筑艺术的评判标准!

办公室认真查看邀请函的印鉴,甚至将英国皇家建筑师协会对外公布的联系地址、电话,与邀请函附列的联系方式进行对比,确定了它的真实性。

"你说这邀请函是不是殷知礼……"不用完全说出来,周围人立刻露出了然的赞同之色。

律风设计的乌雀山大桥,刚刚掀起了国内各界的热议。所有关注着这座大桥的媒体,都在细数它成功获批的不易,与盘山设计的巧夺天工。

所有人都在惊叹于律风的奇思妙想,所以面对突然出现的邀请函,很容易就联想到律风的老师——殷知礼。殷知礼身为中国人,凭借着建筑上非同凡响的造诣,成为了英国皇家建筑师协会的荣誉资深会员。他能在西方文化表达的圣地拥有一席之地,始终令中国的建筑从业者感到无比骄傲。

因为英国皇家建筑师协会天生带有得天独厚的贵族姿态,充满了对西方建筑艺术的傲慢,曾经对中国建筑颇有微词。而正是那位年过七十的老先生,身披各大建筑荣誉,用极具艺术感的建筑、独具创造性的表现力,使中国现代建筑获得了世界建筑权威的青睐。

他双鬓斑白,浑身散发着中国文人般的儒雅、随和。不需要更多奖项和赞美,单一个名字就代表着现代建筑的最高水平。

殷知礼不止一次在交流会上,骄傲地讲述着中国古建筑的伟大,还直白地说道:"中国现代的建筑水平,正在飞速弥补缺席的一百年,我们很快就能在建筑界崭露头角,震惊世界。"

这样的人,在西方把持的建筑世界无疑是寂寞的。如果不是他设计的建筑充满了中国古典的美感和底蕴,重新擦亮本该属于中国的光辉,他所说的期盼恐怕只会沦为笑柄。

现在,乌雀山大桥通过批准,殷知礼所在的英国皇家建筑师协会就发来了邀请函,怎能叫他们不多想?办公室的人唏嘘感慨,赶紧收起围观律风的心思,立刻将这封郑重的邀请函上报给院长。

已经为乌雀山大桥兴奋了好几天的李正业同志,见到这封邀请函的时候,更加觉得前途光明，阳光灿烂。

中国无数建筑拔地而起，但是在国际上一直缺乏认同。此时，能够得到欧洲顶尖建筑协会的邀请，怎能不叫人感到激动？

他当机立断，说道："赶紧把各个院召集起来！我们开会！"

国家设计院众多院长、负责人，还是第一次聚在一起，研究一份来自英国的邀请函。函件的复印版分发到每个人面前，看得众人面露喜色。

"英国皇家建筑师协会……这一定是殷老先生发的邀请吧？"

"无论是谁发的邀请，我们一定要参加！我们中国建筑怎么可以缺席这种交流！"

"协会那边具体是什么要求？是想要律风去说说乌雀山大桥的新设计，还是说……"

他们的激动和迟疑一样多。律风是殷知礼的学生，老师凭借自身关系，给学生刚刚设计出来的大桥一个面子，也不是不可能。

然而，李正业闻言，笑道："办公室已经跟对方接洽了，说是希望我们能够选取中国最具有代表性的建筑、桥梁、市政道路规划项目，和国际优秀建筑师们做一场面对面的交流。这是英国皇家建筑师协会全国理事的意思，虽然有殷知礼先生的提议，但是……没有我们国家名声在外的优秀建筑，他们也不会发来如此郑重的邀请函。"

李院的话彻底打消了在座所有人的疑虑。会议气氛顿时热烈起来，每一个院的负责人都能举出中国最具代表性的现代建筑，并且做好了参与国际交流的充分准备。

去！还要郑重准备，选出最能够代表国家现代建筑的成果去！

建筑分院挑选出聚焦世界目光的地标型建筑，道路分院选择了市政规划和疏堵智能化方案，桥梁分院则是在他们主持设计的各大优秀桥梁里精心筛选，锁定了两年前震惊全世界的曲水湾大桥和即将开工的乌雀山大桥。

出国交流之行，在国院热烈低调的气氛之中准备着。而桥梁分院的周一例会上，吴赢启终于向全体员工宣布——

"让我们欢迎新入职的律风同志，做入职演讲。"

会议室掌声雷动，律风从座位站起来，走向讲台，表情有些……不好意思。

他可以站在讲台上，畅所欲言地解释自己的设计，也能毫无阻碍地说出自己对桥梁的见解，但是他还不习惯，在中国广大桥梁建设者面前，讲述自己微不足道的心声。得知要准备演讲的时候，律风就认真地向吴赢启申请："能不能不做演讲?"

"那怎么行!"吴院板着一张脸说,"这是我们院的传统,新人站上讲台,说说未来的打算,谈谈自己的性格,才能拉近大家的距离。"

于是,律风得到了一张"拉近距离"的提纲,按照要求撰写了八百字的演讲稿。然而,经过吴院亲切友好的批注和修改之后,律风走上讲台时,手上的演讲稿已经有……

三千六百字。

律风站在讲台上,面对差不多都熟悉了的设计师们,垂眸念道:"大家好,我是新入职的桥梁设计师律风。今天我站在这里,终于实现了自己一直以来的目标,来到国家设计院桥梁分院,成为中国桥梁人的一员。"

会议室安静无比,律风虽然凝视着演讲稿,但仍能感受到众人专注的眼神。

他讲述着自己在英国学习时候的经历,讲述着回到中国,在全心建筑设计公司研究越江桥的过程。他来到这里,是为了和目标相同的桥梁人,一起为祖国最需要的桥梁建设奉献出自己的力量。也是因为——

"我喜欢……中国大地上每一座桥梁。"

中国是桥梁的故乡,神州大地无数山川河流之上都有着飞架两岸的桥梁。只有在讲述他对桥的喜爱时,律风的声线才褪去了最初的生涩和内敛。

巍然挺立在碎石山谷之上的深谷大桥,立于自然保护区内、与风景融为一体的十行山大桥,贯通南北两岸、维持高铁快速穿行的宇川特大桥,还有……

"让我升起回国念头的曲水湾大桥。"律风提起曲水湾大桥的名字,声音都变得温柔怀念。

他相信在座的桥梁分院员工,一定能够理解他的心情,也一定可以懂得,他为什么会为了这座举世无双的桥梁回到中国。因为它突破了国际对中国桥梁的认知,更创造了中国桥梁的新奇迹。

桥梁分院每一个人,都以自己参与过这座矗立在曲水湾的跨江钢拱桥的设计而骄傲。现在,律风终于正式成为这个集体之中的一员,并且用自己的双手,为集体创造了新的骄傲。

等到律风说出最后的"谢谢大家"时,会议室里立即响起的掌声比之前更加响亮,他们的每一张脸上都透着由衷的兴奋和激动。

律风站在那里,远远看着他们,瞬间明白了吴赢启坚持要他做演讲的意义。只有把心里的想法如实地说出来,他才能在这里找到共鸣。

结束了例会,律风拥有了自己的正式工位。陪伴他在会议室里许久的电脑和资料，一起堆上了崭新的办公桌。

没等他重新整理一下乌雀山大桥的设计图，吴赢启就走过来，说道："别忙了，院里给你放假，去忙一忙自己的事情。"

"嗯？"律风刚刚经历了表决心式演讲，恨不得立刻为国奉献，加班到天亮。突然听到放假要求，他第一反应就是拒绝，"我不用放假，我也没有什么私事可以忙。"

回答得直白冷清，却惹得吴赢启笑出声来。

"谁说你没有私事忙？院里马上要应英国皇家建筑师协会的邀请去伦敦进行半个多月的交流。桥梁院出行的人里面有你的名字，给你放假，是让你回去准备签证需要的资料。"

"你也可以和英国的朋友提前联系一下，在会议交流的间隙，和他们见一见面。"

律风听完，竟然神情呆愣，半点儿没有吴赢启想象中的表情。

他还以为律风得知了这个邀请，必然会升起一种"衣锦还校"的兴奋和骄傲，激动地接受放假的惊喜，回家高高兴兴准备去英国。

吴赢启困惑地端详律风，不禁皱了皱眉，问道："怎么，你不想去？"

律风五味杂陈，回答道："不。我想去，只是……"他更想待在国内，研究他喜欢的桥梁。

律风无奈地勾了勾唇角，说道："只是乌雀山大桥项目的设计图和建模还能进行一些改动，准备签证的资料也花不了多少时间，我不用休息。"

"就知道你会这么说，我才亲自过来！"吴赢启板着一张脸，仿佛律风做了什么罪大恶极的安排，"等到明年乌雀山大桥项目开工，你想休息都不可能了。这次叫你参加建筑交流会，一方面是希望年轻人多多参加国际上的会议来增长经验，一方面是因为你这半年基本没有休息过，门卫都知道你两点下班，六点上班。"

"所以，给你放假不是让你选择，是组织的命令！"

吴赢启一番话说得严肃，律风习惯了他的刚中带柔，还是第一次亲自感受到传说中的"院长式寒冷"。辩解的话滚在喉咙里，想说又不敢说。他也没有天天两点下班六点上班啊……到底是哪个门卫老大哥夸大其词？！

"听到没有？"吴赢启见他沉默，沉声肃穆问道。

律风心头一惊，赶紧点头："听到了听到了。"

于是，当天下午全院都知道喜欢加班、以院为家的律工，总算准点踩着下班铃声，离开了分院。

聊天群的聊天记录瞬间暴涨，一群秉承"无项目就摸鱼"原则的设计师，感激涕零地表示：谢天谢地，加班狂魔他下班了。

"讲道理，我仔细观察律工很久了，他就没有八点前下班过。"

"之前乌雀山大桥可研报告交到上级，我们特地开了一场赌局，看律风会不会因为项目告一段落，准点下班……靠，我全压了准点，输得血本无归！"

"哈哈哈哈，你这不是活该吗？像我看了律工的加班劲头，都没敢提前溜号了。每次听到下班铃声，我都觉得，怎么回事啊？我还这么多活没干呢？怎么就下班了？"

律风走在下班路上，感受到久违的下班人潮。他刚拿出手机准备刷一下消息，就发现自己刚刚加入的桥梁分院群里，全都在谈他的事情。

看着文字描述，律风都好像见到了一个魔鬼以一己之力推后了社畜们的发际线。在他们热议律风应该需要一个温暖小家的时候，他终于忍不住出来刷了刷存在感。

"？"

一个问号落在屏幕上，瞬间打断了流畅的话题。

刚才还嬉笑打闹的同事，全部在聊天框里刷起了"哈哈哈"，就算周围全是下班高峰期的嘈杂声音，都掩盖不住文字传来的音量。

律风正式入了职，就是桥梁分院的家人。所以这群阳光灿烂的家人们，一点儿也没感到尴尬，还继续开心地说："哦，忘记你今天已经进群了嘿嘿嘿！"

"以后记得也要准时上下班哦！律工！"

看到他们热情的叮嘱，律风沉默以对。最终，他笑着无奈地收起手机，没有再回复。

原来加班还不只是他一个人的事情，第一次聆听到同事们真实的心声，顿时觉得——

难怪吴院要强制他回去休息，他习惯了的工作节奏，原来给同事带来了这么多压力。好像有点罪孽深重。

获得了久违休息的律风，吃了晚饭回到公寓，竟然一时之间不能适应这么安静的环境和空荡的室内。

难得不用去思考桥的事情，他便打开电脑，准备把扔在电脑里吃灰的《山水逍遥》捡起来，再做出新的部分给师兄看看。

律风满脑子都是殷以乔，打开之前发布视频的网站，这才发现一个被他遗

第九章 可研报告

忘了的人——

佐特尔。

距离他把《山水逍遥》的市民中心建模交给佐特尔已经过了快七个月的时间了,这位名声在外的音乐人,依然以每天一条问候的频率在等待他的回应,消息已经塞满了短信框。

Zottel:"大神!快来听听我给市民中心配的新音乐,你绝对会喜欢![表情][链接]"

Zottel:"好吧,三天没回复,我就当你又开始二十四小时全年无休去做快乐社畜了。"

Zottel:"两周了……您是在忙,还是忘了账号?"

Zottel:"×月×日,天气晴。今天的归去来兮大神,依然是日理万机,公务繁忙,无心上网。"

问候变成了写日记。昨天的更新,则是——

"今天澳大利亚暴雨,我突然有了新的灵感,不知道能不能符合你的雨中山水城市。"

律风心中无比愧疚,也无比震撼。这么一个持之以恒的人,居然还在惦记着他的《山水逍遥》。他这个创作者,忽然就被衬托得冷心冷情似的。

律风赶紧敲字,真心实意地道歉。

"抱歉,这半年确实太忙了,不是故意不上线。"

从他准备报名国家设计院的招聘,到完善作品集,再到去院里实习,律风一心扑在桥梁项目上,为乌雀山大桥忙得不分昼夜。除了偶尔和殷以乔聊一聊山水城市,放松心情,他根本没能想起还有一位中文十级的国际友人在为《山水逍遥》配乐,热爱着这座概念之中的设计。

律风认认真真看完了佐特尔的全部感慨,发现这位音乐人已经通过《山水逍遥》迈入了大自然的怀抱。

他走进深山,说:"这个地方有山有水,感觉很适合建立山水逍遥的大楼。"

他走到海边,说:"不知道你的山水概念,有没有包括海洋?"

他走到宽阔草原,说:"我实在想象不出,在这么平坦的草原能够建起什么建筑了。但是,我有了新的灵感。"

律风在聊天记录里,和他一起看遍了澳大利亚的自然风光。这位专注的音乐人似乎特别喜欢在这些自然气息浓郁的地方寻找灵感。

律风打开佐特尔的视频主页,发现他在《山水逍遥》之后的作品,都拥有了漂亮的风景照,彰显着他曲风意境的改变。

律风找到了半年前的第二个《山水逍遥》视频,一边倾听佐特尔舒缓的音乐创作,一边又在聊天框写道:"你的音乐让人感到轻松,如果你有事情要联系我,可以加我微信。"

他消息发送完毕,没多久手机竟振动了一下。

好友申请:Zottel。

律风诧异于佐特尔的迅速。等他通过好友,佐特尔的消息就跳了出来。

Zottel:"QAQ,那么,大神喜欢我新的配乐吗?"他令人熟悉的小表情将半年未联络的时光一笔抹消。

律风笑着回道:"正在听。"

那栋坐落于水边的市民中心再次出现在律风电脑屏幕上,却带上了贴近自然的声响。

进度条刚动,他就清楚地听到耳边鸟羽扇动翅膀的扑簌声,然后,市民中心宏伟高挑的大门映入眼帘,随着熟悉的镜头转换场景,他又听到了树叶沙沙声、草丛窸窣声。

虫鸣鸟叫之后,传入耳中的不仅仅是瀑布击水响动,还有人声鼎沸的嘈杂。惬意悠然的琴声若有若无地传来,不是钢琴,不是小提琴,更不是任何的西洋乐器,而是手指拨弄细长的琴弦才会发出的独特弦音。

律风诧异地倾听着音乐,清楚意识到了佐特尔的改变。

他记得佐特尔第一次做《山水逍遥》的配乐时,用的是激昂高亢的交响乐,人为地创造出听觉的震撼感。

现在,他耳边的音乐完全像是这栋山水建筑产生的低鸣,就算是浅淡的琴声,都仿佛是一位居于山水之间的隐士盘腿抚琴弹出的阵阵弦音。

视频不长,短短一分钟,律风却能够感受到佐特尔对《山水逍遥》的理解更加准确了。

自然声响成为主角,人声喧嚣渐进,若有若无的琴音则是贯穿整个视频的主线。律风无法否认自己对这一次市民中心配乐的喜欢。原来,他不是讨厌配乐,只是不希望音乐喧宾夺主。

他发自真心地回复佐特尔:"很好听,谢谢。非常符合我对《山水逍遥》的定义。"

佐特尔回得特别快:"你喜欢就好。你的建模带给我的灵感,我根本没有办法用语言描述,你不需要说谢谢,应该是我感谢你。"

网络拉近了两个人的距离,佐特尔的讲述在聊天框上不断刷新,看得律风感慨万千。

在发现《山水逍遥》视频之前,佐特尔已经陷入了音乐人常有的瓶颈期。他的音乐技巧、编排能力并不能使自己满意,哪怕合作的乐团为他新的创作感到兴奋和激动,也无法抹去他心头的惆怅空虚。

Zottel:"你的《山水逍遥》好像有生命一样,将我带入了另外一个世界。没有混响,没有杂音,纯粹而简单的声响,让我找到了全新的自己。"

《山水逍遥》的市民中心并不受佐特尔粉丝的欢迎。因为他们认为这不是音乐,只是自然声响的拼凑。可是,佐特尔却格外满意,他快乐地奔向大自然,写出了新的音乐旋律。

明明是律风陌生的音乐世界,他却能够感受到佐特尔所说的一切。

正如他陷入了建筑设计的困境无法挣脱的时候,一座桥梁横空出现,将他身上无形的枷锁打破,使他更加自由。

"哈哈!"律风不由自主笑出声,抬手快速地打字。

"恭喜你!"也许没有人比他更懂得这样的快乐,"我相信你现在的音乐一定比以前更加动听!"

律风和佐特尔的闲聊,跨过了音乐和建筑的界限,自由无碍地交流着。

完全不同领域的两个人,竟然能在相同话题上畅聊如此之久,连律风自己都感到不可思议。因为本质上还是陌生人,他就能畅所欲言,不用顾忌佐特尔能不能领会,也不用考虑佐特尔有什么别的奇思妙想。寄托在《山水逍遥》里的思绪,成为另外一种灵魂慰藉,扫除了律风全部的疲惫。

他们聊到夜深,佐特尔说:"如果中国能够建造起这么美丽的城市,我一定要来中国。"

律风笑意骄傲地说:"朋友,你明明会写中国字,会说中国话,为什么却不知道——

"即使没有《山水逍遥》,中国也是美丽得令人屏息的地方。"

山川平原,海洋丘陵。

人居于此,万古不息。

第十章
CHAPTER 10
重返伦敦

　　律风本以为放假休息的时间很难熬，没想到，他能一边做《山水逍遥》的模型，一边和佐特尔聊国内壮美的山川大地。

　　这个精通中文的澳大利亚人，真的没有来过中国。他对律风讲述的任何一个景点，都感到格外好奇。但他更喜欢的不是中国的自然风光，而是遍布这片大地的名胜古迹。

　　佐特尔说："因为你介绍风景的时候，我感觉什么湖泊海洋都无法超越自然给澳大利亚的馈赠。可你介绍中国建筑的时候，我能从你回复的速度、使用的词汇里，感受到一种前所未有的骄傲。大神，你知道吗？你述说那些建筑的情绪，深深地感染了我。甚至连你用的标点符号，都带着发自内心的赞美！"

　　律风看到这段长长的消息，神情一愣。他往上拉开聊天记录，才发现自己介绍中国建筑的用词，远胜描述自然风光时贫乏的"山清水秀""风景如画"，还经常会不由自主地打出感叹号。因为，每一座中国古建筑，都是律风曾经热衷研究的对象。

　　故宫的千步廊，玉兰板，金水河，承天门。

　　长城的长堑，塞围，亭障，界壕。

　　苏州园林的匾额，楹联，雕刻，石碑。

　　那些建筑的影子几乎融入了他的骨血、灵魂，即使他改行从事了桥梁设计，提起画笔来，脑海里也会浮现出飞檐悬廊、雕梁画栋。

　　他向佐特尔讲述它们的特点，下意识觉得自己在赏析五千年源远流长的建筑作品，便用上了建筑视角的分析手法，当然和纯粹的词汇堆砌不一样！

　　律风笑着敲字，回复道："我做《山水逍遥》，正是因为这些建筑给我带来的感悟。自然风景可能有相似的地方，但是独一无二的中国古代建筑传承了中国几千年的文明，它们承载的情绪和艺术魅力，在我这个做建筑的人眼里确实更加浓重一些。我描述它们的时候……会比较激动。"

　　哪怕他不再是建筑师，走在建设祖国的路上，他也依旧能够感受到背后中华文明的厚重，恐怕这辈子，他都改不了自己的偏爱。既然偏爱，他也不介意再跟远方的澳大利亚华人聊一聊血脉发源地的建筑艺术，还顺便启发了自己沉寂已久的灵感,在《山水逍遥》单调的楼宇里增加了新的亭廊。

好好的假期,被律风过成了《山水逍遥》制作期。

那座被搁置许久的山水城市,终于在他手上又往前拉动了一点点进度条。

一座雕廊画壁的古朴亭廊坐落在建模许久的青色大楼和市民中心之间。律风做完亭廊,正想随手发给佐特尔看看,忽然想起了殷以乔。师兄曾经语调浅淡地说"希望我能成为第一个看到你设计的人",他清晰记得师兄那时的神情。

律风盯着眼前渲染得漂亮的亭廊,难得有些紧张,好像以前读书时候给老师交设计方案似的,充满了忐忑和期待。他连输入邮箱地址,都会反复确认那一段窄短熟悉的字符有没有打错。

很快,电子邮件显示发送成功。

英国应该还在凌晨,律风只给师兄发了微信,等着他睡醒有空再看。谁知道,殷以乔的视频通话却在一分钟之内打了过来。

"师兄。"律风诧异地接通,"你还没睡?"

视频里的殷以乔依旧穿着西装,只是衬衫领口已经松散,还扯掉了领结。他眼神带着律风说不清的迷离朦胧,却又熠熠生辉。这显然不是刚睡醒的模样,更可能是他熬夜到现在,还没来得及休息。

殷以乔笑得格外温柔,声音低沉地说:"因为我睡不着。我一直在想为什么会睡不着……原来是在等你的设计。"他很少会说这样的话,显然已经醉得不轻。

律风愣愣地看着殷以乔将手机放好,略微懒散地倚进沙发,打开了身前的笔记本电脑。

"我要看看你做的亭廊。"殷以乔应该是真的很高兴,甚至略带稚气地揉了揉眼睛,"它最好能有湖面倒影,这样才能体现出古典建筑山水相映的美感。"

听到这话,律风更紧张了。这简直就是交了作业,老师还要当场批改出分!他赶紧说:"你不累吗?可以晚点再看。"

"不,我不累。"殷以乔勾起唇角,眉眼温柔地看过来,"我已经很久没有这么兴奋了。因为今晚我参加了利斯图书馆的颁奖典礼。"

面前这个醉意深邃的男人,每一个句子都透着深沉腔调,娓娓道来他对利斯图书馆的喜爱。他说:"那只是一个很小很小的市政表彰罢了,可是令我高兴的是,每一个人,每一家媒体,都在用英国历史上最美的词语赞美它。"

"小风,它真的很美。"殷以乔抬手撑着脸颊,语气低沉得宛如喟叹,"因为它是你的设计。"他食指轻点,打开了《山水逍遥》的全新建模,眼神映照出湖水相依的亭廊飞檐,"就像这座建筑一样,担得起所有的赞美……"刚刚还醉得马上能闭眼睡着的殷以乔顿了顿,在见到这座亭廊的第一眼时,就振作起精神。

他认真端详着律风的新作,竟没能继续他发自内心的赞美。殷以乔的眉峰慢慢蹙起,刚才夸奖律风时的悠然惬意消失得无影无踪。

安静的室内重新响起他严肃的声音:"你的飞梁存在计算误差,如果按照现在的尺寸设计,廊顶的受力会压垮廊柱。"

"……好的。"

"而且,它应该是市民中心旁边湖泊上的亭廊,那么你在设计的时候必须要考虑整体风格的统一。现在的造型太复古了,完全失去了最初《山水逍遥》的现代感。"

"嗯,我改……"

殷以乔的批评立刻让律风正襟危坐。他忍不住回想起师兄在C.E建筑事务所严厉纠正他所犯的建模错误的惨痛过去。

两分钟前,殷以乔还醉意朦胧地赞美律风的建筑是最美的建筑。

此时,殷以乔毫不留情地批评他不够上心,提出了自己作为建筑师的专业观点。

也许醉酒的人,更容易神志不清地执着于表述自己的思想,直白展现出性格里的固执严肃。殷以乔根本没打算对律风的错误留情,他伸出食指轻点在每一个问题上,神情严肃得仿佛律风就站在他的身边。

律风一边认真听讲,一边拿出速写本记下问题,发誓下次一定要好好debug(调试),再也不敢趁着一腔热血上头,随便敷衍了事地发给师兄了。

建筑师殷以乔可没有师兄殷以乔体贴。醉酒之后,他依然针对亭廊挑出了无数错漏,并且重申了《山水逍遥》本该表达的含义。

他视线微眯,说道:"你要做的不是一套仿古建筑,而是带有传统建筑优点的现代造物。"

如果不看殷以乔疲惫困倦的神情,只听他的声音,律风还以为正身处课堂接受殷大建筑师的授课。

"我希望你不要因为工作忙,或者沉迷于设计桥梁,就忘记了自己的创作初衷。"

律风赶紧"嗯嗯嗯",连续保证道:"我下次一定考虑清楚了再下手。"而不是像现在这样,一边跟佐特尔聊天,一边分心搞建模。

他跟外国友人分析了太多古建筑，连《山水逍遥》的亭廊都带上了传统苏州园林的影子，犯下了设计现代建筑不该有的错误。

　　殷以乔很满意他的保证，锐利的眼神终于收敛。

　　"嗯，差不多就是这些问题。"他神情困倦慵懒，伸手合上笔记本电脑，"我去睡觉。等我睡醒了就去协会，好好帮你们安排一下来英国的行程。"

　　律风毫不意外殷以乔要负责这项工作，他轻声问道："师兄，请我们来英国交流，是不是老师的意思？"

　　殷以乔神情一愣，继而低低笑出声："是爷爷的意思，但他仅仅向理事会进行了简单的提议，就获得了理事们的一致通过。"他非常明白律风的担忧，那种希望获得国际认可、又不希望是在攀附关系的情绪，清晰明了地印在律风的脸上。

　　但是，殷以乔叹服于爷爷的行动力，和"殷知礼"的名字代表的影响力。他认真地说："你们绝对不会知道建筑师们有多期待你们的到来，也低估了英国皇家建筑师协会对中国建筑的兴趣。

　　"你们身上汇聚了全世界的目光。"

　　说到这里，殷以乔的神情复杂地露出了一丝不甘心的意味。他闭上眼睛，不愿承认似的叹息道："至少……桥梁是的。"

　　皇家建筑师协会正在忙碌地敲定交流会的行程。这次打算出席的建筑师众多，人数完全超出了他们的预料。

　　"威廉姆斯先生不是忙于迪拜的项目吗，他怎么也想参加交流会？"

　　"不只他，还有韦德先生，他居然特地从美国回来，要求我们一定要留给他中国交流团的场次。"

　　"呃……"正在接洽的工作人员，插入话题，"现在已经有一百多位建筑师，希望能够参与中国交流团的场次，所以……我们应该改用多大的会场？"

　　当理事们决定向中国国家设计院发出邀请函的时候，大部分人都很疑惑。

　　中国大部分知名的现代地标型建筑都是国际建筑师的作品。在大多数人的认知之中，中国的贫穷落后还不足以支撑起现代建筑艺术的需求。

　　他们没想到，这次公布了中国交流团会参加的消息，竟然引得平时懒得参加交流的建筑师们充满兴趣，连英国知名的报刊杂志都在向他们申请交流会的采访权利。

　　"难道，是因为这篇报道？"

工作人员随手拿过桌上的报纸，一座盘旋山体的桥梁设计突兀地出现在群山之中。

"据说中国交流团要阐述的作品里就有这座造型怪异的盘山桥！"

乌雀山大桥的盘山构想从国内传到国外并不需要多少时日。英国的媒体人面对这座即将修建在海拔接近三千米的冰天雪地之中的桥梁，充满了前所未有的兴趣。

这样的桥梁盘山而行，惊险无比。如果不是中国发布它的渲染设计时详尽描述了它的建设地址，这群习惯了冒险和刺激的媒体人，都要怀疑这是什么惊悚主题游乐场的招牌游乐设施！

他们以惯常的夸张情绪，尽情阐述了他们对这座乌雀山大桥设计的观点，并且本能地提出了诸多问题：建设环境有多恶劣？能不能请到工人进山？桥梁高速的养护成本有多高？

这些问题，远比单纯的设计造型更加吸引人去关注。

他们已经听说过太多中国的遥远传说，恨不得马上到达建筑师协会的交流现场，举起长枪短炮，记录针对这些疑问的答复。

也许，英国的普通民众并不能理解这样一座桥有多可怕。但是，这篇报道十分贴心地给出了最完美的本土化解释——

"乌雀山的海拔接近三千米，比英国最高峰还要高出三倍！我们不得不怀疑，中国就算在这里建起了桥，也没有人敢从桥上通过！"

英国最高峰成功变为遥远乌雀山的参照物。哪怕是不懂建筑的普通人，也能从他们身边的山峰感受到乌雀山建桥的恐怖。

协会的工作人员读完这篇报道，立刻升起了和它一样的想法——

设计这座桥的人，到底是怎么想的？

中国真的有条件、有能力建成这座桥吗？

就算建成了……真的有人敢从桥上通过？

英国报纸的疑问伴随着中国交流团出行之日的迫近越演越烈，并且在他们到达机场的时候冲上巅峰。

各大媒体都在社交网站上激动地公布明天交流会的时间，并且提前列出了中国交流团会涉及的代表作品。

其中，规划中的乌雀山大桥格外瞩目。

一场交流会，吸引了全世界的注意力。无数根本不关心中国的人也十分想知道什么是智能化的道路疏堵分流工程，哪里是值得中国骄傲的地标。

哦，还有那座匪夷所思、便宜得让人怀疑质量的曲水湾大桥！

以及盘旋于近三千米海拔高峰、仿佛为了炫技存在的概念桥梁！

外界沸沸扬扬的讨论促使更多建筑师、工程师前往交流会。而交流会的主办方代表，英国皇家建筑师协会的理事加西亚先生正皱眉凝视着希思罗机场的到达口。

那里人头攒动，走出了无数旅客，他只要看到黑发黑眼的队伍，都会迫切地提出问题。

"殷，那边的人是不是他们？"

"不是。"

"那边呢？他们聚在一起，感觉很像第一次来英国的样子。"

殷以乔视线跟着他移动，却发现聚在一起的人们只不过是一群高中生模样的黑发学生。

他们背着学生气浓重的书包，听着皮肤略带黝黑的领队讲述英国旅游注意事项。

"加西亚先生，如果我师弟出来会给我打电话。"殷以乔不得不冷漠地阻止加西亚理事的好奇，"您没必要跟我一起等在这里。"

"不行。"加西亚回绝得格外果断，"比起你们关心的桥梁、师弟，我更想知道中国人怎么做的智能化疏堵工程。我得赶在他们被建筑师团团围住之前，帮市长先生问一问，卖不卖，怎么卖？"

殷以乔理解理事的急切，但是他更觉得，加西亚一定不了解中国。

真正成功的疏堵方案，除了凭借智能化系统之外，最重要的是阻止普通民众占领街道，并且在十五分钟内派出交警维持正常的通行秩序。然而，他没有打破加西亚的期待。只要这位先生不是为了占用律风的时间，他完全不想多做纠缠。

殷以乔专注地凝视着人来人往的机场到达口，目送了一队又一队到达英国的旅行者，手上终于感受到了手机的振动。他迅速接通，听到了熟悉温和的一声"师兄"，随即便见到了一列浩浩荡荡的队伍。

他们黑发黑眼，四处环视着人群密集的机场大厅。还有一位身材修长挺拔的年轻人，握着手机乖巧地跟在年长者的身后。

律风穿着单薄的运动外套，拖着简单的行李箱，向手机那端的人详细汇报："我们到机场了，吴院正在联系协会安排的接待员，我们可以……"

他还没能告诉殷以乔,他们可以在酒店碰面,就在面前听到了与手机里同调的频率。

"小风。"

律风诧异抬头,见到了近在眼前的殷以乔。他下意识看了看手机,又看了看衣着郑重的师兄,不禁问道:"你怎么来了?"

这问题有点儿傻。殷以乔只是一笑,没有回答。他伸手自然地接过律风的行李箱,将律风从交流团队伍里划了出来,并把剩下的事情,交给了加西亚。

那位笑容满面的理事先生,一上前就和交流团展开问候。身边精明干练的翻译成为他们的主要交流桥梁,但是语言问题丝毫不妨碍他们被国际友人无微不至的热情笼罩。

交流团跟随加西亚登上大巴车,一眼便见到殷以乔坐在律风身边,全然没有打算单独行动的意思。院里的人小声跟吴赢启说:"我还以为他们年轻人会悄悄溜走呢。"

"不会的。"吴赢启了解律风的脾气,"既然是集体出行,律风肯定不愿意和我们分开。"

他视线越过层层靠椅,能够看见殷以乔的背影。

"不过,他的师兄特地过来就只是为了陪他坐大巴……我是真的没想到。"

巴士慢慢启动,行驶在伦敦古老的街道上。

加西亚和中国道路院的代表,正在私下讨论智能化疏堵工程的性能。翻译员则是承担了导游的职责,为来到伦敦的中国人讲述这座世界级城市的伟大。

也许是太久没有回来,律风端详着这些本该熟悉无比的英伦建筑,竟然感受到了普通游客的快乐。

他们驶过伦敦桥,路过大本钟,这辆巴士似乎为了让这群远道而来的客人能够参观到伦敦知名建筑,还特地绕了远路。

车辆驶出繁华拥堵的市区,开向翠绿茂密的矮山。

律风忽然远远见到了熟悉的屋檐,在树林荫蔽中显露出温柔的曲线。他的视线立刻被它深深吸引,在一个转弯之后,终于见到了它的全貌。

那是他设计的图书馆,坐落在自然清幽的道路旁,随着巴士的行驶,全方位地展现出它庞大的躯体。

前往古堡酒店的沿途,都能远远见到这座图书馆的身影。

律风知道,殷以乔一定会带他去看利斯图书馆,但他没有想到,自己能够在前往酒店的路上完整地端详这座属于他的建筑。

"这次交流会选在了半山上的古堡酒店。那里有一个临峰修建的观景台，也是欣赏利斯图书馆最佳的地点。"殷以乔的声音在利斯图书馆映入律风眼帘时响起。

律风专注凝视着远处的建筑，问道："这就是你给我的惊喜？"

殷以乔笑道："这确实是我给你的惊喜，但是你能获得的惊喜还没有结束。"

律风以为，没有结束的惊喜就是他们沿途观览利斯图书馆的每一个角度。

前往古堡酒店的蜿蜒公路环绕着这座位于湖谷的图书馆，无论车子如何行驶，律风都能从窗边见到这片温柔的树叶。它完美地呈现了律风的构想：一座坐落在山水之间，曲线柔美的建筑，完美融入这片自然天地，又浑然成为自然之中新的风景。

车辆盘山行驶，连疲惫的国院代表们都发现了这座安静的造物。他们诧异地凝视它，总觉得它与众不同的琉璃瓦晕染出了不属于英国建筑古朴庄严的气息，反而呈现出了别样的缱绻温柔。

忽然，有人问道："那是什么楼？"

众人的疑惑被同行者点出，便止不住话头。

"不知道，但是我感觉好像在哪里见过。"

"我也觉得见过，主要是它侧面落地窗的造型，令我印象太深刻了！"

原本安静的室内响起了代表们热烈的讨论。他们中的大部分人都是第一次来到伦敦，却对这座图书馆拥有相同的记忆。

吴赢启皱着眉仔细端详着它，很快想了起来。

"律风！"他坐在巴士后面，喊出声，"这是不是你的设计？"

吴院的话立刻点醒了在座的所有人。

他们热衷传看律风的桥梁建模和设计模型，当然都见过他在英国做出的图书馆设计图。可他们没想到这座图书馆竟然真的建成了！而它的设计者竟然岿然不动，一点消息都没有透出来，让他们感到震惊。

刚刚还在巴士上昏昏欲睡的众人掀起了新的讨论热情，许多双眼睛盯着律风，等他说出自己的感慨。

可惜，设计图书馆的过程对律风自己而言已经变得模糊，很难回忆。唯独记忆清晰的，只有它的设计初衷。于是，他不得不说："这确实是我做的设计，当初的想法不够成熟，画出来的图纸也没有在实地勘察后做进一步改良。现在它能够自然地融入这片山林，更重要的是建筑师的后续修改。所以，这座图书馆不能算是我的设计，它仍是C.E建筑事务所的作品。"

这话在国院的人听起来更像是设计师的谦虚，大约就和"我只是画图纸的，C.E才是伟大的建造者"似的，充满了对这间世界顶尖建筑事务所的赞美，可在殷以乔听起来却变成了刺耳的"划清界线"。

周围的人新奇地拍照，可律风只是静静地看着它，神情暗藏着殷以乔并不能领会的怅惘。

殷以乔低声问道："你不高兴？是它修建得不符合你的理念吗？"

"不，师兄。"律风认真地回答，"它比我的设计更加美丽，也更符合这片湖泊峰谷，完完全全成为景色的一部分……"但是，它是坐落在英国柔软腹地的，属于英国的建筑。

律风转头眺望，透过它温馨的落地窗看到里面若隐若现的书架和沉浸在阅读之中的人影，轻声道："所以它属于C.E，并不属于我。"

殷以乔闻言，蹙起俊朗的眉峰。他以为回到英国的律风会和他想象中一样开心，满怀情感地欣赏这座由自己设计的图书馆，并且和他一起回忆英国六年的求学生涯。

可惜，律风见到了这座图书馆，神情只是惊讶片刻，便回归了一贯的平静。好像这座由他亲手绘出黑白设计线条的漂亮建筑，无论得到了多少人的赞美，都与他无关。

巴士车缓缓驶入古堡酒店。车上的气氛都因为利斯图书馆变得热烈，殷以乔却陷入了沉默。律风当然能够感受到师兄的情绪。他记得师兄为利斯图书馆高兴得酒醉的模样，一对比，自己的平静回答变得有些狼心狗肺。

律风愧疚地看向殷以乔，正想解释几句。忽然，他透过缓缓升起的巴士门的缝隙见到了一个熟悉的身影。那是一位穿着郑重三件套西装的老人，他背着手站在那里，即使面容苍老，也掩盖不住他浑身的慈祥柔光。

瞬间，律风再也顾不上师兄会不会生气了，一腔情绪被这位等候许久的老人炸得如翻腾的沸水，耳边都升起了激动的轰鸣。他跟着队伍排队下车，却一直凝视着老人的身影。

一走出巴士，律风忍不住快步走了过去，又在殷知礼灿烂笑意里，踌躇不前。那是他的老师，更是点燃他前行方向明灯的指引者。如果没有老人孜孜不倦的教诲，他恐怕没有勇气放弃六年的建筑设计转向陌生的桥梁。

律风有太多的话想说，一时间又不知道该怎么开场。

殷知礼仿佛清楚他的犹豫，便哈哈笑道："小风，我的祖国好吗？"

久违的相见，因为殷知礼从未变过的温柔态度，立刻跨过了时间带来的生疏，变得分外温馨从容。

律风慢慢走到他面前，轻声回答道："老师，我们的祖国很好。"他甚至在殷知礼欣慰的笑意里，无法克制地哽咽。

他说："她还会越来越好。"

国际建筑大师殷知礼亲自在酒店迎接，整个中国交流团轻松的气氛，瞬间变得严肃正经起来。毕竟殷知礼开始设计建筑的时候，他们这些人可能还在牙牙学语，连年近五十的老同志都变成初出茅庐的年轻人，不敢在前辈面前轻浮谈笑、贸然失礼。

他们以为，这位老先生只是为了来看看律风，并不在意他们这些陪衬。

没想到，殷知礼和律风短暂打过招呼，便笑着说："大家一路上辛苦了，这几天就由我这个老家伙陪大家说说话，聊聊中国和英国的建筑。等到明天，参与这次专题交流会的建筑师们就会陆陆续续赶来，如果他们有什么失礼的地方，还请各位多多包涵。"

他的话夹着大家熟悉的口音。那一口介于普通话和方言之间的中文，亲切地拉近了大家的距离。

交流团的人，进房间放下行李，稍事休息。

殷知礼老先生陪伴着他们一起用餐，饭后还与他们进行了闲谈。律风始终站在他身边，没有把自己当成远道而来的客人，而是和从前一样与殷以乔左右配合，照顾好他的老师。

比起道路分院和桥梁分院，建筑分院的人见到殷知礼更为激动。他们几乎占据了聊天的主场，能从殷知礼设计的中国建筑聊到刚刚获奖的联邦大厦。

而殷知礼总能笑着说："可我更喜欢北京天府中心的设计，还有你们入围了国际建筑奖的鸿鹄机场。"

他能细细数出国院建筑分院的作品，逐一点出它们的优势。这位远在英国的老人，了解中国每一次变化，清楚国家兴建的每一个地标建筑，甚至在建筑分院代表提出困惑和疑虑的时候，他也能笑着说出问题的关键。

律风坐在他身边，帮他泡好碧螺春。来到英国，律风除了带上了乌雀山大桥的设计图，就只为老师带了几种家乡的新茶。

临近十点，他们的畅聊终于走到尾声。殷以乔安顿好疲惫的爷爷，才慢慢送律风回房。

"爷爷今天很高兴，因为你终于回来看他了。当然，也有交流团的功劳，毕竟他是这么热衷于讨论中国的建筑。明天早上,他也一定会兴高采烈地坐在交流会现场,亲自听你们讲述中国不可思议的建筑工程。"

他们一路闲聊,就像回到了过去,那时候律风没有离开英国,殷以乔就这么一如往常地送律风回家,第二天又在C.E建筑事务所互相问早。

而今天,令人怀念的气氛总是短暂无比。直到房门关上,律风都在回想殷以乔的神情。

他以为,今天的殷以乔一定会很失望。因为,他亲眼见到了利斯图书馆,却没有如师兄期望的那样情绪激动。

律风不过是回国两年半,思绪已经完全的"仓鼠化"——好的东西都希望自家也拥有。

他恨不得把最好的设计和最好的想法,囤起来上交国家。虽然建筑物无论坐落在哪里,都是人类艺术的瑰宝,但是他仍旧会忍不住去想——

这样的图书馆,修建在中国该有多好。

交流会密集的行程,没能让律风拥有太多多愁善感的时间。

昨晚还显得僻静、悠闲的古堡酒店,一大早就人声鼎沸,灯光闪烁。英国皇家建筑师协会的签名板,正大大方方立在酒店入口,等待着各位建筑师亲笔临幸。

国家设计院的代表们一边走流程,一边核对待会儿需要的资料。律风跟着经验丰富的领导们,认真听从他们的要求和叮嘱。

他们来交流代表的是中国形象,吴赢启难得拉着律风说:"无论建筑师提出多么刁钻的问题,你一定要用数据说话,不用担心乌雀山大桥的数据泄露,因为全世界只有我们能建出这座大桥。"

也只有中国人有建成这座大桥的需要。

律风乖巧点头,神情困惑地说道:"吴院,其实只是交流理念而已,每一座桥所处的地理环境不同,建筑师们也不是很关心数据的问题……"

谁知道,吴院竟然十分坚持:"不!一定要用数据。以前我听说你把斯蒂芬·莱恩特教育得哑口无言,刚才我看到他了,所以,你一定要用数据!"

律风忽然领会了吴赢启的担忧:"吴院,你是不是怕我说错话,新闻报道会说我们咄咄逼人?"

吴赢启一愣,叹息一声:"不是怕你说错话,是怕你说的话不符合记者的心意。这次交流会全程都有媒体在,国外的媒体什么都敢报道,而且经常歪曲我们的本意。"

不受控制的"新闻自由",时常会导致他们无法预料的舆情。吴赢启能做的只有严格把控自家发言人,劝说律风一定要客观理智。如果律风拿数据说话,那么无论媒体人再怎么变形变样,总有符合事实的数据能够驳斥一切虚假编造的报道。

如果律风不拿数据来讲述中国的伟大和不凡,他们这群土生土长的建设者听了确实也会感动,但是对在场的外国媒体来说,他们不了解中国,甚至不了解桥梁的建设,恐怕没有中国交流团想象中那么善解人意。

万众期待的交流会,一开场就变得格外喧嚣。坐在会场的建筑师大多听闻了乌雀山大桥的奇闻,他们就像是看热闹一般交头接耳,无拘无束地表达自己的看法。

"第一场交流就让桥梁项目上场,中国人对他们的桥也太自信了吧?"

"能不自信吗?盘山旋转的桥,一旦建成,改变的是整个桥梁世界!"

"你也说是'建成'了,中国吹嘘得有模有样的东西不少,我更好奇,今天的人怎么才能让我相信它确实能够存在。"

莱恩特和殷知礼坐在一起,听到周围清晰的议论,已经做好准备要陪老朋友义愤填膺,统一战线,谁知殷知礼岿然不动,还有心思喝茶。

"知礼,你不急吗?"莱恩特忍不住问道。

"急什么?"殷知礼慢腾腾地拨开茶梗,吹拂茶杯里的热气,"我学生来讲桥,还能不把这群人说得服服帖帖的?"

殷知礼对学生的一腔信任,惹得莱恩特更是好奇。他从殷知礼那里找不到回应,便转头问另一边的殷以乔。

"你爷爷是不是太没危机感了,待会儿律风可是要面对这么多人的质疑!"

莱恩特视线殷切,等待附和,殷以乔却淡淡瞥他一眼,好似没有听见建筑师们的讨论。

"他是我看好的人,无论是从事建筑设计,还是桥梁设计,都不可能让我失望。"

莱恩特为殷氏爷孙的膨胀信心震惊,深深怀疑他们早跟中国交流团打好招呼,知道了待会儿交流要透露的乌雀山大桥顶级内幕。莱恩特的八卦之心猛地蹿起来,正打算追根究底,会场大门终于走进了中国交流团第一位代表。

他穿着正式的西装,短发刻板整齐,姿态端正,唯独他平静得近乎冷漠的神情,令莱恩特确认——这是律风无疑。

会场里讨论乌雀山大桥的声音渐渐安静，投影仪上如他们所愿地出现了"乌雀山大桥解说交流"的字样。

"早上好，各位参会的女士们、先生们。"律风的声音如初春暖阳，但他接下来展示的内容立刻掀起了寒冬冰雪。因为，解说PPT上出现的不是震撼的模型渲染，更不是中国人对桥梁的歌颂赞美，而是乌雀山的三组数据——

海拔高度。

深山温度。

桥梁长度。

建筑师们还没做好准备，就感受到了乌雀山那足以令人缺氧的高海拔，凛冽的寒风，与盘亘其上的匪夷所思的钢铁大桥。

原来媒体的报道真的没有夸大其词，中国人竟然真的要在超乎想象的海拔高度纵横三千米的距离建成世界第一高桥！

台下本该熟悉律风的建筑师们顿时觉得这位冷静阐述数据的年轻人十分陌生。他讲述的那些天方夜谭般的数据，简直跟他从建筑师变为桥梁工程师一般不可思议。

建筑师们以为中国人会感性地说"我们非常不容易，多么辛苦，多么天才，才能想出这个方案"，没想到一开始就上来一堆数据把他们砸晕了，他们感觉律风每一句话都在说"这座山看到了吧，中国工程就是敢挑战极限，只有我们干得出来"。

律风的讲述过程中始终有猛烈的闪光灯闪烁。建筑师们专心致志，认真分析着建成乌雀山大桥的可能性，而媒体人则是惊恐诧异，只顾着把数据拍下来发送到社交媒体上。

等到乌雀山大桥的概念讲述结束，建筑师们立刻抓住了提问机会。

"乌雀山大桥的造型以盘旋山体为基础，我想请问你们准备怎么解决克服路线控制点间的高度差？"

"这座桥梁在设计上采用的弧度是否超过了安全行驶标准？毕竟，这种造型的通道，我还只在游乐场过山车设施上见过。"

"你们说大桥能够抗住九级地震，那么你们使用的新型混凝土材料会不会对环境造成严重污染？"

面对众人彬彬有礼的提问，律风都能准确给出建设集团和研究所的测算数据来回答他们的困惑。

桥梁设计之初，桥体攀升高差、安全行驶标准都是他们研究课题的基础。

而新型混凝土材料的抗震抗渗密度，更是乌雀山大桥能够矗立于山巅的决定性数据。详细的数值不可能平白无故完全公开，但律风一切换PPT就能给出完善的对比表。

其他市面上存在的混凝土材料、钢结构、行驶标准和疲劳值等数据项，都成了乌雀山大桥的对比坐标。律风不需要公开具体的情报，仅需要罗列真实而夸张的倍数和百分比，就足以让这些提问的建筑师感到不可思议。

一场由数据主导的交流会，充满了律风对乌雀山大桥的骄傲与自豪。每一个简单对比的表格背后，都是中国最为优秀的团队彻夜不息的研究与分析，每一个数字都在全世界满怀疑问的建筑师面前书写着飞跃乌雀山的奇迹。

忽然，有人出声说道："数据只是数据，无论你怎么阐述这座大桥，我也只是感受到一堆荒芜废土在侵蚀自然的山脉。"

那人表情平静，语调也是温和从容，但他瞬间吸引了无数媒体的目光。

莫拉尼斯·克里姆，今年荣获了国际桥梁最高奖项的工程师，也是英国皇家建筑师协会里风格最为多变的桥梁工程师、建筑师。他可以在美丽湍急的河谷造出大桥，也能在宽敞雄伟的体育馆修起薄如蝉翼的屋顶，对艺术的执着，成就了他的傲慢。

即使面对所有人的诧异目光，他也坚定地说道："你们的桥梁能不能成功修建，还是一个未知数。"

他的质疑，令场面有些沉闷。无数的建筑师正在为这些数据惊叹感慨，能够在如此危险的山峰造出一座绝无仅有的盘山桥，已经可以称为奇迹。

然而，对脾气怪异的克里姆来说，奇迹的构想显然无法说服他。

律风站在台上，所有人都在等待他的回答。

他可以说，这座大桥当然能够修建成功，因为中国工程技术已经远远超过了在座的想象；他也可以说，我们设计出来的乌雀山大桥有全世界最优秀的建设团队，保证了它一定能够成功的事实。

可惜，任何语言在数据面前都显得太过苍白。

律风能够证明乌雀山大桥可以建造，但在它真正建设完毕之前，总会有类似的质疑声。他铭记吴赢启的叮嘱，真诚地说道："那么，我们非常欢迎您能在乌雀山大桥建成的时候，亲自来到中国，这样你才能感受到我所说的一切都是事实。"

克里姆面对邀请，无奈摇头道："我可不觉得我能等到那一天。"

言语之中的讽刺表露无遗，律风也相当不客气，直接回答道："如果您连四五年的时间都等不了,我也只能为您那短暂而匆忙的一生感到惋惜。"

他这一句话惹得媒体情绪高涨。什么数据、桥梁都是枯燥无味的过程,中国的设计师与克里姆这样的知名人士互呛,才是他们坐在现在想听到的东西!

他们几乎立刻敲打键盘,用准确无误的文字描述了克里姆先生的问题。然后,在律风的回答里进行了耸人听闻的断章取义——

"如果你活不到乌雀山大桥建成,那就说明你命短!"

莱恩特默默坐在台下,感受到了克里姆无从发泄的怒火。他见到这位讨厌的桥梁工程师脸色铁青,手扶桌面站了起来。

所有记者举起镜头,准备拍摄克里姆与律风的再次交锋,然而,克里姆竟轻蔑一"哼",愤怒离场!周围骤然闪起热烈的闪光灯,带着无声的兴奋,这是一场媒体人的狂欢。

莱恩特被克里姆这招看得目瞪口呆,他都能够想象出晚上的新闻软件会推送些什么消息了!他感慨道:"你师弟说话还是这么不留情面,他都不管媒体会怎么报道吗?"

殷以乔没有回答莱恩特。他只是凝视着台上,端详神情平静的律风。

律风完全没有受到克里姆离场的影响,仍旧客气从容地回答着其他建筑师的提问。

他的师弟成熟了许多,曾经会在这样的舞台上固执己见地说服傲慢提问者的少年,似乎已经收敛起了他的锋芒,变得温和无害起来。

殷以乔总是能够在律风身上看到他的变化。那种言语之中的自信,令他再也不需要急切地表述自己的观点。他只需要从容不迫地拿出数据,慢条斯理地说:"乌雀山大桥的盘旋曲度、陡度都经过了精密测算,在施工时会严格按照它的设计,完全没有必要担心会影响正常行驶。开车通过它的人,也不会有任何的生命危险。"

爱信不信。

简单的交流会后,新闻媒体满载而归。殷以乔听着他们的闲聊,完全能想到当晚的报道会怎么讲述这位年轻的中国设计师与克里姆的短暂交锋。

果然,不到晚上七点,社交网站已经热闹了起来。

莫拉尼斯·克里姆直接在自己的主页详尽阐述了自己的观点,比新闻八卦还要迅速。

他说:"我完全不认可这次专题交流,我认为这样的设计毫无意义。"

他说:"在海拔两千七百米且人迹罕至的高山上修建桥梁,他们是想修出一座天堂桥吗？就算耗费人力物力建成了，这座桥早晚也会成为一堆建设在山里的废墟！"

作为名声斐然的桥梁工程师兼建筑师，克里姆拥有许多拥护者。他在自己的主页发布了这样的消息，很快就传来了赞同的声音。

"果然，我一见到报纸上出现那座弯弯曲曲桥梁的时候，就觉得有问题了！"

"不知道协会邀请他们来做什么交流，展现桥梁设计的异想天开？"

"克里姆教授，我支持你的看法！废墟，是的，废墟！我们已经见过太多花里胡哨的设计，它们一无是处！"

带有个人情绪的偏见之潮愈演愈烈。不少参加过今天的交流会的建筑师也发表了对乌雀山大桥的观点。它的设计方案、建造难度、节能程度和可持续性，都被打上了大问号。

殷以乔翻看着那些言论。即使大部分人都赞叹乌雀山大桥的新颖设计，但是在建成之前，他们绝不会承认这座桥梁有存在的意义。

在建筑的领域，从不缺少新奇浪漫的设想，可是英国人对中国的偏见，似乎并不允许中国式浪漫存在。

殷以乔一直在等律风的消息。然而，聊天框一片空白，也迟迟没有来电的迹象。等着师弟主动的殷以乔无奈地出门，走到律风那儿敲了敲门，却没有收到回应。于是，他又不得不拨出电话，看看他师弟到底在忙些什么。

电话接通，律风的声音里没有丝毫的沮丧或愤怒，而是透着一股开心："师兄，我在观景台看图书馆。"

古堡酒店的观景台，全英国最适合观赏利斯图书馆的地方。

殷以乔为了能让这座图书馆漂亮地坐落于湖泊边，花费了不少心思——说服政府，摆平河谷所有者，还得告诉这栋古堡酒店的主人，利斯图书馆会成为酒店全新的美景，为这栋酒店增添新的荣誉。

然后，他做到了。建成这座绝无仅有的温暖图书馆，并且等到了律风回来。只可惜，他的师弟没有他想象中的激动和高兴。

夜晚的观景台，只留了寥寥两盏路灯，为客人照亮道路。白天还热热闹闹的地方，晚上只有律风清瘦颀长的身影，他悠闲恣意地趴在那儿，欣赏夜幕之中的利斯图书馆。

天空明亮的月色，给它镀上一层朦胧的辉光，使它看起来更接近律风最初的设计。

一片飘落地面的树叶，安静地与自然融为一体。

殷以乔走过去，和他一起远眺那座美丽的建筑。夜风轻抚里，殷以乔没有去提什么网络抨击，而是问出了自己更关心的事情。

"你不高兴？"殷以乔的声音温柔，带着浅淡的落寞，"你是不是不喜欢它？"

"我喜欢。"律风盯着远处图书馆，它就像一幅绘制在这片山脉当中的艺术品，在不同的光线下展现出不同的美感。

"我也很高兴。"他说，"利斯图书馆带有令人温暖的力量，也创造出了我想象之中人与自然的和谐景象。但是……"律风没有说下去，只是"嘿嘿"一笑。

"但是什么？"殷以乔耐心追问，态度前所未有的温柔。

律风深呼吸了一下，他知道自己的答案不会是殷以乔想知道的，可他又非常想表达心底最深的情感。于是，他在师兄温和的注视下，认真说道："但是，我想讲一个故事。一个师兄你一定没有听过的故事。"

殷以乔忽然笑道："还有我没有听说过的故事？"

"嗯。"律风点点头，神情很肯定。

殷以乔知道许多中国传统故事。毕竟，他是殷知礼的孙子，从小就学习了中国传统文化。文言文，古建筑，聊起这些属于中国的事物，殷以乔总会带有特殊魅力，令律风误以为自己在异国他乡，还找到了最懂得祖国的人。

然而，律风的视线落在了观景台下的利斯图书馆。

夜幕之中，它能在月色里焕发出波光粼粼的亮色，是因为殷以乔实现他的构想。曾经那么理解他建筑理念的殷以乔，却渐渐地不再懂他。他们成长于不同的世界，连影响人一生的故事，都带有不同的标记。

律风道："故事说，一个战地记者来到前线，发现战壕里有位战士，在漆黑的夜晚借着火柴微弱的光亮，读一本破旧的书。他不认识字，只是在看书上的插图。"说着他笑了笑，带着现代人的寂寥，和对那个年代的揣度，"也不是什么了不起的插图，只不过是一个孩子在吊灯下读书。"

吊灯下看书的插画，确实没有什么特殊的地方，可律风说得十分认真。

殷以乔的注意力被他淡淡忧愁的眉眼吸引，他本能地觉得这是一个很重要的故事。

律风继续讲述道："战士问记者，你见过电灯吗？记者说没见过。因为那时候中国很穷，就算清朝末年亮起了第一盏电弧灯，也有很多很多人，根本不知道这世界上还存在一按就会发光的电灯，可能一辈子都没有机会感受灯光的明亮。"

插画外的人，羡慕插画上的灯。

律风露出笑，神情温柔。

"他说：'多好啊！希望战争胜利之后，孩子们也能在这样的灯光下读书。'"

殷以乔对课文有着美好的想象。那些编写给小孩子的读物，往往会给主人公类似十四行诗般的浪漫。他勾起温柔的笑，道："所以那个人的梦想实现了。现在中国变得强大，人人都能用得上电灯了。"

律风点点头说："梦想实现了，但是他却见不到了。

"他已经在战争的夜晚，变成了指明道路的灯火，牺牲在了解放前夕的一九四七年。仅仅再过两年，战争就要胜利，新中国就会成立，向全世界发出属于我们的声音。"

那些战争年代遥远的故事，如今已经与他们毫无关系。律风生活在条件优渥的大城市，更没有必要再去铭记战争的故事。

"故事里的记者替战士见到了梦想之中的电灯，而战士替千千万万生活在中国的孩子们，争取到了使用电灯的未来。"律风轻声道，"师兄，这只是一个故事，甚至可能是编造的。然而我们中国，确实有许许多多这样的战士存在于每一个中国人的记忆里。"

越江船工，国院吴华，还有数以万计的牺牲者，不求名利地为他们深爱的祖国奉献，只为了让中华大地上的人们拥有更好的生活。

"多好啊。"律风凭栏远眺，忽然觉得战士羡慕的灯光，就像他所期待的图书馆那样，在如水月色之下散发着静谧的柔辉，安抚了无数逝去的灵魂。

"我为它在英国受到赞美和认可感到高兴。

"但是——

"如果中国也能建成这样的图书馆，我一定会落下泪来。"

第十一章
CHAPTER 11
桥梁盛会

曾经，律风抗拒去谈论这些。因为他听过太多点评，那些熟悉的同学、朋友，说着同样的中国话，却阐述着和他想象中截然不同的想法。

"傻子才会被故事感动，更何况是老掉牙的故事。"

"没有回报的付出毫无意义，冲锋陷阵的战士确实伟大，但只有活下来才能掌握中国的未来。"

"这完全是道德绑架，国内就是靠着鼓吹牺牲和奉献，无视所有人的权益和自由！"

如果不是谈论起感动过他的故事，律风也许一辈子都不知道，他和那些能力出众、礼貌善意的朋友们格格不入。

当他变成了异类，就会变得无比沉默，不再提起这样的话题。也许是利斯图书馆给了他勇气，又或者是乌雀山大桥令他感到骄傲，律风微微笑着，坦然地说道："师兄，当我意识到自己的思想变得如此狭隘的时候，也被自己吓了一跳。"

狭隘到心里只想让祖国变得更好，而不是像其他建筑师一样，愿意艺术在世界遍地开花。

殷以乔眼神暗藏诧异，很多人都有这样的想法，希望为国奉献一腔热血。在五星红旗升起来时，为她感到无比骄傲，仿佛全世界的文明都不及她十分之一美丽，恨不得为她献上此生最宝贵的东西。可惜，大部分拥有这样想法的人，又会在某个清晨面对现实，继续自己按部就班的生活。

他从没想过，律风也会有这样的念头。

"小风。"殷以乔的声音低沉，温柔里夹杂着别的什么情绪，"我没有想过要阻止你热爱祖国，如果你告诉我，你希望你的毕业设计留在中国大地上，我绝对不会反对。"

他的话，全然没有让律风感到惊讶，律风只是笑出声。

"我在设计图书馆的时候，考虑的就是英国的自然风景和文化，它是最适合英国的设计。"他抓了抓头发，习惯了殷以乔的迁就，也清楚殷以乔对自己的纵容，"我知道一旦告诉你我希望这座图书馆建在哪里，你肯定会竭尽全力帮我完成，可是……"

律风的眉眼早就没有当年的迷茫。他清楚地说道："建筑师是为了创造艺术而存在的职业，他们不应该被私人情感左右，更不应该受限于国籍。任何优秀的建筑，都是全世界的瑰宝。"

律风谈起这些容易变得激动，他说话的语调在夜风里微微扬起，略显突兀，迫使他降低音调。

"师兄，很多话我不想跟你说，因为我知道你总会成全我。"无论在英国还是中国，这个男人，有时将他当作一个搭档，有时又将他当作一个孩子，无形中纵容了他单纯执着的那一面。而他，也影响到了殷以乔对于建筑包容广博的心态。

但是，他最欣赏的仍是坚持自我、站在建筑殿堂之上被全世界瞩目的殷以乔，而不只是愿意为他妥协的建筑师。

"我不愿意因为建筑意义上的认知分歧，让我们两个人同时失去了原则。你可能永远无法理解我设计出一座建筑是为了什么。"

为了圆满美丽富饶土地上残留的缺憾。

为了实现一些人穷尽一生久久萦绕的念想。

为了殷以乔不曾深入了解的人民，为了让他们能够飞越千里山水，跨过艰难险阻，走向美好的生活。

不高雅，不艺术，就像国家设计院尘封档案里寥寥几笔的草稿，也许永远不会被人们知晓，却又沉默坚毅地存在于一座桥梁的背后。

律风笑着看他："师兄，你想设计建筑，是希望人们提起它就会想到建筑师的名字。而我想设计建筑，是希望人们提起它就会想到我的国家。"

殷知礼清晨起床，就发现自己的孙子面带愁容。殷以乔向来冷静自持，殷知礼稍稍一想，大约明白了他又是为了谁。

"怎么了，以乔？"殷知礼伸手，等殷以乔帮他拿外套。

"没什么。"殷以乔帮爷爷抖开西装，"昨晚，小风跟我说希望利斯图书馆能够建设在中国。"

"哦。"殷知礼点一点头，扣好外套的扣子。

"但是，他又说，利斯图书馆适合英国，不应该建设在中国。"

殷知礼整理着袖口，听着殷以乔车轱辘一般的转述，端详着他眉间若有若无的忧愁。

这么迷茫的殷以乔，他只见过一次。那次律风和他彻夜详谈，不到一周便收拾好东西果断回国。当时的殷以乔也是这样，神情凝重，难以理解：小风为什么会走？

殷知礼年纪大了，看小辈为难，便忍不住幸灾乐祸。他笑着说："你觉得小风的想法矛盾？"

"不矛盾。"殷以乔立刻回答道，"他只是希望最好的建筑能够存在于中国，又不希望利斯图书馆这样的英式建筑，去破坏中国的人文环境。"

"哈哈。"殷知礼笑得开心，"你果然跟小风说的一样。"

殷以乔："……？"

殷知礼背着手，慢慢走出门去，早晨的古堡酒店已经繁忙起来，准备着待会儿的交流会事宜。热闹喧嚣的气氛，衬托得他说话的腔调都有些高兴。

他说："小风当初决定回国的时候，叫我什么都不要跟你说。因为他知道，你能够为他任何不合理的选择做出合理的解释，他甚至害怕你会跟着他一起回中国。"

"为什么怕？"殷以乔不能理解，"中国现在的发展环境，应该比其他国家更需要建筑师，我就算回了中国，事业也不会受到什么影响。"

"会。"殷知礼时时刻刻关注中国，自然比埋头建筑的殷以乔更了解自己的祖国。

他苍老的声音带着无法藏起的疲倦："你是我的亲人，所以你留在英国成为优秀建筑师、获得国际荣誉的机会，远比你回到中国更多。想在西方把持的建筑世界立足，单纯凭借你在中国做出的建筑很难得到广泛认可。因为，连中国人自己都更喜欢西方的建筑风格。"

英国人，荷兰人，德国人，美国人，都在中国大地上展现了自己优秀的建筑技术，建造了在全世界都享受盛名的地标。

可是中国本土的建筑师需要经过比外国人更艰难的磨难，拥有更加灿烂的履历，才能在世界上崭露头角。

殷知礼对此有些怅惘，但是他又为国家拥有国院设计师们这样的优秀团队感到高兴。

他说："小风回国之前，我有好好地帮他列出回国的缺点。"

没有英国发达国家约定俗成的休假和薪资水平，甚至存在不规范的施工条件，和难以预料的人为贪腐、疏忽……

殷知礼说："可小风告诉我，正因为他知道祖国不完美，所以才想回去建设她。"

　　单纯直白的念想，仅仅凭着一腔热情，也因此，殷知礼担忧地和莱恩特讨论过中国桥梁技术问题，并且请这位老朋友去看看律风到底过得好不好。

　　"他不做建筑师确实遗憾，可现在我见到了他设计的乌雀山大桥，才觉得……这孩子，把天赋用在了更需要他的地方。"老人的眉目轻松，为自己见证了律风的改变和成长感到快乐，"如果你跟着他回中国，会给他巨大的压力。他会愧疚，会难过，一旦你在中国的事业不顺——"

　　殷以乔："……"

　　"当然，不顺肯定是因为你自己不行。"殷知礼毫不留情地补充，"但是小风这么善良的性格，必定会觉得是自己的错。他做事情必须一心一意，全情投入，受不得重视的人让他分半点儿的神。"

　　殷知礼说着，看向旁边眉头紧皱的青年："以乔，小风已经向前走了，你还要停留在过去吗？"

　　殷以乔保持沉默。

　　爷爷说得没错。兼顾建筑与桥梁需要极大的精力与付出，律风选择了放弃建筑，他却始终放不开手，仍旧希望律风像过去一样能够画出超凡脱俗的建筑设计，如《山水逍遥》一般惊艳世人。

　　"早点放手吧。"殷知礼理解他的沉默，没有半句开导，只有长辈式的嘱托，"学会当一个懂事的兄长，不要给他添麻烦。"

　　殷以乔眼神无奈，却没法说出反驳的话来。

　　殷知礼格外高兴，理了理衣襟，期待万分地出门："走，我们去看看今天中国交流团会怎么面对那群唯恐天下不乱的媒体。"

　　因为克里姆发表的狂妄断言，第二天前来采访的媒体更多了，提问也更加直接、犀利。他们游荡在古堡酒店的每一条走廊，每一间会客厅，见到黑发黑眼的陌生人，就会大胆地走上前说——

　　"您好，我是《伦敦通讯》的记者，请问您是中国交流团的人吗？"

　　"您好，律风。关于克里姆先生的观点，您有没有什么想说的？"

　　"您好，我们《每日新闻》特别想知道乌雀山大桥对于中国的意义，这么贫穷的国家真的需要一座杳无人迹的大桥？"

　　律风从早上出门，就不停地遇到提问的记者。

　　交流会现场崇尚采访自由和新闻自由，建筑师们只要心情好，都会停下来跟记者们发表一下自己的观点。

然而，律风几乎被记者团团围住，只能提醒自己谨记吴院的交代，保持沉默。他是一个成熟的代表，不能在吴院不知道的时候，对英国媒体发表惊人言论，被抓住把柄。

律风习惯了像克里姆这样的质疑，中国人在埋头默默发展，却总是被这样不了解实情的人挑刺。即使他非常想义正言辞地告诉对方"要想富先修路，没有一条快捷便利的通路，怎么扶贫，怎么跨省交流，怎么发展经济"，但是考虑到团队形象，他还是决定算了算了。

记者们格外执着，哪怕律风拒绝了数次，他们都还是锲而不舍。律风能够服从命令，忍下一腔反驳欲望，吴赢启却忍不住了。

"既然这是建筑交流会，我们也不能保持沉默。"吴赢启说，"外面流传得风风雨雨的消息，存在太多曲解和误差，是时候拿出我们乌雀山大桥的真实数据，给媒体们上一堂完整的、全面的课了！"

上课，自然该有上课的准备。

律风在吴院希冀的目光下，走上交流台直视记者。

站在他面前的充满求知欲、擅长挖掘内幕的记者们，无论金发、褐发、黑发，都等着他说出点惊世骇俗的话，证实关于乌雀山大桥匪夷所思的"真相"。

然而，律风不过是微笑，说："我尊重克里姆先生的意见，毕竟他没有到过中国，不清楚我们中国现有的工程能力。

"是的，我相信接下来中国交流团讲解的曲水湾大桥项目情况，会更直观地告诉各位，中国桥梁的建设速度和建设水平，已经远远超过了克里姆先生的想象。

"虽然乌雀山冬季最低气温接近零下二十度，但是中国自古以来就有低温、高海拔地区建设桥梁的工程经验，乌雀山大桥的建设也是经过了周密的测算，才选出的最佳通路，所以乌雀山大桥建成之后，会成为中国繁忙的高速公路系统的一部分，克里姆先生所谓的'废墟'纯属无稽之谈。"

记者听到他的话，顿时兴趣盎然。

"那么，您所说的自古以来的经验是什么呢？"

无数建设奇迹此刻浮现于律风的脑海，面对一群不是建筑专业的记者，他拥有比数据更好的例子，更符合他们的报道喜好。他说："早在七百年前，中国已经有了比乌雀山大桥更惊险的桥梁，而二十世纪五十年代，我们也建成了比乌雀山大桥海拔更高的桥梁。时至今日，它们还在供无数中国人穿行，从没有人质疑它们存在的必要性。"

"七百年？二十世纪？"记者的语气尽是惊讶。

在大多数人心里，中国落后得不可能在这两个时间点有所建树。他们惊奇地问道："您说的到底是什么桥？"

律风挑眉，看向古堡酒店的服务生："能给我一块白板吗？"

古堡酒店观景台聚集了不少在交流会间隙休息的建筑师和记者，看到服务生在百忙之中抽空搬出了一块白板之后，这里涌来了更多的人。

律风拿着笔，在众目睽睽之下画出了两座惊险的山峰。

他的绘画功底十分扎实，寥寥几笔，就让在场的记者感受到了山峰的陡峭。

"这是一座海拔两千米的高峰，而这里，是一座海拔五千米的高峰。"

然后，律风在两座山峰旁边，画出了英国相对较矮的最高峰。英国的最高峰上是没有桥，也没有路的。它作为一个参照物安安静静地蹲在白板角落，顶端有一根对照虚线。

律风抬手，在两千米的高峰上画出了一条蜿蜒的曲线，说："七百多年前，中国人为了能够通过这座山，修建了一条蜿蜒的盘山桥。它宽度大约三十厘米，一边悬空，一边靠山。想要通过这段盘山桥的人，必须抓住山岩的铁索，紧贴山壁，才能通行。"

正如他解说乌雀山大桥的开篇，记者们看着他的手画出曲线，表情里都透着震惊。

海拔两千米，七百多年前？

三十厘米宽的盘山桥？！

他们仿佛在听一个神话故事，还没能从被乌雀山大桥惊诧到的情绪里脱离，立刻就被律风的举例，吸引了注意力。

但是，律风没有继续讲述那座三十厘米宽的盘山桥。他笔尖一划，在旁边五千米的高峰里又画出另外一条曲线。

"然后，在二十世纪五十年代，中国人为了进入这座大山，在这里修建了一条大桥，桥梁的海拔高度是四千七百米。"

随后，律风画出解释线，写上了"乌雀山最高海拔两千七百米"，认真地说道："它比乌雀山大桥还要高出两千米。"

两座中国的高山，都有了律风画上的曲线。律风晃着手上细长的笔，笑着反问记者："有这样两个伟大的桥梁建设工程的存在，各位还会像克里姆先生一样，质疑乌雀山大桥吗？"

记者们坐在阳光灿烂的观景台，却感到了寒风扑面而来的萧瑟。他们眼里的中国人,已经不再单纯的神秘封闭了,而是疯狂得令他们哑然。

"我……从来没有听说过你举例的桥梁。"

有记者提出疑问,声音清晰,完全代表了在场所有不熟悉中国的记者心声。

可律风笑道:"没听说很正常,因为它们在国际建筑的视角,很少被当成具有学习意义的桥梁来看待。"他抬手在两座山峰上落下文字,为在场困惑、讶异、惊恐的记者揭晓答案。

"这是海拔两千米的华山,这座盘山桥的名字叫华山长空栈道。它盘旋在悬崖绝壁,见证了中国人征服群山的魄力。

"而这一座海拔五千米的高山,是位于青藏高原的唐古拉山,这座海拔最高的桥梁,叫沱沱河大桥。它坐落在万里长江的源头,象征着中国人横跨世界屋脊的勇气。"

律风快速地注释着,笔锋带着骄傲,在代表着中国人的魄力与勇气的两座桥梁之下,分别写上了"华山长空栈道"和"沱沱河大桥"。他当然可以为英国尊贵的记者们采用方便报道的官方英文名,然而,他的手却不由自主地划出漂亮的点横撇捺,在白板上留下了清晰的汉字。

记者们不得不举起相机、手机赶紧拍照。他们利用翻译器,逐一去核对律风所说的山峰和大桥。只要将律风写下的词汇载入搜索引擎,他们就能亲眼见到两千米高空的华山长空栈道以及悬挂于雪山峡谷之间的沱沱河大桥。

曾经被乌雀山大桥概念图惊吓得认可克里姆的记者,此时已经陷入了深深的震撼。

这两座桥梁,任何一座都比乌雀山的显得更危险,但它们又真实地存在于中国大地上。

律风说:"我们有世上最优秀的建设者,也有世上最优秀的工程技术。中国的先辈们能够在几百年前、几十年前创造出这两座桥梁奇迹,我们的乌雀山大桥当然会在它们的基础上,成为当之无愧的世界第一。"

记者问道:"您的意思是,乌雀山大桥将会成为世界第一桥?"

"当然。"律风肯定地回道,"我们决定建造它的时候,就注定了它会是世界第一桥。"

观景台上简单的说明会,成为交流第二日的新奇话题。

关注着这场主题交流的网友,都在不同的媒体主页,发现了相似的内容。

《伦敦通讯》:乌雀山大桥盘山结构并不是天方夜谭?克里姆错了?

《每日新闻》：5000米的公路桥，2000米的险道，中国也许还能创造一座高海拔大桥。

《都市快报》：未来的世界第一桥？也许这将是又一个中国奇迹。

他们惊叹地讲述了今天在古堡酒店发生的一切，阐述了和克里姆截然不同的观点。

记者们认为乌雀山大桥不是幻想，不是废墟，甚至配上了最具说服力的现场照片——

那是一张画得格外漂亮的图。白色的底子上，出现了三座山峰，还有一堆恣意洒脱的方块字。没有PPT，没有投影仪，却有一个年轻的中国人拿着笔，像教师似的，笑着为在场的记者讲述中国的奇迹。

殷以乔拿着报纸，端详着报纸上西装革履的律风。今天，他和殷知礼站在观景台远处，全程围观了律风的解说，并且已经想到了英国媒体会发出怎么样的惊叹。

殷以乔震撼于这两座桥梁，即使他钻研了无数中国建筑，也没有认真去思考过华山长空栈道和沱沱河大桥存在的意义。

现在，律风说了出来，它们的存在意义很简单：过去的中国人能建造它们，现在的中国人就能建造出更高更好的桥梁。

他记得律风心情愉快的腔调，记得律风写下中文时的雀跃。

这场解说更像是一场炫耀。炫耀中国自古以来的韧性和执着，炫耀他不再需要与克里姆这样见识浅薄的家伙唇枪舌剑。

律风很快乐。他说起桥梁时，浑身散发着夺目光彩，在温柔的阳光下，更是镀上了一层亮眼的光晕。

可惜，殷以乔不能靠近。他毫不怀疑，自己走过去和律风聊起任何话题，都会收获冷漠的回应。毕竟他的师弟，固执得难以置信，就算是聊桥，可能都无法挽回律风的心意。更重要的是，他也不想破坏律风的好心情，面对这个师弟，殷以乔常常陷入无奈困境。

手边的手机响了起来，打散了他烦恼的思绪。

"殷，你要的展台灯光准备好了，铭牌也订好了。"杰森的语气透着兴奋，"我们都特别想知道你心目中最好的作品是哪一个？！"

这几个月，C.E建筑事务所的人都在猜测殷以乔在展台上放什么。

那必定是超乎他们想象的建筑模型，能够经得起众人的赞美和镜头，在展台聚光灯下流光溢彩。

然而,殷以乔的情绪显然没有杰森那么高亢。

他准备许久的《山水逍遥》,更像是自我满足的作品。

律风凝视利斯图书馆的模样,在他心头挥之不去。他才华横溢的师弟,喜欢的不是漂亮的建筑和仿古式艺术,而是飞檐雕栏背后屹立的中国。无法存在于中国大地上的《山水逍遥》,就不是律风想要的逍遥山水。

"空着。"他说,"那里并没有打算放什么。"

受到无数人关注的专题交流会,经历了克里姆的怒斥、英国报刊的惊叹,竟然在网络掀起了不小的浪花。

大部分认为,建筑交流都是毫无乐趣的观点陈述,还不如参观一堆建筑模型更有意思,想不到,这次交流会居然这么热闹!

"我以为克里姆的观点肯定是所有人的看法,怎么《伦敦通讯》都在夸中国的桥梁?"

"不只《伦敦通讯》,还有《每日新闻》!事实上我还在伦敦建筑的官方账号看到他们在夸中国桥。"

专家的观点和媒体的观点截然不同,不得不令有些网友感慨道:"哈,难道我们英国的报纸都被中国人给收买了?"

收买论调一出,立刻就有人跳出来。

"嘿,伙计,看看这图,我都快要被他收买了!"

英国媒体的摄影选取了最好的光影,拍下了现场的情况。这些不同的配图,拼凑出了同一位黑发黑眼的年轻人站在白板前抬手画出山峰、桥梁的模样。

人类文化各有差异,可大多数人对美的欣赏格外相同。年轻人的眉眼透露出灿烂笑容,足以令所有见到他照片的人感受到他发自内心的骄傲。

那种灵魂掩盖不住的美感,配上他极具艺术性的图画,仿佛是一位画家在现场展示他惊人的绘画作品。

观众是很容易在美人美景面前敞开心扉的,只要认真阅读报道,就会立刻了解,中国来的代表不仅解说了一座不可思议的大桥,还一边画图,一边讲述了另外两座更加不可思议的桥!

"华山栈道,我知道。会功夫的中国人都能踩着它飞过去,来展现他们深厚的内力。"

"我的朋友曾经为了这座桥,特地去了中国华山,最后他实在是没有勇气走过去,站在入口双脚都在发抖。"

"虽然我没听说过这座沱沱河大桥,但是我知道青藏高原,那真是一个可怕的地方,整个公路都像是上帝铺设的通道,直通天堂!"

"可怕的是中国人!他们竟然真的能在最接近天堂的地方架桥!"

任何看到配图和新闻内容的人,都会被这两座桥梁吸引。他们几乎都快忘记了克里姆抨击乌雀山大桥的原因,兴奋地追逐着热点,随时刷新建筑交流会的新消息,不想错过更多的神奇东方造物。

中国人出了名的拼命,谁也不知道这群人下一秒又会搞出什么大新闻!

处于风暴中心的律风,比起这群网友却格外平静。

他结束了桥梁部分的解说后,仍旧站在古堡酒店的小广场上,继续用那块小白板给往来的建筑师们讲述不可思议的桥梁。

有克里姆这样蔑视中国的人,就有对中国充满兴趣的人。英国皇家建筑师协会吸纳了全球不同性格、不同风格的建筑师,自然能够找到一群了解中国、好奇中国的人。

他们沉稳或者跳脱,沧桑或者年轻,仅仅把建筑交流会当成一次国际建筑思维的碰撞,屏蔽了那些个人偏见式的抨击,一切回到了交流会该有的安宁。

律风简单有趣的桥梁解说,成了古堡酒店观景台上新的风景。任何赶来这里的媒体,都能见到著名建筑师坐在休闲椅上,认真聆听那位黑发黑眼的青年讲述中国桥梁的故事。

建筑师们喜欢听,律风也喜欢讲。他的眼睛闪烁着灿烂漂亮的光,每一座中国的桥梁都在他的笔下拥有了黑色的身影。

——线条如同雨后彩虹,在湖面留下了弯弯的倒影。

律风说:"这是世界第一座敞肩拱的赵州桥。"

——一条纤细吊索越过两岸,十三根锁链紧紧扣合,两端还有飞檐威严的桥亭。

律风说:"这是红军长征北上时期飞渡的泸定桥。"

——如长蛇般匍匐于湖上,水面映照出圆月般的桥洞。

律风说:"这是架设在美丽西湖上的断桥。"

"还有一个……"律风噙着笑,在白板上画出了无数只小鸟,它们扑腾着翅膀,腾空拱起了一座可供通行的桥,"这是中国传说中情人相会的鹊桥。"

建筑师们正在严肃接收中国桥梁的知识,突然来了这么一座鹊桥,他们立刻笑出声来。

"殷知礼,你的学生真的很有意思!"

殷知礼坐在建筑师之中,笑容灿烂地接受朋友们的称赞。

"他是我最优秀的学生,他讲述自己最了解的桥梁,当然很有意思。"他抬起手,指着上面的鹊桥说,"不过,这座鹊桥是神话里的桥,不算数。你得再讲一座。"

于是,乖巧学生律风站在小白板前,擦掉了鸟儿翅膀扑腾的鹊桥,说:"那我就再讲一座——"

他话音未落,旁边却传来一声喊:"殷教授!"

律风诧异抬头,发现古堡酒店来了一行年轻的学生,径直奔向殷知礼。

而这位老教授笑着站起来,对周围等着律风继续说桥的建筑师们歉意道:"我的学生们来了,大家得等一等,才能听到小风讲新的桥啦。"

建筑师们勾起善意的笑,他们清楚殷知礼有多喜欢中国留学生,当然不会因为学生们过来凑热闹,就急不可耐地催促律风。

殷知礼与学生们并肩而立。他们都有着漆黑的头发、乌黑的眼睛,那黑发在阳光照亮下散发出光泽,透着掩盖不住的青春气息,与殷知礼花白的头发形成鲜明对比。但他们的笑容都与殷知礼的如出一辙,有着相似的乐观开朗。

"这是安明,他是上海来的,最大的梦想就是能在同济建筑系当老师。

"这位呢,是曲娜娜,她做的设计特别漂亮,我觉得她去东大设计院绝对没问题。"殷知礼眨眨眼,"她的代表作是'东方红',晚上我发给你看。"

殷知礼做的介绍巨细无遗,他甚至记得每一个学生的愿望。

他满怀期待地看向律风说道:"他们这次过来,一是想听听中国交流团带来的报告,二是我希望你作为学长,能够跟学弟学妹们说一说现在中国建筑的发展前景,以及回国之后有没有什么好的就业方向。"

律风闻言,竟有些抗拒。他转着手中的笔,原本能言善辩的演说家,忽然变得局促又刻板。

"现在国内到处都是建筑师们的机会,如果要论发展前景,肯定是尽力争取大型建筑事务所,或者国资背景的建筑设计公司比较好。当然,留校任教也不错,看你们自己的取舍吧。"

他的介绍简略无比,全然没有热情。

留学生们的视线里露出困惑:"学长,那国院呢?"

身为国家设计院的设计师,律风竟然绝口不提这个令人向往的殿堂?

律风眨眨眼,并不能很好地适应"学长"这个称呼,但他很快露出客套笑容，补充道："国院比较特殊。"

律风短暂的职业生涯令他对国院充满了复杂的情感，也使他对在国院工作的感想更加深刻。

"对设计师、建筑师来说，他们参与项目的最终成果与他们的个人发展紧密联系。但是，在国院，集体荣誉大于一切，它的存在，是为了解决整个中国的桥梁、建筑、道路的难题，它接下的项目，都是全世界无法逾越的高峰。"

面对这些懵懂的留学生，他说的话美好又残酷。

"在国院里，没有休息日、节假日都是常态，我们常常会因为一项成立了十年、二十年的陈年老工程绞尽脑汁。"

律风平静说道："这个地方很累也很辛苦，适合一腔热血的奉献与付出，不适合留学归来，想要安稳度日的人。"

律风在堆积成山的档案资料里，亲眼见到进入国院的人把青春和未来都交给了祖国。他们一次又一次的失败，一次又一次的尝试，凝聚成一代又一代人奋不顾身的上下求索精神。

周而复始，从未放弃。

留学生们听到这样的话，本能感受到一种压力与恐惧。没有人不喜欢安稳平静的生活，毕竟在英国，法定的休息与假日已经成为他们生活的一部分。

现场稍显沉默，大家以为会听到律风对国家设计院的大肆吹捧，欢迎他们毕业加入国院队伍，却没想到……开口就是劝退。

"律学长。"女生竟然比男生更加勇敢，问出了大家的困惑，"既然国院这么辛苦，压力这么大，你为什么会选择去国院？"

律风很想告诉他们：因为想要建设中国，因为中国还不够强大，因为他站在最高的建筑殿堂时，只想回首去看自己落在后面的祖国。

可惜，这样的思绪，也许并不能被留学生理解，又会成为陈年往事里模糊不清的脸庞，给他相似的回答——

"比起奉献，我更关心能够得到多少回报。"

曾经的同学也像面前的学弟学妹们一样年轻。幸好，律风早已经不是当初怯于表达思绪的留洋学子，而是一位脚踏实地的建设者，任何的讽刺讥诮都无法攻击他坚定的心。

他勾起一丝笑容，好像一切顾虑和烦恼都一笔勾销。

"因为……"他的说法浪漫深情，"我爱上了一座全世界只有中国能建成的桥梁，所以我选择了国家设计院。"

律风在众人期待的视线里，破开了沉积多年的迷雾，不再畏惧展示自己对祖国的爱意。

"为了心中所爱，又有什么苦不苦？"

学妹眼睛一亮，想到了轰动英国的盘山桥。

"学长，你说的是乌雀山大桥？"

"不，是曲水湾大桥。"律风转身提笔，在白板上画下了崭新的痕迹。

一条弯弯曲曲的大河宽阔地蜿蜒在律风笔下，不过是几条曲线，都能让人感受到汹涌的波涛。律风说："这就是曲水湾。我喜欢的曲水湾大桥就是建立在这条河湾上。"

那是一条长达三千米的河湾，宽阔的江面分割了两岸互望近百年的城市，也成为河湾两岸交流沟通的鸿沟。

"在曲水湾大桥建成之前，全世界跨度接近两千米的桥梁，有且仅有一座。"律风握着笔，开始讲述桥梁背后的故事，"所以负责这座桥梁项目的总工程师团队，特地去了日本、荷兰、意大利等具有特大桥建设经验的国家寻求帮助。"

他不是第一次讲述这件事，却每一次都能感受到不同的寂寥。

日本开价三十亿日元咨询费，荷兰报价六亿欧元调研费，意大利、德国、美国也都没有放过这个绝佳的机会，开出天价，把中国当一个冤大头。

没有自己的核心技术，连建造一座桥梁都要看别人的脸色。

律风接着说："但是很遗憾，没有人能够帮助他们。于是他们只能放弃幻想，自己埋头研究，独立地造出了这座全世界绝无仅有的跨江大桥。看到它的第一眼起，我就被它深深吸引了。"

白板上的曲水湾，不过是简单的几根曲线。而律风的笔尖划过，这些曲线上就出现了最近最短的两点直线。

"立项十年，耗时七年，当曲水湾大桥建成的消息传遍全世界时，我跟你们一样，还是英国独立建筑学院的一个学生。"

律风看向面前陌生的留学生，他和他们学习相同的知识，懂得相同的理论。也许唯独不同的是，他曾在陌生的土地上为一座桥梁激动得辗转反侧。

"对我来说，曲水湾大桥的意义是不一样的，它带给我的震撼和思索远远超过了我过去喜欢的任何一座建筑，这也决定了我为何要选择回国。"

律风笑着为白板上的曲水湾大桥画上精致的三角钢型支撑结构，小小的三角带着两岸居民的期望穿插于极长极轻的桥体。

"我想建成这样的桥，我想感受这样的桥建成时候的喜悦，所以，我才会去国院。"说着,他在这座气势如虹的曲水湾大桥旁画出了巍峨的尖顶。几笔勾勒就叫在座的所有人见到终年不散的缭绕浓雾,知道了它是一座海拔极高的山峰。而他的笔尖落在山峰之上,流畅地画出了一条盘旋的巨龙,它栩栩如生,几乎下一秒就能乘风而去。

"也因此,我才有幸见证了这座即将腾飞的乌雀山巨龙。"

乌雀山大桥的巨龙造型似乎令在座留学生们感到惊诧万分。他们从未想过那条弯弯曲曲的盘山桥在律风笔下会是一条龙的模样。

律风笑着说:"如果你们想知道回国的前途如何,我实在没有办法给你们更好的建议。"

"但是,如果你们想知道中国的桥梁如何,那我能够站在这里,跟你们说上七天七夜都不愿停。"

也许只有在说起桥梁的时候,留学生们才会感受到律风的温柔。他的每一句话,都在清晰地讲述他对桥梁、对国家的爱意。怀揣着相同思绪的人,总会陷入相同的情感。

律风开心地讲,留学生们快乐地听,直到黄昏来临,古堡酒店这场关于桥梁的短暂聚会才宣告结束。

殷知礼和学生们告别后,笑着问律风:"是不是发现你的学弟学妹们,和你想象的不一样?"

律风抬手擦着白板,嘴角笑意仍未消失:"确实不一样。"

他们安安静静坐在白板前,视线里有光。无论他如何讲述热爱,讲述奋斗,讲述桥梁建成背后日日夜夜的付出与辛苦,他们脸上显露出的表情都带着向往和期待。

他忽然懂了,老师为什么会叫他们来。

他是想告诉律风,来到英国学习建筑的年轻人,不会永远停留在那个说出"热爱祖国"都会遭受嘲笑的时代。

在英国举办的交流会随时吸引着国内媒体人的目光。

那些代表着世界建筑巅峰的大师在交流会上畅所欲言,展示着令人惊叹的艺术奇迹。从建筑到桥梁,从桥梁到道路,人类建造的地标成为新的焦点,也是他们报道里重点关注的方向。

虽然克里姆在社交主页炮轰乌雀山大桥不可能建成,但国内媒体依旧重点报道了乌雀山大桥获得的瞩目——

《国际建筑师盛赞乌雀山大桥，盘山设计方案备受赞誉！》

然而，这些报道掩盖不住背后幸灾乐祸的声音。

国内社交网站上，不知道身处哪里的网友，上来就贴出了克里姆的发言。

"这可是桥梁专家的点评，我觉得这样的桥梁实在是没有建设的必要。"

"事实上，这种桥建好了又有什么用处？绕开乌雀山的高速到处都是，换条路走不比建一座耗资巨大的观景桥更有意义吗？"

网络上对乌雀山大桥的批评，并不比英国网络上少。

一部分人更相信国际桥梁专家的观点，认为国家又在耗费精力，做一件毫无意义的事情，希望国人能够认清现实。

伴随着国内渐渐冒头的莫名怀疑，中国交流团没有以官方身份发表任何的驳斥和抗议，仍在参与着交流会行程，慢慢阐述着中国的代表作品。

可网络上另一部分血气方刚的年轻人，却实在是坐不住了。

"你们根本不懂建筑，也不懂桥梁，只是听一个对中国有偏见的专家发言，就开始诋毁自己的国家了？"

"乌雀山大桥虽然还没建成，但是中国的曲水湾大桥也作为代表作品参加了交流。乌雀山大桥是能够和曲水湾大桥并列的设计，一定能够顺利建成！"

"能够获得这么多媒体重视的大桥有几座？乌雀山大桥明年就要开工，你们是等不到明年了吗？"

两方人马，各执一词，令乌雀山大桥成了网络热词，还没等他们深挖交流会上到底发生了什么，《设计师谈乌雀山大桥》《中国最好的桥梁》《克里姆会后悔的》等一段一段视频就在网络上流传开来。

点开视频，只见一个身材颀长、西装革履的年轻人拿着笔，站在小白板前说道："乌雀山大桥的设计、建造方案已经通过了中国最权威的单位审批，只有不懂得中国的人，才会怀疑它能够建成的事实。毫无疑问，这座大桥会成为曲水湾大桥之后又一项世界奇迹，它也会是中国最好的桥梁。"

此外，不少关于乌雀山大桥的疑问，都得到了年轻人笃定的回答。忽然，有人提到了网友最为关心的克里姆。

"那么，你有想过去劝说克里姆先生放下偏见吗？"

"嗯？"年轻人笑容没有丝毫变化，而是更加自信地说道，"偏见是无法靠语言消除的。等我们的乌雀山大桥建好了，他自己就会后悔。"

之前还扛着克里姆的观点作为冲锋旗帜的网友，差点被这个家伙的狂妄自负给气到脑溢血。

"这谁啊这是！简直信口开河！"

"律风都不认识？他就是乌雀山大桥的设计者！"

英国新闻仅仅拍摄了律风讲解桥梁的身姿，而中国留学生则是录下了他说的每一句话，分享到社交网站上。当国内网民还在讨论"这是谁"的时候，留学生圈子已经被这位年轻学长说的话震撼到直呼痛快。

他们看交流会的新闻报道时，还觉得咱们中国人内敛谦虚，都是用事实举例。结果看到本人才知道，律风这么年轻，说话竟然毫不客气！他说到乌雀山大桥时，浑身都是自信和骄傲，根本不是媒体的寥寥数语能够报道清楚的！

吴赢启看到这些视频的时候，它们已经是内销转出口再转内销了。他知道律风在观景台上开小课，但他不知道这个小课竟然在国内引发了激烈讨论。他随手一刷，就能看到《年轻设计师怒怼克里姆》《中国桥梁挑战权威》的视频。

好吧，律风也不是针对谁，他只是阐述事实。毕竟他们国家设计院上上下下，连清洁大妈都知道——

乌雀山大桥，肯定能建成！

面对吴院长复杂的眼神，律风解释道："因为那天留学生来了，我就多说了几句。下次我一定跟他们说不要录像。"

吴赢启瞬间理解了殷知礼的心情，难怪殷大师对这位优秀学生念念不忘，因为他也太懂事、太乖巧、太有才华了。

"我没有怪你的意思，也没有怪他们录像。"吴赢启看到网络风向已经由于律风的发言变成支持乌雀山大桥项目、声讨克里姆了，"只是看完视频，我只想赶紧回去叫人开工。"

律风放出来的狠话，总要让它全都实现才行！

第十二章
CHAPTER 12
火箭筑桥

  短短七天的交流会结束，国家设计院交流团直接谢绝了后面的欧洲游，选择迅速回国。欧洲的风景和建筑确实有欣赏的必要，但是他们都没有了欣赏的心情。

  当回国的飞机落地，交流团的人都没有休息，开始忙碌地整理交流会学到的经验，重新投入到工作之中。

  律风和殷以乔的关系，好像从那一晚之后，回到了原来的距离。

  殷以乔每天都会在固定的时间点发来消息，依然像关心师弟的师兄，仿佛律风的"划清界线"并未伤害到他们的师兄弟情谊。

  "早点儿起床，记得吃早饭。"

  "中午了，吃完饭休息一下再忙。"

  "下班了吗？晚上早点儿休息。"

  有时候律风来不及回答，殷以乔就会在晚上接近十一点的时候拨来视频电话，用温柔的声线和眼神，强迫他赶紧下班回家，搞得律风不敢怠慢，有消息必回，免得被大家长一样的师兄发现自己又在偷偷加班。

  乌雀山大桥动工时间越来越近，律风也变得格外繁忙。直到建设集团发来通知，告诉设计院可以去现场的时候，律风才算从紧张的期待里脱离出来。

  他带着兴奋的情绪给殷以乔发消息："乌雀山大桥项目要动工了，我会跟着吴院一起去现场，你不用担心我加班，因为我天天都会加班！"

  设计师不用天天住在现场，但是乌雀山大桥的建设情况比较复杂，像这种重大工程项目他们国院都会派人全程参与。

  住进乌雀山是必然的，跟着建设集团一起"白加黑"也是肯定的。换作任何人都会为这样的工作环境感到绝望，可律风却发自内心地感到兴奋。

  因为，他能亲眼见证乌雀山大桥的诞生，能够亲眼见到一座巨龙腾飞于这座大山。

  即使是春天，乌雀山仍旧因海拔太高而有些寒冷。

  乌雀山大桥项目动工的誓师大会，彰示着这个预期三年的工程正式启动。

乌雀山大桥的总工程师是经验丰富的老桥梁工程师高卫胜。这位从业二十五年的桥梁工程师拿着图纸，似乎一瞥就能知道图纸上那些线条应该在哪个地方铺设，然后对施工队下达建设指令。

律风觉得稀奇，他习惯了工程师谨慎地反复测算，还是第一次见到心算这么快的总工。

他问："高总工，您都不算一算吗？"

高卫胜笑得自豪又骄傲："律工你放心，我绝对不会算错精度。你们画的图比我们搞工程的好看，但是我们做工程的，比你们更熟悉哪里该落点，哪里该插桩。"

"不是有英国专家说我们造不出这样的桥吗？"他抬手拍了拍图纸，"等我们乌雀山大桥建成的时候，就请他来看看这世上造得又快又好的中国桥，让他后悔。"

高卫胜的脾气，比吴赢启更加外放。

习惯了严肃严格的吴院长，律风跟高总工搭档，竟然有些不适应。

高卫胜白天下命令快狠准，晚上吃饭聊天，却是截然不同的絮絮叨叨。

他说："律工，斗公山大桥知道吧，我的项目！虽然不是你们国院画的图，但是我们的工程做得特别漂亮，不比乌雀山大桥差！"

他说："前些年我们还经常去英法美学习别人的工程项目，后来都不去了，外国人的技术太烂，我们都发展几十年了，他们还跟几百年前似的，不思进取！"

他说："本来我是要接国外工程的，去当副总。可上面一问我愿不愿意进山去搞乌雀山大桥，我一听，我就来了！"

他说："还是干咱们国内自己的项目舒服，好山好水好风光！"

乌雀山夜晚寒冷，根本谈不上什么舒服不舒服。条件艰苦，只有最简单的工棚作为宿舍，还会随时依照工程进度，往山里迁移。可高卫胜说得真心实意，脸上笑出深深皱纹，连律风都觉得心里温暖起来。

做工程的人，在荒无人烟的建设工地看着一根一根立柱落地，一条一条钢筋上桥，总是会抑制不住心里的成就感。

乌雀山大桥的工期长，两端同时施工，注定了律风和高卫胜团队必须两头跑。他们常常绕行上百公里，去确定每一个分段的施工进程。偶尔熬到夜晚，也会在高速公路上亮起长灯，前往目的地。

因此，律风能够发给殷以乔的消息，总是离不开这座乌雀山。

他说："工程进度比我想象的还要快，建设集团的技术已经远远超过我的想象。"

他说:"他们组成了三班倒的队伍,二十四小时连续施工,我和高总工会一直跟着项目进度,看着它建到山腰。"

他说:"山确实又高又险,但是他们施工时候的每一个动作都十分熟练,像是建了这座桥几十年。"

他说:"它很快就能完成了,也许用不了三年,你们就能见到乌雀山大桥落成的消息。"

律风用感慨,回复了殷以乔的全部担心、关怀。即使乌雀山寒冷陡峭,在律风发送的消息之中,只不过是即将被征服的山脉,不足为人类所畏惧。

因为建设乌雀山大桥的集团拥有中国最好的施工队伍,高卫胜的全部指令和律风的所有设计都可以经由他们亲手实现,不差分毫。

殷以乔最初的担心从写在消息里的殷切嘱托变成了无可奈何:"注意休息,小心行驶。"

毕竟,律风是个工作狂。他的眼里只有桥梁,就算殷以乔告诉他天冷记得保暖,律风也会"好的好的",然后出门还是之前穿的那套。

他们有一搭没一搭地聊天,随着乌雀山大桥的建设推进,两人的消息互动也慢慢变少。律风本能地感觉到殷以乔忙碌起来,即使对方的回复毫无异常,他也能若有若无地察觉到。

"是出了什么事吗?"律风认真问。

殷以乔那边没有任何回答,倒是远在澳大利亚的佐特尔,给律风发来了一段语音。

律风点开那条长长的音频消息,耳朵里立刻传来了悠闲惬意的古琴声音。佐特尔似乎爱上了这种中国传统乐器,隔三差五就会在他的交响乐里加上这弦音独特的旋律。

"好听吗?"佐特尔说,"希望古琴能够帮助你找到《山水逍遥》的灵感。"

他的目的总是这么直白简单,律风站在乌雀山繁忙的建筑工地上,耳边全是打桩搅拌和卡车轰鸣的声音,显得那段高雅琴音格外不搭调。

其实律风根本不缺《山水逍遥》的灵感,只要给他一台电脑,他甚至可以马上做出一套飞虹贯日的建筑模型,他缺的只是时间而已。

"最近忙,所以暂时没空做《山水逍遥》,不是没有灵感。"

律风解释得认真,立刻勾起了佐特尔的兴趣:"大神到底在忙什么?"

这个问题,律风完全可以不回答,深山之中的桥梁项目,听起来枯燥乏味,他却忙碌得格外开心。出于对佐特尔古琴音的感谢，他还是拍摄了远处翠绿深幽的乌雀山，回复道："我在山里。"

佐特尔的情绪激动了一些，文字都显得雀跃："你终于去考察最适合《山水逍遥》的建设地了？"

律风看着他兴奋和单纯的猜测，忍不住"哈哈"两声，回道："这不是适合建造《山水逍遥》的地方，但是这里正在建造比《山水逍遥》更伟大的建筑。"

它会成为中国人创造的奇迹，还会叫英国傲慢的专家为自己所发出的一切抨击诋毁感到后悔。

乌雀山大桥建造工程的一举一动，备受外界关注。

网友随时可能因为乌雀山大桥的建造再来一段激情辩论，无数双眼睛盯着遥远的川藏交界之处，恨不得马上就见到桥头锣鼓喧天、鞭炮齐鸣，向全世界宣告——

这桥建好了！

然而，一座桥梁的建设不可能一蹴而就，乌雀山大桥的建设只能慢慢地向着横跨山谷两岸的最终目标前行。

那座高不胜寒的乌雀山，今天难得停下了往常欣欣向荣的工程机械轰鸣。所有建设者都屏住了呼吸，等待着一个结果，唯恐惊扰了这片安宁。

律风眉头紧锁，凝视着前方不大的平台。四位专业的无人机操作者，正在认真和高总工研讨待会儿的飞行方案，而被所有人凝视的巨大四翼无人机，好像一只漆黑的鹰沉默蛰立在乌雀山山崖。

那是他们初期研讨建桥方案时就选定的无人机。

像乌雀山大桥这样需要在高空横跨山谷的桥梁，最简单的建设办法，就是利用高性能的无人飞行装置，带上跨越山谷的先导索串起山崖两岸，一点一点在深不见底的峡谷之上悬挂起大桥的身躯。

这不过是平常的一次测试，却承载了律风的无声期待。他没法抑制住剧烈的心跳，安静地听着周围专业人士的声音。

"现在风速在8.1到12.7之间，应该没问题。"

"待会儿缠上先导索，上升十五米，顺风。"

操作员有条不紊地调试着无人机，负责人还熟稔地拍了拍高卫胜的肩膀，笑道："老高，这次测试要是过去了，咱们算不算给乌雀山大桥立功啊？"

"先别说立功了。"高卫胜指了指乌雀山经久不散的浓雾，"这里不比斗公山，更不比那些平原、丘陵，要是乌雀山起了雾，要想好好过去，你们的小飞机就得飞快点儿。"

可惜，他的担忧一点儿也没传递到无人机负责人心里。随着无人机性能越来越好，采取无人机架设先导索的桥梁也越来越多，成功次数多了，负责人难免不把高耸入云的乌雀山当回事。

"你放心！"负责人骄傲地说道，"只要你们提供的先导索不在中途断裂，我们肯定妥妥到达对岸！"

周围的操作员听了老大的话，发出自信无比的笑声。

高总工没有多说什么，"哈哈"两声便退了开去，把场地留给专业人士。

可律风看得出高总工面色忧虑。他对于无人机一窍不通，只能在凛冽寒风里凑过去问道："高总工，乌雀山不适合无人机？"

"理论上适合。"高卫胜低声回答说，"毕竟我们在无人机架设先导索方面有很多成功经验，现在这架无人机他们刚刚试飞过，完全没问题。作为他们团队的新款测试机，这架的性能还高于以前用的无人机，只不过……"

高卫胜话没说完，那只黑色雄鹰就飞了起来。

它拖着细长的先导索，像是一只乘风而起的风筝，瞬间止住了所有人的话，整座乌雀山寂静一片，只有无人机机翼旋转的巨大声响淹没在呼啸山风里。

它飞得那么稳定，直直升入蔚蓝天空。

律风凝视着它，眼睛被吹得干涩，也忍不住追逐它的身影，恨不得下一刻就能见到它去到对岸完成先导索的传送任务。

乌雀山的浓雾在山风中恣意舒展，无人机进入雾中，在监控屏幕上留下的画面一片模糊，看不清前方景象，好像是摄像头前结起了薄冰。

操作员专注地调整方向，准备一鼓作气，冲到对面。

然而，无人机的方位竟然纹丝不动！

"低点儿，低点儿，风速19.7了。"

"先保持机器平稳，等这阵风过去，再寻找落位点。"

"逆风了！我先调整为顺风方向，以免——"

他们声音虽然沉稳，但架不住头顶无人机越发歪斜。操作员还没能调整无人机的飞行方向，那架藏进了云雾中的黑色雄鹰猛然一抖！

乌雀山上能够把人都吹得站立不稳的妖风，在这时候展现出了它的威力，直接把巨大无比的无人机衬得跟纸糊的似的。

律风看得无比清楚，这样的颤抖，绝不会是人为控制，更像是异常故障。

他还没能等到无人机有惊无险的消息,就听到身边传来大声的嚷嚷。

"撤撤撤!"高卫胜了解乌雀山,更了解无人机,"你们快把无人机撤回来,乌雀山的大风来了!"

话音未落,无人机突然失去控制。一阵狂风吹拂,黑色的机体如碎石一般,落入峡谷!有了先导索的牵引,沉重的机体狠狠砸向山壁,发出"咔啦"一声。

山崖边寂静的空气被这样清晰的脆响引得一片哗然。无人机突如其来的故障将沉默平静的乌雀山大桥建设工地炸成沸水一锅。

"刚才是飞入云雾后出现的信号失灵。"

"芯片出故障了,突然断开连接之前,我看到剩余电量闪了闪。"

"风向也不对,我们试飞的时候刮的是西南风,现在仪器测到乌雀山刮起了反向风!"

操作员们面色铁青,捧着毫无用处的控制器猜测无人机失控的缘由。

乌雀山常年肆虐的八级风,终于在所有人面前具象化。

前期规划的时候,先导索架设上他们直接排除了直升机牵引方案,就是因为风速过强,方向难测。但他们没想到,成功过无数次的无人机传送方案,也会在乌雀山失败。

无人机一砸,后续的方案全都要重新讨论。所有工程师、设计师坐在会议室里,耳边都是乌雀山亘古不变的喧嚣风声,好似在嘲笑他们的不自量力。

缠着先导索的无人机残骸,不到半个小时就被捞了上来。即使没有实验室专用仪器,无人机团队也能迅速拆解机体,大致查出问题所在。

负责人没了之前的轻松熟稔,认真汇报说:"这一次,是IC芯片低温故障,造成无人机在寒风中失去控制。我们测试机使用的Ⅱ型IC芯片已经是性能最优的新款进口芯片,如果它都不能飞过乌雀山,我们就要考虑自主研发扛得住低温狂风的高性能定制IC芯片了。"

国内无人机制造技术极强,但芯片一直是薄弱环节。放弃进口,自主研发,说起来轻松,却叫会议室里的所有人沉默下来。

高卫胜问:"不管是进口芯,还是国产芯,你们攻克无人机的低温故障,要多久?"

负责人沉思片刻:"……大概,需要三到四个月。"

这话一出,会议室的气氛更低沉了一些。

主桥工期可以等,但是,绝对等不起三四个月!

直到最后散会,乌雀山大桥项目组都弥漫着一股挥之不去的低沉气氛。他们目送无人机团队离开后,又重新回到白天测试的山崖。

等候安装的先导索捆成一卷,散落在地面,被工地灯光照得莹莹发亮。这根特制长索细如发丝,却坚韧如铁,哪怕垂着无人机掉落山崖,也没有崩断的迹象。可惜,这么优秀的先导索,缺了一对翅膀。

"哎。"高总工幽幽叹息,"现在各行各业环环相扣,化学方面研究落后了,造不出抗震防洪的水泥;物理方面研究落后了,搞不出伸缩防膨的钢管基座;现在又来了信息技术,又是什么芯片、智能、系统……落后了,我们连先导索都送不过去。"

没有任何一个行业,可以独立于世界大环扣之外。

律风跟高卫胜站在崖边,迎着冷风,手机页面全是关于无人机和悬索桥先导索的信息。国外的先导索建设经验,不过是传统的渡轮牵引、直升机牵引,中国的无人机牵引法走在世界前列,在遇到困难的时候,就显得格外孤独。

灯光照出他们的寂寥身影,没有说话的声音,在刺骨冰冷的夜风里,只有无声的思绪飞速活跃着。

想要取代无人机方案,必须有一种超过风速、突破低温的载体,在乌雀山冰封浓雾席卷山巅之前,将纤细的先导索送至对岸。

速度必须够快。

律风没由来地想起武侠小说里势如闪电的绝世神功,以及破风穿堂的神兵利器。

律风烦恼地揪断枯枝,扔向深谷,那支脆弱的树枝,随着夜风一卷,弱弱地失去了踪影。他怅惘感慨道:"如果我们能做一把超风速的诸葛连弩,带着我们的先导索过去就好了。"

高卫胜听完,哈哈讪笑:"诸葛连弩不行,得用枪。现在射速最快的就是枪,要是我们能在子弹尾巴上缠起先导索,往对岸一射……"

他像小孩儿似的比出了开枪姿势,还没能发射,忽然神情一愣。下一刻,这位总工程师凝重的脸色豁然开朗,激动拍掌:"律工!咱们有火箭啊!"

"火箭?"律风不明所以。

"对!火箭!"高卫胜招着手转身就跑,"快,我们开会!"

乌雀山大桥项目组的会议,总是随时随地随工程进行。本来已经回到宿舍准备休息的工程师们被急切的电话召集起来。

灯光通明的会议室,高卫胜讲述了一个天方夜谭般的构想——他想依靠火箭的速度,穿破浓雾,无视狂风,送先导索直达对岸!

第十二章 / 火箭筑桥

火箭在律风的概念里，属于大杀伤性武器。它可以用于威慑，用于攻击，突然要转变成为桥梁建设的工具，总觉得充满了不可思议。

然而，在乌雀山大桥建造困境面前，一切不可思议都可以得到充分的论证。

律风和众多工程师连夜查找火箭相关信息，依照乌雀山现状，完善高总工的构想。不过一晚，请示报告初步成形。他们甚至没有时间继续深思，立刻就将这份请示递交上级。

不到一周，乌雀山大桥采用火箭抛送先导索的请示获得批准，上面还为他们找到了最适合的军方技术人员。

一辆皮卡车从乌雀山摇摇摆摆地驶上山崖，数十位钻研火箭多年的研究人员带着专业设备开始进行实地考察测量。

真正的国家项目能够动用全国任何部门、任何团体的力量，哪怕是与桥梁建设毫无关系的军用火箭，也可以为了这座举世无双的桥梁进行改造。

低温，浓雾，狂风。

威胁精密机械的一切自然因素，在速度极快的火箭面前成了不值一提的小问题。

军方技术人员给出的保证极为可靠："最多一个月，我们就能改造出适合抛送乌雀山大桥先导索的火箭雏形。"

等待的时间短暂却漫长。律风每天奔走在乌雀山大桥建设工地，一抬头就能见到高不可攀的山崖与经久不散的浓雾。使乌雀山宛如仙境的缭绕云雾，是他们建设桥梁最后的难题。

如果火箭能够顺利发射，那么穿破的不只这片浓雾，还有建设桥梁的全部阻碍。

幸好，军人的承诺一向守时。海拔两千七百米的高山上再次出现他们身影的时候，还多了一枚为乌雀山量身定制的火箭。

那枚粗壮、浑圆的火箭，安静矗立于山巅，一如当初黑色无人机停放的位置。但是，它比无人机更加巨大，几乎占据了整个山体平台，连周围的杂草灌木都被砍伐得干干净净。

一群专门负责调试火箭的工作人员，忙碌又迅速地取出乌雀山此时的参数，严肃沉默的气氛，更像是在军事演练基地，而不是什么桥梁建设现场。

律风仔细端详着工作人员的动作，心里的担忧都被军用武器的威慑力震碎。他重新燃起毫无根据的信心，无人机飞不过的山谷，火箭一定可以。

终于，发射人员手握按钮，一声令下！

火箭轰鸣震动，拖拽着先导索迅速飞往了阴霾迷雾的对岸。

四秒。

律风眺望着对岸一瞬即逝的火箭火光，默数出了它消失在浓雾里的时间，好像在看一颗划过天际的流星。他甚至来不及向流星许愿，就听到高卫胜手上的对讲机传出了对岸的声音。

"报告总工，火箭已经达到指定位置。"

"我们已经取下了乌雀山大桥先导索。"

"先导索已固定完成，请总工指示！"

一声声的汇报越发兴奋。先导索成功架设，代表着乌雀山大桥最后的工程顺利开启。

律风站在崖边，眺望着悬空于两岸的先导索。

这么一条细细的索道，好像绑在纤夫身后的纤绳，将要拖着乌雀山大桥的庞大身躯跨越对岸，实现十二年来的夙愿。

乌雀山大桥的任何一点新进展，都能在网络上寻到踪迹。

《乌雀山大桥已完成前段引桥建设》

《乌雀山大桥即将开始桥梁主体建设工程》

《乌雀山大桥采用全新火箭抛送技术架成先导索！》

一条条消息推送到殷以乔手机上，哪怕他远在热情似火的马德里，也能倾听到乌雀山凛冽寒风中奇迹前行的声音。

他手上还有最后一个项目，桥梁的建设却比他想象中更快。酒店温柔暖光之中，殷以乔稍稍滑动屏幕，就能见到律风发来的未读消息——

"师兄，你看新闻了吗？我们的桥用了火箭，帅呆了！"

随着这条消息，还有一篇附赠的新闻报道，殷以乔点进去就能看见火箭飞过乌雀山的全过程。殷以乔的疲乏困倦，因为这篇报道精神一振。

火箭在他的印象中，好像和战争脱不开关系。怎么这种浑身充满杀戮之气的血腥武器，到了中国忽然变得温情朴实，实用得无以复加。

"嗯，很帅。"殷以乔勾起嘴角，笑着回复兴奋的律风，"世界又该为这座桥轰动了。"

殷以乔的判断，从未出错。

在乌雀山大桥高高兴兴庆祝火箭抛送技术成功时，国际桥梁协会的例行会议中，大大的会议桌上铺满了关于火箭抛送技术的报纸。全球优秀的桥梁工程师汇聚在这里，本该有许多话题可聊，此时却只剩下对火箭的感慨。

"火箭！他们竟然用火箭！我以为火箭只能用来升空和杀人，没想到还能用来造桥。"

"火箭？这个火箭是我理解的那种会爆炸的火箭吗？翻译没出问题？"

"我查了相关资料，中国用火箭搞过很多次建设，好像……他们都习以为常了。"

"哈哈！"忽然，会议桌上传来愉快的笑声，"当然习以为常了。"欧文·史密斯翻着报道说道，"这不就是以前美国人特地去中国学习，但是没学会的那一种火箭技术吗？"他语气带有嘲讽戏谑。

坐在会场的美国桥梁工程师虽然不知道他说的是谁，但本能地感受到了愤怒："使用火箭这种武器造桥有什么好学的！无人机足够建设世界上绝大多数悬索桥，中国不过是在哗众取宠罢了！"

"是吗？"史密斯头也没抬，盯着乌雀山苍翠峡谷的照片，语气直白地提醒道，"可是您怎么忘了，首次使用无人机架设先导索的，也是中国人。"

这话令美国桥梁工程师脸色僵硬，桥梁建设技术日新月异，用惯了无人机架桥，谁还记得第一个使用无人机的是中国人还是美国人！

吵闹的会议室陷入沉默，却藏不住不少人对中国的排斥与质疑。他们视线迟疑地看着乌雀山大桥的报道，又转头去看专注的欧文·史密斯。

这位新上任的国际桥梁协会副主席作为优秀的桥梁专家，在协会里算是异类。因为他经常活动的区域并不在自家国度，而是中国，他在中国做桥梁顾问。并且，他耗费了近四十年岁月去帮助中国人造桥，一头褐发早就银白，在这种会议上也不忘帮中国说话。

史密斯显然比在座的工程师更了解中国，但仍是认认真真将乌雀山大桥的报道看完。

"相信各位再一次对中国桥梁有了更深的认识。"他合上报纸，笑容诚挚地说，"那么，投票吧！看看大家是否愿意接纳一位优秀的桥梁工程师加入，又或者，让这位优秀的桥梁工程师自行创办一个比我们更先进的协会。"

建筑工程的新闻鲜少有其他社会热点广受关注。但是，当乌雀山大桥的火箭报道出现后，克里姆再次在社交网络指点江山。

"中国的可怕远超你们想象。

"这是一群十天建起大楼的魔鬼,他们的工人可以不需要休息、也不需要酬劳地没日没夜工作。

"如果你们承认了他们的建造技术,很快就会被这些没有美感、堆积水泥的制造者抢夺市场。

"因为,中国会用他们混杂了军事力量、低廉无保障的工程建设,侵蚀这个世界的艺术感!"

带有偏见的声音一旦出现,就会广受某些媒体欢迎。他们热衷在显著位置刊登和发表抨击、驳斥中国的任何声音,却并不打算去鉴别它们是否存在矛盾。

莱恩特忙碌于腾龙集团的顾问工作,但一点开报纸电子页面,就发现克里姆又在发表高见了。

"他到底有多讨厌中国?"莱恩特跟殷知礼通话,语气困惑无比,"我看了乌雀山大桥的详细报道,这明明是一项值得学习的伟大创举!"

殷知礼的笑声从手机那端传来:"朋友,你得知道,能够像你一样坦然认可中国成绩的人是极少数,大部分人都像克里姆那样,守着伟大的艺术和建筑功绩,否定所有后来者的成绩。"

莱恩特听着他的悠闲语气,更加不能理解了:"知礼,我还以为你会为了你的学生,大声批驳克里姆这样的人。"

殷知礼笑得更开心了:"为什么要批驳他?我的学生说了,会叫他后悔。"他和莱恩特都看过律风的视频,那些由留学生随性提问、随手录制的话语,就像律风本人一样尖锐。

殷知礼看着手上仍是钢筋水泥突兀出现在群山之中的桥梁雏形,眼神却充满了信任和期待。他说:"中国的桥梁,不需要像克里姆一样的人指手画脚,只需要中国人民的认可。只要乌雀山大桥建成,就是最好的批驳。"

没有人比殷知礼更了解西方。他在英国走到现在,身边依然围绕着和克里姆一样相似的声音。他们一直曲解东方主义,并且认为西方永远胜于一切。

唯有作品,能让他们闭嘴。

国际报道的声音,并不妨碍国内对乌雀山大桥的热烈关注。毕竟是代表中国走出去的设计,时常有媒体记者远道而来,拍一拍建筑工地的照片,采访一下项目负责人。

从火箭抛送先导索到乌雀山大桥两端引桥工程的快速建设,全程都有记者的镜头帮乌雀山外的关注者看着这座大桥的一举一动。

沿着山体蜿蜒盘旋的引桥已经渐渐有了巨龙的影子,律风站在建设主桥的崖边，每天都能拍摄出不同的景象。

乌雀山大桥两端有建设工人在忙碌地施工，只要完成桥体合龙，这座从山脚盘绕至此的桥梁，就能在云雾缭绕的山间显露出全貌。

"律风。"高卫胜忽然带着人走过来，"这位是《中国新闻》的记者丁鸿达，他会在这里待上几天，等桥梁合龙了再走。他想采访一下你。"

律风正打算用无人机绕山一周试试看，听到这话，下意识回绝道："让他采访你们吧，我没什么好说的。"

高卫胜一愣，笑出声："你平时那么多能说的呢，怎么记者来了又变成没什么好说的。"

律风眨眨眼，拿起脚边放着的无人机："那……我忙。"

平时和高卫胜聊桥梁，那是他抱有学习的目的，询问老前辈的经验。他们有共同的追求，相似的爱好，律风多几句话也是正常的事情。

可记者嘛……律风垂下视线，打开无人机控制器。

他对记者的印象，仍是停留在吵吵闹闹、追求挖掘新闻热点的层面上，采访总工或者真正的建设者，当然比采访他一个设计师更有意义。

律风不给情面，丁鸿达却主动走过来，翻出了笔记本说："律工，我不会耽误你什么时间。你做什么，我在旁边看着就行。"

律风无奈地转头，发现自己冷漠对待的记者格外年轻。他看起来二十多岁，一脸灿烂笑容，显然不介意律风的态度。

"……我正要放飞无人机，你要是不嫌无聊，可以看看。"律风低声说完，又沉浸在手上的无人机中。

这是无人机团队送来的全新测试机型。自上次无人机跌入深谷之后，他们花费近五个月的时间完成了Ⅲ型IC芯片的改良实验。

Ⅲ型无人机，能够在九级狂风中悬停，保持摄像头采集画面清晰，抵抗零下低温。这不仅是他们为这座狂风肆虐的乌雀山量身定制的新机型，也是为了以后更多的高山飞行方案所做的大胆尝试。

律风被委托帮忙进行新机测试，不过平时也就是拿着它飞一飞乌雀山的深邃山谷，传一传实验所需的数据。

他学到了不少关于无人机的知识，觉得它性能这么好，只在天空飞行有一点浪费。出于自身喜好，他在协助测试无人机的过程中还用它拍摄下了每一天乌雀山大桥的变化。

原本的例行公事成了律风的全新爱好。

他沉迷于俯瞰浓雾绕桥的景象，视线中只有无人机传回的画面，忘记了四周的寒冷与干扰。

丁鸿达诧异地看着专注的律风。他本以为律风至少会对自己的行为做一些说明，可律风就这么安静地操控着无人机，完全没有想过要跟记者解释一下自己在做什么。

丁鸿达看起来是新手，来之前却准备了许多资料。他在网上见过律风意气风发讲述中国古桥的样子，也见过律风自信回答留学生提问的笑容。然而，他没想到来到本人面前时，见到的律风完全没有他想象中的热情。

他们就这样站在乌雀山安静的山崖上，远处是繁忙施工的建筑工人们。律风戴着安全帽，仰头看着盘旋于乌雀山大桥附近的无人机，将它固定在半空之中，沉默低头看向手上的显示器。说他是工程师、设计师，不如说他是沉浸于作品的艺术家，周围施工噪音嘈杂、风声呼啸，也无法干扰他全身心投入乌雀山大桥的创作中。

丁鸿达很难形容自己对律风的感觉。

说律风不近人情，他凝视无人机拍回画面的表情中又透出一丝温柔。说律风严肃认真，他脸上时不时露出的浅淡笑意，又好像操控无人机只是他的一场玩耍。

终于，那架悬停在半空中的无人机慢慢地飞了回来。

丁鸿达抓紧时间，问道："律工，你是用无人机查看乌雀山大施工情况吗？"

"嗯？"律风捡起无人机，表情格外诧异，"你还在？"

丁鸿达搓了搓被寒风吹得冻僵的脸颊："啊，我还在。"这位设计师，看样子完全把他给忘了。

律风习惯了身边来来去去围观的人。但他没想到，丁鸿达被冷落在一旁也没叫高总工给换个采访对象，还真的安安静静站在他身边，看完了他用无人机录制大桥的全过程。

没怎么在山里冻过的记者，脸颊冷得发白，惨兮兮的样子唤起了律风难得的同情。他带着人往工棚里走，给记者倒了一杯热水算是招待。

可水刚放桌上，律风又出去了。

丁鸿达捧着热水，以为律风只是出去一下就会回来，谁知道，他一出去，好久都没有看到影子。

"老师，律工呢？"丁鸿达冲出去，随便逮着戴安全帽的人就喊"老师"。

项目经理打量他："你就是《中国新闻》的记者？律风收相机去了吧。"

"收相机?"正问着,他就见到律风提着三脚架和相机,慢慢从坡下走上来。

丁鸿达是不指望律风能跟他解释来龙去脉了,赶紧抓着项目经理问:"那台相机是工程记录用的?"

项目经理"哈哈"一笑:"那是我们律工拍桥用的!"

爽朗健谈的项目经理解救了年轻的丁鸿达。律风拿着相机就回了工棚,全靠项目经理一边看律风整理影像,一边给记者说明律风在做什么。

"我们从一开始建设主桥,律工就会如实记录整个桥梁的建设情况。"项目经理见记者惨兮兮的,赶紧召唤他,"你来看,这就是昨天四点到今天四点的记录。"

丁鸿达礼貌探头,就见律风鼠标迅速地拖过进度条,展现出枯燥无味的桥梁建设过程。

除了工人们的身影来来去去,整座庞大的乌雀山大桥看起来根本没有任何变化,连狂风都没有办法吹动坚固的钢筋。

记者实在看不出有什么玄机,感慨道:"拍这个是工程要求吗?"

"不是。"律风难得回应记者的话,"是我想做剪辑。"

丁鸿达绝对没有想过"剪辑"这种专业词汇会出现在律风口中。桥梁工程师和设计师们在工地应该忙得无处休息,更不可能有什么业余爱好。然而,律风一个设计师竟然要做剪辑,丁鸿达惊了:"你要剪辑什么?"

"当然是剪辑乌雀山大桥建设的全过程。"

随着他的话语,电脑屏幕上出现了一段视频,取代了刚才毫无变化的枯燥记录。

漆黑深邃的绿色山谷中,建筑工地灯火璀璨,车来车往。那些橙色亮光,仿佛汇聚成了数条细细的河流,注入中央庞大又宏伟的桥身底座。

丁鸿达看得出来,这是大桥盘旋上山的基座建设。

一个桥基一个桥基的前进,代表着乌雀山大桥工程严谨的建筑规划。可他想不到,这么按部就班的建成过程,在倍速处理之后呈现出截然不同的欣欣向荣之景,哪怕没有朋克摩登的音乐,他的血脉都随着屏幕上的画面跳动。快速掠影的乌雀山大桥宛如施展了时间的魔法,仿佛有一只无形的手在创造世间罕有的奇迹。

等到短暂的视频结束,丁鸿达看向律风的眼神都透着不可思议。他不能确定律风是不是最伟大的桥梁设计师,但他无比确定,律风是他见过最有天赋的艺术家!

如果不是艺术家,怎么能将枯燥乏味的建筑现场剪辑得如此有趣!

他的声音激动:"律工,你做的这个,有没有考虑过发到网上?"

"你想发?"律风偏头看他。

"当然!"丁鸿达一腔热情未灭,"这就是我们该做的事!"

即使律风不在意克里姆的评价,但是媒体人特别介意。在各种充满偏见的宣传的论调之中,每一个媒体人都恨不得自己能日夜不停地扛起摄像机,拍摄出全世界最美的战船、军舰、歼击机,剪辑出全世界最美的山河湖泊落日圆,证明中国的宣传实力。

丁鸿达没有这个能力,可他见到了律风的剪辑,立刻就想让所有诋毁乌雀山大桥没有美感的人亲眼见见这番景致。

于是,在他的激动请求下,律风重新磨了磨剪辑,交给这位记者自由发挥。

不到两天,《中国新闻》官方账号发出了乌雀山大桥的第一个视频,也是观众完全想不到的视频!

那不是什么采访,更不是什么埋头苦干三百天的纪录片。

漆黑夜色之中,无数橙色溪流缓缓汇入大桥建筑现场,好像四面八方涌来的血液激活了一条沉睡的巨龙。它的尾巴亮起微微火光,然后顺着背脊,一路盘旋而上。亮眼璀璨的灯光,点燃了它庞大的身躯,再逆流复苏,扬起了巨大的头颅!

从夜色铺开的画面,渐渐进入了光亮熹微的早晨。一座盘旋于山崖的钢铁巨兽长出了尖锐的牙齿,衔起一轮红日等待明天!

这样美好又惊喜的视频,迅速得到了无数网友的转载。

每一个生活在城市的人,都见过灰尘扑扑、蓝棚遮挡的建筑工地,却没见过如此瑰丽壮阔的桥梁建设场面。

那些卡车的灯光,那些建筑基地的吊塔,那些循着乌雀山引桥盘旋而上的桥基,好像萤火虫般融入了乌雀山大桥的躯体,又给它带去全新的生命力。

遥远、寒冷、深邃的乌雀山,在一点一点光亮的聚集下建成了一座富有活力的桥梁。任何人只要见到了它昼夜不停的光亮跳动,都会被这幅梦幻的景象震撼。它好像不应该属于平淡的生活,而应该存在于科学的幻想之中!

"这告诉我是要在山里建座城市我都信!"

"太好看了吧,简直在勾引我去乌雀山大桥工地自驾,我想亲眼见见能够点亮群山的灯。"

"这样的夜景我还只在日本的扇山火祭里看到过,不知道的还以为乌雀山烧起来了。"

"不得不说,这是只有我们中国才干得出来的事情!"

日夜兼程地建造桥梁,中国工业大国的旗帜在这些辉煌灯火里越发鲜艳。

能够被国内网友广泛传播的视频,当然不会被国际友人错过。那些国际友人习惯了一栋大楼建设六七年,一条公路从世纪初修到世纪末的工程速度,突然见到了夜晚灯火盘山而上的乌雀山大桥,心中骤然感慨道——

好厉害!

群山中云雾缭绕、吊塔挥舞着机械手臂、道路中灯光璀璨,还有车辆川流不息。

这哪里是一座正在建设的大桥,根本就是超现实幻想里的工业城市正在快速地扩张领土,又偏偏在最后钢筋铁骨的桥梁上展现出人与自然的静谧和谐。

乌雀山大桥在那些遥远国家的人民眼中还是一座粗制滥造、毫无美感的水泥造物,可这样一则灯光流淌于山脉的视频之后,他们完全忘记了自己用文字打出来的批判,升起了新的疑问。

"中国是在建桥,还是在唤醒神龙?"

毕竟,建设中的乌雀山大桥在灯火之中太像一条沉睡的巨龙了。

《中国新闻》发布的视频最终出现《世界》杂志的网站投票中——夜幕下的乌雀山大桥,真的是毫无艺术可言的工程吗?

投票反对的人不计其数,短短的一节"赞同乌雀山大桥毫无艺术可言"观点,被反对的人压得死死的。

连《世界》杂志权威的评论员汤米·文德也用极具深意的文字评述道——

"你可以说中国贫穷,也可以说中国落后,但是,当你看到了这灯火璀璨到天明的夜色,还有这山雾朦胧里盘旋的巨龙,还要坚持认为中国桥梁毫无艺术可言的话,那么我建议,你需要换上一双发现艺术的眼睛。显然,中国人在建造它的时候,完全具备超现实的疯狂美感。

"除了他们,没有任何一个国家能够做到!"

第十三章
CHAPTER 13
桥体合龙

极具超现实魔幻主义风格的乌雀山夜景完全不亚于"宇宙第一P图师"NASA发布的美景。当这幅美景登上了《世界》杂志封面时,对"乌雀山大桥"一直只有模糊概念的外国友人终于见到了这座建设中的桥梁。

"他们能够在三年内克服低温、地震、高空的束缚,建成一座三千米长的高速大桥。在我们还傲慢地认为中国没有艺术的时候,他们已经在大山深处用夜以继日的建设,点燃了一条沉睡的巨龙。"

在《世界》杂志截取的图片中,乌雀山的建设场景宛如山脉中一汪金色的河流,人类对于美的想象都浓缩在了这方光与暗之中,逆流盘旋,静谧又喧嚣。

没有任何言论能比这本成立于一八五七年的杂志的报道更具权威。

它展现出来的艺术感远比克里姆之类的专家叫嚣一百遍"不具有艺术"更加有说服力。

杂志发售之后,普通民众被这篇报道呈现的美感惊讶,同时,却在详细的文字内容里获得了更深的感触。

美不美,那是艺术上的东西。

快不快,那是生活相关的东西。

三年建成三千米的盘山桥,立刻激起了大众的渴望,哪怕是生活悠闲、慢节奏的普通人,也想拥有这样迅速的建设工程!

"美国真的应该请这群工人来修桥,这样一座大桥就不会连五年都没法修好了!"

"欧盟总部大楼用了十三年时间翻新,与此同时,中国可以建起十二公里的大桥。"

"我真是受够了门前修上十年的道路了,我打赌,让中国人来修我就不用天天绕道开车回家!"

即使专家努力抨击中国的工程,也挡不住普通民众对中国速度的羡慕。有关乌雀山大桥艺术感的争论,逐渐变成了对中国速度的追捧。

四十三小时修复的北京三元桥,九小时改造完成的龙岩火车站,八小时内拆除的南昌立交桥,都成了网络讨论的热点。

那些早就震撼过国际社会的视频再次被翻找出来，中国的基础建设能力竟然悄悄从"快"变成了"又快又美"。

无数人发自内心地感慨，乌雀山的建设场景都这么漂亮，不知道桥梁真的建成得多震撼人心。

"我实在太期待它建成的时候满山车流灯光的样子了！"

"我从没见过海拔这么高的桥，如果它建成了，我一定会亲自去中国试试开车通过这么一座桥梁。"

"什么是艺术？我不懂。但是我见到它的那一瞬间，就被它深深吸引，没有任何艺术品能够做到！"

律风的微信正一条一条地接收着消息。

那些写着英语、德语、法语的截图，配上了简单的翻译，源源不断地跳到他眼前。

拿到视频并发布在网上的丁鸿达，总是热衷于截下这些讨论发送给律风，即使律风沉默冷淡，也无法阻止丁鸿达的努力和热情。

丁鸿达兴奋地说："律工你看，这些都是网络上最真实的声音！来自世界各地！"

比起克里姆傲慢嚣张的抗议，以及某些媒体别有居心的担忧，这些普通人的言论更能代表乌雀山大桥给国际带去的震撼。

他说："全世界都羡慕我们有这样一座桥，他们比克里姆更懂得欣赏艺术！"

律风微微一笑，并不觉得这些外国人的认可有什么值得骄傲的，可是丁鸿达的态度显然更符合普通人的反应。

他们恨不得向克里姆讲述乌雀山大桥的艺术感，叫这位傲慢无礼的英国人擦亮眼睛，看看中国人得天独厚的审美。

"谢谢你，丁记者。"律风认真地回应着丁鸿达的善意，"欢迎你明天来观看乌雀山大桥合龙。"

他发誓，明天会对丁鸿达热情一点。至少，和丁鸿达多说一说乌雀山大桥的未来，让这位记者有话可写。

哪怕律风不在意国外的评判，他的心情也毋庸置疑地开心起来。他在英国见惯了悠闲懒散的英国效率，没人比他更懂基础建设的难点和痛点。真正备受赞誉的中国速度、中国艺术，永远离不开乌雀山大桥的建设队伍和日日夜夜坚守岗位的工程师们。没有他们彻夜奋战在乌雀山寒冷的基地，也不会有网络上这些艳羡与夸奖。

律风心情愉快地在建设工地里忙碌，为即将到来的大桥合龙环节做着最后的准备。

乌雀山两端往外延展的桥梁钢结构骨架，正如等待合拢的龙口，明天高总工一声令下，这座等待许久的巨龙就能拥有完整的身躯，为乌雀山大桥画上震撼的感叹号。

律风要做的工作早就随着大桥建成主心骨圆满完成。但他仍是向国院申请外派延期，计划亲眼见证熟练的建设工人和控制吊装的师傅们完成大桥合龙这历史性的一刻。

他在惯常拍摄乌雀山大桥的位置立好了三脚架，相机、摄像机、无人机，统统准备就绪，能够彻夜不停地拍完今晚到明天的每一个细节。

律风坐在略微湿润的杂草丛上，眺望着乌雀山钢架透出的月色，好像很多年没有像这样如释重负。

这是他设计的桥梁，也是无数人付出心血建成的桥梁，成功合龙之后，它身上承载的期望和梦想都能够实现，而律风也会回到国家设计院的办公桌上，告别这段天寒荒野外的行程。

忽然，手机响起一阵清脆的铃声，惊得律风心绪乱跳。他手忙脚乱地掏出手机，却发现微信久违地亮起了视频通话的提醒。

师兄……律风皱着眉，点击接通，一声"喂"带着抱怨的腔调。

"怎么了？"殷以乔当然能听出律风的心情。

律风说："刚才在想明天大桥合龙的事情，手机声音突然响起来，把我吓得不行。"

"抱歉。"殷以乔的道歉显然没有什么诚意，"我只是猜测你可能不忙，所以才拨了视频。"

"没事……"律风坐回草地，随手将手机往三脚架旁一放，"我确实不忙。"

他只是在看桥而已。

他们长久的沟通都依赖于文字和语音消息，律风也很长时间都没有见过殷以乔了。镜头里的师兄穿着休闲舒适的短外套，和自己这样裹着防寒服臃肿状态截然不同，仍是俊朗温柔的模样，一双眼睛却透着意味不明的亮色。

"怎么了？"律风见他不说话，便问道。

殷以乔勾起浅淡笑意，嗓音低沉地说："没什么，我拨这通电话，其实是想亲眼看看……夜晚的乌雀山大桥。"

说起看桥，律风的情绪兴奋许多。他像个炫耀成绩的好孩子，立刻伸手掉转了手机镜头，对准了夜晚中的乌雀山大桥。

　　"看！"律风说，"我们的桥晚上都会亮着这样的灯。平时师傅们都在忙碌施工，现在终于快合龙了，所以才会这么安安静静地等到天明。"

　　深蓝苍穹之下，乌雀山大桥两端点点灯火犹如点缀在桥体的夜明珠，照耀出别样光彩。

　　明天早上，空荡荡的桥梁中心就会完美对接好整座桥身，展现出乌雀山大桥最美的体态。

　　律风凝视着面前宏伟雄壮的大桥，忽然升起了一个美妙的想法——老师和师兄，都没有见识过这么巨大的桥梁合龙盛况，他作为离乌雀山大桥最近的人，完全可以……

　　没等他好好谋划一番，手机里就清晰传来了"叮"的提示声音，还有英语播报飞机值机的声音。

　　律风点回前置镜头，诧异问道："你在机场？"

　　"嗯。"殷以乔简洁地回答道，"出差。"

　　律风心里短暂的雄心壮志，渐渐熄灭："哦，好可惜。"

　　"可惜什么？"即使马上登机，殷以乔也没忘关心师弟。

　　律风眺望灯火璀璨的乌雀山大桥，遗憾说道："我还想让你亲眼看看我们伟大的桥梁诞生呢。"

　　殷以乔立刻领会了他的意思："难道你想给我直播？"

　　"对。"律风笑道，"我给你直播，然后，你拿给老师看看——我们的大桥就是这样建成的！"

　　腾龙建设集团的代表及全心建筑设计有限公司的小林老板，一大早就等候在国际航站台，准备迎接从英国前来的建筑师。

　　"听说这位殷建筑师，脾气冷漠，为人傲慢，不是很好相处啊……"

　　"不会啊！"林一齐对殷以乔印象深刻，认真负责地说，"他只是话不多，但是非常有礼貌！毕竟是我们殷知礼大师的亲孙子，说他傲慢冷漠的人，肯定又是对'富二代''二世祖'的那套偏见。"

　　身为"二世祖"的林一齐，特别讨厌以偏概全的人。他和殷以乔吃过一顿饭，无论他怎么唠唠叨叨，这位大建筑师都耐心倾听，在他看来，简直没有比殷以乔脾气更好的建筑师了。

这次,曾经被C.E建筑事务所拒绝的腾龙集团,不知道走了什么好运,竟然得到了殷以乔的亲自联络。

林一齐作为越江桥的负责人,勉为其难地跟腾龙集团的代表一起来接机。

当那道颀长的身影从到达口出现时,林一齐马上激动地喊道:"殷先生!这边!"

然而,握着手机的殷以乔视线轻轻瞥过,抬手指了指自己的耳机,示意他安静。

瞬间,腾龙集团的代表和林一齐都疯狂点头,以为殷以乔在进行什么重要会议,立刻闭嘴,全程手语。

"嗯?有人在喊你吗?"律风的声音从殷以乔耳机里传来。

殷以乔平静地回答道:"没事,是接机的人。我还在看。"

手机那端,是晨光熹微、云雾缭绕的乌雀山。

律风隐约听到了手机里隐约的呼喊,却并不能在乌雀山呼啸的寒风中确定那是谁的声音。

他和师兄约好,在合龙前准备好直播,手机牢牢架设在距离乌雀山最近的观看地点,律风也只能通过语音和师兄沟通。

等到九点整,乌雀山大桥两端早已建好的钢架桥会在建设集团的独家建造技术下,同步旋转九十度,于三十分钟内完成合龙!

这是全球绝无仅有的合龙技术,敢在海拔两千七百米处让桥身完成九十度旋转的技术团队,也是全球绝无仅有的一家。

律风紧紧盯着扎满了彩旗的乌雀山大桥桥身,说道:"马上大桥就会启动,然后在高总工的指挥下旋转。

"我们的主桥为了减轻地震带影响,全部采用了钢结构铸造,但是需要旋转的桥体重量依旧达到了五万多吨。

"师兄,你见过五万多吨的桥梁在高空旋转的样子吗?"

律风的声音顺着嘈杂的山峰,清晰传入殷以乔的耳畔。

殷以乔坐在腾龙集团专程接待的商务车里,温暖得感受不到寒冷的气息,此时却像站在律风身边陪着他凝视那两端重达五万吨的主桥。

五万吨的重物在高空旋转根本是无法想象的事情。承重、受力、风速出现计算失误,都会导致无法挽回的后果,更何况是全世界瞩目的乌雀山大桥……

"我马上就要见到了。"殷以乔的声音沉稳,带着安抚律风的腔调。

他全然不管车内腾龙集团代表和林一齐是什么表情,只是专注盯着屏幕,声音无比肯定说道:"它会如我们所愿地合龙。"

"对!"律风的声音藏着兴奋,"我们为这次合龙模拟了上百次旋转,排除了全部影响,所以,它一定会如我们所愿!"

律风心中不可能没有担心。乌雀山大桥的风速仿佛比测试时更加疯狂,明明监控仪器上仍是平平无奇的七级风,他盯着随风猎猎作响的小彩旗,总觉得风速已经超过了八级。

这是他们测试了许久的旋转,经验丰富的工程师们为了今天考虑过无数的可能性,准备好了各种突然刮起狂风、出现浓雾的应急预案。只要乌雀山不下雨、不地震、不塌方,他们的合龙就一定能成功。

乌雀山大桥的合龙,汇聚的不只是新闻业者的目光,还有夜以继日奋斗至今的工人、工程师们的期盼。终于,九点整的秒针与分针重合,高卫胜的声音清晰地从音响里传出——

"乌雀山大桥主体桥梁旋转合龙正式启动。"

启动的声音一列一列传到控制室,律风看不到控制台的按钮手柄,却能看到乌雀山大桥的钢铁躯壳。

"动了!"他克制不住地低呼,提醒着远在网络另一端的殷以乔。而他自己紧紧盯着桥身,屏住呼吸看那两段安静匍匐的桥面转动了起来。

九十度的旋转令乌雀山刮起了剧烈的山风,大桥两端的钢筋骨架划破烈烈寒风,发出了"嘀嘀"响动,坚定不移地往桥梁正中心旋去。

五万吨钢材水泥在机械控制下轻盈扭转,每一个角度都经过精密计算。

云雾环绕着桥身,山风穿透钢梁。

所有人视线炽热,呼吸低沉,唯恐自己的存在影响了这具庞然大物的旋转。

桥梁的合龙本应该是漫长而细致的过程,乌雀山大桥却将漫长细致变为了惊险刺激。

直到乌雀山桥体在寒冷山崖上画出一道漂亮痕迹,严丝合缝地对接成形,周围的人才从重压中缓过神般,爆发出畅快的欢呼!

律风反反复复做着桥梁合龙实验,已经见过它无数次严密对接的过程。但是,没有哪一次像现在一样,耳边全是欢呼和掌声,所有人都在为它而雀跃!

"师兄,看到了吗!"律风的声音抑制不住地在全体建设者的欢呼里变得更加高亢。

"乌雀山大桥成了!"

录制的视频,拍摄的照片,远远没有殷以乔亲眼观看直播震撼。那一刻,他几乎理解了律风对桥梁的爱意。没有任何一座建筑能够在建成的瞬间传递出如此惊心动魄的信号，承载如此多人的期望与呼声。

他只要想起刚才重达五万吨的桥身在海拔两千七百米的高处轻松旋转合龙的画面，心脏都不由得溢满了人类战胜大自然的热血。

迎风转向的桥体，仿佛一只在云端华丽转身的钢铁巨兽，张开了捕猎的长牙，轻巧且凶狠地咬紧了自己的猎物。

不，没有什么猎物。

那些柔韧如丝的云雾，从桥梁钢架齿尖溜走，只留下了一座完整庞大的桥梁，骄傲矗立在乌雀山之巅。

即使已经切断了通话，也无法将殷以乔从悬崖山巅的高海拔窒息感中解救出来。

车厢沉默无比，腾龙集团和林一齐见到了前所未有的、温柔的殷以乔。

这位传说中冷漠高傲的建筑师噙着柔和笑意，摘下了耳机，放下了手机。

腾龙集团代表赶紧搭话问道："殷先生，不知道C.E建筑事务所对我们越江文化馆……"

"我来到这里，不是代表C.E建筑事务所。"殷以乔敛起笑容，重回了他一贯的沉稳，"我跟贵公司的王总谈过了，我负责设计的是越江广场。"

就算他面容冷冽，也掩盖不住视线里的温情："既然越江桥配得上越江的英雄，那么越江广场，也该配得上越江桥。"

乌雀山寒冷的山风挡不住建设团队的激动心情。

在高总工话筒的召集下，上百位建设人员站在了乌雀山大桥桥头，他们头顶是"乌雀山大桥"金灿灿的题字，身后是红旗飘飘的大桥。

整整三排戴着安全帽的身影，被框在记者的摄像机镜头里，等待着丁鸿达喊"准备就绪"。

律风站在队伍最左侧，他向来不习惯参与这样人头攒动的合影，此时却抑制不住笑意，像极了小时候上台领奖时的心情，找回了曾经的简单快乐。

现在，他成了建设团队的一员，盯着前方的摄像头，听着周围兴高采烈的议论。

"这桥终于成了，今年可以过个好年了。"

"再等几个月铺好桥面，做完测试，交付给交通部，我们也算是圆满结束了任务。"

"自己建的桥,心里就是踏实。等它春节后通车,我也要开车来过一趟!"

每一句传入律风耳中的话语,都像是他自己心里的声音。他站在旁边,笑着点头,明明不是在跟他对话,他仍是升起了一模一样的念头。

等春节通车,他也要乘上通往乌雀山大桥的车辆,像一个远道而来的客人,看看他自己设计的桥梁。

"一、二、三!"丁鸿达的计时声摁下了所有嘈杂的交头接耳声。不约而同的短暂静默后,高山上响起了所有人的呐喊——

"这桥,我们建的!"

骄傲自信,豪情满怀。

回荡山谷,久久不绝。

当天交通部召开新闻发布会,正式宣布乌雀山大桥顺利合龙,预计春节后投入使用。

当晚,新闻电视台用图片、视频、记者采访,认真而平静地讲述这座惊天动地的桥梁。

从立项到设计,再从彻夜建设到大桥合龙,预计三年工期,建设团队仅用了六百五十七天便完成了桥梁工程中最为艰险的建设环节。节约的工程时间细细数来,则是中国桥梁建设的又一次突破。

三班倒二十四小时建设队伍,吊塔钢结构工程专利,火箭高海拔抛送引导索,还有震撼人心的三十分钟高空旋转九十度的主桥合龙。一座乌雀山大桥,创下了数项中国桥梁建设记录,也带来了桥梁设计方案的突破和全新的工程技术进步。

新闻主持人介绍基础建设的言辞简练又迅速,话音结束之后,画面切给了这座独一无二的盘山大桥。

乌雀山大桥日夜兼程的建设场景,吊塔抓起厚重钢结构的延时摄影,还有高空九十度旋转合龙的震撼画面,足够让电视机前的观众感受到这座大桥与众不同的气势。

更令人惊讶的是,新闻台直接播出了从天空俯瞰乌雀山大桥贯通的新高速公路全貌!

曾经的高速公路需要穿洞,过河,沿石滩,如今崭新的乌雀山高速路线虽然拥有同样的起点和终点,却有着截然不同的行驶方式。

它从繁华内陆都市出发,进入横亘盘旋的山脉,环行那座巨人般的乌雀山,最后飞跃峡谷,一气呵成。

整个过程省去了绕行的烦恼,新增了爬山过谷的体验,直接将疲乏漫长的进藏出藏过程缩短了四个小时!

在高铁飞速发展、逐渐取代公路的今天,能够缩短四小时路程的新高速公路成了关注的焦点,仅仅是一则新闻的播出,全国上下都知道了——

国内建成了一条直线高速公路,驶过中途的盘山大桥,就到西藏了!

油然而生的骄傲,伴随着电视上盘旋于大山的桥梁,促使更多看热闹的观众去了解这条高速公路。

乌雀山新高速的痛点难点,集中在无法飞跃的山脉和停滞不前的大桥建设工程。十二年的立项规划,半年时间重出方案,六百五十七天的快速施工,还要面对国际专家"这座桥梁根本无法建成,就算建成了也会成为无人行驶的废墟"的质疑……

然而——

那位神情坦然从容的乌雀山大桥设计师在视频里说道:"等我们的乌雀山大桥建好了,他自己就会后悔。"

现在,桥梁建好了,国内沸腾了。国际社交网站上看热闹不嫌事大的网友,满怀炫耀之情,骄傲地了发布乌雀山大桥帅气合龙的新闻,里面甚至有震撼的俯瞰视角。

他们也绝对不会忘记@莫拉尼斯·克里姆,轻轻问他一句:你后不后悔?

中国热烈播报乌雀山大桥将会在春节后通车的新闻,层出不穷的鸟瞰视频次次都有新的花样和滤镜,各大社交平台不胜其烦的提醒和私信都在热热闹闹告诉他:桥建好了,你瞧见了吗?

克里姆看得一清二楚。但是桥梁合龙对他而言,仅仅是一座桥梁经受考验的开始,时间会证明他才是对的,而不是那些急于狂欢的外行人!

"真正的专家"还在等时间的考验,观望的桥梁工程师们已经跃跃欲试。

他们拿起翻译器,认真查看乌雀山大桥发布的新闻、视频,妄图从官方的只言片语里,找出这座桥梁成功的秘密,并且乐于在网络发表自己的观点。

"毫无疑问,中国又一次用实力证明了他们的基础建设水平。"

"我相信这座大桥通车后,会迎来无数好奇的游客亲自感受飞跃盘山桥梁的魅力。"

"哈哈,我和克里姆不同,我一直就在期待乌雀山大桥能够给世界桥梁带来新的可能。"

对比克里姆的驳斥,这些专家们温柔的赞扬瞬间博得了大众的好感。

毕竟,乌雀山大桥就在那儿,跨越高海拔,盘旋在地震带之上,用高度和长度创造了一个无法否认的奇迹。它绝佳的美感与艺术感,征服了全世界所有能够通过网络见到它的人,当然还有全世界的新闻媒体。

外国的新闻播报,总会比国内慢上半拍,然而,他们的迟缓也恰恰让他们能够附上不同的视频。

"中国已经建成了全世界最高、最长的桥梁,它以盘山结构震惊世界,并且克服了低温和地震带来的巨大风险。"

"曾被认为不可能建成的概念桥梁,成功建设在了海拔2700米深山之中。"

"仅用657天创造又一项世界记录,中国的基础建设速度远远超过了世界的想象。"

每一则新闻后面,都有取景迥异的乌雀山大桥。

有时候,它匍匐在白云缭绕的翠绿深谷,宛如一条奔腾不息的银色河流,宁静地沉睡。

有时候,它在夜间深蓝色天幕下亮起荧荧灯火,好像宇宙中银河的浅淡倒影,缓缓地流动。

有时候,它矗立于乌雀山空旷寂寥的峰顶,又顺势盘旋而下垂落,流露出柔和动人的气息。

能够刷到这些国际新闻的国内网友,还没来得及把它们往家里搬运,突然愤怒拍桌——

靠!这视频哪儿来的?我都还没见过呢!

国内国外的新闻,难免会出现供稿差异。一群人兴致勃勃冲向国际,又万分惊喜地跑回来,给乌雀山大桥弄了一个视频大合集。

有国内新闻台的鸟瞰播报,有国际新闻网的夜间俯视画面,必然还有国家设计院和交通部官方媒体骄傲发布的夜晚的乌雀山大桥与检测中的乌雀山高速实景。

看过了无数俯瞰视频的网友,还从来没有见过这么全方位无死角的乌雀山高速。

那座大桥,打通的好像不只是一道线路,顺便也打通了国内全部新闻媒体、建设单位和交通部门的审美的任督二脉!

于是,在无数美景的视频下面,争论一触即发,被乌雀山大桥和高速建设震撼的网友立刻就站出来，要评比出个一二三名。

"国家设计院发的夜景肯定是TOP了，这车水马龙的延时摄影方式跟当时建设时的夜景如出一辙！我喜欢。"

"本云雾爱好者表示，还是交通部发出来的检测景象最美，这种车子开进去有穿云飞升仙界的感觉，简直是来到了蓬莱瀛洲！"

"虽然建设夜景不是乌雀山大桥建成之后的视频，但是它在我心里绝对是当之无愧的NO.1，视频里那座繁华与静谧共存的乌雀山大桥，根本不是这些鸟瞰俯视的角度能比的！"

大家各执一词，为美的表现形式争论不休。

当他们一定要决战美景之巅的时候，《中国新闻》的官方账号竟然发布了一条全新的视频。

视频中，先出现的是用铅笔细细涂抹的炭黑痕迹，勾勒出了峰谷山巅，上面伏卧着一只几欲腾飞的巨龙；渐渐地，黑白的画面烧出了翠绿色泽，一条银灰色的墨痕开始追寻着铅笔的线条，勾勒出与现实中别无二致的乌雀山大桥。它从山脚开始，蜿蜒盘旋，立起了无数桥座和万千塔吊。

在画面中迅速延展的巨大躯体当间，夹杂着匆忙工作的建设者身影，正是他们没日没夜，一分一寸，铸成了这条银灰色的巨龙。

延时处理带来的强烈视觉效果刺激着每一个人的感官。

他们好像亲自站立在了山巅，俯瞰这大美山河，亲眼见到从山脚慢慢建立起来的盘山大桥。它在观众屏息之中艰难攀爬至顶，又在观众诧异之中敏捷旋转咬合成形。

仍是白昼，仍是苍山，却多了一座令人百感交集的乌雀山大桥。

仿佛仅仅花费了几分钟，它便生长并落成在了中国的大地上，创造出了一幅旷世美景。

画面随着暗淡下来的天空渐渐转换，出现在视频里的不是结语，也不是乌雀山大桥成形的素描，而是云雾缭绕的钢铸桥梁上，建设工人们为工作收尾的群像。

他们拧紧了桥梁的巨大螺丝钉，擦干净了栏杆上沾染的水汽，一位戴着安全帽的工人，疲惫地眨眨眼，又冲镜头露出了灿烂的笑容。

"怎么样？我们实现了最好的设计！"

全体建设大桥成员站在桥头，顶着金光闪闪的"乌雀山大桥"欢呼道——

"这桥，我们建的！"

齐声铿锵的话语，骄傲之情难以自禁，自豪之意澎湃激昂。

不知道为什么，刚刚还在争论哪一个才是乌雀山大桥最美视频的网友，竟然都沉寂下来，热泪盈眶。

没有什么中国建不成的桥梁。

因为，建设桥梁的是不可战胜的中国人。

网络热热闹闹，律风在回程路上看到了五湖四海的网友对乌雀山大桥发表的评论。

不久前还快乐欢脱的"角逐乌雀山大桥美景之巅"的争论，变成了一条条发自内心的感慨和敬佩。律风随手一刷，都能在"乌雀山大桥"的话题下看到最真实的声音。

"乌雀山大桥建成了，我只想原地向全体桥梁建设者敬礼！"

"能够建设出这样的桥梁实在是太令人骄傲了，再看看建设者的那句'这桥我们建的'，简直让人落泪。"

"这桥我们建的！这桥我们中国的！这桥全世界唯一一座，是我们基建狂魔建造的！中国万岁！人民万岁！"

春运返乡的路途拥挤又热闹，律风看着网络上的热闹景象，抑制不住嘴角的笑意。

即使他的皮肤被山风吹得粗糙，一双眼睛也依旧精神奕奕，微信号上全是朋友、同事"恭贺新禧"的祝福，点开之后还能看到丁鸿达狂发的国际动向和国院工作群里喜庆的新闻转发。

一方万千世界，都聚集在了这小小的手机里。

律风心情愉快地刷完国际上对乌雀山大桥的赞赏，马上又见到工作群里各种对乌雀山大桥的表扬。

"节后我们包车去乌雀山大桥学习吧！站在桥头拍张合影，拿回来就挂在荣誉墙上！"

"千万不要节后，我请了公休回家陪爸妈做手术，求求吴院把学习时间延后！"

"我也要去，我报名！吴院你一定要优先让参与了乌雀山大桥项目的人去，比如说我。"

律风"哈哈"笑着看他们规划，随手就敲了一句："我也去。"和国院同事一起去看乌雀山大桥，肯定和他独自待在桥梁建筑工地会有截然不同的感受。

然而，同事们发现他的影子，话题立刻从乌雀山上远离。

"律工，你什么时候回来？"

律风困惑地回道："在路上，怎么了？"

"春节啊！你一定要好好休息！千万不要来加班，我们只想好好值班摸鱼玩手机，不想被你比下去[大哭]。"

"大哭"的表情真情实意，很快就有无数同事复制粘贴，排好队形。

整个乌雀山大桥建设过程中，律风回了国院十几次，每一次都点灯到天亮，忙碌地查找资料，修改图纸，然后确认高总工的消息。

加班狂魔的称号深入人心，他们见到律风说"在路上"的时候，满脑子都是对"三年之期，龙王归来"的恐惧。

啊不！这还没有三年呢！

同事们"嘤嘤嘤"地表示律工一定要好好休息，不能累坏身体。

律风正在努力敲字，准备吓唬他们来一场不眠不休的"007"春节乐，林一齐的电话就打了过来。

"风哥！我看到乌雀山大桥的消息了！恭喜恭喜！"林一齐声音兴奋，发自内心，"风哥你什么时候回来啊？"

律风笑道："还有后续的验收，不过应该没有问题。我现在已经在路上了。"

"在路上好，正好过春节。"林一齐"嘿嘿"笑着，就跟说秘密似的，"你什么时候有空，我约你去看越江新区？"

律风在乌雀山的荒郊野岭待久了，骤然听到越江新区，花了好几秒钟才反应过来。

"啊……"片刻茫然后，他迅速升起了新的期待，"越江桥造好了？"

"对！"

律风对越江桥的感情倒是不如对乌雀山大桥的那么深厚。虽然它也是自己设计的第一座桥梁，却出于各种原因，他没能把工程跟到最后。

桥梁的建设才是一座桥梁的重点，不知道腾龙集团有没有国家建设集团一样的实力，能够百分百重现他的设计理念，施工用料又会不会存在什么偷工减料的问题……

思绪一起来，律风就克制不住。他笑了笑，回答道："等你陪你爸妈过完春节吧，今晚我到家，你走完亲戚再给我打电话。"

林一齐火速表示"OK，好的，没问题"，电话挂得十分迅速愉悦。

律风重新点开微信，就看到了吴院严肃正经的私聊。

第十三章 / 桥体合龙

"年后排了很多乌雀山大桥的表彰、汇报大会,乌雀山大桥项目组还要去各地的单位、学校举办讲座,分享设计和建设经验。所以这次你回来好好休息,好好过个春节,免得到时候想休息都不批假。"

律风读完,刚想回答"我不需要休息",又想起了同事们"加班王者恐怖如斯"的大哭表情。

于是,他无奈回答:"好的,吴院。"

律风独自度过了很多春节,这一次规划一个人的春节假期,显然轻车熟路。他可以在网上看看乌雀山大桥的视频,也可以去找找建设集团发出来的论文,还能抽空修整一下《山水逍遥》的建模。

能做的事情很多,只不过离开了乌雀山的生活,律风好像突然变得空虚起来,脑子明明什么都没有想,居然比在乌雀山上思绪里塞满了大桥的时候更加疲惫。

律风回到家整理完行李,匆匆洗完澡,舒服地躺进床。

除夕之夜,家家户户团聚,他的家里却只有他一个人。律风已经很难回忆起父母健在的时候春节是怎么过的了,好像年年留在记忆里的都是电视机上热闹喜庆的春节联欢晚会和窗外的烟花爆竹,年年相似。

也不知道怎么的,他竟然想起了某一年在英国的时候,老师邀请他在殷家过春节,热闹之后,殷以乔和他彻夜长谈,最后站在灯火明亮的厨房给他煮了一碗汤圆。

殷家的春节汤圆得擀皮、捏馅儿,他不记得那晚的汤圆是甜还是咸,却记得殷以乔挽起袖口教他包汤圆的样子。

想到师兄,律风便摸出了手机,像例行公事一样写道:"师兄,春节快乐。"

消息发过去没有几秒,殷以乔的视频电话就拨了过来。

"小风。"殷以乔的声音一如既往温和,"开一下门。"

律风"唰"地从床上蹦起来,找不到腔调似的问道:"开……开什么门?"

"你家的门。"殷以乔说得理所当然,"我可能腾不出手敲门了。"

第十四章
CHAPTER 14
春节团聚

律风开门的时候,脑海里全部的疑问都被震惊盖过——春节这样一年一度合家团聚的时刻,殷以乔为什么不在英国?

公寓大楼的走廊狭窄,律风打开门就见到师兄倚靠在斜对面的那间公寓的门旁等着他。

"这么快?"殷以乔的声音全然没有诧异,只剩了然,"那顺便帮我端菜。"

说完,他转身进去。唯有律风盯着他的背影,呆愣地走进打开的大门。

这间公寓只有简单的木质沙发,白色墙壁空空荡荡,只挂着一副靛青色的窗帘。没有装饰的挂画,没有花瓶摆件,甚至连居家必备的电视机都没有。客厅的矮茶几上整齐摆放着殷以乔惯用的笔记本电脑,几本厚重的书籍成了冷清公寓里唯一的装饰物。

一室冷灯冷墙,律风竟然瞬间觉得自己久不住人的公寓都比这里温暖,虽然这样冷淡疏离的简洁装潢就是殷以乔喜欢的风格。

律风跟进厨房,问道:"你为什么会住在这儿?"

殷以乔从锅里舀起刚刚煮好的汤圆,盛了一大碗。

"因为近。"他将碗递给律风,"把汤圆端过去,小心烫。"

律风接过碗,端着汤圆回到自己的公寓,见到平时放图纸的桌子上已经摆放好了两汤一菜,仍是觉得不可思议。

殷以乔却十分坦然,进了律风的房门后径直走到厨房,拿出筷子和饭碗,一边走一边问:"晚饭你吃的什么?"

律风接过筷子:"……车站吃的泡面。"

大过年的,他面对着这一桌热菜汤圆,才觉得泡面确实简陋了。

公寓的暖气"呼呼"吹着,他们安静地吃着这顿团年饭。

舒适的温度暖好了胃,却压不住律风的思绪,他一直盯着殷以乔,师兄却没有主动说明的意思。终于,他忍不住了,追问道:"你怎么不在英国陪老师?"

殷知礼是传统的中式老人,过年时候喜欢热热闹闹,一到春节,全世界到处飞的殷家人都要回去陪他过年,哪怕是殷以乔在国外忙得不知时日的时候,也会大老远地回到伦敦陪老师度过中国农历的除夕。

殷以乔看着他，慢条斯理地将汤圆吃完，才说："我爸我妈，我叔我舅，还有好几个堂姐堂兄、侄子侄女都陪他过年，不差我一个。"

律风心情有些复杂。老师有那么多的子女、孙辈，却只有一个殷以乔，也只有殷以乔一个做了建筑师。

殷以乔是老师最疼爱的晚辈，选择了和老师一样的职业，热爱着老师的热爱，而且时至今日也没有为了便利而放弃中国国籍，几乎完全挑起了殷氏建筑的重担，撑起了C.E建筑事务所的未来。而春节这样的时刻，殷以乔却没法陪在老师身边。

"别想太多，好好吃饭。"殷以乔帮他捞汤圆，"春节快乐。"

狭窄的公寓有春节联欢晚会的声音，衬得原本冷清的室内也带上了难得的轻松快乐。

饭后，殷以乔收拾好了厨房，这才问他："你还记不记得刚来C.E的时候画毁了的螺旋楼梯。"

律风记得。

那是他人生中极为糟糕的设计。在殷以乔规划好的楼梯空间画下了灾难级的螺旋楼梯，打破了原本该有的和谐与平衡，导致律风至今仍不敢信手作画。无论多么细微的设计，他必须都要草图、线图、建模反复推敲，才敢真正下笔。

他长呼一口气，即使七八年的时间过去，他也没法从当时的惶恐无措里挣扎出来。

"嗯，我记得。"律风看向殷以乔的视线像是还在检讨当初的错误，"你说那是灾难片一样恐怖的螺旋，饱含令人烦躁的密集噪音，它直通的不是屋顶天台而是地狱……"

他说出这样的评语时，竟然还记得当时殷以乔的腔调。平静，冷漠，阐述事实一般的语气，吓得刚刚进入C.E建筑事务所实习的律风重新观摩了无数的螺旋楼梯，设计了十几种正旋、逆旋的楼梯造型，分别制作了建模交给师兄，算是端正态度，悔过认错。然后，师兄沉默看完那些螺旋楼梯，挑了最为合适的一种，再也没有多说什么。

律风不知道殷以乔为何提起这个。殷以乔却拿过水果刀，削起了苹果。鲜红的果皮缠绕着水果刀螺旋直下，像极了当年的恐怖楼梯。

室内安静，只能听到刀刃切过果肉的沙沙声。

苹果削好以后，殷以乔才轻声说："你知不知道，那段螺旋楼梯改变了我对你的看法，也是我留下你的原因。"

殷以乔对那一段螺旋楼梯给予了厚望，因为他知道律风拥有掩盖不住的天赋。可惜……在他见到了糟糕透顶的楼梯和十六套转向不同的修正模型之后，才清楚意识到律风的天赋与西式建筑无关。绝佳的创造能力和贫瘠的西方文化感知，注定了律风更擅长传统的中式建筑设计。

那些令他惊艳的作品，蕴含的不是律风一个人的思索，还有中华上下五千年从未消失的文化。刻进骨血、写进基因的传承意志，让律风远游英国，仍然渴望归国，也让他忍不住好奇，那样深入骨髓的意志，到底孕育于怎样的土地。

直到回到中国，见证了乌雀山大桥的合龙，殷以乔才真正明白了他这位天赋异禀的师弟一直以来的追求。以前模糊的概念，在看过万千中国人对乌雀山大桥的赞美之后，变得无比清晰。

中国需要这样的桥，而它是自己一手带出来的师弟设计的。曾经的遗憾变成了一种前所未有的骄傲，殷以乔再也说不出类似"桥梁不过是一味追求高与长的单调建筑物"的话，他由衷地感受到了桥梁衔接天地的瑰丽壮阔。

"小风，你设计的大桥很美很壮观。"殷以乔说，"等它通车了，你带我一起去看看，好不好？"

背景音乐是小品带来的欢声笑语，室内却安静了好久好久。

"你怎么不说话？"殷以乔打破沉默，笑他，"你看看你，都有白头发了。"

律风捂住眼睛，声音却理直气壮："有白头发总比没头发好！"

初一早上，打着哈欠的律风被师兄叫出门，趁着春节的热闹和冷风，去看越江桥。

他们住的公寓位置确实便利，往今澄市哪里都很近，律风上班只用步行二十分钟，开车到越江新区也不过半小时。

车辆来到规划好的新区停车场，走上几步路，就发现刚建好的越江桥已经迎来了新年第一批客人。

钢结构的大桥，栏杆上扎上了一闪一闪的红灯笼，它们倒映在越江水面，像一轮又一轮的红色月亮。往来的行人在桥上驻足，散步，三三两两，热热闹闹，是律风意想不到的美景。

他离桥越近，步伐越小，遥遥望向越江桥宽厚的仿古石雕栏杆和侧面悬空交错的镂空桥拱，仿佛只有远观才能好好欣赏这座桥。

殷以乔也不催他，停在他身边说："越江桥上个月刚建好，等过了年，里面危楼拆迁重建的仿古民居修好，文化馆附近的景点也会跟着动工了。"

"你怎么知道得这么清楚……"他堂堂越江桥设计师,还有发小林一齐当内幕消息传递者,都没有殷以乔知道得具体。

殷以乔笑而不答:"走啊,过桥去看看。"

越江新区还在按照计划慢慢建设,但是律风的一腔感慨都寄托在了越江桥身上。

他站在远处看桥,桥梁就像一座赤红的弯月等待他静静欣赏。

他走到了桥上,扶着栏杆,掌心感受着越江桥的牢固,心里升起的不是感慨,想着的也不是欣赏江景,而是一寸一寸地去看混凝土浇筑的栏杆死角,判断桥梁建设情况。

越江桥不过几分钟的步行路程,律风为了细致查验,走了整整四十分钟。

途中无数路人好奇地看过来,小朋友更直白,直接问道:"哥哥在做什么?"

殷以乔笑出声,觉得律风魅力非凡:"听到没有,小朋友都叫你哥哥。"

律风蹲在地上,一边扶着栏杆跟小朋友招手,一边仰头看他:"她喊哥哥的时候,明明看的是你。"

说完,律风随手敲了敲石头栏杆,站起来满意说道:"应该没有偷工减料,原来林一齐跟我说王总加了越江桥的建设预算是真的。"他用食指戳着桥栏上的小红灯笼,"连栏杆看不见的扶手底部都拉过刻线,真阔绰。"

律风说这话,无疑是高兴的。三角钢型支撑结构剩下来的钱依旧用在了越江桥上,比他简略设计的拱桥外观更具有中国传统的气息。

现代化的交通桥数不胜数,广大群众喜欢的、能留下印象的桥梁总是雕龙刻凤、花开富贵的。而越江桥的石头栏杆上雕的则是麦穗、旗帜和波涛,直接将越江自古以来的历史文化底蕴都摆在了桥面上。

传统的节日,传统的灯笼,传统的石雕。律风愉快地跟殷以乔说:"待会儿我们再租条船,从桥下面过一趟,我要看看越江船工的故事雕得怎么样。"

殷以乔见他心情好,点点头,走在他旁边。

这桥,这雕刻,殷以乔都帮律风仔细查过了。腾龙集团最好的建设团队,请的也是当地最好的雕工师傅。坐上一艘江船,慢慢从桥下划过,不仅能见到桥腹精致刻画的故事,还能看到桥底沿着石雕缝隙照出来的温柔光亮。

这是他见过最用心的桥梁建设,也是他愿意和腾龙集团王总商谈的理由——能够被越江船工感动的商人,哪怕怀着谋取利益的目的修建越江新区,做成的事情也远比市侩的急功近利者更贴近民心。

律风走过越江桥,就能见到竖立在待建广场前的概念设计图。

宽敞巨大的蓝色公示板清晰地呈现出待建的越江新区建筑，他视线轻轻瞥过，注意力便完全被越江广场的概念图吸引。

水波纹一般荡漾开的半圆形广场像是渡船轻盈震颤出的涟漪。几条水纹弧线的尽头不是一般文化广场惯用的雕塑设计，而是细细碎碎的鹅卵石刻痕，散落在广场的边缘。

律风觉得它如水一样温柔，又觉得它和渡头一样可靠。水波纹与鹅卵石令这样平坦的广场成为越江的延展，任何一位游客来到这里都能感受到这条孕育了英雄的河流，静谧广博。

"师兄，你看这个设计！"律风难得能够见到如此深入了解越江的设计，"设计师居然没有在上面立雕塑摆花坛，好神奇！"

他参观过无数与革命相关的纪念广场、文化广场，雕塑是必须的，花坛是必备的。没有立起革命纪念碑的地方，依旧会有无数设计师按照甲方的要求，在宽阔平坦的广场上设计醒目的雕像供游客瞻仰。

殷以乔勾起笑，说道："因为越江本来就要建文化馆，没必要在这里再设立一座雕像。"

律风却觉得师兄没有懂他的惊讶，强调道："可是，广场必须要有雕塑几乎是所有甲方的要求！当初我看腾龙集团的规划，这个地方——"他抬手指着波纹柔和恣意的中心点，"一定要有'鱼升龙门'的雕塑，一定要有！"

国内设计基本上是胳膊拧不过甲方，无论是高端大气上档次，还是低调奢华有内涵的设计，甲方要五彩斑斓的黑，就不能给流光溢彩的白。

腾龙集团求财求顺的心情与全天下的建筑公司一样，"鱼升龙门"雕塑代表万事如意，摆在越江广场上正合他们的心意，连政府都喜欢！

"这个设计好厉害，既没有雕塑，又没有多余的花坛绿化带。"律风仔细端详着概念图，伸手划过一圈一圈的波纹，"师兄你看，越江广场上的这些水波，简直就像是越江荡出来的痕迹，将江水、桥梁、船工全都连在了一起，完全没有距离感，游客通过越江桥步入广场，就能立刻感受到江水的绵延不绝。"

他眼神发亮，掩盖不住的钦佩和激动："好漂亮！这真的是最适合越江、最漂亮的设计！"

殷以乔被律风的反复强调逗笑，说："你喜欢就好。听你说了之后，我才觉得庆幸。幸好王总是一位善解人意、懂得艺术的负责人，不然……叫我在设计上加个'鱼升龙门'，我还真不知道怎么办。"

"嗯？"律风惊讶地看他。

第十四章 / 春节团聚

殷以乔修长的食指点了点角落公示栏，那里写着清清楚楚的"殷以乔"三个字："我设计的。"

律风："……！"

殷以乔笑道："谢谢喜欢。"

律风对越江广场的赞美，全部变成了错愕惊讶。他看到了公示栏上的名字，再看概念图呈现的人文交相辉映的自然感，就觉得这确实很像殷以乔的作品。但是，公示栏的设计师名称是"殷以乔"，而不是全世界引以为傲的"C.E建筑事务所"。

殷以乔能从律风的沉默中察觉到律风的困惑惊讶。他说："现在我是独立建筑师，等越江广场建成了，再考虑要不要在国内成立个事务所，找点帮手。"

他的语气轻松，好像这只是一位大学毕业生的未来规划。可律风知道，殷以乔能够毫无压力地成为C.E建筑事务所的负责人，不需要重新成立事务所，就能拥有全世界青年建筑师都会羡慕的最佳团队。

律风刚才因为越江广场激起的兴奋，瞬间凝固："你留在国内……那C.E怎么办？"

"优秀的建筑事务所，永远不缺优秀的建筑师。"殷以乔看着自己的师弟，"可是越江桥太缺一个能够懂它的广场。"他说，"你设计这座桥，是不想辜负了船工们的过去、现在、未来，我设计这个广场，是不想辜负了你。"

"你看，"殷以乔抬起手指从概念图上的越江桥轻轻划入越江广场，"它们简直是绝配。"

新春佳节，律风几乎受不住这样温情的话，殷以乔却感慨不停。

"越江广场春节后就能开工，按照腾龙的速度，可能半年就建好了。

"到时候我们申请一下无人机拍摄，把越江桥和越江广场都录下来发给爷爷看。

"他老人家一直喜欢这些和革命英雄相关的建筑，他看了肯定高兴。"

律风没能接上话题，手机突然一阵狂响。他接起来，那边的丁鸿达语气焦急地问道："律工你没事吧？乌雀山大桥没事吧？！"

对方的声音在春节热闹喜庆的环境里显得突兀无比。

"怎么了？"律风不知道他为什么这样咋咋呼呼，"我不在乌雀山。"

丁鸿达闻言松了一口气："不在乌雀山就太好了！我还以为你在大桥工地，吓死我了！"

对方的态度令律风本能地感受到一丝凝重，他皱眉问道："出了什么事？"

"地震了！"丁鸿达的声音宛如远程警报般喊起来，"乌雀山附近发生了6.6级地震！就在刚才！"

春节地震来得突然，无数人还在睡梦中，已经收到了地震的推送提醒。

中国地震台网正式测定：9时07分在丹拉县附近（北纬31.19度，东经98.81度）发生6.6级地震，震源深度10千米。

据了解，震中人员稀少，暂无人员伤亡报告，灾情正在进一步核实中，四川、重庆多地有明显震感。

震中距离乌雀山大桥三公里，交通部、应急管理厅、地震局第一时间连线，启动乌雀山震区应急预案，消防救援支队正在赶赴震中查看情况。

天灾永远不会挑选日子。

乌雀山地处震区，近年发生了十几次地震，最大强度为4.6级左右，桥梁设计之初就充分考虑过乌雀山大桥位于地震带的因素，他们在建设过程中也伴随着短暂的有感地震。

但是律风没有想到，乌雀山大桥需要面临的大地震考验来得如此迅速。

果然，国家设计院和乌雀山大桥项目组的群已经因为这场突如其来的地震炸开了。

"地震了！竟然春节地震！"

"幸好是春节，大多数人都回家过年了，联系上还留在乌雀山的人没有？"

"联系不上，电话占线。丹拉县的项目部说县上没有受到损害，消防已经派人往乌雀山大桥去了。"

"交通局和应急局的人也去了！"

"我看新闻说部队已经到达震中！"

6.6级大地震带来的惊慌蔓延在每一条文字和新闻截图里，又在各个部门有条不紊地赶往震中的消息中平静下来。

地震之后，通讯总会呈现短暂繁忙或者失去信号的情况，他们无法第一时间得知乌雀山大桥留守人员的情况。但是，看到交通部、应急局、部队还有消防人员都出动的消息，所有人悬吊的心算是缓了缓。

律风坐上车，直接给吴院打了电话。

"嗯，我现在准备去乌雀山大桥。"他说，"坐高铁然后换车应该是最快的，而且初一肯定没什么人出行。"

"好的，吴院。"

简单的申请之后，律风对师兄说："送我去高铁站吧，我去看看乌雀山大桥就回来。"

地震当前，他不可能因为春节就躲在今澄市安安稳稳等消息。殷以乔完全理解他的心情，无论是乌雀山大桥，还是他们以往的建筑作品，都绝对没有当地发生了灾害、设计师却远程等着反馈的道理。

然而，车辆方向一转，绝对不是去高铁站的路线。

律风诧异看向他，殷以乔目不斜视。

"国内春节不方便打车，你就算下了高铁，坐客车到了丹拉县里，没车怎么去乌雀山？我送你去。"

律风抗议道："开车过去这么远！"

他亲自坐过十二小时的单程车，即使他沉浸在乌雀山大桥的设计灵感里，和殷以乔畅聊了一路，仍是觉得师兄辛苦，以至于从那以后再也不敢贸然挂掉师兄的电话了。

可殷以乔只是一笑，慢慢将车往超市门外停靠。

"这算什么远？"他停车解安全带，"我开车横穿欧洲的时候，你还在准备高考呢。"

殷以乔是老司机，还是生存经验丰富程度远胜律风的达人。他带着律风在超市补充了大量饮用水、速食品，就驱车赶往乌雀山大桥。

一路上，车内都在播放着关于6.6级地震的播报。

这个特殊时间点的大地震牵动了全国人民的心，因为那里有乌雀山大桥。

他们沉浸在这座刚刚建成的世界最高桥、最长桥带来的震撼中，心里满怀骄傲地期待着年后的通车，此时，他们才堪堪想起——

它建设在乌雀山地震带！

曾经的7.1级地震，令这座桥梁的建设规划一再延后。

谁也没想到，大桥还没来得及接受旅客的车行检阅，先遭受了大自然的考验。不少人都在网络上搜索乌雀山大桥的信息，想确认这座即将通车的桥梁到底有没有出现问题。

律风抱着手机刷新社交网页，甚至可以见到无数陌生网友自发地讨论着大桥的状况。

"我昨天看新闻，还有记者采访留守乌雀山大桥的工作人员啊啊啊，你们一定不要出事！[加油]"

"我都计划春节后直接通过乌雀山高速回去上班了,大桥上的人千万要平安无事地等我开车来见你们[心]"

"我们过春节,老天爷也过春节,这是急着帮我们检验登天桥修得怎么样啊?[雄起]"

"乌雀山大桥用的可是工程抗震研究所的新型空管钢结构,8级地震都是小意思,6.6级也就挠挠痒![给力]"

人民群众乐观的情绪直接感染了律风的心情。他随手点开四川省的新闻频道,车内便立刻响起了关于乌雀山大桥的实时情况。

前方红灯,殷以乔停下车,转头看见律风表情轻松,才放心不少。

"我记得你在设计乌雀山大桥的时候特地选盘山结构就是为了抗震。"殷以乔的手指敲在方向盘上,"6.6级地震,不算什么。"

"……确实不算什么,而且,这次地震对桥肯定没有影响。"

律风设计并参与了全程建设的桥梁,他当然清楚有多牢固。盘山的空管钢结构可以分散全部地震压力,即使山体滑坡垮塌,牢牢抓紧地面的桥座也能保证乌雀山大桥屹立不倒。

"但我担心的是留在乌雀山高速进行巡道检查和留守值班的工作人员,很多人暂时都联系不上。"

通讯短暂瘫痪,导致等待时间格外漫长煎熬。律风控制不住去刷聊天群,看着"99+"的消息,期望能够得到值班人员和巡道检查人员的回应。

不只他一个人在等,全国关注着乌雀山大桥的人们都在等。

网友们看着春节前关于乌雀山大桥的各种专访,还有记者去往大雪纷飞的乌雀山高速采访坚守岗位的高速巡检人员的片段。

他们牺牲春节假期进行乌雀山大桥最后的准备工作,本来就是一件令人敬佩的事情。一转眼发生了地震,怎么可能不令人担忧他们的安危。

"能够留在春节做巡检的人都是经验丰富的老员工。"殷以乔说得像是深懂国情的内部人士,抬手就揉乱律风的短发,"你也不要自己吓自己了,等官方消息。"

"嗯。"律风乖乖点头,伸手连上了车载蓝牙。

不一会儿,四川省专门为乌雀山大桥准备的抗震抢险专题播报夹着初一春运的实时反馈,在车厢里响起。

毕竟是春节,新闻频道主持人播报前先恭贺各位观众新禧,衬托得他们前往乌雀山的行程都像是一场春节出游。

第十四章 / 春节团聚

行程漫长，连高速公路都因为一年一度的节日变得空空荡荡。律风有些无法适应人烟稀少的通道，毕竟，国内哪里都是人，哪里都是车辆，什么时候像现在这样各自宅家，不愿远行？

他们的车从早晨开到傍晚，律风比官方消息更早得知乌雀山大桥留守工作人员全部安全的消息。信号恢复之后，他们还有心情在工作群里讲述地震来临时刻自己英俊潇洒地蹲到桌子底下的卓越的条件反射。

同事们被留守人员的风趣幽默安慰到了，有惊无险比什么都重要。

律风万分庆幸，放心之后也有了别的打算。

"你还想去乌雀山大桥吗？"就算他自己心里无比想去，律风依然在征求殷以乔的意见。殷以乔对他很重要，他不希望让他的春节留下遗憾。

"不去大桥去哪儿？"殷以乔反问他。

律风认真思考，提议道："我们可以直接从前面下道，去附近的城市休息一下，过完春节再去乌雀山。"

这是最好的建议，他们两个人随便去哪个城市，只要在一起就算过节了。

可殷以乔不愿意。他听出来了，反正节前节后总要去乌雀山大桥，不如现在去了，他还能帮个忙，排查险情。

"都到这儿了，前面还有两小时到乌雀山高速入口。"他直视前方，有不同的想法，"让你心里惦记着大桥过春节，倒不如我们一起在桥上过节。"

桥上过节的说法过于美好，律风竟然想不到拒绝的借口。他恨不得立刻飞回乌雀山大桥，亲眼去看看智能巡检系统数值，亲自确认大桥安然无恙，却又顾及殷以乔，不愿他和自己一起浪费时间。

"桥上过节？"律风心里想的是：正好带着师兄在乌雀山大桥肆意狂飙，让师兄做桥上第一位大飙客。

可他嘴上说的是："明天高总工打算带人一起去分散检测桥梁是否受损，我们去了桥上，肯定没有过节的气氛。"

"我们两个人难得在一起过节，还要什么气氛。"殷以乔笑着前行，完全没有下道的打算，"和你一起巡检也是一种节日气氛了。"

观点强行一致，车辆继续前行。

直到他们穿过市区，靠近乌雀山方向，同行的车辆才渐渐变多。

"××新闻电视台""××报社"的公车标志贴在许多车辆的醒目位置，偶尔还有几辆应急抢险的车子往前超车，让这条寂寞的高速公路变得拥挤热闹。

即使是全国欢庆的法定假日，依旧有无数工作者赶赴前线。

律风远远看到起伏的山峰,连山顶覆盖的雪色都透着独一无二的亲切感。

他们慢慢跟随其他车辆下道,却在前往乌雀山高速的入口遇到了排队长龙。无数打算驶往乌雀山大桥的记者都被拦了下来,律风放下车窗,能看到收费站架起的栏杆和劝退记者的高速交警。

乌雀山高速收费站张灯结彩,比任何收费站装点得都要喜庆。然而,宽敞的入口处停满了车辆,车满为患的样子像极了临时停车场。无数扛着摄像机、带着话筒的媒体人,以"乌雀山"金光闪闪的大字为背景实时播报着前方情况。

"看起来不让过,你先靠边停车。"律风说完,等车辆停下来,立刻就下车往收费站前方穿着反光夹克的高速交警走去。他穿着简单的冬季厚外套,身边的殷以乔也没有扛相机、拿话筒。

交警马上判定他们连记者都不是,抬手做出了阻拦的手势:"乌雀山高速还没有通行。这附近还有余震,你们等春节之后再来吧。"

即使6.6级地震没有对乌雀山高速造成影响,他们也不敢随便放记者前行。

于是律风赶紧拿出手机点开了手机相册。他没带工作证,但是不妨碍他拿出身份证和相册里的照片自证,说:"我是国家设计院的,过来是为了查看乌雀山大桥的情况。如果你不放心,可以电话联系国院或者乌雀山大桥项目部确认我的身份。"

高速交警扫了一眼工作证照片,皱着眉仔细核对身份证和本人。

忽然,他问:"你就是那个律风?"交警语气诧异,充满惊喜,"我们看过你的视频,你说大桥建好了,要叫那个老外后悔!行嘛行嘛。"

奔走在乌雀山高速上的交警,性情都有蜀地人独有的直爽。他严肃的表情变为了他乡逢故知似的兴奋,拿起对讲机就询问道:"指挥中心,指挥中心,这里是乌雀山高速收费站入口,乌雀山大桥设计师律风请求进入乌雀山高速,是否准许通行?"

请示的话语简洁明了,那边沉默片刻,对讲机里响起了嘈杂的回应声。

"已请示,准许通行。"

那边准许放行,高速交警看了看他们停在路边的越野车,说道:"你们把车开到这边应急通道来。我们给你开道,护送你们去乌雀山!"

乌雀山高速入口堵得水泄不通,唯独一辆风尘仆仆的越野车在众目睽睽之下顺畅地进入现场,还有亮灯的高速警车前方开道!目睹这一切的媒体记者们都涌了过去,举起话筒和摄像机对准了留在原地的交警。

"为什么他们能过?"

"请问刚刚过去的是哪个部门的?"

"现在乌雀山高速可以通行了吗?"

面对这些蜂拥而至的问题,高速交警们仍是用身体阻拦他们前进的道路,没有任何回答。

不过几分钟,网络上发布的关于乌雀山大桥的消息便带上了律风和同行者的身影——

"乌雀山余震不断,我们站在高速入口都能感到明显震感,但是交警刚刚放行了一辆越野车,不知道去乌雀山高速的是哪位专家。[图]"

一手内幕照片,立刻吸引了无数关注乌雀山大桥的网友。

清晰的照片中,可以看到两位专家挺拔的身形,两个人都年轻得不可思议,网友看了都不相信他们是来解决问题的。

"这种时候了,应该不会放无关人员进去吧?"

"里面还在余震!刚刚我看消息说最强余震已经有5级了,交警怎么可能放没关系的人进去!"

大家聚在评论区,猜测着两位的身份,却又觉得他们的年龄远远够不上专家的地位。可如果他们不是专家,这时候去乌雀山做什么?难不成是地方新闻台关系过硬,派出了前线报道二人组?

猜测越多,看到照片的人越多。即使律风仅仅露出了侧脸,也有熟悉得连他侧脸都能认出来的人。

"律风啊?这是律风!"识破天机的网友格外兴奋,"他是乌雀山大桥的设计师!"

"设计师这么年轻?我以为他跟新闻采访里的总工一辈的。"

"不是吧,你们居然没看过他的视频吗?强烈要求补课![链接]"

之前还困惑满满的网友,听说这就是律风本风,马上变得热情激动起来。

他们每次听乌雀山大桥的消息,都会听说总工程师和国家设计院的名字,"设计师律风"这几个字也被反反复复提及,这下总算能和本人对上号了!

网友一戳补课小链接,马上就能见到律工在英国自信骄傲的容貌以及话语里自带的从容,再对比这次地震刚过便奔赴现场的急切,仍在为桥梁担忧的民众顿时放下心来。

"设计师都去了,肯定不会有问题的。"

"国家设计院离乌雀山这么远,看起来收到消息就来了。"

"希望大桥平安无事,希望乌雀山全体人员平安无事,过个好年!"

"不过,他身边的人好眼熟,也是乌雀山大桥的设计师吗?"

疑问一出,就有侦探负责抽丝剥茧。

律风只能看到侧脸,可他身边的人有一张看向镜头的画面,足以让所有人看清模样——成熟、冷漠,微微蹙起的剑眉似乎对记者的偷拍十分不满,又碍于不能离开律风,只能做出眼神警告。

这样的气质,简直和群众心目中温和良善的设计师截然不同。但他令人印象深刻的俊朗面容,永远无法挡住颜控全网搜索的欲望。

终于,震惊的群众缓缓打出了一个问号,并发送了一张照片。

"陪律风的是不是他?!"

C.E建筑事务所优秀建筑师的硬照,将殷以乔冷漠严肃的脾气彰显得淋漓尽致。他身穿西装,瞥向镜头的冰冷气质与记者的偷拍照中如出一辙,根本不需要再次确认。看见照片的人惊在原地,爆发出滔天疑惑!

"殷以乔为什么跟律风一起去乌雀山大桥?!"

"他不是英国建筑事务所的建筑师吗?怎么会在春节来中国!"

网友的疑问和惊讶一样多,网络上关注乌雀山大桥消息的网友,在春节热闹的气氛下逐渐走偏,差点问出了十万个为什么。

然而,他们的提问并没有好心人能够回答。因为,清楚殷以乔和律风关系的人都盯紧了工作群,唯恐律风会突然消失不见。

"没事,我到大桥了,消防和部队都派了人过来。一切正常。"律风一边发送消息,一边和殷以乔往乌雀山大桥走。

被雪覆盖的山顶高速桥,仍有除雪车在持续工作。除了周围驻守的官兵随时待命,乌雀山大桥看起来和律风离开时没有两样。

留守的项目经理很快和律风碰面,他说:"我们已经沿着桥检查了路面和主要支撑结构的情况,智能巡检发回的参数也没有任何异常。"

"明天高总工带团队来了之后,我们会再组织一次详细的检查。"他说话时的白雾化在乌雀山冰冷的寒风中。

在这个季节遭遇地震,全部留守人员的神经都绷紧了。

虽然大桥的一切设置都参照了震区设计标准,加固了所有设备桌椅,但是亲身在桥梁上经历大地震,仍令他们心有余悸。幸好大家都有经验,地震第一时间就躲到了固定好的抗震桌下,当时在巡检的人也赶紧就近抱住栏杆、趴在地面,没有出现任何的意外。

平时的地震演习起到了极佳的效果。项目经理开开心心地欢迎律风和殷以乔,还有心情谋划今晚多加几只羊,和救援部队一起户外烧烤。

于是,律风和殷以乔留在了山上。

地震之后本该要求全员撤回安全地带,但因为乌雀山大桥在这里,所有人都得守住它。

他们站在乌雀山大桥上,攀附着冰冷的栏杆远眺山底,即使是零下十四度的低温,也无法冻结这座凝聚了无数人心血的桥梁在夜色中闪烁的光辉,它好像一条从山脚盘旋出山腰的玉带,一路上连接着抗震抢险车辆的应急灯光。

哪怕律风还能感受到轻微的余震晃动,可见到了那些灯光和桥梁附近驻扎的军人们,他心里就一点儿也不慌张了。

"我们给老师录个视频吧?"他提议道,"让老师看看被最可爱的人守护的乌雀山大桥。"

于是,远在英国的殷老先生担心地看着跨洋播报的地震消息,收到了前线发来的视频。

"老师,我们在乌雀山大桥了!"

律风和殷以乔并肩站在乌雀山大桥上,背后清晰可见的是月光下莹莹生辉的乌雀山盘山引桥。野旷无人的景色,在星辉下显得静谧,下一秒又因为镜头一转,变得无比热闹。

留守乌雀山大桥的工作人员围着火炉高兴地说说笑笑,不远处还有身着迷彩服军大衣的身影,他们笔直地站在冰冷的冬夜中,默默守护着这顿意料之外的温馨晚餐。

殷知礼看着视频笑出声,没有比这更好的报平安了,刚才他看到地震播报升起的全部担心,都在这条安稳温暖的视频里消失得干干净净。

他见到了银河落于地面般蜿蜒盘旋的乌雀山大桥,见到了霜雪覆盖的苍翠山峰,还见到了留守乌雀山大桥的建设者。这些国家的守护者,在灾难之后团团圆圆地相聚一堂,在冰天雪地里烤全羊。

遥远的寒冷山峰之上依然有着春节该有的暖意,他最好的学生举着手机说道:"大桥安然无恙,也没有出现人员伤亡。"

律风笑容真诚,语气令人无比心安:"我和师兄准备在这里等到乌雀山高速通车,看看第一批旅客驶入大桥,穿云过谷。"

他向他的老师承诺:"您很快就能看到,我们的车水马龙,驶过全世界最好的乌雀山大桥。"

第十五章
CHAPTER 15
我的祖国

乌雀山大桥的春节过得格外热闹。

在这里值守的工作人员,大部分都习惯了频繁的地震。他们心里除了最初的惊慌,就只剩下了春节欢快的气氛和乌雀山大桥即将通车的喜悦。烤全羊和骨头汤,使寒冷的乌雀山变得温暖,大家吃完饭也没熄火,围在篝火旁边取暖聊天。

聊着聊着,工作人员就站了起来,端起酒唱起了祝酒歌。川藏沿线多的是这样嗓音浑厚的藏民,他边唱边敬酒给身边的同事,周围都跟着热闹起来,跟着打节拍起来哄,让闲聊变成了劝酒祝酒的春节晚会。

聚集在一起的中国人,无论什么民族,都改不了与生俱来的热情。即使听不懂老乡们的方言,律风也沉浸在轻松愉快的调子里,开心地融入了周围的欢呼声中。

敬酒祝酒的歌曲接龙,让一群常年蹲守山上工地的中年汉子们找到了抒发情绪的绝佳机会。最初端端正正的藏语祝酒歌,被各个文化习俗不一样的同事改编成了怀旧金曲大串烧。

他们也不管什么边唱歌边喝酒或先唱歌再喝酒的规矩,不少人接过酒碗就一饮而尽,然后开怀歌唱。从《最炫民族风》到《康定情歌》,原生态的篝火有了原生态的背景音。

律风安安静静地听着,带着笑容的脸颊都映照出了火光的红。平时感觉土俗的音乐,在这群人熙熙攘攘的合唱里,没什么调子却又自成调子,别有一番风味。

他用肩膀撞殷以乔,问:"师兄以前参加过这么热闹的聚会吗?"

殷以乔看着眼前这些借着春节好酒驱寒放歌的工作人员,笑道:"最多有几个好朋友,毕业旅行出去烧烤一下,这么热闹还从来没有过。"

他在英国社交时更倾向于酒会或酒吧,那里会弹奏舒缓的钢琴,或播放吵闹的电音,却不会像现在一样,点燃一团篝火,以歌助酒,以酒助兴。

这些人唱的歌对他来说大多数是陌生的,不同环境流行起来的音乐都带有独特的文化色彩。一些人唱的歌词在他听来还没有找到音调,很快周围的人就能跟着端酒的同事,一起疯狂大唱。他们的歌声无疑是走调的,可是那几句走调的音律唱完,立刻就能带来满场的笑声和欢乐。

殷以乔说:"如果人类用唱歌的方式交流,感觉马上能分辨出不同的年龄、喜好了。"

"哈哈!"律风毫不客气,"我们肯定有代沟!"

"嗯?"殷以乔微眯着眼,看他还没喝酒就说醉话的师弟,"我怎么不知道我们有代沟。"

律风正想列举几个歌名让师兄认清现实。

忽然,端着酒的项目经理大步走过来,开口就是:"来来来,律工,我敬你一杯!"

他话音刚落,周围全是工作人员的笑声。

"来了,罗总又来躲酒了。"

"老罗你好赖哦!每次到你,你都跑!"

项目经理转头就抗议:"什么赖?我这叫尊敬!除了高总工,今晚这里律工功劳最大,来!我敬你!"

说完,他把碗往律风手上一塞,视线真诚热切,躲酒就躲酒,居然还要把律风架在高位用火烤。

周围都是工作人员的笑声,他们每一个都比律风年纪大、经验多,看向律风的视线充满善意,就想看他怎么喝酒怎么唱歌!

律风喝不惯他们的酒,但还是皱着眉一口闷了。入喉什么味道他完全没尝到,整个人先从脖子到耳朵热得炸开,最后一丝寒冷都被辣辣的酒味冲散。

喝酒暖身不是戏言,律风爽快接招,项目经理立刻跳出了祝酒局,成为劝酒工具人,在周围的欢呼里大声吼道:"好!律工唱一个!"

律风的头都昏了,还得唱一个。他手上已空的酒碗,在项目经理的热情里被重新满上,律风给酒劲冲得神志不清,看向殷以乔,脑子晕乎乎地一转,就轻轻细声唱了起来:"Should auld acquaintance be forgot(怎么能忘记旧日朋友)……"

他以为自己的声音很轻,周围的人却听得清清楚楚,单词虽然陌生,但是音乐的旋律全球统一。

"这首歌好耳熟啊。"

"一下想不起来叫什么,但是确实耳熟。"

他们低声议论,还能跟着轻哼出后面的音调。

然而，律风只唱了两句，便戛然而止，将碗递给了师兄。

这恐怕是全场最短暂的祝酒歌。

殷以乔接过酒碗，他记得，律风给他唱过这首歌。

在英国独立建筑学院历史悠久的舞台上，律风穿着干净简洁的白衬衫黑马甲，站在合唱团里，在他面前完整地唱完了这首送给校友们的老歌。

"友谊地久天长。"殷以乔说，端过酒碗饮尽，气势豪迈。

一直保持着陌生人疏离态度的其他人见他如此豪爽，立刻响起了掌声，还有抑制不住的激动叫嚣，顺便不忘提醒一下项目经理："老罗你看看别人！你再看看你自己！"

幸好，殷以乔没打算让项目经理狡猾逃过。酒碗满上，他随手就递给了老罗同志："这碗敬你！歌的话……"

项目经理看着酒，当场就想跪下说不用了不用了。

可殷以乔停顿片刻，便用低沉的嗓音，起了一个所有人都熟悉的头——

"我和我的祖国……"

几乎不需要谁叫"预备、起"，篝火旁边喝得半醉的人，都能循着调子唱出声来。无论是中年人、年轻人，还是汉族、藏族，都不由自主地开口轻哼，汇聚成了合唱。

美好的春节，留守的聚会，没有什么比歌声更能表达他们心底的情绪，他们齐唱了每一座高山，每一座河流，又渐渐在模糊不清的咬字里低下了音量，准备为这首赞歌画上句号。

可是，律风眼里的殷以乔一直唱得清清楚楚。

默契的合唱结束于默契的笑声，所有人都为项目经理逃不掉的酒碗开心得"哈哈"鼓掌，唯独律风酒劲上来，眼神模糊。

律风记得殷以乔喜欢古典乐、交响乐、苏格兰民谣，所以才会唱那首《友谊地久天长》。这一首《我和我的祖国》，不是律风平时的听歌喜好，但没有中国人会不喜欢这首歌曲。

殷以乔抬手搭在律风肩膀上，晃了晃这个听愣了的小师弟。

"你是不是看不起我？"他轻哼着佯作生气，"我就说，我们哪有什么代沟。"

地震第二天，没有了持续的余震，记者终于能够开车进入乌雀山高速，采访这些刚刚经历了大地震的留守人员。

他们的采访车驶入高速，仗着还没正式通行，见到人就下去采访，开口就是一句："您好，能说说您对本次地震的感受吗？"

记者以为能够听到工作人员劫后余生的百感交集，或者春节留守的思家情绪，结果，对方张口就是："小问题，不碍事，地震天天有，没什么大不了的。你们不用害怕！我们的桥稳着呢！"

自信骄傲的语气里能叫人看到他从小在地震区长大炼成的一身虎胆。记者要再问，那就是烤全羊吃起来，小白酒喝起来，扑克打起来，要不是场地有限，他们还能在工棚里支起麻将桌，快快乐乐过春节。

于是，当日新闻播出去，地震十分没有面子。

虽然6.6级大地震来势汹汹，各个部门严阵以待，但是，画面里留守的工作人员，每一个人都笑容满面、喜气洋洋。甚至还没忘记来段广告——

"我们乌雀山高速、乌雀山大桥根本没有受到影响，各位群众放心！春节之后照常通车，欢迎你们到乌雀山来！"

新闻一播，全国人民都露出了欣慰笑意，要是没有这些前线工作者的轻松言语，他们肯定会担心官方是不是碍于春节而瞒报了一些关键损失。

可在那儿工作的人，一个个坦诚直白，笑容轻松，半点儿也不勉强，说明这6.6级地震在大桥面前不够看啊！

经验丰富的网友，立刻就开始搜索乌雀山大桥的相关消息。果然，乌雀山片区欢度春节的通稿出来了，新闻配图就有乌雀山大桥过年的喜庆。

地震前，他们吃大锅羊肉暖暖身。

地震后，他们吃烤全羊压压惊。

大过年的，网友看文字描述都能感受到一股孜然的香气，口舌生津。

然而，乌雀山官方并没有打算放过网友。烤全羊的翻滚滴油动图贴起来，大家举酒大喊"春节快乐，扎西德勒"的语音发起来，更过分的是，他们还给配了个视频——

夜色如水，大家围着篝火快乐唱歌，一碗一碗酒配着一块一块肉，看得人眼馋口干，落下泪来。

然后，镜头带到了两个网友熟悉的青年，他们肩并肩，碗递碗，在熊熊烈火以及寂寥星河下与众多工作人员一起唱了一首《我和我的祖国》。

这简直比任何时尚宣传片，更鼓动人心。

挺拔英俊的建筑师低沉迷人的嗓音，带着无法忽视的磁性，即使在周围合唱的声音里，也透出了清晰的声线，传达了他坚定不移的声音。

才认识殷以乔不到一天的网友当场就表演了惊声尖叫！

"我去!我去!我这就给车加满油奔去乌雀山大桥还不行吗!"

桥梁工作者歌唱祖国的身影什么的可太有魅力了!

春节后第一天,正值返程高峰。

通车之后,乌雀山高速已经陆陆续续来了车辆,无数人带着兴奋的心情,向乌雀山大桥驶去。这条缩短了四小时行程的高速,过了收费站便是畅通无阻的直行。

乌雀山一带,树林茂密苍翠,仍有冰雪覆盖,他们的行驶速度却没有遭到低温困扰,甚至没有感受到一点点的湿滑不稳。

"听说这条高速用的混凝土都不一样,和乌雀山大桥差不多。"

"抗震防滑,全是新材料,外国都没有的,是我们抗震工程研究院的专利!"

知道乌雀山高速特殊之处的人,在行车路上忍不住侃侃而谈,油然而生的骄傲感伴随着他们驶上这条独一无二的道路。

不过十几分钟,前面就出现了期待已久的山峰。它巍峨矗立在前方,能够让前行者看清盘亘而上的乌雀山大桥的桥座是如何深深抓入山体的。

车行此处,便如拨云见雾。

人们止不住欢呼,更忍不住拿起手机录制这绝无仅有的桥梁全貌。

蜿蜒三千米的乌雀山大桥,盘旋的模样就是腾飞的巨龙无疑。它尾部藏在山中,头颈昂扬于山谷,仿佛轻轻一跃就会腾云驾雾!

行驶者的期待在见到它的瞬间变得尤为强烈,每小时一百二十公里的车速也满足不了他们迫切想要上桥的心情。

两千七百米的海拔,冬季云雾缭绕,冰雪笼罩山顶,但是他们仍旧可以毫无阻碍地冲进山中,循着这弯曲平坦的桥身,感受横跨乌雀山峡谷天堑的紧张刺激!

车轮下是银色露面,车窗外是白云暮雪。

当车子真正行驶在了桥上,他们顺畅无比地盘旋攀升,忍不住尖叫!无数人打开窗户,在寒冷的风中穿过乌雀山大桥,亲身体会什么叫穿云破雾,无人可挡!

零点开通的乌雀山高速,早上的网络就已经为它沸腾,任何从睡梦中醒来的网友,随手一刷都能见到亲自前往乌雀山大桥的行者拍摄的真实视频。

云雾近在咫尺,车前山雪环绕。盘旋的卧龙成了人类前进的道路,他们循龙行驶,飞驰在浩渺无际的天空之中。

许多不在现场的人，看到视频都觉得呼吸困难。

"我觉得我开车过去，肯定会激动得头晕脑胀。"

"头晕脑胀绝对不是激动，而是缺氧。海拔2700米这么高，我怕自己开上去就开不下来了。"

"都开上去了还怕什么！乌雀山大桥的吸氧机、急救车一应俱全，你要是开上去了开不下来，还有帅气兵哥在线代驾！"

乌雀山大桥上仍旧驻扎着部队，防止地震再次出现来不及救援。桥梁完整的地震应急预案，囊括了所有意外处理情况，并且配备了国际一流的智能监控检测系统，随时都能反馈整座大桥的实时情况。

律风的摄像机摆放在乌雀山大桥桥头，从凌晨开始，川流不息的车辆已经收入了他的镜头。

有的司机开得风驰电掣，恨不得在高速大桥上腾空而起。

有的司机到了桥前变得小心翼翼，慢慢试过大桥的时候，还放下了车窗。

有的司机一路稳步向前，无论多少车超过都绝不提速，仿佛在慢慢欣赏乌雀山的绝妙美景。

有的司机缓缓驶过摄像机，见到了桥边的律风，还不忘按声喇叭，来一句"嗨！"……

这些完整的记录都成了他珍贵的录制素材。

中国人民的不同性格、不同脾气在这座大桥面前展现得淋漓尽致，唯一相同的就是——

他们喜欢这座桥，喜欢到尖叫！

当律风认认真真做好了视频剪辑，发送给殷知礼之后，这段来自乌雀山大桥通车首日的记录成了殷老先生建筑学课上的新奇资料。

即使中国与英国远隔八千公里，也不妨碍独立建筑学院的学生们诧异地盯着投影上神奇的景象，发出难以置信的声音。

"他们为什么开车过去的时候总喜欢嗷嗷叫？"

"可能……"学生们目瞪口呆地猜测道，"他们以为自己在开云霄飞车……"

乌雀山大桥通行的新闻报道，从国内铺开到国外。官方宣传的俯瞰视角中，一辆平平无奇的白色轿车驶向宏伟盘旋的乌雀山大桥，越过云雾缭绕的高空，消失在道路尽头。

几乎全世界都沸腾了。

他们清楚这是哪座桥，但他们绝对不敢相信，这就是桥上实拍的风景！

"这一定是电影特效吧!刚才那辆车真的从云里穿过去了!"

"不,这不是真的。怎么会有这样的桥梁建在这么高的地方?"

"那座盘旋的幻想大桥,竟然建成了?!"

乌雀山通行不过一天,宣传效果就超出了预期。每一个视频网站上,都有游客拍摄的打卡视频被源源不断地发布出来。

克里姆从地震开始就密切关注着乌雀山大桥的消息。可惜,他等到的不是损失惨重或通行延期这些爆料,而是国际桥梁协会的朋友打来的电话。

"克里姆,你看新闻了吗?多么伟大的一座桥梁!"

不需要他指名道姓,任何人都知道他说的是哪座桥。

"事实上……"克里姆不得不压抑着火气,纠正他的感慨,"在这座大桥能够保证十年内正常通行之前,它都不值得你夸一句伟大。"

然而,他的朋友并没有和他感同身受,向他发出了激动的邀请。

"协会正考虑组织一场乌雀山大桥之行。"朋友的声音充满了期待,"大约下个月吧,我正好要结束手上的工作了。"

"……"

"你去吗,克里姆?"

"不去!"克里姆愤怒拒绝。

"哦好吧。"朋友的声音十足遗憾,又立刻笃定起来,"不过,我认为,你不去肯定会后悔的——多好的桥啊!"

乌雀山大桥的通行成了初春第一件大喜事,新闻采访接踵而至,无论早晚,旅客只要通行这座举世无双的大桥,都能见到熟悉的话筒和摄像机。

白天,行驶的车辆,观景的人群,使乌雀山大桥热热闹闹。

夜晚,灯光亮在银色的盘旋大桥上,又是另一番绝美景象。

几乎没有来过乌雀山大桥的人不被它惊艳,甚至有无数人隔着网络屏幕都会为它的视频惊讶得语无伦次。

一座盘山跃谷的大桥,车子开过去就好像过了龙门似的,令人记忆终生。

国家设计院桥梁分院集体考察的队伍沿着乌雀山大桥栏杆外的预设检修通道,从山脚走向山顶。

这座他们亲眼见证立项、调研、项目停滞又重启的大桥,终于以万钧之势矗立在云雾之中。他们眺望着它气势磅礴的身躯,心里升起的激情感慨都透着梦幻般的圆满。

"我这么看着乌雀山大桥,好像忽然就理解了藏族为什么喜欢磕长头去拉萨朝拜了。心里面有这辈子都想达成的念想,一旦达成了,就死而无憾了。"

"哎,你这个比喻不吉利,应该是达成了这个念想,生死无所畏惧,灵魂也能得到安息。"

"怎么回事?你们怎么一个个开始'唯心主义'了?"话多的谢宇伸手给他们两人一人一下,"要我说,应该是——没有我们造不出的桥!我们是不可战胜的!"

明明快四十岁的人了,谢宇大声喊出这句话,仍认真得像小孩子。

律风安静地跟在队伍里,和同事们一起笑出声来。

他们谁都知道,死而无憾、灵魂安息背后的意思,却没有一个人真真切切在队伍里说一句:吴华同志生前记挂的大桥终于建好了,算是可以告慰他的在天之灵了。免得大家伤心。

考察的队伍透着春节延续下来的热闹喜气,每一个人都能从建好的桥身上讲出设计的细节和攻克的难题。虽然他们的本行是跟线条结构打交道,但是谈到桥梁用材、实验过程,一点儿也不比做工程的差。

当他们攀上顶峰,乌雀山大桥的宏伟桥塔近在咫尺,所有人都只能发出相同的声音——哇!

"哇!这桥真的好大好壮观!"

"哇!我算是理解为什么网上好多视频背景音都是'啊啊啊哇哇哇了'!"

"我也想'哇'!我还想过去喊:喂,你好吗!"

欢声笑语在队伍里扩散,刚刚还身娇体弱回忆起惨烈乌雀山攀爬之旅的钟珂,带着小姐妹从后方超车,冲到乌雀山大桥旁边的观景台,张开双臂拥抱触手可及的云雾。

没人还能认真客观地做桥梁分析,就连吴院都扯着律风说:"走,你是最了解大桥的人,你给我选个最好的角度,我要照相。"

严肃正经的吴院都这么不正经了,其他平时跳脱惯了的同事更是一发不可收拾。他们克制不住满腔激动,纷纷用行动表明公事靠后,先拍照再考察,没有什么事情比宣告亲朋好友自己正在乌雀山大桥上更重要。

律风完全理解他们的心情,他和殷以乔驱车驶上大桥的时候,连他一贯处变不惊的师兄都无法掩饰对桥的惊讶。他一直为乌雀山大桥感到自豪,当他带着殷以乔来到这里的瞬间,这座桥又成了他们共同的骄傲。

律风想起殷以乔那时候的赞美,嘴角微微上扬。

他帮吴院和同事们合影,神情柔和得简直不像平时那个无情的加班狂魔。

大家沉浸在见到乌雀山大桥的喜悦之中,美滋滋地想:嘁,就算是亲自设计大桥、亲眼看到大桥建起来的律工,也无法抗拒登桥的魅力!

桥梁院的队伍从观景台走到桥下。乌雀山大桥腹部供于检修的通道能够容纳所有人进入,仔细地学习观摩,那些画在图纸上的线条,如今变为了支撑大桥的钢筋铁骨。他们说话交流的时候,头顶车辆通过带起的震动渐渐与回声融为一体,形成了奇妙的合奏。

等到大家现场考察结束回到大巴车时,律风却跟吴院申请单独返程,明天开会再集合。

吴院探头看了看律风来时乘坐的越野车,问道:"在车上等你的是不是殷建筑师啊?"

"啊……"律风愣了愣,不好意思地笑道,"对,他春节陪我过来,不放心,一直就没回去。"

此话一出,全车人的耳朵都竖了起来,眼神好奇又诧异地投向停靠在大巴车附近的陌生越野车。

在乌雀山大桥地震那天,律风赶赴现场的视频、照片铺天盖地,身边的殷以乔自然也被他们记在了心上。这位名声在外,年少有为的建筑师,一点儿也没有传说中的那么冷漠傲慢和不近人情,还会站在乌雀山大桥的篝火前,端起酒带着队伍一起唱《我和我的祖国》。

国院的人都看过那段视频,殷以乔低沉醇厚的声音唱出的颂歌仿佛是英国华侨对祖国最深的热爱,立刻就拉满了所有人的好感度。

英俊优雅,爱国友善,换到《非诚勿扰》舞台上,他就算来一张小红帽搬砖图,也绝对能够虏获全部嘉宾的芳心,更不会出现"0/24"的人间惨剧。

现在,殷以乔更让人肃然起敬了。

律风跟吴院聊着师兄陪他来检查乌雀山大桥的事,还说了高总工带队检测的时候师兄帮忙守车看工具的事迹,听得一车的同事落下热泪——

这么一位设计项目随随便便就过亿的大建筑师,竟然屈尊纡贵在冰天雪地给师弟保驾护航,甘愿留守原地,不去窥探大桥秘密,简直感天动地!

律风得了吴院的同意正要走,冯主任赶紧喊道:"律风,你待会儿带你师兄一起来吃饭啊!"

冯主任一言,激起一群人的附和。

"对对对!我们请师兄吃饭!"

"一定要叫上师兄啊,我们去吃火锅!"

律风的师兄顿时成为所有人的师兄,一个个人热情的样子,恨不得奔下车去现场请客。

律风被他们的热闹感染,回到越野车时都还沉浸在同事们的热情里。他系上安全带:"我同事说,今晚聚餐想请你一起……你要是不想去,我就陪你单独去吃。"

"晚上你同事吃什么?"殷以乔启动车子忽然问。

"火锅。"

殷以乔笑了笑:"那就一起吃吧。"

桥梁院一行来了近三十人,吃个火锅都能把丹拉县小小的火锅店给包场。

火锅店昏暗的灯光、灰黑的墙面也挡不住他们激动的情绪。殷以乔和律风刚进来,这群不怕生的人根本没有保持几分钟矜持,就"师兄师兄"地喊上了。

都是二三十岁的年轻人或四五十岁的中年人,只要有酒有肉立刻能跟人混熟。哪怕殷以乔平时和外人寡言少语,面对这群热情的人也有问必答,完全没有见外的样子。

这样的聚会对律风来说很稀奇,他坐在旁边,听师兄聊起英国的建筑情况、C.E建筑事务所的逸事,明明都是他熟悉无比的内容,这时听起来居然充满了新的乐趣。

一顿火锅,吃得大家开心快乐,殷以乔跟领导们坐在一起,听到吴院和冯主任聊起律风,就会不知不觉地多喝几杯。

等到散场的时候,殷以乔一身浓烈的酒气,宛如男士香水萦绕不去。

他们仍是住在丹拉县的小旅馆,浩浩荡荡的考察队伍三三两两地回了房。殷以乔和律风住在标间,两张床并排隔空了狭窄的过道。

"师兄……"律风转头看向隔壁床隐隐约约的身影。

"嗯?"殷以乔的声音,听起来困倦无比,仍是回应了他。

"你今天开心吗?"

"开心。"殷以乔的笑声,散在醉意浓郁的夜里,"你们院的同事,全都拜我当师兄,一晚上收了好多师弟师妹。他们吵死了。"

律风一听,赶紧解释:"国院平时不讲什么规矩,大家的相处都和兄弟姐妹一样,他们确实比较随意,主要是习惯了……"

"不,我不是那个意思。"殷以乔大笑出声,抬手盖住了自己被酒意晕染的眉眼。

那群家伙吵吵闹闹,没有英国同事们惯有的客气疏离,在这寒冬凛冽的地方,竟然温暖了他习惯安静的心,令他时时想起每年春节家人聚会时的场景。

"有这样吵闹的同事,没什么不好。"他的声音难得低沉,"像回家了。"

小县城的旅馆,空气都弥漫着冷意,可殷以乔的声音暖得烫心。

他说:"我们在英国的时候,也是住在一起,每天都有很多时间聊建筑的事情,比他们今晚聊天还要吵闹。

"现在你变忙了,我想跟你多聊聊,都怕耽误你为国画图。"

低哑的笑声,透着殷以乔的快乐和无奈。

他长呼一口气,继续说道:"真怀念以前,大半夜敲门都能把你叫起来,看看我的新灵感。"

律风沉默地听着,第一次觉得师兄确实是醉了。如果没醉,怎么会絮絮叨叨像个老头子,开始怀念过去。

英国房租高昂,律风那时候只是个穷实习生,住在距离C.E建筑事务所极远的郊区,每天上班搭乘地铁、转乘公交,偶尔忙晚了无处可去,只能悄悄睡在事务所办公室里,赶在大家上班之前收拾干净,装作刚来的样子。

有一天,律风起晚了,裹着被子躺在办公椅上,一睁眼就见到师兄正安静地凝视他。

律风吓得要死,C.E办公作风严谨,留宿办公室想来是大忌,他唯恐这位大建筑师警告罚款,说他违背了事务所不能通宵熬夜的规定,让他本就微薄的薪水雪上加霜。

他急急忙忙起来道歉,却没等到对方的"下不为例"。

"住我家吧。"那时候还稍显陌生的师兄对他亲切地说道,"反正都是单身汉,就当事务所给你提供的宿舍了。"

律风躺在小旅馆的硬板床上,听着师兄略带醉意的回忆。

那确实是悠闲快乐的日子,时至今日,他都能清晰记起殷以乔所说的每件趣事。

一向礼貌疏远的师兄,酒后控制不住真性情。

得意、骄傲、狡黠。

平时隐忍的情绪,都会在聊起过去的时候,显露无疑。

他们聊了半宿,殷以乔终于停了下来。

他说:"好困啊,你们院的人来了,你是不是也要回去上班了?"

"嗯。"律风遗憾地轻声回答。

殷以乔一声酒气浓郁的叹息,"我们回去换个房子怎么样?国院附近还有大阳台的江景房,我都看好了。我们搬过去住好不好?像以前一样,我想找你聊天的时候,随时能够敲响你的卧室门。"

律风想到殷以乔公寓匆忙苍白的涂装,冬天住在那样的房子里,只会觉得寒冷。

"好。"

离国院近一点好,住在一起也挺好。

第二天一早,乌雀山大桥项目组驻地举行总结报告会。

近百名设计师、工程师、监工、施工人员聚在一起,听远道而来的国院领导和建设集团负责人发表讲话。

会场宽敞漏风,吹得众人无比清醒,律风凭借着加班训练出来的强大意志,坐在台下凝视讲台,忍着头痛,拿笔记本胡乱地记着会议要点。

明明喝酒的是殷以乔,他却像真正酒后伤身的醉鬼一样,疲倦困乏,显然没睡够,最后难免持笔走神,在笔记本上写起了行程规划。

今天开会,明天返程。

回到国院要理一下乌雀山大桥的资料,准备后续高校、设计单位的授课交流,尽快将乌雀山大桥设计与建设的创新理念传递到全国。

律风在笔记本上,列出了授课涵盖的重点,提纲洋洋洒洒地写了两大篇。台上领导激情念稿,他写着写着忽然停笔,是不是应该在出去授课交流前,跟吴院请个假,搬个家,免得成为一个言而无信的人?

正认真思考着,忽然周围爆发出激烈的掌声和欢呼。

"太好了!"

"我就知道有这么一天!"

"好事啊,好事!"

参会人员都沉浸在难以克制的兴奋里,唯独律风走神,什么都没听到。

"刚才领导说什么?"律风低声问谢宇。

已经眉飞色舞,掌心都拍红的老设计,闻言差点儿叫出声。

"什么?!你居然没听到?!"在他眼里,律风是难得认真努力的好青年,开个会还能写满本子的那种。谢宇诧异地瞥了一眼律风的笔记本,上面满是乌雀山大桥的要点重点,和领导的报告别无二致。

他完全不能理解地说道："刚才高总工说，乌雀山大桥已经入围了国际桥梁杰出奖，国际桥梁协会的评委们马上就要来实地考察了！"

国际桥梁杰出奖是国际社会公认的桥梁界诺贝尔奖，由国际桥梁协会评选得出。中国的曲水湾大桥、十行山大桥、宇川特大桥都曾经入围过这个奖项，可都败给了桥梁协会评委的最终评判，输给了德国、英国、荷兰建造的大桥。

乌雀山大桥的入围几乎是毫无疑问的事情。但是，律风没有想到，那群向来傲慢的国际桥梁工程师竟然会来实地考察？

大家都在高兴，只有律风格格不入。他仍清楚记得那天自己守在电视机前，看那场饱含着所有人期望的颁奖典礼。

欧洲人严谨又充满仪式感的颁奖活动，大张旗鼓地邀请了所有入围桥梁的代表，他们会静坐台下，等候奖项宣布的历史时刻。

中国曾两次参加这场典礼，两次都只得到失望的结果。曲水湾大桥再次入围的时候，几乎全球都认为——这必是属于曲水湾大桥的"杰出"无疑了。

然而，没有。

他们颁奖给了德国，颁奖给了英国，最后，将曲水湾大桥那一年的"杰出"颁给了荷兰。

在所有记者的采访之中，协会主席遗憾地说道："国际桥梁的杰出奖并不是给最高的桥、最大的桥设立的，它是为了鼓励桥梁的创新以及绿色环保。

"令人惋惜的是，入围的桥梁各有千秋，却只有荷兰的折叠桥梁结构，保持了河水生态，又给予了最大限度的便利。"

杰出的荷兰桥，不过是类似伦敦桥一样的上开悬索桥结构。存在了一百多年的桥梁结构，既没有创新可言，更不存在什么绿色环保结构。律风与许多等候颁奖结果的人们一样在网络上提出了质疑，可媒体在祝贺荷兰桥获奖，国际桥梁协会也没有给出任何的回应。

律风以为自己不会再生气，此时想起这件事却仍旧怒火中烧，完全没有什么入围国际奖项的荣誉感。

会议结束，吴院并没有见到兴高采烈的律风，只见到一个眉眼写满了"不高兴"的年轻人。

"怎么了？"吴院问，"没休息好，不舒服？"

律风摇摇头，收敛了他的情绪："想起了别的事情。"

他没有多说什么，奖项对于桥梁来说仅仅锦上添花，根本不值得他为之愤怒或者失落。乌雀山大桥获不获奖，都不是他一个设计师能够决定的事情。

律风沉默，吴赢启却有很多事情要安排。他说："等忙完这段时间的交流学习，院里打算给你安排一下新的项目。但是现在各个桥梁项目都说缺人，都想要你。所以啊，等回了院里，我把各个项目的资料挑一挑，你自己选。"

国家设计院的工作向来都是分派制度，点谁的名字谁就得上，从来没有让人挑三拣四的道理。然而，自从律风设计出了乌雀山大桥，国院的各个桥梁项目负责人都在打申请打报告，说来说去，一句话——

缺人，但不缺别人，我们就想要律风！

理直气壮，毫不客气，要不是吴赢启拦着那群迫不及待需要劳动力的家伙，坚持让律风去了乌雀山大桥，恐怕现在这位有为青年都还在熬夜画图，奔波于构想设计这一方窄窄的独木桥上。

吴赢启格外高兴，带过这么多设计师，律风省心得令他感慨。他都忍不住想帮律风谋划谋划，给律风最好的安排。

律风闻言，说道："吴院，下个项目进组前，我能不能……请个年假？"

"能！当然能！"吴院眼睛都亮了，听过律风申请加班、申请去现场、申请驻地，还第一次听他说申请假期。

刚答应完，吴赢启忽然想起什么，迟疑了一下："不过，你请的几号？跟合作单位培训交流的事情可以叫别人去，但是这次国际桥梁协会的评委来实地考察，我的意思是让你去给他们做讲解。"

没有比律风更了解乌雀山大桥、还有一口流畅英文口语的年轻人。吴赢启这个安排，可谓是天衣无缝、完美无缺。

然而，律风听完，眉头微蹙："我不去。"

吴赢启都愣了："为什么？"

律风来国院这么多年，院里的要求他都是点头答应圆满完成，吴赢启还是第一次见他拒绝得这么果断直接！

"国际桥梁协会评判桥梁的标准有待商榷，我认为，乌雀山大桥没有必要特地接待他们的实地考察。"律风语气严肃地说完，还认真补充道，"我欢迎他们来，毕竟乌雀山大桥收费通行，谁都可以来。"

他神情正经，用词严谨，吴赢启的一腔困惑变为哭笑不得。

"我听出来了，是因为曲水湾大桥对不对？"他勾起笑意问道，"你那么喜欢曲水湾大桥，它却没有得到国际桥梁协会的认可，所以不想搭理他们？"

"嗯。"律风无法理解吴赢启的轻松神情，至今想起曲水湾大桥没有获得杰出奖,他心里都是深刻的厌恶。

西方总是以傲慢的眼光看待中国,他们竟然对曲水湾大桥的精妙设计、独特专利、人文与建筑结合的美感熟视无睹,认为曲水湾大桥不如一座上开悬索式荷兰桥,这就足够律风一辈子拒绝给这个协会好脸色。

可是,吴赢启显然比律风平静许多,作为曲水湾大桥的设计师,没人比他更了解所谓的国际地位还有桥梁创新的意义。

他说:"国际桥梁协会存在大量的专家、会员,我不否认评委里面,很多人对中国的认知依然落后。我们发展太快了,快到他们还没来得及认清中国有多少条河流,我们就已经在每一条河上修建起了国际先进的桥梁。"

律风听完,十分不解:"既然这样,吴院为什么还叫我去接待他们?"

"不是接待,是为他们讲解。"吴赢启一贯严肃,此时对待律风却像对待家中晚辈一样温和,"你了解乌雀山大桥,也了解这些国际桥梁协会的专家,更了解曲水湾大桥。我让你去做讲解,并不是刻意讨好任何评委来求一个奖项,而是帮欧文·史密斯先生一个忙,让那些傲慢的桥梁工程师们明白,中国不缺这个奖,中国还能建起更好的桥。"

欧文·史密斯的名字,律风听过。他作为国内著名的外籍专家,常常出没于中国各大桥梁的建设之中,为桥梁工程提供建议和帮助,曲水湾大桥在建设过程中也少不了他的身影。

"史密斯先生在协会里担任了职务?"律风不得不问。

"副主席。"吴赢启补充道,"而且今年翁总工刚刚成为国际桥梁协会的常务委员。"

律风听到翁承先的名字,诧异溢于言表。他以为,翁总工作为曲水湾大桥的总工程师、设计师,会和他一样对国际桥梁协会的行为表示愤怒。

吴赢启完全理解律风的不理解,他目光慈祥地说道:"中国之外的专家确实对中国存在严重的偏见。这种偏见,不是我们做出成绩、拿出成果就能轻易改变的,所以,我们无法改变别人,那就要自己主动掌握话语权。"

"有句话叫,打入敌人内部,还有一句话叫,团结一切可以团结的力量。"吴赢启说,"我们不是为了改变偏见而对外国人友善,而是为了结交更多朋友,获得更多帮助。在偏见面前保持我们的气度,才能赢得尊重和青睐。"

只要多一位朋友,接下来要走的道路就能变得更加宽阔。他们要建的桥梁,既要建在中国大地,也要建在人心上。

第十六章
CHAPTER 16
桥梁协会

  国际桥梁协会的考察团来的时候,乌雀山天气晴朗,通山笼罩着春日柔和的阳光。山峰翠绿的树木慢慢取代了银顶,呈现出一幅春暖花开的美丽景象。

  律风作为讲解乌雀山大桥的人,和接待人员一起等候在乌雀山大桥的观景台旁。

  那辆载着国际桥梁协会杰出奖评委的大巴车稳步从山脚开上山顶,车还没停下,律风就听到了熟悉的欢呼尖叫。

  坐在大巴车上的外国评委,一个个六七十岁,但推开窗户发出诧异叫喊的模样和网络上打卡的年轻博主、网红相差无几。

  矜持没有的,稳重更不可能。也许只有怕得要死、唯恐自己会出现高原反应或发生人身事故的专家才能够稳稳地坐在座位上,不探出头去打量这座伟大的桥梁。

  车行到可以停车的位置,打开了车门。

  欧文·史密斯头发银白,仍是富有活力地率先下车,完全不像个年近七十的老人。他一落地,就和律风快乐地握手。

  "太棒了,这座桥实在是太棒了!"说完,他还转头喊道,"克里姆!克里姆先生,快下来对律风先生说说你现在的感受!"

  史密斯的声音带着无所顾忌的调侃,身后一群慢慢下车的评委被他逗笑,立刻模仿他,冲后面喊道:"克里姆先生,您后悔吗?"

  "当然是后悔的吧,克里姆,否则你也不会亲自到这里来了。"

  "不对,看看他发白的脸……"一位瘦弱的专家讲着口音极重的德式英语,"小伙子,克里姆可能需要吸氧机、急救车。上帝啊,他这一路上都是后悔来这里的表情!"

  外国人对外国人的嘲笑,那是真心没有任何委婉含蓄,一声声的调侃完全将落在后面的克里姆当成了活跃气氛的话题。

  连律风都好奇,这位傲慢到敢于公开批判乌雀山大桥的专家先生到底有没有后悔。

  事实上,克里姆确实后悔,他后悔鬼迷心窍地加入团队,后悔来到这里,后悔乘坐沿途以狂飙的速度奔上两千七百米高山的大巴车!

同伴们都是身体健康、全无高原反应的魔鬼,还有心情开窗叫嚣,沉浸在过山车一般的兴奋中,毫不体面。而他坐在座位上,感受到车身漂移、重力失衡,差点以为自己会命丧此处,直接去往天堂!

队伍的人都差不多走下去了,克里姆还坐在后排缓不过来。

同伴们见他这样,纷纷劝道——"你如果害怕得走不动,也可以等我们游览回来后坐车下去。"

"您不舒服吗,克里姆先生?我刚刚看到这里竟然有医院,要不要去看一看医生?"

"医生!快,医生!我怀疑克里姆是真的被吓到了!"

"哼。"克里姆神态傲慢,被激得站起来下车。

他不后悔,根本不!他发誓,就算车门外的律风盯着他,他也一定不会回握律风的手,更不会回应什么亲切问候。

可惜,克里姆走出车厢,律风并没有如想象一般向他伸手,而是视线诧异地穿过他,看向了他的身后。他皱眉回望,发现考察团的最后一名评委慢慢走了出来。

那人戴着一副眼镜,穿着厚重臃肿的羽绒服,像个文绉绉的学者。

律风见到他那一刻,眼里完全没有了克里姆的影子,只希望身前碍事的家伙赶紧离开,他才好上前一步,去搭把手。可惜,碍事的克里姆听不到律风的心声,律风便径直掠过他,伸手主动扶了那位评委的手臂。

在克里姆惊讶的视线里,律风用前所未有的礼貌声音问候道:"翁总工,您好,我是今天的讲解员律风。"

"不是讲解员,是设计师。"老人推了推眼镜,就着律风扶他的手,拍了拍律风的肩膀,老一辈总喜欢用这样的方式表达自己心头的期望和高兴。翁承先站稳,笑着问道:"我还想藏在评委团里悄悄地看看你,怎么被你认出来了?"

律风说:"吴院说您成了国际桥梁协会的常委,我就想着您可能也会过来。"

"原来是老吴通风报信啊。"翁承先说话时有着与吴赢启截然不同的欢快腔调。他没有律风想象之中的严肃,反而开心笑道:"前年我就想来看乌雀山大桥了。这桥设计得好,建得好,桥梁结构、空管耗材、施工技术都进行了针对性优化,很有学习和参考的意义。可惜我太忙了,现在才有机会过来看看。"

翁承先说的是桥,视线却始终落在律风身上,带着一种复杂的欣喜。

他说的话听在律风耳里格外舒服。

翁总工是懂桥、爱桥、钻研桥的人，即使第一次来到乌雀山大桥，也早就研究过了关于乌雀山大桥的一切，而不是像其他人似的兴奋地去看风景，把他这个讲解员忘在了一边。

忘了也是好事，律风陪着翁承先慢慢往观景台边走，有了和翁总工独处的机会。

这位主持建造了曲水湾大桥和国内其他众多著名桥梁的工程师对他亲和的态度，使律风极容易联想起自己的老师。

相似的年纪，同样的健谈。

乌雀山大桥景致在前，说出来的却仍旧是桥梁工程相关的话题，专业得令律风连称受教。

翁承先建造了律风最喜欢的曲水湾大桥，难得能够见到本人，他不禁问道："翁总工最近又在忙什么？"

国内稀缺的技术骨干、项目总工，应当是很忙的。他就是一个崇拜前辈的晚辈，全然没有窥伺机密的意思，单纯出于好奇与期待才发问——期待祖国广袤大地上，又出现一座桥梁奇迹。

可翁承先竟停下脚步，认真凝视他。律风升起困惑，不知道自己是不是问了什么不该问的问题。没等他道歉，翁承先就压低了声音："我悄悄告诉你，你不要告诉老吴。"

气氛忽然变得神秘兮兮，像要讲述什么惊天大秘密，律风赶紧凑过去。

翁承先说道："平麓跨海隧道应该要动工了。"

普通一句话，律风听得神情震惊。

存在于想象之中的平麓跨海隧道，简直是律风从小听到大的传说。

那是一条计划修建在平海之下的深邃通道，像神话故事里的一样，人类可以乘坐火车、汽车在海中穿行，畅通无阻，再也不用等待飞机和渡船了。而如今，神话想象里日行千里的坐骑——高铁、飞机，随处可见。可那条热热闹闹计划了二十多年的隧道，出于各种原因消失了踪影。连媒体都不再提及这个概念，只有在列举的"绝不可能完成的神话工程"里，才会出现平麓跨海隧道的身影。

律风什么都没说，可脸上写满不可思议。如果他面前站的不是翁承先，他一定会说——

既然平麓跨海隧道都能动工，那么三大传说中的另外两个，地月空间经济区与天河工程的竣工也不远了吧？

翁承先见他这样，立刻低声问道："想不想听我说说隧道规划？"

"想！"

超级想！

翁总工的亲自讲述言简意赅，直切律风好奇的关键。

他说："现在桥、隧、岛结合的总方向差不多定了，我们现在面对的只是最后的设计方案和需要实验攻克的难题。

"初步方案更倾向于两桥一隧，或者三桥两隧的连续性建设，再考虑一下平海通道公铁两用的情况，可能会多加桥梁路段，减少隧道路段。

"从平海立安港到麓岛富云县，全程一百三十二公里，只要建完它，我们就是全球唯一哦。"

翁承先说话总是不由自主挑眉，带着对项目的期待和信心。

跨海的风险，建设的难度，平海与麓岛之间协商沟通的繁琐程度，在他心里都不算什么难事。他扑在规划方案上，跟律风讲述高铁在海面桥梁飞速运行，又直冲海底穿过深蓝水域的波澜壮阔之景。

他说："最近设计组已经在动手搞方案渲染了，虽然我对他们做的设计不是很满意，但是高铁从隧道里冲出海面的景象确实很震撼人心。"

毕竟是跨越一百三十多公里海面的通道，无论是上桥、入隧、出隧，都与那片蔚蓝海域充满了浪漫关联。

律风安静地听着，忽然问道："您好像更希望减少隧道路段？"明明是平麓跨海隧道，翁总工却更喜欢聊海上桥梁的事情。

翁承先"嘿嘿"笑道："人嘛，总是对大海充满向往。隧道那么多，行驶在地底还是海底都没什么区别。但是建立在海面的桥梁就不一样了！谁不想看着海洋沿途的风景，清楚地知道自己行驶在海面上呢？"他推了推眼镜，"我以前在曲水湾大桥的时候，就很喜欢看设计师们做的概念视频。"

他勾起笑，皱纹深邃的脸颊上仍旧是青春少年般的惬意。

"好像我们就应该在水面上自由自在地行驶，畅游中国每一寸天地。"

律风听着，只觉得翁总工和他想象中一样喜欢桥梁，喜欢桥梁飞跃江河湖海，让人们自由畅快通行的未来。他能够想象出那样美好的景象——

一望无际的蔚蓝海面上，延展出静谧沉稳的伟大道路，乘着风、顺着水，将通行此处的人们，安全平稳地送达目的地。

律风迎着乌雀山的清风，心中一片豁然开朗，仿佛真的有那么一座穿隧过桥的通道，已经建成在平海之上。他高兴地说："看来，我有机会亲自见到平麓跨海隧道了。"

他这么一说，翁承先竟微眯着眼睛，笑得慈祥善良。

"诶，那我们缺人，你愿不愿意来帮忙啊？"

翁总工话一出，律风都愣了，忽然就回味了过来：为什么一座平麓跨海隧道，翁总工跟他说的更多的是大桥与大海。

这么直接的邀请，让律风觉得不可思议，如果他是刚回国的无组织人士，肯定立刻答应，马上就走。幸好，桥梁分院的例会参加了不少，他早成了热爱集体的一分子。他心里呐喊"偶像挖角啊，这辈子没遗憾了！"，嘴上却乖乖地回答道："我回去跟吴院申请申请。"

沉着冷静得令人汗颜，堪称国院忠诚好员工，一点儿也看不出他始终痴迷曲水湾大桥。

刚刚还慈眉善目老来可爱的翁承先，忽然撇了撇嘴："哦。我听老吴说你超级喜欢曲水湾大桥，还以为我邀请你一定会成功呢。"

律风："……？"

他尴尬地回答道："吴院还跟您说过这个吗……"

"哈哈。"没能骗走小朋友的翁承先笑得格外畅快，"怎么不说？他给我打电话，一直提起你。现在年轻人发展的路子比我们那些年更广，英国那么好的地方，那么好的建筑事务所，你都回来了，看来咱们的曲水湾大桥功不可没。"

翁承先背着手，仰起头端详律风。他近乎感慨地说道："虽然每一个人都有更好的选择，但是我希望像你这样的年轻人回来得多一些，这样我们国家才会走得更快更稳。"

乌雀山大桥的绝佳景致，吸引了国际桥梁协会评委们的全部注意，即使没有律风在旁，负责接待的工作人员也能介绍得详尽无遗。

设计理念，建设必要性，创新工程技术，包括最核心的抗震空管钢结构，都听得诸位评委感慨万千。英国举办的专题交流会就像发生在昨天，他们大多数人都见过乌雀山大桥的设计概念，并对这样危险的桥梁方案持怀疑态度。

高海拔，地震带，还有持续低温冰雪灾难，建成了又有什么意义？

然而，现在，就在他们面前，快速通行的乌雀山高速，和与之无缝衔接的盘山大桥，都狠狠地击碎了他们的全部怀疑。

即使他们玩笑般调侃着克里姆，也无法抹去心头的震撼与后怕。

"我相当庆幸克里姆是一个冲动的家伙。如果不是他在网上出尽风头,恐怕我也会愚蠢地说这桥不能建成了。"

"谁能想到呢?盘山而上的桥梁自古都没有过,桥不都是跨过两岸,连接两端的吗?"

"克里姆?哦,亲爱的克里姆。"一位评委情难自禁地走到后面,将他亲爱的朋友莫拉尼斯·克里姆牵到桥边,"快说说你心里的感想吧,我迫不及待地想知道。"

"是不错。"克里姆皱着眉,根本不敢远眺,更不敢往下看,"但是它完全没有充分考虑过行驶在桥上的人的情况。这样的桥梁会直接诱发心脏病、缺氧症!相当危险!"

超级嘴硬的克里姆有理有据,他作为考察团一员,有义务向所有评委提出自己的客观意见。史密斯听完,点点头:"你的意思是……你害怕?"

"不!"克里姆对副主席也没什么客气的,"我这是为司机和旅客考虑!"

他理直气壮地辩驳,并未得到多少人的附和。毕竟,一路上他们都能听到行驶而过的车辆发出兴奋的声音,他们也克制不住自己的情绪,发出了相同快乐的呼声。

坡度自然,景色宜人,说乌雀山大桥会成为当地著名景点也不为过。

哦,缺氧症状是存在的。因为他们实在是太兴奋了,看见这云雾缭绕越过山谷的大桥,就止不住呼吸急促、语言匮乏起来。

"我倒是觉得,司机和旅客不会在意这轻微的缺氧。"一位评委说道。

"确实如此。"他身边的先生深呼吸之后道,"这样的桥梁称作现代建筑奇迹也不算过分。"

"我会在最终评审的时候投给乌雀山大桥。"

"哈哈,我也是如此。"

评委们并没有把克里姆的意见作为参考,甚至当场就开始寻找盟友,帮这座美进了他们灵魂的大桥拉票。

难得不同国度的专家都给了相同的赞美和认可,做接待的工作人员骄傲无比,恨不得马上将所见所闻传递给领导,让大家做好准备。

克里姆脸色发青,主要是气的,还缺氧。

"哦,克里姆,你真的不需要吸氧机吗?"他的朋友认真关怀道。

"不需要!"克里姆呼吸急促,径直往停车的地方走,"我要回去了。"

他走到半道,就碰上了慢腾腾跟上队伍的翁承先和律风。

"克里姆先生，乌雀山大桥怎么样？"翁承先笑着问道。

克里姆瞥了一眼律风，哪怕急需氧气，他也端起了专家的气度，板着脸严肃说道："还不错。"

他能和评委专家们争得面红耳赤，那是因为他们熟悉得能够当面调侃、嘲讽。但是，乌雀山大桥建在这里，无数车辆的通行已经证明了它的成功，克里姆没有办法在设计师面前毫无意义地狡辩。

他害怕这样的高度，害怕这样的速度，既然他的声音在评委里起不到任何作用，倒不如……后悔得体面一点。

可惜，曾经指名道姓说克里姆会后悔的律风，显然无动于衷。

他心里都是平麓跨海隧道入海出海的伟大规划，以及要不要主动申请参与项目的挣扎犹豫，面对这群麻烦的评委，他只想赶紧完成任务，送他们回老家，千万不要打扰他和翁总工探讨平海大计！

于是，律风越过克里姆，径直走到了史密斯面前。

"史密斯先生，请问你们还有什么疑问吗？"

讲解省略、感慨跳过，律风完全肯定敬职敬责的接待员们已经帮他说完了必要的乌雀山大桥情况。他迫不及待地想要听到史密斯先生回答——

好的，是的，没有疑问了，我们要回去了。

然而，史密斯先生显然和克里姆不同。他对乌雀山大桥充满兴趣，满腔疑问都等着这位年轻的设计者亲自解答。他一点儿也不客气地直白问道："我想知道你为什么会想到设计这样一座盘山桥。"

"盘山结构能够使桥身在地震之中更加稳固，乌雀山大桥的方案因为地震停滞，那么，解决地震带来的问题，则是我设计时候考虑的主要因素。"

律风的回答正正经经，并没有和史密斯闲聊巨龙腾飞的意思。地震带的考验，在乌雀山大桥建成之初便得到了反馈，就算是6.6级大地震，也无法撼动它分毫！

有了史密斯的好开场，评委们顿时兴致盎然起来。

"那么，空管钢结构具体是怎么样的一种材料？"

"乌雀山大桥的桥面是否做过特殊处理，不会受到冰雪影响？"

"我始终无法理解，为什么乌雀山大桥可以建成这样？"

律风仍是平静，丝毫没有升起太多的骄傲和激动。如果面前是国内高校年轻人或者合作单位的提问者，他必定知无不言，言无不尽。

然而，面对这群满脑子不理解的专家，他显得冷漠许多。

"具体的数据和参数,各位可以等待乌雀山大桥相关的研究论文发表。"

律风无情得叫人望而却步,声音甚至不由自主地带上了抗议与批驳。

"但乌雀山大桥可以建成这样,是因为它建在中国。"

这话说得不客气,仿佛这座桥梁建在任何地方,都不可能像建在中国一样,成为新的奇迹。可惜,律风丝毫没有觉得自己说错,哪怕专家们听到他这句话,略微变了脸色,也无法阻止他继续说下去。

"乌雀山大桥背后站着三十七家建设公司、实验室、研究团队,汇聚了全中国顶尖的工程技术成果。因为它属于中国,所以中国的设计师、工程师、建造者愿意如他们的誓言一般,为这座桥梁奋斗终生,创造出诸位眼前的奇迹。"

也只有生活在这片土地上的人民才能知道,一个国家需要从上到下拧成一股绳的团结力量。

律风这番话,在专家听来格外刺耳,刚才对乌雀山大桥的感慨、赞美,忽然就说不出口了。直到他们回到大巴车上,都在不断地叹气摇头。

"建筑应当是人类伟大的创造,而不是炫耀的工具。"

"确实是了不起的桥梁,但是它背后存在的牺牲,恕我无法认同。"

"可是……没有中国政府,也就修不出这样的桥了。"

桥梁专家的脚步走遍世界各地,无数的成功建筑都是人类智慧的结晶,它们应当属于全世界,而不是某一个国家。

低声议论不断在车厢里盘旋,刚才兴高采烈为乌雀山大桥拉票的评委,又重新开始了新一轮的议论。

"律风不应该说那些话。"史密斯担心道,"这么美好的桥梁,应该歌颂的是设计者、建造者,而不是中国。"

翁承先摘下眼镜,慢条斯理地擦起来。他幽幽道:"朋友,律风所说的中国,并不是单指某一个政府,也不是单指某一个机构,而是指他脚下站立的每一寸土地,他血脉里流淌的每一丝鲜血,他所见所闻所共事的每一个中国人。没有中国,我们确实就不会有这样的乌雀山大桥。

"不必担心。"翁承先戴上眼镜,仍是笑眯眯温和的模样,"我这次希望大家来,主要是让大家见识见识咱们家的桥的。奖项嘛,重在参与,乌雀山大桥不缺这个荣誉。"

国际桥梁协会的考察队伍离开国内,发回的反馈消息仍是"静待颁奖"。

网络上今天播报乌雀山大桥受到最佳桥梁表彰,明天播报乌雀山大桥得到吉尼斯最高、最长桥梁认证。热热闹闹的气氛里,一个国际桥梁奖项成了热门看点，所有人都想知道这次国际专家的眼光，是不是跟以前一样出人意料。

网络上的狂欢与律风毫无关系，他婉拒了需要前往瑞士的颁奖典礼，开始准备自己的漫长年假。三个月，外加近半年的灵活上班作息，律风拿到获得批准的假条时都怀疑自己的眼睛。

"我申请的是一星期……"

冯主任赶紧解释："你申请是你申请，李院直接叫人力资源把你入职以来全部休假请假记录调出来，让他们给你算了算你能休多少假，然后特批的！"

冯汉林工作十六年，还没见过国院院长如此主动给人放假。设计院"女的当男的用，男的当牲口用"的优良传统，在律风这里光荣断绝，李院长亲切友好、发自内心地要求律风好好休息、养好身体，比叮嘱孕妇还要慈祥。

"吴院在吗？"律风叹息一声。

冯主任哈哈笑："在，不过吴院也同意了，你反对无效。"

律风无奈道："我不反对，我有事找他。"

自从见过翁总工之后，律风就在网上查询了平麓跨海隧道的相关信息。

这应当是他老人家给出的内部消息，网络上尚且一片风平浪静，最近的新闻报道都还停止在一年前的专家会议，翁承先给他透了内幕，他作为签过保密协议的人，深觉压力重大。

感性上讲，翁总工这是信得过他。

理性上讲，翁总工真的不该告诉他。

律风左思右想，犹豫许久，敲开了吴赢启的办公室门，开门见山道："吴院，我能申请去平麓跨海隧道的项目吗？"

正在批文件的吴赢启整个人都不好了，他之前整理了一堆桥梁项目资料给律风，怎么律风偏偏提起这个要命的项目！

"我没给你平麓跨海隧道的资料吧？"他皱紧眉头，赶紧去翻手边一摞文件。

律风见他动作慌张，立刻解释道："你没给，是翁总工跟我说的。"

吴赢启闻言，停下动作，表情都变了。

"嗐！这个老翁，挖墙脚挖到这儿来了！"吴院抬手直摇，"不行，你去任何项目都可以，这个不行！"他的拒绝态度十分直白，全然没有之前"任君挑选"的大方客气。

"为什么？"律风说，"平麓跨海隧道桥梁段应当有我们院不少设计师参与，我可以去帮帮忙。"

吴赢启神情复杂，他放下笔，眉头仍是紧皱。

"正是因为院里有设计师在参与,我才不希望你去……"他轻轻叹息,"平麓跨海隧道的项目比较复杂,参与的人员来源混乱,凭国院参与的专组发回来的报告都看得出那里不像乌雀山大桥一样单纯。那不是适合你去的地方。"

吴赢启简单几句话便将平麓跨海隧道的困境说得清清楚楚。

这不是国院统一规划、一家说了算的项目,里面参与的众多单位来自两地不同派系,甚至还有国际资本的影子。

平麓跨海隧道规划二十余年,无法开工不仅仅是技术问题,还有政策问题。虽然翁承先完成了曲水湾大桥项目,被空降过去做了总负责,但是,总工程师要负责的只是建设,头顶还压着发号施令的平麓跨海隧道项目委员会。

成分复杂的委员会,又有政府代表、国际资本,还有说不清道不明的争夺,吴赢启想起来就头痛。派出去的设计师从早到晚画图渲染,说好的方案可能当天就要求推翻重做,表面一派和谐,背地里打得头破血流,设计师都要英年早衰、提前退休了。

吴赢启看着律风,语重心长地说道:"律风,你先好好休息,等休假结束,我们再说这个问题。"

"可我休假结束,一定还是想去平麓跨海隧道。"律风眨眨眼,并不打算接受吴赢启的劝说,"您知道的,全世界只有这么一条隧道。"

平海之上,唯一超过日本青函隧道的超级规划,只要建成它、完成它,就是全世界只此一条。

律风对桥梁的热爱,从曲水湾大桥开始,而作为曲水湾大桥总工程师的翁承先亲自向他发出邀请,他怎么可能不心动。

律风想起翁承先的感慨。

——这可能是我负责的最后一个项目。

——幸好,我还能负责它。

岁月在这位老人脸上刻下痕迹,却没有夺去他的热情。平麓跨海隧道开始提议建设的时候,翁总工也不过三四十岁,意气风发,正值壮年;等真正有机会见到它开建的时候,他已经功成名就,足以风光退休。

然而他说:"我还是想再拼一把。毕竟,咱们建桥的谁不想建好这座横跨海峡两岸的隧道桥?"

翁承先说得轻松骄傲,好像自己能够担任总工程师是莫大的荣誉,别人羡慕不来,律风却充满了难以言喻的伤感。

无数桥梁,车辆通过只需要几分钟、十几分钟,但是对于桥梁建设者来说,可能要花上大半辈子的时间去琢磨它的每一个细节。

等到桥梁建成的时候，他们的青春和热血都奉献了出去，只剩下满腔自豪和回忆，中国大地上一座座这样的桥梁凝聚了一辈又一辈的心血，他更是站在巨人肩膀上获得了眺望更远未来的权利。

"吴院，我理解你对我的照顾，但是我不需要特殊照顾。"律风不是温室的花朵，他明白吴赢启的全部担忧，"既然翁总工在，他就更需要帮手。这是我们中国应该建成的隧道，更是我们能够建成的隧道，我想亲眼见到它的竣工。"

吴赢启永远战胜不了固执的律风，因为他本来就欣赏律风的固执。

于是，假批了，项目也帮他走流程。

律风成了全院唯一赢家，又一次在工作群"99+"的欢呼庆祝之中，开始了他短暂的休假。

不过，休假可不轻松，殷以乔要负责越江广场的事情，直接将房卡交给了律风，让他全权负责搬家事宜。

律风特地循着地址，走到了新家附近，才意识到殷以乔说的江景房比自己想象的还要夸张。他以为，最多不过是二三十层的高楼，有个九十多平方米的三室两厅大阳台就算符合标准。谁知道，殷以乔出手就是两百多平方米的大平层，奢华程度不亚于他在英国的住所。

律风用房卡打开密码锁，发现里面根本什么都不缺，家具齐全，家电完整，随手拧了厨房燃气灶，小火苗立刻有。

好家伙，他看出来了。这房子绝对不是殷以乔临时选来暂住的！

"你是不是一直住在这房子里啊？"律风也不管殷以乔忙不忙，直接致电。

殷以乔轻笑一声："对啊，上班近。你不用帮我收拾东西，你就把你要用的打包过来，专门给你留了书房，电脑、图纸都能放得下。"

律风挂掉电话，一间一间屋子视察。卧室对面，书房该有的长桌、办公桌、书柜一应俱全，他仔细端详，竟然找到了C.E办公室的熟悉影子。

搬家没花律风多少时间，他也只有电脑衣服和图纸，私人物品少得可怜。等他提着电脑箱、显示器，背着一大卷图纸重新进门时，就发现殷以乔站在门厅等他。

"怎么不叫搬家公司？"他接过律风手上的大包小包，帮律风卸除了重量。

律风提着图纸往书房走："叫什么公司，最值钱的就是我了，两条腿走过来又不远。"

毕竟是肩能扛手能提、高山建桥不费劲的设计师，拖几个箱子、抬一台电脑轻松无比。

于是，殷以乔帮他把东西放好，妥善安置在书房、衣柜。不过十几分钟，电脑开机调试无误，律风就算是搬完家了。

鼠标、键盘轻微的按键声在隔音极好的书房里显得清脆又悦耳。

空荡冷清的房子终于有了热闹的响动。

"晚上想吃什么？"

"随便。"

"喝茶吗？"

"想喝可乐。"

律风沉浸于忙碌之中，殷以乔问完，顺从地去准备晚餐。

可乐是没有的，但是殷以乔特调安神红茶加蜂蜜给律风带来了放假第一天的好心情。

他们简单用过晚餐，就进入了安宁祥和的老年生活。

律风转头就能见到江景房一览无余的风景，以及如画风景之中静谧亮灯的桥梁分院，心里没由来地升起一种感慨，问道："你平时是不是经常偷看我们桥梁院辛苦加班啊？"

"我哪有这么无聊。"殷以乔笑道，"你们加班，我难道不加班？"

"那你房子怎么挑得这么好？"律风不信他没精心选过。

殷以乔抬手抚上栏杆，食指轻轻敲了敲："因为我临时的工作室就在楼下。买的时候问了置业顾问，楼上刚好有人想出售，就一并买了下来。"

果然，买的。律风并不意外这房子的归属，但他意外的是……楼下还有一套。

"师兄，你好浪费。"勤俭节约的律风无情批评。

殷以乔却说："没有买下整栋楼，算什么浪费？这里交通方便，周围全是商业圈，再放个几年卖出去，说不定还能升值，比我画图赚得都多。"

师兄精打细算，仿佛在这里买两套房子，未来就能实现财富自由，听得律风十分心动。

只可惜他身在休假，心在平海。如果吴院或者翁总工一个电话，通知他明天到岗，律风一定会毫不犹豫立刻买票，飞到祖国的最南端，买房子对他来说完全没有必要。

"去看看你的工作室吧。"律风提议道，"然后我们再去超市逛逛，买点儿东西。啊，我想喝可乐。"

第十六章 / 桥梁协会

悠闲的提议得到了殷以乔的默许，两个人乘着电梯下楼，工作室大门一开，熟悉感扑面而来。简洁的单色调涂装表现出了极具空间感的设计，房间格局分明和楼上一模一样，却透出冷淡与孤傲的气息。

殷以乔在有限的两百平方米里，完美地展现了属于自己的风格。即使室内没有任何多余的装饰，律风也能从简单的茶几、立灯、地毯之中，感受到"殷以乔"独有的印迹。

建筑师的喜好在工作室的风格中可以一览无余。光影随着墙面简单渐变，明明是狭窄的室内，仍旧拥有属于公共场所的开放与包容，任何人走进来都不会觉得这是一间居所。

它完完全全是殷以乔的工作室了。

律风感慨道："你的设计还是这么厉害。"

"怎么厉害？"殷以乔跟在他身后，不做任何介绍，任由他像拆礼物盒的好奇小孩一样观赏这间简陋的工作室。

"嗯……"律风想了想，继续前行，"充满侵略性，一进来就忘记了我原本的预设，只剩下你的设计。"说着，他伸手转动主卧位置的房门，房门打开，他却发现里面空荡荡的。

没有摆放会客的茶几座椅，没有铺上柔软地毯，只有一张宽敞画桌，一个巨大的画架。

画架支撑着画板，背对着入口，摆在正中央，周围整齐摆放着颜料、画笔、画纸。可它们门类各异，更像是许许多多不同画种的绘画工具摆在一起，等候着主人随性挑选。

"你在画什么？"律风好奇地往前走，还没靠近画板，就被殷以乔拦了下来。

"别看。"师兄的语气报然，挡住他去路的手臂却十分坚决，"不过是一幅藏起来的画，想完成之后再给你一个惊喜罢了。"

律风挑了挑眉："既然是给我的惊喜，我为什么不能——"

话还没说完，殷以乔直接伸手抓住他的肩膀，来了一个原地向后转。

"就是不能。"他的师兄格外严厉，"我要是画得不好，那就不送了。"

第十七章
CHAPTER 17
虚假数据

　　殷以乔说自己画得不好，律风根本不信。

　　建筑师都有艺术家的天赋，殷以乔画得一手好画，摄影的光影、构图也是一流。他们走遍欧洲的著名建筑，律风跟着学了不少东西。在他眼里，师兄的作品就算作为绘画单独展出都会吸引无数观众在作品前驻足，流连忘返。

　　即使没有提前拆封的惊喜，律风也不得不承认假期过得十分愉快。

　　晚上一起购物、看电影、聊建筑，白天一起参与越江广场项目的讨论会议，成为全场熟悉又陌生的听众。

　　听殷以乔和甲方沟通设计和建造问题，是一种独特的享受。无论甲方公司拿出多少质疑、抗议、新要求，都会在殷以乔轻描淡写的回复下屈服，根本没有挣扎的余地。

　　律风记得在全心建筑设计公司参与的每一场不开心的研讨会，甲方总是用一种瞧不起人的姿态，提出苛刻或者外行的要求。

　　以前，他常常忍不住出声纠正对方观点，导致甲方怒火中烧。现在，他捧脸坐一旁听边玩，感受建筑师该有的意气风发。

　　一场协商会结束，结果是全都按照殷以乔的要求来办，林一齐作为项目关联的丙方代表，眼神不断往律风那里抛。等他客客气气送走腾龙的人，立马蹦跶到律风面前，顶着殷以乔的视线张口就来："风哥，乔哥太厉害了！不愧是你师兄。"

　　夸的是殷以乔，看的却是律风。林一齐的偏心令殷以乔心情愉快："你们慢慢聊，我把这边的材料重看一下，就去吃饭。"

　　好像带两个小朋友的大家长，运筹帷幄的精英气质萦绕不散。

　　林一齐第一次见殷以乔，就觉得这位建筑师不愧是全球认可的优秀人才，脾气好、能力强，居然还是律风的师兄，他怎么看怎么厉害。

　　"风哥，你师兄太强了，腾龙的王总虽然人不错，下面的负责人却一个比一个难搞，但是现在每次开研讨会我都听得心情愉快。"

　　林一齐跟律风聊起工作，心里都美滋滋的："因为，最后肯定都按乔哥的办，省时省力还不费口舌，我简直想拜他为师！"

他一口一个"乔哥",喊起来和风哥似的毫无违和。律风跟他许久没有见面,仍是能从他"哥哥、哥哥"的呼唤中找回原来的亲切熟悉。

"你一个学英语的,拜什么师?多读点建筑方面的专业书,自然就能反驳甲方的无理要求了。"律风心里再怎么骄傲,说出口的话也是高冷严肃。

"而且,你最该跟师兄学的,应该是对项目的了解和对工作的负责。他连越江广场铺的每一块鹅卵石地砖的形状、材质、尺寸都知道得一清二楚,你现在能够说出越江广场附近的房屋建筑的选材用料吗?"

不愧是律风,直戳林一齐的弱点。作为一个英语专业的小老板,就算他们公司接下了越江新区民居的设计建造工作,林一齐也分不清楚什么高铝、硅酸盐、石灰石。

"嘿嘿,这些都是陈工他们负责的,我在学了在学了。"他真诚认错,"争取年底考几个证,做一个合格的小老板。"

林一齐承认错误永远快,叫他去砌砖抹灰也不会拒绝。但是,律风绝不相信他能考出建筑相关的证件来。指望他学会,倒不如指望他能代表公司好好对待设计师和施工队,做一个有良心的企业主。

等殷以乔忙完,他们三人一起吃完饭,就驱车前往越江新区,见到了建设之中的越江广场。

春节过后立刻动工的项目,已经有了灰扑扑的大致形状,隐约可见波纹状的线条遍布于安静的广场之上。

律风尤为感慨,他第一次见到概念图的时候,乌雀山大桥还在遭受自然天灾的考验。现在,乌雀山大桥经受住了考验,成功地打开了进入藏区最短的路线,而这座能够成为殷以乔全新代表作的越江广场,也差不多快竣工了。

"越江广场完成之后,你有什么打算?"

他们的话题过了两个多月,终于续上,律风曾经震惊忐忑的心情,变得格外坦然。因为殷以乔的设计变得和煦包容,从前孤傲疏离的侵略感在越江广场的雏形里消失无踪。他相信,任何人都会在越江广场的绝佳视觉效果中敞开心扉,感受到越江流传下来的,历久弥新的温柔。

"还没想好。"殷以乔收到了不少邀请,却没有一个符合他的期待,"也许再等等,等越江广场建好交付了,自然就有下一个项目了。"

殷以乔是不缺项目的,他缺的是创作的激情和欲望。哪怕越江广场的设计与他接触过的建筑都不尽相同,也不妨碍他全情投入,从中感受到迫切的倾诉情绪。他想:这是因为越江桥。因为这座桥为他定下了基调,指引了方向,才能让他设计得如此畅快自然,灵魂都得到了期待已久的交融。

所以,殷以乔问道:"你呢?下一个项目是什么?"他十分期待律风的下一个项目能够像越江桥一般,等待建筑师赋予它周围的荒芜以生命。如果不是乌雀山大桥孤独矗立在荒郊野岭,他真的非常渴望在乌雀山上建一座能够眺望桥梁的作品。

然而,律风没有回答。

他百分百肯定自己心系平麓跨海隧道,涉及的太多不确定的因素却导致他没有办法立刻回答,最终他笑了笑:"秘密。"

项目是秘密,能不能去也是秘密,甚至连这个名字,都充满了秘密的色彩。

殷以乔一点儿也没生气,而且根本不急,什么秘密到了确定的时候,都会登上各大新闻报刊,宣扬得到处都是。

毕竟,律风是国院的人。

国院负责的项目,就没有不受到全国瞩目的。

悠闲假期不过一周,律风就收到了吴赢启的通知。那头吴院的话格外严肃,透着不太高兴的情绪,可他依然带来了最好的消息。

"你去平麓跨海隧道项目的事情,批准了。"

一句话让律风心潮澎湃,恨不得马上收拾行李赶赴现场报道。

"但是……"吴赢启严肃道,"有附加要求。"

平麓跨海隧道项目规格不同,情况不同,律风可以理解:"您说。"

吴赢启的话语,带着叹息:"那边不是国院和翁总说了就能算的,一切都要经过项目委员会审批决议。他们认为你经验不够,设计的桥梁只有越江桥建在水上,乌雀山大桥属于盘山跨谷钢结构,和海洋腐蚀性环境截然不同,所以,他们要你拿出新方案作为考察。"

有些话他没有直说,毕竟从委员会里传来的意思是:他们已经拥有了更好的桥梁段设计师,律风这样的外行不够资格。

能够驳回国院申请、翁承先提议的家伙,吴赢启闭着眼睛都能数出一二三个来,他恨不得律风听完就说"好吧太麻烦了我还是不去了"。

结果,手机那头仍是冷清沉稳的声音:"我可以做新方案,但是我需要平麓跨海隧道桥梁段的数据。"

正如吴赢启料想的一样,律风可不是随随便便就退缩的性格,有一种血气方刚的固执,又叫他无比喜欢。

"有,我给你传到单位内网,你随时可以看。"吴赢启想了想,又认真叮嘱,"但是不准加班。我们跟门卫室和人力资源打好招呼了,一旦发现你熬夜加班,我马上就跟平麓跨海隧道项目委员会说'没方案,律风不去了'!"

领导过于贴心,甚至十分期待律风不去赴这场无理取闹的考察,律风颇感羞愧。真不知道吴赢启是希望他不要去,还是害怕他英年猝死,成为桥梁分院的负面典型。

于是,得到了新任务的律风回到朝九晚五的日子。

殷以乔从他上班那天起,天天关注基础建设的热点时事新闻,却发现纵观全网,只有高铁站通车、新建公路、大桥竣工的消息,根本没有新启动的桥梁项目!

终于,殷以乔忍不住问:"你回去上班,到底负责哪个项目?"

国院可不是一般的设计院,除了国家指派的大型桥梁项目,律风根本不可能出现在新闻都不会报道的小工程之中。然而,平麓跨海隧道一切成谜,律风在网络上都只能查到只言片语的新闻消息。

办公室电脑里平海调研获取的精密数据,巨细无遗地展示了这片不可逾越的蔚蓝海洋的水文、气象、地貌等情报。

对于平麓跨海隧道整个项目来说,这些数据粗糙简陋,不足以作为设计参考。可对于项目中的跨海桥梁来说,根据这些参数设计出一座样式简单、耗材节省的大桥,轻而易举。

轻而易举的事情不会成为平麓跨海隧道项目委员会拿来考核的试题。

律风满脑子数据,无从下手地回答殷以乔:"我现在什么都没负责,因为我还在努力争取。"

——争取能够从一行行数据里,看出委员会的真实目的。

桥梁分院迎来安静繁忙的又一天。

律风依然坐在自己的位置上,查看平麓跨海隧道项目的海洋数据。

他研究这些数据接近三天,已经能够背下起点立安港到终点麓岛富云县沿途的所有暗礁、岛屿。它们清晰散布在项目组发来的海事图上,将与修建成形以及计划修建的人工岛一起成为连接平麓的最佳途径。

然而,这样顺遂的线条未免过于简单,简单得不像一个耽误了二十余年的项目。

海事图清晰完整地给出了这片海域所有的强涌和急流。按照要求,律风大可挥手连线,直接在最佳途径上设计出一座简洁美观的桥梁,打通隧道。

可他迟迟没有动手,除了查看这些数据,他最多只是去找找关于海洋隧道、跨海大桥的论文,根本没有开始进行设计,表现得像个沉浸在纸面任务当中的学生。

冯主任过来查看情况的时候,正见到律风埋头在读《桥墩冲刷与波流力试验研究》。

他觉得奇怪,问道:"平麓跨海隧道桥梁段的波流力实验数据不是都给你了吗?"那份资料他仔细看过,给的数据巨细无遗,完全不需要律风再进行别的验证,直接就能上手设计。

律风闻言,从厚重的资料里抬头,拿过手边的计算结果,递给冯汉林:"但我觉得……数据有点儿奇怪。"

"哪儿奇怪?"冯主任诧异地接过来,

律风晃了晃笔:"根据他们给出的水深、波高、流速来看,桥塔能够承受的波流力应该在六千到七千千牛之间,但是我重新查了平海不同跨海桥梁的论文,发现它们承受的波流力差不多也都是这个数。"

冯汉林低头翻看律风的计算,经过复算之后,波流力保持在六千到七千千牛范围内,与项目组给他的数据保持一致。

"你说这个数有问题?"

"嗯。"律风点点头,"冯主任,这可是平海海峡,宽度高达一百三十二公里,为什么项目组给出的波流力模拟数值会跟其他内海跨海大桥的数据相差无几?"

律风对数字不敏感,也没有经手过跨海桥梁。但是,他深知海洋瞬息万变,越是远离陆地的海平面,越是湍急深邃。

"而且这一段……"律风指了指看似毫无异常的数据,"竟然是沿海平原到平湖群岛的数据,我怎么也不会信。"

平湖群岛有平海海峡之间"散落的珍珠"之称,以"群岛之外风平浪静,群岛之内波涛汹涌"闻名遐迩,除了旅游和物产资源丰富,还盛产社会新闻。

昨日商船触礁,海警奔赴现场紧急救援;今日海上浪涌打过,渔船钢缆断裂,危在旦夕。

律风随手一搜,平湖群岛附近都是海难、台风的新闻报道。

作为繁忙的海运航线,往来沿海省市的船舶在平湖群岛附近发生事故的概率远高于其他地方。然而,手上的数据平静无波,仿佛温和友好的海洋静谧安详,只需要他轻松划过去一道桥梁线条,就能完成这个简单的任务。

律风一提，冯主任也认真看了这份数据。那些密密麻麻的水文、地质、航道、航线数据，完美勾勒出了一幅美好的建设环境。略带困难，但能实现，他顺着这些数据都可以开始考虑最佳的桥墩落位与桥塔桥型。

如果律风没有指明这是沿海平原到平湖群岛的数据，冯主任绝不会陷入与他相似的困惑中。

"等一下，我去找两个人来。"说着，冯主任拿着资料走向隔壁办公室。

律风紧随其后，他没法安静地等待回复。

隔壁办公室有不少结束了项目，悠闲享受准点上下班时光的设计师。冯主任一进来，他们立刻放下手机，鼠标点点，每一个都专业认真地忙碌起来，一看就知道应付查岗的经验丰富。

"别装了，过来看看这数据。"冯主任拍了拍杜志学，"你负责过海南的佛海大桥，算算这组数据有没有问题？"

杜志学刚忙完佛海大桥的项目，听完冯主任的话，马上放弃了做作的伪装，接过资料。

风小，水浅，浪平，水流稳定。杜志学瞥了一眼便说："没问题吧，这些数据跟佛海大桥的海域差不多，斜拉桥建起来没什么难度。"

"我看看？"同办公室的人也探过头来，"这地方不错啊，海平层这么稳，岩面适合打桥墩，建连续梁桥更省事。"

专业的设计师，一看数据就能开始列桥梁方案了。

斜拉桥简单，连续梁桥省事，悬索桥壮观。

按他们的说法就是——

这地方四平八稳，让他们来做三年必成！

更可怕的是，他们没有开玩笑。

"冯主任，这项目缺人吗？我盘靓条顺干活快啊！"

"学长你让让，这种繁重的项目就不劳您大驾了，应该给我长长见识，多锻炼锻炼。"

本来，他们说这简单省事还轻松，冯主任不太信。结果，这群恨不得天天宅在办公室，永远都不接活的人，都对这平坦无波的海洋动心，主动请缨参与项目了，他马上信了。

冯主任把资料递给律风："看来这数据真的有问题。"

"嗯。"律风收回资料，"所以我才想找点跨海桥的实验数据，看看究竟差距有多大。"

设计师们垂涎的事少风险小的项目回到了律风手里。

杜志学都惊了："这是律工的项目？到底哪个地方又要建跨海大桥了？"

律风也不介意和同事分享情报，直接说道："平湖群岛。"

"靠！这不可能！"杜志学赌上自己十年跨海大桥设计经验，拍桌而起，原地跳得三丈高，"平湖群岛的风速、水速、暗礁、淤泥沉积数据得比这翻十倍！啊不！至少二十倍！"

他难以置信道："那儿怎么能建桥啊？"

做过跨海大桥设计的人最恨海洋复杂的情况。水流冲刷桥墩，就必须考虑桥墩腐蚀性寿命期限；浪涌急流存在，就得想想桥拱间距与水流惯性之间的影响。而且，跨海桥又要保航道又要保生态，天空之上飞机航线同时来插一脚，能把设计师的乌黑头发愁掉一半。

最后，再来全年无休七级大风，吹起十米海浪……

那简直了。

美不胜收。

钻研了好几天数据的律风，终于得到了有效进展——

数据有问题，根本不能用。

果然项目委员会给的考察不会轻松，但他没想到，连数据都假得风平浪静，任何一个跨海大桥设计师都不会信。

于是，踩着准点下班的律风，路上都在深思：这到底是委员会放水，让他设计出方案就准许通过的裙带关系策略……还是暗藏在海平面之下的平麓跨海隧道项目风起云涌、纷争不断的真实现状？

殷以乔驱车回家，发现律风竟然在厨房。可惜，他不是勤劳贤惠地做饭，而是一脸深沉地盯着案板上的青椒，似乎在思考怎么用它做成一顿美味的青椒拌饭。

"你怎么了？"殷以乔不得不伸手，把青椒撤下来，换上了解冻的牛排。

律风抓了抓头发，烦恼地让开道，靠在墙边不吭声。

"项目不顺利？同事不配合？设计有缺陷？"殷以乔随口问，同时熟练地热锅下油。

没等到律风的回答，却等到了一片沉默。

情况比殷以乔想象的更严重。可他仍是煎牛排、打好蛋，有条不紊地做着饭，等待律风主动开口。

牛排端上桌，律风连切割它的动作都显得魂不守舍。终于，他皱着眉出声

第十七章 / 虚假数据

道:"师兄,什么情况才会糟糕到测量给你的数据全是假数据?"

殷以乔听着不太妙。

建筑行业的任何数据细微误差,都会导致难以预料的后果。计算失误的承载力、被忽视的风载荷,乃至无法预估的地理环境变化以及暴雪洪涝,全敲响过建筑事故灾难的警钟,更不用说假数据了。

"国院得到了假数据?"殷以乔的语气不由自主变得凝重。

律风有些食不知味:"不,是我得到了假数据。"

虽然平麓跨海隧道项目的资料是经过国院传递给他的,但是毫无疑问,只有他需要这些东西。那么,他便会忍不住去想,如果这也算考验,到底是谁想考验他?

翁承先慈祥的身影浮现在眼前,又被他狠狠压了回去。

律风说道:"我想去的项目有点复杂,听院长的意思是里面很多派系纷争,各有各的利益,根本不齐心。"他叹息一声,将牛肉塞进嘴巴,咀嚼得两颊鼓鼓,直到仔细咽了下去,才继续说道,"我不喜欢这种气氛。"

会议争吵,甲方乙方。他在英国学习工作时见过太多这样的项目,参与的各方都在为了自己的利益争辩。建筑要建,但是得完全按照甲方需求;设计要改,甚至很可能和最初的构想截然不同。他满心欢喜又满身疲惫,仿佛在这个行业,只有成为杰出一辈才会获得尊重。

然而,律风回国之后在国家设计院得到了最大限度的支持,见识了最优秀的集体,更明白了"团结一致"的真正含义。

他们可以为了更好地实现桥梁建设,吵吵闹闹,却绝不会从中作梗,阻止律风去实现一个看似天方夜谭的想法。

数据是一切的基础,没有数据就不可能有设计,更谈不上建设。他满怀期待想要进入平麓跨海隧道项目,没想到面临的考验根本不是设计方案,而是一堆根本不可信任的数据。

因为工作,他们晚饭都吃得沉默且闷闷不乐,无论殷以乔说什么趣闻,律风都没有办法配合地笑出声来。

"我看出来了。"殷以乔肯定地说,"就算数据是假的,你还是想做这个项目。否则你也不会这么生气了。"

律风无法反驳。他的灵魂仍旧在咆哮:那可是平麓跨海隧道,直连大陆与麓岛,超过日本隧道三倍长度的超级工程,他怎么可能不想做!

然而,他只能点点头,说:"我生气是因为给我假数据的人一开始就没有信任过我。"

桥梁设计不是别的什么建筑设计。它极度依赖测量，任何水文、地质、气象变化都会影响桥梁设计上的取舍。哪怕律风手上是一份灾难频繁、暗礁聚集、台风肆虐的恐怖禁区，也远比他得到的风平浪静的温和假象更能令他接受。至少那考验他的是大自然，而不是叵测的人心。

"说不定，他不是不信任你，他是害怕你。"

殷以乔的话，令律风皱起眉来，脸上写满困惑。

然而，殷以乔充满骄傲地继续说道："毕竟，你连乌雀山大桥都能设计出来，如果给了你真实的数据，说不定你很快就设计出了举世震惊的桥梁，那他多没面子。所以对方才不敢给你真实的数据。"

师兄表情严肃地吹捧他，律风听了就十分想笑，刚才低沉的心情，终于稍微好了一点点。

律风笑道："那我明天得好好问问，哪位大仙这么怕我落他面子了。"

第二天一早，律风拿着圈画好的报告递交给吴赢启。

"吴院，麻烦你联系一下平麓跨海隧道项目委员会，这是一份错漏百出的假资料，就算要考验我，也得拿点儿正常的数据吧。"

吴赢启诧异地接过资料，上面勾出了一切有问题的数据，不多，偏偏是最关键的部分。

如果律风依样画葫芦地设计桥梁，恐怕图纸都不需要请审图专家来核验，留在平麓跨海隧道项目的工程师们一眼就能看出问题。

吴赢启脸色忽然就变了。

国家设计院从来没有收到过这种东西，哪怕存在测量误差、计算失误，也不可能将一片众人皆知的危险海域变成这个样子。

"这事太蹊跷了。"他神情凝重地说道，"我马上以桥梁分院的名义请示国院，致函平麓跨海隧道项目委员会！"

一旦事情发展到致函阶段，就是单位与单位之间的正式对峙。

吴赢启的态度强硬得出乎意料，甚至在问询函里带上了国院的印章，拔高了行政级别，一定要追究这份假资料的来龙去脉。

就算是平海、麓岛两地共管的平麓跨海隧道项目委员会，也得正式开一场会议研究如何答复国家设计院的问询。

会场坐满了高级工程师、设计师，翁承先坐在委员会主席的旁边，面色和煦地看着会场的年轻人。他们昨天才在会场上大吵一架，不欢而散。今天，又要因为项目以外的事情坐回现场。

委员会主席彭同方说道："国家设计院就设计师律风来任职一事发来问询函，反映我们发过去的测量数据存在编造、篡改的情况……瞿飞，数据是你传给国院的，你解释一下。"

"老子解释个屁！"瞿飞穿着灰白T恤，胡子拉碴，恶狠狠地把烟头一摁，嗤笑道，"数据怎么回事该问那边的小衬衫。"

"诶，你可不要乱讲哦！"穿着整齐衬衫的夏英杰反驳道，"我们岛研院的数据是原封不动给的你，出了事情，肯定是你的问题呀。"

瞿飞翻他一个白眼，吐出一口浊气，又抽出根烟来点上。

"老子熬夜加班跟你们干仗，恨不得国院马上来个设计师帮把手。我会给假数据？"他夹着烟头冲自己挥了挥，"要不是翁总摁着我，现在律风就该坐在这里，亲自问问你这个东西给的什么垃圾数据！"

夏英杰火了，怒斥道："你再诽谤我，我会告你啊！"

"你告我啊！"瞿飞一拍巴掌蹿起来，一米九一的壮汉体型，跨步上前，吓得夏英杰脸色惊骇往后狂缩，"来来来，老子马上陪你去法院，咱们打个三十年官司不撒手，省得你天天口头起诉，连封律师函都不舍得给我发！"

第十八章
CHAPTER 18
跨海大桥

场面重回混乱。

瞿飞走过去就要动手抓人，坐在席上的翁承先突然沉声说道："好了，先坐下。把会开完。"他的声音不算严厉，甚至没有一丝呵斥的意思。瞿飞却停了手，眼神凶狠地瞪得夏英杰脸色发青，才踩着拖鞋坐回去。

"我会把数据重新整理之后再发给国家设计院。"翁承先的话直接给这次事件定了基调，"然后，瞿飞写一份情况说明上来，我们审议之后，给国院回复。"

总工程师的话还没说完，夏英杰听到板子落在了瞿飞身上，顿时洋洋得意起来。

"还是翁总工看得清楚，我怎么可能搞鬼。这数据啊，肯定是——"

"情况说明不是处罚决定。"翁承先打断了他的发散思维，"但是，瞿飞在把你们的数据传给国院前没有做好核对，导致设计师收到错误的数据，这确实是他的失职。数据是谁篡改的，改成了什么样子，董主任负责跟进，给我拿出结果来。"

他可没打算像彭同方那样，两方斡旋，直接点了办公室主任的名。

翁承先平时都笑眯眯的，温和慈祥，唯独看向夏英杰的时候，语气变得冷厉严肃："平麓跨海隧道项目组不允许发生这种损人不利己的事情，谁干的，谁就得负责任。散会！"

由委员会发起的会议以翁承先的严厉要求结束。所有人噤若寒蝉地离开会议室，根本不敢多加议论。

毕竟，这是多个单位、跨越两岸两省的复杂项目组。表面上是瞿飞和夏英杰的矛盾，事实上，却是国家设计院和麓岛建设研究院的冲突。平麓跨海隧道确定不了动工方案，这两人的矛盾就会一直持续下去。

没办法。

两方都有自己推崇的隧道选线方案，两套方案迟迟无法达成一致。如果这是普通的国家项目，一锤定音，谁也别不服谁，偏偏里面还掺杂了更多的利益纠纷。

等人走完了，瞿飞慢慢跟着翁承先出门，伸出手扶着他老人家，开口道："我那个情况说明……能不能不写啊?"

翁承先乜他一眼:"递交错误数据,换其他项目你都被除名了!还想偷懒?"

"我怎么可能偷懒!"瞿飞挺直腰板,怒上眉梢,"我只是没想到夏英杰胆子大到敢造假!这可是给我们的数据,他连我们都敢骗,根本没有合作诚意!"

他怒气冲冲,翁承先却平静地看他,视线里写满了无奈。

"师父……"瞿飞心中一腔的怒火,都在翁承先的眼神里偃旗息鼓,"真不是我干的。"

"你警醒点。"翁承先背着手往外走,空荡的穿堂走廊空无一人。他往宽敞的栏杆边走去,抬眸便能见到辽阔无际的平海。

蔚蓝的海洋衔接了雾蒙蒙的天空,一眼望去,看不见地方正是平麓跨海隧道想要连通的麓岛。

"这不是一般的桥隧项目,每一个单位都是我们的合作伙伴,又是我们潜在的敌人。"翁承先的声音很轻很低,带着他这个年龄常有的疲惫,"你并不适合做平海的桥隧设计,我还是把你要了过来,因为你是我最信任的人。"

这话说得瞿飞愧疚无比,他尴尬地摸了摸鼻梁道:"我怎么知道这么点儿数据,岛研院都会出乱子。我下次一定好好检查这群人给的所有东西,回去就写情况说明。"

翁承先看着他,显然还不满意。

瞿飞眉头一皱,说:"师父,我真不明白了。这隧道,这桥,麓岛的人根本不想建!今天说台风频繁,方案不能从平湖群岛过;明天说项目设计水平不够,研究院的人不通过;后天又说什么桥隧环境污染严重,影响了麓岛,导致他们连续下了半个月的雨!老子靠了,他们那里刮台风下雨不是常有的事?我们的隧道和桥还没开建,他们就未卜先知,知道平麓跨海隧道影响环境了?!"

他的抱怨不是一天两天。每次麓岛建设研究院的夏英杰一发话,就能把瞿飞气得火冒三丈,傲慢得令瞿飞恨不得当场给他两拳头。

瞿飞越想越头炸,他啐了一声,道:"老子早晚把他给剁了!"

"哈哈。"翁承先听到这样暴躁血腥的话,竟然笑出声来。他微眯着眼睛,海风轻柔拂过带着海洋特有的咸腥味。他说:"你剁了夏英杰就解决问题了吗?岛研院还有张英杰、王英杰、周英杰盯着这个位置,随时都想过来插一手。"

长达一百三十二公里的隧道桥梁既是造福民生的实事,又是利益巨大的商事。只要能在平麓跨海隧道项目说得上话,岛上的英杰们获得的回报远远超过他们在岛研院做一辈子的研究。

瞿飞当然懂得这个道理，但是他始终无法明白，为何要修平麓跨海隧道。

"从大陆到麓岛，坐飞机、渡轮虽然慢一点儿，但是不造隧道节约下来的钱咱们能造一百座曲水湾大桥，把内河、高山的坑坑洼洼全给连上。"他声音压得极低，不敢公开宣扬自己的想法，"上面为什么明知这个项目由我们的人来负责更合适，还叫岛上的人主导方案，而且，居然同意岛资实业集团的人掺和！这不是——"

瞿飞戛然而止，左右看了看没有人影，才继续说道："这不是多此一举吗？"

"多此一举所以就不做了？"翁承先反问。

"嗯。"瞿飞说得很肯定，"我觉得完全没必要！"

翁承先哼了一声："律风就不会说这种话！"

瞿飞听愣了。他师从翁承先十八年，读书时候就喊翁承先"师父"，还没见翁承先这么把一个人挂在嘴边的。他眉头都皱一起了："师父，您老人家去一趟乌雀山回来，怎么胳膊肘就往肚脐拐了？我可是你亲徒弟，给你养老送终的那种！"

然而，翁承先可嫌弃这亲徒弟了："你什么都好，就这颗心跟我想不到一起去。"他叹息一声，"我们国家很多规划，政治上的意义远大于经济利益。是，把造平麓跨海隧道的精力拿去搞其他建设，获得的回报比这条横跨平海的隧道多得多。但它是连接大陆和麓岛的隧道，更是连接我们和岛民的桥。"

翁承先转头看向身边的徒弟，语重心长道："瞿飞，我跟你说过，桥梁的意义和飞机、轮船是不同的。我们需要这么一座隧道桥，用它将麓岛永永远远连接在祖国母亲的身边，告诉全世界，我们有能力照顾自己的孩子，让他们过得更好。"

翁承先的声音温和，瞿飞却听得心头沉重。

桥梁就像母亲牵着孩子的手一样温暖，它们连接着中国的每一座山脉，每一条江河，无论开辟多少水空航线，都比不上一座座相连的桥梁令人心安。

瞿飞撇撇嘴："我这不是说气话吗。要是我真不想建好这平麓跨海隧道，可不是中了岛研院的计，遂了他们的心愿！"

翁承先点点头："你知道不能被岛研院牵着走就行，我们要建平麓跨海隧道就要考虑好平麓跨海隧道的事情。你脾气浑，不好相处，至少以后给我把方方面面都盯紧了，不要给律风增加负担。"

人还没来，方案还没出，师父就把自己定位为负担了。瞿飞心里不乐意极了："怎么回事啊师父，律风是有三头六臂，能耍定海神针不成？"

第十八章 / 跨海大桥

翁承先扶了扶眼镜，像个小孩似的"嘿嘿"笑道："律风脾气好，能力强。去了一趟乌雀山，把困了老吴十二年的项目都给解决了。三头六臂不至于……但他两只手，一双眼，能够变幻出万种神奇，妙哉妙哉。"

这夸得没有边际了，翁承先还轻轻摆头，带了沉醉的唱腔。

瞿飞不服气地嗤笑道："什么变幻奇迹……您说的不是搞设计的，您说的是小仙女儿！"

翁承先瞥他一眼，不悦地眯着眼威胁道："反正就是比你强，快点儿，回去写情况说明。我要给律风整理数据了！"

国院火速发函，极快收到了回复。

"因瞿飞疏于检查，导致传递的数据存在纰漏，已进行批评教育。特此更正平海相关数据。"

律风扫了一眼简单的回函，直接点开了附件，更正后的数据和他想的一样凶险。

平湖群岛水势汹涌、台风不断，绝不是什么风平浪静的好地方。之前温顺的海洋假象消失不见，摆在律风面前的是一片极度危险的风口。

然而规划的北线方案必须经由此处通过，建成长达五千米的公铁两用跨海大桥，为后续的平麓跨海隧道做铺垫。桥基建设稍有差池，必定会引发惨烈的连锁反应。

律风盯着数据沉思，吴赢启看了回复格外头痛，那股雄赳赳要追究责任的怒火几乎在见到"瞿飞"的名字时就凉了半截，说："这个瞿飞是我们院的人，翁总说数据是他传的，是他搞错了，我一点儿也不意外。"

"为什么？"律风十分不理解。

"他脾气暴躁，大大咧咧，项目开会总迟到，不好相处。但是……"吴院犹豫片刻，说道，"但是他做得一手好测量，画图也没出过问题。人能熬，肯干，又是，翁承先的徒弟……"说着，他摇了摇头，"老翁怎么会收他这种徒弟。"

语气里满是无奈，律风瞬间明白了。瞿飞就算是真正给错数据的人，吴赢启也不好去追究什么。国院的自己人，又是翁总的徒弟，这回复内容虽然简洁，包含的信息量足够巨大。

"那我先看看怎么设计桥梁部分吧。"律风没多说，拿过资料就要走。

"律风，我会问清楚翁总工到底是怎么回事的！"吴赢启沉着脸许诺。

律风却摇了摇头："不用。到时候见了我会自己问。"无论是问翁承先，还是问那个瞿飞,这事不会这么轻易揭过,他也不相信什么疏忽、纰漏能够导致如此重大的传递错误。

只是,一切纷争暗涌面前,数据更重要。

律风从未动摇过自己想去平麓跨海隧道项目组的决心,这场事故反而燃起了他的斗志。

他重新查看了数据,之前就有的念头迅速成为草图落在了洁白的纸页上。

暗礁、深水、台风。桥梁要从这样的地方跨过,始终无法回避海水侵蚀与狂风巨浪。作为公铁两用桥,穿越平湖群岛的那根线条注定要又粗又壮,才能抵御自然的侵扰。实用和美感在这一片海域展开了激烈的争斗。

律风好几版桥梁的草稿,都因为粗壮笨重的躯体而被否决。这么一片蔚蓝海域,落下太多的桥桩,毁坏的不仅是自然风景,还有海洋生态。

反反复复的斟酌,使他将平海数据清晰印刻在脑海里,即使准时下班也会默默坐在书房里思考跨海大桥的设计。

律风已经清楚了平麓跨海隧道每一个桥座选择的落位,但是他无法抉择的是,到底是悬索桥更好还是连续梁桥更稳。

晚饭之后,律风又把自己关在书房,全自动加班。

电脑屏幕左边显示的是平海的蔚蓝风貌,随便点开一张图片都像是亲临了那片深邃迷人的海域;屏幕右边,是清晰的中国地图,宽阔的蓝色海峡阻断了大陆与麓岛的通道。

律风晃着铅笔,在手绘的地图上随意连线。跨海大桥如同水蛇一般弯曲,钻进了隧道预定入海口,下一刻又在贴近麓岛的位置昂头出海,仿佛蛇吐信一般,桥梁就这样衔接到了海岛边缘。

他脑子里无数漂亮的桥梁设计都因为台风巨浪化作泡影,这片海域好像注定只能架设粗壮的钢筋水泥。

平麓跨海隧道的桥梁,设计条件极为苛刻。防风抗雨为基本刚需,额外还要考虑海啸、地震、台风、海水侵蚀、泥沙淤积、航道航线干扰等因素。

律风就算想在桥梁上做一点点个性发挥,也会被资料里残忍的数据打击得不得不面对现实。

正当他烦恼于要不要进行审美妥协的时候,书房门被人敲响。

"师兄!"律风一喊,房门就打开了。

殷以乔远远靠在门边,笑着问道:"有空吗?"

"有。"律风站了起来,思绪从自我挣扎之中解放,原本作痛的太阳穴随着走路的步伐变得轻松。

"我头痛死了,新方案真的烦。"之前烦造假,现在烦抉择。被迫要放弃漂漂亮亮宏伟辉煌大桥构想的律风,悲哀地意识到自己是一个颜控。

他为了平麓跨海隧道桥梁段,查找了无数与隧道连接的桥梁资料,发现唯独中国桥梁披红挂彩,霓虹闪烁,成为他心目中永远偏爱的NO.1。

然而,NO.1的隧道桥做得极为朴实,好像每一位设计师都和他一样——发愁头秃之后,被迫向现实妥协。实用性战胜了观赏性,能建成就行!

律风哀叹建桥不易,大步走出书房,卷起衣袖问:"搬沙发还是扫地?我现在正想做点儿家务,醒醒脑。"

"感谢你这么积极。"殷以乔轻笑着招呼他来茶几电脑旁,"叫你来看模型,不是叫你来干活。"

一听模型,律风眼睛都亮了。他走到殷以乔的笔记本边,毫不客气地坐下。

"越江广场还是你的新作品……"话没说完,就见到屏幕上熟悉又陌生的亭廊。

那是他遗忘在电脑硬盘里的半成品,即使认真记录了醉后师兄给出的严厉批评,也没能找到机会沉下心来好好修改它。因为,他的心早就飞向了大山深处那座盘旋桥梁上,完完全全没有了耐心勾勒亭廊桥影的兴致。

此时,屏幕上的亭廊立于水面,廊顶简洁宽阔,它浑身散发着中国传统建筑的韵味,却因为细细雕琢的材质透出了现代建筑的清爽纯粹。

一座建设在现代湖泊之上,身形与倒影同样雅致舒适的亭廊,是连接市民中心与青色高楼最佳通道。

"……师兄你改的?"这话问得傻,可更傻的是律风。他拖着鼠标,一点一点查看亭廊的建模,无论是廊顶垂质的弧度,还是立柱与基座衔接的力度,都完美展现了传统建筑风格,也不知道师兄施展了什么魔法,让它在阳光下熠熠生辉,凸显出独树一帜的现代气息。

"最近有空,就把电脑存货清了清。看你没空改《山水逍遥》的亭廊,我就随便动了动。"殷以乔说得轻松,也不知道是多少个日夜的加班加点,"要是觉得还行,你的《山水逍遥》后续设计,可以按这个风格来。"

"行!特别行!"律风被现实折磨的感知力又回来了,"果然建筑还是要足够美丽,才能引发观赏者的共鸣。"

"嗯?"殷以乔困惑于他突如其来的感慨。

然而,律风眼睛闪闪,没有解释。他眼前看的是漂亮的亭廊,心里想的却是远在平海的桥梁。他将亭廊缩小于山水之间，就是一幅完完整整的微缩画卷，不过一条短暂的湖面衔接罢了，却穿越了几千年的时空，将过去和现在紧紧咬合，毫无违和感地融入了一方水土。

《山水逍遥》追求的是人与自然和谐共美。他做桥梁也当如此！

律风挣扎许久，忽然就定下了结论。不够宏伟壮观的桥梁绝不是他的设计追求，不能与平海气吞山河的磅礴姿态相衬的桥梁，更不是他的期望。

一个浅淡的念头，从眼前凭栏依水的亭廊悄然浮现。律风说："不管是亭廊，还是桥梁，都该在它所在的地方与自然融为一体。"

而波涛汹涌的海洋当配一座独一无二的美丽桥梁。

它应身披威严肃穆的铠甲，刻上慷慨豪迈的印记，象征着古往今来所有将士一夫当关万夫莫开的气魄，巍峨矗立在平海之上。

律风对平海的记忆，总是充满了铁马兵戈的铿锵声响，似乎他在新闻上见到这片海域时，都带着浩如怒风驾秋涛的味道。

温柔广博的海洋，桥梁应当身姿优美如同缠绕其中的水蛇褐藻，顺着洋流舞动。可在他的手中，跨海桥梁的身形壮观，粗壮的钢筋铁骨，每一根桥座都像是扎根海底的尖枪。

七级台风，十米巨浪，在图纸上淡去阴影，逐渐清晰的是一座横跨平湖群岛、线条分明的桥梁。

他抛弃一切干扰因素，全靠一腔创作激情，在草稿上随性落笔。那些黑白线条围成了律风最为熟悉的中国古建筑户牖的模样。

交错的钢管支撑，在桥梁中层构成了无数镂空六方三角格，用世间最为坚固的材料支撑起了贯穿平海的通道。

律风沉浸在传统与现代的交融之中，迅速地建立起了跨海大桥的雏形，那些错落有致的格线既有传统古建筑的婉约，又有钢盔铠甲的粗犷，展现出他对平海的无尽想象。

这是他第一次尝试在桥梁里融入传统文化。

在绘制出了钢铁护卫般的长桥之后，他才慢慢冷静下来，按照平海数据微调桥梁。

落位，桥座，预留航道。

拥有了完整设计外观的大桥，不断延展身躯，弯折曲线，仿佛一座匍匐在海面上的长鞭，带上了"井"字尖戟，透着百兵之勇、战无不胜的气势。

律风不管风云诡秘的委员会怎么想，这样气势如虹的桥梁才是他期望站立在平海之上的建筑。

他顺着设计图,快速地制作起概念渲染,律风没有片刻犹豫就选择了生铁如漆、闪着寒光的深灰色涂装。因为,那是平海留给他印象最深的色彩,与清晰的高速分道线一起勾勒出了一条目的明确的通道。

瞿飞在台风过境的一个下午接到了电话。

翁承先言简意赅地叫醒趁着台风睡懒觉的徒弟:"明天好好收拾一下,做好准备?"

"什么准备!"瞿飞精神一振,差点儿从床上跳起来。

翁承先笑道:"律风来了。"

第二天一早,瞿飞的脑子都还是一片混乱,他勉强穿着衬衫西裤,套上了运动鞋,跟着翁承先到机场接人。

驻地附近的机场忙碌拥挤,人头攒动的噪音环境炸得瞿飞头疼欲裂。

"他不先给我们设计图吗?"瞿飞皱着眉,不满于律风的来势汹汹,"待会儿开会投影,整东整西地又要耽误时间了。"

翁承先看着机场到达口,道:"出了这么大的事情,他还敢提前发设计图?"

这话说得瞿飞哑然,他抓了抓头发,低声嘟囔道:"直接发给我不就安全了……"

"律风!"翁承先忽然出声。

瞿飞赶紧往到达口一看,见到了穿着黑色短袖、牛仔裤的清爽年轻人。他短发修剪得整齐,身形看起来有点瘦弱,等走近了,瞿飞却发现他很高——当然,没有一米九一的自己高。

他在平海风吹日晒待久了,一看就觉得律风养尊处优,不像是能够吃苦耐劳的样子。

律风出门还背书包,跟他想象中冷漠回怼桥梁工程师的模样差之万里。如果不是他清楚这人能够连续走上三四天的乌雀山,熬在工地里看着大桥盘山而起,必然会把律风当成是初出茅庐的工地新人。

"翁总工。"律风打了招呼。

瞿飞心里"哦"一声,亲切温和有礼貌,果然跟他想的一点儿也不一样。这么大一个陌生人站在翁承先身边,律风的视线自然会落到瞿飞身上。

自来熟的瞿同志当场伸出了手:"欢迎欢迎,我是瞿飞,翁老师的徒弟。我们也算是同事了。"

律风听到这个名字,连礼貌回握都透着敌意。他眉头微皱,直言不讳:"我的数据就是你给的?"

"靠!"瞿飞当场就跳脚了,"律大设计师,我冤枉啊!"

律风还没说篡改数据的事情,瞿飞就开始喊冤。

"我只负责传数据,谁能想到数据是假的呢?"身材高大的工程师说得咬牙切齿,"项目组里面居心叵测的人太多了,咱们这次纯粹是被别人给坑了。"

瞿飞边说还边伸手比划:"岛研院的夏英杰绝对是造假的头号怀疑对象,实业集团的傅梅也不是什么好货色,里面还有七八个心思叵测、钩心斗角的家伙,你千万不能掉以轻心。假数据的问题,是我没有检查出来。但是律工,你今天来了,咱们得团结起来,一致对外,要不然搞不定这个横跨平海的项目!"

瞿飞一句话,把除他以外的人里里外外骂了一通,根本不是为了喊冤,而是火速扯起外部危急的大旗,想拉律风入阵营。

律风听完,不为所动:"既然委员会里面这么危险,那你传给我数据之前,为什么不先看一看?"问话直切重点,国院派他驻扎这里,差点把国院自己的人坑了,还不是得怪他粗心大意。

瞿飞脸上无光,本想忽悠着律风忘记追责,谁知道这位看起来脸嫩年纪轻的设计师,问话跟师父一样犀利。他坐上车抹把脸说道:"我错了,我真的错了,师父已经狠狠教育过我了,情况说明也写了。要不……我再把情况说明抄一份给你?"

毫无诚意的悔过,并没有令律风感到愉快。

作为国院外派出来的设计师,明知道身处危险之中,还麻痹大意,实在不是什么值得信任的合作对象。他说:"不需要。"

冷漠回绝,显然是不打算原谅瞿飞的疏忽,瞿飞之前对律风温和友好的判断,全都消失得干干净净。现在,他只觉得这位律工年纪轻轻,性子还挺刚。

翁承先笑看瞿飞吃瘪,还没忘记当头补刀。

"他就是不以为意,栽了个坑。天天觉得岛研院的人搞事,结果自己也不是省油的灯。律风你这次的设计不发给他是对的,直接在会上展示比过一次别人的手更稳妥。等他能够证明自己值得信任之前,都不要对他放松警惕。"

师父在前,把徒弟说得一无是处,瞿飞就算有一腔怨气也只能闭嘴憋着。

律风的视线从瞿飞面上扫过,翁承先虽然批评瞿飞不省心,但是律风能听得出来,这更像是一种对自己人的维护。

他叹息一声道:"我不是因为不信任他,所以没有发设计图。而是设计图纸和模型，我昨天才赶工出来，数据量太大了来不及传。"

瞿飞听了一愣，他以为这点儿时间只够律风画张草稿图的，可听律风的意思，他还建了模?!

翁承先喜形于色，好奇问道："你还做了平海桥梁概念模型？"

"对。"律风肯定道，"从设计到建模，我都做完了。"

从正确的数据传给律风，到本人来到平海，也不过一个半月。瞿飞知道律风处于休假期间，国院为了弥补他长久待在乌雀山大桥项目里的全年无休，特批了一段极长的假。

他想着，律风休假间隙磨磨蹭蹭画个设计图，甩到麓岛建设研究院那群建筑师身上都能把一群温水青蛙炸得呱呱叫。然而，律风竟然加班加点，来了一套完整的设计概念，听起来还完美符合了平麓跨海隧道桥梁段的规划！

瞿飞压抑着想一睹为快的欲望，走进会议室就开始帮着律风忙前忙后。电源，转换器，投影仪……他连盯着律风调试投影效果，都觉得心情兴奋。

因为，他迫不及待地想让这群井底之蛙见识见识能够设计出乌雀山大桥的神仙设计师最新的作品，顺便观摩夏英杰这家伙脸色惨白的模样。

平麓跨海隧道项目委员会的现场，参会人员陆陆续续到来。每一个安静入席的人都能见到讲台前忙碌的瞿飞。向来脾气暴躁、拍桌吵架的瞿工，此时正对身边忙碌操控电脑的年轻人大献殷勤。

"投影仪的光亮度需不需要调整？"

"要不要先试试建模加载会不会卡顿？"

"诶，你用的是3D max还是Rhino？"

问三句也没得到一句回答，还颇受嫌弃。年轻人抬头就说："你别挡光，过去坐着。我会调机器。"

高贵冷艳，毫不领情。

众目睽睽之下，他们眼里陌生无比的糙汉瞿飞乐颠颠地离开讲台，见到他们诧异的眼神，还嚣张跋扈地嗤笑一声，令他们找回熟悉的感觉。

瞿飞还是那个瞿飞，但是讲台上的律风，却不是他们想象中的律风。

"我以为设计乌雀山大桥的人会更有资历一些。"

"不会是国院派来的实习生吧，就过来讲讲设计图。"

"你看瞿飞那个态度，怎么可能是实习生……"

他们的悄声议论还没得出个结论，门外忽然传来熟悉的说话声。

"哎哟，国院的大设计师还真来了啊。"夏英杰的阴阳怪气永不缺席。他跟着岛研院的同事、实业集团的傅总一起进来,却没有回座位,直接走上了讲台。

"让我看看你设计的图,不知道有没有别人吹得好——"

夏英杰凑过去,没能等见到一座桥梁,先见到了一只铁灰色的庞然大物。它们破浪而来,行驶在深蓝海域,浑身玄铁色的潜艇反射出海洋烈日的辉光,头顶上插着鲜红的旗帜,也不知道拍摄照片的人又是带着何等情绪捕捉下了这一幕。

看清了屏幕上是什么的夏英杰,顿时吓了一个激灵。那些潜艇仿佛是他一直畏惧的深海鲨鱼,正冲他露出猩红的眼睛。

"你放这鬼东西干吗?!"夏英杰立刻谴责道。

"参考资料。"律风盯着惶恐的他,如他所愿地关上照片。

下一刻,律风终于调出了与"参考资料"同色的桥梁。

它有着相似的铁灰,相似的筋骨,相似的气魄。尖锐的桥塔,紧密如铠甲似的镂空六方三角钢格,还有直插海底的深色桥座支撑起了它横跨深邃无边的平海,气吞山河的豪迈身躯。

这样的桥梁,明明安静站立在海平面上,却自带一种难以忽视的勇武之气。

会场里响起嘈杂的声音,都在为这座桥梁的尖锐设计议论纷纷。

然而,期待见到它已久的瞿飞,却忽然愣神,脑子里蹦不出半点儿完整的词来。

也许是刚才无数破浪的恢宏船艇影响了他的判断,瞿飞已经忘记了最初对它的全部想象。他所有思绪不断在铁灰色桥梁与铁灰色船影之中徘徊,只觉得,这座桥梁更像是停泊的港湾,旁边就该肃穆庄严地整齐排列起一艘艘巨轮,每一个走上桥梁的人,都能亲眼见到祖国勇猛的战士们出航、归港。

这座钢铁桥梁的身姿就像平海给他留下的印象——

坚韧不屈,又勇猛刚强。

第十九章

CHAPTER 19

惊艳全场

会议室的人已经听说过律风的事迹。

一个籍籍无名的国院设计师由于一座盘山结构抗震的乌雀山大桥,成为桥梁工程界竞相讨论的话题。

极为年轻的一位设计师,却拥有不错的才华和想法,自然受到更多人的关注。他的照片在网络随处可见,他谈论中国桥梁的身影和声音也流传开来。

无论是官方的消息还是小道的八卦,都说他是一个上进青年,经验少,可热情高。

但是,会议室在场各个部门的负责人绝没有想到,他们会见到这么一座浑身充斥着威慑力的桥梁,好像它跨越的不是海洋而是枪林弹雨!

"这是什么设计?!"夏英杰几近尖叫,冲律风宣泄着他们岛研院的情绪。

"你搞清楚哦,我们麓岛附近都是珍贵的风景资源,海洋、沙滩都是全世界优秀的物质遗产,你做这么一座桥跨在海上,到底是想怎样?"

瞿飞沉浸在桥梁渲染图带来的震撼之中,一听耳边熟悉的喊叫,条件反射拍桌怒斥道:"长没长眼?懂不懂桥?!"他宽大的手掌"嘭"的一声拍下,把夏英杰的魂儿都给吓跑了,刚才怒气冲冲兴师问罪的下文噎在喉管。

夏英杰瞪着一双眼睛,换了个安全的站位,才理直气壮地说道:"我们想要的桥,当然必须跟自然风光匹配,符合麓岛精神文化需求,要够美。"

他抬手指着屏幕上铁灰色的桥梁,说道:"反正不要这样的。"

好好的桥梁设计研讨会被他站在台上颐指气使的模样弄得不伦不类,瞿飞立刻火了,腾地站起来,沉着脸说:"平麓跨海隧道的桥到底怎么设计,什么时候由你一个人说了算?你当你们岛上委员会的人是死光了吗?"

夏英杰见他这样,往后缩了缩。

在场委员会的麓岛代表"咳咳""嗯嗯"的,态度介于对瞿飞发表惊人言论的习以为常,和自己还没死一定要发出点儿声音的尴尬之间。

"反正……"夏英杰怕挨打,低声怂了些,"反正投票表决,我也会坚决投反对。"

根据他对这个莽汉的了解,吵得掀翻天花板的时候反而不是真的动怒,只有像现在这样,沉着脸、眼神阴森、面色铁青地咬牙切齿,才是打人的先兆!

瞿飞上前一步,打算伸手把这个家伙揪下来。反对什么的根本不重要,重要的是不能让他挡住投影仪,耽误大家欣赏律风设计的跨海大桥。

"瞿飞。"台下的翁承先,总在关键时刻出声。自家徒弟的手刚好拎住夏英杰的衣领,正推搡着,就被他喝住了动作。

翁承先提醒道:"平砻跨海隧道项目一直尊重岛研院的意见,夏建筑师只不过在提出自己的观点,没必要大动干戈,都是一家人。"

"哼。"瞿飞松开手,亲切友好地掸了掸夏英杰衣领上根本不存在的灰,"一,家,人。"

吐词咬字的腔调,像极了"你,等,着"。

有翁承先控制着全项目最暴躁的男人,夏英杰简直劫后余生,感激涕零。他咬着嘴唇,扯了扯衣摆,正好领带,好像要找回自己的场子。

瞿飞不好对付,幸亏翁承先总工程师明白事理。只不过……

夏英杰转头就压低声音跟律风说道:"哎,你那桥换个颜色还不错,干吗搞得那么死气沉沉。"他以为律风是好说话的年轻人,语气里带着居高临下的亲切,毕竟他也是砻岛建设研究院值得骄傲的建筑师。

他等待着律风说"谢谢好的",然而,只等来了一双透彻的眼睛。律风平静无波地看着他,语气沉稳:"这座桥的颜色源于我们熟悉的舰艇,湛蓝的天空下,铁灰色的舰艇就像平海的定海神针,我不觉得死气沉沉,相反……

"它自带蔚蓝海洋的浩然正气,让人感到踏实安宁。"

夏英杰撇撇嘴,他只从铁灰色里感受到深海巨鲨般的恐怖,但是他还没有胆子直白说出心中的担忧害怕。

他自以为眼神里写满了"忍辱负重",可惜,律风的视线没有半点儿同情,冷漠问道:"你想站着听讲吗?"

方才涌起的悲怆凄凉,都被这句严肃如老师的质询给堵了回去。夏英杰想说些什么,又见到满场坐满了参会人员,并没有人支持他的理论,只能含恨坐了回去。

会场终于恢复了该有的气氛,律风拿过激光笔,没有任何开场白,直接说起了他所了解的平砻跨海隧道概况。

"项目一共有三条线路方案,我出于环境保护需求、工程施工难易程度以及总结参考数据后得出的综合因素,选择了平湖群岛架桥方案。"

说着,屏幕上气势如虹的铁灰色大桥消失,出现的是水运航运版海事地图,清晰标注了大陆沿岸与麓岛之间往来所需的码头、机场,虚线将图上蔚蓝的海洋分成了无数区域。

律风说:"正如大家所见,从立安港到平湖群岛,再经平海海峡,这条路线能够最大限度地保证水运航运不受桥梁施工影响,而且还可以建设起距离最近的高铁通道。"

平麓跨海隧道规划的是一座高铁、公路两用通道。桥梁占据了三分之二的部分,分位在大陆与麓岛两段,两地宛如陆地伸出的双手穿过海洋交握在一起。

律风设计的跨海大桥完美基于平海的地质数据,选取了稳固的桥座点位,避开了海底断裂层,整座桥梁显得蜿蜒曲折。

坐在现场的人,以为只需要听一听律风的设计思路,欣赏一下威严的大桥就了事。可讲完了桥梁选址的基础信息之后,律风继续说道:"跨海大桥途经平湖群岛,属于风口区域,台风频繁,浪潮汹涌,桥座选址将会受到极大的波流力侵扰。所以,这一段的桥座数量较多,为了节约成本,我采用了减少浪阻的镂空六方三角设计,选取了建设集团新型碳钢材料,可以在最短的施工时间内完成最坚固的桥梁建设。"

他不是在说设计,更不是在说规划,而是连这座桥梁铁灰色的用材都开始考虑了!

律风将跨海桥梁横列在宽敞的屏幕上,白底黑线的勾勒,足够参会人员看清这座桥梁的全部设计。

"平湖群岛选址区域下方存在大量浅滩,斜拉的航道桥将越过中部深水宽阔区域,落位在四米深的海床之上。桩基结构会以混凝土浇灌,直接延伸至岩土层,保证桥身稳固。"他以平静的声音讲述着一桩旷世工程,仿佛只要他们按照计划入海打桩,这座桥梁就能轻而易举拔地而起。

律风言语之中的信心,源自他和建设集团合作的乌雀山大桥。那些经验丰富的工程师、建设者,能够超乎想象地实现他的全部设计。他相信建设跨海大桥的工程集团与他合作的团队相比,绝不会逊色分毫。

因为,这是中国的队伍建设中国的桥梁。无论它是盘旋山巅,还是跨越海洋,一线施工人员总能以高水准的控制能力突破精度的极限,震撼关注它的每一双眼睛。

会场的聆听变成了教学般的记录,不少年长的建筑师都在律风讲述的设计方向里露出困惑的表情,落笔标注不明白的专有名词。太多他们没有听说过的应用理论出现在律风的设计之中。如果不是律风附上了详尽的备注,他们必定会怀疑自己听错了发音。

律风甚至在抗震防灾方面完成了多灾害耦合灾变方向的分析,这么完备的讲解已经远远超过了单纯的桥梁设计范畴。

这可能是会议室里的工程师们听过最为复杂的设计阐述。

瞿飞盯着遍布专业数据的PPT,只觉得眼睛和脑袋一样疼。

"师父,律风这些都是从哪儿学来的啊?"他声音低低的,根本不敢大声问。

翁承先瞥他一眼,勾起得意的笑:"哪儿?当然是乌雀山大桥。你以为地震带上的大桥那么好设计、那么好建?那可是凝聚了全国顶尖技术研究成果的作品!"

被师父鄙视了,瞿飞一点儿也不害臊。桥梁设计就像立鸡蛋,有了第一个砸破蛋壳反向思维的创作,后来者怎么看都想象不到其中的困难。

现在,他亲自感受到了。律风只凭单纯的数据,想设计出来的却不仅仅是平海桥梁的一个雏形,而是一套完整的建设方案。

这个两只手、一双眼的设计师,真的可以变幻出超乎想象的万种神奇,用一张张设计图创造出了这座跨海大桥建成的可能性。

复杂深奥的桥梁研究实验数据分析占据了讲解的大部分时间,整个会场变得正沉闷时,屏幕再次被铁灰色占据。刚才没能仔细欣赏的钢结构桥身,清晰地呈现在众人面前。

它拥有坚硬的三角结构,又有蜂巢般稳固的六边形,这一六方三角的支撑设计叫他们感到无比熟悉,好像在什么地方经常见到,偏偏想不起来。

律风给出的图像一掠而过,又回到了复杂的数据之上。他还未详细讲述这段结构的受力分析,忽然,一位年龄较大的建筑师出声问道:"你这个六边三角图形,是哪里来的灵感啊?"

他有浓重的沿海口音,又坐在麓岛一列的席位,自然是岛民代表。他脸上皱纹深邃,与翁承先一般年纪,比夏英杰更为谦逊。

律风对待老人总是格外礼貌,他重新切换出镂空六方三角的桥身,沉吟片刻后说道:"这是我参考了中国古建筑的窗户雕花做出的设计。"

律风在文件夹里找出一张图片,只见一扇清楚明晰的格子门扇上,雕刻着坚固优雅的六方三角型。

古代建筑雕花户牖是大部分人对中国传统的记忆。几乎在这张参考图片出现在投影屏幕的瞬间,会场的老建筑师们都能联想起古老而传统的房门、宫殿。

律风没让他们的思绪走得太遥远,界面一切便换到桥梁中层设计当中的镂空六方三角桥身。"三角是最为稳固的结构，正六边形则能在密集的三角支撑之中，保证桥身能够承受上下层高强度作用力的同时，减轻桥体重量。更重要的是——

"它带给这座桥梁，独属于中国的韵味。"

复杂的镂空六方三角结构穿插在双层大桥夹层，成了这座铁灰色桥梁的标志。原本觉得这桥颜色过于暗沉的人，顿时为这传统古建筑的雕花陷入了深思，刚刚还显得剑拔弩张的战场护卫桥，突然被赋予了江南水乡的灰色镂空墙般的柔美。

他们算是知道为什么律风能够设计出乌雀山大桥那样不可思议的结构了，因为这个设计师可以严肃专业地阐述设计理念，又能满腔情怀地谈论中华的传承，古老血脉流淌的印记比单纯的桥梁数据更能引发老一辈的共鸣。

"蛮不错的一座桥。"台下听专业分析听得头晕目眩的麓岛委员点了点头。身边的老同事露出了笑意，说道："我看到它，就想起了故宫的钦安殿大门。红格窗换一种铁灰色，原来比宝殿还要庄严。"

"舰艇颜色嘛，当然庄严。"年长的人，跟夏英杰这样的青年才俊有不同想法，"其实蛮好的。前些年我还去了辽宁舰，上去就觉得又平又宽阔，骄傲得很。现在想想，辽宁舰的铁灰色跑道就很像这座桥，牢固、可靠！"

桥梁的肃穆庄严并未获得他们的青睐，抗风抗震的创新性分析也不过是专业人做专业事，在他们这群平衡委员会意见的外行人眼里，甚至成了无法消化的专业负担。等他们真正见到了文化传承的"根"，心头压抑的想法被深深触动，这才有了畅所欲言的欲望。

不想建桥有不想建桥的利益驱使，想建桥，则有想建桥的期望。镂空六方三角的设计，瞬间就唤起了他们对古老传承的美好回忆。因为，那是独一无二的中国印记，带着几千年抹消不去的血脉烙印，即使远隔山水，也能让他们泛起共鸣。

平麓跨海隧道项目组委员会里的麓岛代表，在沉闷的数据分析之后，悠闲轻松地赞同了这座桥的设计。

瞿飞听了都格外震惊。早知道这群人喜欢中国传统文化，不喜欢讨论什么专业的数据，他就该把桥身上贴满窗花、雕花。哪里需要这么麻烦，天天跟夏英杰对骂，累个半死还得不到他们一点儿表态。

沉闷的会议仿佛在委员们各抒己见的讨论里走出了迷雾阴霾。然而，完全不明白几个三角、六边形有什么可看的年轻人总有不同的意见。

"只是几个孔洞而已,再好看又怎样?你说稳固就稳固,你说桥轻就桥轻哦?"夏英杰有恃无恐地坐在座位上抗议,"搞这么简单的图案,我也会啊。谁知道会不会因为桥上孔太多垮掉。"

瞿飞总能被这个"小衬衫"轻易拉高愤怒值,转头正要发作,旁边翁承先抬手就拍了拍他手臂。瞿飞一声"我靠"没能暴起,看向师父,却见翁承先盯着前方,抬起食指点了点。

屏幕上桥梁的设计图已经悄然撤下,重新换上了密密麻麻的数值与表格,那些带有六方三角结构力学分析的数据占满了投影屏。

比之前的分析更详细也更复杂。瞿飞微眯着眼睛,盯着上面无数的公式,觉得头大无比。

律风展示的模型甚至采用了晦涩难懂的CFD波流数值模拟技术。

他这个专业做测算的恐怕都要抱着数据去求研究院的兄弟姐妹伸出援手,才能完完全全看懂它们。

然而,律风把这些做进报告,显然是默认了在场的全是工程精英。

他说:"既然这位建筑师对我的设计有意见,可以慢慢看这份分析报告。我不做没有把握的设计,更不会选择没有实验数据支撑的材料。"

律风鼠标下拉,投影"哗哗哗"地跑动起来,数不清的图表夹杂着专业的分析模型,数据详实得令人生畏。

"从结构实验到材料测试,共计十七项分析可以帮助你清晰了解我设计的大桥。"

夏英杰感受到一股强大的压力,那种被数据碾压的恐惧感远超瞿飞挥舞的拳头。但是,他仍旧嘴硬说道:"我很闲吗?谁有空看你这些东西!"

律风停下了翻动,慢慢关掉了文档,并且把所有的桥梁资料留在了桌面上。他遥望夏英杰,一点儿请求的意思都没有,直白说出了心里的感受——

"你不会是……怕自己看不懂吧?"

律风声音清亮,在安静的会议室响起回声,夏英杰没想到这个年轻人会这么不客气。

他脸色青白,皱眉问道:"你什么意思?"

"怀疑你是否有资格坐在平麓跨海隧道项目现场的意思。"律风对待这种家伙向来不留情面,"我听你说的话,完全没有一点儿专业性可言。如果可以,请你保持专家的礼貌和修养,不要出声暴露自己的无知。"他平静的话语,瞬间点燃了夏英杰的怒火。

第十九章 / 惊艳全场

这位麓岛建筑师拍案而起,为自己的"专业性"发声——

"我可是麓岛建设研究院特聘建筑师!我告诉你,我设计过新蓝大桥、高津隧道,还有麓岛五星级大饭店。我做的建筑,可是拿过亚洲建筑最高奖的!"

他甩出一堆作品,自证身价。

律风却放下鼠标,站直了端详夏英杰傲慢的表情。这个人仿佛以为,抬出自己的建筑经历和奖项,就能证明自己十分专业。可律风连一点儿捧场的意思都没有,他径直走下讲台,轻描淡写感叹道:"这些建筑,又不是你一个人建成的。"

"谁说不是!"夏英杰怒火中烧,"当然是我一个人建成的!"

语出惊人的家伙,还不知道自己说错了什么。

"哦。"律风不置可否,顺势夸奖道,"那你真是了不起的建筑师,一个人就是一支施工队。"

会场上的笑声一点儿也没掩饰。主要是瞿飞声音大,根本没想过要给夏英杰留面子。

夏英杰彻底蒙了,律风的话好像是在夸奖他,但是看会场笑得毫不掩饰的瞿飞,回味起来又饱含嘲弄。

律风已经离开讲台,根本没把夏英杰放在眼里。他云淡风轻的态度,使夏英杰无端感受到了莫大的羞辱,他马上觉得必须找个人给自己做主。

夏英杰立刻喊道:"彭局,我绝对会投反对票,这人是什么意思,你看看他这态度!"

作壁上观的彭同方正在看热闹,忽然被人喊了一声,差点儿没能收敛住嘴角的笑意。

"咳咳。"作为一个成熟的委员会主席,彭同方当机立断,"态度什么的,我们先放到一边好了。感谢律风的讲解,现在请各位委员留下,其他人先出去一下。我们要内部投票。"他像是安抚,又像是给夏英杰台阶下,"待会儿内部投票,夏建筑师你可以畅所欲言,谈谈你的感想,详细说说你的专业意见。"

"专业"两个字咬了重音,夏英杰觉得是认可。瞿飞却觉得是双倍嘲讽,他"嘿嘿嘿"地站起来,心情无比爽快。

"夏英杰,那你好好显摆你的专业,我等着看你的专业投票能有多专业。"

"专业"两字说得瞿飞心情舒畅,他也懒得管夏英杰脸色如何羞愤,打着响指,爽快利落地带着设计师们出门透风去了。

平麓跨海隧道的事情,始终要经过委员会关上门来投票解决。

但是，就算瞿飞没有参与投票的权利，他的快乐从他叼着烟"嘿嘿"傻笑的模样上已经展露得一清二楚。他不仅见到了肃穆的跨海大桥，还见到了自己最讨厌的小衬衫被气得张牙舞爪、被专业人士质疑专业的可怜模样。

"厉害，律工，你真厉害。"瞿飞烟灰乱抖，心花怒放，毫不吝啬自己的夸奖。

"这么短的时间你竟然准备得这么充分，好多东西我都看不明白，我甘拜下风。"

律风瞥了一眼瞿飞夹烟抱拳的江湖习气，稍微往后退了点，靠着栏杆避开乱飞的烟灰。

他客气地回答："我也不是特地为跨海大桥准备的，国院和建设集团、研究院一直有合作，很多实验数据都是现成的，跨海桥一样能够用上，我就跟合作单位申请来用了。"

跨海大桥需要抗风、防震、防腐蚀，与乌雀山大桥的需求有重合的地方。律风只要向合作单位提出申请，对方没有不乐意提供的。

为了祖国桥梁的建设，所有钻研在桥梁工程上的奋斗者，都恨不得施展浑身解数。他们拿出来的参考数据时常令律风惊叹于他们开天辟地的创造能力。碳素钢、空管钢、热轧钢、合金钢，甚至是新型环保低耗钢，都难不倒这群热衷于建材研究的实验员。

研究院与建设集团总能化腐朽为奇迹，把随处可见的钢筋水泥改造成最适合中国桥梁的建材。

他依靠着栏杆，心里想起讲台下苍老沉稳的麓岛代表。

那些上了年纪的老一辈，比起夏英杰这样的新时代青年更像心怀祖国的赤子。虽然他们默默不语，但是见到了祖国熟悉的传统标记，仍是难掩一腔热诚，感慨动情，藏不住为强大祖国骄傲的情绪。

镂空六方三角源于中国古老的木质户牖，正如老一辈麓岛人花白银发，虽老尤新，拥有讲述不尽的鲜活力量。有这些人在，他一点儿也不担心自己的设计被否决。

如果一个跳梁小丑般的夏英杰都能主导平麓跨海隧道项目，那也太看不起祖国对平海海峡的掌控和规划了。

他们等待委员会投票的期间，瞿飞在一旁抖着烟灰嘲笑夏英杰跟岛研院一群"精英"。

而律风心情愉快地眺望远处海岸，还拿出手机，拍下了对面一望无际的蔚蓝海洋。

他随手点开聊天框,将照片发了过去。

"看,海。[图片]"

很快,消息就得到了回复:"忙完了?"

殷以乔打出的文字,总是透着律风难以说清的温柔平和。他迎着风,微眯着眼睛敲下文字:"还有一会儿,在等结果。"

说得好像什么面试现场,等待评委打分。

殷以乔却迅速地断言:"那我就提前恭喜你如愿以偿。"

律风勾起唇角,抑制不住心头暖意。从准备跨海大桥的设计,到独自出发到平麓跨海隧道项目驻地,他没有和殷以乔说过半点关于项目的事情。可他的师兄,仍是温柔笃定,无论他选择了多么困难的项目,都一定能够如愿以偿。

"嚯,这是跟谁聊天呢?笑这么甜。"

律风稍稍抬眼,就见到叼着烟的瞿飞一脸高兴、悠闲惬意地走过来。

律风没回答,瞿飞自来熟,还给他递烟。

"不抽,谢谢。"

瞿飞有些惊奇地收回递出的香烟,顺手摁灭了自己指尖的烟头。

他稀奇问道:"那你喝酒吗?"

"不喝。"

"我猜你也不打牌?"

律风点点头,撑着下巴,乖巧得不像一个能在乌雀山大桥工地待上一两年的设计师。

瞿飞眼睛都瞪大了:"靠啊,不抽烟不喝酒不打牌,你真的是搞设计的吗?!"

律风瞥他一眼,顺便施加毁灭性打击:"瞿工,你这么五毒俱全不靠谱,不也是搞设计的?"

自诩五好青年的瞿飞受到来自良心的强烈谴责。传了错误数据的他,瞬间意识到——在律风这里,不靠谱已经成了过不去的坎儿。他十分不好意思,又十分的酸。为什么律风年纪轻轻做得一手好设计,得了自家老师父的青睐,还能不抽不赌有头发?!

"其实吧,我一般还是靠谱的……"他话没说完,会议室大门已经打开了,夏英杰率先冲了出来,见到这群守在门口等结果的家伙,立刻甩了个高贵的白眼,怒气冲冲地走了。

这么生气,肯定成了!

瞿飞也顾不得解释什么,赶紧上前找师父。

"师父,怎么样?"他心里有预感,仍是要翁承先点头说好。

翁承先背着手,扶了扶眼镜,笑道:"还用问?今天你学到了没有?什么叫知识比拳头更有力量。"他的脸上都是欣慰笑意,损自己的徒弟也不留情面。

一向在会上跟夏英杰挥拳动武的瞿飞也顾不上狡辩了,转头就冲一群设计师工程师们喊:"成了!"

他们参与平麓跨海隧道项目近半年,设计图和工程图改了又改,一直在跟岛研院的建筑师斗争。现在一句"成了",仿佛卡死的齿轮终于碾碎了障碍,往前迈进了一大步。

"翁总,我们可以进行施工图纸绘制了吗?"

"什么时候开放数据库,我们先从哪一段开始?"

"桥是用律工设计的桥吧,那隧道是用我们的隧道吗?"

等候许久的设计师,问题如浪潮般涌来。

翁承先笑道:"先从平湖群岛跨海大桥设计图开始拆分,一段一段的把蓝图绘制好,然后交由上面审核。"

定下了接下来的工作方向,他看向站在人群外的律风,抬手感慨地拍了拍自己的徒弟。

"瞿飞,该干什么你清楚吧?"

"清楚!"瞿飞巴掌一拍,格外爽快,"律工,走吧!我们给你整个盛大的欢迎会!"

回答出乎意料,翁承先气得眼睛瞪大,一巴掌狠狠拍在瞿飞背上:"小兔崽子,我是叫你赶紧把平海的详细数据给律风,带着项目组把完整的设计图做出来!"

欢迎会还是要搞。

大家简单吃饭,坐在饭桌上鼓掌欢迎律风加入,当晚就坐回项目办公室,开始了完整设计图的分段绘制工作。

律风的桥梁设计只能算作"仅供参考"的初步概念。因为,平海真正的精确数据,严格保存在项目组的设计室里,除了这群直接参与图纸绘制的设计师之外,没有人能够接触到。

岛研院的数据是岛研院的数据,国院的数据是国院的数据。

瞿飞坐在设计室,坦诚直接地告诉律风:"邀请你做设计方案,一方面是委员会代表们的强烈要求,另一方面也是我们为了看看岛研院给的数据到底什么情况。

"但是没想到……他们居然会出这种问题。"

友好真诚合作的意向被岛研院的行为打断。翁承先作为总工程师早就把一切情况向上汇报，得到了新的工作安排。他们表面会保证友好协作，事实上却由国家设计院承担所有关键性图纸的绘制工作，掌握真正精确的参数。图纸上会清楚标记出需要预留的航道，毫无保留地展示这片蔚蓝海域的真实情况。

设计室内烟雾缭绕，抽烟画图的人不在少数。这群被委员会各种会议折磨得异常痛苦的设计师，第一次能够安安稳稳地只考虑桥梁设计，边喝茶边抽烟，各自负责手上的工图。

他们拆分了律风的设计图，进行具体的数据修正。几条连接线过去，就能将那座铁灰色庄严桥梁准确无误地安置在平海的波涛之上。

瞿飞一边抽烟一边给律风解说手上详细得简直陌生的海事图，上面清晰地勾画出了特殊的回避区域，这些只有他们这群人能够接触到。

"你看，这段到这里，是桥梁，这一段到这里，是隧道。"瞿飞的手指划过地图，视线认真专注，"我们的桥梁下面必须得去舰艇渔船，我们隧道的上面，也必须过得去飞机高铁。"

图上不过是短短的海峡，现实里却是长达一百三十二公里的蔚蓝海域。他们的平麓跨海隧道要横跨这片重要的海峡，既连通大陆与麓岛，又要保证平海的海面通畅。

律风的实验分析，瞿飞不懂。但他懂得如何避开浪涌、断层，最大限度减少对平海正常船行的影响，架设起稳固可靠的桥梁。

两个人在烟味浓重的设计室里持续着交流。律风不多话，也不多问，瞿飞总是觉得他安静得过分，又专注得令人生畏。

终于，他们仔细讨论完平湖群岛的规划，瞿飞夹着烟，抓了抓短发，问出了一直想问的话："律风，你怎么看我们国家修建平麓跨海隧道的决定？"

专心致志调整设计参数的律风闻言转头，盯着瞿飞。这个喜欢抽烟喝酒狂放不羁的家伙，话总是跟事情一样多。

"你不满意？"律风敏锐地捕捉到了他话里的意思。

"是有点不满意。"瞿飞吐出一口烟，脑海里回忆着师父说过的话。

老一辈总是有许多道理，许多期盼。可他生性务实，又觉得律风这么年轻，不可能像自己师父说的那样，完全不问他问过的"为什么"。

设计室响着鼠标键盘的清脆声，还有设计师们的讨论声。

瞿飞熄灭烟头，喝了一口茶，说："你不觉得夏英杰这样的人很讨厌吗？这条隧道完全是造福麓岛的，还让岛资企业参与进来赚钱。我怎么想……都觉得心里不爽快。"

律风仔细端详着瞿飞的神情。他没有反对、否定这个隧道的意思，却带着一种普通人常见的不甘心——不甘心辛苦劳作却造福了不值得的人，不甘心祖国大量的资金投入到浩大又得不到实际回报的工程里。

"是很讨厌。"律风想起吵吵嚷嚷的夏英杰。他见过太多自以为是的家伙，像夏英杰一样，狂妄自负。可他觉得……

"正是因为讨厌，才更应该有这座隧道。"

律风拿起笔，轻轻划过大陆与麓岛的蔚蓝海峡，说："它是隧道，也是桥梁，建成之后是连接两岸最便捷的高速通道，可以直观地宣告所有反对它的人——这是我们的岛，我们有实力在这片蔚蓝海域建起最为宏伟的桥梁。"

律风眼前是简单的黑白设计图，心里想的却是威严肃穆的跨海大桥。

"等桥建好了，麓岛的孩子从小就会知道——

"这是伟大祖国建设的世界第一跨海大桥。也是带领麓岛经济腾飞，给他们幸福生活的通道。

"比起苍白无力的宣传术语，这种从小树立起的荣誉感和骄傲感，才是最好的言传身教。"

律风的话崇高得不像是他这样和平年代成长的年轻人的思想。瞿飞甚至怀疑律风是经历了那个苦难年代的老头子，长生不老活到现在，即将见证下一个让人自豪的百年。

可律风说的又跟师父的纯粹畅想不一样。他更尖锐，更直白，清楚地知道自己在做什么，也知道为什么这么做。

"你真是……"瞿飞眉眼一弯，"清醒得超乎我的想象。"

律风挑眉看他："你的想象？"

"我想象中的你一腔热忱，满心报效祖国，来建设平麓跨海隧道纯属头脑发热。没想到，你考虑的未来更加广阔，连祖国下一代的思想教育都给安排好了。"瞿飞笑得格外灿烂。

"不过，你说漏了一点。"瞿飞撑着下巴，盯着桥梁设计图，"这不仅仅是伟大祖国建设起来的，带领麓岛发展经济的桥——这还是一座巍然矗立在世界之巅的超级大桥。"

第二十章
CHAPTER 20
颁奖典礼

　　翁承先带着工程师们进来的时候,设计室里烟雾缭绕,专注画图的设计师都在哼着熟悉的旋律,从《歌唱祖国》到《我的祖国》应有尽有。
　　他还没说什么,瞿飞立刻掐灭了烟头,乖乖过去喊:"师父。"
　　"详细数据给律风讲清楚了吗?"翁承先问。
　　"当然!"瞿飞信心满满,"数据讲了,工作分配了。给我们一个月,保证完成桥梁部分的设计图,递交审核。"瞿飞在别的方面粗心大意,真正做起工作时可是干劲十足。
　　然而,他这句话说得律风一愣——
　　这人居然比他还要急切,掐算的完工时间远少于自己预估。按律风参与乌雀山大桥的经验,平麓跨海隧道桥梁段的正式设计大约需要一个半月到两个月时间,才能完成完整详细的初稿。
　　这人倒好,开口就是一个月,颇有勇士提前完成任务的豪迈风姿。弄得律风都开始思考,是不是他不够了解国院驻平海的设计师们的真实实力,出现了门外汉似的误判。
　　幸好,翁承先比谁都了解自己徒弟。
　　"一个月?"他抬起眼镜,看了看沉思的律风,又看了看得意的瞿飞,"既然这么快,我就先把律风借走吧。"
　　"啊?别啊!"瞿飞耍帅不成反被挖角,"律风可是我们画图大军的主力,他要是走了,我们的任务一个月肯定完不成!"
　　律风:"……?"
　　原来不是他误判,而是瞿飞对他的实力进行了自带滤镜的夸大其词。
　　"哼哼。"翁承先就知道,"我说怎么这么效率,你想欺负律风是新来的,让他熬夜画图是不是?那不行。"他否决得彻底,"律风,你把跨海大桥涉及的实验参数都给瞿飞,然后跟我走。"
　　"去哪儿?"律风问道。
　　"瑞士啊。"翁承先一脸诧异,"国际桥梁杰出奖马上要颁奖了,你都没关注吗?这次老吴、高卫胜都要做代表,特地跟我说,要通知你一起去。"

这个由国际桥梁协会设立的奖项,终于临近了一年一度揭晓的日子。

翁承先作为常务委员,自然清楚今年评委们倾心的桥梁。他看向律风的视线,透着欣慰,比他看瞿飞这个不争气徒弟的眼神更加温和慈祥。

翁承先笑道:"今年一定不会让我们的观众失望。毕竟,评委们走遍了全世界新建的桥梁,仍是对乌雀山大桥念念不忘。"

这样的话,几乎是明确地告诉律风,乌雀山大桥一定能够拿到杰出奖。

国际桥梁协会举办的颁奖典礼聚焦了全世界工程建筑业内人士的目光,必然会引发前所未有的轰动。最好的桥梁,最杰出的奖项,都归属于他们真心所系的中国,翁承先怎么可能不高兴。

然而,律风却说:"……我想留在这里画图。翁总你和吴院、高总工去吧。"

他的拒绝出乎翁承先意料,当初,他对自己当时与评委们说的话仍是记忆犹新——

"乌雀山大桥凝聚了中国桥梁工程建设的全部心血,浑身上下都打上了中国的印记,没有中国这个伟大的国家,就不会有这座伟大的桥梁。"

那一番话语吓到了对中国政府有所排斥的评委们,甚至强烈动摇了他们迫不及待想要颁奖给乌雀山大桥的想法。

最终,乌雀山大桥的优秀让他们不甘心地认可了中国人的能力。

这本是绝佳的回击。一座举世无双的大桥出现在国际舞台上,狠狠击溃了外国桥梁工程师们对中国的偏见,用实力证明了自己。律风看到应该会很高兴才对。

翁承先不理解地问道:"难道你不想亲自去听听那些对我们国家包含偏见的国际工程师,是怎么称赞这座中国奇迹的吗?"

换作乌雀山大桥建成之前,律风必然十分乐意。此时,他能够闻到平海新鲜的海洋味道,听见咫尺之间的海浪涛声,一切外界评价都已经无法触动他的心弦。

毕竟,那只是中国以外的人见到了无可复制的奇迹时发出的感慨。他们评价高速建设,评价杰出创造,评价中国工人勤劳朴实。但是,那些人却永远不会懂得中国为什么需要这座桥。

"以前想,现在不想了。"

律风回忆起自己留在英国的时候,迫切希望中国能够得到认可的心情;如今,他的愤慨、惆怅,都仿佛已过去了成百上千年,无法再在他心中掀起一丝波澜。

"乌雀山大桥也好，曲水湾大桥也好，我们中国建设起来的桥梁，在我心里，早就不需要外人的称赞了。"

它们矗立在祖国大地，成为中国人民生活所需，实现了一代又一代建设者对未来的美好构想。

那么，便是值得。

乌雀山大桥的设计者——国际桥梁工程师们等候已久的功臣律风，仍是留在了平麓跨海隧道项目驻地，没有随着入围代表团队前往瑞士。

可这并不妨碍外界在轰轰烈烈的报道中表达前所未有的期待。

毕竟，那可是乌雀山大桥。

震惊过所有人视线的桥梁，怎么可能在这次的杰出奖中落空！从国内媒体的报道都能看出国人对这次杰出奖的信心。

《时隔七年，中国桥再次入围国际桥梁杰出奖！》

《盘山跨谷而立，乌雀山大桥再度角逐世界杰出奖项！》

《七年后，我们等到了吗？——记乌雀山大桥入围国际桥梁杰出奖》

律风不在乎的奖项，无数人疯狂在乎。

因为他们等待了那么久，期待了多少年，就想得到全世界的认可！

瞿飞坐在设计室里，拿出手机念念有词，非常打扰律风工作。

瞿飞念评论："你听听，有人说，这次要是乌雀山大桥没得奖，建议中国以后发声明不要参与杰出奖评比了，因为，这奖不配。"

瞿飞大笑："哈哈，还有人说，这杰出奖好像一直都喜欢小众冷门的破烂老桥，咱们创新高科技大桥没得奖也一点儿不可惜。"

瞿飞开始征求律风意见了："喂，你说，我师父都成常务委员了，怎么网上的人对乌雀山大桥能拿奖的事情还这么没信心。"

律风修改着屏幕上的线条，头也没转地回答道："因为我们都对曲水湾大桥很有信心，后来呢？"

后来，没有奖。奖项被颁给了一座毫无技术含量的大桥。

从那时候起，在律风这样的人心里，国际桥梁杰出奖已经毫无意义可言了。

瞿飞叼着烟，盯着律风看。

"高兴点儿嘛，律工。"他把烟头咬得上下翻腾，"这要是换我设计的桥梁入围等着拿奖，我肯定和师父一起飞瑞士，一点儿也不犹豫。"

律风终于停了手上的活，嗤笑一声道："我这不是怕自己走了，耽误您老的一个月完工大计划吗?"

瞿飞"嘿嘿"直笑,抓乱一头短发。

一个月做完跨海大桥的全部设计图根本不可能。他就是好大喜功、师前逞能,随口说个耸人听闻的时限,逗师父开心而已。结果,被律风狠狠记住,时不时就要开嘲讽。

"也不用那么急,我就是随口一说,您千万别放在心上。"瞿飞抱拳求饶,能屈能伸,"师父走之前叮嘱我,一定要保证你作息正常,不能总是加班。"他点开手机日历,指着日期哀求道,"您看今儿个都周六了,能不能停停工作啊。"

翁承先语重心长,奈何律风简直是瞿飞见过最自觉的设计师,有事无事都待在电脑前,不是查看平海资料,就是动手修改桥梁设计图。他算是明白了,乌雀山大桥为什么能造得又快又好。除了施工团队天下第一,连设计师都是全球独一份的任劳任怨。

可惜,瞿飞的劝说一点儿用处都没有。律风觉得跟他说话都算浪费时间,很快就重新看向屏幕。

"林工、陈工也在忙,我怎么能停呢。"这话意思显然是"我经验不足,能力不够,前辈们都在努力我又怎么能休息",但到了瞿飞耳朵里,就变成了"你看看别人都在加班,我不加班怎么好意思"。

于是,瞿飞站起来就冲过去狂拍同事。这些一个个坐拥两台电脑,经常一台打开设计图,一台开始悠闲上网的家伙,周六根本不是在加班。

"行了,自己拿着笔记本回宿舍聊天吹水看视频!不要在办公楼浪费电!"

瞿飞一个一个将人都赶走了,等到设计室只剩律风,他才得意地抄手笑道:"走吧律工,我带你去吃清蒸花蟹。吃完今晚全体集合,就在食堂看杰出奖颁奖典礼!"

说完,他也不等律风同意,捞起律风的手臂,就把他往外拖。

"咱们就得亲眼看看,外国人怎么被乌雀山大桥折服得五体投地!"

平海的海鲜管饱。食堂摆出了厨师们的拿手好菜和啤酒,专门给这群守着时差看颁奖典礼的人当宵夜。

国际桥梁杰出奖的颁奖现场,多年之后越加奢华。电视台转播的会场已经满是媒体的闪光灯和采访话筒,记者们一个接一个地询问工程师们的感想。

当时在英国,律风也像现在这样等待着漫长的采访结束,期望赶快知道杰出奖花落谁家。

然而,他当年绝不会像现在一般平静,还有心情在微信上跟殷以乔闲聊。

殷以乔:"我记得你以前也爱看这个典礼。"

殷以乔:"还跟我讨论过曲水湾大桥为什么没有获奖。"

殷以乔:"我忽然觉得,你回国设计乌雀山大桥,就是为了弥补曲水湾大桥的遗憾的。因为,它一定能够拿下今年的杰出奖。"

师兄的记忆总是清晰无比,甚至记得多年以前两人讨论曲水湾大桥与杰出奖的事情。

律风凝视着屏幕,慢慢回复道:"是,那一年,我确实很遗憾。"遗憾得思绪混乱,在网上质疑国际桥梁协会的评选标准,并为曲水湾大桥深深惋惜。

那也是身在英国的律风,真实感受到的国际对中国的鄙夷与偏见。

他们认可金瓦红墙的故宫,认可万里连绵的长城,但他们唯独不认可中国现代创造的奇迹以及中国位居世界前沿的建设实力。

而现在,万众瞩目的颁奖典礼上,德高望重的西方建筑师正发音别扭地念出这个斩获本届桥梁杰出奖的桥梁名称:"乌雀山大桥。"瞬间就惹得瞿飞在线狂笑。

"我说就是乌雀山大桥!"他跳起来,把手拍得"啪啪"响,"这群外国人都得给我们鼓掌!"瞿飞的兴奋带起了醉酒的设计师们激动的呼号。

"乌雀山大桥修得那么好,这要是不杰出,绝对是评委眼瞎!"

"咱翁总都是评委了,可不得盯着他们公平公正。"

"这群外国人,终于有眼光一回了,我们的大桥是最好的!"

即使乌雀山大桥并不是他们本人的设计,国院的设计师们也仍以它为傲。

律风看着吴院熟悉的身影在众人注目下走上舞台,接过了那块迟到了七年的杰出奖牌。

他用流利的英语向全世界说道:"乌雀山大桥获奖意味着中国桥梁建设技术已经达到了世界一流水平,领先国际。在此,我代表中国国家设计院向诸位关注中国桥梁建设的人宣布一项重大的决议——

"在不久的将来,中国平海将建立起更加伟大的桥隧,横跨平海海峡,连接中国簏岛,创造下一个世界第一!"

吴院在这举世瞩目的颁奖现场,宣布了平簏跨海隧道项目的情况,把电视前一群人炸得目瞪口呆。他们坐在电视机前都能听到会场排山倒海般的惊呼,甚至有记者立刻举起了话筒,大声提问。

"先生,您是说从中国大陆要建设一座连接簏岛的通道?"

"这是真的吗?请问你们的规划已经进展到哪一步了?"

刚刚还和谐友好略带酸味的颁奖现场变成了记者们长枪短炮的战场。

然而，吴院只是说完平麓桥隧开建的消息，便笑得意味深长地拿着奖牌下台了，并没有回应记者的问题。

在典礼现场以及屏幕前观看典礼的所有人，都已经能够想象到各大媒体的头版头条——

《中国获得国际桥梁杰出奖之后，宣布建设平麓跨海隧道！》

律风震得视线诧异。吴院能够说出这样的发言，必定经过了许可。他瞬间明白了，为什么会选在国际桥梁杰出奖的颁奖现场宣布这个消息。

因为，这根本不是中国在圆梦一场。而是中国工程师借此机会在向全世界自信宣布：我们中国，即将建设最好的隧道桥梁，做成你们想都想不到的世界奇迹。

律风心中郁结已久的情绪，在这一刻烟消云散。他甚至迫不及待地想去看看怀有偏见的人如何被吓得直呼"怎么可能"。

他勾起笑意，终于融入了周围兴奋激动的气氛当中，手机振动之后，便见到了殷以乔的真诚恭贺，以及——

"现在，我知道你在做什么项目了。"

即使没有设计图或概念图，仅凭吴赢启一句话，也足够殷以乔恍然大悟：律风就在那里。

这世上再也没有比横跨平海海峡更加勇猛无畏的壮举，也不可能有比平麓跨海隧道更需要律风的地方。

律风抑制不住内心喜悦，他走出议论声沸腾的食堂，拨通了殷以乔的电话。

"对，师兄，我就在平海。"正在参与中国刚刚向全世界宣告的伟大工程！

律风眺望着漆黑深邃的大海，只觉得这片平海承载着太多的意义和期待。

吴院的一声宣告，让他涌出了无尽的力量，恨不得马上绘制完成跨海桥梁的图纸，见到平麓跨海隧道顺利动工。

殷以乔的轻笑带着无奈："我知道你做的项目肯定不会平庸，但我完全没想到，它是这么不普通。"

平海海峡的宽度、深度、风险度，能够排上国际前列，更不用说新闻播报总是围绕着平海带来令人忧心的消息。它拥有与乌雀山截然不同的波澜壮阔和暗涌危机，甚至和蔚蓝海洋上那些依稀的金戈之声也有着幽微的关联。

律风的步伐太快，令他惊异得无话可说。隔着电话，殷以乔的声音流露出难以言明的小小烦恼："你去平海项目的时候，心里是不是溢满了伟大的使命感和荣誉感，都在想这辈子怎么为国尽忠尽责了？"

律风听完，笑出声来。

"师兄，其实我来的时候没有想太多。"他迎着夜风，坦诚以对，"我是在来了以后，才开始想了很多。"

他想看到铁灰色的桥梁承载当代中国人的期望横跨海面，也想看到铁灰色的战舰威严肃穆地穿过他设计的大桥列队巡航。

波涛汹涌的海洋，别有一番中华儿女才懂得的深情豪迈，他站立在这里，终于不再在乎外国人的夸奖，更不需要去思考外国人如何评判。只用考虑身前这片波涛汹涌的海域怎样架起宏伟肃穆的桥梁，去实现所有中国人对平麓跨海隧道的期待。

国际桥梁杰出奖毕竟万众瞩目。当晚，各国网站就同时刊登出了关于那座惊世骇俗的大桥的新闻，还有它获得国际桥梁杰出奖的消息。

中国的乌雀山大桥，以盘旋蜿蜒的身姿占据了所有观众的视野。国际上恭喜乌雀山大桥获得杰出奖的声音夹杂着酸涩和迫不得已的无奈。

"这确实是一座杰出的桥梁，可惜，只有中国能够建造。"

"以二十四小时无休施工、超过万人劳动力的代价创造出的建筑奇迹，在任何国度都难以想象，除了中国！"

"我预感，这将是中国建筑重回世界巅峰的开端。这座盘旋在三千米高山上的乌雀山大桥，获得杰出奖的理由想必和万里长城一样。"

新的建筑奇迹得到了西方的认可。但是，无数守候在屏幕前的中国观众，兴奋的点却不仅仅是中国桥获得了一个外国奖项，还有——要建平麓跨海隧道了！

听过平麓跨海隧道消息的人振臂高呼，没听过平麓跨海隧道消息的人随手一搜，全网都是关于这个桥梁隧道相结合的通道预备建造的消息。

国际桥梁杰出奖颁奖典礼成了最好的发布会。

不过一晚上时间，全球新闻报道的显著位置都被中国占据。乌雀山大桥、平麓跨海隧道成了新的话题热点，重新点燃了国际争论不休的星火。

吴赢启领奖的身姿与乌雀山大桥的照片并列在新闻头条。无论他代表的是乌雀山项目组还是中国国家设计院，在他宣布平麓跨海隧道将要动工的消息之后，他的背后都只剩下一个名字——

中国。

这次的新闻报道倒是没有质疑中国拥有建设跨海隧道、桥梁的能力，可他们怀疑，中国根本无法安然无恙地建成连接麓岛的通道！

众说纷纭并没有阻止中国的步伐。

继吴赢启发言之后，中国新闻已经准备就绪，正式公布了平麓跨海隧道设计团队和工程负责部门等具体信息。

由中国国家设计院、麓岛建设研究院、两岸多地建设集团组成的强大项目组，还有国家项目里鲜少出现的私人集团岛资实业，共同筹备平麓跨海隧道的未来。

一篇简略的公开新闻，引发了沸沸扬扬的讨论，即使没有任何的设计图纸，仅仅是展示出大陆连接麓岛的直线，就可以掀起网络狂潮，一群网友热烈庆祝麓岛加入网购包邮套餐！

夏英杰打开论坛，发现一群岛民竟然真的在讨论"桥建成了会不会包邮"，心中顿时升起恨铁不成钢的怒火。

自从律风带着跨海大桥设计方案来了之后，国院设计团队一直在设计室里画图，开会都只派出凶神恶煞的瞿飞。

夏英杰每次见那个家伙，都能从他得意的二郎腿和哼歌的频率判断出设计团队进展神速，没多久可能就递交审核了！

之前，他一直反对瞿飞拿出来的设计。然而，委员会大比例支持那座铁灰色桥梁的方案，他怎么游说都没有用。明明委员会里麓岛人超过半数，竟然每一个人都说隧道方案没出来不好评判，但是这座大桥如果建起来，必定会成为麓岛美丽的风景。

麓岛面积狭窄，旅游业撑起经济半边天，夏英杰听了他们的话，十分清楚他们的意思。

因为他们手握了旅游产业相关资源，所以，就算是这座桥梁从大陆直通麓岛，都无法阻止他们对桥梁带来的经济效益的渴望！

夏英杰无法说动委员，他将事情如实汇报岛研院之后，岛研院与岛资实业开了一场内部会议。

律风讲解桥梁设计的时候，岛资实业的代表始终没有发言，却忍不住忧心忡忡。那位雄心勃勃的设计师给出了详细的桥梁建设材质，每一项都与岛资实业的预期相悖。

"我们对桥梁建设本身没有任何的意见。"岛资实业的傅梅简明扼要地表述自己的要求，"但是，我们一直用的是国际最为先进的建筑材料，始终跟德国、意大利、英国国际工程建筑实验室合作，绝对不能因为桥梁设计师的要求，改变建材的采购方向。"

她说话没有岛民们常有的口音，标准的普通话背后，代表的是整个欧洲建材商人的利益。即使她语气平静，也给了岛研院的人不少压力。岛研院一直跟岛资实业合作，他们出手设计建造的桥梁、大楼背后都有岛资实业的身影。

如果不是这间企业的支持，他们很多项目根本没法展开。于是，短暂的会议，得到了简单的结果——就算委员会为了旅游经济通过了律风的设计，他们岛研院也不能放任不管。

由于网络热议，瞿飞最近心情绝佳。

他守着设计团队，每天认真将完成的桥梁设计图检查三遍，还要拿出他珍藏的小本本，一笔一笔记录工作进度，然后，盯着律风发呆。

他从没见过像律风这么自律的人。

早上必定第一个到设计室，晚上全靠他催着人离开。那双漂亮的眼睛总是离不开屏幕上的数据和手中的图纸，也许只有私人电话和微信视频，才能叫他短时间走出设计室，拥有属于自己的休息。

等到律风再次挂掉和殷以乔的视频回来，就见到瞿飞叼着烟撑着下巴，微眯着眼露出玩味的神情。

"律工，你这么急着想画完设计图……"瞿飞大胆猜测，"是不是想早点儿回家啊？"

律风被他问得一愣。

跨海大桥的设计工作决定了整个平海项目的进程，律风抓紧时间跟设计师核对每一段的设计细节，当然是希望这个工程尽早进入审核阶段。

但是，瞿飞这么一说，律风才意识到他期望图纸完工提交审核的时间，卡在了某个特殊的点上。

无可否认。

"算是吧。"律风笑了笑，"瞿工您都说有我在一个月就能完成，我不得给您这个面子？"

瞿飞听了，哈哈大笑："我能有什么面子！师父说了，能在年底完成就算革命胜利，千万不能赶工图快，得慢慢来。"

翁承先的这句话，律风也听到了，但他绝对不是瞿飞这种心安理得的语气，而是夹杂着对瞿飞毛毛躁躁粗心大意的叮嘱。

瞿飞负责整个设计图的整理，顺便核实平海数据是否与设计师们绘制的图纸相符。

在律风看来，如此精细的工作交给瞿飞简直充满了风险，以至于他放不下心，总会反反复复再次核对，然后发现……瞿飞竟然干得挺不错的。

设计桥梁，数据为先。

哪怕是经验丰富的设计师也难免会出现一两处疏漏，需要人为核查比对，才能够确保图纸无误。瞿飞这样生性散漫、大大咧咧的家伙，不只一次看出常人难以察觉的设计问题。无论是横梁节点的螺母类型，还是等比缩小的长度标注，他都能皱着眉，拿起红笔圈一圈，告诉设计师你这个不对，应该是这样。

律风对瞿飞最后的一点疑虑都随着长久的相处打消。人不可貌相说的大约就是瞿飞这样的人——满脸写着"不靠谱"，真正做起事来，并不比律风接触过的老设计差多少，难怪他能成为翁总工的徒弟。

律风坐回位置，感慨道："虽然翁总说慢慢来，但是我觉得他恨不得我们能再快点儿。"

他进入国家设计院这几年，没见过哪位总工程师天天到设计室看他们的进度，即使人来不了，也会叫瞿飞做一个简单汇报。

他隔着房门，都能听到瞿飞的大嗓门，乐颠颠地说："师父，没问题，你得信我！"

一听就十分不可信。

瞿飞抓了抓头发，叹息一声："老头子嘛，年纪大了，主持这个项目肯定心急。"他抽一口烟，齿间逸散出浅淡的烟草气，带着掩盖不住的伤感。

"平麓跨海隧道整个项目，正常开工到结束少说十年。我们这些做设计的，画完图，交给工程队就算完工。可他当总工程师，得从头看到尾。"瞿飞的声音压得很低，"上一位总工，看了平麓跨海隧道二十多年，都没能等到它开动的一天。"

律风微微皱眉，还没问出心中的疑问，却听瞿飞怅惘说道："一个人能有多少个十年、二十年呢。我们这些人能坐在这里给平麓跨海隧道画图，都算是一种幸运了。"

平麓跨海隧道项目从一九九八年起就召开过学术研讨会，参与项目研究、乃至负责项目的相关人士都不知道换了多少届，又走了多少人。

可瞿飞的语气，不像是旁观的后辈，更像是陪伴着上一位总工看尽了二十年徒劳的记录者。平麓跨海隧道项目信息一切成谜，如果不是翁承先告诉律风这个项目还存在、自己就是总工程师，他可能查不到任何消息，更不用说上一位总工了。

律风好奇问道："你认识上一位总工？"

"嗐，那不是我师公吗？"瞿飞叼着烟，神情刻意显得悠闲，"他老人家，五十岁意气风发当总工，说五年内论证完毕，十年内修建成功，结果，还不是传给了我师父。"

瞿飞不服气地自嘲道："要不是我师父瞧我不靠谱，非要亲自建成它，说不定这项目还能传给我呢。"

一项横跨平海的工程，在他嘴里像什么祖传的手艺。即使他轻描淡写，说得自在轻松，律风仍是没法随着他的自嘲去开一个跨越三辈的玩笑。

律风的视线扫过瞿飞简陋的工程记事本，上面那一条条带有时间刻度的记录，仔仔细细还原着平麓跨海隧道的每一天。

干桥梁项目的，又何尝不是一种祖祖辈辈的传承。只不过，外国人把传承写进姓氏里，中国人把传承写进了骨血里。

律风笑着回他："看起来，这项目是没法传给你了。有翁总工在，十年之内，平麓跨海隧道必定通车。"

他说得信誓旦旦，瞿飞心头暗自升起的悲春伤秋都给冲得七零八落。

"嘿。"瞿飞也不知道律风是有什么魔力，"怎么你这么一说，我竟然真的信了呢——"

他们的闲聊还没能进入尾声，同样在中场休息的设计室内，忽然爆发出一声怒吼。

"我靠！麓岛搞事了！"

第二十一章
CHAPTER 21
钢铁巨龙

平麓跨海隧道项目官宣不到一周，网络上已经出现了种种纷争，消息登上了各大新闻媒体的头条。

《抗议？麓岛聚众反对兴建平麓跨海隧道》

《环境污染，劳民伤财，修建平麓跨海隧道为哪般？》

《聚众反对平麓跨海隧道，造桥致癌不得民心！》

律风他们站在设计室里，盯着这些突然跳出来的新闻，标题就能代表所有内容，点击进去便是记者的口诛笔伐。他们谴责平麓跨海隧道的修建，从环保到致癌，从阿公阿婆反对建桥到专业人士匿名评估不该建桥，应有尽有。一看就是专业团队，瞬间让反对的声音成为全球关注的大事。

平麓跨海隧道项目组因此召开紧急会议。

傍晚聚集在一起的负责人，沉默地翻看那些打印出来的新闻报道。彭同方视线扫过照片，说道："几位委员怎么看？"

麓岛代表完全习惯了这些时常上街的群众，双手一握，说："这个，岛上的民众意见大，可以理解嘛。"

"对呀对呀，他们的诉求和担心很合理，我们也想知道平麓跨海隧道的整体材质会不会污染环境。"

"我觉得没什么问题，毕竟……"其中一位委员意味深长地说，"岛民害怕造桥偷工减料，用污染建材，不放心也蛮正常的。"

之前的桥梁设计获得了他们集体认可，此时的抗议完全没有引发他们丝毫的危机感。

桥嘛，总是要建的。

抗议嘛，总有人会解决。

他们做代表的根本不需要动手，免得和岛民起直接冲突，落个两边不讨好。

彭同方没想到会收到这么一致的回答，转头看向翁承先，说道："那么……翁总说说意见吧。"

项目组委员主要负责协调，翁承先则是负责工程。

他闻言一笑："我们开这个会，主要是怕意见不统一造成分歧。既然各位觉得岛民的抗议合理，那我也觉得没什么问题。现在的岛民抗议归抗议，完全不影响我们平麓跨海隧道的设计建造——"

"等一下哦！"夏英杰总是话多，"翁总工你这样不好吧。现在是平麓跨海隧道遭到抗议欸，难道你们没有什么想解释的吗？"

"解释什么？"翁承先扶了扶眼镜，对这个不知天高地厚的年轻人向来格外宽容，"我说了啊，不影响。"

也不知道他说的不影响，是抗议不影响造桥，还是桥梁材质不影响环保。

夏英杰从没见过这种一点不畏惧群众抗议的负责人，好像那些新闻播报、横幅抗议跟他全无关系，任何事情都不会阻止平麓跨海隧道的前进似的。

他眉头一皱，提醒道："岛民的态度这么明显，我们绝对不会冒险进行平麓跨海隧道项目。在岛民完完全全满意之前，这个项目不能继续下去。"

翁承先听完，点点头："按夏建筑师的意思，岛民要怎样才能完全满意呢？"

"当然是公布所有建桥的方案、材料，由国际权威认证机构判明到底会不会导致癌症，到底会不会影响环境！"

夏英杰和岛研院的算盘打得极好。建筑材料就没有不污染环境的，他们背后站着整个欧洲权威检测机构——他们说什么合格，什么就合格；他们说什么不合格，那就是不合格！

外地再优秀的建设集团、实验建材，都别想绕过他们进入麓岛半步！

夏英杰的要求合理合规，却引得瞿飞"呵呵"一笑。当他以为，瞿飞又会跟平时一样拍桌怒吼，大呼小叫的时候，却见到这位身材高大的设计师径直站了起来。

"你们爱验什么验什么，爱找什么机构找什么机构。"瞿飞背脊挺直，表情自信道，"既然你们都不在乎岛上的抗议，那我们设计组就继续工作。不过，无论你们岛研院搞什么判明判黑，都得给我清楚一件事——"

瞿飞抄起手，踢开座椅，盯着夏英杰："这桥，这隧道，一定会建成。"

这是第一次出现意见分歧时瞿飞能态度平和地离场，他甚至还有点儿小高兴。连翁承先都觉得稀奇，走出会议室听着徒弟摇头哼歌，忍不住问道："这次你怎么不急了？"

"师父你都不急，我急什么？"

瞿飞见翁承先仔仔细细打量他，神秘一笑道："嘿，不就是岛研院和岛资实业背后的弯弯绕绕吗？本来我还不知道岛上那群家伙抗议个什么，夏英杰一发话，得，原来是盯上建材这块肥肉了。"

任何建筑工程中建筑材料都是一门大生意。原本平麓跨海隧道的项目里冒出了岛资实业的影子，瞿飞就很不高兴。可看完律风带来的新材料实验数据，他从头到尾理清了国内研究院和制造公司的实力之后，瞬间觉得格外安心。就岛资实业那点儿能力，拿出来的洋货必定被中国制造秒得渣渣不剩，建材这一块儿，他真是完全不怕什么抗议示威。

瞿飞端详着同样情绪平静的翁承先，神秘兮兮问："师父，咱们肯定有后手吧？"

他等着师父许诺"平麓跨海隧道必须中国制造""国家提过要求不准外资掺和"，却只等到翁承先拍了拍他的肩膀。

翁总工什么都没说，只是叮嘱道："我们尽快画好设计图，就是最可靠的后手。"

麓岛建设研究院在等国院愁眉苦脸自乱阵脚，网络也在等国家发声给出实际行动。

然而，尽管抗议还在继续，项目组内仍旧相安无事，就好似这场麓岛上的聚众示威，仅仅是退休老太太老大爷公园遛弯一般，算不得大场面。

落到项目组头上的还是一件事——

赶工设计图。

设计室里的忙碌程度，随着国际抨击的声音愈烈而逐渐提高，哪怕是早早先生律风都不一定能成为每天到达设计室的第一人。

因为，瞿飞更早。

这位不抽烟会死的家伙似乎下定决心要戒烟。他咬着没点燃的烟头，眉头皱得死紧，一直在做桥梁受力的测算复核。

律风走过去，瞟了一眼瞿式茶缸，里面不知道放了多少茶叶，浓得发黑。

"你昨晚没睡？"

"怎么可能。"瞿飞咬了咬烟头，看也没看他，说话模模糊糊，"早上睡不着而已，顺便把G07到G12的桥基重新算算。总觉得哪里没对，再算一遍才踏实。"

律风时常熬夜熬得别人心惶惶，现在瞿飞熬夜熬得律风心慌慌。

毕竟，测算复核是个精细工作，脑子稍微不清醒都可能算错数据，导致复核白费工夫。

律风不放心，垂眸看他计算，把那些复杂的公式代进去给出的数值一一对应在图纸上。瞿飞看起来神志不清，算得却格外迅速，视线一扫，键盘一敲，烟头还没咂摸出味道,立刻就结束了又一座桥基的复核。

律风比他慢一点儿,但是得出来的数据别无二致。不说瞿飞的脾气性格如何,至少认真对待工作,确实没给翁总工丢脸。

设计室里陆陆续续来了人,他们看到律风习以为常,看到瞿飞却震惊无比。

"飞哥,这么早?"

"你和律工要在这儿打地铺啊?"

"诶,这桥基不是昨天才算过,怎么又算?"

"去去去。"瞿飞烦不胜烦,终于停了手上的活,摆手赶他们走,"我再算一次不行吗?小心驶得万年船!"说得义正辞严,律风都笑出声来。

瞿飞哪次不是仗着自己实力,自信自负地扫一眼完工设计图,就赶紧在本子上写好进度,没想到现在这么谨慎。

"你之前好好核算,不就不需要现在这么多的重复工作了嘛。"

瞿飞瞥了律风一眼:"不是重复工作,是大功告成之前的仪式。"他把咬烂的烟头吐进满是没点燃香烟的烟灰缸,端起茶杯喝了一大口浓茶,"仪式感,懂吗?!"

很有仪式感的瞿飞,进入了设计图收尾阶段反而变得小心翼翼。他抖了抖草稿纸,往旁边一扔,说道:"我这不是害怕岛研院跟岛资实业内外勾结,搞出阴谋奸计吗!我得快点儿把设计图给核算完,赶在他们奸计得逞前杀他们一个片甲不留!"

律风听完,笑出声来:"我还以为你要知道了是他们的奸计,第一件事就是亲自提刀过去,把人全杀了呢。"

瞿飞的暴脾气被律风一顿调侃,却面不改色。对,提到杀人多简单啊,但是岛研院那么大,不只一个夏英杰,只有画好设计图,建好这桥,才不会担心居心叵测的人暗中使坏。

瞿飞想通了,他说:"我要保持一个平静的心态,向你学习。只要我不生气,生气的就是别人。"

宣布要向律风好好学习的瞿飞确实变得大不相同。做核算不抽烟了,赶工学会挑灯夜战了。直到设计图最后阶段,他们还把建设集团高级工程师请了过来,全员一起做最后的确认工作。翁承先和众多经验丰富的工程师仔细审图,设计师们如临大敌,没有人敢懈怠。

等到翁总工摘下眼镜,揉了揉鼻梁说"不错"的时候,室内没有像预料一般爆发欢呼,而是陷入了长久的沉默。

沉默的空气里蔓延着语言无法诉说的平静，大家脑子里始终绷紧的弦渐渐松懈下来。现在就等最后将设计图递交上级进行终审，接着就是真正的平陇跨海隧道建设的开始。

"感谢各位一直以来的付出与辛苦。"翁承先做过无数次设计图收尾讲话，却没有哪一次像现在这样，声音里透着压抑不住的激动，"我们平陇跨海隧道桥梁段的图纸，明天由我直接往上递交。在获得批准之后，我会第一时间通知各位开展下一阶段的工作。"

翁承先总结："那么，我先预祝大家有一个轻松的休假。只有好好休息，才能在桥梁动工的时候全力以赴！"

忙碌了一个多月的设计师们，脸上都露出如释重负的笑容。即使这才是万里长征第一步，也无法阻止他们为这成功的第一步感到开心。

大部分人都已经开始规划休假目的地，连律风也开始思考买几日几点的机票回家合适。翁承先却找到他，笑着说："律风，我知道你的概念模型做得好，所以我请你帮忙做件事。"

律风一听，赶紧回答："翁总，哪里需要说请。您直说。"

翁承先笑得更加开心，点点头道："我希望你能给平陇跨海隧道桥梁段……也就是你设计的跨海大桥做一段概念视频。"他带着怀念与感慨，眼神慈祥，给予律风以厚望，"我看过这么多年轻人做的东西，还是你做的《越江船工》和乌雀山大桥夜景对我的胃口。"

《越江船工》风景之中带有浓厚的缅怀与纪念，乌雀山大桥夜景则是满腔的骄傲与自豪。

视频就像设计，没有真情动容的人做不出引发观众强烈共鸣的东西。

平陇跨海隧道摆在他们面前，是一座气势恢宏的桥梁，更是圆满亿万中华儿女梦想的通道，是从律风见到铁灰色六方三角格开始，就一直有的愿望。

他说："我想在平陇跨海隧道设计方案公布的时候，让全世界看看属于我们中国的真实声音。"

不是虚伪的粉饰太平，更不是混乱的鹬蚌相争。

而是横跨一百三十二公里，穿越冰冷海洋，仍旧热血赤诚的铿锵决心。

殷以乔来机场接人的时候，律风背着背包，独自一人，跟之前离开的样子别无二致。他捧着手机不断查看屏幕画面，哪怕站在殷以乔身边，也没有放下的意思。

"看什么?"殷以乔好奇问道。

"平海。"律风将手机递给师兄,"我在项目组里,录了很多海。"

殷以乔清晰看到屏幕上的蔚蓝海域,固定在相同的角度,展现出它汹涌的波涛。就算隔着屏幕,他也能感受到这片意义重大的海洋与众不同的壮阔。

他笑着把手机还给律风,问道:"怎么你在平海看海,离开平海还看海?"

"因为我有新的任务。"律风眨眨眼,真诚问道,"师兄,你帮我一个忙好不好?"

平麓跨海隧道的概念视频,比做简单的越江桥视频难出数倍。律风在寻找专业团队和殷以乔之间,毫不犹豫地选择了殷以乔。因为,没有人比殷以乔更专业。

他们楼下的工作室高配电脑一应俱全。律风清楚殷以乔惯用的硬件设备,那些价格高昂的工作站、处理器,可比他慢腾腾的老电脑渲染得更快更迅速。

殷以乔以为,律风需要他伸出援手协助平麓跨海隧道项目的新任务。

却没想到,居然……

只是借电脑。

他靠在桌边,看律风熟练又迅速地霸占了他惯用的设备。

"除了电脑,你就不想再借点儿别的吗?"

这么一位专业建筑师守在身边,精通建模渲染视频制作,律风竟然丝毫不为所动。

"你去忙吧,我不打扰你。"律风把背包里录制好的平海视频一个个拷入电脑,认真说道,"而且平麓跨海隧道的设计和跨海大桥的模型只有我知道,我一个人来做就行。"

"熬夜赶工来做?"

"……不会熬夜的。"律风抬头看他,"师兄你别担心。"

殷以乔怎么可能不担心。明白概念视频和模型渲染需要花费多少时间的人,都清楚一个人完成这些是如何庞大的工作量。

律风从平海回来,头发长了一截,脸颊瘦了些许,皮肤仍旧白皙,显然没怎么在外风吹日晒,天天都坐室内画设计图了。明明说好这次回来是休假,结果休假还带任务的,殷以乔当然不愿意律风三百六十五天无休,伸手就拖过椅子坐在他身边。

"那我就陪你做。"他的态度十分坚决,惹得律风格外不好意思。

律风问:"越江新区不是建好了要搞落成仪式吗?"

殷以乔笑着瞥他:"我不喜欢去这种仪式,你又不是不知道。"

"可你后续的项目呢?不是说在考察——"

律风没说完,殷以乔就伸手捉过鼠标,帮他点掉屏幕提示,熟练地帮他继续导入数据。

殷以乔说:"我的下一个项目已经选好了,不用再做什么考察,我这段时间都很闲。"

电脑屏幕的冷光照在他专注的眸子里,反射出温柔似水的光亮。律风几乎瞬间就能读懂师兄的意思——他想帮忙做独属于平麓跨海隧道的概念视频。

律风习惯了单打独斗,结果又在这种时候倾斜了心中的天平。他能够感受到殷以乔回国之后逐渐变化的态度,他也极为希望师兄能如他所想的那般热爱着伟大的祖国。

现在,绝佳的机会摆在面前,律风再拒绝就显得太不近人情了。

"既然你有空……"律风带着忐忑又雀跃的心情说道,"那就帮我做一做平海的剪辑吧。"

律风待在平麓跨海隧道项目组时录制了许多关于海洋的视频,即使没有翁承先的请求,他也会默默地制作平麓跨海隧道的概念视频。

只因为,他喜欢。

"我想以气势恢宏的俯瞰视角开篇,最好能够把平海的与众不同展现出来。海鸥、彩虹,遥遥相望的繁华都市,还有一望无际的蔚蓝边界。最好能够用延时摄影的方式做一个平海掠影,从立安港直达富云县。"

宽阔海洋在许多人眼里大抵相同,可律风想展现的绝对不是千篇一律的东西。他提了许多要求,殷以乔没有任何反驳,仅仅问了一个问题——

"桥是什么颜色?"

律风沉默片刻,点开搜索引擎,找出了跨海大桥的"参考资料"。铁灰色舰队踏破白浪,列队而来,他说:"桥是这样的铁灰色,我想要的也是这样的平海视频。"

殷以乔不需要律风泄露内部设计图,更不需要律风详细解释设计创意。他只用看到这些威武肃穆的舰队,就能懂得律风的所思所想。

"我知道你的桥是怎么样的了。"殷以乔笑了笑,"你既然选择铁灰色,那么,就从平海舰队开始吧。"

律风和殷以乔久违的合作在工作室里有条不紊地进行着。师兄负责的是平海舰队与独特的平海风光部分,律风则专注于桥梁隧道的建模渲染,双人协力,力求完美衔接。

律风一点儿也不担心两人的风格不同导致割裂，他们长久合作的默契足够磨平两个人的痕迹，剩下一片平海，一座隧道，一架桥梁。

工作室里忙碌地进行视频制作，律风手机上不断传来瞿飞的小道消息。

"国家组了个第三方审图组，已经开始对工程细节审核了。"

"我看南部战区负责人都来了，搞不好我们项目还有大船护航。"

"不急不急，审核顺利，但需要时间。我师父说的，律工千万谨记早睡晚起养好身体。"隔着手机屏幕都能感受到瞿飞叼烟的语气。他说不急，律风也就慢工细活，使劲折腾殷大工程师的高级工作站，把虚拟的隧道桥梁渲染得与海洋融为一体。

有殷以乔在身边，律风想熬夜都不行。每天都是早睡晚起的规律生活，时不时还一起到新落成的越江新区遛弯。

腾龙集团在四年内建成了一座仿古式传统新城，越江新区有中国大地随处可见的山水桥楼，也有全世界独一份的越江广场。

律风为平海视频忙碌得头昏脑涨，但被殷以乔拎到越江新区后，思绪顿时就开阔悠闲起来。他们慢慢走过越江桥，桥下是乘船过江、穿过桥底的游客，桥上是悠然自得、出门健身的居民。

他站在桥上，能够一眼望尽越江广场与仿古民楼。只是远远看着，都能感受到时光幽静的闲适与岁月荏苒的温柔。

越江广场功不可没，它平坦宽敞地划出了一片静谧空间，没有突兀的雕塑，没有复杂的装饰，如越江船工般朴实沉稳，散发着润物无声的安静清幽。毕竟，这是殷以乔设计的广场，当它建成的那刻，建筑界都为这座广场而惊讶。

没人会相信C.E建筑事务所万众期待的新星居然回到中国自立门户，更没有建筑师相信，这么温柔缱绻的广场会是风格凛冽的殷以乔设计的作品。

律风站在水波荡漾的广场上，身边有孩童嬉戏、情侣合影。生机盎然的景象唤醒了越江刚建成的崭新旅游区，把最具活力的人汇聚到了越江广场。

平海的坚船利炮忽然就和越江的木桨破船重叠在了一起。律风笑着感慨道："平麓跨海隧道建好之后，也有这么一块地方供游客居民眺望它就好了。"

人来人往的热闹生活才是革命先辈一直以来的追求和向往。

"会有的。"殷以乔站在他身边，笑着说，"我看麓岛上次的那块空地就不错，拿来建个广场绰绰有余。"

师兄从来不会说不可能的话，更不可能没有缘由地发表意见。律风狐疑地打量着他,问道:"难道你的下一个项目,就在麓岛那块地盘?"

殷以乔偏了偏头,直接否决:"想什么呢?桥都没建好,说不准那地方用来建收费站也不一定。"

他说得随意,仿佛在麓岛抗议的地盘上建广场只是随口玩笑。

然而,律风却上了心。

当晚,律风上网搜索素材,去看了看麓岛抗议实况,用建筑师的眼光审视起了那块空旷平坦的宝地。这尺寸,这地势,这得天独厚的方位,用来建收费站实在是大材小用,交给师兄重新设计规划利用,简直是上上之选。

律风心里有桥,还有对师兄的一腔信任,他盯着照片上表情或狰狞或悲痛的岛民,伸手拨出了瞿飞的电话。

远在北京焦头烂额的瞿工接通电话的声音都透着烦躁。

"干什么?"一点儿也不亲切友好。

但是,律风完全不在乎,能接电话代表有空,他开门见山地问:"富云县连接跨海大桥的岸口地盘是属于谁的?"

他一问,瞿飞就暗骂一声:"你说搞抗议那块地?岛资实业的!要不是那地方属于岛资实业,咱们平麓跨海隧道还需要他们掺和?早充公了!"

那块地盘属于岛资实业,律风想找内部渠道举荐殷以乔的心思散了大半。麓岛抗议还没停止,这么长久且持续超过了一个月的聚众行为,背后不可能没有别的什么势力。

瞿飞听半天没声音,追问道:"你问那块地做什么?桥梁设计要改还是有衍生方案?"

"没有,随便问问。"律风心中遗憾无比,关掉网络消息,"审核大约多久能批?"

那边瞿飞的心情终于愉快了似的,得意地"哼哼":"等你的视频做好了,我们就过审了!"

律风以为瞿飞在糊弄自己,毕竟,他和殷以乔两个人的进度突飞猛进,效率远超一支视频团队,不出半个月一定可以做出成品。

岂料,他刚刚将殷以乔和自己制作的视频合并,开始做最后的剪辑工作,瞿飞那边的好消息就趁着夜色传来。

"明天等着看新闻!"瞿大设计师的话,永远振奋得意,"咱们上的可是《新闻联播》!"

麓岛还有人在抗议,平麓跨海隧道设计方案过审的消息则直接登上了《新联播》,在全国收视率最高、传播力度最强的半小时里占据了宝贵的一分钟。

"平麓跨海隧道项目方案经过审批,已确定明年开工。横跨一百三十二公里的平海海峡,以桥梁、隧道结合的形式建设高铁、公路两用通道。平海立安港与麓岛富云县即将启动建设工程,两岸同时施工,预计十五年内建成通车。"

尽管主持人的概况介绍连配图都没有,消息也迅速传遍了全世界。

之前,仅仅是国家设计院的代表口头宣布,就已经掀起了惊天巨浪。如今《新闻联播》直接板上钉钉:平麓跨海隧道过审,明年就要开工,十五年内建成通车!

中国人民听过了无数十五年计划,这一次的十五年格外动人。

麓岛混乱历历在目,但当鲜红旗帜举起来的瞬间,那些分歧的声音都渐渐汇聚成了相同的力量——

我们会建成平麓跨海隧道,无论任何人、任何事都无法阻止它的前行。

国际媒体摆出公平正义的嘴脸,质问项目组为什么罔顾民意。然而,项目组的回答高冷简约,全球全网同步发送了一则视频——

《平海!中国!》

蓄力已久的发声从不会令民众失望,气势极足的标题下点开就能见到平海的绝佳美景。蓝天、白云和海鸥是众人熟悉的海岸景色。没等他们揣度这则海景视频的深意,便见到平海舰队踏浪而来,铁灰色舰船踏破海浪,排成队列的巡航船只气势凛然。

镜头从远到近,足够任何人看清它们钢铁铸造的强大身躯;再由近到远,让人见到了不远处长虹贯日一般分割波涛汹涌海洋的铁灰色长桥!

那是绝不可能在海面上存在的桥梁,它有着传统户牖般的格栏,编织出六边形与三角形交错的图案,带着与众不同的温婉柔和,又在桥塔的刀戟造型衬托下,显露出独树一帜的尖锐锋芒。

它一身铁灰好似肃穆舰队带来的幻影,那样恢宏绵延,逐渐消失在一望无际的平海上——

不,它没有消失。

镜头如同翻滚巨浪,乘着海风呼啸而过,惊涛拍桥,铁灰色钢铁铸造的桥身里穿梭而过一条白色长龙,它以迅猛速度冲向对岸,不过片刻就从蔚蓝海面深入隧道!

那些困惑的、嬉笑的、茫然的观众,好像乘坐上了高铁的旅客,随着龙行千里的神速展开了一场震撼人心的旅途。

他们从陆地到海面，又从海面到海底。眼前平平无奇的穿洞隧道拉升为海面上船行舰航的景象，让他们清楚意识到这是海底线路。而碧波荡漾的桥梁倒影不远处，同色系军舰始终护航，海军队伍英姿飒爽。

见到这则视频的观众还没来得及敲下感慨，只见白色长龙出海入桥，驶入了富饶美丽的麓岛。

短暂的视频结束，浮现出"平海·麓岛"的字样。

不需要更多说明，观看完视频的观众都能立刻意识到——

这就是平麓跨海隧道！之前听过无数次的消息变为真实的视觉感受。那段极具冲击力的海上之旅，足够他们体验到平麓跨海隧道的全部魅力。

铁灰色的船影，铁灰色的桥梁。

白色长龙横贯海峡，势如破竹进入麓岛。

没有比这更能证明平麓跨海隧道意义的东西，无数人被流畅的画面震撼得说不出话来。隧道而已，高铁而已，怎么能拍得跟军事演习似的威武不屈？

气势雄浑的舰队护航，顶层高速公路，中层高速铁路，就像什么不得了的神仙通途，任何觊觎者都别想碰它分毫。

桥梁隧道的宣传一向温馨的印象，在这一刻被平麓跨海隧道打破。任何一个看过视频的观众都会心跳剧烈，只记得钢铁巨龙劈波斩浪，气势如虹的桥梁傲视海洋。

一直为这座桥担忧的网友，忽然就心绪坦然了。

"这桥真漂亮，希望真的建起来能跟概念设计一样漂亮。"

"开玩笑，不看看这桥这隧道谁建的，只会比概念设计更漂亮！"

中国的基建能力永远令人放心，审美水平始终在线，穿云入海无所不能。

那些包含骄傲的话一层一层扩散在网络上，每一句都透着对国家项目的期待和信任。

十五年的漫长计划，有了这则视频的支撑，忽然变为了触手可及的现实。梦想正在前行的声音，"滋滋滋"地烧灼着每一颗赤红心脏。当他们的心跳剧烈得仿佛要缺氧般嘶吼时，传来更加令人震惊的消息——

"平海舰队将参与海上联合搜救演习，保障平麓跨海隧道安全开工。"

（上册 完）

世界一级基建狂魔
THE GREATEST DESIGNER

【下册】

言朝暮 ◎ 著

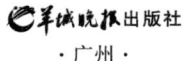

·广州·

目录

第一章　极限救援　　| 001

第二章　山水逍遥　　| 017

第三章　检测真相　　| 032

第四章　海上平台　　| 046

第五章　台风"利苏"　| 058

第六章　风雨同舟　　| 068

第七章　战舰归航　　| 080

第八章　逍遥之游　　| 090

第九章　菲禄战火　　| 102

第十章　接通长浪　　| 112

第十一章　故人重逢　| 121

第十二章　大桥落成　| 133

第十三章　复苏计划　| 143

第十四章	一块白板	154
第十五章	不情之请	165
第十六章	援兵乍到	177
第十七章	失误疑云	186
第十八章	"优秀"英雄	196
第十九章	谨致橡树	205
第二十章	危机一枪	217
第二十一章	好久不见	229
第二十二章	偶像归来	239
第二十三章	山水桐乡	246
第二十四章	又见麓岛	255
番外一	律风的讲座	270
番外二	枫树博物馆	280

第 一 章
CHAPTER 01
极限救援

　　平海舰队参与搜救演习的消息一出，网络顿时沸腾起来。

　　从来只听过平海舰队出征外海与国际友舰进行国际搜救演习，却还是第一次知道平海舰队会为了保证一条隧道的安全出击！

　　看到消息的人摩拳擦掌。铁灰色桥梁与铁灰色舰队即将在碧波上共舞一出平安平海，没有比这更能证明国家建设平麓跨海隧道的决心了！随着演习消息发布，官方竟然罕见地提前公布了搜救演习方案，从立安港到富云县，一切涉及平麓跨海隧道规划建设的区域都在平海舰队训练救援作战的范围之内。

　　"不得了不得了，我一直在等大佬发声呢。结果……这声儿真响真好听！"

　　"平麓跨海隧道从立安港到富云县，直接把两个城市都圈起来了。嘿嘿嘿，所以搜救演习也包括疏散民众？"

　　"妙啊！我现在就看看去麓岛的机票，能不能远程观赏！"

　　网友就喜欢看这样的热闹，他们不仅开开心心等演习，还快快乐乐准备买票。就算不能去麓岛看现场，能去立安港见见高清震撼的平海舰队，也算不虚此行。

　　于是，海上搜救演习的日子成了全民期盼的大日子。

　　各种新闻播报出来的演习方案，加上平麓跨海隧道的建设规划，都像极了一场盛大演出的节目单，引得立安港游客接待量激增，酒店订单爆棚。大家都指望着能在演习当日见一见平海整齐威武的舰队在蔚蓝海域扬帆起航。

　　比起对岸的兴高采烈，麓岛一部分人焦头烂额。以夏英杰为首的岛研院众人与麓岛政府彻夜长谈，力求平海舰队救援演习远离富云县。

　　……就算不能远离，至少也不能登岛啊！

　　可是，此时的麓岛早已没有拒绝平海舰队巡航入岛的权力。

　　"平麓跨海隧道两岸动工，我们这里收到通知，富云县临海已经成了建设区域……他们在建设区登岛，我们管不了。"

　　"已经确定平麓跨海隧道必须建设了，不让舰队做搜救演习，大陆又会说三说四，不好办呐。"

　　"你们岛研院参与的项目，怎么能怪我们不阻止呢？夏代表，你得跟委员会说说。"

岛民抗议那是民众自发行为,他们乐见其成,不作为也算无功无过。可平海舰队雄兵利器,又是一群气势威武的军人,他们此时要是提出反对,可不会有什么好果子吃。如今能够在岛上任职的,哪个不是擅长中庸之道的聪明人?

国家都通过媒体向全世界宣布了:舰队要进簏岛了哦。

他们哪个又敢跳出来直说:不行,我不准!

夏英杰跟政府方不欢而散,然而平簏跨海隧道项目组委员会的人也没那么好说话。

簏岛的委员大多数都想无痛建成平簏跨海隧道,大力发展他们手握的旅游资源。岛资实业傅梅坚定不移地和岛研院站在一起,但是势单力薄,根本没法说服这群心系旅游产业的委员考虑民众的情绪。

"民众的情绪,民众自己会表达。大陆都清楚,大陆会处理的啊。"

"而且平海舰队要从富云县过,肯定会看到抗议的。他们看看就知道民众的担心了,一定可以传达给国家,让国家注重环保意识。"

"平簏跨海隧道的概念视频蛮不错的。英杰你和傅总都是留过学的高材生,肯定懂得艺术,我看好多美国人都在夸这桥漂亮,Unbelievable(难以置信),它要是建成了,肯定会带动我们岛的旅游发展。"

委员们根本不在意平海舰队登不登岛,民众抗不抗议,他们更关心这座桥梁漂不漂亮,能不能给当地创收。

夏英杰跟他们没有办法沟通。这群完完全全被桥收买的人不是他的同伴。瞬间,他都能想象到平海舰队进入富云县后簏岛祸福未卜的未来,而掌控了簏岛未来的这群人却只想着搞旅游!

"不行,不可以。"夏英杰和岛研院的理念达成一致,"在这种时候,更要让对面知道,我们坚定的意志。"

簏岛的坚定意志使得原本懒懒散散的抗议瞬间爆发出了更强烈的声音,有的人在网络上贴出了聚众示威的预告,有的人甚至自命名为"护岛者"。

他们还广发倡议,要求大家团结起来,还学着搜救演习来了一套抗议方案,发布在网上,令这次抗议变得极为正式,似乎颇具规模。

网友们知道消息,全都第一时间奔去一睹抗议方案的真实内容。

很好,不错。这群人打算在演练当日环绕富云县一周:早上从临海岸口出发,乘车前往富云县政府,再乘车回到临海岸口,赶到岸边等候平海舰队。

连见多识广的网友都表示震惊。他们经历过各种庆典活动,中间举花走街道，两边安静站立迎接，还没见过这种乘车出游一般的方案。

"不是吧，连亲自走路都不愿意，就不要搞这种活动了……"

"说明他们人数不够，得去赶场，把自己当成旅游团了。"

"旅游好啊，从早到晚，包车包吃，搞不好还能吸引一点儿不愿意走远路的老头老太太，一起乘车凑人数。"

联合搜救演习在前，网友们看什么都是枯燥生活之中的调剂。比起盼望麓岛的新闻，还不如盼望早点儿去到立安港，亲眼见见威武的舰船如何像视频里那般迅速地航行在万里波涛之上。

在平海舰队与海上搜救中心定好的搜救演练日当天，律风和殷以乔特地来到了水汽氤氲的立安港。

毗邻海岸沿线的人行道熙熙攘攘。不少人带着三角支架、望远镜，等着看浩浩荡荡的平海舰队如何演习，保卫一方安宁。

"想不到大家这么期待这场演习。"殷以乔恐怕永远无法理解普通民众对军舰旺盛的好奇心。

"因为不是一般的演习啊。"律风笑着眺望海面，"这次平海舰队会从这里出发，登上麓岛，为平麓跨海隧道的建设扫清最后的障碍。"

他不用说，殷以乔也知道是什么障碍。即便是殷知礼也从英国媒体处得知了情况，特地打来电话，要殷以乔替自己去看看现场究竟是什么模样。没能长久待在国内的殷家人总会对此忧心忡忡，但律风清楚他们的忧虑，与其用苍白的语言解释，倒不如请师兄作为代表，一起去看看现场。

于是，律风特地向翁承先申请带殷以乔一道登上指挥船。

平海舰队与国家海上搜救中心的联合演习不可能没有平麓跨海隧道项目组的配合。整个救援演习都会按照翁总工提出的事故可能性，来进行严格的救援模拟。

指挥船依照安排靠近立安港的时候，围观者的气氛都变得热烈起来。因为那艘白色的船上印有海上搜救的独特徽章，一看就是这次演练项目的一分子。

它一靠岸，蜂拥而至的媒体记者便扛着摄像机过来，准备捕捉下船的一切军官将领的身影。

然而，在身穿白色制服的人员里，一个头发凌乱戴着墨镜的短袖T恤男格外显眼。他比走下船的制服人员更高，身姿却一点儿也不挺直端正，懒洋洋如闲庭信步。

等他走近了，律风才发现……

他竟然还穿着不正经的凉拖。

律风介绍道:"瞿工,这是我师兄,殷以乔。"

瞿飞摘了墨镜,眯着眼打量殷以乔,他跟殷以乔握手都皱着眉,眼神尽是不可思议。

"你们怎么穿得这么正式?"

"因为我们来不是来玩的,是来观摩平海舰队的演习的。"殷以乔语气从容,腔调平静,嘴角笑意透着冷漠疏离。

瞿飞微眯的眼睛诧异瞪大。他是被怼了?他这是被怼了吧!

瞿飞一贯的火爆脾气,在殷以乔的一句话里堵得偃旗息鼓。

"不是,律风,你师兄怎么比你还能啊。"他简直要抓掉他一头可怜的秀发。

平时他已经完全领教了律风的牙尖嘴利,怎么这位穿着衬衫长裤文质彬彬的人是律风威力的数十倍?!

律风"嘿嘿"一笑,骄傲得意:"因为他是我师兄啊。"当然能。

很能的师兄弟在瞿飞和工作人员指引下顺利跟翁总和指挥组会合。嚣张跋扈的瞿飞皱着眉大步上前,开口就说:"师父,这是律风那个不得了的师兄,殷以乔。"

翁承先看他这样,痛快地"哈哈"大笑:"你在大建筑师面前丢人了?"

"嘿,怎么会!"瞿飞坚决不承认,"只是我以为律风假公济私带朋友上舰队来玩,结果人真的大公无私搞工作!"

他指了指殷以乔,说:"还把师兄带过来一起工作!"

瞿飞还以为,带个律风在船上,自己至少还能跟同辈人一起聊点闲天儿,大谈篓岛。谁知道,人家有属于自己的同伴,他只能往指挥船后面一坐,远眺指挥组和师父照章演练,在大家枯燥工作的间隙,悠闲享受近距离观赏平海舰队的优待。

指挥船远程控制整个演练过程,船上不仅有平海舰队指挥负责人,还有海上救援中心负责人。军人和军人站在一起,与翁承先交流不多,他们有完备的演习安排,一切照计划执行。

指挥船驶出立安港,停留在能够被近距离观摩的位置。时间一到,负责人发布指令:"第一届平海舰队与国家海上搜救中心联合救援演练,正式开始!"

演练从立安港烟雾缭绕的船只开始。

那艘漂泊在海岸上的工业船,取道平篓跨海隧道建设路途,模拟出架设桥基的船只情况，燃起信号烟雾，立刻发起求援。

等候在岸边的民众发出惊呼。

那艘燃起烟雾的船并没有停在原地，而是飞快驶离航道，唯恐自身的"火焰"引发平海桥梁建设故障。不过一会儿，白色救援船远远驶来，头顶还盘旋着无数小型无人机，密切关注海面情况。

简单的救援在海面上演，周围看热闹的群众还未来得及分析出平海舰队入港时间，就以为模拟已经结束。

律风手上则有完整的演练方案。

船只起火求援只不过是其中小小的一段前奏。等平麓跨海隧道不断延展，桥梁横跨海面的时候，才是整个演习最重要的部分。他们要演练的不仅仅是船只失火，还有整座桥梁因为狂风骤雨轰然倒塌的极端场景。

律风只是看着那些简单的文字，都感觉到了这次演习的沉重责任。也许，只有翁承先这样清楚桥梁建设、为桥梁付出了无数心血的人，才能制定出这份凝重的演习方案。

平麓跨海隧道建设中不能存在任何意外，但是他们也必须为意外制定完备的应急预案。

桥梁垮塌、隧道坍塌、施工船起火，只有做好了全部准备，警钟长鸣，他们才能建出世界上最好的桥梁。

当第一个阶段结束，指挥船随着洋流驶向海洋深处，等待他们的是一列列模拟倒塌桥梁的漂浮物，还有随着桥梁落入水中的"工人"。

岸边的观众没法亲眼看清平海舰队，但律风坐在指挥室，能从监控屏幕上清楚看见远在海洋上列队的船舶。

水天一色尽头，它们便是最为清晰的分界线。

"走啊，出去看！"瞿飞可不是老老实实守在室内的性格。在平海舰队出现瞬间，他就招呼着律风和殷以乔往外走。指挥船的甲板乘风摇晃，他们走出来扶着栏杆，见到的舰队英姿更为清晰。

那些在海洋巡航的巨无霸安静地等候在预定地点，像是训练有素的士兵在等待演练的信号。

"师兄你看，护卫舰、驱逐舰、补给舰都在那儿了！"律风只看它们的外观涂装都能清楚分辨每一艘船的不同，"在救援方案里，舰载直升机会迅速飞到事发地点，降下最精锐的救援人员，把落海的工人救上救生船。"

他在说救援方案，殷以乔却在感受面前庞然大物的威武肃穆。这些装载利器的神兵几乎可以不费吹灰之力地完成搜救的全部环节，不差分毫。

爷爷的担忧似乎突然变成了一种远离故土产生的隔阂。这样心系民众的军队根本不会与任何人发生暴力冲突。殷以乔的心情变得轻松，他说："我想，任何人见到都不会怀疑这支队伍的能力。"

麓岛人更甚。

平海舰队整装待发，指挥室里的通讯简短频繁，演习指令下达的瞬间，海平面上发射出了无数标记浮漂和泡沫作为垮塌大桥的模拟物。平海舰队与搜救船队必须在最短时间完成人员救助，并且在一小时内结束海上通信、编队与转运伤员工作。

守在岸边的观众从远处看不见搜救船的影子，但可以捧着手机看大船。

远在平海海峡中段的救援行动已经由中国新闻台进行了实时转播，飞在空中的无人机成为所有观众的眼睛，他们迎着海风，闻着海腥味儿，各自捧着手机也宛如亲临现场。

呼救的落水"工人"零零散散有上百人。

舰船上直升机起飞，船舶快速靠拢，井然有序的模样正如民众心头想象的平海舰队。转播中时不时掠过庞大的驱逐舰的身姿，它们像守护救援现场的卫士在等候指挥员发号施令。海洋没有真正垮塌的桥，但是救援队伍的迅速、可靠，看得人大声叫唤。

"我们救人演练这么帅，岛上的人都看清楚没有？"

"哈哈，我今天看岛上的论坛说，好几个学生为了看搜救，特地去蹭了他们的大巴车，有吃有喝还有军舰看，赚翻了。"

"这种顺风车也敢坐啊？"

"免费的为什么不坐？好多人在富云县等平海舰队，跟我们似的看热闹！"

随风散去的喧闹声直接压过了反对的声音，常常意见相互相看不惯的两地居民，忽然就变得和谐统一。毕竟，在凑热闹这件事上，他们和麓岛民众真的没有区别，都想一睹平海舰队的风采。

手机里，是中国平海最强舰队的迅速救援，耳朵边，是各种"懂帝"对时局的分析以及对平麓跨海隧道的展望。

他们想着，这场演习结束，平麓跨海隧道就该开建了。浩荡壮阔的建筑工地设置在一望无际的大海上，怎么想都充满了中国人征服自然的浪漫与勇气。

这座备受期待、有平海舰队护航的通道是绝对不会垮塌的，国家安排了这么完备的搜救计划，为的就是永远用不上它！

民众饱含信心，盯着落水"工人"被救上船艇，心里满是对舰队和搜救中心的赞美。

突然，弹幕跑过了无数突兀的话语。

"桥塌了！"

"这都会垮？好惨啊！"

捧着手机看直播的民众，闲聊里渐渐泛起了一丝困惑。

哪里来的时差党？泡沫浮漂做成的模拟桥早就塌了，怎么现在才知道？

但是，弹幕传递的讯息接二连三带着桥塌的惊呼。上百万观众围观直播的弹幕里，突然开始传递出一种难以言喻的惶恐。

疑惑的民众退出直播，刷新自己惯常使用的社交平台，各种帖子标题刺目，霸占页面——

《桥塌了！对面看热闹的，把桥压塌了！》

《富云县的桥垮了，我的天啊，这是什么豆腐渣工程……》

《我们还在做垮桥救援演习，怎么他们真的垮了？！》

富云县聚集了大量等候的民众，人数不比对岸立安港少。突如其来的轰隆声带着脚底震颤，地震似的带来一片寂静！刚刚还悠闲眺望海面的居民神色惶恐，就连那群抗议扯横幅的人都吓得忘记在国际媒体摄像机前喊口号。

"怎么回事？"

"地震啦？"

各国人士的不同语言表达出了相同意思。很快，黑压压的人群如浪潮般散播着零星的呼救声——

"桥垮啦！救人啊！"

海上救援联合演练的指挥室几乎在桥梁垮塌的瞬间就得到了消息。麓岛居民不断拨打119、110，大量焦急的求救讯号被病急乱投医似的不断扩散，就连国家海上救援中心12395都收到了求助，被立刻转给了联合演练指挥室。

有条不紊的演练被迫中断，波涛汹涌的海洋风平浪静，但任何人都能够从对岸混乱的求助里感受到"桥梁垮塌"的严重性。

平海舰队负责人与救援队的观点出奇一致，不需要商量就做出了决定。

"我们马上联系麓岛驻地部队。"

桥梁垮塌一分钟内，每一个公共求助电话都被富云县传来的呼救声占领，岛内通讯差点被实时拨出的求救电话弄瘫痪。

不到五分钟，网络就出现了富云县垮塌桥梁现场直播。许多守在这里拍摄抗议现场、等待平海舰队与民众冲突的媒体人，镜头一转，就拍下了全部灾难场景。

横跨水面的桥梁已经成了砸进水面的废墟，铁皮大巴车斜栽进河床淤泥，搅浑了一河澄澈的水流。哪怕是清晰度较低的手机镜头，同样能够拍到不少人努力往岸边挣扎，费劲地去勾住岸上的人伸出的援手。

"现……现在我们正在富云县桥边，就在刚刚，这座大桥垮了下来。"

"受害人数无法估计，救援队伍应该在路上了，请大家不用害怕。"

"我们惊讶于意外的发生，但是毫无疑问，这是巴士驶过桥面引发的塌陷。"

普通话、麓岛方言、外语交织在一起，他们强作镇定地播报着，努力向观众传达麓岛现在的情况，每一个人都肯定地说：救援队伍在路上，消防警察很快会来。

然而，五分钟过去，他们没有听到警笛长鸣，更没有见到白衣天使。唯有趴在岸边痛苦哭号、声嘶力竭的民众清晰地表达着现场惨况。

守在网络前完全不清楚麓岛情况的观众看着不断下陷的巴士车，心里格外焦急，桥梁水泥碎块砸进去就是巨大的回声。他们始终不明白，怎么还没有神兵天降，跳水救人？

"怎么回事，麓岛的救援队呢？"

"富云县也不大吧，就是走路去报警现在也该来了。"

"岛民有没有，说说你们富云县消防离事发地多远啊？"

"不远啊！来了啊！"

如果不是弹幕提醒，观众恐怕无法从熙熙攘攘的人群里找到救援队伍的影子。幸好，直播新闻的记者是专业的，她握着话筒，高兴喊道："消防和警队已经到达现场展开救援。"

可惜，镜头给到那群身穿制服的消防人员后，他们做的第一件事情竟然不是跳入河流进行施救，而是在维持秩序！

"不需要帮忙就麻烦让一让。"消防人员驱散着周围民众。

好几个情绪失控的落水者朋友、亲属冲过去就喊："什么时候下去救援？你们不下去救人吗？"

"会救会救，吊车和救生艇在那边了，麻烦让到一边！"然后无情地把人给推开。

尴尬的场景毫无预兆地进入了直播画面，大陆居民习惯了一分钟出警十五分钟救援的效率，还没见过这样的场面。

消防员没有下水救人，麓岛民众还在焦急等待吊车和救生艇驶达现场。

直播着现场情况的褐发蓝眼记者没有提出质疑，甚至还在安稳复盘这场发生在眼前的灾难。他说："我们可以肯定，这座桥梁的垮塌事故，是由平海舰队的军事演练导致的——"

"舰队上岸了！"突如其来的喊声盖过了耳边一切喧嚣吵闹。

远在电视机前以及相隔几千公里的国外，都能听出那一声中文包含的诧异和惊讶。

复盘灾难的记者像是等到了绝佳素材，他拿着话筒随着人群奔跑，一些国际摄影师的手都在颤抖。

激动的。

哪怕现在正面来一颗导弹、枪子儿，也能成就他死后永垂不朽的荣光。

他们甚至可以想象，未来五年、十年，自己亲自播报的新闻画面成为珍贵资料，让中国面对真相再也无法辩驳事实！

然而，他们准备拍下战争一触即发的时刻，却只见到一艘艘铁灰色战舰迅速靠岸，每一位下船士兵的手臂上竟然都佩戴着医疗十字袖章！

目睹这一切的外国记者心中暗骂：登岛还要作秀。

但是，这群在他们看来作秀的士兵，训练有素地集结、前行，甚至带上了担架、医疗箱。

平海舰队靠岸已经叫不少人恐慌，现在士兵结队前行，有人竟然疯了似的冲过去大喊："你们干什么？"

不仅喊，还要拦，可他们没想到，他们人还没能以身挡路，就先被队伍边缘的士兵们拦了下来。

"老乡不要着急，我们是来救人的。"

"不用惊慌，不用惊慌，放心吧老乡，我们肯定能把人全给救上来。"

"老乡后退，后退，踩你脚了。"

他们一边出声表明目的，一边把这群疯狂的岛民往后拦住，清出了一条通道，保证后续队伍通行，熟练得令人惊讶，濒临崩溃的岛民也只能目送这支训练有素的队伍火速冲向桥梁坍塌现场。

还没出枪、出炮就已经赤手空拳地化解了危机，毫无战斗力的岛民目瞪口呆，仿佛变成了欢迎平海舰队的围观群众。

直升机从头顶掠过，带起一阵狂风，他们竟然只来得及怒吼一声——

"谁……谁是你们老乡了啦!"

平海上的救援演练变成了登岛救人,这些驻守大海的军人走上陆地也是无所不能的士兵。从舰队靠岸到列队下河,全程不到四分钟,他们以急行军的速度到达岸边,沿堤而下,顺便在入河途中架起了一艘艘充气橡皮艇!

周围陷入恐慌的居民见到这支整齐肃静的队伍时,直升机已经悬停在了淹没巴士顶端,数艘橡皮艇靠近了坍塌的大桥。

他们也不管那身军装颜色陌生了,不少人高兴相告。

"军队来啦,救人的军队终于来啦。"

麓岛的居民没见过救人这么快的队伍,从他们出现到救出巴士里第一位受害者往回运送,也不到一分钟。

之前的惶恐害怕变成了啧啧称赞,连岸边撕心裂肺的痛哭都随之安静,所有人惊讶地盯着从未见过的救援部队抓紧时间救人。

"报告指挥,救援小队已经救上四名落水人员,已经实施抢救并送上麓岛赶来的救护车。剩余受困人员因巴士车被桥梁砸塌变形,卡住了手脚,经确认并无无生命危险。现申请切割巴士,请指示!"

众人站在指挥室里,清晰地听到了发回的报告,松了一口气。桥梁坍塌经历了太长时间,下面还有船只被压,他们还以为来不及了。

幸好河水尚浅,船只被砸碎之后,还能倾斜飘浮在河面上,落水的巴士车则是呈倒栽状态,大部分等待救援的落水者蜷缩在船只、巴士车一侧,不敢挪动,又或是被卡住或伤到了四肢无法动弹,才被困到了现在。

没有人员死亡就是最大的好消息,指挥员言简意赅,没有任何犹豫地回答道:"同意切割巴士,立刻行动,实时汇报前方情况。"

解除了性命危机,可大家的脸色都不轻松。军人们是因为此次事故危害到了民众的安危感到心绪不宁,可在场做建筑工程的,却知道桥梁垮塌背后是多么重大的风险隐患。

翁承先叹息一声,说道:"麓岛地处台风带,前几年已经陆续有新闻说桥梁长久无人维护,存在风险了。谁知道……"

"他们一直在做桥梁的维护,可能还没来得及修理富云县的桥。"律风道。

律风研究过麓岛桥梁情况,那些建筑寿命号称长达七十年的桥梁经历了台风肆虐,大多脆弱不堪,近几年陆陆续续在封闭道路维修桥梁。消息不多,但是麓岛至少清楚情况,没有置之不理,可他没有想到,富云县的桥会这么经不起波折,台风还没到来,竟然毁于围观群众,简直匪夷所思。

"也不一定是没来得及修理。"殷以乔的意见与温和派律风截然不同。

他说:"麓岛本土的建筑师常常拥有很高的学识,但是建筑运维管理能力极差。如果他们的维护态度和我所知的一样,那么,经过他们维护的桥梁,恐怕也不能掉以轻心。"

"呔。"瞿飞想到夏英杰的嘴脸,就能想象出富云县的桥,"桥都倒了,谁还敢掉以轻心,我看岛研院经手过的建筑物,干脆都推翻重修!"

灾难就在面前,任何的可能性都应该被视为必然。

麓岛经历台风洗礼,发生过数十座桥梁断裂倒塌事故,却始终没能寻找到适合的解决办法。

律风看着监控屏幕里无人机传回的画面。糟糕的桥梁残垣和混乱的人群在一起,对他们做桥梁工程的人来说根本是地狱一般的场景。

他还没能说些什么,殷以乔的手机便疯狂振动了起来,殷以乔走出指挥室,接通道:"爷爷,没事。我们舰队的人已经过去了,暂时没有人员死亡的消息。"

殷知礼远在英国根本无法安心。英国与中国的时差,并不妨碍电视台深夜开始实时转播平海舰队救援演练的消息。

英国电视台专门请来了专家,正在电视上分析麓岛现状,虽然什么画面都没有,在他们嘴里却好像亲眼所见其中的水深火热。

"现在舆论一片混乱。"殷知礼声音疲惫,"人没事就好。"

殷以乔清楚那边媒体的风格。他眺望平静无波的平海,笑着说:"让他们乱吧,我们不乱就行。"

爷爷苍老的笑声从手机里传来:"听到你这么说,我安心了许多。早些年我去过麓岛,那里的建筑、桥梁技术比较落后,想不到……这么多年过去,不但没有进步,反而出事了。那座桥,是谁设计建造的?"

倒塌的建筑会成为设计师之耻。殷以乔毫不怀疑,这件事之后,设计建造这座桥梁的人会害怕得睡不着觉,并且被整个国际社会拒绝合作。

"现在我们还不知道。"他与麓岛建筑师不熟,并没有探听一座坍塌桥梁建造者的兴趣,"但是,很快就会知道了。"

平海舰队迅速的救援能力远远超过了麓岛本土救援部队和消防。无论麓岛对外界如何吹嘘他们纪律严明、责任重如泰山,在事实面前都毫无辩驳的余地。

然而,国际舆论确实如同殷知礼所说的那样混乱。各大国际新闻报刊和电视台,都以"中国军舰登陆麓岛"为噱头,大肆将今天的联合救援演练与桥梁意外联系在一起。

"我敢保证,这不是一场意外,毕竟钢筋水泥建造的大桥怎么说塌就塌了。"

"阴谋,绝对是阴谋。从舰队宣布联合搜救那一天起,我就预料到了会有大事发生。"

"看完了威尔森的现场直播,相信很多人和我一样,被中国的军舰作战能力震撼了。像这样的军队,就是远洋攻击到我们国家也是轻而易举。"

网络上对于这件事的评述充满了即将世界大战般的忧心忡忡,甚至有人大胆猜测,未来的历史书上也许会留下一句"中国以登岛救援为由,点燃第三次世界大战的引线"。

留学生和华人看着这些讨论,感到气愤的不在少数。明明中国新闻台、国际新闻媒体的原版直播就在网上,这群人怎么说得像开战似的!

不可理喻!

网络成了爱国人士与外国人士的交锋阵地,然而,平海舰队岿然不动,救援完毕后立刻归舰,甚至还完成了剩下的救援演习。

网络观众这一天过得跌宕起伏。一边看论坛网友愤怒地抨击国外眼睛说打仗了,一边看平海舰队的军人威武雄壮,淡定从容捞起落水"工人"。

恐怕这世上只有这支军队干了如此惊天动地的事情还能转身深藏功与名。任由国际舆论怎么叫嚣,他们都按部就班地完成了演练,顺便召开了"平海舰队联合国家救援中心海上救援演习新闻发布会"。

国内各大媒体蜂拥而至。他们都想知道平海舰队会怎么评价今日登岛行为,怎么看待国际舆论的惊恐批判。

发布会现场,平海舰队、国家救援中心和平麓跨海隧道项目组代表各自坐在属于自己的位子上,等到流程宣布开始,各自负责人便就今日演习成果进行了汇报。

平海舰队着重于配合平海海峡桥梁、隧道段严重事故的救援工作。

国家救援中心负责调配一切救援资源,以保障平麓跨海隧道建设过程中零伤亡。

平麓跨海隧道项目组则是从演练方案的策划开始,讲述这座备受瞩目的桥梁建造途中可能发生的建筑事故。

三位发言人身经百战,语调不疾不徐,丝毫没有登过麓岛指挥救灾的疲惫。

他们的汇报材料始终围绕平麓跨海隧道展开,仿佛麓岛垮塌事故不过是不值一提的小插曲,完全不比这场模拟演练更有价值。

新闻媒体人肉眼可见地焦躁起来，平麓跨海隧道固然重要，但国际上正为桥梁事故闹得风风雨雨，他们急需官方发言进行回击，才能掰正一切谬误，为中国正名。

终于，平麓跨海隧道项目组发言人说道："麓岛的桥梁垮塌事故也是我们应急预案的一部分。"

话音刚落，全场交头接耳，议论不止。

可发言人一点儿没管他们的惊愕，慢慢解释道："平麓跨海隧道横跨平海、直连麓岛，无论是建设过程中还是建设完成后，都需要平海舰队、国家救援中心、立安港以及麓岛各部门的全力配合，才能保证这座隧道不会发生类似今天的惨剧。"

新闻发言人平静的语气，好像那一场冷静的救援："灾难面前，人民利益高于一切。

"麓岛做不到的救援，我们会帮它做到。"

联合救援演习的新闻发言中将麓岛事件划归项目管辖，要求麓岛相关部门必须严格按照国家规定同步同行，保证民众生命和财产安全。

这样的新闻稿铺天盖地刊发出去，先不谈岛民怎么想，大陆网络群众心里骄傲又自豪。

无论麓岛怎么抗议反对，平麓跨海隧道项目都会继续。

谁知道，新闻发布会当天，原定的富云桥事故说明会现场，门外街道、广场被民众堵得水泄不通，他们大声喊着对危楼危桥和当地政府的投诉。

麓岛政府官员匆匆入席，坐在会议席上的代表低头念稿："昨天上午十点十一分，富云县因聚集过多民众——"

他还没能念完，会场突然冲进来一大批麓岛居民。他们神情愤怒地揪住官员衣领，那模样震慑了所有参会的媒体。

在场众人还在错愕惊慌中，其中一位大妈上台拿过话筒大声喊道："我们强烈检举！麓岛的很多楼房根本就不能住人，很多桥梁也不能过车！今天只是倒了一座富云桥，我们还有千千万万座富云桥，千千万万座富云楼！"

她声嘶力竭，还拿出手上照片，举起来给记者看："这就是我住的楼，地基都开缝啦！"

媒体记者拿着摄像机、手机议论纷纷，这是事先约好的说明会，稿子都提前打点好了，却出了这样的意外！

记者们不敢动,更不敢大声叫嚷。

揪着会议席代表衣领的岛民,见这群记者交头接耳的样子,顿时眼一瞪,怒吼道:"还不快拍!"

网络上,联合演练总结会的宣言还没过气,立刻就传来了说明会现场的大混乱。不仅有麓岛大妈哭诉房屋地基不安全,还有众多举牌民众操着当地口音,控告政府偷工减料。在网上随便一搜,新闻照片以及路人拍的照片、视频一应俱全。

接受采访的岛民说道:"富云桥的垮塌不是个例,今天我们不站出来,明天掉进水里的就会是我们!"

还有一些年轻学生在人群中喊道:"会伤害我们的不是平麓跨海隧道,而是麓岛上很多的富云桥!"

多种多样的岛民聚在一起,只有一个诉求——

富云桥塌了,他们住的房子、工作的大楼、经过的桥梁不能塌!

见到这些照片、视频,网友心中升起了一种说不清道不明的同仇敌忾。没有人愿意看到自己用积蓄换来的住宅不到五年就变成危房,也不愿意每天经过存在危险的桥梁。很快,这些当地居民的诉求,就在网络上得到了大量声援。

麓岛政府焦头烂额商量对策的时候,岛研院也不轻松。他们连夜召回出差休假的工作人员,挑灯夜战,倒查近二十年的设计图。

"兰花大厦的结构到底是设计问题还是建造问题?"

"新蓝大桥呢?不要跟我讲我们进出市中心天天路过的桥都有问题!"

"临海饭店,临海饭店,为什么抗议的人里面有人举起临海饭店的牌子,快把图纸给我查清楚!"

岛研院的建筑师、设计师,承担着麓岛数十年的大型设计任务。哪怕是五六十岁等退休的老员工都戴着眼镜在看图纸,面色凝重得摇头。

"怎么会这样,怎么会这样嘛?!"

"富云桥建了二十多年啦,台风地震都挺了过来,谁知道挺不过集会。"

"兰花大厦不也是二十年?哎,地基怎么打的,谁打的,质量这么差!"

他们一边抨击一边探讨。夏英杰面对一群老资格,没有说话的地方,却觉得格外屈辱。

当新蓝大桥的存档资料搬出来,院长叫夏英杰过来重审的时候,他突然爆发了。

"我的设计不可能出错!"夏英杰嚷嚷得超大声,"凭什么一座破烂桥垮了,要连累我们加班?!"

院长摇了摇头："英杰呐，民众不会信你说的话，我了解岛资实业，他们肯定会推设计师或者建筑师出来顶罪，我们把图查好，上法院的时候——"

"干什么要上法院！我按规定出图、审图，要是出问题，也是他们的问题！"

他一句控诉，说得室内空气凝滞。岛研院和岛资实业合作多年，近半数的麓岛项目都是岛资实业建造施工。真要追究问题，确实建设者比设计者责任更大，然而，岛研院没有一个人附和他，也没有一个人提出别的看法，他们只是沉默，翻动手上的存档资料，纸张"哗啦"作响。

"呵呵。"耐心看图的老员工，突然笑出声。

"英杰呐，你太年轻了。"老人低下头，眼睛透过老花镜上方盯着夏英杰，"你以为岛资实业怎么跟我们合作的？你又以为傅总不会担责任？这次抗议的民众上万、上十万，整个富云县都站不下，议员不想下台，我们和岛资实业一个都躲不掉。她能跑，我们要怎样跑?!"

他们唯一能做的事情，就是保证最初从岛研院出去的设计图没有任何纰漏！要是有纰漏……

连夜改！

这恐怕是平麓跨海隧道宣布建设方案后麓岛最为繁忙的日子。每天都有民众抗议的街头报道，熙熙攘攘的人群聚集在政府门外。

麓岛官方不仅要亲临现场平息民怨，还得想尽办法给出符合民众心意的补偿。但是，房子、桥梁这种大物件，又不是买菜卖菜，说补就能补，他们只能对外保证——

麓岛建设研究院一定会认真勘察所有可能存在隐患的楼层、通道，给民众一个满意的交代。

自家事自家毕，政府和岛研院都满意，可民众不满意！

"哪有自己查自己的道理？有问题的建筑都是岛研院设计的！"

"还有岛资实业，我看到桥上挂了岛资实业的名字，难道你们坐一条船？"

"不行！谁查都不能让岛研院来查！要是他们知道有问题，还能设计出这些要垮塌的建筑吗？"

桥垮了之后，民众对岛研院的品控彻底失去信任，官方虽然头痛，但只能安抚为先。

"好好好，我们不叫岛研院的查，我们回去商议商议，可以请国外的大建筑事务所调查后给大家一个合理的交代。"

卑微到这种地步,只希望这群岛民可以收收神通,还他们一片安静。再不安静,支持率都要没有了,还怎么在位子上大鹏展翅。

可惜,群众汇聚在一起,智商会获得成倍提升。

"那你们怎么不请大陆国院的嘞?"带头抗议的民众,看起来老实巴交,心里却清楚敞亮,"看看人家设计的平麓跨海隧道桥哦,质量造型哪个不比国外的好?!"

也不知道是不是他们聚众太闲,还是里面藏了进步青年,不过是站在一起守护家园的短暂时间,大陆真实的桥梁建设视频传得到处都是。

跨越曲水湾的宏伟大桥,盘山建设的抗震乌雀山大桥,还有伟大得出动平海舰队保卫的平麓隧道大桥,已经成了民众夸不出话的桥梁典范。

更不用说那些摩登的高楼大厦、奇妙的深坑酒店,他们坐在冰冷地面听着去过大陆的岛民讲述神乎其技的建筑物,露出了苦涩的艳羡目光。

那不是吹嘘的人间仙境,而是对岸不过几百公里的祖国大地。他们成长在麓岛,居住在麓岛,不经意间,大陆已经可以建起跨海抗震的大桥。再有人提及大陆怎么样大陆如何好的时候,聚集的民众好奇凑过来的神情,就好像那些年听出国归来的精英议员吹嘘英法美德发达国家的模样。

惊讶、羡慕层出不穷,没见过大陆真实面貌的呼声此起彼伏,终于有官员来听他们的需求了,抗议民众拿出手机,指着大陆桥梁建筑的视频,发出了心底的声音。

"我们就要这样的。"

抗震防风,坚不可摧。

第 二 章
CHAPTER 02
山水逍遥

民众的需求不过两天就经过层层汇报请示求助，传到了国院。坐在会议室的各位院长书记主任听完麓岛发来的请求，露出了难以言喻的表情。

"他们这要求……"书记顿了顿，委婉道，"挺会想哦。"

"……"六个点代表国院在场全体人员的心情。

这次闹得这么大的坍塌事件，他们都准备作壁上观，看哪几家国际建筑事务所能够吃下这么大的隐患排查单子。谁知道，麓岛竟然想让他们出马进行检测，最好可以设计几座麓水湾大桥、麓雀山大厦，彻底安抚对岸民众情绪？！

不可思议，难以想象。

大家面面相觑，能从身边同事脸上看出相同的意思。

麓岛和国院协力建造设计的超级大项目平麓跨海隧道即将登场。这么密切的关系，他们去接这个大项目排查一下安全隐患，做点儿改造方案什么的，合情合理。

但是……

自己手上的项目都干不完，谁愿意吃力不讨好地去撞麓岛这颗无法理喻的软钉子？

大家都不说话，李院就只能从平海项目挂钩的桥梁分院起头。

"吴院，麓岛这次排查安全隐患的建筑物里，桥梁占了大头，你们院是不是……"

"那可不行！"吴赢启挥手反对，表情语气动作都充满了排斥。

本来他对平麓跨海隧道意见就大，突然要空降这么多工作量，他第一个不同意。

李院开场就碰壁，眉头一皱说道："你不能因为平麓跨海隧道的事情就带入个人情绪，麓岛是国家的一部分……"

他没说完，吴赢启摆摆手，求他赶紧别说了。

"麓岛这次抗议的情况我详细看了，他们有问题的桥梁少说六七十座，我们院人手严重不足，一个人担两三个设计项目的都有。亲兄弟还要明算账呢，这单子我们接不下来。"

吴赢启永远只会在拒绝的时候,语气激动,每一个字都在表达真实心声——啥兄弟啊?我不干。

"可是听麓岛那边意思,检测费用好商量。"

国家设计院的项目大部分时候都在国家标准之内明码实价,没什么多余油水,有大钱赚的工作自然应当举双手欢迎。

然而,吴赢启的态度并没有因为好商量的费用有什么改变。

"这不是钱的问题。"他直接翻着手给李院数自己手下的兵,"有跟我申请项目结束后住院的,还有跟我申请项目结束后休婚假的。周青宝、林月两个孕妇当初生完孩子就回来赶工加班,现在孩子都能走路了,产假都还没补够。还有谢宇、马洪波,这些人可都等着手上的活儿干完,一口气休完两三年的补休,条子都打好了,就等项目结束让我批。"

他疲惫地露出一个微笑,总结陈词:"李院,谈钱没用。他们不要钱,他们就要休息。"

爱岗敬业的设计师仍旧有强烈的自我喜好。为了国家特大桥梁项目再怎么苦、再怎么累都没问题,都是他们作为中国人力所能及的事情。可现在面对的是麓岛。麓岛一直累积下来的口碑在一座桥梁倒塌之后变得格外惨淡。谁也不敢碰。

吴赢启拒绝后,还认真建议道:"既然麓岛说不差钱,那就让他们出钱找人来啊!"

资本的事情完全可以由资本解决,千方百计要拉国院垫背的麓岛地方政府,空打了一场响亮的算盘。

麓岛越是开高价,越是说明这次的大检测里危机四伏、云谲波诡。

国家设计院怎么也是跟各路资本、各国政府打过交道的老行家。吴赢启这么反对,他们马上就能开会给出完美应对方案,交出一份温柔慈祥的答卷。

麓岛民众抗议还在继续,国院经过内部会议、党组表决,终于有了回音。

收到大陆发来的磋商协议,麓岛负责人傻了眼。

国院明确表示,愿意由三大分院院长、副院长、设计师、工程师联合组成"麓岛建筑桥梁检测项目组",全权负责麓岛范围内存在安全隐患的建筑物排查工作。但是……

入户抽样、采购设备、出差住宿餐饮等保障工作,请麓岛按照国家标准参照执行。

国院的方案协议写得冠冕堂皇，引经据典，有条有款。在帮助遥远岛民复习了一遍建筑相关法律知识的同时，字里行间都写着"我们派人监工，麓岛找人干活"。

"国家设计院这是想叫高价？"议员不是很懂得大陆的委婉，困惑问道。

负责人翻完方案，提出了不同观点："不是啦，他们写了'项目繁忙''人手紧缺'，那就是说我们出钱去找承包方，他们负责管理和监工。"

承担实质检测工作的机构必须拥有大型建筑设计的丰富经验和足够人手，可惜，麓岛只有岛研院一家大型建筑设计相关机构。

而岛研院正是众矢之的，列在了民众抗议前列。

外面民众的抗议活动严重威胁了正常工作生活秩序，并有向全岛扩散、常态化的趋势。

议员们经过内部争吵讨论，总算是有了能人，他们拐弯抹角联系上了平麓跨海隧道项目组的翁总工，得知了客气有礼的官方文件真实意图。

翁总工翻过方案，言简意赅："公开招标吧，你们找人竞标，国院负责选人，有监工的，有干活的，两全其美。"

麓岛只用出钱就行。

于是，国际建筑界发生了两件大事。

一是麓岛宣布严查麓岛建设研究院设计图纸和岛资实业所有建设工程。

二是麓岛政府为了岛上七十八座桥梁、十一座建筑物的安全检测项目，向全世界具有资质的机构公开招标。

消息一出，全球哗然。

一座桥梁的倒塌引爆了巨大的商机。近百座建筑桥梁检测项目公开招标，堪称世纪建筑大单。

全世界建筑设计事务所、建筑设计公司的目光都投了过来，盯准了麓岛这一块小小的地方，但他们又格外忐忑……毕竟是中国国家设计院负责监工、验收。

这件事还是林一齐告诉律风的。电话里的林小老板已经成了建筑设计方面自信满满的交际达人，开口就是："风哥！我们公司准备去麓岛竞标啦！"

从越江桥项目开始，全心建筑设计有限公司就打开了一条发展建筑事业的通途。他们承接了众多建筑物设计、装修项目，在国内逐渐有了名气。全心以前只有小小一层办公区，随着业务扩大，办公区域逐渐不够用，于是，林一齐在越江新区斥资过亿,建起了全心大楼,远眺越江桥。

小老板成为大企业家,跟律风聊天还是一如既往地充满兄弟义气。

"我们公司就想拿富云县附近的项目,这样平蘢跨海隧道建设的时候,咱们海里岸上有问题只要打声招呼就能立刻解决,保证不会耽误施工!"

林一齐也算是一位热血青年。平蘢跨海隧道宣布动工,他恨不得亲自下地,为国搬砖。现在终于有机会登岛奉献,他第一时间就想到了富云县,想把这一块的项目当场拿下。

他早不是当初傻乎乎的英语专业毕业生,如今说起规划和竞标优势来头头是道。

律风一边安静听,一边感慨林小老板已经可以独当一面。他笑着说:"你们去竞标机会应该挺大的。这次是国院评选,所以同等条件下肯定优先国内的建筑公司和事务所。"

蘢岛开放的大商机,有了国院把控自然不会流向国际。更何况,抗议的民众对岛资实业积怨已久,什么德国的、法国的著名建筑建材公司,沾染上了岛资实业都变得不可信任。

人们对外国实力的迷信观点在建筑裂缝与桥梁坍塌之中渐渐消散,中国基建的效率与质量将会从平蘢跨海隧道开始说服蘢岛。

律风一点儿也不担心这次的公开招标。重建蘢岛、维护蘢岛安全也是国院的使命,国院自然会挑选最为优秀的团队共同合作,只不过他关心着岛资实业的遗留问题。

自从桥梁垮塌后,平蘢跨海隧道项目委员会便召开了紧急会议。次次准时出席的岛研院代表和岛资实业代表空出了属于他们的位置,所有人都避而不谈空缺席位的问题,默认由翁承先和国家设计院负责一切。

此时,他们再度坐在会议室,研究平蘢跨海隧道动工的安排。

海峡两岸同步建设的工程队陆陆续续驻扎入场,蓝色环保工棚搭在了富云县与立安港,将蔚蓝海洋的风景延展到了陆地上。

宽阔的建筑工地中进行着初期的清理工作,一排长长的围墙规划出了平蘢跨海隧道跨海大桥的建设区域。

律风查看着从岛资实业移交到项目组管理的土地范围,民众用于抗议的平坦泥地在设计规划里留出了一片空白。

他低声问道:"瞿工,这块地方打算建什么?"

瞿飞跟着翁承先忙碌于平蘢跨海隧道里里外外的事,他视线一扫,眉峰微挑，回答道："商业大楼。"他夹着烟，食指点了点那块空白，勾起嘴角兴高采烈地继续说道，"这栋楼修起来，那群喜欢抗议平麓跨海隧道的岛民就只能进楼逛街。到时候管楼的公司为了自己的利益必定关上大门，一网打尽，来一个瓮中捉鳖，看他们还怎么嚣张，哼哼。"

好好的商业规划，被他说得像是公报私仇。

律风心里有些惋惜。他还想看看这里会不会需要一座漂亮广场，供前来观赏大桥的游客一览平麓跨海隧道气势雄浑的美景。

立安港都有供游客群众围观平海舰队的广场，麓岛却什么都没有，还要紧密地建设商业大楼。虽然符合寸土寸金的利用原则，但是缺少了一点儿律风喜欢的人文情怀。

瞿飞看得出律风失望，他不解地叼起烟，问："怎么？"

"没什么。"律风不想对未来规划指手画脚，只是问道，"哪家事务所承担设计啊？"

瞿飞抓了抓头发："岛资实业还在卖地呢，说不准。"

这不是那些存在安全隐患的桥梁建筑地带，而是岛资实业从麓岛买下来的私产。公司被麓岛追责后，岛资实业正在尽快将这些实体资产脱手，最终落在哪家大资本手上，又做什么设计，都还没有定论。唯一可以确定的是，新买主绝对不会像岛资实业一样拥有参与平麓跨海隧道项目的权利。

毕竟，麓岛闹了这么大的动静，也没脸再要求塞地主进来共同协作——求了也不给批。

一场碰头会，确定了未来三个月的建设进程。

开年，平麓跨海隧道两岸就同时动工，所有参与项目的设计师都要抵达现场，团队作战。

动工意味着日夜兼程，长期驻扎。律风结束了会议，赶回今澄市，先去单位打报告办手续，第一次没到下班时间就直奔殷以乔工作室。

师兄已经确定好了下一个神秘项目，工作室也招来了合适的人手，地点依旧在住家楼下，近得律风回家前总是惯性去溜达一圈，看看自家业务繁忙的师兄是不是在工作。

然而，殷以乔不在。

律风在空荡的工作室转了转，神使鬼差地走到曾经打开过的宽阔房门前。他记得里面巨大的画架，更惦记那幅不给看的画布上究竟画了什么。

殷以乔建筑事务所已经成立多时，那幅传说中随便画画用来装点门户的普通画作，始终没有出现在工作室的墙上。律风的好奇心达到了巅峰。特别是现在，他即将出发开始漫长的工程期，一年半载回不来，就对那幅迟迟没能显露真身的画作格外好奇。

他觉得师兄在骗他，毕竟，殷以乔从未在一幅作品上耗费这么久的时间，并且遮遮掩掩不给看。

律风伸手旋转门把，只感受到了浅浅的阻力。没有上锁的房门就这么轻而易举地被他打开，明亮的光线从宽敞的落地窗照满室内，足够律风看清里面的情况。

房间里放满了画具，比律风第一次进来时充实了许多。周围的小型画架、画案靠在墙边，留出了一条通道，直通那块背对入口的巨大画布，那些画架宛如它的护卫队，上面挂满了风格各异的画作。

有打印出来用于参考的风景名画，有平放的宣纸挥洒而出的墨色山水图。律风仿佛在欣赏一场小型画展，他好奇地伸出手拎起宣纸，确认它们确实是经由毛笔勾画出来的水墨图。

殷以乔是极具艺术天赋的建筑师，他擅长油画、素描，随意挥笔的作品都能够办起一场广受欢迎的展览。可律风从不知道，师兄的写意国画也能画得那么好。几幅山水相依的墨色美景将这间拥挤的画室变为了隐居避世的仙境。

律风忽然就不急着去看巨大画布的内容了，反而慢慢欣赏起师兄亲手绘制的瀑布劲松，成沓的山水写意画里还夹着一两幅油画、素描，但就算是油彩厚重涂抹、石墨黑白的勾勒，也无一不是在表现中国大好河山，人间至美景象。

这些小小的画纸上没有人物，只有高楼大厦，绿水青山。

律风隐约有了一点猜测，却又不敢肯定。直到他沿着空出来的过道走到巨大的画布前，才在明媚阳光照耀下见到了一方青色。

高山流水，瀑布惊涛。

入目的柔和绿意像极了从自然之中取下来的色泽，云雾掩映之中，光华如流水般洒在画布上，闪烁着印染天空的美丽霞光。

青色山脉里藏着律风熟悉的建筑。它们在这一方山水之间恣意舒展躯体，仿佛山树水石延展而出的自然造物，成了依山傍水的温柔风景。

这是律风没能完成的《山水逍遥》，更是他心里思索千万遍，想要达成的山水意境。

画布上厚重的油画笔触，在细腻的描绘之下展现出了山水写意般的美感，就算是最为优秀的鉴赏者,也不会否认它是一幅独属于中国的江山。

石头一笔而成,水流丝丝入画。流畅的痕迹好似绘画者挥笔而就,美景天成。可律风从室内众多画稿、参考中,就知道殷以乔在上面花了多少心思。

山水是中国山水。

建筑,是他设计的建筑。

高楼大厦,低矮场馆,临湖垂柳的雕栏亭廊,完美融入了山水之中,又清楚地表现出了现代社会该有的繁华喧嚣。

律风说不出话来,他的视线一点一点在画作上逡巡,好像在看一张《山水逍遥》落成后的摄影作品。他沉寂已久的心跳瞬间爆发出强烈的热情。恨不得现在,立刻,马上坐到电脑面前,顺着那座漂亮亭廊画出平坦山谷里应有的宽阔广场。

房门被轻轻敲响。律风从震撼里抬头,就见殷以乔依靠在门旁,满脸无奈。

"为什么偷看?"

律风的一切狡辩都被这幅画作击碎。他几次张口,却只能顺应本心,问道:"……你又为什么偷偷画它?"

殷以乔笑出声,慢慢走了过来。

"因为我有空。"他悠闲的语气没有半点儿勉强,"《山水逍遥》是一个能够改变建筑界的崭新概念,仅仅停留在概念设计阶段不是很可惜吗?挂在我的事务所多好。"

可惜的事物太多,《山水逍遥》并不算得什么。然而,殷以乔的语气神态是在认真惋惜惊世的创意就此埋没。

他还挑眉笑道:"你去忙平麓跨海隧道,这幅画就当我提前庆祝你项目成功的礼物。"

律风心跳剧烈,仿佛得到了什么不得了的承诺。他突然升起一个惊人的念头,诧异出声:"师兄,你的下一个项目……不会就是《山水逍遥》吧?"

"律大设计师,你想得太多了。"殷以乔看着山水画作,怅惘道,"虽然很多甲方希望邀请我去开发荒野,在人迹罕至的地方给他们造出人工雕琢的旅游资源,但是,我想做的建筑不是破坏自然环境的东西。"

山水相依,天人相融。

殷以乔认同律风的设计理念,当然不会把《山水逍遥》搬进荒野,而是思考如何归还绿水青山于城市。

他的话格外认真,律风更加困惑了:"那你下一个项目到底是什么?"

问过好多次的问题,到了殷以乔这里,永远都是意味深长的微笑。

"既然你的项目我都是在新闻上知道的,那么,我也要保密。"殷以乔的礼尚往来从不缺席,推着律风就往外走,不准自家师弟沉迷在还未完工的山水画卷里。

他说:"这应该是值得庆贺的建筑设计,我希望你在新闻上见到它的时候,能够高兴得拨通我的电话,问我是怎么做到的。"

殷以乔的极端自信勾起了律风全部好奇心。《山水逍遥》的画作令他心跳不止,又有新的惊喜等待他去探寻。

于是,律风站在工地现场看图规划的时候,时不时拿出手机刷新新闻,看看师兄的名字有没有出现在神秘的重大项目里。

瞿飞没见过爱岗敬业的律风疯狂玩手机的样子。

"怎么,等谁的消息?"瞿飞咬着烟头,抖着烟灰笑道。

"没有,我在找消息。"律风的内幕消息没有瞿飞灵通,立刻打探道,"瞿工你知不知道国内有没有什么大建筑项目在找建筑师?"

"建筑项目?"瞿飞抓抓头发,"不是,我们平麓跨海隧道就是最大的项目,次一级的得是麓岛那一片烂楼烂桥了吧。"

他视线追着前方忙碌的翁承先,忽然低声神秘说道:"你以前在C.E建筑事务所干活,是不是在找C.E的消息?"

律风找的是殷以乔的消息,虽然独立了出来,但C.E建筑师事务所也与他紧密相关。

"嗯。"律风模棱两可地点头,"瞿工你有内幕?"

"嘿嘿。"瞿飞作为国院一流小道消息能手,翁承先唯一亲传弟子,笑起来都是情报贩子的模样,"你放心,C.E建筑事务所的竞标资料,麓岛建筑桥梁检测项目组都很满意。这次我们院优先国内公司,可C.E不一样,殷老先生亲自出马,爱国人士回国奉献,项目组绝对会全票通过。不用担心,过两天就出结果了。"

他说得美滋滋的,却把律风听得一愣。

"C.E竞标麓岛的项目?"

"啊……"瞿飞眉毛一抬,看出律风一无所知的惊讶模样,"你不知道?"

律风不知道。

他和老师的视频通话保持着一周一次的频率,偶尔还有师兄的叮嘱中转达的老师远在英国的关怀。可是,他没有听说C.E要竞标麓岛的检测工作,更何况是老师亲自出马!

全世界都希望C.E能够为自己设计建造地标型建筑,为本土增光添彩,这么一间全球著名建筑事务所前来检测安全隐患,简直是大材小用。但是,律风说不出什么反驳的话,耳边回荡起殷知礼忧心忡忡的话语。

"麓岛这番操作,建筑安全都被甩给国家设计院了,这次希望能够好好查、好好改,不然再出事情,就不只是麓岛的问题了。"

大检测更像是大练兵。国院招揽全国建筑建设精英干活,稍有疏漏,麓岛必然会把全部责任归咎于国家。

殷知礼亲自带了C.E的人手回国竞标,究其原因,仍是想在大陆与麓岛首次合作的大项目上出一份力。他老人家几十年,设计过北京地标,经手过奥运场馆,名声荣誉一样不缺,更不缺检测安全隐患的繁琐项目。

"老师没跟我说过。"律风叹息一声,心情复杂,"近几年他身体不大好,如果接了这个项目,太操劳了。"

就算只是检测楼宇,那也是十一座高楼大厦。一栋一栋检测别人留下的安全隐患,比检查自己工程的疏忽漏洞还要劳心劳力。

"怎么可能叫他操劳嘛。"瞿飞倒是没律风那么多担忧,"殷老要是过来,国院肯定全程派人陪同。先不说桥梁道路的,建筑分院那一群家伙绝对把他老人家供起来,根本不敢让他太累。"

这样一位国家级建筑大师,多讲一句话都能叫年轻的建筑师们受益终生。这么好的机会,肯定是年轻人干活,殷老负责监督授课,既完成了项目又培养了人才,一举两得。

瞿飞格外开心:"你说殷老这次回国,会不会高兴地办几次讲座啊。我好几个小学妹都以他老人家为偶像,要是办讲座,我就能走走你的裙带关系,捞几个前排座位了。"

直男的目的清楚明晰。律风的担忧都被他"嘿嘿嘿"的笑声搅散,只能乜他一眼,表示:我不知道。

殷以乔的消息没有打探到,反而是知道了惊天大内幕。律风甚至可以想象,最后公示检测项目合作单位的时候,国际建筑界又会怎么震惊了。

平麓跨海隧道跨海大桥的开工仪式定在一个宜动土的黄道吉日。

国内的众多领导将会在布置好的工地,用缠着红绸缎的铁锹为这座世纪之桥揭碑,培土。

当天早晨,阳光透过云层照耀在麓岛富云县隆重的建筑工地,一片喜庆的中国红映在摄像机里,画面满是亮丽光艳的色泽。

律风远远地坐在现场,成了一名负责鼓掌的围观群众。

每一位领导的发言,都预示着这座横跨平海的隧道将会建立起大陆与麓岛永恒的联系。

网络、电视机前的观众,都与现场的人群一样兴奋激动。

从来都是晚睡晚起的夜猫子,也特地为这场与众不同的开工仪式腾出了宝贵的时间。

"这隧道一建,对面再也说不出自欺欺人的话了!"

"十五年的建设好慢啊,我现在恨不得这场直播是建成典礼,领导都是来剪彩试驾的。"

"不慢不慢,一想到麓岛光辉的未来,十五年一点儿也不慢!"

他们有无限的耐心,无限的信心,等待这座岛屿渐渐变好。

鞭炮的声音、锣鼓的响动在富云县临海,为历史揭开新的篇章。

每一个人都在为平麓跨海隧道的开工奔走庆贺,而立安港永远比麓岛更快一步!

在开工典礼刚刚结束的下午,立安港政府隆重宣布,将在平麓跨海隧道跨海桥梁起航的地方,建设起立安港平麓跨海隧道综合旅游区。

为了令广大期待平麓跨海隧道的游客满意,立安港政府还特地邀请了国际著名建筑师殷以乔亲自操刀,让广大游客在距离平麓跨海隧道最近的地方品尝平海美食,欣赏绝佳海景,而跨海桥梁触手可及。

还沉浸在平麓跨海隧道开工的喜悦之中的大家,注意力马上就被立安港的"神仙操作"吸引了过去,火速对综合旅游区有了深刻印象。

无数网友看着官方发布震撼规划文字版,心思已经蠢蠢欲动,不禁啧啧称赞立安港棋高一着。

"不愧是国内抢资源练出来的政府班子,这工作效率,把麓岛安排得明明白白。"

看看这跨海旅游的大巴、高铁专列,瞧瞧这舒适海景的五星酒店,品品这大型特色商业圈,还有那纵观平海历史的博物馆。哪怕还没有图,人民群众心里已经自动给它们配上了辉煌灯火、繁华闹市。

平麓跨海隧道的旅游资源,立安港志在必得,先声夺人!

立安港平麓跨海隧道综合旅游区以迅雷不及掩耳之势占据了新闻热搜榜的

头条。

见识过著名建筑师殷以乔作品的人，都对立安港刮目相看。

国内有钱的地方政府很多，有钱又有品味还能请到真正艺术家搞建筑设计的政府才是真的牛。

殷以乔凭借一座越江广场，已经令无数关注建筑新闻的人表示羡慕。国际化优秀建筑师的归国作品，不敷衍，不浮躁，纯粹的自然传统气息博得了大量的好感。

哪怕是根本不认识建筑师、不关心建筑业的网友，随手一搜殷以乔，都会发现这位建筑师的优秀作品遍布全世界。

海岸线博物馆白沙浪花，静卧在一望无垠的英国海岸，水天一色。

康尼斯大厦拔地而起，傲视群雄，彰显康尼斯将军生前的威武战绩。

弗拉门戈音乐厅热情似火，宛如点缀在私人花园之中的盛放玫瑰，落成后便成了马德里新晋旅游胜地。

更不用说国内出了名的越江广场，温暖柔和的波纹仿佛那条澄澈越江抚上江岸，讲述着无声的历史传奇。

当代优秀青年建筑师，无人能出其右。即使没有C.E建筑事务所和老先生殷知礼的光环，殷以乔仍能凭借自己的设计，名声远播西方世界，又落地生根地回到祖国。

官方消息刚刚宣布，大部分人已经在期待殷大建筑师的设计图、概念图、模型图了！这么大一块综合旅游区，殷以乔的设计怎么也得一二三四个！

律风早上参加典礼，下午开会。

等到昏沉暮色降临，结束会议的律风才从工作群里得知这个重磅消息。

"律工，你师兄怎么做到的？居然能接下立安港这么大规模的建设设计。"

"而且还是在平麓跨海隧道旁边好吧，那一带渔村渔港重新建设发展起来，少说二十平方公里，怕是要修一座平麓跨海隧道城！"

"这么大的建筑项目，立安港没找我们，我酸了，晚上哭着睡，除非律工给我看看殷师兄的设计！"

殷以乔早就成了全院的师兄。这群人插科打诨，在群里嗷嗷地喊律风，十分想从内部渠道一睹为快。

然而，律风比他们还愣。

他抬手就回："我知道得比你们还晚……"

惊诧之中暗藏委屈。

律风顺着聊天记录，就看见了立安港的综合旅游区新闻链接。广阔的临海区域，邻近平麓跨海隧道跨海大桥的地方被立安港政府贴心地划了出来，大片单调的地图中唯独综合旅游区是海一般的蔚蓝。

这么大一片区域拿去做平麓跨海隧道专属的旅游配套设施，商业街、博物馆，足够建筑师尽情发挥。当地政府的阔绰代表着他们对未来平麓跨海隧道的信任。一条连接大陆与麓岛的通途，在他们眼里绝对承受得起如此大体量的配套建设。

律风无比感慨，点开通讯录，拨出了殷以乔的电话。

他兢兢业业守着新闻播报，可惜一场平麓跨海隧道会议让他错过了优先恭喜的时机。外面天色渐晚，他想问师兄的话，已经被国院的众多同事翻来覆去地问过了。

电话接通那刻，律风心里没有半点儿疑惑，真情实意地说道："师兄，恭喜你。"

放眼全球也找不到几个地方，愿意给出一座小城市的面积交由建筑师自由发挥，可如果那位建筑师是殷以乔，律风又觉得理所当然，不足为奇。

殷以乔的笑声浅浅回荡在耳畔："我还以为你会惊讶，立安港怎么会把这么重大的设计项目交给我。"

律风"嘿嘿"低笑："同事都帮我惊讶过了，我就不问这种傻问题了。"

因为那是师兄。他不知道见过了多少刁钻古怪甲方，都拜倒在殷以乔的出色设计之下。立安港政府只要是想好好做出旅游区，而不是为了支出财政预算胡乱花钱，那必定会选中殷以乔的设计。

即使律风根本不知道殷以乔会设计怎样的博物馆、怎样的商业楼，但是膨胀的骄傲感从他嘴角笑意之中满溢出来。

"只要是你想接的设计，就没有甲方不愿意交给你的！"

殷以乔没有得到想要的惊讶、困惑的反应，却得到了比想象中更好的赞美，他迫不及待地问道："你在哪儿？"

律风不明所以，如实回答："我在立安港。"

"正好。"殷以乔坐在车里，正对着平麓跨海隧道项目组的临时办公点，"我在你们办公室门外。"

日常枯燥规律的律风，生活中的多数惊喜都来自他体贴的师兄。

早上开工典礼，下午连轴会议，使得他整个人疲惫不堪。殷以乔到门外迎接自己的惊喜,又令他打起精神。

车上播放着舒缓的音乐,钢琴与管弦交织的声音让车厢更加安静。

殷以乔总能把一切安排得很好。他们在立安港人少寂静的西餐厅吃到夜幕降临,又将车停在车库后,再慢慢沿着酒店长廊厅堂,迎着夜风谈论未来的旅游区。

"政府做的是长远规划,在一两年内建设离平麓跨海隧道最近的广场,同时迁移附近的村民农家。再花上五六年时间,完整地建设整座平麓跨海隧道综合旅游区。"

有横跨平海的旅游大巴,有与高铁集团合作签订的旅游专列,还有囊括了立安港从古到今、从船舶到隧道大桥全部历史的建筑。

"他们很有意思。"殷以乔难得会去夸提要求的甲方,"每一个都不是立安港本地人,却能条理清晰地讲述出立安港从小渔村发展成沿海港口的历史。抗倭英雄、抗战将领,还有带领小渔村远走海峡的船夫故事,他们都能说得头头是道。"

好好的甲方乙方碰头会变成了故事会。政府领导们气氛融洽地展望未来,讲述立安港动人的历史和发展,个个说得口干舌燥。

哪怕是外乡调任的领导,也对这片任职的土地充满了深情,他们脸上赞同与附和同事的表情,绝无半点儿虚情假意。

这在殷以乔看来是极为不可思议的事情,却在碰头会上热情洋溢地发生着。

好像在如此广博辽阔的土地上,中国人无论走到哪里,都是他们的故乡。建设好故乡,便是分内之事,必定竭尽全力。

律风听着立安港谋求发展、勇往直前的过去,就跟听中国千千万万城市乡村变迁史似的,充满了感慨和骄傲。一座城市的拔地而起,永远离不开故事里那些人付出的努力,他们聊着旅游区的规划,说着立安港的过去、未来,并没有什么外乡人的隔阂。

到达酒店二十七层,直达殷以乔定下的房间后,律风便成了全世界第一位见到平麓跨海隧道综合旅游区的人。

宽大的笔记本电脑屏幕里透出了沿海城市特有的湛蓝碧空,拥抱着陆地的海岸弧度与平麓跨海隧道铁灰色跨海桥梁紧密相连。

俯瞰之下,城市里隐约透出石青碧绿的生机,金色沙滩、茂密树林,完美保留了立安港现有的自然风景,又在风景之中添上了数笔靓丽和谐的亮光。

宽阔的广场如同平海浸润陆地形成的浅蓝内海。

错落环绕的高低楼宇好似散在内海旁的岩石、暗礁，被海浪冲刷出尖锐或平坦的边缘，在顶层与侧面又偏偏带着一抹深邃的绿意。

律风稍稍靠近，就能看清那些微缩的建筑真身。

商业街道以独特的曲线，蜿蜒汇聚，勾勒出银色河流。五星酒店没有任何市侩味道，反倒令律风觉察出了一点儿树影交错的自然和谐。

博物馆静谧矗立在浅海广场附近，与平麓跨海隧道遥相呼应。它不像大多数场馆建筑一样宽阔低矮，而是高出周围一大截。一层一层如宝塔般堆砌，像极了岸边石块铸造的灯塔，似乎在茂密绿色之中眺望了平海几千年，才长出了这样油绿的青苔。

它奇特的造型吸引了律风全部注意力。一旦视线以它为中心稍稍外展，就能见到整片区域都被深邃的植被覆盖，偶尔透出的冰冷坚硬质感，如同贯穿海洋的铁灰色大桥散落在岸边的星星点点，汇聚成了一幅完整画卷。

"师兄，你做的是山水建筑风格？"律风能够感受到扑面而来的自然气息。那些耗费了大量精力去点缀描绘的景观植物，正是旅游区最重要的主角，它们与蓝天白云一起交汇出青绿银灰的柔和光亮。

"嗯。"殷以乔毫不惊讶地肯定道，"我做了一点儿类似于《山水逍遥》的尝试。"

融物于景，还城市以自然。碧海蓝天的立安港最适合这样色彩浅淡、青绿优雅的格调。

他修长的手指划过旅游区的通道，解释着自己的设计理念。

"这些矮楼是岩石，高楼是山峰，道路是溪流，广场是海隅。城市的通路从远处山峰顺流而下，经过旅游区一片片岩石沙滩，积起一摊浅色海域，最终汇聚到平海之中。"

美好的景象正如他描绘的那样，最大限度保持了立安港的美丽海色，又保证了四通八达的旅游需求。

律风的视线一直落在突兀的宝塔型建筑上。

"博物馆呢？"他问。

殷以乔笑着给出了博物馆的近景："是灯塔。"

海洋里的船舶离不开灯塔的指引，这里的未来发展离不开这座架设在平海上的大桥。

清晰详细的设计能让律风近距离看清层层叠起的博物馆外壁。复古的石砌风格下，每一层"缝隙"都留有顽强的生命力，编织出一片绿意。顶层留有宽阔的瞭望台,好像到了夜晚,灯火就会亮起,为海中乘夜航行的船舶指引方向。

殷以乔说:"博物馆的视野正对平麓跨海隧道,任何走到这里的游客都能近距离感受到平海的波澜壮阔和隧道桥的宏伟广博。"

这里不只是博物馆,更是绝佳的观景台。它以灯塔的造型容纳了立安港两千多年的船航历史,又继续矗立在这里注视着这座城市,在平海惊涛拍岸声中走向下一个千年。

师兄的设计,永远无可挑剔。他做出的建筑,仿佛落在画布上的笔触,厚重、通透,传达出任何人都能轻松感知的意境。

但是,这片意境不再暗藏肃杀、尖锐的个人风格,而是像静谧包容的海洋,讲述了他所见到的缱绻景致。

律风想,师兄所见到的,一定是他的平麓跨海隧道勾勒出的温柔。

属于平海的威严肃穆的铁灰色,只有在中国人眼里才会显现出与众不同的优雅从容。

这样的想法,比起任何念头都叫他心绪激动,怀着深爱祖国的情感,师兄的设计绝对能够引发更多人的共鸣。

律风高兴说道:"这里建成之后,会是祖国平海边最美的地方。"

灯塔和桥梁并肩,蔚蓝与铁灰同行,成为新时代的又一份美好记忆。

第三章
CHAPTER 03
检测真相

　　网络上热热闹闹，平麓跨海隧道相关的新闻层出不穷，永远都有新的关注焦点。

　　立安港政府公布了建设综合旅游区的规划后，万众期待的设计图和概念渲染图终于登上了立安港日报。

　　殷以乔亲自设计的建筑，值得拥有一整版的排场，蓝天、大海，还有绿色的陆地，惊得民众直呼好家伙！

　　"我以为是国际建筑师的建筑设计展，想不到这么自然清新。"

　　"蓝天白云绿树大海，爱了爱了，我就喜欢殷以乔这种设计风格。"

　　"其实我男神以前的设计都不是这种风格的啊！呜呜呜，但我喜欢这种不像他的温柔！"

　　建筑语言并不是所有人都能懂，但是殷以乔设计的综合旅游区，任何人都能一眼感受到水天相接的自然和谐，那种温暖、清新的气息，通过每一片虚拟树叶、每一处建筑模型传递出来，哪怕是没有接受过完整艺术培训的观众，也能从中体会到真正的艺术。

　　纸媒、网络公众号和新闻频道的连番播报，足够让全国上下所有关注平麓跨海隧道的人，注意到这片温柔自然的平麓跨海隧道综合旅游区。

　　一切进展顺利，与旁边的平麓跨海隧道遥遥相照。

　　官方公布设计图的一周后，平麓跨海隧道的工地对门就搭起了蓝色围栏，两两相望的工地，形成了一片极为特殊的深色"海洋"。

　　外围深蓝，内里浅灰，还有数不清的红色货车、吊塔和绿茵茵的建筑防护网，本该灰尘弥漫的建设场地，却因为五颜六色的建筑工具变得生机勃勃。

　　忙碌的车辆进进出出，吊塔悠然旋转。黄昏时分，这一片用人工蓝色搭起来的宽广工地，成了立安港沿海散步的居民常常眺望的地方。

　　在抖音、微博上随手搜索，就能见到居民拍摄的休憩中的工地。

　　殷知礼远在英国，一边刷手机上的短视频，一边给殷以乔分享快乐。

　　"国内的效率果然比我想象的更快。"

　　他还没能出发去执行麓岛的检测工作，自己孙子和学生的工程都开建了。

其实通过电脑摄像头根本看不清他手机屏幕上的内容，殷以乔端坐在这一边，仍是贴心的好晚辈。他笑着说：“综合旅游区的建设会比平麓跨海隧道工程快，到时候爷爷可以去博物馆顶层，亲自看看平麓跨海隧道的建设。”

"我不要去看建设。"殷知礼脸上写满高兴，"我这次要忙麓岛的事情，长期都在国内，小风可以带我从麓岛的工地逛到立安港的工地！跟你不一样。"

爷爷的嫌弃里满是偏心，令殷以乔笑出声来。

然后，他便听着自家亲爱的爷爷，一条一条给他数着回国规划。

"北京雄安新区，我得去瞧瞧。"

"上海新地标我还没去过现场。"

"还有武汉，重庆，云南……最重要的是，越江新区，乌雀山大桥，一定要小风亲自带我看。"

殷以乔安静听着，没说话。

爷爷的安排倒是满满当当，可他想到律风每天忙碌的状态，估计等爷爷回国，能陪老人家走遍全中国的，也只有他这样的闲人，但他没有打扰老人的兴致，只是安静地倾听。

数完了旅游规划的殷知礼，视线一瞥，问道："小风呢？"

殷以乔不着痕迹地笑了笑："他还在平麓跨海隧道的工地上，我晚点去接。"

中国建设工程的效率，始终令殷以乔感慨。

平麓跨海隧道比目前的世界最长隧道要长三倍还多，建设工期反而比后者少了八年。

除了四十多年的技术进步之外，中国基建速度燃烧的还有一群为了畅通平海而兴奋执着的灵魂。

殷以乔苦恼道："平麓跨海隧道的工作还是太辛苦了，爷爷您来了，正好带他休息休息。"

"嗳，我可不是来休息的，"殷知礼笑容灿烂，眼孔微眯，"我是来和律风一起建设祖国的！"

爷爷的玩笑永不过时。

殷以乔无奈地看他："都快八十了，就不要学小风燃烧青春了。"

"你这是歧视。"爷爷撇撇嘴回答，"怎么你都设计出了灯塔博物馆，还是这么没意思？"

殷以乔说："一直以来，您觉得有意思的都是小风。"

他仅仅是作为专业建筑师，给出了适合平麓跨海隧道、契合立安港要求，又符合律风期待的设计,在律风眼里竟然成了一种对祖国的深情宣誓,并且忽然升华了他的全部觉悟,和他聊起了……一些悲怆雄伟的话题。

中国发生过的伟大战役,历史上值得崇敬的烈士,还有这片平海从战火纷飞到如今神兵守卫的不易。

律风从一座灯塔、一座广场,聊到一座旅游小镇,激动又热情地和殷以乔探讨着中国建筑的文化内涵,唯独没有想过——

这座小镇有了什么样的魔力,才会如此引人瞩目。

殷以乔只要想起律风认真讲述伟大平海的神情,便止不住叹息。

"爷爷,您来了之后,小风一定十分乐意跟您讲故事。"

从遥远的平海之战,说到最近的平海巡航。

乐在其中,不知疲倦。

麓岛检测项目的合作方名单正式公示的时候,也就是殷知礼带着团队赶赴麓岛的时候。

网络上沸沸扬扬地讨论着这项由国家设计院主导的工程,名单一拉,只见中国知名建筑集团、建筑设计公司以及海外十几间著名建筑事务所,赫然共同在列。

C.E建筑事务所成为里面最亮眼的合作方。备受众人关注的殷知礼,可是连二十年不变的麓岛人都听说过的英国皇家大建筑师。

哪怕还有一些人不满于检测方多数来自大陆,见到C.E建筑事务所名列其中时,也就没了多余的计较,只安心等着反馈结果。

麓岛的效率一向比较慢,然而,在国院派出负责的项目组后,一切回归中国基建工程该有的速度,迅速又高效。

他们到场当天,麓岛这块地方所有待查的豆腐渣工程,就被国院以网络公示的方式挂在了麓岛论坛"示众"。任何有手机的网友都能随时点进去,查看相关负责公司与工作进度。

殷以乔和律风在麓岛机场,和国院众人一起等候从英国远道而来的班机。

因为网速太慢,律风过了许久,才终于刷出一列又一列C.E建筑事务所负责的项目,不禁有些发愁。

"老师的工作量未免太大了一点。"

"这话爷爷听了肯定不高兴。"殷以乔站在旁边,嘴角勾起柔和笑意,"他还筹谋着等检测项目有了空闲,要去各大城市旅游,点名要你陪。他精神好得很,应付事务所这些项目绰绰有余。"

毕竟是国际首屈一指的建筑事务所,殷知礼带来的帮手,都是名声在外的优秀建筑师。随便哪一位,都能担得起一座大型建筑的设计建造任务,更何况是小小麓岛的建筑物检测。

律风的担忧有些多余,可他忍不住。

老师十几年没回国,难免无法适应国内的工作节奏。更何况,国家设计院的可怕效率绝不是英国四点钟下班的保守绅士们能够轻松习惯的。

而且,这次负责麓岛检测的黄登全院长,已经用实际行动震慑了国家设计院的一号加班狂魔律风。

黄登全带队上岛第一天,直接把麓岛需要检测的全部建筑物都进行了详细分工,效率惊人。

到岛不过一周,他就成了麓岛媒体最爱报道的风云人物,随手买一份当日新闻,都能在显眼的版面见到黄院的照片,看到他直面媒体的质问,给出不留情面的回答。

律风每天看新闻,对这位只闻其名未见其人的院长肃然起敬,连跟师兄讨论这位严肃的黄院长时,都怀着崇高敬意。

忽然,身后传来一声刻意的咳嗽。

"来晚了来晚了。"

说好要来给殷老先生接机的瞿飞,终于现了踪影。

他意气风发,穿着一身笔挺的西装,迈着社会老大般的洒脱步伐,摸着短发就过来了。

"哎,都怪Tony老师太磨叽了,叫他修个头发,快俩小时才修掉一层。殷老先生呢?C.E建筑师呢?我没迟到吧?"

"……没迟到。"律风见到他,简直难以置信。

瞿飞的常规装束是拖鞋、裤衩、短背心,要不是工地要求规范着装,否则扣钱,他能光着膀子带领工人兄弟们当工地纤夫。

而此时,瞿飞顶着一头修剪得极好的短发,露出两侧时尚的浅青,哪怕他一身西装漆黑古板,凭借着傲人身高,倒也能撑起几分精英范儿。

殷以乔见过瞿飞无数次,可从没见过这么眉飞色舞的瞿工。

"这是遇到了什么大好事?"

殷以乔礼貌一问,瞿飞立刻耐不住性子,笑得春光灿烂,道:"当然是天大的好事!"

要不是瞿飞戒了烟,他此时一定把烟灰抖得遍地都是,以表他的快乐。

"殷老先生来了之后,得先跟国院、岛研院的人碰头吧?"瞿飞讲小道八卦、内幕大事一般,凑过去跟他们挤眉弄眼,"我不穿得整整齐齐,容光焕发地过去参会,怎么在电视上衬得岛研院那群家伙惨不忍睹、黯淡无光?!"

律风敏锐地察觉了关键。

"电视?碰头会请了媒体?"

"对啊。"

瞿飞挑眉笑道:"咱们这么大一场优秀建筑师、工程师的碰面会,怎么能没有媒体朋友据实报道呢?黄院特地安排了电视台、报社的人在办事处守着,连主播都有十几个,就等着全国直播呢!"

麓岛研究院可能是全岛最先感受到国家设计院高效建设速度的人群。

因为他们在短短几个月里,从上班点卯变成紧锣密鼓,甚至随叫随到,从前的悠闲养老生活荡然无存,时时刻刻处于高压态势,居然在国家设计院一群铁人的影响下,迅速适应了新的工作状态。

比如,黄登全早上七点下发通知,要求彻查岛研院负责的楼宇建设项目,等到九点还没有相关资料送达办事处,他就向新闻媒体诉苦:岛研院资料没有送达,导致危楼核查进度受到了影响。

又或者点名晚上八点开会,要求岛研院对某栋存在隐患的大楼进行完整情况阐明。要是岛研院的建筑师不配合,黄登全就在会议上亲自对与会媒体讲述国家设计院在勘查中发现的重大问题。

麓岛的新闻媒体成为国院的发声窗口。黄登全几乎把麓岛的记者当成了专属撰稿人,时时刻刻都在借记者的笔,向麓岛民众汇报当前的工作进度与存在的困难。

头几次,岛研院的人还心存侥幸,觉得国院多少会委婉含蓄,顾点面子。

没想到黄登全雷厉风行,什么都敢说,使他们被迫直面舆论的怒火,在民众眼里成了工作中的"绊脚石"。

"岛研院不配合""岛研院设计存在重大问题""岛研院罪魁祸首"等标签,一旦真的贴上去,就很难再撕下来。有所顾虑的建筑师们,再也不敢无视黄登全的命令,赶快调整状态,跟上了国院的勘查进度。

他们忙的时候每天只睡两三个小时,即使周末休息的时候收到工作安排,也只能大声抱怨几句,然后赶紧准备国院要求的资料。

毕竟，工作不认真仅仅是少赚点钱，检测不认真丢的可能是身家性命。

所有人都清楚，这次全世界的目光都聚焦到了麓岛检测项目上，大家都在猜测，到底谁才是导致这一切的罪魁祸首。

七十八座大桥、十一座建筑物存在安全隐患，这样的罪名一旦落实下来，哪怕请到最好的律师，当事人也会坐牢坐到油尽灯枯。强压之下，连心中满是怒火的夏英杰，都逐渐麻木。他觉得自己头顶悬着一把利刃，一旦懈怠下来就会人头落地，不由得心惊胆战。连续高强度的审图、自查，已经让他身心俱疲，再也没有当初的趾高气扬。

"怎么又有这么多媒体？"岛研院众人走进办事处现场，就见到后面坐满了扛着设备、抱着电脑的记者。

自从国院项目组入驻麓岛后，他们见到媒体的次数比前半辈子加起来还多。明明在网络上见到的报道，描写黄登全的都没有什么好词，可这群媒体一叫就到，一喊一群，蜂拥而至的样子，一点儿也没有本地新闻素来的排外心理。

然而，他们抱怨归抱怨，入座后却心情轻松，背后的重担终于有了要卸下的预兆。

因为，殷知礼要来了。

"殷老先生来了，我们会轻松许多。"

"他可是英国培养出来的绅士，肯定不会跟这群不要命的疯子一样。"

"希望他能够实行英国工时，我再也不希望晚上睡觉还要担心会被叫起来加班了。"

岛研院的人以为殷知礼会是他们的救世主，却完全没有想到，这位西装革履、浑身英伦绅士气度的头发花白的"救世主"，会在碰头会上看着在场的所有摄像头和相机说——

"既然各位媒体朋友都在，就请大家和我们一起去现场做一次前期勘测，这肯定比坐在这里听我一个老头子唠叨要直观得多。"

殷知礼话毕，在场媒体骤然炸开了锅。他们原本等着在场的人唇枪舌剑、互相冷嘲热讽，看岛研院与专业建筑事务所到底能有多少分歧。谁知道，殷老先生刚到麓岛，还没来得及沟通情况，立刻就要开展工作！

在这之前，他们眼看着殷老先生从会场外走进会议室，身边跟着三位俊朗帅气的型男，还以为要来一场面向全球的建筑设计交流会，谁想到竟然变成了实地勘测？！

媒体当场开始电话联络，部分第一次参加正式会议的主播更是手忙脚乱。

"等等哦,我要调试看看镜头能不能出外景!"

"我的Fans,接下来可是知名建筑师外出工作的全程直播,你们千万不要走开。"

"让我们来看看,C.E建筑事务接的是新蓝大桥、临海饭店、兰华大厦,不知道老先生会选哪一个项目开始,但我一定会直播到底!"

律风陪着殷知礼走进人山人海的会场不过十分钟,又陪着老师原路返回,一路上追着他们拍照的媒体、直播的主播都不在少数。显然,如此行动派的举措,出乎所有人的意料。

律风不禁问道:"这是事先定好的策略,还是老师您心血来潮?"

殷知礼露出灿烂的笑意,还没回答,与他们同车的黄登全率先出了声:"是我拜托殷老先生的。"

黄登全四十多岁,长得精瘦,一双眼睛深邃有力,外貌看起来不像坐在办公室搞设计的,倒像长期出外勤搞刑侦审问的,浑身透着一股锐气。

他说:"岛研院那群建筑师作风拖拉,每次叫他们去实地,他们都没精打采的。殷老先生时间这么宝贵,跟他们谈细节简直是浪费生命,不如把仪器扛上,直接去现场,发现问题就叫岛研院的人给回应,回应不来,岛民自然会要地方政府给交代。"

律风在新闻上见过黄登全许多次,都没有直接面对面听他讲"黄式策略"来得震撼。系统内的会议极多,律风都快习惯了"凡事先开个会商量商量再动手"的慢节奏,想不到这位黄院,行动力和表达力一样惊人。

叫来媒体,就是为了让新闻工作者陪同心存侥幸的岛研院,共同见证什么叫魄力。

于是,岛研院重回提心吊胆的状态,媒体人则兴奋地扛着摄影机播起了这条"突发新闻"。

在麓岛媒体、大陆媒体和网络主播的镜头里,再没有任何的理解偏差和语言分歧,只有C.E建筑事务所忙碌的建筑师们在富丽堂皇的临海饭店里布置检测仪器的身影。

他们等待许久的检测工作,终于在国院的主导下顺利进行。

没有时间安排作秀,更没有机会去串通任何一位优秀的国际建筑师。临海饭店里里外外都架上了各种各样的三脚架摄影机,绝不会错过C.E的建筑师们专注地调整仪器、测试建筑物数值的每一个动作。哪怕是看直播的岛民,也不由得蠢蠢欲动,甚至想驱车去现场看看C.E来的专业人士如何调查这座存在隐患的大楼。

那位年长的老绅士走了出来，身边依旧陪伴着熟悉的后辈。

殷知礼没管周围的媒体，径直站在水平仪前，测了测饭店的角度。

"这栋楼的地基可能打得有问题。"他低声说，让开了身前仪器，"你看。"

律风想也没想就顺应老师的话，查看起饭店的倾斜角度。

按照岛研院给出的设计图，临海饭店由于地势原因，需要对地基做填充稳固的设计，然而，从他现在测量的数据来看，这栋建筑物的倾斜度已经超过了正常范围。

"地基不稳，墙体倾斜。"律风看了看水平仪的型号，动手调整了参数，再次端详起标的物，"左侧承重出了问题，可能跟它头顶的大皇冠有关系。"

测完之后，律风离开水平仪，小声跟老师说："皇冠招风，风载荷变强，超出了设计师预估的结构受力。这个皇冠也是饭店倾斜的罪魁。"

殷知礼听完，笑着点头："对，对。你的功课没落下。"

一场实地检测，被殷知礼当成带学生的好课堂。

即使律风早已不再从事建筑设计，也从殷知礼手上毕业了好多年，他仍然乖巧地听从老师的话，架着仪器跟随老师勘测现场。

一身西装的瞿飞跟在老先生后面，觉得稀奇无比。他以为，老爷子的工作都应该由孙承爷业的殷以乔接手，结果殷以乔跟他一起站在旁边当跟班，反而放任殷知礼考教律风。

"嘿，殷师兄，你不去帮忙？"

殷以乔忽然又多一个师弟，还五大三粗的，便不怎么热情："有小风。"

意思是不用帮忙，有律风。

瞿飞摸着光滑的下巴，道："律工一个搞桥梁设计的，这是重温建筑学知识，巩固一下老手艺？"

话说完，却发现殷以乔视线深邃地看着他。

"……我说得不对？"瞿飞反思起自己那句话，有点怕沉默不言的殷以乔。

这位年轻的建筑师，看起来温和无害，凝视他的目光却叫他惶恐。

殷以乔很快转开眼，说："律风本来就是最优秀的建筑师，只不过选择了桥梁而已。"

一个"而已"，差点把瞿飞震得魂飞魄散。

果然律风在殷师兄眼里就是不一样。什么建筑作品都没有，竟然还能被师兄评为"最优秀的建筑师"。

衣冠楚楚的瞿飞忽然觉得，这一门两代人，简直是无懈可击的组合。互相信任，和谐融洽，建筑、桥梁齐头并进，连收好仪器走到忐忑的岛研院建筑师面前的步伐，都透着旁人没有的自信。

岛研院的人见殷知礼回来，立刻打起精神。虽然休息的梦想破灭了，但是专业建筑师一定会还他们清白！

"殷老先生，我们的临海饭店是不可能有问题的。"

"我们岛研院也是百年老院，跟英国独立建筑学院都有良好的交流学习记录的。"

"对啊对啊，从设计到监工，我们都是按照英国标准来的。您是专业的英国皇家建筑师，肯定不会跟其他人一样乱说我们有问题的。"

岛研院建筑师的一言一语更像是祈求或威胁，他们屡次强调岛研院和英国独立建筑学院的交流学习记录，就是希望殷知礼能够给点面子。

殷知礼一向很给人面子。临海饭店不是设计的问题，而是实际运用过程中的疏忽。独特的皇冠造型，是临海饭店的特色，也是它变成危楼的原因。

"设计没有问题。"殷知礼一句话说完，众人像是刑满释放般拍胸庆幸，但他紧接着又道，"不过，我想知道设计师是谁？"

在一片欢呼雀跃的声音里，神情憔悴的夏英杰枯萎的眼睛亮起来，从后排冲到前面。

殷知礼沉默地打量夏英杰，从他眼球上的红血丝，苍白的脸色，粗糙的皮肤，凌乱的头发，都能感受到他身上衣着遮盖不住的颓然。

为了这场检测，这些麓岛建筑师恐怕熬了许久都没能休息，也是时候让一块大石头落地，给一个果断的结果。

"是我！"夏英杰得知设计没有问题，立刻进入邀功状态，"殷老先生，我叫夏英杰，是岛研院的特聘设计师。我还设计过新蓝大桥、高津隧道，我拿过亚洲优秀建筑师奖的，我做的设计不可能有问题。"

他兴高采烈地自夸着，没有人拦得住。

毕竟，这位是殷知礼老先生，得他一句称赞，说不定就能飞升到C.E建筑事务所，从此再也不用接触这群工作起来六亲不认的无礼之徒！

谁知，殷知礼却问他："你设计的皇冠很漂亮，做过风载荷分析吗？"

"当然！"夏英杰神采飞扬，"它建设在海边，横向纵向的载荷承载力，我都进行过完备的计算。"

没等夏英杰炫耀自己出色的计算能力，殷知礼又问："横向纵向你都做过计算，可皇冠造型存在四十五度交叉角，对横向水平风形成了阻挡，你做过最不利角度的风载荷计算吗？"

他平静的语气，像极了老师在课堂上的问话。

周围许多媒体还没听出这些话中的玄机，夏英杰的冷汗忽然就下来了。他眼睛突出，口舌发干，问道："殷老先生，难道……难道这么小的皇冠，也会对饭店造成影响吗？"他语气中尽是怀疑，还暗藏着狡辩的意味。

"你这么年轻，太可惜了。"殷知礼遗憾地摇了摇头。

夏英杰还没能领会他的意思，就听见他稍稍扬起声音，道："黄院，临海饭店详细的问题，还需要我们的建筑师进一步检查之后才能给出报告。"

殷知礼的话，是说给黄登全听的，更是说给在场媒体听的。

他继续道："夏英杰建筑师做的设计图没有问题，但是他没有考虑到皇冠造型增大的风载荷影响了墙面承重力。并且，作为建筑师，他没有及时发现问题，改正设计错误，应当承担相应的责任。

"幸好，还没酿成大祸。"

从天堂到地狱，只需要殷知礼说几句话的时间。

夏英杰站在原地，还沉浸在等待夸奖和赞美的喜悦中，却没想到等来了这句话。他张了张口，还没辩解，周围的媒体就如同疯子一般冲上来，闪光灯让他觉得无比刺眼。

"殷先生，您的意思是临海饭店存在重大安全隐患吗？"

"按您的说法，这座饭店的问题具体出在哪里？"

"也就是说，这座大饭店的问题已经严重到您一眼就看清的地步了吗？"

媒体的询问过多，殷知礼谨慎地回答道："详细结果后面会由我们C.E交给黄院长。但是我很肯定，临海饭店的皇冠设计增强了这座建筑的风载荷，导致墙面无法承载，已经存在一定程度的倾斜，有垮塌危险。具体的风险评判和解决方案，后续请国家设计院统一公布。"

说完，媒体和主播们几乎陷入癫狂。

这可是麓岛检测中第一座被殷知礼判断会垮塌的建筑，而且是麓岛引以为傲的五星级大饭店！

殷知礼虽未详细说明，但是大饭店的设计师就在这里，何必舍本逐末！

他们群起而上，举起话筒攻向夏英杰。

"夏建筑师，你能不能解释一下你设计饭店的目的？"

"这座饭店曾被评为麓岛十佳，请问你在里面做了什么运作？"

"大饭店存在隐患,是否跟岛研院一直声称的设计无误存在出入?是否意味着你设计的其他建筑也有问题?"

媒体接踵而至的问话,令夏英杰瞬间崩溃。

"这个设计跟我没关系!这是岛资实业的要求!那个傅总……傅梅,是她要这样设计的,是她要的皇冠!"

他的辩解并不能打动媒体,反而成了另外一项内幕的爆料。

信息时代传递爆炸性新闻用不了多久。直播间的观众只见一群媒体冲进了临海大饭店,不消一分钟,"临海大饭店存在垮塌风险""岛资实业牵涉其中"的论调,就成了麓岛内外的震撼消息。

富云桥垮塌的前车之鉴历历在目,麓岛著名的临海饭店,原本是他们麓岛的骄傲,此刻突然被宣判死刑,大部分人都是蒙的。

随便翻翻各大新闻,就能看到岛研院引以为豪的建筑师夏英杰神情狰狞地供出同伙的模样,麓岛罪人也不过如此已。

然而,他们的"蒙"还没达到顶峰。

不久之后,国内各大建筑公司在国家设计院的高效领导下,纷纷给出了不幸的检测结果——

七十八座桥梁,有七十六座需要整桥重建,其他两座需要大面积翻修。

十一座建筑,有四座存在垮塌风险,另有七座必须重新测算加固,改建。

这可能是麓岛有史以来出得最有效率也最令人悲伤的建筑信息,直接导致岛民出门都有了心理阴影,开始怀疑自己跨过的桥、走过的路,甚至沿街的大楼,都会像富云桥一样忽然垮塌,连累自己这个无辜的人。

民众慌乱,黄登全却依旧从容不迫地走上新闻发布会现场答记者问。已经陆陆续续收到简洁版检测结果的媒体,看黄登全的目光都透着敬畏和亲切。什么国院建筑师傲慢、负责人言语不善,全是小事情,最重要的是——

"请问黄院长认为,麓岛建筑出现这么大的问题,究竟是怎么回事?"

黄登全盯着这群明知故问的记者,一点儿心理负担都没有,开口就说:"各种资本的利益纷争,某些高官的罔顾人命,不规范的建筑设计,不合规的建筑操作,还有建筑师的骄傲自负……"

他把一切可能性都说完了,再在媒体震惊的目光下,客套地圆上一句:"具体怎么回事,我不清楚。希望麓岛的地方代表能够给你们合理的解释。"

检测项目进入尾声,岛研院众多建筑师涉事极深,面临追责。建设这些危险建筑的岛资实业的实际负责人外逃德国,随手一翻岛媒的各大新闻,都能看见他的照片底下附着骇人听闻的"通缉罪犯"的标签，网民更是恨不得食其肉、寝其皮。

岛资实业没能跑掉的管理人员，也被传唤问询。

一座桥梁坍塌引发的重大事故，终于唤起了人们亡羊补牢的决心，无数参与了检测项目的建筑公司、事务所，获得了重建或改建这些项目的新任务。

殷知礼为C.E负责检测的项目忙了近一个月，却没有接手任何一个建筑项目的重建工作。

一位七十多岁的老人，没有周末地忙碌工作，与透支生命无异了。

外界纷纷猜测他会带领手下的建筑师回英国休息的时候，他本人却悄悄乘着车，前往富云县的跨海大桥建筑基地。

律风知道这件事时，正在工程作业船上看工程师往海床钻探取样。

跨海大桥顺利走出了沙滩、陆地，走进了风起云涌的海域。鉴于变幻莫测的天气，他们必须趁风平浪静的几个小时抓紧工作，瞿飞也没了之前的悠闲，整天都跟着翁总工一起，为了栈桥钻孔再深几厘米而愁眉苦脸。

"岩石太硬了，钻不动。"瞿飞看着钻机收回，拿过图纸勾起来，"师父，要不然咱们跨过这段海床吧，为它都耗了快三天了。"

三天时间，他们抓紧换了两次钻头，几乎把建设单位最锋利的家伙什儿都换了过来，可海床的岩石依然坚硬似铁，超出了他们的想象。

翁承先沉思片刻，否决道："想要跨过这段岩滩，我们的桥面跨度就得延长三米，风险比较大。"

他拿过对讲机，喊道："一组一组，汇报钻孔情况。"

"深度一米，直径五米，偏差四度。"

"打不进去了？"翁承先又问。

"再打就歪了，翁总。"说完，一组的人补充，"钻头歪。"

翁承先听完，看了看时间，伸手敲在自家徒弟身上："台风还有多久会来？"

"十几分钟到二十分钟。"瞿飞翻了翻气象局的预报，"预计持续两小时。"

碧蓝的大海已经隐隐开始出现墨色的晕染。十几分钟听起来充分，但出于安全考虑，工程作业船必须提前返航，做好应对台风的准备。

翁承先无奈道："今天先返航，等我们研究好后续对策再继续钻孔。"

对讲机迅速将他的指令传遍整个施工团队，话音落下，律风接过他手中的对讲，抱着资料跟他们一起回船舱。

无论多难啃的骨头,都不足以形容平海海床的岩石层,最初做勘测采样的数据和实际施工面临的情况,差距越来越大。

大自然的可怕,永远超过他们精密的科学检验。说好了普通钢铁钻头就能打穿花岗岩,怎么到了真正钻孔的时候,反倒是钢铁先废了?

幸好,他们三天的付出不算一无所获。

至少,获得了问题。

坐回船舱,平时笑容灿烂的翁承先也脸色凝重起来:"这下面肯定不是普通的花岗岩,我把二建的合金钻都调过来了,居然还是歪。"

律风说:"可能花岗岩的成分存在断层,一米深和两米深的材质有变化。等我们送到实验室的样本有了分析结果,再来对症解决。"

他一说,翁承先想起来了,眼睛一亮,看着他问道:"对,实验室说什么时候出结果?"

"……五天。"律风剩下的没说。他刚问的实验员,实验员的回答是:材质比较复杂,进一步详细分析可能要十天。

可五天时间,已经足够翁承先烦恼了。

"五天啊。"他算了算工期,"这平湖群岛三天两头台风暴雨,再耽误下去,跨海大桥到隧道段的建设,必定会耗费更多时间……瞿飞!"

"诶!"师父一喊,瞿飞就应。

"给我订机票,我要去趟工程研究所。"翁承先放下手上的资料,"咱们不能就这么坐着等分析。"

工程研究所全程负责跨海大桥建材材质的研究——具有独创性的碳钢合金桥基,撑起六方三角造型的立柱,全是这间研究所提供的合金素材。他们去这一趟,必定是要联合研究所,攻克这坚不可摧的花岗岩。

律风立刻请缨:"翁总,我陪您一起去。"

"你就守着大桥。"翁承先果断拒绝,"瞿飞跟我走,我不放心你守桥!"

自家徒弟,损起来不用留情面。

瞿飞心碎得都习惯了,拿出手机就开始订机票。

舱内都在为一海床的花岗岩烦恼,律风想去研究所的心也被摁了下来。

跨海大桥不能没人,这边的狂风暴雨没有停过,翁总走了,副总工程师顶上,他这个小设计也得跟着团队,守好建筑工地的每一块砖。

律风想了想,翁总他们去研究所,他可以去查国际论文。全球海洋多变,做过类似海床研究的团队,一定不少。

于是，律风拿出手机，想搜索一下海床花岗岩的关键信息，却发现了手机在几小时前传来了出乎意料的消息。

师兄："爷爷说，他接了麓岛跨海大桥对面那座商业楼的建筑项目。[图]"

点开随着消息发来的图片，律风见到了熟悉的地图。

平麓跨海隧道跨海大桥在麓岛规划了大片区域，而民众曾经抗议的空地，被殷以乔圈了起来，意味着这里是殷知礼接的新项目地点。

曾经，律风反复端详这块空地，希望师兄能够拿下来，建成漂亮的广场，却没想到还是老师厉害，能够说服向来重利的商人将建设项目交给他。

律风心里百感交集，又觉得分外惊喜，他抬手发送信息："老师想做什么设计？"

"船。"殷以乔的回答迅速又简洁，"一艘与灯塔隔海遥望的，终于归航的大船。"

第四章
CHAPTER 04
海上平台

  海床坚硬的岩石带来的烦恼,在老师的大船设想里消弭些许,即使没有设计图,也不妨碍律风和殷以乔在台风将要来临的天气下慢慢畅聊老师的设计。

  律风始终清楚老师的心情。回国前那场彻夜谈话,将这位年少时随家族前往英国的老人对祖国的热爱展露无遗。

  他们曾通宵达旦地聊桥梁、道路,还有传承千年的古诗词。每一句都透着殷知礼对祖国的爱意,还有文化浸润骨髓的温柔。

  律风仍旧清晰地记得,老师面容苍老、举杯笑吟:"少小离家老大回,乡音无改鬓毛衰。"

  藏在黑发里的斑白银丝,悄悄记录着离开故土的时光。

  此时,他终于回到故土,在离家前没能游玩过的珍贵的岛屿上,建起心中归港的大船。

  平麓跨海隧道项目部加固的工棚外,"哗啦啦"地响彻狂风,时不时还有树枝"刺啦"作响。即将登陆的小台风,是这个季节的立安岛上到访得最为频繁的客人。

  律风作为驻守人员,被困在工棚不得出去,只能借着视频通话,问道:"你觉得老师会设计什么样的船?"

  殷以乔沉默片刻,了然笑道:"应该是一艘中国味道浓郁的船,雕栏画壁、乌篷灯笼的画舫船吧。"

  律风能从他简略的形容里感受到水乡氤氲的气息,如诗如画的红灯笼、乌船顶几乎是全世界公认的中国风。然而,他拿起烧水壶,一边将热水倒入玻璃杯,一边在外界雷动的风声里迟疑道:"老师的设计都会和当地人文历史相关。就算是中国古时候的船,也该是平海的船。"

  殷以乔的中国史,也不过像看课外书一般粗略涉猎过,绝对没有律风这样经过义务教育轮番考试的来得巩固。他对平海船的印象,从氤氲水乡走上了金戈铁马的极端,殷以乔很难从铁灰色战舰中抽出思绪,但他绝对不信律风指的是那种锐利的船型。

  他不禁问道:"平海的船是什么样的?"

律风全然不知师兄经历了怎样大俗大雅的挣扎，随手搜了搜华光礁一号的图片，发了过去。

"就像它一样的福船——'水密隔舱，鱼鳞搭接，多重船板'，能承担古代海上丝绸之路的航行任务。"

古朴的木制大帆船，尖底阔尾，方头高昂。它高大如楼宇，架起大大的船帆，下水便能疾驰万里，无人可敌。

那独特的造型令殷以乔充满兴趣。这样气势惊人的大帆船足够漂亮，就算是比照着它的外观原封不动地建成商业楼，也不比麓岛其他的著名建筑逊色。

他边端详着福船尾部的雕花，边在肆虐的台风里听律风讲福船的故事。

郑和七下西洋，戚继光抗倭，还有封舟使琉球，郑成功挥师东渡击败荷兰殖民者……

这样的船，是商船，更是战船。多重良木叠起的雄壮身躯，自古航行在这片海域，保卫过麓岛领土，所到之处无不卷起赫赫风声。

律风的故事总是讲得激情澎湃，使殷以乔眼里的精致福船与铁灰色战舰的身影逐渐重合。

他苦恼又无奈地问："之前你和爷爷讲过福船的故事？"

"对呀。"律风浑然不觉。

殷以乔笑了笑，道："那我知道爷爷会怎么设计了。"

必定从福船起，至战舰归。

既能承载古代平海辉煌的航海历史，又能展现当今平海的雄风。

麓岛的地理人文属于平海的一部分，他甚至觉得，爷爷会任性地在麓岛的建筑上雕刻福船似的凤羽龙鳞，以赤红铁青作为楼宇的主题色。

立安港漆黑的天空终于下起了暴雨。殷以乔和律风在暴雨中，一人一句，隔着网络，共同猜测殷知礼会设计一座怎样的"福船"。

台风持续了整整一天，幸好这次的小台风先经过南边国家的里可岛，到达立安港时已经削弱了风力，否则他们的工程不知道会延误多久。

殷以乔在雨后干净如洗的海风里驾车前往工地。综合旅游区的设施没有受到任何损害，检查完毕就能继续施工，然而，对面的工程作业船还靠在港口，实在不像是在继续施工的样子。

于是，殷以乔多开了一段路，抵达平麓跨海隧道工地门口。他一个电话打过去，问道："你们今天不开工？"

律风浅浅的叹息传来:"不开。遇上麻烦了。"

陆地上的旅游区建设顺利,海里却遍布暗礁和岩石,人力没那么容易突破大自然的防线。

律风跟着副总工做完例行检查,便背着电脑上了殷以乔的车。总工不在,跨海桥梁不开工,律风应当是可以休息的。

可他坐上副驾驶就重新打开了电脑屏幕,屏幕上整齐交叠着数篇论文,等待他仔细详读。

殷以乔一边开车,一边好奇道:"你在查什么?"

律风头也没转,回答道:"岩石。"

平海海峡的海床上分布着大量花岗岩层,他们一路从浅层进入较厚区域,无可避免地发现,再往深处,钻孔倒是不成问题,但是桥基座的钢结构也许无法承受海底压强。

海洋的深邃莫测创造了一道无法攻克的难题,在强压与岩石双重作用下,他们想要树立的桥桩将面临比十六级台风、八级地震更为严峻的挑战。

桥基是一切的根本。跨海大桥要想稳稳地立在海面上,就必须穿透脚下的这片花岗岩。

"平海海峡的地质情况很特殊,我们遇到了一点小麻烦,所以想找找国际上研究洋底岩石的资料……"律风心情低落又烦恼,"但是,没什么帮助。"

关于平海地质的研究,连国内的专家都还在探索阶段,国际上更难提供什么线索。

从国际公认的结论来看,花岗岩、玄武岩、安山岩都可以被合金钻头击破,偏偏跨海大桥下面的花岗岩,远远没有国际论断中说的那么容易。

"国外对岩层的研究,更多停留在追溯成因方面。钻孔,立桩,建基,在他们的研究里完全是一片空白。几十年过去了,最先进的研究理论竟然还是当初挖掘英法隧道时穿透石灰岩的论文。"律风的手指敲在电脑键盘上,绝不相信国际研究如此落后,"看来,外国优秀的桥梁工程师都把他们先进的技术藏了起来,一点儿也不像我们大大方方。"

中国建成曲水湾大桥、乌雀山大桥,都热衷于与国际分享经验,讨论交流。等他遇到麻烦了去求助国际研究,才发现国外这群攻坚克难的科学家,还没有国内的建设集团懂怎么打桩。

律风撇撇嘴,关掉那些落后了中国快十年的海底钻孔技术研究资料,长叹一声:"他们太小气了,我们做过不少讲座,论文都是公开共享的呢!"

殷以乔听完他的小抱怨，忍不住笑出声。

"小风，你们发的论文、传授的技术，在外国人眼里都快跟神话没区别了。你就算手把手地教，他们也学不会。你就不一样了，给你一篇论文，你能把人家奋斗了几十年的研究瞬间学透。"

超长跨江轻型钢结构大桥，地震带上盘山而立的大桥，这样的项目就算给外国人三十年，他们也只会严谨地前往考察，然后得出结论：此处不宜建桥。

殷以乔不确定会不会有国际桥梁工程师藏私，但他十分肯定，假如真有什么还未发布的高新技术，只要敢亮出来，就会被勤劳勇敢的律风同志扒着论文，吃得干干净净。

律风"哼哼"地关上电脑："我哪有那么快的学习能力。"

他还得做实验，还要搞测试，最重要的是分析材质与地形匹配程度，一篇论文怎么够？

律风无奈地撑着车窗，感受台风过后清新的空气，叹道："我还是等翁总和瞿工吧。希望他们能从工程研究所带回来好消息。"

中国的桥梁，还是得靠中国的研究。

可惜，内幕八卦传播者瞿飞，整整两天没有回音，仿佛被丢进了信号隔离区。律风发的消息没有回信，打电话也一直占线，倒是翁承先打电话回来，询问了台风过后的情况。

"没什么问题，这场台风登陆立安港的时候风速还不到六级，应该是被里可岛削弱了。"

"那就好。"翁承先满意道，"我和瞿飞还要在研究所实验室待几天。他们拿到了之前分析的花岗岩数据，正在做实验模拟，我们晚点回来。"

说是晚点回来，结果大约一周时间人都没有回来的迹象。

翁承先还会时不时跟副总工、律风了解一下工作进度，而瞿飞就像人间蒸发一样，投入了实验室的海洋，一去无音讯。

微信消息没有回复，律风便不发了。不用想也知道，行事散漫的瞿飞被亲师父押着干活，绝对没有玩手机的空闲。

没空闲就是好消息。律风之前的焦虑，都在平静之中逐渐消散。

国内丰富的造隧、穿山、架桥经验，足够让国内建设集团与众多桥梁专家形成一套完整的合作体系，而其中一定有不少人对海底裂层和岩石进行过广泛研究。

翁总工和瞿飞之所以能够在研究所待那么久，必然是有了突破方向，总不会空手而归。

律风满怀期待,按部就班地跟着副总工进行麓岛段跨海大桥的检查工作,忙碌而充实的生活令他斗志昂扬,每次路过对面泥泞的工地,他都在期待那里再度搭起蓝围栏的模样。

终于,在一个晴朗的午后,律风刚刚登上例行检查的船舶,就接到了瞿飞的电话。

"嘿,律风!"久违的声音依旧那么粗犷轻浮,"我们带着解决方案回来了!"

瞿飞的心情很容易从他的状态看出来。

当他和翁总领着一众工程师回来的时候,一头粗硬的黑发膨胀乱飞,眼神中露出压抑不住的疲惫,但是嘴角翘得老高。

还没等翁承先给律风介绍专家,他先一步冲上来,方案还没说,就先亮起他胡子拉碴的笑容邀功。

"律工,这次我可立了大功了!要是没有我,就没有这新方案。"

律风知道有方案能解决洋底岩石的问题,瞬间觉得瞿飞英俊无比,附和得格外迅速。

"好好,你是大功臣,快说说到底是什么方案?"

夸奖很敷衍,追问很急迫。

瞿飞嘴角咧到耳朵了,哈哈笑道:"当然是在海面上建人工岛啰!"

律风:???

全平麓跨海隧道项目组,就属瞿飞不靠谱。律风听了他那句"建人工岛",满脑子回荡着"海洋保护指标"和"生态文明建设"。

平麓跨海隧道全程已有两座入隧式人工岛,二者都反反复复进行过测算、模拟,在不妨碍洋流、海洋生态、海生物种群往返规律的情况下,才小心翼翼地确定了位置。如果在跨海大桥段再建人工岛,无异于重复他们设计规划评估的过程,说不定要额外耗上三五年。

律风心情忐忑,跟瞿飞的灿烂得意截然不同。

翁承先眼看着自家徒弟冲上去炫耀,律风竟然一点儿也不激动,脸上甚至愁云密布,仿佛陷入挣扎。

"出什么事了?"他以为自己离开之后出了大事,要不然平时八风不动的律风,脸色怎会如此沉寂?

然而,律风摇了摇头,叹息道:"工地没事,是我对建设人工岛的方案了解不够多。如果建岛就能跨过花岗岩，保证施工，我没什么意见。"

人工岛？花岗岩？

翁承先眼睛一瞪，眼镜都快掉下来了，他当着一群工程师的面，一巴掌拍在八尺逆徒身上！

"什么人工岛？叫你胡说八道！"

律风以为自己对瞿飞足够了解，可他没想到，去工程研究所当了大半个月苦力，还没有烟抽没有拖鞋穿的瞿飞，不靠谱的程度又翻了一倍。

等到他和翁承先带回来的工程师，留守平麓跨海隧道的负责人，一起坐在会议室里，翻着《平麓跨海隧道跨海大桥段采用特殊深海埋植式海上平台施工方案》的草案时，他才看见上面清清楚楚地写着——在海底花岗岩过于坚硬的地形中寻找风化区域，定制多根钢管桩插入其间，撑起人工桥座平台，以稳固整个桥基。

瞿飞言简意赅地乱归纳，把方案变为了"建人工岛"。

埋植式海上平台的操作方式虽然类似人工岛，却与人工岛这样条件复杂、范围广阔的建设工程截然不同，只需要设计队伍修改图纸、施工队伍胆大心细即可。

律风顿时松了一口气。

"这种人造平台的方案，我在国内的跨海桥和跨江桥上都见过成功案例，给咱们桥用应该也没什么问题。"说着他瞥了一眼瞿飞，"这可比建人工岛容易多了。"

"嘿，小平台就不是岛啊？"瞿飞辩解道，"我这不是怕废话多，不能说清楚方案核心吗？咱核心就是钢铁岛屿啊！"

翁承先对自己徒弟绝望了："什么钢铁岛屿？这些都是建在海床上的悬浮平台，最多算一串荷叶子。"

瞿飞一听，眼睛都亮了："好，荷叶！跨海大桥建在荷叶上，就是步步生莲啊。"

意象极美，柔和得不像是瞿飞这样的糙汉子能想出的词语，却特别贴合埋植式海上平台的设计。

律风愣了愣，诧异地低头去看设计草图——圆润的钢管支撑起圆形的悬浮平台，高低不一的平台，又托举起桥梁的每一座桥墩。桥墩踩在平台之上，轻盈地越过海床里的花岗岩区域，如仙人点水而过，脚下生莲。

他没想到瞿飞还能有这么浪漫的形容，之前被"人工岛"激起的埋怨，蓦地变为了欣赏。

"步步生莲比人工岛更形象。"律风夸道,"瞿工有文化。"

"有文化"的瞿飞得到了一众文化人的认可。他为了这个方案,深入工程研究所实验室,成了负责灌浆打桩的苦力,此刻总算收获了真情实意的赞赏。

瞿飞"嘿嘿嘿"地笑着,自吹自擂道:"那当然有文化!几吨的混凝土在实验坑里堆起来的荷叶平台,全靠我勇猛有力,不然真的做不出来。"

翁承先听了都摇头,心想:下次还是不要把瞿飞关进实验室帮忙了,这忙活半个月出来,没能与外界接触,人变得更傻了。

宛如片片荷叶的埋植式海上平台方案,得到了一致认同,剩下的工作主要落在修改设计图上。之前一根直插海底的桥桩,分散成了多根长短不一的立柱,每一个钻孔点都需要根据地质勘测进行选定,从洋底岩石风化严重的脆弱区下钻,架设好小小的平台。

花岗岩区域方圆三公里,桥梁蜿蜒盘旋着前进,长达五公里的弯曲桥身,都要按照相同的方法嫁接在人工打造的荷叶平台上。

这套特殊的施工方案,借鉴了以往运用埋植式海上平台技术的众多桥梁的施工经验,总结出了属于平麓跨海隧道的新方案。

翁承先带回来的工程师们,大多都是在跨海桥、跨江桥项目中使用这种技术的老手,当他们在会议中讨论起真正专业的技术时,律风就成了旁听的学生。

那些面容陌生却经验丰富的工程师,在点出自己负责的桥梁与平麓跨海隧道跨海大桥的共同点、不同点时,显得驾轻就熟。

在持续了整整一天的会议上,工程师们组成了新的技术小组,承担起跨海大桥越花岗岩海床区域的主要工作。他们要在最快的时间内完成测算,以最快的速度绘制设计图,然后再根据施工进程不断修改、复核,保证桥梁脚下的每一方海上平台都能顺利稳当地撑起跨海大桥铁灰色的宏伟身躯。

瞿飞负责测算,律风则是那个画图的。

他们跟着翁承先和工程师们,整日整日地飘在平海上,唯有刮起台风,被要求返航的时候,才会重回陆地。

图纸的修改,像是一场除旧迎新的过程。律风画出来的每一笔草稿、每一根线条,都在推翻最初的设想,又如细胞新生一般,整座桥梁位于海面下方的部分更新换代。

几十个昼夜的打磨,创造了史无前例的桥基方案,根据新图纸重新开始的实施工作也一点一点地延展到海平面以下。

第四章 / 海上平台

直到一片盛满腥咸海水的"荷叶"漂浮起来，撑起了第一座桥墩，律风脑子里紧绷的那根弦终于松懈下来。

"师兄，我们有办法跨过岩层进入隧道区了。"

殷以乔站在绿幕钢管围起的灯塔博物馆下，收到了失联许久的律风发回的消息。他并没有兴奋得喋喋不休，简短的消息中透着疲惫，但他依旧腾出时间向殷以乔汇报了他们的最新进展。

中国的建设效率，每一次都在刷新殷以乔的认知。

原来平麓跨海隧道的建设队伍攻克起难关来可以这么迅速，一年就能确定下三分之一的距离该怎么前行。

原来十五年的工期那么漫长，剩下的十四年，不知道还能不能像现在一样顺利。

殷以乔离平麓跨海隧道的蓝色围栏那么近，仍要依靠远隔千里的讯号，才能得知律风的近况。

复杂的情绪在殷以乔心里翻腾，哪怕他并不清楚律风是怎么解决问题的，也不妨碍他为律风高兴。

"恭喜。"殷以乔转身看向不远处平麓跨海隧道的建设工地，"晚上有没有空一起吃晚饭？我来接你。"

确定下建设方案和详细的施工蓝图后，律风的工作重归轻松，他只需要定时上船随翁承先检测海上平台的施工情况，看着这座铁灰色桥梁如何延展至深海即可。

平麓跨海隧道的工程项目同时在多处施工建设，距离花岗岩海床区域三十公里之外，就是他们的第一座入隧人工岛。

蔚蓝的海域一望无际，他们根本见不到三十公里之外是什么模样，却热衷于站在工程作业船的甲板上眺望远方。

"我昨天联系了负责沉管建设的单位。"翁承先迎着海风低声道，"四十二节巨型沉管，每一节都接近两百米，超过七万吨。其中有那么一节，会成为全世界瞩目的焦点。"

而平麓跨海隧道的建设进度，早就成了全世界的焦点。律风每天出发登船，都能见到不同发色、肤色的记者，在负责人的带领下参观已经矗立在海岸边的大桥。

铁灰色桥梁在碧波之上，更显雄浑与巍峨。

那些记者并不能登桥，但哪怕是站在岸边看，也能发出语气相同的惊叹。

四十二节沉管隧道会成为平麓跨海隧道最后的建设任务，在完整的建设方案之中，某一节特殊标的将代表整段隧道与桥梁完成最后的合龙。

不会有国家愿意错过这样的盛事，更不会有人不想亲眼见到平麓跨海隧道宣告成功的历史性时刻。

翁承先不过是闲聊般地感慨，律风竟听进了心里。他的工作属于跨海大桥阶段，隧道的建设与翁总工有关，与瞿飞有关，但与他这个做桥梁设计的设计师没什么关联。

激动与遗憾交织在律风心里。

这座以年计量的超级工程，每一分每一秒，都有无数人在默默为之付出。

他所见到的六方三角，来自遥远的建设工厂；双层桥梁准备铺设的轨道，由铁建集团忙碌地准备着；四十二节沉管，正在他不知道的地方进行铸模，测试，预制。

律风在风声猎猎的平海上，感受到全国各地的力量源源不断地汇聚于这座正在建设中的桥梁，如果不能亲眼见到它合龙，律风总觉得心里会留下终生的遗憾。

终于，在某个风平浪静的午后，律风问道："翁总工，到时候安装最后一节沉管的时候，我能不能跟你一起登船？"

翁承先听了，笑得见牙不见眼。在桥隧安装工程中，每一个建设者都有预定好的工作，工作的特殊性意味着他们不能够随随便便带人上船。

他不能立刻答应，也没马上拒绝，只是说："哎呀，可老吴跟我打过招呼，让我搞完跨海大桥就赶紧让你休息，还有好多项目等着你去帮忙呢！"

律风作为国家设计院的大红人，从乌雀山大桥起，就在全国桥梁建设工程里有了姓名。

有姓名的设计师，注定得到更多人的青睐。吴赢启远在国院，只要能够和翁承先联系上，必定叮嘱这位老朋友——让律风鞠躬尽瘁可以，但不能死而后已。

越是奋斗在前线的工作者，越是珍惜人才。律风年纪轻轻，一腔干劲，吴赢启唯恐他拿出当年从建筑师转行到桥梁设计师的魄力，在翁承先的忽悠下又转型为隧道工程师。

吴院的担忧，通过翁承先的笑声和一句句调侃，清晰地传递给了律风。

"老吴说，设计师们懒懒散散的，他会催着去干活，可你事事认真，他只想催你好好休息。"

"老吴说,他看人一向很准,你只要多积累经验,早晚可以承担更重大的项目。"

"老吴还说,中国大地上还有千千万万的建设项目,桥梁比沉管更适合你的发挥。"

老吴同志心系后辈,让律风格外汗颜。他只是想靠着裙带关系去看看伟大的世纪工程的合龙,怎么搞得好像他要亲身上阵安装沉管,不达目的誓不罢休似的。

吴赢启和翁承先对他的误会很深,律风自觉不过是干活勤快,画图迅速,没什么可圈可点的超能力,怎么到了这两位老同志口中,他的未来如此可期?

尽管有了暌违已久的假期,律风仍然陷入了迷之沉思,他戳着手中的甜点慕斯,问道:"师兄,我在别人眼里看起来真的很拼?"

殷以乔悠闲地搅拌咖啡,没急着回答,端起咖啡深思熟虑后才说道:"还好,也就是普通的改变世界的那种努力法儿,跟拯救世界的超级英雄比起来不算拼。"

很好,律风第一次知道自己的比较对象在非人类区间。他想笑又笑不出来,皱着眉吃掉甜点:"明明我跟其他工程师比起来差远了。"

律风在跨海大桥项目中认识的工程师,有的能在狂风吹拂的海面上一眼测算出下桩距离,与精密仪器的估值相差无几;有的能提前预判海平面下看不见的淤泥情况,直接作出应急预案,在危机发生时迅速解决倒灌的淤泥。

在这些工程师的高效工作下,跨海大桥的各种困境被轻而易举地击破,律风和他们相处下来,越发觉得他们就算不是拯救世界的超级英雄,也个个都是创造奇迹的超人。

律风吹嘘着其他工程师神乎其技的地方,脸上露出抑制不住的骄傲。

殷以乔听得认真。那些陌生的名字,在他脑海中渐渐有了模糊的身影,每一位都像他师弟似的,心系桥梁,无心休息。

"你也不差。"师兄说,"难得有假期,你居然只惦记着桥和平海。"

殷以乔的语气像称赞,又像抱怨。

律风顿时警觉,坚决否认:"我没有啊!"

殷以乔不信,勾起嘴角问道:"那你约我去麓岛做什么?"

"去看看……"律风张口就想说"去看看麓岛的跨海大桥情况",话到嘴边,又强行变成了——"去看看老师吧。"

殷知礼为了设计出合适的大船建筑,一直停留在麓岛。

麓岛的政府代表对国院的建筑师们百般刁难,对于这位成名许久的建筑大师却不敢怠慢,任由他自在发挥。可惜,直到麓岛大多数存在安全隐患的大楼都重新架起了加固钢管,或者拿出了重建方案,殷老先生的设计图还是没有公布出来。

此刻,那份万众期待却迟迟没有公开的大船设计,正摆在律风的面前。

手工绘制的图纸清晰展现出了一座干净利落的船型建筑物。它拥有开阔的甲板,高大的船舱,庞大的船帆,仿佛只要登上这艘迎风招展的大船,就能欣赏到平海的壮丽风光。

可殷知礼不满意。

他说:"它太像船了,反而缺乏了建筑的艺术性。"

殷知礼的理念是融物于景,完全照搬船的模样,只会让人感慨这是一艘好船,却不会让人感受到建筑物独有的温暖。他和殷以乔不同,在他看来,博物馆寄情于形,这座大船更要藏情于心。他不希望它变为游乐场似的粗糙建筑,而是希望它能够矗立在平麓跨海隧道旁边,成为让世界各地游客印象深刻的中国大船。

老师的理念深邃,几乎到达了另一个境界。律风安静地听他讲建筑物与当地人文的融合,船与船之间的独特性,就像回到了大学课堂的悠闲时光一样,思索起面前这座船型建筑。

殷知礼要的,是像船又不是船的艺术,和律风想象的照搬福船截然不同。

律风脱离了建筑表达的世界许久,在老师的阐述里,才渐渐找回了对建筑物的感知。建筑是自然界的真实映照,而不是枯燥无味的重复。

直到他和殷以乔告别老师,回到立安港,律风脑海里都在思考——如何设计一座适合平海,像船又不是船的建筑。

老师设计的大船足够漂亮,但是律风能够隐约捕捉到老师的意思——这份设计里美丽的是船,作为建筑师,永远不能为了追求美,而忘记了建筑本应具有的特性。

正如跨海大桥项目中正在建设的海上平台,它们首先是稳固可靠的桥基,然后才是美丽动人的荷叶。

殷以乔在酒店客厅挑选综合旅游区的地面铺设材质,律风坐在茶几旁,随手画出心里印象深刻的船型地标建筑。

悉尼歌剧院的圆拱白帆,NEMO科技馆的铜绿色航船,滨海湾金沙酒店的扑克巨轮……律风闭着眼睛都能勾勒出它们的外形，分析出它们独特的设计理念。随着象征主义在建筑中的广泛应用，现在似乎已经很难寻找到超越经典地标的设计，也难怪老师画出大船之后就陷入了长久深思，迟迟没能决定好平麓跨海隧道旁边商业楼的造型。

殷以乔忙完工作，走到茶几旁，就见到了无数张船型建筑草稿。那些知名的建筑物被律风拆分成了不同的模块，用笔标注了设计缘由，认真得像学生笔记一般，逗笑了殷以乔。

"律工，你这是要重操旧业？"

"我只是在解题。"律风抬起头，撑着下巴晃着笔，认真说道，"商业楼有四十八层，下面还要建麓岛最大的停车场、地铁站，还得扛住随时可能登岛的台风，难怪老师不满意那座船的设计。毕竟，如果原封不动地按照那幅设计图施工建设，它可能会成为全世界第一座被风吹下海的高楼。"

"行了，不要操心爷爷。"殷以乔伸手把人拽起来，"他总能找到最好的解决办法，平麓跨海隧道合龙前，麓岛大楼一定可以完工。"

殷以乔对殷知礼的信心来源于十年如一日的相处，在他看来，这世上就没有能够难倒殷知礼的项目，也没有能够困扰大建筑师的船舶。

可律风担心的不是老师，而是那艘饱含深情的船。他明知道老师可以给出最好的设计方案，依然忍不住去想：换作我，会设计出怎么样的一艘船？

当晚，律风的睡梦里，扬帆起航的福船队伍与平海战舰交替闪现。

也不知道为什么，战火燃烧的声音成了梦境的配乐，安宁的海域藏着他无法预料的风险，看似风平浪静的海面，一不留神就会将懈怠的船夫吞噬殆尽。

"嗡嗡嗡——"

律风被手机振动声突然吵醒，梦境搅得他头晕目眩，连接通手机的动作都有气无力。

然而下一刻，瞿飞的大嗓门震天响，吓得他从床上猛地弹起来！

"律风，快起来！十六级超强台风要来了！"

第五章

CHAPTER 05

台风"利苏"

台风在立安港并不少见,平麓跨海隧道开建以来,他们已经遇到过上百次狂风过境。

但是,没有一次达到这个级别!

律风知道,瞿飞平时不靠谱,但绝对不可能在这种天灾上开玩笑。虽然挂掉电话时发现才凌晨五点,他也赶紧起床穿衣服。

"怎么了?"殷以乔的声音带着睡梦被吵醒的疲惫。

律风没有办法叫他安心睡觉,拿过师兄的衣服,冲上去就催他快起床。

"台风来了,十六级!十六级的超强台风!"

天灾人祸能让一个冷静的建筑从业者变成复读机。

上一次登陆立安港的十四级台风给律风留下了深刻的印象,整个地区房屋损坏,道路被淹没,电视上的新闻频道不断发来前线情况,就算当时他远在英国,都能感受到肆虐的台风造成了多么惨烈的后果。

他和殷以乔一起赶往建筑工地。酒店外天色朦胧,天空还没有完全亮开,一点也没有台风将来的迹象,然而,律风十分肯定——

"应该是哪里的洋面形成了热带风暴,预测的前进路线会经过立安港。"他不禁叮嘱道,"师兄,你不知道这里的台风多可怕,你一定要叮嘱施工队做好防范,千万不能掉以轻心。而且,政府的通知很快就会来了。"

平麓跨海隧道这样的超级工程,周围海域只要有任何风吹草动,消息都会迅速传到项目组来,以便于他们提前做好防护工作。

他对隧道工程各部分的抗风能力充满信心,只是忍不住担心殷以乔。

幸好,立安港的天色微亮,云层通透,显然远远没到最危急的时候。

殷以乔发动车子,安慰道:"既然政府还没通知,说明台风还远。你去了不要急,先看看什么情况。"

律风赶到项目组会议室时,也不过是五点十分。

瞿飞站在窗边大着嗓门嚷嚷,挨个叫人起床开会,翁承先凝重地看着手上的地图,等候着项目组的人陆陆续续到场。

那是一张普通的平海区域地图,麓岛被清晰地标记在上面,与菲禄的里可岛遥遥相望。

地图上面有几条浅浅的虚线，是翁承先根据气象局给的信息画上去的。

五点二十分，平麓跨海隧道的主要负责人都聚集在会议室，同时连线麓岛与人工岛方面的负责人，召开了一场严肃的紧急会议。

台风"利苏"在菲禄以东的洋面形成热带低压后，于昨天二十三时加强为十六级台风，正在以两百千米每小时的速度冲向菲禄里可岛。

翁承先说："也许再过两三个小时，'利苏'就会在菲禄登陆。它究竟会以什么样的风级进入平海，就要看台风在菲禄登陆后的情况了。"

地处中国南端的菲禄海岛众多，阻挡过无数超强台风的步伐。两个国家算不上什么亲兄弟，但由于特殊的相对地理位置，两国在应对台风时总有另一番默契。

为了响应"一带一路"的号召，中国派出过不少团队支援菲禄基础建设。在菲禄命名"利苏"之后，国内也立刻收到了消息，并且得到了菲禄当地防范"利苏"的一手资料。

"就算是菲禄，也有四五年没见过这么大的台风了。

"'利苏'的移动速度很快，并且不见减弱，登陆菲禄里可岛的时候，也许会达到十七或者十八级。

"他们已经在疏散沿海地区的居民，试图在台风过境前减少损失。

"所以……我们也要尽快做好平麓跨海隧道的检查工作，以确保平麓跨海隧道不会遭到利苏的破坏。"

律风安静地听着翁承先的交代，他笔下记录的每一项代办事务，都带着无形的重量。任何建筑物在还没建成之前，都宛如脆弱的瓷器，狂风、地震、洪水，都会对它们造成无法挽回的损伤。

即便台风"利苏"还在菲禄海域上旋转，也吓得全体负责人马上开工清点人数，交代了后续的防护工作。

平麓跨海隧道从桥隧到人工岛，在设计上都是可以抵抗十六级台风的，然而，这是隧道严丝合缝地建成后的理论强度，谁也无法保证突如其来的超强台风会对建设之中的它造成什么影响。

早上六点，平麓跨海隧道项目组的几千名成员都忙碌地驾船登桥，对建设之中的跨海大桥进行检查加固。

早上七点，立安港各部门发出的预警信息就狂轰乱炸般发到了刚刚醒来的居民的手机上。

"中央气象台发布红色预警:预计×月×日六时前后,台风'利苏'将在平海立安港、麓岛沿海地区登陆……"

"尊敬的业主您好:根据市气象预报,台风'利苏'将于×日六时前后在立安港登陆,请远离水域,避免室外活动。"

"通知:为做好台风'利苏'防范工作,本市特布置以下防台防汛任务要求……"

只不过是眼睛一闭一睁的时间,陌生的台风"利苏"就成了平海沿海地区的首要大敌,早午新闻都在持续播报菲禄那边关于台风"利苏"的消息。

史无前例的消息轰炸让"利苏"这个名字迅速蹿上了各大社交平台的热搜榜单,几乎全国都在关注远在祖国南端的声势浩大的台风防范工作,毕竟,那里有中国最新的超级工程——平麓跨海隧道!

"十六级台风啊……希望平麓跨海隧道没事。"

"之前我看报道,跨海大桥已经建到平海海峡了,如果利苏登陆,那边肯定会受到重创QAQ"

"靠,难道这种时候我们又要开始拜菲禄山神吗?求求里可岛大显神威,菲禄平安了我们就平安了!"

网友们又例行展开了线上的"台风祈福"活动,更何况这次"利苏"又要优先拜访中国人的老朋友——菲禄。

每年入境的台风都会先惨烈地刮过那个四面环海的椰子国度,超强台风恐怖的风速也会因此降低。这次仍不例外。甚至有无数人开始发誓:只要菲禄能够平安撑过"利苏"过境,下辈子就只吃菲禄香蕉。

没多久,好好的"祈福"变成了菲禄水果大赏。

忽然,有人甩出了一连串恐怖的照片,打断了和谐融洽的祈福会。

"我在论坛看到菲禄的基建兄弟发的照片和视频了!他还不在台风登陆的里可岛,据说里可岛那边已经完全断水断电断网了!"

视频里一片阴沉漆黑,在乌泱泱的雨水之中,只能见到腥黄泥水混杂着树木残枝喷涌在大街小巷,大片屋顶碎裂,洪水撞击着无数建筑物的烂瓦破墙。

洪峰过境的惨状如此直观,再加上身处现场的基建人的阐述,网络上顿时一片沸沸扬扬。

同时断水、断电、断网,对于国内大部分民众来说,已经难以想象,但是他们更加无法想象的还是菲禄糟糕的基础建设情况。

主流媒体在网络上发出的报道,令网友再也没有心情去讨论菲禄什么水果好吃。

台风"利苏"席卷里可岛,菲禄北部近百万人受灾,死亡人员已有十名。狂风掀翻屋顶、吹倒树木、引发山洪……简短的文字速报,足够所有人感受到"利苏"的疯狂。

而疯狂的"利苏"此刻正在快速靠近中国海域,最晚明天进入平海海峡!

傍晚时分,新闻电视台正在转播菲禄的灾后情况,气象局专家正在分析疾驰而来的超强台风究竟会以什么样的状态来到中国。

本该安宁的夜晚,平麓跨海隧道的员工依旧在探照灯的照耀下进行加固工作。他们争分夺秒地检查,以确保桥梁的稳固,有了菲禄的前车之鉴,他们更不敢懈怠半分。

律风和众人在工程作业船上观看新闻频道播放的菲禄情况。

"利苏"肆虐过后,里可岛损失惨重,数万人流离失所,死亡人数持续攀升。国家设计院、建设集团派出去的援菲基建队在里可岛没有负责的项目,但是他们负责建设的工程有大面积受到了洪水的影响。

从菲禄发来的消息占满了会议室所有人的工作群,前线受灾的程度,比新闻里展现的更加严重。

菲禄北部正在遭受有史以来最为惨重的洪水灾害。赤黄的洪水淹没了低矮楼房,绝大多数居民房屋、商业楼宇都毁于一旦,只剩下残垣断壁。失去住所的百姓漂浮在洪水之中,用木板托起自家孩童。

面对这样的景象,菲禄当局只能宣布进入"重大灾难状态",并开始寻求国际援助。

律风见到了新闻中一掠而过的救援场景——没有先进的救援设备,没有足够的救援人员,普通民众在这样的天灾面前,生死主要靠自救。

看到菲禄的情况如此惨烈,会议室里一片沉默,除了新闻播报,就只有对讲机里时不时传来的"检查完毕"的汇报声。

良久后,瞿飞叹息了一声:"菲禄有很多中国援建的项目也没能逃过这次台风,我们肯定会派出救援队的。"

"救援归救援,老百姓还是太惨了。"翁承先摇了摇头,在会议桌的地图上勾画了一下,"今晚我们一定要完成跨海大桥的加固工作,全国都盯着平麓跨海隧道呢。"

立安港小风小雨从未间断,但建设中的平麓跨海隧道,还是第一次经历这么大的考验。

律风熬了一整夜，在工程作业船和跨海大桥之间来来去去，反复用仪器检测每一棱六方三角。

他这样的行为有些多此一举。跨海大桥的材质是全世界最稳固的碳钢，以此制造的桥体不可能出现任何问题。但是，菲禄的惨状在他脑海里挥之不去。即使跨海大桥使用的是极为先进的建造技术，即使在实验数据中，从跨海大桥脚底的海上平台到桥顶的尖角都扛得住十六级台风，律风也迟迟无法驱散心中的恐慌。

"利苏"将要刮过的不只是平陇跨海隧道，还有陇岛正在重建的桥梁建筑，以及立安港的城市与村庄。

跨海大桥深入平海的最后一段已经加固完毕，为了防止被台风刮跑而造成危害，工程师们拆除了施工时搭建的临时平台与扶梯，放回工程作业船，准备返航。

律风依然站在甲板上，眺望远处台风将来的方向。本该熹微的晨光此刻却敛去踪影，变得阴沉无比，预示着那道恐怖的台风即将进入平海。

"回船舱吧，我们得快点返航。"翁承先的声音从律风身边传来。

"翁总工。"律风看着身边的老人，问道，"您遇见过这么强的台风吗？"

翁承先一贯温和的笑意不见了痕迹，只剩下眉心深重的皱纹。

"遇见过。"他扶了扶眼镜，"一九九六年我在广东造桥，那时候我们的技术还没有现在这么强，能抵抗的台风也不过是十级左右，结果，来了一个破坏力远超我们认知水平的超强台风……"

"楼塌了，桥毁了，人没了。"他声音变得很轻，目光变得极远，好像透过辽阔海域看到了曾经的人间地狱。

人在灾难面前如蚂蚁一般，随时都可能被无情的大自然吞噬。人类自身尚且如此脆弱，又怎么有能力去保住一座建设中的桥梁？

但是，翁承先露出笑容，恢复了他平时的慈祥："不过，现在不一样了。我们一定可以从'利苏'手上保住平陇跨海隧道的跨海大桥。"他声线里满是自信，"我们已经研究了几十年的桥梁，绝对不会重蹈覆辙。"

平陇跨海隧道的工程作业船集体返航，一路上，对讲机里的汇报声都没有停过。

每一个部分的加固工作都按照计划完成，就算是预测中台风不会登陆的陇岛区域，也进行了相同级别的防护。

第五章 / 台风"利苏"

黎明之前，工程作业船被固定在港口，所有人进入了项目组大楼，远处黑压压的乌云快速涌来，平时早已经亮起来的天空又重新沉入了黑夜。

负责人刚刚回到办事处的会议室，一瞬间狂风乱作，瓢泼大雨席卷而来！

律风站在会议室紧闭的窗前眺望着远处的大桥，雨水逐渐变密，铁灰色的桥梁也被染上了墨水般的色泽，渐渐被窗户上的雨痕掩盖。

会议室的电视画面上，中国新闻台正在持续播报着台风"利苏"的情况。

沿海地区严阵以待，从电视里可以看到防台防洪的工作人员正在四处奔走，检查台风登陆地区的安全设施。

早上六点，新闻进行了现场连线。

在灰蒙蒙的平麓跨海隧道工地上，记者穿着雨衣，面容被暴雨浇得模糊，拿着话筒在暴雨中声嘶力竭。

"各位观众，我正在立安港！在这里，我们可以清晰地看到台风来临前的平麓跨海隧道跨海大桥的影子——"

律风耳边是"轰隆"的雷鸣，与电视里传来的声音相重叠，此起彼伏。

"中国新闻电视台记者丁鸿达"几个字，清晰地出现在直播画面上。

"丁记者？"律风诧异地盯着新闻画面中的丁鸿达。

"律风，你认识丁鸿达？"瞿飞也发现了老熟人，"台风来了，这个家伙怎么还没忘记播新闻？！"

"记者嘛，肯定是新闻台给的任务！"翁承先听着丁鸿达语速飞快的播报，眉头紧皱，"台风要来了，怎么还不跑？！"

在电视画面中，可以清晰地看到汹涌海浪正在拍击岸边。丁鸿达站立的位置离跨海大桥直线不到一公里，一旦台风登陆，他绝对会受到袭击。

丁鸿达的眼睛都被雨水砸得睁不开了，依然语调快速地播报情况，摄像机同步传回跨海大桥加固情况的视频。

"根据我们得到的消息，平麓跨海隧道的全体工作人员已加班加点完成了跨海大桥的加固工作，现在'利苏'已经进入平海海域范围，即将登陆，风特别大——大！"

他的声音被吹出了杂音，双脚甚至有些站立不稳，身后巨浪直立，穿过跨海大桥，拍出了一波又一波的回声。

律风在雨幕遮挡的窗前没能见到的画面，此刻在高清摄像机的镜头中看得清清楚楚。

蔚蓝的碧波变成白色，狂风席卷起超出桥面的巨浪，一层一层地砸向跨海大桥。

"台风还没登陆,浪子就两桥高了。"

"咱们后续的防风防浪设施是不是该再加几米?这么大的浪子打过去,承受不住啊。"

"'利苏'这种级别的台风几年才一次?再说,台风要来了肯定会停运。我们该担心的是台风过后的维护处理,搞不好桥面和桥缝的泥啊……哎……"

议论声夹杂在窗外的暴雨声与电视中的台风声里。哪怕工程师们亲手做了防护工作,也忍不住担心还未完工的大桥。

电视里,丁鸿达刚才还戴得好好的雨衣帽子,早就被吹得翻转扭曲。他握着话筒大声播报道:"现在风力级别非常高,根据气象局监测,利苏经过里可岛确实削弱了强度,但是我们依然可以感受到——"

他的感受还没说完,一阵狂风吹起爆音,摄像机剧烈颤抖起来。丁鸿达的雨衣都给吹破了,随风猎猎飘扬的样子像一件鲜艳的斗篷。

即使如此,丁鸿达的声音在短暂停顿后,继续传来——

"我们依然可以感受到剧烈的台风!可是,大家可以看到,跨海大桥完好无损,在台风中巍然矗立!"

信号被切断,新闻画面又回到了演播厅。丁鸿达狼狈的身影消失不见,好像他拼尽全力,就是为了站在前线,告诉全国关注着平麓跨海隧道的人民——

跨海大桥没事,它好好地在那里,我帮你们见到了!

演播厅的主持人感谢了前方记者之后,便转入气象分析。

会议室内,众人沉默地听着新闻,没有继续刚才的窃窃私语。

因为丁鸿达播报结束时的那句话,吼得他们心绪起伏,很难平静。

过了半晌,瞿飞才悠悠感慨一句:"丁鸿达真是拼啊!以前我跟师父建曲水湾大桥的时候,他也经常来现场采访。"

律风叹息一声:"等台风结束了,我一定请他吃顿饭。"

瞿飞闻言,笑道:"怎么,感谢敬业记者发回前线报道?"

"不全是……"律风解释道,"建乌雀山大桥的时候,他来采访过我,当时我对他太冷漠了。"

虽然丁鸿达再赴乌雀山时,律风当过全程导游,给他仔仔细细讲述了乌雀山大桥的建设精髓。但那次采访之后丁鸿达写的专题报道也是对他极尽赞美之能事,看得律风印象深刻。一来一往,好像还是律风欠了账。

瞿飞听完一笑,道:"这算什么啊!丁鸿达当初跟在我师父旁边,我还赶他走,叫他别影响我们工作,这小子一点儿不记仇,还是眼巴巴地跟在我们后面,就想知道曲水湾大桥的事情。估计,他早就习惯了我们这群建桥的人的坏脾气。"

律风听着瞿飞聊丁鸿达,对这个记者的认识又多了几分。

看起来年轻,说话做事却沉稳,还极富创意。丁鸿达对桥梁的喜爱远远超过了他的工作范畴,可能这也是驱使着他在台风前线播报跨海大桥实时情况的动力。

屋外还是狂风骤雨,夹杂着"砰砰砰"的声音。项目组办事处的大楼不高,众人竟然能感受到微微震颤,仿佛火车从楼旁呼啸而过,连窗户都在颤抖。

"台风登陆了。"瞿飞一句话,宣告了"利苏"来袭。

没等他继续调侃几句,电视机忽然歇菜,会议室重回一片漆黑。

"哦嚯!"

"哎呀!"

"停电了!"

黑暗的会议室变得热闹又嘈杂。大家纷纷拿出手机照出一小片光亮,没有电视看了,至少还有手机信号能保证消息畅通。

律风打开手机就见到无数短信弹了出来,他还没来得及一一阅读防台提醒,殷以乔的消息就发了过来。

"停电了。"师兄的担忧永远及时,"你们还开会吗?"

律风抬头看了看周围亮起的微弱光源,连翁总工都在刷新网络,获取最新消息。

"可能要。"律风不是很确定,"等雨势变弱,我们就要出门检查。"

这种级别的台风对普通居民来说,尚且可以在家休息,对他们来说,却必须持续不断地工作,不能松懈。

事前加固,事后检查。熬过一夜的众人,依旧无法放松下来。

律风跟殷以乔用文字聊起新闻直播里的画面,还有差点被风吹走的丁鸿达。

会议室里,打着哈欠聊天的人不在少数。

翁承先确认了台风会持续两三个小时后,便说道:"大家都回宿舍休息吧,保持联络,等台风结束了我们再集合。"

彻夜未眠的人群,慢慢往办事处的休息间走。

为了方便这群彻夜驻守平茏跨海隧道的人,办事处的休息间像学生宿舍一样摆放着高低床,供他们临时休息。

律风困得不行,还是在补眠之前给殷以乔打了电话。

"你们工地怎么样?"他问。

"应该没事,博物馆很牢固,广场还没开始铺……可惜那些小树苗了。"殷以乔的声音带着遗憾,"它们可经不住这么大的狂风。"

综合旅游区移植了不少树苗,等着三五年后长成参天大树,供游客乘凉。可惜,台风一来,三人合抱的大树都会被吹断,更不用说那些刚刚种下的小树苗了。

律风捧着手机倒在床上,听着殷以乔惋惜着树木,感慨幸好提前检测了麓岛的建筑隐患,很快沉入梦境。

梦里有树,有桥,有狂风。

直到被瞿飞叫醒,他才发现手机滑进了被子里,通讯也早就挂断了。

"起来了。"瞿飞眼神疲惫,也不知道有没有睡一下,"师父说先去看看桥,之后再休息!"

立安港的大雨没停,但雨势小了许多。工程师们撑着伞,穿着雨衣走出办事处,直奔不远处的跨海大桥。

在滂沱暴雨过去之后,漆黑的天空变得灰蒙蒙。好在台风已经离开了立安港,足够他们怀着忐忑的心情,好好检查超强台风后的桥梁。

桥面留下了淤积的泥沙,工程作业船的甲板上也满是泥泞。清扫工作和检测工作同时进行,再大的风,也挡不住一群焦急的人扛起仪器设备,穿上安全防护,走上跨海大桥。

翁承先站在跨海大桥前的工地上,等候着前方检测人员的汇报。

律风站在他身边,看到他拿着对讲机,踏上高压水枪冲刷后的高速公路桥面。湿褐色的泥土仍留在缝隙里,他抬手一抹,手掌里尽是浅浅的海底泥沙。

对讲机里陆续传来"检查完毕""没有故障"的声音,翁承先站在原地,与跨海大桥并立。

整整五个小时的紧急检查,确认了平麓跨海隧道跨海大桥、人工岛与麓岛地面建筑都没有受损,更没有移位的迹象。

正如丁鸿达在新闻直播里传来的画面那样——平麓跨海隧道面对台风狂浪,无所畏惧。

检查完毕之后,所有人站在跨海大桥前端聆听翁总工的讲话。

翁承先拿着话筒,站在雨中,感谢所有建设平麓跨海隧道的同事们、朋友们,也感谢全国人民的关注。

新闻电视台的记者将这一席报平安、壮士气的讲话，记录在摄像机里。

"'利苏'是平麓跨海隧道建设过程中遭遇的第一个超强台风，当然，它不会是最后一个。从今以后，我们依然要建好桥，守好桥，完成……完成平麓跨海隧道的后续建设……"翁承先说着说着，忽然哽咽起来，他擦着眼泪，几乎没法继续说下去。

瞿飞赶紧上前一步，接过了师父的话："接下来，我们要打起精神，做好准备，为平麓跨海隧道的建设团结一致，开拓进取！"

记者的采访还在继续，瞿飞留了下来，律风则陪着翁承先回到了室内。

翁承先接过律风递来的纸巾，难为情地摇了摇头，说："年纪大了，多愁善感。以前我们没有这么好的桥，更没有这么好的设备。现在你看，再大的台风，我们都扛过去了。我心里啊……"他叹息一声，摆摆手，"我心里高兴。"

"刚才我见到桥上留下来的那些泥印子，觉得好像是他们乘着波涛而来，亲自检验了跨海大桥之后留下的痕迹。"翁承先的嗓音仍有些哽咽，"桥没事，桥很好……我啊，高兴！"

他没有说"他们"是谁，只是拿出工程安排，红着眼眶仔细谋划后续的进度。

可是律风心中隐隐觉得自己知道"他们"是谁。

"他们"是那位他素未谋面的、为平麓跨海隧道项目执着一生的上任总工，是一九九六年大台风吹垮桥梁时、不幸牺牲的年轻的桥梁前辈，还是千千万万为了中国桥梁奉献了毕生心血，却没能等到平麓跨海隧道建成的人们。

狂啸而过的台风，仿佛是"他们"大笑归来的声响。

"他们"的灵魂裹挟在穿桥拍岸的白浪里，波涛如山，磅礴宣告：我们见到了，桥修得很好！

第六章

CHAPTER 06

风雨同舟

台风过去半天,平麓跨海隧道被宣布完好无损。

台风过去一天,受灾省市完成了紧急救援。

台风过去两天,立安港拨云见日,天气晴好。

平麓跨海隧道的建设团队终于可以放心轮休,一群台风前后连轴转的工程师、建设者,得到翁承先许可,先行休息。得知桥梁没有受损,他们被台风惊扰的心情变得轻松愉快。

律风满脑子想着睡觉,走在被高压水枪冲洗过的街道上,人都浑浑噩噩的。

他还是不太能熬夜。律风想起瞿飞活蹦乱跳的样子,忍不住感慨这人不愧有着一米九的大体型,熬夜的能量都比其他人充足。

临近中午,殷以乔站在综合区的建设工地上,收到了一条消息——

"回来了,我睡觉。"

简短中透着强烈的疲惫,看得殷以乔无奈一笑。

余工跟殷以乔搭档几个月,还没见过殷先生这么温柔的表情,拿着准备递过去的表格愣住了,直到殷以乔收好手机,恢复了平时一脸冷漠的精英模样,才回过神来。

"殷先生,您看看,这是这次台风受损的情况以及需要采购的物品,我都做好统计了。"

综合旅游区的建设并未受到什么严重影响。主要因为余工是本地人,对这些常年遭受台风暴雨折腾的老建筑非常熟悉。殷以乔做防台加固时,有很多东西不清楚,他都能极为迅速地帮上忙。

只可惜,移植过来的小树苗没法救了。之前时间紧迫,他们只来得及给树苗装上防风链,等台风过后检查现场时,才发现树苗折断了很多,只剩下一地狼藉。幸好,残枝没有飞出去砸物伤人,工地也没有受到什么重大损害。

殷以乔清点了破损扭曲的钢管架子,核实了采购物品,这才在清单上签了字,道:"这两天辛苦余工了。台风过后都不容易,等大家把场地清理完毕,该休息就休息,有老家受了灾的,如果可以批假回去救灾,就让他们回去吧。工期不急。"

余工接过单子。

殷以乔是他见过的最悠闲又最好说话的建筑师。别人都赶天赶地，恨不得立刻见到自己的设计作品被建好，殷以乔却像雕琢艺术品一样，保持着英国式的工作习惯，从来不催工期。要是换个人或换个项目，政府都该跳脚了，可偏偏是殷以乔，又偏偏是为了平麓跨海隧道修建的配套工程。

余工见殷以乔要走，随口问道："这个点，殷先生又去看跨海大桥啊？"

殷以乔微微挑眉，想起自己平时眺望的人已经回去睡觉了，嘴角自然地勾起笑意："不，我回去休息。您也早点休息吧。"

台风过后的街道变得泥泞，好在工地离酒店不远，殷以乔没有开车，一脚深一脚浅地踩在雨后湿滑的街道上。

立安港的防范工作做得不错，近两年新建起来的楼房具备充分的抗击台风的能力，即使是"利苏"这样的狂风，也不过是吹折了树枝，吹来了泥土。

殷以乔常年在英国，极少去气候恶劣的地方。他没有见过那么可怕的台风，也没有见过那么迅速的救援。

阳光下，无数穿着工作服的市政工作人员正在设立警戒线，立起临时标牌。"利苏"过境才两天，这座繁忙的城市已经回归了平时的生活。

以殷以乔的认知，几乎找不到任何一座城市在遭受重大灾难后，恢复速度如此之快的国际案例。救援效率、复原水准，这些都代表着一座城市的核心保障能力。在立安港，不会出现烂了半年还没人管的路，更不会出现被台风摧损后无人修缮的电桩。

殷以乔绕过正在用起重机吊起断裂树干的施工队，升起一种与他们奋斗在一起的荣誉感。

即使没有身处平麓跨海隧道，他也清楚地知道——那座矗立的桥梁受到了无数人的关注，而它代表的超凡技艺，将会震撼整个国度。

酒店客厅亮起柔和的灯光。

趁着律风在睡觉，殷以乔正打算处理一下邮件和文档，却听到卧房里传来轻微的新闻播报声，他想也没想，打开房门，就见到裹起的被子边缘透出亮光。

"不要在被子里玩手机，伤眼。"殷以乔随手开灯，顺便帮律风打开电视，调到新闻频道，"想看新闻就起来看。"

小睡一觉后醒来的律风终于关掉手机，懒洋洋地爬起来。

他熬了两天两夜，中途虽然休息了两三个小时，也忍不住倦意。但是，人越困,似乎越不需要睡觉。他整个人沉在梦境中,满脑子想的都是桥梁和海洋,睡了不到一小时,又忍不住刷起台风相关的新闻。

翁承先说的那番话,始终盘旋在律风心中。

中国桥梁早期一直被外国力量把持,是全国人民倾尽所有,才终于重新掌控了自主权。老一辈走了那么多弯路,付出了那么多代价,才有了他们今天在平海上架起的这座隧道桥。

律风深深觉得,自己能做的事情太少太少。

床头的电视机里播放着各省市防台抗洪的情况。在平麓跨海隧道工程的全体成员抓紧时间检查大桥时,市政相关部门和武警们也在清理城市里折断的树木和广告牌,迅速恢复了供电,并且排出了涌入的洪水。

这些画面之中,永远不缺记者的采访。

他们采访的对象,无论是穿着背心短裤的老大爷,还是背着书包的小学生,都没有任何惊恐。

"风很大,台风来那天确实很害怕。但是早上起来就看到政府的人在清理树枝和垃圾,忽然觉得也没什么好怕的。"

"我见过好多次台风了,风大了点,石头还砸得'哐哐哐'地响,可是我一点也不怕。"

只有真正生活在安宁年代、拥有着可靠保障的人,才能在遭遇十六级超强台风之后,说出"不怕"二字。新闻画面上,往来行人与抢修队伍各自保持着界线,又和谐融洽地同框入镜,看得律风精神一振,心中的多愁善感也被驱散了不少。

中国确实遭遇了太多苦难,人民也经历了无数磨砺,但是自怨自艾改变不了过去,生活必须得向前看。

律风抓了抓乱发,掀开被子站起来。

"走,我们去吃饭。"他捞起衣服外套,"吃完顺便去看看桥。"

万众瞩目的跨海大桥,吸引了无数凑热闹的民众自发前往围观。

他们大部分人都在新闻里见到了白浪拍击铁灰色大桥的样子,所以他们来到海边,便很快找到了记者站立过的地方。

律风和殷以乔吃了饭,像饭后散步一般,慢慢往平麓跨海隧道走。隔着远远的距离,能见到大桥附近已经站满了不少拍照打卡的观众,还有拿着话筒的记者在实时播报。

全国人民都在关心着这座桥。

海风一吹，律风感觉自己又缓过气来，身上又有无限动力可以支撑着他回到工地继续战斗。

"我们到岸边拍个照。"律风指了指前方，"老师在麓岛那边都给我拍照发过来了，我们也得好好汇报情况才是。"

老师发来的视频，律风都仔仔细细地看完了。

麓岛作为多台风多地震的地带，哪怕"利苏"没有正面登陆，岛内建筑和道路也受到了不小的影响。

幸好这次重建危楼、修复桥梁的建筑公司派来的都是经验丰富的工作人员，从接手那些破败的大楼和偷工减料的桥梁开始，他们就以能抗震、防洪或防台的标准，围好了钢管立柱，所以重修的建筑都没有遭受到损害。

但是……麓岛的一些老楼房就惨了，大雨瓢泼而下，墙瓦浸水，受灾情况竟然比台风正面登陆的几个省市看起来还要悲惨。

视频中，殷知礼的语气里有难过，有高兴。

难过的是见到民众受灾，地方政府的救援动作却依旧迟缓；高兴的是，那座铁灰色大桥安然无恙，重建项目质量优良，连富云县临时搭建的公路桥都比垮塌的富云桥坚固好几倍。

律风向殷以乔转述着麓岛的情况，没等他们走近观景人群，忽然传来一声熟悉的呼喊。

"律工！"

年轻跳跃的声音，是丁鸿达无疑。

穿着T恤和长裤的丁记者，仍旧挂着他的记者证，满脸笑意。但是他那张脸，像极了三四十岁的中年人，一点儿也没律风记忆中的年轻气盛，反而满是狂风肆虐后的沧桑。

"丁记者。"律风略微诧异，"你没休息？"

"休息什么呀！"丁鸿达的声音一点也不见疲惫，"我们做记者的，台风前、台风后都要冲到最前面，给全国人民带来平麓跨海隧道的现场报道！"

也许是他笑意灿烂，也许是他言辞恳切，被风吹得苍白粗糙的脸颊，都透着朝气蓬勃的血色。这是律风认识的丁鸿达无疑了。

"行。"律风完全认可他的斗志，"既然丁记者想做报道，不如待会儿我带你们去工地。我跟翁总工申请一下，他肯定会同意你们到现场记录台风后的跨海大桥。"

记者原本是不能随意进入平麓跨海隧道建设现场的，然而，律风觉得，这么一位心系桥梁的记者，一定可以得到翁承先的许可。

果然，丁鸿达听了这话格外高兴，脸笑得像朵花儿，连说"好好好"。

然而，他没急着催促律风动身，而是招呼自己的同事，拿过了相机。

丁鸿达性格里有天生的腼腆和认真，他打开相机，伸到律风面前，像分享重大秘密似的说道："律工，其实我来打招呼真不是想蹭采访。嘿嘿，我跟同事这几天一直在跨海大桥附近，虽然新闻直播中断了，但是我们手上有最漂亮的桥！"

丁鸿达选出自己最满意的摄影作品，在律风面前展示台风天惊涛穿桥的震撼景象。

"我们的摄影师一直在拍跨海桥的视频。雨水那么大，我们的伞都差点撑不住，幸好还是拍了不少能用的视频。"

他骄傲的神情与身旁同样沧桑的摄影师如出一辙，仿佛在台风面前任何事情都微不足道，重要的是这风雨中昂首挺胸的桥梁。

律风被他们惊得无话可说，摄影师给他回看的视频，白浪泛着黄，扬起来比桥还高，几乎是台风来临时最危险的场景。

律风心中一阵后怕，又忍不住佩服道："我想，你们的照片、视频放出来，网友肯定会把它们安利上头条。"

丁鸿达的笑容无比明亮："可是，我是希望律工你做的视频上头条。"

律风诧异地看着他。

丁鸿达却真诚无比，他说："咱们乌雀山大桥的夜景，美得外国人都在称赞。那台风刮过平蘢跨海隧道，跨海大桥屹立不倒的场景，不吓死他们呀！"

丁鸿达的热血赤诚，激得律风说不出话来。他忽然有点明白了，这些记者冒着台风，在岸边录制海浪拍打大桥的场景，就是为了等他做出一则跨海大桥不惧风雨的视频来，一举击碎外界的所有质疑。

律风刚刚的悲春伤秋，彻底没了干净。他心里已经有了无限宏伟激昂的场景，不需要什么人工曲调，只需呼啸的雨声、风声、浪潮声，就能演绎出一幕惊天动地的乐章。

"好，吓死他们。"律风笑道。

让他们都瞧瞧，这就是中国的桥梁。

中国国际救援队在"利苏"登陆中国一周后，启程前往菲禄。

已经抗洪抢险整整十天的菲禄政府，正在清点台风造成的损失。

近百万居民失去了住所，大量难民聚集在避难所，政府与民众都在期待中国的援助物资和医疗队伍。

在远离受灾地的菲禄首都，议员约马尔正在听国内的建筑受损情况汇报。

"在'利苏'的袭击下垮塌的桥梁共计十七座，受损桥梁三十三座，房屋垮塌情况还在统计中，但是数量不会少。以及，您比较关注的——"

汇报的人翻开下一页，声音显然小了许多。

"中国在我国境内建设中的兰西工业园、瀑帕大桥、米书公路，遭到不同程度的损害。"

约马尔烦躁地转过视线，沉声问道："不同程度的损害是什么损害？"

"呃……"汇报的人尴尬道，"施工警戒牌被吹走了，大桥的建设防护架变形，还有……还有工业园的临时大门——"

"除了这些呢？"约马尔一脸震惊，"他们没有遭到其他的损失吗！"

汇报人只能如实告知："约马尔先生，您是清楚中国建设能力的。'利苏'这样的十六级台风对他们的建筑来说，并没有什么破坏力。您看，他们那座横跨平海海峡的大桥，直面'利苏'之后，也是毫发无损。"

"这怎么可能？"约马尔当然清楚，桥梁越长越脆弱。平麓跨海隧道还没建成，两岸长度加起来已经超过了十公里，应该和树枝一般，风一吹就断了。

可是，它竟然完好无损？！

约马尔心中满是怀疑："你确定这不是媒体用来安抚民心的假消息吗？"

"应该不是。"汇报人神情平静，语气却止不住惊诧，"他们的电视台播出了台风登陆时的视频——像海啸一样恐怖的白色巨浪，打在跨海大桥身上，却没能撼动它分毫！"

中国记者总能够在大家都意想不到的时候，拍到让人震撼的视频。以前是乌雀山大桥建设时的夜景，现在居然是"利苏"过境时绝无仅有的平麓跨海大桥视频！

白色巨浪，铁灰色桥梁，阴沉沉的天幕之下，跨海大桥宛如一道水天分界线，阻挡咆哮的浪潮踏破陆地。

那桥梁岿然不动的景象，仿佛是平麓跨海隧道的又一次特效展示，偏偏震耳欲聋的风声和雨声，瞬间将所有人带回了台风到来的那天，令人迅速反应过来——这段视频，绝对是不要命的摄影师冲到前线近距离拍摄的！

观看视频的观众还没来得及喊出来，就被一个高过大桥两倍的浪头吓到噤声。"利苏"卷起的狂澜来势汹汹,以极快速度逼近,画面让人屏住呼吸。

按照人们过去的认知,这样的桥梁在巨大的灾害面前,本该脆弱得不堪一击。水拍海岸的声音如此沉重,似乎这奔涌而来的巨浪必将狠狠拍碎这纤长如线的跨海大桥。

然而,白浪穿桥,黄泥翻涌,大桥不动如山!

桥身上六方三角的镂空支撑结构,成了跨海桥梁疏通巨浪的天然渠道。桥底直插海底的坚固基座,使它在狂风巨浪里依旧傲然直立。

镜头在风中被吹得微微偏斜,唯独那座桥梁在风中站立,好似一位悠然的高手,以四两拨千斤的巧力,化解了致命的攻击。

短短的视频,如实展现了平麓跨海隧道不为人知的一面。

围绕它的所有担忧、疑惑,都在观看视频的过程中变成惊诧,观众亲眼见证了平海之上屹立不倒的桥梁,是如何在台风之中泰然自若的。没有激动人心的配乐,没有特殊炫技的特效,却深深击中了每一个人的心。

于是,一座桥梁迎战台风的视频,被自发地传播到了无数社交平台上。

本是钢筋水泥浇筑起来的死物,却展现出中国人打不垮、压不弯的气节,使台风肆掠带来的浓重悲怆转变成了让人热血沸腾的骄傲和自豪。

许多距离平麓跨海隧道数千公里远的观众,也不由得对这座桥梁产生了纯天然的亲近。

更多不曾认真关注过平麓跨海隧道的人,通过一则视频,直观地感受到了这座桥所代表的更深层次的意义。

这则视频还引发了全国各地网友的共鸣,又借由着发达的网络,从国内传往国际。

一开始,只是殷知礼这样热爱分享中国见闻的人,在自己的主页上转发了视频。后来,四散于全球、热衷于社交网络的外国网友,也感受到了这座铁灰色大桥的震撼力。

它不像舰队航母般坚硬,却透着一种令人望而生畏的气质,再配上"十六级台风登陆中国""平麓跨海隧道在十六级台风中毫发无损"的说明,不禁让众多外国友人感叹——

中国在平海建造的不是桥,而是钢铁长城!

他们惊呼着"上帝的作品""只有神明能够创造的奇迹",却永远不会理解这座桥梁背后,那些实干派的建设者到底有多么可爱可敬。

但是,菲禄负责检查建筑工程受损情况的官员们,亲眼见证了中国建筑的不可思议。

他们惊异地发现，貌似……中国在菲禄境内，也修了一座不畏台风的钢铁大桥！

"这怎么可能呢？我从事建筑工程三十多年，从来没有见过在经历十六级大台风之后还一点问题都没有的桥。"

"戴维斯先生，请您务必仔细检查一下。这可是我们瀑帕河未来最重要的桥梁，经不起任何闪失……"

来自中国的施工员在一旁认真工作，听到这些对话，不禁偷偷笑出声。

怀着难以置信的心情，菲禄检查瀑帕大桥建设情况的队伍，在这座跨河大桥周围转了一上午，也没发现什么安全隐患，最终神色复杂地离开。

人刚走，一群假装努力工作、连桥桩子都擦得纤尘不染的施工人员，立刻跑到大门去等，终于等到了总工易兴邦回来。

"易工，怎么样？比奈没话说了吧！"

"刚才我看他走出去的时候那傻掉的样子，就知道他又要怀疑人生了。"

"那是，这可是我们建的桥！"

工程师和施工员们说起话来叽叽喳喳，吵得易兴邦头痛。易兴邦正了正安全帽，黝黑的皮肤上渗起一片热汗。

"这次检查没问题，我们还是按自己的计划，继续施工，争取早日完成。"

他公事公办毫无情趣的回答，引得工程师格外不满。

"老易！你就不能透露点儿内幕，给点儿好消息吗？"

易兴邦看他一眼，忽然扬起浅淡笑意："好消息？有啊。跟救援队一起来的记者会到我们这里采访，想上镜的都可以准备准备了。"

对于远离家乡的菲禄援建团队来说，有中国记者到来确实是好消息。一众忙碌的建设者，在黄昏收工之后，兴冲冲地往食堂赶。也许只有这个时候，他们才觉得工地上简陋的食堂透着家的味道。

随医疗队来到菲禄的记者，在接下来几天，将会走遍中国建设团队负责的重大工程。他们刚到瀑帕大桥，就见到了食堂里坐得满当当的施工人员。

易兴邦穿着蓝白的工服，介绍道："这就是我们工地的全部成员，'利苏'登陆时，我们工地没有出现一例伤亡，顺利完成了防台风工作，保障了瀑帕大桥的安全。"

记者见到这群朴实安静的建设者，不禁问道："那我们明天可以跟着大家上工地，拍下大家建设瀑帕大桥的景象吗？"

"可以,不过我们有一个要求。"易兴邦道。

记者:"您说。"

易兴邦说:"帮我们录一段集体合影,放在你们的新闻里吧。"

新闻电视台一直在跟踪报道中国援菲的情况,援助菲禄难民的医疗队伍,运送救灾物资的飞机班列,还有记者采访援菲基建队伍的场景。

由于在台风中受灾严重,菲禄给中国观众留下了惨不忍睹的悲情印象,但是,中国观众不一会儿就发现,从菲禄传回来的新闻视频里,那些基建人员的工作状态居然和在国内大干三百六十五天时的气势相差无几。

四周都是垮塌的房屋,唯独中国建设队驻守的工地,几乎没有任何损伤。

律风从电视上看见熟悉的单位名称,便放慢了吃饭的速度。新闻采访中,工程师仔细介绍着菲禄的项目情况,有条不紊的语气让他颇为欣赏。

"嘿,这不是小易吗?"瞿飞端着餐盘坐过来,盯着电视机惊喜道,"想不到三总五项不是传说,等他回来,恐怕连我都要叫一声易总工了。"

他语气轻松,显然是在调侃在电视新闻里接受采访的"易兴邦"。

"什么三总五项?"律风问道。

瞿飞夹着筷子咧嘴笑:"三年当总工,五年当项目经理咯!以前小易跟我混的时候,还只是个刚毕业的愣头青呢,这才几年啊,已经是易总工啦。"

愣头青?律风耳边都是易兴邦沉着冷静的声音,完全不能想象他曾经是个愣头青的样子。

等律风转头看回电视画面,刚才皮肤黝黑、戴着安全帽的熟悉面孔,已经被瀑帕大桥宏伟的身躯取代。

这座桥梁横跨深谷,两岸土壤泥泞,植被遭到了不小的破坏,一眼就能看出是经过了台风的无情肆虐。但是,瀑帕大桥本身稳稳地立在那儿,安然得都显得有点突兀了。

"厉害啊。"律风感慨道,"'利苏'刮过去,居然没影响。"

"律工怎么回事?"瞿飞用眼神戳他,"咱也没受影响啊!"

律风笑了笑,不回他,低头吃饭。

平耲跨海隧道没受影响,那毕竟是建在中国。瀑帕大桥远在海外,又遭受了"利苏"的正面袭击,建设队伍在异国他乡,还能像在家里搞建设一样保质保量,足够让他感到惊奇和开心了。

然而,更令他开心的在后面。

新闻采访的最后一个镜头,竟是建设成员拉着中国援建瀑帕大桥的队伍的横幅,站在大桥工地前。镜头缓缓掠过,刚好能让观众看清这一群身在菲禄的中国建设者。他们皮肤黝黑,笑容却格外灿烂——

"瀑帕大桥建设团队,祝祖国繁荣昌盛!"

整齐铿锵的声音传来,整个平麓跨海隧道的食堂也爆发出一阵兴高采烈的欢呼。同样是做桥梁建设的人,他们与远在菲禄的建设团队感同身受。

律风盯着电视机看了许久,直到新闻开始播放菲禄其他地区的受灾情况,他才愣愣地继续吃饭。

中国的国家政策与国际化进程紧密相关,在一带一路的政策下,中国基建队伍不仅去往菲禄,还遍布全球,在各个技术相对落后、资源相对匮乏的地方,发挥着中国人的光和热。

也许是一场台风,让他想得更多。

要是"利苏"没有在菲禄境内受到削弱,它到达中国时只会更加猖狂。作为邻里邦友,中国援助菲禄,是在履行国际主义职责,也是在援助自家留在菲禄的同胞。

这个世界早就不像过去那样闭塞,如今的中国人无论在哪里,都有强大的祖国护航,而中国也在不断兑现承诺,展现泱泱大国该有的责任与担当。

律风随身携带的速写本上,早已勾勒出了无数座船型建筑的模样。

他最终的设计拥有迎风猎猎的帆型曲线,和笔直矗立的桅杆造型。他觉得,这应当就是老师所说的"似船非船"了——既可以安居一隅,又能随时启航。像这位易总工一样,走到异国他乡,依旧是中国的铮铮脊梁。

周末休息,殷以乔回到酒店,却发现律风端坐在电脑前,忙碌于建模。

那是一栋银灰色的建筑,立于崎岖的悬崖边。

曲线温和的立面鼓起轻柔的弧度,盈满了风的气息;宽敞的平台一层一层顺阶而下,与它脚底蜿蜒的道路一起组成了奇妙的延展,好像一条一条简笔波浪,托起了一艘前行的大船。

"这是船型建筑?"

律风点点头,手上动作不停:"应该算作'山水逍遥'的CBD。"

别人家的中央商务区都是高楼林立,"山水逍遥"的中央商务区却山崖重叠。每一层裂痕、崖缝都与大船的船舱相连,船体和山体牢牢固定,但又仿佛能立刻扬帆远航。

"好奇怪的意象。"殷以乔没见过在山上造船的,"你是怎么想的?"

"嗯……"律风停下点击鼠标的指尖,"一艘诞生在永不崩塌的山峰上,能让人安居避世,也能在关键时刻救济众生的大船。"

"诺亚方舟?"殷以乔偏偏头。

律风挑眉看向殷以乔,并不惊讶于他脱口而出的西方神话概念。但是,律风果断地否定了。

"不,这不是诺亚方舟。"他说,"我们中国人的信念里,向来是遇山移山、遇水治水,没有放弃家园逃跑的传统。所以,这是中国的'同舟'。"

建设于坚不可摧的山峰之上,行驶在情怀相同的心胸之中,无论千山万水,无论种族国籍,只要齐心协力,便可同舟共济。

殷以乔听完,心中感慨万千。

"同舟共济"的典故,他小时候听爷爷说过。

孙子曾道:哪怕是互相仇恶的吴国人和越国人,同乘一艘船时遇到风浪,性命危急之时,也会像亲兄弟一般共克难关。这便是文化中传承下来的"同舟共济"。只不过他没想到,律风会以这个寓意,设计出一艘"同舟",揭示他理想的未来。

凡同道者,便可登上救济众生的中国船,一起渡过难关。这像极了如今中国的外交姿态,有恩必报,或者……以德报怨。

殷以乔忽然觉得,西方神话里流传许久的诺亚方舟,此刻却比不上眼前这艘漂亮的"同舟"了。

他无奈地笑道:"看来我的画画早了,不然你的'同舟'应该作为CBD建筑,占据最重要的中央位置。"

经殷以乔一说,律风倒想起来了:"你的画呢?"

"等你忙完回家,我第一个给你看。"

平陇跨海隧道的项目在这儿,律风至少还会在这里待上七八年。殷以乔忙于设计综合旅游区,更是无暇顾及其他的事情。因此,那幅尚未完成的油画一直留在今澄市的家里,等两位大忙人双双把家还,再对它进行最后的完善。

律风得到了"观画第一人"的保证,心里高兴无比,可半晌,他又想起自己没送过殷以乔什么东西。

律风自认没什么特别擅长的领域,画画没师兄厉害,衣物装饰的鉴赏水平也赶不上师兄,只能做做还算拿手的设计了。于是,他问:"师兄,你做完综合旅游区的项目,有没有想过在国内建一座事务所?"

"嗯?"殷以乔困惑地看着他,"我有事务所啊。"

虽然正式员工只有他一个人，其余人都是根据工作需要临时雇佣，但的确是货真价实的事务所。

"我是指，建一座。"律风强调道，"设计建造。"

像殷以乔这样著名的建筑师，离开C.E建筑事务所后，早就应该拥有自己的专属领地。不管是在商业中心的繁华大楼，还是在僻静清幽的别墅区，"殷以乔建筑事务所"这个招牌，就该跟光芒闪耀的C.E一样，成为城市的地标。

然而，殷以乔似乎浑不在意。

"有没有事务所无所谓。"他盯着律风电脑屏幕上银灰色的"同舟"，"我已经上了你的船，你去哪儿，我去哪儿。"

律风有点绝望。他那个平时温柔体贴、善解人意的师兄呢？这时候不应该立刻领会他的意思，来一句"那你给我设计"吗？师兄对他的期待值到底是有多低？

律风的反思还没得到结果，桌上的手机就疯狂闪动起来，和瞿飞催他返工时一模一样。

律风迅速点开，却发现消息框里跳出来的不是瞿飞，而是他那位时不时聊上两句的澳大利亚老朋友。

"大神，我准备来中国！"佐特尔的文字和性格一样跳脱，"我想做一场关于中国的音乐会！"

第七章

CHAPTER 07
战舰归航

佐特尔作为一名澳大利亚华人，在律风眼中的形象一直是一位心血来潮的艺术家。

见到这条消息时，他心里没有半点波澜，而是开始计算：嗯……大约，这是他认识佐特尔以来，第十一次或者第十二次听到他说要来中国吧。

借着回归大自然，尝试突破自我的佐特尔，现在的音乐创作风格更加洒脱。他深入海洋，横跨沙漠，一直在澳大利亚那片风水宝地活动，越来越能够感知到自然的奥妙。

他无数次在创作视频里、在社交媒体上感慨：好想去一趟中国。

却迟迟没有动作。

他就像那位"叶公"，极尽溢美之词，盛赞远在东方的巨龙。真正要接触它的时候，又生出恐慌和害怕，不敢走得太近。

律风完全理解这个年轻人，毕竟他在英国的时候见过不少这样的华人。他们诞生在英国，成长在英国，学习着英国的文化习俗，在英国工作生活，不会说中文，不会读汉字。中国对他们而言，只是一个挂有"祖国"头衔的概念，他们走遍全世界，却不一定会回到中国。

也许是近乡情怯，也许是另有顾虑，总之，无论律风当年怎么谈论中国，他的那些华人同伴都不愿参与这个话题，始终保持着礼貌与疏离。

只不过，律风以为佐特尔会不太一样。这家伙精通汉语，甚至颜文字，国内的论坛网站玩得比律风还顺溜，完完全全的中国内核，根本就是当代二次元青年典范。

律风"哼哼"一声，抬手打字："欢迎欢迎。"

看起来热情无比，对待同胞如春风般温暖。事实上心里想的是——空头支票，来了再说。

得到了大佬秒回，佐特尔显然特别高兴，发过来一连串语音消息。

律风还没来得及用"转文字"刷出内容，就听到殷以乔问："瞿工在催你回去了？"

"不是，一个小朋友。"律风赶紧简单回了一个"好的"，放下手机。

这么多年过来，律风深懂殷以乔之于他的意义。他露出笑容，装作无事发生般说道："师兄，再帮我看看'同舟'的模型吧。"

周一早上，律风凌晨四点出门，早早地到达了立安港机场。

平麓跨海隧道建设队伍一行人三三两两聚在一起聊天，他们这次是受邀前往麓岛协商后续工程，所以破天荒地没有乘船沿着隧道去麓岛，而是坐飞机，由麓岛地方政府报销。

瞿飞正和翁承先低声说什么，见律风来了，眼睛一亮："嚯，你背个电脑是要赶文件？"

"不是。"律风笑道，"有点私事。开完会需要用电脑，所以就背了。"

律风很少背电脑。瞿飞常常见他只拿个速写本出门，能记事，能画画，还不占地，搞得瞿飞有样学样，买了个掌心大的白本子用。只可惜，师父看过他的跟风行为之后，直言不讳道：律风用速写本勾勾写写的样子像个大艺术家，他就像个海鲜大排档点单的服务员。

一行人赶了早班飞机，前往麓岛。

虽然会议过程枯燥，还有麓岛地方政府的工作人员慢腾腾地拖时间，但也不影响律风愉快的心情。

他频繁往来于海峡两岸，每一次前往麓岛的心情都不同，而这一次，是雀跃。

他背包电脑里，是周末跟师兄一起渲染修改的"同舟"设计图，老师一定会喜欢。

殷知礼在台风之后，没有急于埋头修改大船设计，而是带着助理一起，走遍了祖国大地。他每走到心心念念的地方，都会给律风发回视频、照片，仔细讲述自己的感慨与欣慰，即使殷以乔抗议道自己才是他的亲孙子，也无法换回爷爷固执的心。按照殷知礼的说法，他只有跟了解中国、深爱中国的孩子，才有共同语言。

所以，律风无比期待老师看到"同舟"。这艘由他和师兄一起设计，传达出对中国深层理解的船舶，也许能够给老师带来新的灵感。

会议结束之后，律风没有立刻入住酒店，先去了殷知礼的临时办公地点。

殷知礼刚从乌雀山大桥回来，说起自己乘车过桥的事情，兴奋得哈哈大笑，拍的视频都充满老顽童的快乐。

律风见到他时，几乎是迫不及待地拿出电脑，将"同舟"展现在他的面前："老师，这是我的师兄一起做的模型！"

殷知礼好久没见过这么学生气的律风了。一时间好像回到了英国独立建筑学院，他站在台上授课，律风拿着速写本过来，给他看自己按照教学内容画出的简单结构。

殷知礼高兴地凑过来，微眯着眼："好，好，我看看。"

他笑容温和，仔细端详着屏幕上的银灰色建筑物。船舶建设于山峰之上，沿着陡峭山壁走势，展露出独特而尖锐的气质；但毕竟是一艘船的造型，故而又透出一丝别样的广博温柔。层层叠叠的船窗开在山棱之间，好似山中的一条缎带，美不胜收。

"同舟，同舟。"殷知礼念叨着这个意味深厚的名字，如获至宝，"同舟共济，风雨同舟！"

老师果然是能够领会"同舟"之意的人。律风慢慢地阐述着设计理念，得到老人欣慰赞许的目光。

殷知礼缓缓说道："我去过很多地方，看了很多山，可是不知道为什么，只有中国的大山能够给我最深的感触。

"咱们的祖先就好像你设计的这艘'同舟'一样，脊梁笔直，心有天下。"

他摘下老花镜，质疑道："我不太相信是以乔跟你一起做的这个模型。这看起来根本就是你一个人的作品。"

事实上，的确如此。殷以乔可以帮助律风挑出整座建筑物设计的错漏，弥补一些建模缺陷，渲染出合适的光影。但是，在设计理念和对中国的理解方面，殷以乔完全帮不上什么忙。

可律风仍旧坚持道："不，这是我和师兄共同的作品。师兄说小时候您就告诉过他'同舟共济'的典故，所以我们一起做了同舟共济的大船。"

他维护殷以乔的样子，在殷知礼眼里，正如小孩子们互相袒护的模样。殷知礼比律风更清楚自家孙子——做别的建筑还行，做这种具有中国文化特色的建筑……怎么可能比得过律风呢。

殷知礼也不跟律风争辩，他嘴角上扬，走到工作台边，启动了电脑和投影仪，又拉上了窗帘。办公室里灯光变暗，投影仪照射出耀眼的光。

殷知礼说："既然我见到了你们的作品，那我也给你看看我的作品。"

投射在墙面上的作品，不再只有简单的黑白线条，而是一幅全景渲染的设计概念图！

律风能够看见熟悉的平海景色，长虹般的大桥，还能看到一幢闪耀着水晶般的色彩，绚烂辉煌的宽阔高楼！

第七章 / 战舰归航

它有着恣意陡峭的边缘，外层连接成无数V字线条，突出的三面尖锐造型仿佛并行的三条船只，而后方流线型的设计，则像是另有两条船正朝着船队的方向，掀起滔天白浪而来。

这仅仅是律风的揣度。这样尖锐突出、气势如虹的立面体，更像一种前沿新颖的抽象艺术，实在看不出具体的船舶。老师的设计早已不再局限于"船形"，而是走向了"船意"的境界。幸好，律风对这样的雄浑气魄略有所感。

"老师……您做的是舰队造型？"

"嗯。"殷知礼表示十分肯定，快乐地笑道，"走遍了祖国的山川河流，我还是觉得麓岛应该拥有一支钢铁舰队！"

殷知礼的《舰归航》发布的时候，着实引发了一阵轰动。大家都知道这位大建筑师在麓岛拿下了一个项目，肯定会做出惊天动地的设计来。但谁也没想到，会是如此地惊天动地！

"满编五艘舰船，以冲破风浪之势立于麓岛，充分展现了麓岛从古至今，扎根平海，一心向国的姿态。"

见到这幅作品的普罗大众，都深深被殷老先生折服。一栋商业楼的设计理念，竟然阐述出了革命纪念碑的味道！而且，设计是真的很新潮！

流线型的金属外壳，尖锐突出的立面体造型，像极了战舰的尖角、弧线，几根V字线条划过，又增添了凌厉的观感。这样一座建筑建造在任何地方，都足够叫人心绪颤抖，屏住呼吸。

《舰归航》根本不是他们想象中的"小桥流水人家"式的老年派设计，而是极其符合骁勇善战的平海气质，能够永葆时尚一万年的新锐派设计。

曾经不断猜测殷知礼大师到底会怎么设计这栋商业楼的人，纷纷惊叹。律风在网络上随手一刷，都是大家对《舰归航》的欣赏。

名字、寓意、造型，全都堪称完美，符合众人对麓岛和平海的印象和期待，还带有殷知礼风格的小任性。

律风格外开心，即使出差只能住在麓岛简陋的酒店，也感受到了家一般的温暖。他正想打开微信给殷以乔分享快乐，就发现未读列表里的红点——

"大神，我给你寄音乐会请柬吧？"

请柬？律风想起了前几天小朋友说他要来中国的事情，立刻问道："你这次真的确定能来了？"

佐特尔的回复稍微慢了一些，但是藏在文字里的控诉一点儿没少。

佐特尔："果然，我看到你回我'好的'的时候，就觉得你根本没听完我发的语音。"

佐特尔："我说，我的中国式音乐编排终于得到了我妈的认可，她老人家终于允许我回国丢人现眼了QAQ"

佐特尔："人家音乐会的时间、地点、主题都定了，已经准备做宣传了，你怎么可以问人家是不是真的能来呢？"

佐特尔："嘤嘤嘤！"

佐特尔全球粉丝近三千万，许多作品被奉为经典，可是在律风眼里，他永远呆呆傻傻的，像个弟弟。他无法停止自己的幼稚行为，总是跟现在一样，持续在微信上表演"哔哔机"附体，跟律风诉说他的委屈。

"我之前说想回中国，都是经过充分计划，制定了缜密方案的！

"但是，我妈说我一天到晚不务正业，做的编曲稀烂只能骗骗小姑娘，根本不准我来……

"为什么啊？！我跟我妈真的有代沟！我天天在网上溜达，了解的东西比她还多，她为什么还嫌弃我不懂中国！还不准我回来！

"大神，我真的超级努力了！"

努力的佐特尔用感叹号把律风淹没。然而律风完全没有感受到他的努力，只感觉好吵，满眼都是佐特尔打滚的表情包。

不得不说，这要是他亲弟弟，他也不敢放回国。绝不是嫌佐特尔没出息，而是怕佐特尔没有独自旅行经验，人生地不熟，遭遇社会毒打。

律风看佐特尔的描述，立刻能够想象出他那严格的母亲是如何嫌弃自己的儿子，更嫌弃自己的儿子回来给祖国抹黑的。

"你妈妈是担心你。"律风斟词酌句，"她觉得你不懂中国，也许是因为她属于《歌唱祖国》的年代。"那个年代的父母，面对佐特尔这样的新锐杀马特，确实很看不上。

然而，律风一提，佐特尔又开始"嘤嘤嘤"了。

"本来我也是这么以为的，所以特地编了一组爱国组曲，重写了经典……"他发来一个痛苦的表情包，哭得像只委屈的狗子，"结果，她点评说——只有这点儿改编水平，还是不要回国丢人现眼了！"

从那以后，"丢人现眼"四个字成了佐特尔的心病。他走遍澳大利亚，在大海和沙漠之间反复往来，就是为了仔细探究什么是"大漠孤烟直，长河落日圆"，什么又是"海上生明月，天涯共此时"。

佐特尔阅遍名诗名词，用心体会中国意境，就是为了不输给"中国龄"区区五十岁的老妈，然后，大方回国！

这孩子在微信上哭得嗷嗷的，好像真是一个有家不能回的可怜娃，律风却笑得拍床。他终于见识到了传闻之中的"虎妈"——居然能把一个自由散漫、随心所欲的行为艺术家，逼成努力学习的好青年。

"在我看来，这正说明你妈妈比你了解中国。"他耐心地输入文字，内心生出一阵感慨，"你为了这场音乐会而得到的历练，在我看来更像是一种成长。既然现在你可以来中国了，不就是说明你已经打动了她？"

佐特尔见了消息，忽然从哭唧唧变得兴高采烈。

"当然！我妈都听哭了！她说要邀请她的朋友们，一起欣赏我的音乐会！"

刚才的埋怨和委屈瞬间消失不见，这搞得律风也格外好奇——到底是怎样的中国风，能够听哭这位固执严苛的母亲？

律风对音乐的感知能力，仅限于能够分辨出"好听"和"不好听"的路人级别。他将自己的地址发给了佐特尔，承诺届时一定会到场，然后戳开殷以乔的窗口，问道："师兄，你想不想听音乐会？"

殷以乔回国以后，一直过着忙碌枯燥的生活。

当然，枯燥是律风认为的。因为在英国的时候，无论工作多么繁忙，殷以乔都会抽时间约律风一起去参加画展，听听音乐会，看看电影。他们几乎见识了英国当代的所有名家之作，观看了境外上映的全部华语电影，过着充实又悠闲的生活。而在国内，律风连殷以乔每天吃的什么、几点睡觉都不太清楚，更没空去关心自己师兄的精神生活了。

可惜，借花献佛并不容易。殷以乔收到消息，第一反应居然是——

"你们单位发音乐会的票了？"

"……"律风十分汗颜，为什么不能是他想约师兄出门，而是"单位发了票"这么现实的理由呢？

"不是，是我认识的小朋友。他是玩音乐的，要来中国办一场音乐会，所以我想约你一起去。"

听律风如实告知，殷以乔哪里有不肯的，便应道："好啊，我有空。"

佐特尔的请柬，不到三天就寄到了立安港酒店。律风惊于这个效率，却发现这份请柬来自国内："看来是音乐会的承办单位直接寄过来的。"

律风将它拆开，取出里面的东西。只见是一张仿古设计的暗红色请柬，信封包装，正面印着红框，上面以毛笔写下恣意洒脱的"逍遥游"三字。

浓郁的古典风情使律风心中困惑，所谓中国风音乐会，难道是用中国传统乐器开音乐会的意思？他随手拆掉古朴的信封，抽出了请柬，只见上面清楚写着：感谢归去来兮先生及同伴，莅临中国音乐厅，共赏《逍遥游》。

落款竟然是两个名字。

"李佐……佐特尔·弗雷斯？"

殷以乔拿过请柬，挑眉道："这不是李晴素女士家的三公子吗？"

"李晴素？"律风对这个名字略有印象。

李晴素作为海外著名的爱国音乐家，她参与过作词作曲的作品连律风这个音乐盲都听过，但他惊愕的是——

"佐特尔是李老师的儿子？"

"嗯。"殷以乔肯定道，"C.E设计建造过弗雷斯音乐厅，我见过李女士的千金和公子，听他们聊过李佐。"

一个不务正业、做起了网红的三弟，在李婉和李颂眼里，也是超级令人头痛的叛逆分子。

像他们这样的音乐世家，作品应该发表在庄严肃穆的音乐厅里，而不是廉价吵闹的流媒体上。可李佐偏偏挚爱社交网络，热衷于捣鼓新锐流行音乐，让家人格外失望，却又无可奈何。

殷以乔说："原来他们说的'浪费天赋，去搞流行音乐创作'的李佐，就是佐特尔。虽然弗雷斯这个姓氏常见，但是英文名姓氏是弗雷斯、中文名姓氏是李，又会做音乐的网红，也就只有李晴素女士家那位叛逆的三公子了。"

律风忽然懂了：难怪李老师会点评佐特尔改编经典爱国曲目是"丢人现眼"。李晴素的作品带有浓烈的中式国际主义特色，温婉明丽，又动人绵长，创作出来的曲调配上深情的歌词，能够登上中国各种重大盛会，传唱于中国土地的每一个角落。

《我的声音》歌唱中国万千奔腾河流汇聚于海的激昂篇章。

《每一天》描绘祖国大地上红旗迎风飘扬，民众安居乐业的景象。

《海岸的白鸽》讲述年年岁岁花相似、人不同，时代快速进步发展的故事。

她不是听《歌唱祖国》的那一辈人，而是亲自撰写《歌唱祖国》的那一辈人！如她一样的老一派爱国人士，对自家走上"歧途"的孩子，必定是恨铁不成钢的。

律风对佐特尔报以加倍同情，而对音乐会期待更盛。他道："师兄，佐特尔跟我说，李老师听他的音乐编曲听哭了才放他回中国的。"

果然，殷以乔的惊讶不比律风少："我怎么觉得，这位小朋友是在自吹自擂呢？"

佐特尔是不是吹牛，律风不清楚。但他本能地觉得，能够获得李晴素认可的《逍遥游》应当格外不同。

律风收到请柬一周后，佐特尔的《逍遥游》音乐会开始了正式宣传。

这位特别的网红音乐家，将会在中国的三十座城市进行巡回演出。消息一出，网络轰动。佐特尔的三千万粉丝，国内就占九百万，曾经只能在网上当他死忠粉的听众们，瞬间心花怒放！

"我的男神终于要开演唱会啦啦啦啦！"

"……冷静一下，不要像个脑残粉似的没文化，那叫音乐会。"

"佐特尔钢琴小提琴都那么好，音乐会上会不会全都演奏一遍，来一次个人独奏？！"

"虽然独奏很美好，但我还是想听带乐团的专业音乐会……"

"不知道这次会挑选什么曲子，好想在《逍遥游》里听到《春分》《暮秋》和《深海》啊！"

网络讨论激烈，更多人做好了准备，要去抢离自己家最近的音乐会门票。

律风搜了搜佐特尔近几年的新作，随手点开。舒缓的音乐流淌在耳边，早就没有了从前的浮躁，而是干净通透，令他心境平和。或许是《逍遥游》的名字充满了隐士避世的惬意，又或许是李晴素这样的音乐家设下难关，磨砺出了崭新的佐特尔。他总相信，这将是一场绝佳的听觉盛宴。

律风打定主意，如果殷以乔也觉得好听，他就邀请老师殷知礼听佐特尔的下一场《逍遥游》。让老师和他们一起，来听听年轻人的逍遥。

首场音乐会当天，律风难得地翻出自己的正经西装。

从昨天开始，他手机的消息就没有停过。佐特尔挑着彩排间隙，认真提醒律风地址和座位等信息，甚至三番五次不死心地提出要自己亲自上门来接律风去现场。

不过律风拒绝了。

他能感觉到佐特尔的紧张，音乐会是极度考验演奏者临场发挥能力的演出，他还是不去人为地增加佐特尔的负担了。

善解人意的律风带着殷以乔入席。音乐厅最佳的倾听席位留出了众多空座，律风与殷以乔的位置则在最佳席位的正中。

"佐特尔确实很重视你这位大朋友。"

殷以乔环顾着音乐厅的内部构造,犯了建筑师的职业病:"我们这一排,应该是音乐混响和视觉效果最好的地方。"

临近舞台,又正居中心,既不影响观看,也不影响倾听。如果这片座位都是专门留给主办方重视的客人的,律风这里绝对是贵宾中的贵宾。

宾客逐渐走进音乐厅,年轻人的身影居多,毕竟是大网红佐特尔,粉丝大都是二十来岁的新潮青年。庄重的大厅里时不时响起不庄重的嬉笑声,这个充斥着青春活力的会场,将会上演一出万众期待的"逍遥游"。

律风也很好奇,台上摆放了钢琴和众多其他乐器,不知道佐特尔会出现在哪一个面前?又或者,他将是这一场音乐会的总指挥,带领整个乐团奏响美妙的乐章?

忽然,身边的殷以乔站起来,惊讶地喊道:"爷爷?"

律风下意识跟着站起来,表情像极了逃课被老师抓包的学生。

殷知礼穿着西装,衣着正式地走过来,见到他们,忍不住笑出声:"哎呀,你们居然悄悄来听音乐会,不带我。"

话里的调侃远胜过指责抱怨,让律风特别不好意思。可他还没能解释,殷以乔便笑道:"您不也是悄悄来,没带我们?"

殷知礼不同意他的话,笑得十分得意:"我才不是悄悄来,我是受邀来的。"老人家稍稍让开一些,亮出身边穿着长裙、容貌清丽的女士。

她四五十的岁数,具备音乐家独特高雅的气质。律风立刻认出来,她正是佐特尔那位"虎妈"——李晴素。

殷知礼悠然地为双方做着介绍:"这位是《逍遥游》演奏者的母亲李晴素女士。这位你认识,我孙子殷以乔。这是我的学生,律风。"介绍起律风的时候,殷知礼的语气显然更加高兴。

殷知礼习惯了爷爷的偏心,礼貌地回握了李晴素的手。然而,这位女士的视线匆匆而客套地掠过他,长久停留在了律风身上。

她眼睛里流转着激动的光,脸上浮现出意外的惊喜:"原来,李佐始终不肯说出名字的贵客,竟是平麓跨海隧道跨海大桥的设计者!"

李晴素用这样的语气感慨,听起来像佐特尔是由于律风设计了跨海大桥才请他来听音乐会似的。

律风认真纠正道:"佐特尔应该不知道我设计了跨海大桥……我和他是网友,结交过程也很单纯,他也不知道我现实生活里叫什么名字。"

单纯地互相欣赏，单纯地畅聊人生，时至今日，佐特尔也只是在邀请函上写下了"归去来兮"，想着等音乐会结束之后再互通姓名，面对面地聊一聊他对《逍遥游》的感受。

　　李晴素熟谙人情世故，一听就知道律风误会了。

　　"对不起，我没有别的意思。"她修长的手指充满歉意地压在胸口，有些无措地求助于殷知礼，"刚才我正和殷老先生聊到平麓跨海隧道，聊起你做的那个宣传视频。"

　　殷知礼点点头："我正想着让你去跟翁总工说一说这件事。"

　　"什么事？"律风困惑地问道。

　　李晴素说："我们乐团想在平麓跨海隧道上做一场直播音乐会。"

　　她表情坦诚，并大大方方地将自己异想天开的念头告诉律风——

　　"我想用音乐人的方式，向全世界传递平麓跨海隧道所拥有的力量。"

第八章
逍遥之游

音乐家的想法,超出了律风的想象。

他听过的音乐会,无一不是在光芒万丈、环形混响的舞台上,可李晴素却说,想在平麓跨海隧道做一场直播。音乐会可不是吹拉弹唱、边走边演的街头表演,而是对场所和器材设备都要求极高的高雅艺术。

律风根本没办法想象音乐家们站在平麓跨海隧道上开音乐会的场景,他茫然地说:"李老师,可能是我不太懂音乐会,但是平麓跨海隧道应该没有适合演奏的场所……"

上层是双向六车道的公路,下层是高铁穿行的轨道。平麓跨海隧道宽敞得能够让车辆和高铁自由行驶,却又狭窄得容纳不下一支乐团。身姿优雅的音乐家们站上去,面对的只能是海浪与狂风,不说能不能维持住端庄的身形,就单凭那些要吹要拉要弹的高级乐器,恐怕根本不能盖过自然的咆哮。什么高雅环境、良好音效更是想都不用想,只有伴随整个平麓跨海隧道的呼啸之声。

回报律风困惑的,是一个慈祥的笑容。他第一印象有些严苛的长辈,对他温柔地说道:"所以,这不是一场传统的音乐会,而是我们乐团经过学习、探索和创新之后,创造的一种能够行走于苍穹天幕下的音乐表演。"

李晴素笑出眼角清晰的皱纹,自信道:"有平地,有乐器,我们就能演奏。而平海的一切自然声响,也将是我们的重要乐手。"

她的思想比律风以为的更加新潮,当听说自然声响也在他们编曲演奏的计划之中时,律风立刻对此产生了浓厚的兴趣。

他做《山水逍遥》,正是想寻找人与自然和平共存的形式,而李晴素提出的这一种特殊的音乐会,也是他们对自然与音乐如何和谐融通的探索。

她的乐团想做的是一种流动形式的演奏,主要使用的是小提琴、萨克斯、长笛、手风琴这样本身轻便易携的乐器,而乐团的乐手会像街头艺人一般走上平麓跨海隧道,以风声为配乐,以海浪为节拍,创造出独一无二的平海音乐会现场。

李晴素的表达欲旺盛,见此情形,殷知礼善解人意地跟她换了位置,默默走到了殷以乔的旁边,把律风身边的座位留给了一心想畅聊音乐与自然话题的老朋友。"

"哈哈。"殷知礼坐下来,压下笑声,"结果,我的约会和你的约会,都变成了他们的约会。"

"小风喜欢这种概念。"

殷以乔无奈地看向右手边,再看向爷爷:"之前我们一起做《山水逍遥》的'同舟',也是基于这些想法。"

殷知礼见过"同舟",也见过《山水逍遥》的其他设计。仿古的中式建筑不在少数,可律风做出来的《山水逍遥》概念设计,有着稀罕的现代主义情怀,从楼到堂,从桥到船,无一不是现代中国精神的凝聚。

他细细思考了记忆里的模型,忽然问道:"你找到适合修建《山水逍遥》的地方了吗?"

爷爷一问,殷以乔面不改色地眨眨眼,语气介于困惑与诧异之间:"……您怎么知道,我在找这么一个地方?"

殷知礼高兴地拍起手:"小风的图书馆,你都能帮他建出来,更何况是他心心念念的《山水逍遥》呢?"

也是,他在英国为律风建的利斯图书馆并未得到设计者的认可,那么,他必然会再战一回,在中国为律风建成《山水逍遥》。

"还早。"殷以乔不着痕迹地叹息,发现了爷爷锐利的视线,只能坦诚道,"我走了不少城市,看了不少环境和地貌,但是还没有适合《山水逍遥》的规划地。所以,还早。"

他下意识转头,看向旁边专注倾听的律风,道:"等综合旅游区建成,我一定会找到一座适合《山水逍遥》的城市。"

音乐会的等候时间往往有些漫长,律风认真听着李晴素的构想,感觉面前的音乐人正试图创造一种崭新旋律。这样的旋律,适合爱好潮流的年轻人,适合街头艺术家,适合佐特尔,唯独不太适合李晴素这样端庄典雅的国民音乐家。

律风略作思索,问道:"您是不是……参考了佐特尔的表演模式?"他曾在佐特尔的视频里,见过这样随走随奏、自由浪漫的表演。

果然,李晴素瞪大眼睛,眸中透出惊讶的光芒,随即又露出欣喜的笑。

"这孩子的创意是不是很棒?"她语气里满是母亲对孩子的赞赏,"我以前一直觉得他在浪费天赋,现在却觉得,正是因为他知道自己喜爱什么、擅长什么,才探索出了属于自己的道路。"

"佐特尔……"律风犹豫半晌,"他以为您并不喜欢他的音乐。"

"是的,不喜欢。"李晴素回答得肯定又无情,"培养他的前十年,我认为他是最具有音乐天赋的孩子。可培养他的后十年,我又遗憾地发现,他不是我期待的音乐天才。"

她明明是在批判儿子达不到自己的期望,可是表情温柔,全然没有嘴上那种对佐特尔的怨怼。

"但是近几年,我突然意识到,音乐不是只有一种模样。他教会了我用全新的视角去看待我付出了大半生的事业。"李晴素的话语里满是骄傲,"李佐整天胡闹,做出来的音乐却总是最好的。"

律风听着这位母亲的炫耀,满脑子回响着佐特尔"嘤嘤嘤"的哭诉和"妈妈不爱我"的消息,不禁露出笑意。

"他一定很高兴能听到这样的话。"律风道,"他始终期待得到您的认可。"

李晴素听了却板起脸来,皱眉摇头,语气强硬:"这种话怎么能告诉他。"她可太了解自己的孩子了,"他要是知道,得把房顶都掀翻!"

律风笑出声,确实如此,他没见过比佐特尔更容易得意忘形的小朋友。难怪佐特尔那么委屈,原来李晴素向来有两副"面孔",在外人面前大力称赞他,却不想被他得知一星半点儿自己的真实想法。

律风感慨道:"听您说了之后,我更好奇这场能够打动您《逍遥游》了。"

李晴素露出骄傲的笑容:"律风,我发誓,这将是你听过的对中国最具新意的诠释。"

音乐厅灯光渐暗,李晴素细眉稍挑,道:"开始了。"

室内嘈杂的谈话声在灯光变化后自发地安静下来。不一会儿,乐团人员上场。众人目光追随着他们,忍不住窃窃私语——队伍里没有佐特尔的影子。

即使大部分人没有亲眼见过佐特尔,也对这位身材高大、嘴角带笑的澳大利亚人格外亲切,那是他们的精神寄托、灵魂倚仗,他曾创造了无数动人心魄的音乐,他的模样自然也刻在了他们心上。

音乐家们入座调音,室内只有清脆零星的音节。无数人都在猜测,佐特尔会以怎样独特的方式出现在他们面前。

突然,音乐厅里响彻此起彼伏的呼喊!

毕竟不是循规蹈矩的观众群体,音乐会礼仪仅限于道听途说。更何况,那些文字描述的礼节,根本无法按捺他们见到偶像的激动。

佐特尔穿着传统燕尾服、白衬衫和黑马甲,这套被他在视频里评价为"古板老套单调无趣"的装束,竟然成了他与中国粉丝初见时的衣着。而且,他一贯嚣张跋扈的乱发,此刻也修剪得整整齐齐,浑身上下的气质无疑是高贵优雅。没有金发,没有耳钉,没有大墨镜,而是乖乖巧巧,干干净净,和律风印象中音乐家该有的样子毫无差别。

周围的嘈杂议论还没有止息,律风忍不住问道:"李老师,佐特尔这一身是不是……"

"嗯。"非常嫌弃自己儿子的李女士叹了一口气,"果然穿上燕尾服也不像音乐家吗?大家好像都不太满意。"

"我想,他们不是这个意思。"

毕竟在这些粉丝看来,佐特尔根本就不是音乐家,而是行为艺术家!

强行表现得像个音乐家的佐特尔,视线掠过台下,终于开口说道:"感谢各位来到《逍遥游》现场,这场音乐会对我很重要,所以,我穿上最正式的衣服,和最重要的你们相见。"

音乐人不善言辞的情况什么的,反正不会在佐特尔身上出现。他天生混血的深刻五官,配上字正腔圆的低沉嗓音,瞬间挽回了所有没见到他的杀马特形象而失望的粉丝心。

会场逐渐安静下来,佐特尔十分满意,他站在台上,没有继续自我介绍,更没打算对主题做什么解释,只是打了一个响指,宣布道:"那我们开始吧!"

这样的潇洒暴露出叛逆的本性,让音乐厅内响起克制不住的低声尖叫。在这种不正经的气氛中,律风再次听到了身边李女士的叹息,但他觉得有趣。

音乐会为什么一定要刻板庄重?既然是年轻人的地盘,活泼跳脱一点也没什么关系。

坐在钢琴前的佐特尔伸手抚过琴键,几个清脆的琴音传来,算是他做的最后确认。

他的视线与指挥相碰,然后收敛笑意。修长指尖落在黑白琴键上,起手便锋芒锐利,不给人任何思考或喘息的余地。

音乐厅暗藏的私语声,都被这一串激昂的音符盖过,律风还来不及想会是怎么样的旋律,音乐就控制了他的心绪。

律风是不懂音乐的,他曾经嫌弃过佐特尔随意的配乐让自然景物都显得吵闹,可是,现场这慷慨激昂的钢琴声,带动了整个乐团演奏的铿锵感,像是平海奔腾的海浪席卷到海岸,掀起时代的狂澜!

律风恍惚间,将重重的琴音幻听成了击碎城防的炮火。他仿佛从前奏里听到了一座城市沉沦于苦海的声音,枪声、哭声、悲鸣声,在管弦、擂鼓之中逐渐清晰。

音乐厅里，充斥着无力抵抗的悲怆，与任人宰割的麻木。

钢琴清脆，像时钟"滴答"作响，一下一下，在律风心头敲出深刻的伤感。

什么复杂技巧，什么优雅姿态，在这里都不再重要，重要的是引人共鸣的音乐，挖出了那些令人痛彻心扉的记忆——

列强铁蹄，纵火肆虐。

山河破碎，尸横荒野。

直到第一乐章结束后的间隙，那股低沉与伤痛还一直回荡在律风心中。他很难平复心情，也不知道是不是只有他一个人这么胡思乱想。

"师兄，不知道为什么，我心里难过。"

殷以乔虚握了他的手，脸上神情如他："我想我们都一样。"

人对音乐的感知能力各不相同，可佐特尔的第一乐章，让整个音乐厅的情绪都变得凝重起来。

有年轻人站起身，愁眉苦脸说道："我听得心里发慌。"

"不知道为什么，感觉很难受。不是不好听，而是……难受得像亲身遭遇了大灾难一样。"

律风跟着殷以乔走向大厅外，一路都能听到类似的感慨——难过、感伤、心里堵得慌。

不是小家碧玉的哀怨悠长，更不是悲春伤秋的顾影自怜，是一种突然爆发的汹涌暗潮，迫使灵魂深处的伤口袒露在外。

殷以乔带着律风到外间，递给他温暖的茶水："你的小朋友比我想象中厉害太多了。"

律风捧着温暖杯子，热茶入喉，令他舒适许多，问道："你想到了什么？"

殷以乔眉间惆怅，看着他："想到了你说的故事。"

他们头顶一束束照明，汇聚成了律风曾说过的光。

殷以乔听到《逍遥游》第一乐章，竟然想起了那些燃烧自己、照亮家国前路的战士。那都是战争年代牺牲的无名英雄，在故事中不过以寥寥几语描绘的形象，却因音乐变得更加完整。

殷以乔慢慢说，律风慢慢听。

他与殷以乔的感触相差无几。

沉重的琴音是炮火，清脆的琴音是枪声，枪林弹雨之中，情怀在提琴弦乐里摧枯拉朽。每一段旋律，或高扬或低沉，都能让他们联想到中国遭遇过的一切屈辱，仅仅是音乐而已，却勾出了他们暗藏于心的无力与惆怅。

律风非常肯定，佐特尔弹奏的绝不是"北冥有鱼，其名为鲲"，而是"战火纷飞，何以为家"。

中场休息时，议论第一乐章的人不在少数。

年轻粉丝们看过战争电影，也读过战争故事，再迟钝的人，都不会误会佐特尔想表达的情感。

"佐特尔说过，这是他对祖国表达的敬意，所以刚才弹奏的一定是关于战争的情节吧？"

"嗯……我也感觉到了，我根本没办法考虑其他的可能性，只觉得音乐厅里到处都是硝烟的味道。"

"难怪他之前说自己在看抗战老电影，希望大家能推荐一点。呜呜呜，我把《上甘岭》《地道战》《冰血长津湖》都推荐给他了，刚才听音乐，还以为自己在听这些老片子的配乐！"

直到休息结束，所有人都和律风一样好奇：《逍遥游》的第一乐章让人这么难过，那么第二乐章又是什么？

厅堂的灯光稍稍调亮，经过了中场休息，舞台上的乐器位置都有了变化。

那架敲击出沉重音调的钢琴被撤了下去，留下一片空白，仿佛将观众的心都挖掉了一部分。

律风凝视着舞台。紧凑的乐团站位还有一些微小的调整，但他这样不了解制式的观众很难看出来。乐团成员们重新登台，指挥先一步站定，而最后上场的是换下了燕尾服，只穿简单衬衫马甲，并将衣领洒脱解开了的佐特尔。

他步履轻快，拿着一把价值不菲的黑色小提琴。这样的打扮更符合他平时自由散漫的形象，小提琴的轻巧也替代了钢琴的沉重。

当他站在舞台中心以后，音乐厅情绪稍稍昂扬了起来。

听众满怀期待地等待着新的乐章。而这一次，佐特尔没有跟指挥眼神交流，他只是站在那里，琴弓划开一段凄凉冷清的旋律。

第一乐章延续下来的悲情感，从钢琴的黑白琴键流淌到了小提琴的琴弦里。一枚清晰的颤音响起，宛如垂垂老者的临终遗言，佐特尔身后的乐团，随之奏响了磅礴高亢的曲调，小提琴那束单薄、哀伤的旋律被湮灭，化为时代浪潮中的一缕幽魂。

弦乐器明晰的音色，如随风飘絮，脆弱易折。

交响乐在音乐厅里回荡,佐特尔的小提琴乐音,又好似一朵红色的希望之花,在废墟的夹缝中绽放。

每一次它想在低谷拼命生长,又被随之而来的暴雨怒风浇灭了气焰,但即便是气若游丝,那束乐音始终追求着高扬与激荡。

无论车辙如何向前,它都遵循着独特的步调,渐渐带动了更多附和的旋律。一缕幽魂汇聚成光,照亮了虚假的繁华,露出了内里的尘埃与废墟,鸣奏起独属于它们的声响!

当律风意识到音乐变得令人热血沸腾时,耳边已不止佐特尔一把小提琴的声音,而是舞台上所有小提琴手在与他合奏共鸣。

这种不符合交响乐规则的演奏,是佐特尔离经叛道的创作硕果。

微弱的小提琴声音,在盛大的合奏中驱散了悲怆,演绎了一场以弱胜强的传奇。在战火纷飞的土地上,幽魂们循着正义的光芒,往正确的方向前进。

它没有被风吹散,反而汇聚成了声势浩大的时代洪流,树立起威武不屈的信仰。

第二乐章,成功让所有人从第一乐章的苦难中解脱出来。

因为,这一声声、一道道旋律,无一不在诉说着——"希望"。

律风忽然意识到,佐特尔为什么将这样的乐章命名为《逍遥游》。

不只是"有了强大的倚仗,方能自由逍遥",它还在称颂着"至人无己,神人无功,圣人无名"。

正是千千万万至情至圣之人,于历史长河之中螳臂当车,才将这片土地从苦难里解放。

小提琴乐音描绘的那一缕改天换地的幽魂,不是救世主,更不是什么神仙皇帝,而是来自天地间的亿万蜉蝣,燃烧自己、照亮天下的那束火光。

《逍遥游》不是单纯的怀古追思,而是佐特尔对中国的哲思。

第一乐章的悲怆,第二乐章的希望,深深震撼了聆听的观众。无数人想跳起来发出心中疑问,又沉浸在醍醐灌顶的音乐里,期待着第三乐章。

一场没有剧透的惊喜,完全对得起他们抢票的手速!

无论是陪人前来凑数的听众,还是满怀期待入场的粉丝,都察觉到了,这是一场对"佐特尔"这个标签的全新诠释。

第三乐章起始,佐特尔依旧手执小提琴。

他老老实实穿上了西装,坐在了乐团之中。这一次,他没有以独奏起音,而是作为众多小提琴手之一，跟随着指挥的节奏，融入了整个乐团。

就像是在社会上漂泊闯荡的孩子，终于回到了亲人身边。

每一段小提琴音符的出现都仿佛带着阵痛，交响乐节奏轻快，小提琴突兀的旋律却好似掉队的笨蛋在一路追逐。可是，他们越是落后，越是能在乐曲渐弱的时候，倏忽演奏出高亢激昂的声音！

第三乐章充满了跌宕起伏的音阶，似乎是一场玩闹般的你追我赶，轻快和愉悦里却也暗藏着一丝无奈与执着。

小提琴的演奏像滞后的回声，又像脱轨的伴奏，以自己的方式推进着交响乐的主旋律。

律风听着这样的旋律，脑海里不断回响着自己听说过的故事。

试图追赶国际速度的制造者，渴望学习顶尖知识的研究者，还有期待能与世界并肩的创造者……他们就像这一段小提琴，在不同的领域碰壁，撞得头破血流，不断重复着别人早就弹奏过的乐章，沿着别人走过的老路，一点点地追赶落下的距离。

不管落后多少，他们始终没有放弃。正如这舞台上齐心协力的小提琴手一般，用独特的旋律创造了新的节奏，最终成为乐曲的核心！

第四乐章揭开序幕时，佐特尔穿回了他正经古板的燕尾服，坐在重新被搬上台的钢琴前，随手弹出了一段寂寞的旋律。

熟悉的音符立刻让听众陷入和第一乐章相同的痛苦，可短暂的痛苦之后，佐特尔指尖轻巧回转，又弹出任何人都能体会到的欢快。

这样的欢快，存在于主旋律的每一次回旋当中。

曾经悲怆、孤寂的旋律，拥有了无数附和、照应的声音。无数人在纪念，无数人在追随，又有无数人忆苦思甜。

一切牺牲有了价值。

一切付出有了回报。

所有游魂幽灵终于安然瞑目。

所有悲怆痛苦总算平息得偿。

第四乐章和第一乐章有着相同的旋律，却带给听众截然不同的悲喜享受。

他们笑，他们哭，他们落下热泪，他们扬起笑容。他们经历了最深重的苦难，他们依然屹立在世界东方！

最后一个音符，颤抖着消失在音乐厅里。

佐特尔站起来,与乐团众人一起深深鞠躬致谢。

掌声雷动之中,"安可安可""佐特尔再来一个"等呼喊此起彼伏。

高贵典雅的音乐厅里,热情的年轻人们以他们的方式表达赞赏,他们还没抹干热泪,就想听到更多关于中国的演奏。

可惜,任性的佐特尔一点儿也不打算宠粉。

"不来了。"他说,"这是无法重来的乐章,也是永不结束的音符。"

"献给,我最爱的中国。"

《逍遥游》的每一篇曲目,没有文字介绍的辅助,都能让不怎么懂音乐的律风心绪激动。他忽然明白了,为什么李晴素想用音乐传递平麓跨海隧道所代表的力量。

音乐可以超越任何语言和文字,直接触动人们心底最为原始的欣喜与悲痛、爱意与豪情。

音乐会结束,舞台上的人刚刚退场,律风就接到了音乐会主角的电话。

"大神我看到你了!你等我,我要卸妆!"他"嗷嗷"得太大声,李晴素在旁边都能听到。

作为母亲,李晴素无奈摇头:"怎么还是这么不庄重。既然李佐要跟你们见面,我这个老年人就不打扰了。"

律风诧异道:"您不等着向他道一声恭喜吗?"

李晴素勾起笑:"他演出《逍遥游》又不是为了我。"即使她心里对佐特尔充满得意,表面仍旧冷酷无情。

他们走后,只剩下律风和殷以乔等在后台,决定给这个可怜孩子一点来自长辈的温暖。

但是,他们没想到男生卸妆也这么繁琐麻烦。大约半个小时以后,乐团成员带着乐器离场,后台才跳出来一个穿着T恤衬衫、青春靓丽的佐特尔。

没了衬衫西装压阵的佐特尔,就是一个脱离了束缚的叛逆版"傻儿子",脖子、手腕叮叮当当,挂满各种绳索吊坠,连耳朵都夹着金属打的璀璨钉子,闪闪发光,晃得律风眼瞎。

没等他反应过来,佐特尔眼眸一亮,高举右手做出击掌手势,大喊着冲过来:"大神!我来啦!Give me five!"

老年人律风和老年人殷以乔默默盯着他,对高举的手掌无动于衷。

佐特尔愣了片刻,撇了撇嘴,从善如流地放下手,改成了乖巧普通的社交方式。

第八章 / 逍遥之游

他的声音认真正经，重新说道："大神你好，我是佐特尔……"

"我是律风，你可不可以别叫我大神，叫风哥好。"律风终于缓缓伸出手回握，顺便介绍道，"这是我师兄，殷以乔。"

"师兄好！"佐特尔向殷以乔敬礼，抑制不住的"小学生"气息弥漫出来，让殷以乔又多了一个"小学生师弟"。

他这模样，跟刚才舞台上严肃地演奏钢琴和小提琴的音乐家大相径庭。律风暗叹，幸好自己已经习惯了他在微信上絮絮叨叨的样子，否则一定会觉得认错了人。

即使如此，律风仍是露出赞许的笑意，认真道："恭喜你！《逍遥游》大获成功，我们听得非常激动。"

佐特尔得意忘形："那是，我为《逍遥游》准备了这么久，甚至能通过我妈这么一个魔鬼音乐家的考验，怎么可能不成功啊?！不愧是我！"

一点也不谦虚。

这很佐特尔，律风在心里为李女士的未卜先知点赞。果然知子莫若母，佐特尔这家伙确实只要随便夸夸，立刻就能春光灿烂。

律风笑了，无奈道："你要是有空，我们找家咖啡厅聊聊天？"

"哎，找什么咖啡厅啊。"佐特尔一点儿也不难养，"我们去吃烧烤吧！我来的时候看上隔壁那条街的烧烤好久了！"

佐特尔绝对是完完全全的中国心，要不然怎么会在音乐厅，盯上人家六条大街开外烟熏火燎的烧烤摊呢。

中国特色烧烤摊，晚上宾客如云，人声鼎沸。

殷以乔和律风把西装扔在车上，卷起衬衫衣袖，就算是完成了从音乐厅步入夜市的全过程。

佐特尔更方便了，穿着运动鞋、牛仔裤，跳得格外欢快。

他们穿过摆满塑料凳、折叠桌的街道，佐特尔在前面仰头盯着广告牌，然后发现了目标。

"这家，这家！我粉丝跟我讲，就这家的最好吃。"

他冲上去就熟练地跟老板说："三十串羊肉串，十串鸡翅，烤虾、烤肠、烤脑花各一份，还要三瓶可乐啊！"

根本不是外人！

律风和殷以乔坐在桌边安静等吃，他们都不用说话，听佐特尔说就行了。

没有烧烤塞满嘴巴的等肉间隙，佐特尔一个人就是一间聊天室。

"我一直以为，风哥你是律大设计师手下专门做建模的，或者项目工地上搬砖的，搞得我馋你设计的乌雀山大桥、平麓跨海隧道超级久，但都不敢在网上跟你聊。

"因为我怕自己一猜错，你又人间蒸发……好吧，其实是你太忙了，每次行踪不定时，我都好怕哪天你悄无声息地消失，我就再也没有大神罩着了。

"诶，既然风哥你的项目这么厉害，我是不是能够看到《山水逍遥》在中国建成啊？……啊，好饿。"

语言的高强度输出没能让佐特尔感到疲倦，只让他感到饿。

律风无奈地给他抓花生："吃。别想太多，《山水逍遥》就是个概念，我以后还是以设计桥梁为主。"

"啊？"佐特尔拖长声音，"好可惜呀，我做梦都想见到《山水逍遥》建成，那可是我转型的灵感来源，是我的再生父母。等它建成了，我一定端着盆子去烧纸钱，感谢这座神仙大楼——"

殷以乔没忍住，伸手去烧烤摊拿了一串炸热狗递给喋喋不休的佐特尔，让他闭嘴。

"别忙着说了，先吃一串。"

"嗯嗯嗯！"佐特尔就没想着客气，快乐无比地接过来，"谢谢师兄！"

这话说得真心实意，人也终于闭嘴。本该有些尴尬的网友见面，搞得像是他和殷以乔在照顾粘人的弟弟。

弟弟真的很能吃，也很能叨叨。

他说起创作《逍遥游》的过程，说起自己重读中国历史时的震惊诧异。他说没有任何一个国家那样被铁蹄凌虐后还能夺回国土，然后砥砺前行，成为现在这样居民们能够深夜出行，随坐于街市，品尝海鲜和烤串的幸福模样。

律风安静地听着，心中的感慨与他何其相似。

今晚的《逍遥游》不是神物遨游于天地的惬意，而是以人身铸造血肉长城，守护一方安宁的逍遥。

有了烧烤摊老板端上来的夜宵美食，佐特尔的单方面讲述逐渐变成与律风一起探讨。

他们像久别重逢的老友，总有许多新鲜话题能够聊。聊战争，聊传承，聊刚刚出图的文物，聊网络上正在流行的段子。直到凌晨分别，吃得浑身烟火气息的律风郑重地邀请道："等你的《逍遥游》巡演结束，我带你去看看平麓跨海隧道。"

佐特尔眼睛一亮，却露出了狡黠的笑："风哥，我想去，但不是现在！我妈求着我带上她的乐团，尝试一种全新的音乐会模式。所以巡演结束之后，我会好好忙上一阵子。"

他说得大言不惭，毫不脸红。言下之意宛如是他妈妈幡然醒悟，终于承认他是一个超级大天才！

如果不是律风清楚，他有多渴望得到李晴素的认可，而李晴素面对他又是如何不苟言笑，恐怕都要信了他的鬼话。

然而，佐特尔喝可乐跟喝酒一样，"醉"得神志不清。他自信地说："等你们的平麓跨海隧道真正建成了，我和我妈的乐团一定会来。这场能够和自然一起演奏的音乐会，终点站就在平海！"

第九章
CHAPTER 09
菲禄战火

一场《逍遥游》带起了网络最原始的轰动与狂潮。佐特尔没有用文字阐释的音乐，经由现场上千位热情洋溢的粉丝传播，刷遍了各大社交平台——

《一场现代式〈逍遥游〉的诠释，更是久别重逢的史诗》

《来自佐特尔的音乐：叛逆又深情的抒情交响》

《不是来客，而是归人——〈逍遥游〉奏响的家国乐章》

那些真情实意夸赞着佐特尔的网友里，有业余音乐爱好者，有钢琴up主，还有其他粉丝数量不少的音乐达人。

音乐带来的感触，借由这些专业人士的分析，更能清楚地传递四大乐章的主题内涵——炮火肆虐，风雨飘摇，革命奋起，家国富强。

即使大部分人没能亲临现场，凭借着这些与音乐一样优美的文字，都能感受到听众们的慷慨激昂。

佐特尔澳大利亚人的身份，并没有给听众与他的交流造成阻碍。他心中蓬勃的情感足够感染每一个中国人。

还有粉丝泪流满面，叫着"别吹了，真的别吹了，我已经抢不到票想去音乐厅做清洁工了呜呜呜"——特别卑微。

佐特尔要在中国许多城市巡演，忙碌得像个空中飞人。律风回到平麓跨海隧道之后，把音乐会的事稍稍跟翁承先提了一下。

这位老总工竟然有印象，他推了推眼镜，努力回忆："我好像听谁说了，等平麓跨海隧道竣工之后，调试期间有个什么音乐团可能会来，我还以为是来取材。"

"不是取材，是想在平麓跨海隧道上进行排练，然后举办一场自然音乐会。"律风没法想象这场音乐会将会怎么举办，但他转述得非常认真。

有了佐特尔的《逍遥游》，他可以大概想象出平麓跨海隧道音乐会的画面，甚至带了一点点私心，将这场音乐会计划描绘得极其震撼。

天地之间，惊涛拍岸，琴声绕梁，蔚蓝大海与铁灰桥梁在演奏中相会，共同谱写出一曲属于平海的磅礴旋律。

翁承先听得出神，就连瞿飞这么一个对音乐不感兴趣的家伙，都凑过来听完了律风的转述。

律风说:"之前我还怀疑能不能成功,直到我听了《逍遥游》,才觉得他们一定能够演奏出这样的效果。"

"这李老师……挺有想法的哈!"瞿飞眼睛闪闪,"你说她那个儿子搞的音乐会这么厉害,票是不是很难买?"

律风点点头:"基本上一秒没,我看网上的粉丝都在高价求票。"

瞿飞巴掌一拍,赶紧说道:"这敢情好,律风你能不能帮我们跟佐特尔要两张票,我有个小学妹——"

还没等他认真讲讲自己的小学妹,翁承先一掌拍得清脆:"又在这儿胡闹!跨海大桥测算做完没有?沉管讨论会提出的技术问题研究没有?还有空去听音乐会?!"

律风习惯了瞿飞的不靠谱,天天这个小学妹,那个小姐姐,格外不着调。但是,工程再忙,有关终身大事,律风还是愿意帮一帮。

他看着龇牙咧嘴的瞿飞,笑道:"瞿工,佐特尔的音乐会还要走二十多座城市,但是离得最近的广州场已经结束了。你看其他城市里哪一场合适,我可以帮你要两张票。"

瞿飞一乐,正要说话,翁承先板起脸,道:"你别信他胡说。他那点儿胆子,要是真敢约女孩子出门,他爸妈早就抱上孙子了!"

"师父!"瞿飞强烈抗议,"你给我点面子啊。"

翁承先叹息一声,摇了摇头,直接拆穿了徒弟的虚张声势:"这家伙,周末被拎着去相亲,坐上饭桌沉默寡言,一句话也不说,把人小姑娘晾了一晚上。他爸妈气死了,他竟然还在这儿嘴花花儿的说约小学妹呢。"翁承先瞥了他一眼,"你心里要是有小学妹,还报名参加援菲建设做什么?"

瞿飞被说得语塞,梗着脖子,理直气壮:"……为国奉献不可以吗!"

"哼!"翁承先说,"这么想奉献,空闲时间都来加班?"

师父揭老底揭得铁面无私,律风却听得哈哈大笑,笑完又说:"其实,瞿工不提门票的事情,我也想邀请您去听听。佐特尔的音乐确实跟我说的一样意蕴深刻,直到现在我耳边还能响起他弹奏的旋律。"

如果翁承先愿意前去,李晴素女士必然会高兴地为他解说平麓跨海隧道音乐会的新奇计划。可是……

律风无奈补充道:"我怕您没有时间。"

翁承先需要协调工程进度,定期查看每一段方案的细枝末节。沉管和人工岛将会成为跨海大桥之后的又两道难关,今天他们能够像这样坐在一起聊天,都算是难得的悠闲。

一个项目总工都能忙得头发稀少,而平麓跨海隧道项目的总负责人,肩上的压力远超律风的想象。

佐特尔的音乐确实慷慨激昂,令人热血沸腾。但是,在翁承先这样的老一辈无产阶级面前,再沸腾的热血都比不过他们那颗炽热的心。倾听年轻人对中国的感悟只能算是一种调剂,律风更希望他能够享受片刻的安宁,然后去面对后续的难题。

翁承先感受到了律风的体贴,推一推眼镜,笑道:"我确实没什么空闲。既然李女士想到平麓跨海隧道开音乐会,等我们工程结束了,我肯定第一时间欢迎他们的到来。至于瞿飞……"

"你还是不要管他了。"翁承先语气严肃,"他听音乐会,简直是牛嚼牡丹!"

师父的断言令瞿飞十分受伤,至少律风是这么觉得。直到他们开完正常的沟通会议,跟着工程师登上船舶出发,瞿飞都显得没精打采,一直在蔫儿巴巴地刷着手机。

平海的风依旧喧嚣,律风坐在室内确认待会儿要核查的项目,忽然听到身边一阵轻响。只见瞿飞皱着眉拿出手机,一顿操作猛如虎,不过片刻,又开始唉声叹气。

"怎么了?"律风特别关心自己的好搭档。

瞿飞把手机一收,神情忧郁:"抢门票。我还第一次遇到音乐会门票这么难抢的。"

"《逍遥游》?"律风看了看前方正在认真跟工程师说话的翁总工,低声道,"你看看后续他去的城市里,哪一个时间跟你能对上,我帮你要票就行。"末了,他还补充道,"两张。"

瞿飞摆摆手,语气轻佻地感叹道:"抢到就是缘分,抢不到就是牛嚼牡丹。我也没什么小学妹能带,就是想试试手气,抢到了就去倒卖。"

越说越不可信,律风实在不清楚一向好好的瞿工这是怎么了。他忽然想起翁承先说的那件事,好奇道:"那你为什么想报名参加援菲的项目?"

这话一问,瞿飞那股子吊儿郎当的气场散了大半。他皱起眉头欲言又止,最终叹息一声:"不是想。我已经报名了,但是被师父摁了下来。"

瞿飞抓了抓乱发:"平麓跨海隧道项目的跨海大桥部分完成之后,我就帮不上师父的忙了。做沉管隧道项目的工程师比我更懂测算，到时候我应该会跟你一样，离开项目组，所以，我想去外面看看。"

律风听完，心中讶异。

翁承先作为平麓跨海隧道项目的总工程师，自然会从头监督到尾，而瞿飞作为总工程师的徒弟，理论上也该一直陪伴着自己的师父。

但是，瞿飞不这么想。他说："我跟着师父做了六个大桥项目，还没有独立完成过什么。但是家里一直觉得我功成名就，应该考虑个人问题了。哎，我根本不想结婚，全世界有这么多漂亮妹妹，我要是结婚了，她们怎么办啊！"

律风：……

瞿飞在谈话中极力避免透露自己的情绪，可律风感觉到了，他只是想独立完成一个项目，像驻扎菲禄的易兴邦似的，脱离惹他心烦的家庭，花上两三年的时间去异国他乡，走出属于自己的路。

律风觉得新奇，像见到了另一个自己。

只不过，他是从英国回到祖国怀抱，而瞿飞，则是想离开安稳的祖国，走出自己的天地。

不同人有不同的追求。律风拿出手机，准备给有追求的瞿工，要两张"回心转意"票。最好是时间任选，地点随意，不能倒卖的那种。

然而，没等律风找到佐特尔的消息框，就发现工作群的消息炸成一团。

他点进去一看，只见里面乱糟糟的，有人喊道——

"菲禄打起来了！"

菲禄不是什么政权稳定的国家，一直存在着武装恐怖组织的身影。

这次，潜伏于菲禄老区的恐怖组织在落后贫困地区集结了队伍，趁着菲禄还没从台风洪水中缓过来，对视察的总统发起袭击，并占领了部分重要设施。

这些设施里，恰好就有中国建设的瀑帕大桥！

瀑帕大桥作为重要的跨河通道，修建成功之后，本应该移交菲禄政府管辖。然而，大桥合龙后的检查工作直接被战火打断，无数携带武器的组织成员将中国建设团队的成员赶了出去，占领了瀑帕大桥。

工作群里现在收到的消息，大多是被赶出桥梁建设现场的员工发回来的一手线报！

"这绝对不是马乌拉集团的那群人，他们居然开坦克！"

"如果他们只是拿枪过来，我们肯定桥在人在，但他们拿的是重机枪！不讲武德!"

"我猜是换了一群人要跟菲禄政府对冲,今天早上政府守桥的卫队临时换岗,这群人就来占桥,说不定有内鬼!"

他们还能叽叽喳喳地分享见闻,看来没有生命危险。可瀑帕大桥被占,又出现了那么多重武器,应该不是小范围的军事冲突。

瞿飞的援菲梦想还没踏出第一步,就遭遇了前线的无情炮火,他拿出手机跟律风一起围观工作群的一手消息,在战火来袭的紧迫感里,感受到援菲同事那种诡异的乐观。

但是,突如其来的战争与他们近在咫尺,难免令律风感到担心:"这种情况,他们没事吧?"

他对战争的认知,只有残酷的牺牲,面对工作群里还有空发送消息的援菲同事,他实在不敢想象那样的结局。

"别紧张啊。"瞿飞安慰他,"现在打仗跟以前不一样了,而且这是菲禄的内部矛盾,一般不会对中国负责基建项目的人动手。"

瞿飞翻了翻消息,又道:"估计最多等到今晚,这些发消息的家伙就得丢下项目提前回国了。"

"这么快?"律风诧异道。

"嗯。"瞿飞说,"打仗啊……谁知道菲禄的炮弹长没长眼,当然得赶紧撤回来。"

由于远在菲禄的战争,今天的例行出航让律风感到一丝凝重。

工程作业船开到了跨海大桥项目点,翁总工带队走出船舱,开始今天的检查工作。

瞿飞见律风一直沉默,便知道他在想什么,安慰道:"走吧,我们先把跨海大桥建设好,再去担心别人家的瀑帕大桥。"

平麓跨海隧道跨海大桥的建设,在突破了平湖群岛附近的暗礁和狂风之后,变得格外顺利。虽然是前所未有的超级桥梁,但在经验丰富的工程师眼里,一切困难都在掌控之中。他们有全国的研究团队、建设专家作为后盾,几乎每一次遭遇的问题都能迎刃而解。

跟随建设进度临时改图的工作其实很枯燥,然而,律风全身心投入到这些枯燥的工作之中,能忘记许多烦恼。

他稍稍抬头,就能见到在宁静海面上航行的船只。即使见不到平海舰队并排巡航的身影,他也知道,在这片蔚蓝海域中,有一支强大无比的舰队在护卫祖国的安全。

在海风安静的吹拂下,战争炮火显得尤为遥远。

等他们返程回到陆地,晚饭时播出的新闻中,菲禄内战的消息得到了正式确认。

零星的袭击,四处的战火以及从受伤民众那里获悉的组织武装情况,都说明这不会是一场简单的恐怖袭击。

分散在菲禄多个地区的五个中国基础建设项目都受到了影响,还好,暂无人员伤亡。

律风一边吃晚饭,一边看得目不转睛。国内目前能够播报的菲方消息不会太详细,但是,"瀑帕大桥被武装分子占领"依旧成了新闻重点。

被抢夺的跨河大桥,遭到炮弹攻击的兰西工业区,以及并不安定的菲禄局势,都让民众担忧不已。不久,新闻播报了官方消息:所有参与菲禄基础建设的员工,将会分批被接送回国。

菲禄战况严峻的消息随着新闻联播扩散开来,无数还在感慨《逍遥游》与"国破山河在"的网友,立刻直面了离他们最近的现代战争。

不少人都开始感叹,原来水深火热的地方一直都存在,只不过是头顶有空军护卫,身边有陆军待命,周遭是海军巡航,他们才能安然坐拥约九百六十万平方公里的广阔家园。

律风深夜回到酒店,发现师兄还没睡,正开着电脑和殷知礼视频通话。

温暖柔和的光线下,殷以乔眉眼一挑:"爷爷,小风回来了,你可以问问他。"

为了建设麓岛的《舰归航》,殷知礼一直在寻找能够展现战舰冰冷肃穆之感的材料,奔走于各国之间。可他始终关心国内动向,菲禄爆发战争,中国撤回援建队伍的事情,他立刻就知道了。

"撤回来的人里面应该有国院的人吧?"殷知礼在视频那端格外担心,"他们有没有事?分批撤离能不能顺利回来?"

战争对于律风来说很遥远,对于殷知礼来说,却是距今不远的记忆,也令他对战争充满了担忧。

律风道:"他们没事,今晚就能回来,分批也不过是分几架飞机,前后不超过五小时。我都看到准备登机的同事们发朋友圈跟菲禄道别了。"

还有心情发朋友圈,看来确实没事。殷知礼长舒了一口气,靠在椅背里。

"到了我这个年纪,已经开始害怕战争了。"他摘下眼镜,无奈摇头,"能

第九章 / 菲禄战火

出去援建的工程师,都怀揣着国际主义情怀,没事就好。也幸好是这个时候,再晚一点儿,李晴素的乐团可能就要出发了。"

"出发去哪儿?"律风诧异地问道。

"菲禄。"殷知礼说,"《逍遥游》的音乐会持续到下个月,结束后,李晴素计划带上李佐先去菲禄探望援建的队伍。"

音乐家总是那么诗情画意。他们就像一支下乡的音乐队伍,计划到饱经台风肆虐的国度,用崭新的自然交响音乐会,慰问坚守阵地的同胞。

律风默默听着,只觉得李女士的计划很美好。虽然援菲同胞先他们一步回到祖国,不过,佐特尔说不定还能加几场《逍遥游》,在祖国大地上慰问一下援建成员。

国际形势瞬息万变,菲禄内战的消息刚刚在新闻上播出没多久,接人回家的班机就落在了立安港机场。这些人漂泊在外三四年,忽然被嘈杂的中文包围,瞬间有了游子归家的感慨。

易兴邦提着行李,已经有些没法适应人来人往的繁华。

团队成员都要先报到,接受完各种各样的体检项目才能休息。他正在和接机的领队确定待会儿乘坐的大巴车,就听到一声喊——

"小易!"

易兴邦诧异地看过去,才发现他熟悉的老学长,竟然来接机了。

没有瞿飞混不进的队伍,更没有他接不了的机。援菲队伍落地立安港,马上要出发去酒店集中隔离,后面还会体检、开会、搞心理辅导,以免刚刚回国的员工们携带疾病或者出现不适应的情况。瞿飞趁他们还在立安港机场,立刻跟师父请假,亲自来跟易兴邦碰头。

到了国内,援菲项目里的总工,也不过是党组织领导下的小领班。有了真正的大领导负责后续安排,易兴邦又重新变成"小易",融入了建设集团庞大的集体里。

每日召开会议,汇报情况,整理资料,他们负责的瀑帕大桥项目将在短短一周时间内完成总结归档。这样的状态在易兴邦意料之中。可是等资料整理好,递交给建设集团总负责人的时候,他心里仍旧升起惆怅。

幸好,这次的惆怅有瞿飞帮忙分担。

所以在解除了隔离、可以自行选择休假和归岗的时候,易兴邦想也没想就申请了平麓跨海隧道项目的工作,要求去跟组学习。

瞿飞没想到自己去接个机，还能帮项目组接来一个帮手。当易兴邦穿着建设集团灰扑扑的工作服，头戴安全帽前来报到时，瞿飞简直激动得说不出话。

"兄弟啊，你可真是我亲兄弟！"他赶紧把人收下，抓着就往船上带，"正好有段载荷力我算不清了！"

律风在埋头修改跨海大桥设计图。

正在进行建设的桥梁段，由于海水深度和波流力的影响，需要对设计进行微调。这些细微的调整，必须经过大量计算，才能得出最佳的弯曲耦合，避免桥梁出现设计瑕疵。

每到这个时候，瞿飞是肯定会头秃的，还得带着整队设计师坐在电脑前疯狂掉头发。这一次，陪他们掉头发的人多了一个。

易兴邦走进来时，律风用余光一扫，吓了一跳。

皮肤晒得黝黑的年轻总工，算是全船穿得最为正式的人。工作服，安全帽，连外套的扣子、衣袖的松紧带都系得极好，跟瞿飞这个自由散漫的家伙仿佛不在一个世界。

律风在电视里见过易兴邦，那不苟言笑的严肃模样倒是如出一辙。

进门之后，瞿飞大大咧咧介绍道："我学弟，易兴邦。那个被菲禄恐怖组织抢了的大桥，就是他当的总工！"

明明是学弟，瞿飞介绍得跟自家亲弟弟一样兴奋。

大家自我介绍完，又慰问归国人士。易兴邦一点儿也没把自己当外人，直接说道："你又算不清什么了？我看看。"

瞿飞赶紧把人拖到律风电脑前："就这个！把它的全部受力都给我算出来！"

狮子大开口，易兴邦竟然不慌。他慢慢摘下帽子，拿过鼠标，一句话也不多说，就开始遵循给出的参数算桥梁受力，一看就知道是被瞿飞常年使唤出来的。

有了帮手，律风轻松许多。虽然软件可以代替他们完成大部分的运算工作，但是各项参数紧密相关，光是选取不同的边界条件，也能把他整个人搞晕。现在，律风终于可以站起来，仔细打量打量这位归国总工。

易兴邦很年轻，尽管皮肤晒得黝黑，也挡不住他面上那种年轻人特有的纯粹。瞿飞这么一个大个子在旁边喋喋不休地"是不是""对不对"，他居然丝毫不焦躁，仍旧以自己的节奏慢慢敲击键盘。

见这对学长学弟忙活着计算，律风拿过桌上的笔记本电脑，重新开了一份文件，按照要求把桥墩的曲线单独绘制了一遍。

船舱外是忙碌的工程机械浇筑混凝土的响动,船舱内,每一个人都忙碌于手上的验算,耳边是瞿飞的唠唠叨叨。

暮色降临时,微调的参数还差几个关键点,律风已经完成了调整后的箱形截面示意图,就等着他们给数据,再拿出最终的建设方案了。

"瞿工,都六点了,要不然今天先回去,明天再算?"有工程师提出建议。毕竟工期不赶,他们这份微调设计图晚几天拿出来,也不会耽误外面跨海大桥的进度。

然而,瞿飞叉着腰,盯着屏幕,随口回道:"等会儿。"

显然没有同意,大有加班加点的意思。

律风习惯了瞿飞的工作状态,他拿出手机,给殷以乔发了条"晚上不回来吃饭"的消息,就去看这两位的计算进度。

屏幕上的验算比律风想象得更快,易兴邦已经通过弯矩推导出了扭矩比较值,只用再算出翘曲度,就能得出径向力。他正忙碌于比较算法,想找到合适的修正系数,给出较为精准的结果。

律风一看,道:"你乘以0.98吧。应该差不多。"

易兴邦一愣,没敢乘,也没敢继续计算。

"乘啊,乘0.98!"瞿飞却急着催他,"律风给的数据不会错!"

也许是瞿飞语气肯定,又或者易兴邦更信任瞿飞,他马上按照律风所说,将算式里的修正系数改为0.98,得出了最后结果。

"成了!"瞿飞兴高采烈,赶紧把数据往模型中代。

大家都为他这句话而轻松起来,终于可以不加班,也可以早点回家睡觉了。所有人都将感激的视线投给律风,律风却笑着对易兴邦说:"多谢易总工,要不是有你在,今晚我们又得熬夜了。"

"我只是算得比较快,关键的修正参数还是你给的。"易兴邦被说得不好意思,拿过安全帽把它重新戴回自己头上,眼睛漆黑明亮,"而且,我已经离开了菲禄,不是什么总工了。"

他语气中有浅淡的遗憾。对他来说,这次回国不是落下了一份工作,也不是放弃了一个工程,而是丢下了并肩作战的战友。

律风并不能真正理解他的心情,只能尽量安慰道:"菲禄应该很快能稳定下来,你们肯定还会回去继续建设瀑帕大桥。"

易兴邦摇了摇头,站起来说道:"国家比我们更清楚菲禄的局势。这次回来,我们项目组已经交接了关于瀑帕大桥的全部资料……"

他一向平静，此时却难得情绪低沉——上交资料，意味着未来两三年都不可能继续援菲建设计划了。

"瀑帕大桥之后，其实还有一座库坎大桥。

"这两座桥不仅是我们援菲的建设工程，更是中菲国际通道上至关重要的桥梁。"

年轻人藏不住语气里的疲惫和委屈，继续道："律工，那不是普通的桥。"

第十章
CHAPTER 10
接通长浪

　　易兴邦这一句话，透着浓浓的伤感。

　　作为新时代国际道路的建设者，他们兢兢业业地建设着这些桥梁，期盼着让国际往来变得更加便利，期待着祖国需要的物资能够通过桥梁更快更安全地进入国内。

　　可是，一场战争，全没了。

　　"好了，既然是我们的项目，早晚都能再继续建起来。"瞿飞见学弟这样，直接动手拖人，"不要沮丧着脸，不然师父还以为我压榨你呢。"

　　确实"压榨"了学弟的瞿飞，全然没觉得自己叫一个刚报到的"新人"帮自己算数据有什么问题。他高高兴兴领着人下船，去的不是人潮攒动的工地食堂，而是海边夜市，还没忘记叫上律风一起，拍胸脯说他请客。

　　抠门老哥第一次请客吃饭，律风当然赏脸。

　　他们步行在暮色之中的沿海城市，随便就能找到一家热热闹闹的路边海鲜餐馆，稍稍转头就能见到海洋沙滩，菜刚点完，马上先上来一箱啤酒。

　　而律风，喝可乐。

　　立安港的夜景，每换一个地方都有不同的感受，律风吃着海鲜炒饭，听瞿飞和他的小学弟聊天。

　　有这么一个健谈爽朗的家伙在，易兴邦再多愁思，都被瞿飞侃得干干净净，一瓶一瓶酒往下吹。

　　他们慢慢聊，律风慢慢听。

　　瀑帕大桥确实和其他援菲工程不同。其他援菲工程招募本地建筑工人，用菲禄公司的建筑材料。可瀑帕大桥，从桥梁设计师，到建筑工程师，还有重点桥梁段的施工者，都是从国内派过去的人；小到一颗螺丝钉，大到所有的支撑钢管，都是国内出口的。

　　"我们的桥建得慢，就是因为这座桥建在中菲通道上，必须好好打磨。"

　　易兴邦抱着啤酒瓶，聊起桥来，话也变多了。

　　瀑帕大桥没有什么技术难度，是国内建设技术成熟的桥梁种类。但它的每一条钢梁，每一抔混凝土，都是为了国际交流存在，易兴邦说得格外动情。

做桥梁建设的人确实没什么浪漫脑子，但他讲起建造瀑帕大桥时遇到的台风、洪水，在菲禄见过的朴实百姓，满是真情实意。

瞿飞安慰他："你放心，国家做国际通道的规划时，都有各种备选方案。菲禄打仗也不会一直打下去，总会有办法解决的！"

易兴邦愣愣地看着他："你这么说，我更难过了。"

"难过个屁！"瞿飞贴心学长的人设崩塌，抄起一瓶啤酒，跟易兴邦的酒杯撞得清脆，"喝！"

律风在国内跟了两座大桥的建设项目，总会感慨：幸好自己没在国内读大学，否则，他肯定也免不了跟瞿飞、易兴邦一样，养成借酒消愁的习惯。

国内建筑工地全凭酒量交流感情，然而律风这一喝就醉、一醉就疯狂上头的体质……偶尔凑个热闹就得了。

还好，瞿飞捞着酒瓶，占据了今天晚餐的主场。

"下次我陪你去菲禄，什么瀑帕桥、库坎桥，哥都给你守得好好的，再来抢桥老子就跟他们拼了！"

易兴邦打了个酒嗝，小声反驳："他们有坦克呢。"

瞿飞丝毫不虚，吹起牛来比谁都狠："坦克怎么了？来一辆炸一辆，来两辆炸一双，谁敢动老子的桥！"

他气势如虹，吼得格外大声，要是在战场上，这一声吼足够振作士气。

但是，他面对的不是等待冲锋的士兵，而是喝得头晕脑胀的易兴邦。皮肤黝黑的易兴邦攥紧酒杯，喉结上下滚动几下，最终也没能说出什么附和的话。两行眼泪流了下来，他手掌胡乱去抹，发出低低呜咽。

瞿飞放下酒瓶叹息一声，声音格外柔和，终于像个可靠学长："哭包，怎么当总工了还这么多愁善感？"

"我不是哭包！"哭得更凶了。

律风算是见识了酒这个东西有多可怕，这么一位认真严肃的年轻总工，竟然会抓着瞿飞嗷嗷哭，声音虽然不大，但是格外伤心。

坐在棚子里吃宵夜的人，一边聊一边看过来。夜晚海边的路边餐馆，这样的熟悉场景令所有陌生人的目光里都是包容理解。

易兴邦呜呜呜地说："飞哥，我肯定没机会回去建桥了，我的瀑帕就差最后验收，库坎的建筑材料都调好运送时间了，可我桥没了！"

瞿飞就跟哄孩子似的，拍着易兴邦的背，叫他"喝，多喝点"。

特殊的安慰方式，看得律风一愣一愣的，他问："需不需要送易工回去休息？"

"不用不用。"瞿飞摆着手,"让他好好发泄一下,这人什么事都憋在心里,累得慌。"

发泄确实能够减缓心中压力,但律风看着易兴邦一边流泪一边喝酒的样子,还是有些担心。

瞿飞却说:"别看他这样,等喝酒喝断片儿,睡一觉起来,他肯定什么都不记得了。"

他们折腾到凌晨一点多,瞿飞把人背起来就往宿舍走。

第二天一早,律风走进工地食堂,就见瞿飞捏着馒头没精打采地吃早饭。

易兴邦仍端端正正地穿着工作服,手边放着安全帽,正慢条斯理地喝粥。见了律风,他还笑着打招呼,一点儿都没有昨晚的失态模样,瞿飞甚至比他更像那个醉得噫晌的人。

易兴邦好像真的不记得自己边喝酒边哭诉"桥没了"的事情,还认真跟律风讨论,今天天气不错,据说没大风,跨海大桥设计图修改后的工程一定能够顺利进行。

但是律风记得——

他说,那是我们自己的桥。

菲禄的纷飞战火仍在继续,透过新闻联播都能感受到战争的残酷无情。

反叛势力从瀑帕大桥所在的地区开始进攻,居然顺着平坦通途,借由先进的军备,突破了菲军防线。

律风天天看新闻,连陌生国度的总统、军方各类人士的名字都耳熟了,却始终猜不到这场战事的结局。他皱着眉点开中国新闻网的前线报道,还没仔细看内容,就听见了轻轻的敲门声。

殷以乔站在酒店卧房门前,笑着看他。

"你在看什么,这么投入?"

"菲禄。"律风将笔记本电脑挪过去一点儿,殷以乔走进来,看到了屏幕上的前线新闻。

瀑帕大桥成了恐怖组织的根据地,能够成为中菲国际通道的桥梁,其地理位置必定四通八达,此刻反而成了抢夺者的优势。

这群家伙像是知道中国建造的桥梁足够稳固,能够抵抗台风、枪炮似的,竟然直接从这座桥梁开始,往菲方军队的腹地冲锋。

殷以乔坐在床边,轻声问道:"还在想这些桥?"

第十章 / 接通长浪

"嗯。"律风点开其他新闻，早在十年前，国内就开始出现关于中菲国际通道的报道，"我们建设这座瀑帕大桥的同事回来了，前几天跟他聊了聊。这桥对菲禄重要，对我们来说也很重要。"

中国人的脚步遍布全球，为了国家的建设，也为了更好的生活，总有许多人必须背井离乡，踏上他国的土地。

他们一边走路，一边修路，在陌生的河流上架设起无数桥梁。好像一群自带干粮柴火的开拓者，走出了一片属于自己的天地，也让后来者有大树乘凉。

战争时候修军用桥，和平年代修运输桥。

律风从尚未打通的中菲国际通道，讲到已运行多年的中欧班列，殷以乔安静听着，心中忽然警觉。他皱眉说道："就算战争平息了，你也不要去菲禄。"

律风震惊地看着他："我去菲禄做什么！"

酒店灯光柔黄，律风的表情不似作假。殷以乔无奈道："我看着你惋惜的样子，有点惶恐。"

他很少会用"惶恐"这样的词，可这个词精准形容了他的心情。在他眼里，律风被前辈们援助贫困国家和地区的大无畏国际主义精神深深打动，显然恨不得自己也和他们一样走出国门。

殷以乔相当直接："我怕你一时脑热，响应国家号召，跑去菲禄造桥。"

"我才不会。"律风随手关掉了有关菲禄的新闻，"只是同事回来说了很多关于那座桥的事情，我有些感慨罢了。"

他视线扫过殷以乔，低声道："那是我们的桥。"

真正被中国需要的桥梁，哪怕建设在异国他乡的大地上，也有无数心怀赤诚的中国人，想要守护它。

瞿飞最终没带小学妹去听《逍遥游》，而是带的小学弟。

律风特地跟佐特尔说了易兴邦是刚从菲禄回来的，惹得这位想去菲禄而不能的弟弟无比开心。

他不仅给瞿飞和易兴邦留了最好的位置，还兴高采烈地要了瞿飞的电话。等律风一觉睡醒，就看到了凌晨三点的消息。

佐特尔发来了一张合影。照片里，易兴邦穿着简单的衬衫西服，在烧烤摊简陋的塑料凳上坐得端端正正。

瞿飞则是倒在椅子里，一副命不久矣的模样。

唯独占据镜头中心的佐特尔精神抖擞，伸手比"耶"。

佐特尔:"风哥!飞哥和易哥真有意思!"

佐特尔:"就是飞哥喝酒不太行!"

律风:……

这俩人,到底喝了多少酒,才把瞿飞这么一个酒缸子给灌醉的?!

事实证明,佐特尔的《逍遥游》颇具治愈功效,能够引发年轻人的共鸣。瞿飞和易兴邦千里迢迢去往目的地,听完音乐会,吃完烧烤,喝完啤酒回来之后,又是两条好汉。

跨海大桥的工程多了一个熟练工,改图测算的工作轻松不少。

长达四十多公里的跨海大桥,在波涛汹涌的海域上不断延伸,距离对接人工岛的计划日越来越近。

律风也早出晚归,越来越忙。

有一天,律风久违地拖出了大行李箱,往里面整理衣物,还把笔记本电脑放了进去。

殷以乔若有所感,问道:"这次要在海上待多久?"

律风将行李箱一合:"可能一两个月。"

虽然是估算的时间,但已经比殷以乔预想的超出太多:"这么久?"

律风眼睛里光芒闪烁,抑制不住心中兴奋。

"不久!"他笑道,"跨海大桥要对接人工岛了。"

跨海大桥对接人工岛,代表平麓跨海隧道桥梁段的建设进入尾声。

翁承先带领团队全员入驻长浪人工岛建设工地,规划安排桥梁与人工岛对接的工作。

即使律风不习惯人工岛夜晚的风浪声,早上起来也精神奕奕。没有什么事情比达成目标更让人觉得有干劲了,他遥看着跨海大桥延展过来的身躯,还有海面上等候对接的大型吊塔,内心雀跃无比。

对接要稳,焊接要快,角度要准。简单的桥梁吊装要求,换在了至关重要的桥岛连接工程上,变得格外复杂。

跨海大桥落位在长浪人工岛的"烽火台"桥塔,重量远超任何一座桥基,他们却要将这座上千吨的桥塔悬吊于平海之上,一点一点地转动落位,实现桥面、桥塔、人工岛三点一线的对接。

在正式工作开始前,律风跟随着队伍开了无数次会议。

"最近的海风情况难以估测,吊装时必须严格监控转动角度和水平,尽快完成焊接。

"吊塔的角度还要再调,注意好防风屏障的方向,千斤顶调整桥塔拉力的应急预案必须做好,确保对接一次成功。

"海事和救援队伍记得提前联系好,以免施工过程中出现渔船误入施工区的情况……还有,做好桥塔翻倒时进行事故抢救的应急准备。"

翁承先沉稳的声音回荡在室内,每一句都敲打在律风的心上。

桥塔的烽火台造型是律风设计的,与尖锐刀戟似的铁灰色桥身遥相呼应,既配合了六方三角结构的古朴风格,又展示出中华绵延不绝的历史传承。

然而,等他真正到了长浪人工岛,参加了对接研讨会,才发现这座优美的烽火台给建设团队带来了多么严峻的挑战。

烽火台凹凸的造型使得桥塔中心分散,极易在海风影响下出现晃动。

海上大型浮吊将它吊起,进行对接时,稍有不慎就可能导致桥塔与浮吊整体倾斜、翻倒,砸入海水之中。这个过程就是将千吨重物悬置在一根钢丝上,然后放开双手,等它的重心落在指定位置。

律风光是听着翁承先的叮嘱和各个项目负责人的汇报,都惊出了一身汗。

跨海大桥的对接不会容易,他充满信心地等待中国工程师创造奇迹,却没想到,这个奇迹等同于在万米高空走钢丝。

会议结束,律风还没能从可怕的想象中回过神。他跟着瞿飞走到室外,咸腥味的海风吹得他浑身清凉。

"瞿工,我以为是建设集团'竖转提升'技术已经很成熟了,才会同意我用烽火台设计的。"

律风仔细回想,当初他们众多单位、工程师一起研讨烽火台造型时,没有一个人对桥塔高度、重心、材质提出质疑,建设集团甚至主动给出了"竖转提升"的解决方案,完全没有告诉他——

"原来这个方案,这么困难。"

瞿飞见律风一脸凝重,忍不住笑出声:"困难就不做了?建设集团负责人打了包票,一定能够圆满完成,你帮他们操什么心?"

他抬手指了指人工岛停泊的大大小小的工业船,说道:"他们可是把液压控制系统、倾斜仪监控全都搬了过来,为了后天的吊装,拖轮、吊船、驳船还有抛锚定位系统都准备就绪了,怎么,现在你才后悔设计出烽火台了?"

他的声音轻松惬意,仿佛有了面前这些器械和船只,后天的桥塔对接必定可以顺利完成。

"我当然不是后悔。"律风叹息道,"可如果他们提前说有技术困难,我就能多研究一下桥塔造型的重心和受力,把它改得更容易吊装一些。"

美观只是桥梁的外部条件,平麓跨海隧道能够建成,重要的当然不是造型。无论它是钢铁长城的烽火台,还是普通桥塔,都不影响平麓跨海大桥的竣工震惊世人。

可惜,瞿飞并不赞同。

"烽火台桥塔造型,是我们一致投票决定的。建设集团不提困难,说明他们就喜欢这样的桥塔,就喜欢你设计的烽火台!"

矗立于海面的烽火台,让律风懂得了美丽需要什么代价。

整个对接工程,负责人都忙忙碌碌,他们每次去确认数据的时候,都能见到建设者布满血丝的双眼。

吊装对接的日子,终于如期而至。

凌晨两点,律风听着海浪拍岸的声音彻夜未眠。他穿好衣服走出去,却发现施工现场灯火通明,无数身影立在海岸边,和他一样等待着六点开工。

清晨的阳光洒满海面,所有人都安静严肃地凝视着满屏幕的监控数据。

翁总工一声令下,巨大的海上浮吊架起造型凹凸的烽火台,在所有人的屏气凝神里,悠悠离开船体。

太阳升上天空,桥塔悬浮于桥面。

明明是一块千吨重的钢铁,操控者吊着它缓缓移动的动作,却像吊起柔软脆弱的婴孩,唯恐动作太快,惊扰了它安稳的睡眠,又怕海风吹乱了它的软发。

短短一百米的提升距离,在所有人的凝视里,缓慢进行着。

哪怕冰冷海风吹过律风的脸颊,带起无法忽略的疼,他也舍不得眨眼,紧紧盯着监视器里上升的桥塔。

明明周围上百人都在为这项工程而忙碌,喧喧嚷嚷之中,他却只能听到风吹海浪的轻快声音。

当那块悬吊于桥面的千吨钢铁开始竖转的时候,周围的声音忽然变得更加嘈杂,再冷静的声线也盖不住意外来临的焦急。

"桥塔水平位置偏差九度。"

"竖转没有到达预算位置,桥塔没有按计划滑移。"

简单两句话,语调无比快速。

律风还没能意识到问题所在,身边的翁承先当机立断,喊道:"千斤顶!"

争分夺秒的对接还没开始,已经启动了应急预案。控制桥塔两侧滑移轨道千斤顶的工作人员，迅速拉起开关，悬吊在风中的烽火台在牵扯力下，缓缓回到预定角度，等监测仪上的数值与预算完全吻合后，桥塔开始了竖转。

整个竖转过程，比吊起桥塔的过程更慢、更静。

律风甚至能够听到一千吨的钢铁在风中转动时的"嘎吱"声响。

提力、重力、牵扯力，牢牢控制着凹凸不平的烽火台。它的每一点转动，都在工程师的控制之中，从日升走转到日落，最终在明亮如昼的探照灯里，滑进了指定位点。

不过是跨海大桥项目里小得不能再小的对接工程，却看得律风神经紧绷。

直到工程师汇报"桥塔安装成功，申请开始焊接"时，他的脑子才从昏沉中清醒过来。

室内安静的空气似乎被这句话唤醒，脸色凝重的翁承先叹息一声，如释重负道："允许焊接。"

早上六点，到凌晨一点。

一座烽火桥塔，锁上了跨海大桥到长浪人工岛最后一条缝隙，象征着跨海大桥工程旗开得胜，还将从立安港一路顺遂地走向平海海峡深处。

新闻播报的喜讯，比律风发给殷以乔的消息更晚一些。

那些清晨睁开双眼的民众，拿起手机就能知道"平麓跨海隧道跨海大桥登陆长浪人工岛"的震撼消息！

那座铁灰色的桥梁像是横渡平海的芦苇，用中国人的超凡能力，实现了神话中一苇渡江的奇迹。

立安港已连通长浪岛的消息，在当天的新闻联播占据了宝贵的六分钟。

热议跨海大桥消息的网友，终于从官方视角，见证了那条匍匐于海平面上的铁制长龙。

它划破风浪，渡过暗涌，找到了蔚蓝海洋的中间站，势如破竹的身躯，在浮光掠影之中一闪而过。熟悉的烽火台造型成了新闻视频里的主角，它昂扬于平海之上，坐落在长浪人工岛，仿佛随时都在瞭望全国！

"桥梁建设过半了吧，剩下的就是隧道了吧？"

"我看到消息说隧道已经开建了，只是不知道建到了第几节。"

"这么快？我们是不是不用等十五年，就能坐车去麓岛了？"

新闻播放的平海掠影，成了普通民众的强心剂。

中国基建工程大多提前完成任务，既然跨海大桥进入长浪人工岛这么顺利，另外一段对接金屿人工岛一定也没有任何问题！

平麓跨海隧道跨海大桥对接长浪人工岛，带来了空前绝后的热度，连国外不怎么关注这座桥梁的人，都能在各种新闻网站上见到它的身影。

毕竟这是全球唯一一座超级跨海桥隧，更是中国与麓岛规划了几十年的关键通道。

很多外国人以为，这座桥在台风"利苏"之后遇到了建设困境，所以失去了消息。谁知道，中国人竟然还在埋头苦干，惊艳了全世界！

殷知礼跟殷以乔视频通话时，也兴高采烈地说起英国那几位傲慢的建筑师是如何夸奖中国建设能力的。

"我毫不怀疑，等平麓跨海隧道建成，他们又想邀请中国代表团参加建筑交流会了。"老人的笑声充满信心，"只不过，我觉得小风肯定不愿意去。毕竟克里姆出言不逊，令他很不高兴。"

他沉浸在喜悦之中，却发现自己的孙子心不在焉："怎么了，以乔？灯塔出了问题？"

"不，没有。"殷以乔回过神，"下个月博物馆就能通过验收，立安港政府已经确定了具体揭牌的时间，没什么问题。"

"那你怎么看起来……"殷知礼不知道怎么形容他的表情，"充满担心？"

殷以乔勉为其难地笑了笑："我在担心酒店和商业街建设，您知道的，我用了特殊的新材料，所以遇到了一点儿小困难。"

建筑上的困难，对他们来说根本不算什么事情。

殷知礼笑道："有困难就对了，不然怎么做得更好？那你好好琢磨，好好担心，我要休息了。"

"嗯，晚安爷爷。"

殷以乔一如往常，跟殷知礼道别。等视频通话结束，他的视线才慢慢沉下来，表情仍旧凝重，透出掩盖不住的担忧。

跨海大桥成功对接长浪人工岛的新闻已经过去了四天，距离律风说自己要去海上待上一两个月的那天，已经过去了……两个半月。

新闻播报里，跨海大桥工程的进度顺利无比，没有任何不利消息。

殷以乔能够搜索到的新闻，也在持续讲述平麓跨海隧道跨海大桥的工程师历经艰险，克服困难，勇往直前的故事。

可是，律风没有回来。

如果平麓跨海隧道跨海大桥一切顺利，他不可能不回来。

第十一章
CHAPTER 11
故人重逢

律风:"金屿人工岛的对接还在研究。"

律风:"是有点小问题。"

"不过,我们很快就能……"律风皱着眉敲字,还没能打出后续,便克制不住地"阿嚏"一声,一个喷嚏打得自己头晕眼花。

"律工,要不要这么拼?"陪律风到医务室输液的瞿飞都有点儿看不下去,"你都要烧晕了,还不忘玩手机呢。"

律风努力睁了睁眼,继续编辑完消息,发送了出去——

"不过,我们很快就能解决。别担心,我去忙了。"

他终于放下手机,疲惫感一拥而上:"什么玩手机,我报平安啊。"

律风的声音虚弱无比。他放弃抵抗,往床上一倒,总算放松下来。

长浪人工岛对接工程一切顺利,按照惯例,有了长浪岛的成功经验,金屿的对接工作应该更加顺利。然而,他们来了金屿人工岛之后,遇到了没法跟殷以乔讲述的麻烦。

这座岛屿建了未来平麓跨海隧道的服务区,集休闲、观光、应急救援等功能为一体。早在跨海大桥进入深海之前,金屿人工岛就开始了服务区的建设。但是,直到跨海大桥即将登陆金屿人工岛时,他们才发现预留的登岛口出现了严重误差。

跨海大桥上岸的位置和金屿人工岛预留的栈桥偏移了近十米,强行登岛会使桥面陡度攀升,影响高速路上车辆的行驶安全。

要么改桥,要么改岛,否则跨海大桥无法按计划平稳对接。

金屿人工岛项目负责人听到这个结果,当场面如土色。

工程项目都是照图施工,像平麓跨海隧道这样的重大工程,失之毫厘,谬以千里,十米误差能导致近百万的损失……更不用说追责了!

损失事小,跨海大桥必须平稳登岛。他们测算了误差,连夜商量对策,决定在靠近金屿人工岛的位置重新设计一段环形匝道,以减速绕行的方式连接金屿岛。

当然,在岛面上已经完成建设的栈桥,也得改。

改桥、改岛同时进行，气氛凝重得不亚于台风"利苏"来袭前夕。所有人严阵以待，加班加点修改设计图，就是为了尽快提交审批，解决误差问题。

天灾人祸，律风算是都见识了，更惨的是，他在金屿人工岛熬了半个月，竟然感冒了。

"阿嚏！"

律风躺在医务室病床上，哪怕整个人蜷缩在薄被里，也挡不住药液流进血管带来的沁骨凉意。

他每打一次喷嚏，都难受得紧闭双眼。这种没法安安稳稳睡着，又不能兢兢业业干活的状态，简直和上刑一样痛苦。

瞿飞跟医生说完话，过来看看老病号。

"医生说了，你这是劳累过度引起的发烧感冒，必须得好好休息，每天都要过来输液。"他晃了晃手上的单子，"我去帮你跟师父请病假。你就好好躺着，护士会照顾你的，啊。"

律风闭着眼睛，有气无力地"嗯"一声，根本没办法反对。

头痛，鼻塞，时不时想打喷嚏，这可能是律风近十年里最虚弱的状态。他在零下二十度的乌雀山没有发烧，在条件朴素的立安港工棚没有感冒，结果来了安稳舒适的金屿人工岛，画了几天图就倒下了，实在是脆弱得令自己鄙夷。

可惜，律风连鄙夷自己的力气都没有了。

他满脑子都是设计图，努力在思绪里延展出新的线条，又渐渐败给了袭来的困意。

律风睡得恍恍惚惚，一闭上眼就仿佛看到殷以乔担心的视线。他不想在微信里跟师兄说自己病了，以免显得软弱，像在跟人撒娇。

可是，一旦入睡，他梦里殷以乔的影子便挥之不去。

他仍记得在英国的时候，自己妄图依靠一身正气扛过病痛的傻事，最后还是殷以乔叫来了家庭医生，让他体会了一把有钱人的奢侈。

生病的人，难免脆弱。

律风在梦里都能感受到来自立安港的牵挂，从跳动的心脏处晕染开的热度，为他抵御着手背上的冰凉。

"律工，律工——"

律风茫然地睁开眼睛，发现是医护室的护士叫醒了他。

"输完液了，该取针了。"

律风掀开被子坐起来，一身热汗，行动迟缓地伸出手。

第十一章 / 故人重逢

"阿嚏!"

也许是睡了一觉养好了精神,也许是药物帮他驱散了病魔。早上还要死不活,眼睛都睁不开的律风,走出医务室,竟然通体舒服不少,想也不想地往临时办公室走。

金屿人工岛服务区位置宽敞:休闲的美食街可供旅客中途下车用餐、休息;观景台像一只打开的海蚌,柔软地伸出腹地,提供最佳的观海观桥场地;应急救援中心邻近海岸,宛如海蚌身下的珊瑚礁,连接起观景台与跨海大桥之间的空隙。

律风看了看远处无法延伸入岛的"断桥",痛苦地"阿嚏"一声,走进了设置在应急救援中心的临时办公室。

他还没能敲开门加入改图战斗,就见到瞿飞正靠着窗户大声嚷嚷:"没事,真没事,他不跟你说还不是怕你担心。小感冒嘛,岛上有专门照顾建筑团队的医疗队,输个液——"

瞿飞的话顿时卡在半截:"咳咳,有事,我挂了啊。"

他装模作样咳嗽两声,挂掉电话,转而眉峰蹙起,问道:"你怎么不回去睡觉休息?我帮你假都请了。"

"睡不着。我们不是缺人吗?我过来……过来……"律风"阿嚏"一声,续上刚才的话,"过来改图!"

"别。"瞿飞伸手抓着律风往外走,"我答应师父要盯着你好好休息。要是他见到你身患重病还带病改图,绝对批我。"

修改桥梁设计图,加一段环形匝道,虽然是重要的事情,可设计队伍有十一个人,还有专门负责测算的工程师,再怎么需要加班赶工,也不至于让一个病号上阵。

律风就算是身强体健的时候,也抵不过一米九壮汉的力气,眼下更是只能被瞿飞生生拽走。海风一吹,他头更痛了,皱着眉说:"我保证不熬夜,画到下班就休息。"

"不行,感冒会传染,你一个人能干倒我们整个团队。本来就缺人,二建那群草包设计师又一直不来,再倒两个,咱们桥也别想修了。"瞿飞丝毫不让,把律风往外面的观览电瓶车推,"上车,我送你去宿舍。"

车子还没发动,瞿飞的手机就疯狂响了起来。

"二建的设计师来了。"电话那端,翁承先声音平静。

瞿飞立刻炸了:"草!到底是哪个王八蛋画错了图!我马上过来!"

画错人工岛建设图,导致跨海大桥必须改加环形匝道的罪魁祸首登了岛,瞿飞也顾不上送律风回宿舍了。仇敌当前,自然要同仇敌忾,更何况,律风这副病歪歪的模样,有一半是二建设计师的责任!

怒火中烧的瞿飞把电瓶车开得像摩的,律风本来发痛的头脑,被凉风吹多了,反而降了不少温。

瞿飞急吼吼地要去找设计师算账,律风也微眯着眼开始算账。

不知道二建来了多少设计师,有没有懂桥、会做力学分析的老设计,他们环形匝道的桥基、桥面这块儿都缺点人手,最好多来几个,帮他们把桥线再拉一遍,查查错漏。

——特别会规划。

他们的观光电瓶车杀到岸口的时候,翁承先和易兴邦正好从服务区出来,对上了二建来的那群人。

二建集团负责整个人工岛的设计建设,从服务区到栈桥,金屿人工岛设计图上的每一根线条,都是这群设计师画出来的。他们有人年长秃顶,有人格外年轻,却无一不是神情凝重,唯恐平麓跨海隧道总工发怒。

当然,金屿人工岛的项目负责人早就已经发过无数次火了。赔偿、开除、追究责任、法院起诉……各种警告用词,他们听得都能背了。集团内部的检讨大会还没开完,这群设计师又马不停蹄地赶来平海,就是为了逐一检查,看看到底哪个环节出了问题。

为首的设计师正诚惶诚恐地跟翁承先解释情况。律风微眯着眼,端详着他们,忽然发现有个人缩在人群后面,总是回避他的视线。

这人越躲,越让律风眼熟。

"嗯?"律风病得不轻,但记性依然很好,他眨眨眼,喊出声来,"钱旭阳?"

他沙哑低沉的一声喊,立刻把所有人的视线吸引起来。

平麓跨海隧道跨海大桥的设计者律风,几乎是无人不知,无人不晓。哪怕他脸色苍白,神情憔悴,也不影响二建众人认出这张经常出现在电视新闻、表彰大会上的面容。

"钱旭阳,你认识律工?"

"你们同学还是朋友?看不出来啊。"

"小钱,怎么没听你说过?"

律风不过是喊了下名字,周围心思活络的设计师们,已经神情惊喜地扯着钱旭阳问话了。

干这行，有熟人就是最好的门路。更何况他们整队到岛，要面对的是整个平麓跨海隧道项目部的问责，一着不慎，这辈子都可能画不了设计图。突然有一个钱旭阳的熟人，而且还是设计平麓跨海隧道跨海大桥的大设计师，他们怎么可能不激动！

二建的设计师跟钱旭阳关系不错，几乎人人都在或暗示或明示，怂恿钱旭阳前去跟律风拉拉关系。

钱旭阳被众人往前推着，面如死灰，脚如灌铅，天知道他是怎么走到律风面前的。

因为律风，他好好的国院铁饭碗没了，被老爹发配到乌雀山大桥项目组的下级公司，没日没夜画图纸。他跟施工员同吃同住，把乌雀山大桥设计的每一根螺丝钉都画得栩栩如生，才获得了离开前线的好机会，终于可以舒舒服服坐在二建集团办公室，当一名朝九晚五的国企设计师。

可他做梦都想不到，二建经手的金屿人工岛服务区设计建造工程会出这么大的问题！大到需要他们这群坐办公室的设计师，亲自负荆请罪！

所有人视线都聚焦在钱旭阳身上，等着这位年轻人跟年轻的律工展开友好交流。谁能想到，钱旭阳犹豫半天，说出口的不是"嗨，你好吗"，而是——

"律工，金屿人工岛对接设计的失误绝对不是我干的啊！我是学道桥的，而且我画了三四年乌雀山大桥工程图，对桥梁结构了如指掌，怎么可能画错跨海大桥的栈桥！"

还没严刑拷打，钱旭阳脸色就白得跟病号律风一个色号了，说了一堆推卸责任的话。

周围设计师神情各异，总归不好看。毕竟，钱旭阳说不是自己干的，意思是他们干的咯？

"……你号什么？"律风头昏脑涨，被钱旭阳这么一吵吵，眉头都皱紧了。

即使他精神疲惫，也能看懂面前设计师们的神色。

团队氛围需要维护，而不是在关键时刻一刀两断。他最不喜欢的就是面对问题时不想着解决问题，却想着把自己从问题里摘出来的利己态度。不管翁总和其他工程师怎么想，至少在律风这里，谁该承担责任，并不是最重要的事。

他忍着感冒带来的不适，扬起音量，难得严肃地说："叫你们来是帮忙的，又不是开检讨大会。怕担责任就好好干活，而不是急着甩锅。"

律风虽然病了，但他说话的语气依旧具有震慑力。

刚才还惊慌着想把自己摘干净的钱旭阳愣在原地，他在安稳的环境里待久了,都快忘记律风是怎样的一个人了,直到律风这么沉声问责,他才回忆起了律风本来的模样。

这个人会因为老设计师留下的草稿,奔向荒无人烟的乌雀山,也会因为担心桥梁设计不符合标准,亲自核查乌雀山大桥的施工图。在他眼里,没有比建好桥梁更重要的事情,而忙着澄清的自己,就像一个卑鄙小人。

想清这点,钱旭阳脸色青白,浑身臊得慌。明明年纪相仿,他的能力和气度却都比不过律风。

站在一旁的瞿飞嗤笑一声,说道:"金屿人工岛从设计到施工,哪一步出了问题,我们会查得清清楚楚。你要喊冤,到时候再喊也不迟。"

他看向翁承先,指了指钱旭阳:"师父,这个人说自己是道桥专业的,还画了三四年乌雀山大桥的图,那就给我呗。"

钱旭阳不认识他,却听说过翁总工有个可怕的徒弟,此时立刻警觉起来。

可惜,他警觉也没用。

翁承先扶了扶眼镜,说:"钱工,你愿意来我们桥梁组帮忙画环形匝道吗?"

总工程师喊得客气,却听得钱旭阳后背一凛。

"愿意!我……我很熟律工的桥,画桥绝对没问题!"他转眼去看律风,想得到律风一两句肯定,却发现律风捂着额头,一副难受得不行的样子。

易兴邦原本站在翁承先旁边,见律风这样,走过去低声说道:"律工,我送你回宿舍吧,让翁总工和飞哥他们安排工作。"

"不,不用……阿嚏!"律风头痛无比,一个喷嚏几乎震得他眼冒金星。

"都这样了还说不用呢!"瞿飞皱着眉喊,"小易,把他送回去,盯着他上床休息,顺便看着他吃药。"

瞿飞说完,又对着律风喊:"……诶,你别说你不回啊,你敢不回去休息,待会儿我就把易兴邦揍一顿!"直接威胁没用,就用人质威胁。易兴邦十分配合,推着律风就往观览电瓶车那边走。

"我不想挨学长的拳头。"他说得面无表情,"所以你还是回去好好休息吧。"

如果不是海风吹得他感冒症状加剧,律风是绝对不肯走的。二建来了设计师,人手虽然变多了,可瞿飞点名要了钱旭阳,一看就有事要发生。

可惜,昏沉的头脑不足以支撑律风的过多思考,他头重脚轻地乘着电瓶车回到宿舍,就着热水吃药,倒头就睡。

看到易兴邦要走,他还没忘记叮嘱:"易工,你一定要提醒瞿工。"律风说话声音弱,但有理有据,"钱旭阳虽然是道桥专业的,还有乌雀山大桥的项目经验，但是做事很敷衍，还马虎，没什么责任心。"

相处虽不到一个月，也足够让律风判明一个人的秉性。钱旭阳沉不下心，做不好事，即使几年过去，也没见有什么长进。

如果金屿岛的误差与钱旭阳无关，那就算了，要是有关系，瞿飞还让他去绘制跨海大桥环形匝道的图，律风怎么可能不担心？

易兴邦听完，觉得律风不太了解瞿飞。

"你放心吧律工，他心里有数。"易兴邦帮律风拉上窗帘，"飞哥又不是做慈善，这人去了桥梁组……可得求神拜佛了。"

毕竟是国家级重要项目，万众瞩目的跨海大桥与人工岛对接时出现误差，几百万的损失，如果好好干活就能够抵消责任，那么他们平麓跨海隧道项目组也不用天天这么费心核查图纸，精心测算，半点错漏都不敢出。

钱旭阳被要到桥梁组，二建其他设计师心思各异，纷纷揣测这个瞿飞是什么意思。

"难道有桥梁经验真的可以将功抵过？"

"我看律风那么病歪歪的，可能一时半会儿没人画图了，才让钱旭阳顶上。"

"乌雀山大桥也是律风的项目吧？这钱旭阳能画乌雀山大桥，估计也能画跨海大桥。"

一群人进了办公室就聚在一起，神情凝重地议论着。

钱旭阳的甩锅能力，他们算是亲眼见到了。要是放了这么一个不稳定因素去桥梁组，指不定这货会在翁总工面前编排什么。设计师们忧心忡忡，盯着金屿人工岛需要改造的部分，心神不宁。

终于，有人放不下心，给同去桥梁组的同事发了紧急消息。

同事消息回得快，可不容乐观。

他说："我后悔答应来桥梁组了。"

很快，他又说："不过，有钱旭阳对比，我算是好多了。"

办公室的设计师一脸疑惑，面面相觑。

项目组的人站在海边，当场就点出了三个有桥梁绘图经验的设计师，直接由瞿飞带走。

当然，钱旭阳是其中最惨的。

"这段桥座的图，你重新画一下。"

"受力没做对，你连基本的桥梁波流力都不会算？"

"小易，你没给对数据吗？给对数据了他怎么还画错？"

瞿飞的每句话都带着对钱旭阳的怀疑。

环形匝道桥梁落位有误差,给对数据画出来的桥座有问题,每句问话都砸在钱旭阳心里,基本等同于"你这么菜,金屿人工岛一定是你搞错的",吓得他态度良好,满头大汗地赶紧修正。

二建另外两个有桥梁经验的设计师,此时大气也不敢出,唯恐瞿飞转火,换他们当炮灰。

高压之下,临时办公室只能听到瞿飞的声音,以及钱旭阳卑微的"对不起,我马上改"的道歉声。

曾经的钱旭阳能够仗着自己A大研究生的身份,四处认师姐师兄,现在面对一米九的大师兄,和去过菲禄当总工的小师兄,一点儿也不敢吭声,只能埋头画图,假装自己不是A大毕业生,并祈求千万不要被瞿飞这个煞神发现这件事。

以前,他认为律风这种视线冰冷、用行动表达鄙夷的高冷设计师是人间大杀器,现在,他才清楚意识到——

工地上果然还是用拳头说话!

瞿飞这么大的个子,一拳头能把他锤进土里,也不用追究什么设计责任了!

不怕咸鱼偷懒,只怕鲨鱼张着利齿随时监工。钱旭阳稍稍想懈怠,就能听到瞿飞的嗤笑声。那么轻,却透着浓浓的料事如神之意,仿佛是在说:"果然,你就是金屿人工岛建造误差的罪魁祸首。"

钱旭阳水深火热,律风也没好到哪里去,也许是输液之后药效上来了,他睡觉时捂了一身热汗。等人清醒过来,易兴邦已经在敲门叫他吃晚饭了。

律风翻身起床,精神恢复了一些。他问:"环形匝道画得怎么样了?"

"啊……"易兴邦认真想了想,选了个精准的回答,"效率突飞猛进。"

律风被迫在食堂吃完晚饭,量过体温,经过医生批准后,才在易兴邦的监督下回到久违了一天的办公室。

临时办公室堆满了食堂送来的盒饭,室内还有淡淡的油烟味。办公室少了他,多了三个人,变得十分拥挤。所有人都埋头于手上的绘制工作,鼠标声、键盘声此起彼伏,一看就干劲十足,个个忙到头秃。

"嗯?"瞿飞抬起头,"小易,他药吃了吗?烧退了吗?"

这年头,问病都不能问本人。

易兴邦点点头:"37度,不烧了,看过医生了。"

律风就像个被全员守护的易碎品,终于得到了瞿飞许可,回归岗位。他直接走到钱旭阳的身后，查看钱旭阳正在绘制的部分。

环形匝道建立在海上，连接桥梁与岛屿，细分下来的桥座、桥面，都需要设计师仔细勾勒。他们早就做好了测算工作，律风脑子里随时都能浮现出正确的设计图模样，与眼前的黑白线条完全一致。

他放下心来，从不吝啬赞美："画得不错。"

没等钱旭阳领话，瞿飞"哼哼"一声，吓得电脑前忙碌了一下午的设计师紧紧闭嘴。

"画得能不好吗？"瞿飞双手抱胸，俨然包工头，"我至少叫他改了六遍！"

是八遍，钱旭阳心中默默流泪。

从来不懂得甲方有多霸蛮的国院副院长之子，在重压之下，亲身体会了一把卑微乙方的感觉。

瞿飞的要求合情合理，他诚惶诚恐地改。

瞿飞的要求吹毛求疵，他内心悲愤地改。

现在律风来了，钱旭阳看这位昔日劲敌的眼神，好像看救世主。

他知道律风身体不好，就等着这位身在病中的设计师给他一点同事关怀，什么"休息一下""什么明天继续"都可以，只要能让他赶紧下班，脱离苦海。

可律风专注于跟瞿飞商量环形匝道与桥梁对接的事情，还有匝道设计递交审核的流程。他们一谈就是半小时，其中复杂又严谨的测试、模拟，听得钱旭阳无比烦躁，又只能强压着心里的不满。

这些工作跟设计师一点儿关系都没有！他们两个设计师不能把工作给工程师，让工程师头秃吗？为什么越俎代庖？为什么不下班？！

钱旭阳想下班的呼声，在灵魂中咆哮。

可惜，室内安静肃穆，只有律风低沉的声音："现在联系研究所做测试不知道来不来得及？"

瞿飞皱着眉："应该可以，我发过消息给他们，下周就能出结果。"

争分夺秒的事情，律风当机立断："那好，今晚我们赶工。争取配合他们的测试情况，完成环形匝道的设计。"

钱旭阳：？？？

他听完这话，好像突然就回到了国家设计院那个办公室彻夜灯火通明的魔鬼报到日！

修改金屿人工岛设计的团队，过着"朝六晚八"的魔鬼生活。

修改跨海大桥设计的小组，则是直接拉满二十四小时，每日"007"，所有人只能轮流休息。

多了三个人的跨海大桥设计组,分工合作,速度惊人。哪怕是钱旭阳这么爱偷懒的家伙,在律风和瞿飞的带领下,都感受到无形重压,日子过得战战兢兢。

他想偷懒,左边律风鼠标一划,又是几根漂亮的弧线。

他想摸鱼,右边瞿飞轻咳一声,跟研究所沟通的键盘敲得震天响。

钱旭阳就跟一个罪人似的,夹在中间被迫勤奋。好在大学没白考,研究生没白读,凭借多年画图经验,他总算跟上了律风的节奏,在凌晨破晓的时候拿出了完整的环形匝道B-12段的详细设计图。

图纸经过律风审核,得到一句"可以了"的瞬间,钱旭阳熬了一夜的头脑,终于克制不住地发晕发胀。

他扶着桌面站起来,也顾不得瞿飞凶神恶煞的表情了。"那我先回去睡一觉。"钱旭阳根本不知道自己的宿舍在哪儿,但他本能地想逃离这间恐怖的办公室,"明天有问题的话,我再……"

他话还没说完,就发现律风表情变得惊诧。钱旭阳脑子转不过弯,心里还在想律风在惊讶什么,眼前忽然变得漆黑一片。他整个人失去意识之前,最后的想法居然是——

不对,现在就是"明天"了。

桥梁组赶工熬夜做出了环形匝道设计图,并且晕了个钱旭阳的事情,立刻传遍了金屿人工岛。

二建的设计师围在一起,追问分配去桥梁组的同事是什么情况。那两人三缄其口,欲言又止,最终表示"不行,我们得休息了,以后再说",别的什么都没说。

没什么好说的。

就是普普通通的加班,钱旭阳自己精神压力太大,加上身体压力的增加,才变成了因公倒地,翁总工还亲自去慰问,说出去简直丢二建的脸!

钱旭阳悠悠转醒的时候,盯着医务室天花板惨白的吊顶回不过神。他算是好日子过多了,一下子无法承受突如其来的加班,更何况心里始终背负着金屿人工岛误差的重担,更是让他脆弱的神经雪上加霜。

一座岛屿对接口岸的建筑失误,从来都不是一个人的问题,设计、施工、监理、技术,每个环节都要负起责任,检讨工作过程中的疏忽。

然而,为了解决这些失误带来的问题,责任却从二建转移到了平麓跨海隧道项目组。

钱旭阳觉得日子过得窝囊,心里生出捉摸不透的沮丧,感觉自己是一个废物,闯了祸还得别人来承担。没等他唉声叹气,追忆废物的一生,就听见身边传来轻微的手机振动声。他惊讶地转头,发现医务室床边的长椅上坐着熟悉的身影——是律风。

律风不应该出现在这里,更不应该守着他,可律风确确实实坐在椅子上,一只手专心致志地打字发消息,仿佛在守着他醒来。

"……你怎么在这儿?"钱旭阳的声音虚弱沙哑,透着淡淡欣喜。

律风闻声看过来,觉得自己有必要解释一下:"我不是特地来陪你,不用多想。"

话音刚落,医生正好走过来。

律风伸出手,细长的输液管出现在钱旭阳昏沉的视线里,他才意识到律风是来输液的。

细长针尖从律风血管里抽出来,他整个人在日光灯下更加苍白,显出大病初愈的单薄。

钱旭阳愣愣地看着,心里产生了一个怪异的感慨:律风居然会生病。

他从见到律风那一天起,就把这个留洋归来学建筑的家伙当成对手。这种暗中较量攀比的野心,折戟于乌雀山、又在乌雀山大桥项目结束的那一刻再次重燃。

也许是他画了太多乌雀山大桥的工图,使他产生了没由来的膨胀情绪。他以为自己能够跟律风同台竞技,以为自己安稳待在二建设计师的办公室,就算是得到了比律风更好的待遇。

这样的自我安慰,最终在这一刻变为了惶恐。他从没见过这样一个人,有血有肉,却又像机械一般不知疲倦。

他张了张口:"律风,我一直想问,你还是不是人?"

律风看过来的眼神格外冰冷,似乎从来没把钱旭阳放在心上,更不介意他发神经一般的怪问题。

然而,钱旭阳心里的疑惑喷涌不尽,迫使他问出了口。

"我们报到的时候,你在加班。

"乌雀山大桥的时候,你直接住在工地,全年无休。

"现在跨海大桥,明明是金屿人工岛出的问题,也是我们二建的责任,你竟然还加班!"

"你到底是不是人,你都不会累吗?!"

律风正准备走,听了他情绪崩溃的追问,无奈地停下了脚步。

这世上多数是和钱旭阳一样的人,他们做事大多为自身利益驱动,在不妨碍个人发展的情况下,才会兼顾责任与使命。然而一旦可能影响个人利益,他们必定跑得飞快,甚至能将养育自己的祖国抛之脑后。

但是,律风不一样。他从回到这片土地的那一刻起,就决定要为这个国家的未来奋斗。

他会累。但是跟推动着整个国家前进的巨人们比起来,他的累微不足道。

医务室里弥漫着浓重的消毒水味,律风喉咙干涩,声音却无比清晰:"这不是二建的岛,也不是我们项目组这些人的桥。"他说,"这是国家的平麓跨海隧道。"

律风视线如刀,他仍然瞧不上钱旭阳的软弱自私:"你是为你自己画图,还是为了工资画图,跟我没有关系。可你勾勒的任何一笔线条,都是桥梁的身躯,你在画的,是平麓跨海隧道的未来。"

他声线忽然变得温柔:"平麓跨海隧道就是我的责任。"

钱旭阳瞪大眼睛看着他,几次想张口反驳,却又说不出话来。

平麓跨海隧道是国家项目,从来不是任何一个人的责任。可他面前的律风,神情温柔,说得笃定,好像自己生来就是为了建好这条隧道,贯通大陆与麓岛。

钱旭阳眼前开始变得模糊,他克制不住地捂着眼睛,任由生理性的泪水滑落脸颊。刺眼,他想。是眼前的光亮刺眼,绝不是自己软弱得想哭。

律风什么时候走的,他不知道。医生有没有嘲笑他的哭泣,他也不知道。

他只知道,自己从小到大,一直是天之骄子。身份斐然的副院长父亲,温柔美丽的书记母亲,学习成绩在年级拔尖,做事沉稳圆滑,每一个人见了他都会心生艳羡,认为他是人生赢家。

然而,在遇到律风之后,他才发现自己的优秀算不得什么,甚至连勤奋努力都只是他的自我感动。

上千个不断画图的日日夜夜,这些努力的时间曾被他视为自己人生的荣誉勋章。可这自封的勋章,在心中只有桥梁,十年如一日的律风面前,宛如破铜烂铁。

他好像在黑暗之中捧着烛火取暖的流浪汉,偶然见到了律风灼热的光芒。

这光芒的存在仿佛太阳一般,刺痛了他的双眼,使他满含泪光。

第十二章
CHAPTER 12
大桥落成

休息了一天的钱旭阳，再出现在办公室时，已经神色如常，而且，他居然主动跟瞿飞打招呼。

"瞿工，我今天画什么？"

瞿飞喝着豆浆，听完愣了愣。

"啊，你画什么……"他抓抓头发，临时想起来似的，一下拍上易兴邦的肩膀，"你之前算的桩基受力呢？拿给他。钱旭阳，你就按乌雀山大桥那种穿山桥座的设计方法，画一画环形匝道的基桩施工图。"

这要求对于二建设计师来说，算是刁难了。

他们这群平常只画海平面以上建筑部分设计图的人，哪怕画出了海平面以下的施工图，工程队也不敢用。画了也白画。然而，钱旭阳竟然没有反驳，更没有推脱。他视线炽热地看向易兴邦，似乎在无声催促这位精于测算的易工拿出数据，他好赶快画图。

瞿飞觉得奇怪，一直盯着钱旭阳的动作。他从钱旭阳进组的时候就摆明了要为难钱旭阳，这个态度钱旭阳不可能不清楚。可这家伙昨天都累到晕倒了，竟然没有趁此机会偷奸耍滑，还乖乖地拿了数据，坐回电脑前，认认真真画起海底基桩的施工图来。

没有在重压下爆发的钱旭阳，让人匪夷所思，值得观察。

瞿飞不放心地站在钱旭阳身后，盯着他勾出的每一根线条，终于确定了——这家伙不是在装腔作势，竟然真的很努力。

瞿飞残存的那一丝想挑点儿错漏打压一下钱旭阳的心思，都因为钱旭阳的爱岗敬业，失去了下手的机会了。

终于，瞿飞忍不住好奇，反手把易兴邦拖出了办公室。走廊上空无一人，他挑起眉梢，问："钱旭阳吃错药了？"

易兴邦瞥了端坐在电脑前的钱旭阳一眼，低声说："我听医生说，律工昨天去输液，在医务室碰到钱旭阳刚醒，他们聊了聊。"

当然，医生只负责治疗病人，不负责探听消息，所以，易兴邦也不知道律风和钱旭阳到底聊了什么。

律风之前打针特别不积极,甚至想依赖一身正气扛过去,要不是被他摁着去医务室,律风绝对带病坚持,反向朝瞿飞灌输"人类免疫系统强大无比"的科学理论。

不愿意打针的人去打针,还撞上了钱旭阳转性?

瞿飞一下子感兴趣了,在临时办公室外边儿瞎转悠,直到律风跟着翁承先回来,他才扬起笑意,大步走过去问:"律工,你昨天跟钱旭阳说什么了?"

律风闻言,皱眉反问:"你都不关心一下跨海大桥能不能修环形匝道?"

"哦。"瞿飞八卦之心被浇灭,从善如流,"跨海大桥能修环形匝道吗?"

"嗯。"律风拿出自己随身携带的速写本,"研究所做完实验,给出了一套施工方案,等预制的环形匝道送过来就能动工了。"

他和翁承先一大早就跑去现场看海底岩层钻孔。金屿人工岛附近的岩石层久经风化,钻孔十分顺利,再加上人工岛建设的时候也考虑了跨海大桥的登岛路径,所以在岛附近多加几个桩子完全不是问题。

"哦。"瞿飞听完点点头,又回到了最初的话题,"那你到底跟钱旭阳说了什么啊?他人都变了!"

律风合上速写本,说:"没说什么。告诉他做事要对得起工资。"

这么朴实无华的回答,听得瞿飞一愣,但他还没来得及追问,律风就率先往临时办公室走了。

翁承先拍了拍自己愣住的徒弟:"怎么不好好监工?"

"设计师都老老实实画图呢,连钱旭阳这样的告状精都主动要求干活了。"瞿飞立刻分享新鲜消息,"听小易说,律风还特地去看了他。这钱旭阳当初就是从乌雀山大桥项目转的二建,我不是好奇律风说了什么,是打算学学,以后用来管别人嘛!"他八卦得理直气壮,完全一副暴力青年回头是岸准备以理服人的模样。

翁承先摇了摇头:"人性本善。不管律风说了什么,钱旭阳听进去了,就是好事。"

他慢慢往办公室走,说:"该叫二建的人把设计图拿出来审核了,再晚又要进入台风季了。"

跨海大桥施工,永远是看天吃饭,如果不能赶在风平浪静的时候完成大桥对接,也不知道会耽误多少工期。

金屿人工岛工地从上到下都弥漫着紧迫的气氛。为跨海大桥重新设计的环形匝道,在遥远的陆地工厂完成了预制程序,随时可以乘船到达金屿人工岛。

第十二章 / 大桥落成

按照设计图，人工岛对接处将形成双向环形的高速通道，既不影响下层高铁直线通行，又能平稳过渡人工岛设计误差导致的坡度和巨大空隙。

万事俱备，只等着重新设计的人工岛沿边工图过审。

平麓跨海隧道项目组的设计师，都是跟着翁承先一路干的桥梁项目伙伴，个个经验丰富；但是这些人对于人工岛的大型建设并不算熟悉。对于这种沿海的建筑工程，风化、海蚀、日晒变形等等，都是必须谨慎考虑的要素。

以前是二建请专业的审图机构来做金屿人工岛的设计图审核，现在，翁承先当然不会再错信他们，以免再次闹出事故。

翁总工在会议上提出要重新请审图机构的时候，二建方面的人没有一个敢吭声。

会议变得沉默，也在翁承先的意料之中。

"那这样吧，我们出个招标方案……"

"别啊师父。"瞿飞当场反驳，"全世界都盯着平麓跨海隧道，公开招标不就等于直接跟那群看热闹的记者说我们出问题了吗？"

"我看麓岛驻扎了这么多建筑公司和事务所，连C.E都在，我们不如直接请殷老先生。"

瞿飞说着，看向律风，"律工，你说是不是？"

"老师可能在忙《舰归航》……而且C.E好像没做过沿海的建筑设计。"

没有人比律风更了解C.E。这家大型建筑事务所的设计作品遍布全球，但得意之作都在城市中心，或者温暖平和的内海地带。这次的深海人工岛与以往的项目截然不同，请C.E来审图，甚至可能不如国内常年做海岛建筑设计的公司。

律风说得有理有据，出于对金屿人工岛的重视，他并不赞同邀请C.E。

翁承先安静听着，跟工程师们低声商讨起来。

忽然，有一个人大胆说道："殷以乔设计了海岸线博物馆，那栋建筑我去参观过，有一半浸在海水里，笔直地扎入海床，应该跟金屿人工岛沿岸设计的建筑情况一样。"

他一提，所有人都想起近在立安港的那位建筑师了。他们迅速看向律风，毕竟，那位建筑师可是律风的师兄！

建筑工程行业可不讲究什么回避制度，恨不得越熟越好。

律风面对众人的无声期待，瞬间紧张起来："我师兄，好像在忙立安港博物馆的事情……"

话音没落，瞿飞就打断了他："律工，你消息也太不灵通了吧？立安港的博物馆上周就揭牌试营业了,还忙什么忙?"

他话中带着调侃,还以为律风是不希望殷以乔劳累过度,在给师兄推脱这个苦力活。

却没想到,律风脸色僵硬,震惊道:"立安港博物馆揭牌了?!"

"……你不知道?"瞿飞看他神色有异,吓得语气都不敢太轻佻,"那什么……你师兄没跟你说啊?"

殷以乔真的没说。

律风忙碌于金屿人工岛的事情,但每天无论多么困倦疲惫,一定会跟殷以乔互道早安晚安。

他们的相处模式,还像以前相隔千山万水,有着中英两国时差的师兄弟,一个在白天说"天气不错",一个在晚上回答"好像有风"。

既然殷以乔有空,翁承先他们在会议上很快敲定了邀请人登岛的事宜。

本来这件事交给律风去办就很合适,但是瞿飞见律风表情不对,便主动请缨,说自己乘船回立安港面谈更真诚。

瞿飞的"真诚"二字像刀尖一般扎在律风心上,捅穿了他最后的防线。散会回宿舍的短短路程,律风都走得神情恍惚。

殷以乔跟他说过博物馆揭牌的事情。那时候他刚登上长浪人工岛,保证会赶在博物馆落成的时候,陪殷以乔出席揭牌仪式。

他曾错过了很多可以与他同行的机会。但他自信地以为,自己一定不会错过这座建设在立安港、与平麓跨海隧道并肩的博物馆落成的那天。

就着宿舍惨白的光线,律风在电脑上随手一搜,都是关于立安港博物馆揭牌的新闻。

那座灯火通明,如灯塔一般的博物馆,早就亮起了引航明灯,成了立安港崭新的地标。

媒体对殷以乔的赞誉,网友对立安港博物馆的惊诧,都敲击着律风的心。

他不禁有些慌张,重新点开聊天记录,试图在每日的例行对话里,找出自己遗漏的信息。

然而,没有。

殷以乔的文字消息,语音消息,都只是在平静地讲述每天的所见所闻。

——商业街的材料不太适合夏天,容易反光,我得考虑换换。

——跨海大桥又登上了英国建筑师杂志,好多前同事都给我发来消息。

——爷爷的《舰归航》已经建起了雏形,等有空了我去趟麓岛,给你拍点儿视频。

平静温和，根本没有提到博物馆建成、验收和开放的事情。

律风唉声叹气，犹豫许久，拨通了殷以乔的电话。他在金屿人工岛上待了近一个半月的时间，还是第一次主动联系殷以乔。

等候的提示音只响了两次，殷以乔便接了起来，依旧是律风熟悉的腔调："你忙完了？"

"嗯。"律风压抑着叹息，真诚道喜，"师兄，恭喜你的博物馆验收成功。"

迟来的恭喜，没有等来埋怨，只等来一声笑。

"我还以为得等到你回了立安港，才会知道灯塔已经亮起来了。"

他想象过那幅画面。

律风乘船而归，最好是在夜晚，这样，那艘载着他的工程作业船，就能在灯塔彻夜不息的引航灯光下，缓缓靠岸。

然后，他就能听到律风发自内心的惊喜的赞美与感慨。

殷以乔总是温柔如斯，甚至在通话里遗憾地转述了他的想象。律风抬手揉了揉眼睛，自责得无言以对。

"可惜，不是你先回来，而是我要先来人工岛见你了。"殷以乔的语气并不遗憾，甚至还在轻笑。

律风回过神，问："瞿工已经告诉你了？"

"嗯。他明天下午出发，大概晚上我就能到金屿。"

跨海大桥还没通行，人工岛与立安港之间的往来仍要依靠海上船舶，瞿飞回立安港，不仅是接人，还要负责请示，报备，交资料，签合同。

直到暮色降临，那艘早在大白天就出发的航船，才悠悠地顺着洋流登上金屿人工岛。

律风收到消息，几乎是小跑着到了港口，远远就见到了熟悉的身影，对方正拖着轻便的行李箱踏上栈桥。

"师兄。"律风的声音中还带着愧疚。

殷以乔视线了然，伸出手拍了拍他的肩膀，算是回应，又对瞿飞道："瞿工，我今晚先休息，明天一早去审图。"

"成。"瞿飞答应得爽快。

反正人工岛的审图速度跟跨海大桥没关系。他们的桥照建不误，如果人工岛的沿边设计有问题，那也是二建的设计师继续熬夜秃头。

不过,他补充道:"你们两个晚上不要聊通宵啊。律风明天还要跟我师父去看桥的。"

律风和殷以乔带着行李,一路沉默地走到宿舍区。

给殷以乔安排的也是单间,不过,他刚刚登岛,还有话要跟律风说。两人走进律风的宿舍,放下行李箱。

等到两个人有了独处空间,律风才觉得压力山大。他有很多话想说,又因为殷以乔平静的视线而哽在喉咙里说不出来。

这时候好像闲聊不对,道歉也不对。

直到殷以乔伸手,抓了抓律风被风吹乱的短发,叹息一声,才算是打破了宁静。

"你在岛上感冒了,还烧到38.2度?"

律风忽然想起瞿飞之前打的那通电话。要不是瞿飞努力劝说,恐怕师兄会自己驾船来金屿,看看他到底能为工作任性到什么地步。

律风后背渗出一层热汗,感谢瞿飞善解人意地隐瞒了真实的高烧温度,赶紧回答道:"我已经好了。小病,没那么夸张!"

可惜,他的解释没能让殷以乔释怀,反而使殷以乔愁思更重。

殷以乔叹一声:"小风,我总不能回了中国还像在英国一样,只能从别人那里知道你的情况。"

师兄说得恳切,带着长辈般的纵容和无奈。

"师兄,我怕你担心。"他声音低沉,心中却涌起一阵暖意,"如果我告诉你了,我一定会在你的关怀里变得软弱……"

——软弱到难以撑起肩上的重担。

律风的声音低沉得像呢喃,殷以乔却听得清楚。

他始终清楚律风的追求,更清楚律风没有那么坚强。一个人毕生只能做好一件事,而律风可以为了这座桥,不顾一切。

"嗯,我知道。"殷以乔笑着回答,"所以礼尚往来,我也不想告诉你博物馆揭牌的消息。"

律风困惑无比,却听师兄继续道:"……免得你焦急懊恼,还要放下工作,带病回来。"

有时候,他们两个人的想法如此一致。只不过,律风的愧疚没有因为师兄的话减轻,反而变得更重,连梦里都想着要找机会弥补没能陪师兄揭牌立安港博物馆的遗憾。

幸好，殷以乔并不在意，和他细细聊着一直以来没能畅聊的话题。最终，两人在浪花扑岸的"哗哗"声响中沉沉睡去。

第二天一早，生物钟没能唤醒律风，是殷以乔叫醒了他。

"七点了。"师兄声音温柔地催促，"今天你还要和翁总工一起去看桥。"

瞿飞昨晚叮嘱的话起到了很好的警示作用，真正的成年人就算聊了一整夜，早上也得认认真真完成工作。

律风穿着T恤牛仔裤，拿着笔和速写本按时到岗，而殷以乔穿着短袖衬衫和西裤，衣冠楚楚地与二建的负责人接洽。

两人都在同一座人工岛上，为了同一个国家级大项目忙碌，却过上了早晨一起出发，晚上才能碰面的生活。

跨海大桥环形匝道的预制桥面，正在被缓缓运至目的地。按照翁承先的工作安排，在这些重达千吨的预制成品抵达前，必须完成桥基建设。

桥基的设计图是瞿飞抓着项目组包括钱旭阳画的，律风得一一跟工程师核对确认，以免施工出现疏漏，忙起来就顾不上时间。

专注工作的律风，完美错过了瞿飞的一手线报。

工作群的对话框里挤满了瞿飞的称赞，很闲的瞿工揪着二建来桥梁组的设计师，仔仔细细地帮他探听消息。

瞿飞："你师兄不愧是前C.E顶尖建筑师，办事效率简直牛逼。"

瞿飞："二建那群人据说头都吓秃了，正在抓紧改图。"

瞿飞："哼，我就知道他们不靠谱，错过一次居然还错？"

瞿飞："嘿嘿，赚大了，你师兄比我想象中还要厉害！"

他说的话当然存在夸大其词的成分，但是，二建真的很受打击。

殷以乔早上刚来，一看图纸，随手就圈出了三个问题点，更惊人的是，他圈出问题之后，又随手一画，鲜红的笔触又快又准，直接给出了完美解决方案。然后，他把那双俊朗的剑眉一挑，沉声道："马上改。"

平时按部就班甚至略显散漫的二建设计师，立刻提心吊胆地重新改图。

这要是把带红笔的原图发给翁承先，他们这群二建公司的设计师，保证回去就被全员约谈。

能够独立设计、参与建造成本过亿的地标博物馆的建筑师，跟照本宣科只会画图纸的设计师截然不同，殷以乔看重的不仅是人工岛屿沿岸的安全，更是与平麓跨海隧道跨海大桥的匹配度。

不到一天时间，翁承先带着律风回来，就发现到手的新设计图变成了另一副模样。

岛岸线围挡加高了大约十五厘米，但弧形坡度设计令加高后的围挡完美融入了海岸线，成为了跨海大桥的一部分。柔和的曲线勾勒出黄金海岸角度，不仅完美弥补了栈桥被拆除之后显得有些突兀的墙围，而且支撑起了容纳环形匝道的天顶。

律风一看设计图就知道是师兄的风格，不禁担心道："这个预算……"

"预算没超。"殷以乔说，"用的也是金屿人工岛修建海蚌观景台用过的材料，你放心。"

殷以乔来到这里，不是为了找茬儿，而是为了解决金屿人工岛的实际问题。他重新要求修改的设计图，只在原本设计基础上进行了微调，但看起来就跟换了一种设计似的，充满了海岸线应有的温柔与包容。

图定了，材料选了，那当然是立马开工。人工岛热火朝天地开始修整，环形匝道就位，立刻动手。

停滞了近两个多月的项目，再次启动之后，几乎是一天一变。

金屿人工岛作为平麓跨海隧道的服务区，天生具有临海看桥的优势。当跨海大桥环形匝道建设完成，要进行桥塔烽火台对接时，各地新闻频道派来采访的记者们，便汇聚到了金屿人工岛那海蚌一般的观景台。

长浪人工岛的对接，象征着跨海大桥从立安港步入深海，而金屿人工岛的对接，象征着跨海大桥终于抓住了遥远的麓岛。

这项意义非凡的桥塔对接工程，在观景台栏杆后数台摄影机的注视下，于早上六时准时动工。

趁着和煦温柔的海风，建设者们艰苦奋战了近十四个小时，才将那座重要的"烽火台"对接到金屿人工岛上。

在昏暗的夜色中，整座岛屿灯火通明，光线极强的探照灯照亮了整个施工现场。弯曲对称的环形匝道，仿佛是烽火台下蜿蜒的阶梯，循着点点火光，铺在了深邃的海洋上。

这座铁灰色的跨海长城，终于完成了海平面以上的所有工程，等待着它的，是海平面以下漫长艰难的隧道沉管安装工作。

普通民众一觉醒来，便被平麓跨海隧道跨海大桥圆满完工的消息炸得心花怒放。

横跨平海海峡，可供车辆、高铁快速穿行的隧道项目，现在跨海桥阶段随时可能畅通，只要政府开放通车，他们便能毫无阻碍地从立安港开车到平海！

平麓跨海隧道的关注度一日飙升。每条新闻里都能见到平麓跨海隧道的完整示意图，在那条弯弯曲曲的通道上，立安港到长浪、金屿到麓岛两段的通行标记全部亮起，好像两只手即将在平海之上紧紧相握。

金屿人工岛与大桥的对接，显然比长浪人工岛的对接工程更震撼。

所有人都期待着能够登上金屿人工岛宽阔的观景台，去看一看温润如珍珠的岛岸边上，那座气势如虹的跨海桥。

在新闻专题采访中，总工程师翁承先在谈及金屿人工岛与跨海大桥对接工程时，没有回避金屿发生过的问题。

他说："金屿人工岛对接工程比计划晚了两个多月，是因为在设计过程中，人工岛和桥梁出现了不匹配的误差。我们花了更多的时间去弥补这个错误。大家看到的环形匝道，在最初的设计中是不存在的，它盘旋对称的花型是这个错误带来的美丽结果。"

做项目工程的，对遭遇过的困境总会轻描淡写。当一切尘埃落定，回首金屿人工岛上令人焦头烂额的改图、测算以及重置过程，也不过是浩瀚海洋里的一朵浪花，拍在岛屿岸边，留下湿润的水渍，不足挂齿。

观众欣赏着金屿温柔的海岸线，赞美着这些建设者超强的随机应变能力，视线落在配图中圆润温柔的"错误"上，听到了翁承先最后的致谢。

他说："这次非常感谢建筑师殷以乔的协助，更希望未来的立安港综合旅游区，能够给整片平海增添不一样的风采。"

这句感谢虽然没有说殷以乔帮过什么忙，却足够让观看新闻的人诧异。殷以乔是立安港综合旅游区的建筑师，怎么又和平麓跨海隧道工程扯上关系了？

在网络上，只要有疑问，必定有回答。

"因为律风啊！他是殷知礼的徒弟，也是殷以乔的师弟！"

"对！之前看殷老先生在麓岛做检测，律风都是全程陪同的。"

"不不不，其实更早之前殷工就陪律工到处跑了。乌雀山大桥地震的时候，网上还发过他们一起去乌雀山的照片。"

一位享誉国际的建筑师回国开展工作建设，殷以乔的足迹，已经从今澄市走向了立安港。

任何人只用稍稍搜索一下律风的设计作品，就能见到相伴在侧的殷以乔作品的身影，很难不叫人感慨殷氏师兄弟的深厚情谊。

两个人从英国归来，携手建设祖国的美好画面，总是让人羡慕。

再加上立安港博物馆那座形似灯塔的地标性建筑，夜夜亮起的引航灯光，像是专门为了照亮跨海大桥前行的道路一样，令网友们感动不已。

有你的地方必然有我的影子，哪怕深入平海也没有关系——网友什么都不知道，也能从"灯塔平海桥""共赴金屿岛"里脑补出一场感人的兄弟情。

当晚的新闻，观众期待已久的航拍视频如约而至。

灯塔亮起指引前方的光芒，照耀远方的海面。

铁灰色桥梁从繁华城市深入漆黑海域，高速公路特有的昏黄灯光，温暖了冰冷的海洋。它屹立于夜晚的海面上，在视野里一往无前。

黑夜与白昼交替，朝阳跳出海面，穿透六方三角格栏。阳光洒在人工岛的烽火台桥塔上，点燃了平海将要破晓的辉煌。

雄伟闪耀的跨海桥，瑰丽温润的人工岛，在航拍之中稳稳立于波涛汹涌的海面上，等候着全线贯通的那一天。

哪怕所有人都清楚地知道，关键的海下隧道还在紧张建设中，远远不到宣布平麓跨海隧道正式通车的时候，可他们仍旧止不住满怀的激动赞美。

跨海大桥迎着初升的太阳，就是迎着新的希望。

这是只有中国能够建成的跨海大桥，它矗立在一望无际的海洋上，成了中华民族留在祖国疆域上又一道壮美印迹，将陪伴中国迈入下一个百年。

第十三章
CHAPTER 13
复苏计划

整个世界都被跨海大桥上日出的视频震撼了,这样绝无仅有的超级工程,简直是其他国家无法想象的神迹。

几乎全球的专家学者,都在测算中国大陆与麓岛的距离。他们甚至主动查找关于平麓跨海隧道的工程学术论文,认真思考,换做他们的话,会如何在平海频繁的台风下、汹涌的波涛中、海底的暗礁上,建造这座世界最长的跨海桥。

国际顶尖建筑公司再一次后知后觉地认识到了他们和中国在桥梁建设上的差距。

一百三十二公里的长线桥隧,不是单纯花费时间就能建造的项目。

前所未有的建设思路和技术难度,都足够他们认真研究十几年。可是,再来十几年,先不提这座即将完工的平麓跨海隧道了,说不定中国人的超级工程都已经进入到跨洋阶段,甚至可以环绕地球一整圈了。

关于跨海大桥的消息中,总会出现律风的名字,就算是平海以南的菲禄,在停战期间都密切关注着一海之隔的平麓跨海隧道。

"如果有这样的设计师和建设团队,我们也不用担心接下来的重建工作了。"

"中国怎么可能把他们最优秀的设计师送过来,战争刚刚摧毁了中国援建的设施。"

"除了瀑帕大桥。完美的战争掩体,约马尔跟总统先生提议炸桥包围,结果变成了自投罗网,真是有意思。"

坐在一起负责菲禄战后重建工作的建筑师们,不由得艳羡邻国的出色稳定的建筑能力。

他们在感慨中国新奇迹的同时,还会坐在一起研讨战火都没法摧毁的瀑帕大桥。

菲禄这场内部战争摧毁了不少建筑,甚至有大量的建筑被炮火波及,许多战时决策都是出于议员的提议,未免会涉及幕后势力的挑唆。

比如约马尔,为了让他背后数量众多的建筑资本重新控制菲禄,竟然游说总统向敌人发动空袭,并在军队的精准打击下,如愿以偿地重击了中国援建的工程。

只不过,这场空袭根本就是失败的。一场被政客影响的战争,最终走向了停火谈判的结局,变成总统与匪首面对面坐下来签署和平协议的闹剧。

一个参会建筑师说道:"所以,我始终不明白,总统为什么还让约马尔负责重建项目?"

他脸色凝重,语气愤怒:"美国现在的设计根本不符合我们国家的情况,他们还总是要求用进口的建筑材料,建筑寿命不长,还造价昂贵!"

"这样目的不就达到了吗?既搅乱了与中国的合作,又有大笔资金能够通过约马尔的集团——"

"咳。"坐在会议室上位的负责人桑托斯轻咳一声,打断了他们的议论,"今天我们是为了敲定重建城市的计划才聚集在这里,而不是聊这些背后没有凭据的流言。"

即使菲禄上上下下都猜测这场战争背后另有阴谋,但像桑托斯这样为政府服务的建筑师,也不能妄议议员的是非。

在枪火炮弹随时可能误伤平民的国度,政治只会更加诡秘莫测。他们能做的,也只是谨言慎行,做好手上的工作。

重建城市计划几乎已经确定了采用由美国建筑师和工程师主导的重建方案。约马尔为了这个方案游走多年,终于在一场意外的战争后得偿所愿。

著名建筑师弗格,桥梁工程师戴维斯,二者均是重建方案里要花重金聘请的人物。更青睐中国建筑团队的菲禄建筑师们,面对这样的结果也无可奈何。

"那么,诸位还有什么建议吗?"桑托斯抛出了最后的确认。

坐在会议室角落始终没有发言的冈萨,忽然长叹一声:"桑托斯先生,为什么不再试一试呢?"

周围的人纷纷把视线投向冈萨,不需要直说,他们也知道冈萨指的是什么——为什么不再试一试,将重建项目交给中国。

桑托斯当然明白他的意思,却道:"中国会继续建设中菲合同约定的项目,但是把重建计划交给美国……是大多数人的选择。"

"什么大多数人?"冈萨一改沉默的态度,追问道,"大多数议员?大多数政客?还是大多数资本家?"

这话问得极其尖锐。在资本控制的国度,真相何其简单,却又纷纷被掩盖在"为了民众利益"的托词之下。

会议室都在沉默,可冈萨依旧坚定,语气近乎恳求。

他说:"中国的援建队伍来到菲禄仅仅五年,就建设出了连战争都无法摧毁的瀑帕大桥。它真实地站立在菲禄大地上，没有人可以带走它！

"我们的建筑师，在每一个中国负责的建筑基地，都可以学到和中国人一样的建筑技术，更不用去进口什么造价昂贵的材料。在中国援助我们之前，我们只能求助于那些让国家负债累累的专利技术，拿到一些虚有其表、只为了填满政客腰包的项目！

"但是我们人民，还是那么贫穷！"

会议室开始出现一阵骚动。

冈萨所说的事情，对他们这些土生土长的菲禄人来说，并不陌生。大多数国家提供的援助并不慷慨，都需要他们支付高昂的利息，完成各种附加要求。涌入菲禄的资本主义，本质上从未发生改变，甚至加重了菲禄光鲜亮丽的表象背后的疮痍。

在众人的沉默里，冈萨凝视着桑托斯，继续道："桑托斯先生，我敬佩您为国家付出的一切。但是，我们为什么不再试一次呢？

"我们的人民有权知道——中国，值得信任。"

律风度过了最为愉快的半个月。

跨海大桥验收通过后，他待在立安港，白天陪师兄逛逛即将完工的商业街，夜晚作为超级VIP登上了还没正式开放的博物馆顶层。

被誉为"灯塔"的博物馆，顶层视野更加开阔，引航的灯火穿透前方的浓雾，海面的大桥就像陆地延展出去的轨道。

律风依靠在博物馆顶层的栏杆上，微眯着眼睛惬意道："我迫不及待地想登上立安港的旅游大巴，一路穿海去麓岛了。"

殷以乔笑道："怎么回事？我带爷爷来看灯塔的时候，他也这么说。"

真正的爷孙没能心有灵犀，倒是这师徒俩说出了一模一样的话。

律风和殷以乔乘着船，沿着游轮开辟的"跨海大桥平海游"路线，一路观赏着平麓跨海隧道，前往麓岛。

殷知礼见到他们的第一句话就是："乘船看到的平麓跨海隧道怎么样？是不是比坐飞机见到的清楚多了？"

律风一听，就知道老师已经对比过了。

"当然。"他笑着走上去，扶着老人，"飞机外头云雾层层，又隔得远，怎么会有乘船沿途看桥来得清楚。"

他们一路聊着海上看桥与空中看桥的体验不同之处，慢慢乘车前往富云县沿海。名为《舰归航》的大型商业楼，伫立在海岸边，守卫着已经完工的跨海大桥。

阳光下熠熠生辉的深蓝色窗户，反射出柔和的光线，那光线在白天看起来，好像一艘艘舰艇并肩激荡出了一层层白色浪花。

麓岛有了这座雄伟的商业大楼驻守，好像忽然多了几分气势，连大楼附近的破败楼房，都给人一种即将大变模样的感觉。

立安港灯塔是温柔，麓岛大船则是震撼。

联想到最近新闻上播出的菲禄战火平息、开始停战谈判的消息，身在安稳国度的人，能够更深刻地感受到和平的来之不易。

殷知礼站在《舰归航》面前，满意地打量着入口处高挑的风帆。

作为中国人，他想起国家从过去到现在的巨大变化，不由得感到骄傲，同时也对邻国菲禄此时的处境感到遗憾。

他道："我听建筑师协会的朋友说，这次菲禄要邀请美国来协助重建？"

"嗯。"律风也看过类似新闻，身边还有易兴邦这样渴望重返菲禄的内部人士，他自然知道得更清楚，"好像是菲禄政府横向对比了各国提供的竞标方案，最终选择了美国建筑公司承接重建任务。"

在公平竞争之下，这样的抉择无可厚非，即使易兴邦冷着脸讽刺菲禄政客鼠目寸光，律风也完全没有生气。

不是自己国家的事情，律风的情绪会弱许多。

中国援菲队伍依然可以回去继续工程建设，并且得到菲禄政府的补偿性承诺，易兴邦也可以重返菲禄，继续中菲国际通道上两座大桥的建设。既然这样，他就懒得去关心中国援菲团队负责的建筑旁边的居民楼、政府厅究竟是哪国制造，更没空猜测菲禄人会因为美国的援建发生什么变化。

悠闲的律风享受完假期，又回到了久违的今澄市。

国院的工作没那么忙，每天朝九晚五，让他这种习惯了高强度工作的人觉得无比轻松。

返岗第一天，律风带着愉快的心情，跟吴赢启做了汇报，顺便筹划起下一个工作项目。

负责国内各大桥梁设计的国院总有赶不完的工程，然而，吴赢启对律风的态度如春风般温暖，还拿出好几个项目方案让他慢慢挑。

平麓跨海隧道项目持续时间太久，在这段时间里，国院其他项目的设计进度都进入了中期或尾声，不缺人，更不缺帮手。律风这么一个参建过乌雀山大桥、平麓跨海隧道的优秀设计师，完全可以轻轻松松等着职称评审，一跃成为新晋的高级工程师。除此之外，国院也没有更多的事情需要他来做。

于是，律风闲得发慌，坐在桥梁分院属于自己的位置上，一边翻设计图，一边查看自己错过的桥梁项目信息。

不到三天，他便收到了翁承先的联络电话。

隧道建设阶段，翁承先只是作为监督，比当初直接负责跨海大桥建设时要轻松一些。专业的沉管施工团队，经验丰富的工程师，都能够帮他分担无数工作，但他需要肩负的责任也不会少很多。

翁承先声音温和，状似随意地问道："你想不想去菲禄看看？"

这话说得随意，好像一场说走就走的旅行，可是律风清楚地记得，瞿飞偷偷报了援菲项目，却被老先生拦截下来拎去加班，让他先努力为国奉献。

翁承先绝对不是心系菲禄的国际主义大善人，更不会突发奇想，问他去不去菲禄旅游。

律风心里升起困惑，认真问道："是发生了什么事吗？"

电话那端沉默片刻，回答道："菲禄搞了个中菲建筑交流会，特地邀请了我们平麓跨海隧道项目组……"

翁承先补充道："国家批示了。"

经过国家批示的邀请，绝对不只是交流一下那么简单，律风身在国院多年，懂得每一项批示背后深藏的意义。

那些写在文件报告上的简短文字，不是商量，更不是建议。

而是——

有条件要上，没有条件，创造条件也要上！

中菲建筑交流会，不只翁承先一个人得到了消息。当天下午，国院就召开了紧急会议，共同研究这项经过特殊批示的任务。

菲禄重建城市项目涉及近十个受损城市，根据菲方活动迹象，已经可以确定这个项目由美国建筑集团承接。

他们要讨论的，则是中菲建筑交流会背后，隐隐透露出来的"复苏计划"。

菲禄"复苏计划"，以大面积振兴国民经济为核心，将在全国范围内开展基础建设。他们大抵是想效仿中国，通过总统直接领导，确定菲禄境内三大岛组未来二十年的建设方案，并且尽可能在被海洋分割开的三大岛上寻找适合的架桥、埋隧区域，将整个国家连成一体。

只消看一眼菲禄散落在海洋上的地形，就能知道这项宏伟的计划需要冒多么大的风险。

可对于中国来说，每一次冒险，都是新的机遇。

"这个项目还没有公开竞标，但是在一建落选重建城市项目之后，菲方谈过'复苏计划'的框架，并且极力邀请我们派平麓跨海隧道项目组工程师、设计师参加这次的交流会。"

李院的话，无异于在说菲禄希望中国拿下这项连通三大岛组的"复苏计划"，至少在基础建设这一方面，有不少人支持中国去竞标。

重建城市项目落选背后的利益纠葛，国家设计院无从得知，他们只知道手上的代表团名单，涉及了桥梁、隧道、公路、高铁、地铁等方方面面近三十位专家，其中就有律风的名字。

这不是国院讨论出来的名单，更不是律风毛遂自荐。

下发到国院的保密文件，反复提及了平麓跨海隧道跨海大桥，而批示的意思也足够明显——

务必要通过中菲建筑交流会，带回有利于竞标"复苏计划"的消息。

国家设计院众多分院的院长，完全没有任何推辞和开脱，接下了分配到自己院里的工作传达、人员谈话工作。

连吴赢启这么一位决心坚定的人，都没有像拒绝参与麓岛项目一样，拒绝参加中菲建筑交流会。他想着，只是参加交流会而已，律风跟着团队前往菲禄，最多一周就能回来，就当作出国考察风土人情了。

吴赢启的态度轻松，跟律风谈话的过程也格外轻松。鉴于翁总工提前打过电话，律风听完吴赢启的工作安排，没有感到特别惊讶，只是有些……担心。

担心师兄觉得自己言而无信，是个嘴上说着"我才不去菲禄"，结果转头就跑菲禄开会的大骗子！

"骗子"的心情格外忐忑，即使没有在吴院面前表现出来，出发前的情绪也显得低沉。重回总工之位的易兴邦倒是兴高采烈，手上"噼里啪啦"地给他发消息——

易兴邦："瀑帕大桥这次经过了美式导弹的考验，验收肯定没有问题！"

易兴邦："我们项目组已经拿回了桥梁资料！等瀑帕大桥的事情结束，马上就能继续库坎大桥的建设工程。"

易兴邦："可惜飞哥去不了。律工，你们交流会结束有空的话，我带你们逛瀑帕大桥！"

平时连句号都懒得打的易兴邦，此时发来大量感叹号。律风能够从字里行间感受到他的开心。这是个心里只有桥的家伙，哪怕这桥建在菲禄，回到桥的身边都能叫他兴奋不已。

"好。"律风收拾心情，回复道，"我们都去看看你们造的桥。"

这边跟小伙伴约好了菲禄大桥游，那边国院放了律风假，让他准备好东西跟代表团会合。

然而，直到出发前两天，律风还是没有跟殷以乔开口。

跨海大桥项目完成后，立安港的综合旅游区工程也轻松许多，殷以乔终于变得悠闲起来，建造前监监工，定时做做检查，有做事认真负责的余工在场，殷以乔半个月去一次现场就行。

于是，律风在国院朝九晚五的时候，殷以乔就在工作室里画画。

那幅搁置许久的《山水逍遥》，干涸的画布上总算添上了新鲜的颜料痕迹，被殷以乔完成后挂在了他们家的客厅。

青色山峰，银白湖水。

律风每次回家，见到殷以乔亲手绘制的巨幅油画，焦虑的思绪都会被慢慢抚平。他假装无事发生，思考怎么不着痕迹地提起菲禄，探一探师兄口风。

谁知道吃晚饭的时候，殷以乔却问："易工是不是要去菲禄了？"

毕竟菲禄停战，新闻都在播出援菲项目即将重启的消息，殷以乔问起这事并不奇怪。

律风斟词酌句："对，毕竟停战了，好几个项目中断这么久，拖下去对中国和菲禄都没好处，过两天他就走了。"

"那你去吗？"殷以乔又问。

律风愣在当场，心中思绪百转。

就这么两三秒的空隙，殷以乔无奈地摇了摇头，肯定道："你果然要去。"

律风眉头都皱起来了："你怎么知道的？"

新闻播报里只会提及援菲项目重启，不可能说出中菲建筑交流会的消息。这是保密的邀请会，只有等他们到达菲禄，正式展开交流之后，新闻上才会出现代表团具体成员的信息。

然而，殷以乔想猜透律风，早就不用靠新闻了。

"你上次在沙发上睡着了，还说梦话。"

律风：？

"说你对不起我，很难过。"

律风：？？

"而且你发誓，这次去菲禄回来后，再也不会参加出国的项目了。"

律风：！！！

殷以乔三连击，让律风目瞪口呆。

他捧着汤碗，后背到脖颈都烧得通红，几次张了张口想解释，却根本说不出话来！

——我怎么会说梦话！

——还把要去菲禄的秘密给说了！

律风的表情透露着难以置信，殷以乔露出一丝笑意，夹杂着一丝恶趣味。

"骗你的。"他说了实话，"是瞿工给我打电话，打听你的情况，说你在项目组聊天从来不说私人事情，家里什么情况他完全不清楚，每次让填紧急联系人，你都是留我的联系方式，所以特地来问一下，你去菲禄开会，家里会不会有人担心。"

在同事眼里俨然是个孤家寡人的律风，除了工作让人敬佩，私人生活完全成谜。

他始终一心扑在工作上，从来没人听说过他家中有什么红袖添香，走的每一步都在履行他最开始在国院面试时许下的、那个流传了多年的誓言——能加班，不缺钱。

这么一个像风一样，国家哪里需要就飘到哪里的家伙，根本不是会被谁困住的人。

"你想去就去，就当旅游了。"殷以乔一旦想通，就格外宽容，"但是，你出了事必须告诉我，不要跟上次发烧一样，还要我去问别人。"

律风将晚饭的热汤一饮而尽："不会了。以后我有事，第一个告诉你。"

他们虽为师兄弟，大多时候却更像亲人。亲人之间，本该如此。

中国代表团带着任务前往菲禄，进行建筑交流。

会场里几十位新闻记者，早就架设好了摄影机相机，无论是菲禄本土媒体，还是其他国家的通讯社，都做好了功课，等待神秘的中国代表团出现。

早上十点，浩浩荡荡的车队停在了交流会现场，记者们有序地涌上去，见到了他们想要见到的人。

头发花白的平麓跨海隧道项目总工程师翁承先，走在桑托斯身边；紧随其后的，则是记者们期待已久的、乌雀山大桥和平麓跨海隧道跨海大桥的设计师律风！

　　这位震惊了全球的年轻设计师，穿着衬衫西裤，保持低调，沉默严谨得像是翁承先的助理。

　　他们一踏入会场，记者们的话筒、摄像机的闪光灯就快速运作了起来。

　　"翁总工，中国是否还有机会参与菲禄的城市重建项目？"

　　"律风先生，能不能谈一谈你对于平麓跨海隧道跨海大桥的设计思路？"

　　"你们这次来到菲禄，有新的建设计划吗？"

　　记者的提问中英混杂，像炮弹一样直攻中国代表团。

　　他们的队伍一路向前，记者的问话都没有止歇过，律风余光瞥见一位金发蓝眼的西方记者，听到他用半生不熟的中文追问道："请问，你们对于美国和中国在基建项目上的竞争，有什么想法吗？"

　　——想法，有的。

　　律风脸色严肃，目不斜视，随着翁总工走入前方会议室。

　　——不选中国建设团队，损失的是菲禄，又不是中国。

　　——中国从来不缺援建国外的项目。

　　律风还以为，自己需要保持严肃内敛的状态直到交流会结束。岂料接引他们来到会场的桑托斯在招待他们入座之后，冲某个方向点了点头，就有人关上了大门，把一大群记者挡在了门外。

　　"既然我们关上了门，就不要浪费时间了。"

　　这样的开场白，完全不像什么建筑交流会，更像是一场磋商。

　　桑托斯坐在席上，认真道："我们愿意提供'复苏计划'全部项目的详细建设内容，希望贵国能够按照菲禄的需求，帮助我们连通三大岛组。"

　　开门见山的求助，跟律风想象中的完全不同。他以为菲禄建筑师代表会在会议中循序渐进地提及"复苏计划"的相关信息，却没想到，会议一开始，两份资料就发到了他们面前。

　　一份是《中菲建筑交流会议题》，一份是掐头去尾的数据资料。

　　上面清晰地写明了菲禄面临的建设困境，隐晦地透露着"复苏计划"可能涉及的招标项目。

　　建筑师冈萨认真说道："诸位可以提出任何问题，只要是我们知道的，必然知无不言。"

　　翁承先摘下眼镜，认真看着手上的数据资料。

　　这些参会的菲禄人，坦诚得令人诧异。

"我不是很明白。"他作为代表团负责人,自然要问个清楚,"你们提供这么详细的计划资料,到底是为什么?"

冈萨并没有因为他的问题感到意外,回答道:"政客相信美国人。但是,我们不相信。"

会议当天,约马尔安安稳稳坐在办公室里,等待新闻直播。

无论中国是来寻求项目合作,还是来讨说法,交流会持续这么长时间,总能有无数机会被他派去的记者试探出来。

然而,他打开电视机,却发现预想的中菲建筑交流会现场,变成了一扇紧闭的大门。

记者们被关在了外面,只能采访一些菲禄的委员、建筑师或施工单位负责人,根本见不到中国人!

"怎么回事?!"

约马尔怒火冲天,一个电话拨给比奈。在现场忙于招待记者的比奈,无奈回答道:"是桑托斯先生的要求。他们刚刚进了会议室,记者还没能入席,桑托斯先生就要求我们等到会议结束,再进行会议采访。"

在菲禄的交流会历史上,拒绝媒体入内,并不算什么新鲜事。

桑托斯毕竟是菲禄国家建筑总公司的负责人,虽然不如议员有权力,但是指使一下比奈这样的普通公共建设委员,轻而易举。

于是,一场本该实况直播的建筑交流会,变成了中菲双方建筑工程师、设计师的内部会谈。

记者们就算兴致缺缺,也敬业地听着菲禄国家建筑总公司的发言人,一遍又一遍地讲述国内建设规划蓝图。

"约马尔先生!戴维斯先生!弗格先生!"

一阵振奋人心的呼喊,将所有昏昏欲睡的镜头吸引了过来。记者们激动地看见议员约马尔带着美国的建筑工程师们到场,一副有备而来的模样。

在场大多数记者都来自于约马尔相关的媒体公司,这时候,他们十分配合地冲上去,明示着约马尔快阻止这场不公正的交流会,让他们进去采访。

"约马尔先生,请问你们是来参加中菲建筑交流会的吗?"

"哦,当然。"约马尔笑得礼貌而克制,"这是中国和菲禄的建筑交流活动,而戴维斯先生和弗格先生正在为菲禄城市的重建项目四处奔走,所以我认为,他们应该有能力代表菲禄,和中国远道而来的代表们,进行一次友好的学习交流。"

说是学习，他却毫不客气地走到了会场紧闭的大门前。比奈匆匆赶到，守在门外演戏一般阻挠道："约马尔先生，没有桑托斯先生的允许，我们不能让您进去。"

"是吗？"约马尔跟他一唱一和，笑着停步，"那你帮我问问他，伟大的建筑师弗格先生和尊敬的工程师戴维斯先生，是否有资格和中国人聊聊菲禄建筑的事情？"

有他在场，胆小怕事的比奈，也敢鼓起勇气敲响紧闭的大门。他在众多记者的视线里，扬声喊道："桑托斯先生，约马尔先生及建筑师弗格、工程师戴维斯，想要见见您。"

会议室大门外嘈杂无比，菲禄的会场隔音并不如意。

翁承先正带着团队聆听桑托斯和冈萨讲述菲禄三大岛组连通的技术困难，律风正在翻看岛与岛之间的海峡距离。所有人都听到了突如其来的敲门声，以及莫名其妙的求见问话，他们的交流忽然被人打断，第一反应竟然是——

不会是有人通风报信，走漏了中菲两方私下沟通"复苏计划"的消息吧？

"桑托斯先生，这些资料……"翁承先不得不出声询问。

"没有关系。"桑托斯沉着冷静地站起来。

他边走向大门，边解释道："你们拿到的不是什么机密信息，只是菲禄建筑界面临的困难，我们今天交流会的议题，正是如何横跨海峡，如何建成像中国一样的高速通道。"

准备充分的建筑师当然不会在资料里留下任何与"复苏计划"相关的信息，那些列出来的项目困境，不过是菲禄努力了几十年，依旧无法解决的建筑难题罢了——十分符合交流会的主旨，完美掩盖了尚未成形的"复苏计划"。

桑托斯命人打开会议室门，迎面便见到了菲禄国会里最为阴险丑恶的议员。他连一个笑容都没给，冷漠问道："约马尔先生，您这是做什么？"

"当然是参加交流会。"

约马尔笑得温文尔雅，在频繁闪烁的闪光灯里，目光扫过列席的人员，意有所指。

"难道这场中菲建筑交流会，我不能参加吗？"

第十四章

CHAPTER 14

一块白板

桑托斯和约马尔的恩怨，永远围绕着基础建设不死不休。

一个是菲禄国内建设工程的总负责人，一个是背靠庞大资本的建筑商、同时也是拥有话语权的政客。两方在建筑工程上的争夺从未停止，但是真正对上了，也只能友好握手，说一句"请进请进"。

约马尔带着两位美国专家入场，身后跟着一群新闻记者。

他悠闲自得地环视室内，说道："既然是中菲交流会，记者们也应该履行新闻报道的职责，让人民能够了解我们政府在做些什么。所以，他们应该也可以参会吧？"

桑托斯没有说不，对于见风使舵的记者们来说，等同于默认。

毕竟大部分人的雇主是约马尔，雇主都这么说了，他们当然义不容辞地响应命令。

有主动走向会议室后排席位的先行者，就有茫然跟风的后继者，在没有人阻拦的情况下，记者们和约马尔以及美国专家一同入席，行动整齐安静，仿佛会议这才刚刚开始。

原本宽敞的会议室，因为突然涌入的人群变得格外拥挤。室内响起敲击键盘的声音，相机调焦的声音，和架设三角支架的声音。

律风的视线扫过对面的约马尔。这位发色深黑，面部轮廓深邃，皮肤全然不像菲禄人般黝黑的议员，显然跟身边的美国专家更为亲近。

"唉。"短促的叹息，在身边响起。

律风转头，却发现叹气的不止翁承先一人。同行的工程师们皱着眉翻看资料，所有人都清楚地知道，剩下的时间，恐怕除了手上的资料数据，再也得不到菲禄方面的任何解释说明。

"那么各位，我们继续。"

桑托斯坐回席位，神情平静地冲冈萨点头。他身边眉头紧皱的建筑师冈萨重新拿起资料，用英语说道："里可岛鱼平地区，由于长期经受台风侵扰与海水冲刷，土质松软，多淤泥，无论是埋管造隧，还是钻孔建桥都十分困难——"

"抱歉，冈萨。"

第十四章 / 一块白板

他还没能详细讲述有多困难，约马尔就打断了他。这位议员语气里没有半点尊重或歉意，用手背弹了弹资料，又用命令一般的语气说道："我们需要你说明一下现在的会议进度。"

冈萨抬起头，直视约马尔。他清楚这人是做工程项目出身，比他更了解里可岛鱼平地区的问题，却依然要无聊地卖弄权柄，拖慢会议时间。

如果没有媒体，他必然要大声讽刺约马尔的装腔作势。但是，就在他沉默凝视约马尔的这几秒钟里，会议室后排的记者纷纷举起相机，监视性质的白光不断闪烁。他毫不怀疑，自己只要呛声约马尔，今晚就能登上头条，明天就得被迫辞职。而现在，还不是他退出的时候。

冈萨压下怒火，垂下视线，说道："我们正在讨论如何在里可岛和三季岛之间，建设跨海大桥或者隧道。"

"不错。"约马尔并没有认真听讲的意思，他挑着眉讽刺道，"你们竟然想学中国，用桥梁连起我们的岛屿？不过，我想问，这个计划提交国会了吗？"

"约马尔先生，这只是一场交流会。"冈萨沉着脸回答道，"我们学习中国先进的技术经验，增长见识不可以吗？"

"毫无意义的经验。"约马尔并没有打算保持表面的友好和平。

他维持着讽刺的笑意，看向会议室正中的翁承先："菲禄可没有中国那么幸运，有邻国的高山岛屿帮忙削弱台风，也没有像诸位一样优秀的工程师，举全国财力物力人力，去设计和建造奇迹一般的桥梁。"

约马尔的话，听起来是夸奖，然而配上他刻意的表情，透露出的毋庸置疑是厌恶。

律风清楚这个人不会是朋友，但他不曾想，约马尔能在记者面前，如此直白地摆出对中国的敌意。

代表团的脸色都不好看，翁承先却笑出声，好像一个迟钝又和蔼的老人，用英语客气礼貌地回答道："感谢您的夸奖。不过，我认为菲禄不需要幸运，它已经拥有了优秀的建筑师，只是缺一个表现的机会。"

"哦？"约马尔笑道，"什么机会？"

"比如说——"翁承先耐着性子，扶了扶眼镜，翻开资料，"在鱼平地区建设一座属于菲禄的跨海大桥。"

这样的对话，听得记者笑出声：菲禄人讽刺中国，中国人却认可菲禄，觉得菲禄的建筑师能够在鱼平淤泥里建起桥梁来。

他们快乐地敲打键盘，嘻着笑记录这短短的对话。

没等他们的笑意消失，约马尔走到了一位记者面前，认真问道："您刚才笑什么？"

来自《菲音日报》的记者，惶恐地收敛笑容。

菲音报社完全属于约马尔，工作时间遇到大Boss点名问话，差点吓得这位记者灵魂升天。

约马尔又重复了一遍问题，端的是一派温和亲切。

"啊……"记者僵死的思维快速活动，立刻给出了Boss想要的回答，"因为在鱼平地区建桥很可笑。菲禄十三岁的孩子都知道，鱼平地区的淤泥，是每年泛滥的洪水带来的。先生，那里没法建桥。"

"哈！"约马尔像极了一个表演者，"记者先生，您不知道中国人最擅长在无法建桥的地方建起桥梁吗？"

"可那是中国人。"记者配合地贬低道，"菲禄如果有几百亿的资金，一定会选择援助贫困的人民，而不是像中国一样，建一座毫无意义的跨海大桥。"

在高压之下，这位"优秀"的记者，给出了约马尔想要的答案。

"是的，毫无意义。"约马尔转身看向翁承先，宣告胜利一般说道，"翁先生，您不了解菲禄。我们不需要国家耗费大量资金来证明我们的建筑师有能力，我们只需要国家心系人民，给穷困潦倒的百姓更好的生活。"

来者不善，善者不来。律风平静地听完他的话，嘴角勾起一丝冷笑。

这么一段唱和，要是放在舞台上，不知道会获得多少鲜花掌声。就连背后那群记者，都迅速调转镜头，记录下了"优秀"的约马尔议员即兴做出的"优秀"回答。

"更好的生活，不是单纯给钱，就能够带来的。"坐在会议室的律风，看完他的作秀，终于没法保持冷静。

"菲禄穷困的百姓，需要的不是你们心系于他们，而是需要优秀的建筑师，建设出畅通无阻的道路，让他们能够顺利谋生。否则，你把再多的钱投入到贫困地区，也是杯水车薪。"律风盯着约马尔道，"钱，解决不了贫穷，但是基础建设可以。"

约马尔仍是笑着站在原地，目不转睛地盯着律风。

他本以为自己看穿了中国人谨慎的行事风格，不管遭到了什么指责，中国人都会隐忍到底。这场交流会，应该是他和美国专家耀武扬威的表演，场内气氛却似乎由于这个年轻的中国人的一番话，变了风向。

他将律风的话视作单纯的挑衅，嗤笑道："我可不觉得里可岛的鱼平地区，只需要一座耗资巨大的跨海大桥，就能改变贫困的现状。"

"这说明，你根本没有认真了解过里可岛的鱼平地区。"律风翻开手上资料，上面给出了他想要的全部数据，"里可岛鱼平地区与繁华的三季岛仅隔着一条海峡，台风、地震情况基本相同，但是旅游资源、经济发展成程度不仅落后于隔壁岛屿，甚至只在里可岛上，都算是极为糟糕的地方。因为，它距离里可岛机场有近六小时路程，除了公路、船舶，当地人再没有其他的交通方式。"

鱼平地区遭到海水冲刷，形成了独特的淤泥地带。下沉的地貌，以及与周围地区相似的普遍风景，导致这片落后地区很难发展新兴产业，至今都过着种植、捕捞的传统农业生活。台风一来，逃无可逃，避无可避，几乎年年都是菲禄台风救灾的重点区域。并且，鱼平地区连救灾都极为困难，一旦飞机停飞，船舶停航，政府只能呼吁居民自行乘车或小船离开鱼平地区，寻求庇护。

所以，"复苏计划"的三大岛组连通方案，将跨海大桥的选址定在了这里。

为了那些不肯也无法远走他乡的穷苦人民，也为了改变鱼平地区惨不忍睹的淤泥地貌，在约马尔和记者进入会场之前，桑托斯和建筑师们，巨细无遗地向中国代表团讲述了这些建筑困境。

律风说："如果在鱼平地区建起桥梁，直通三季岛，它将成为新的交通枢纽，居住在附近的人们，也有了改变一生的倚仗。"

桥梁、道路将人民带出贫困地区的先例，律风在中国见了太多。菲禄的建筑师能够想到这么一个连通方案，必定做好了后续的铺设和规划。

这将是一项困难又伟大的工程，哪怕律风作为一个局外人，也能感受到菲禄仍有一束微光，在隐隐燃烧。即使注定要由美国来接手重建城市项目，这些闪烁着微光的建筑师仍旧想尽办法，希望中国能够助他们一臂之力。

在这样的期望之中，律风没有办法保持沉默，何况面对的还是约马尔这么讨厌的家伙。

当然，约马尔看他一样觉得讨厌。

"我发现中国人参与交流会，总是以一种自负的态度对待基础建设项目。"他皱着眉，摇头道，"我不知道桑托斯为什么会列举鱼平地区，可我已经带着优秀的桥梁工程师，去看过鱼平的淤泥。"

"詹姆斯先生。"约马尔终于找到了让美国建筑师表现自己的机会，"请告诉这位不知天高地厚的年轻中国人，鱼平是一个怎样糟糕的地方。"

詹姆斯与约马尔合作多年，走遍菲禄大多数桥梁项目，对中国基础建设一向颇有微词。可在他看来，中国在菲禄兴建的桥梁虽说没有什么美感，但座座坚固稳定，他就是想挑错，都找不到合适的机会。

现在，机会来了。

他"呵呵"一声，宛如鱼平地区资深研究专家般说道："年轻人，我可以理解你。但是，先生，如果你像我一样去过鱼平，就不会说出'在鱼平地区建桥'这样的傻话了。

"那个地方，都无法修建起房屋供人长久居住。频繁的台风随时会吹垮鱼平的建筑，暴涨的海水立刻就会淹没平地。等到洪水退去，风浪平息，鱼平地区就只剩下一道一道被海水冲刷出来的淤泥沟壑，或许里面还会有几只深海鱿鱼，蹦跶着祈求苟活。"

詹姆斯讲述一个地区的灾难，像在讲述一个有趣的故事。他笑得格外开心，说道："生活在那里的人们，就如同困在淤泥中的鱿鱼，脚下根本找不到任何能够让他们站直的坚硬土地，又怎么能去谈，建起一座桥呢？"

鱼平地区的烂泥湾不是什么秘密，坐在现场的记者听了詹姆斯的话，都能回想起在电视上、照片里见过的层层泥地。这地方，最多在烂泥里养殖海产，根本不可能建设任何建筑，台风随便一刮，就会连墙带泥全都消失在深不可测的海洋里，找寻不到踪迹。

所有人都以为，律风会无话可说。

连中国代表团的成员，都被鱼平这可怕的地貌愁得皱起眉头。

中国建设了不少令人惊叹的桥梁工程，能够翻山越岭、跨河穿洋，但是，他们还从来没有在烂泥湾和台风区里做过冒险尝试，更没有在和鱼平地区相似的地形地貌上建过大桥。

然而，他们低估了律风对中国建设能力的信心。

"为什么不能？"几乎在会议室沉默的刹那，律风就开了口，"有的国家做不到，不代表中国做不到。而且，我们中国不仅能做到，还会带着菲禄一起参与建设，让他们也能够做到。"

会场的菲禄建筑师闻言，愣在现场。

冈萨目不转睛地盯着律风，他无法确定这是律风为了挽回面子说的大话，还是真心实意的承诺。

此时，约马尔挑起眉来："这位先生，做不到却随便承诺，是会下地狱的。"

律风没有宗教信仰，更不害怕什么地狱威胁。他有理有据地分析道："鱼平地区不管有多少淤泥，既然能够成为海岛，岛面下层必定存在支撑整座岛屿的基本岩层。

"建造桥梁,先造桥桩。淤泥里立不起桥桩,那就往下打桩。五十米不行,那就一百米。一百米不行,那就两百米。

"围海造起来的人工岛,都可以建起平麓跨海隧道跨海大桥,天然形成的鱼平海岛,造一座区区五公里的桥梁为什么不行?!"

之所以觉得不行,不过是千千万万望泥生畏的专家们意志力不行。

冈萨被他的一番话说得情绪激动,热血沸腾。

技术困难,设备简陋,在律风化繁为简的描述里,所有难题的解决办法都是一种朴实的坚持。只要坚持,就能打穿鱼平淤泥,就能建起岛组桥梁,就能让贫穷落后的国度,走上繁荣富强的道路。

律风脸上没有半分迟疑,更没有一点困惑。他背靠基建最为强大的国家,懂得全世界最为先进的基建技术,即使面对一片烂泥,心里首先升起的也不是退缩,而是坚定的信念。

冈萨忽然羡慕起来。他真的很想有一天,能像这位中国人一样,面对质疑,自信地说道:你们不行,我们行!

律风的大胆发言,直接打破了代表团的沉默。所有人看着翁承先,一脸有话要讲的模样,但他们还是比律风更守规矩。

"建筑交流会,就是做交流的。"翁承先摘下眼镜,慢条斯理地擦起来,"既然菲禄的约马尔先生和美国专家都不太了解现在的中国基建能力,说明今天的交流很有必要,也很迫切。"

他戴上眼镜,笑容慈祥,对目光里饱含期待的同事们说道:"想说什么就说吧。"

有了翁总工的许可,沉闷的交流会现场顿时变得热闹起来。今天的参会人员不光是桥梁专家,还有无数隧道、铁路、公路的规划建设者。为了完成菲禄三大岛组的贯通,他们手上那份详尽的资料里也夹杂了不少铁路、公路需求,其中不乏要在困难重重的热带森林中或海岸侵蚀地貌上进行交通建设的问题。

然而,在中国建设者眼中,就没有他们解决不了的建设难题。

一场中菲建筑交流会,每一项议题都围绕着基础建设,那些看似复杂的桥梁、隧道、公路、铁路,在畅所欲言的中方代表口中,成为一列列值得研究但不足为惧的课题。

坐在会场的记者听得无比呆愣,回过神来时又马上开始奋笔疾书。这种论证菲禄多项基础建设可能性的现场,给他们带来的震撼,远超任何政客作秀。

这些来自中国的建设者，用他们听得懂的词汇，描述了一个他们从未想象过的未来——

三大岛组都被桥梁、隧道连接，乘坐高速列车就能环游全菲；拥堵的市中心不需要完全封闭，就能在地面以下修建出覆盖全岛的便捷地下铁；公路能够直达每一片市区、每一座村庄，即使台风、地震也阻拦不了行驶的车辆；被海水淹没的受灾地带，有了快速坚固的通道，就能有救援者破浪前行……

会议室里敲击键盘的声音，在中国人的讲述里响得更加激烈。即使有些英语比较生疏的建设者，说完一段陌生中文，也可以由翻译员流畅地传达出令记者们惊讶的话语。

鱼平地区的淤泥不成问题，三季岛拥堵的交通不是阻碍，就连台风常常造访，毁掉了无数公路和住宅的巴丹尼地区，在与会代表的论证里，也完全可以建出稳固绵延数十公里的水泥大道。

记者们无不兴奋，连守着摄像机直播的摄影师都在努力克制着自己剧烈的心跳。

他们首先是菲禄人，然后才是约马尔的雇佣者，面对这些能够改变菲禄的计划，他们怎么可能保持冷静？

约马尔完全没有感到任何的高兴，只感到愤怒。

在座的菲禄建筑师，纷纷拿着笔、皱着眉，唯恐跟不上这些中国专家的节奏，匆忙落下潦草的笔记。甚至还有人如同小学生一般举起手，恭敬卑微地提问："可以再解释一下什么叫'端承桩'吗？"

"够了！"愤怒的议员在冈萨又一次举手的时候，怒火冲天地打断了中国专家单方面的授课。

他站在会场之中，忘记了这是一场交流，厉声呵斥道："你们不要企图用一些花言巧语，骗取我们的信任。我们根本无法验证你们说的东西到底存不存在，更无从得知这些是现代建筑工程可以完成的技术，还是你们的一种假设！"

"弗格先生。"约马尔露出困惑的表情，"您作为重建城市项目的负责人，更是美国一流的建筑师，听说过中国这些饶舌又陌生的建筑技术吗？"

弗格早就在中国代表你一言我一语的论证里产生了不耐，不需要他违心，只需要如实表达情绪，就能给出约马尔想要的回答。

"抱歉，没有。"弗格摇着头，"事实上，在一切工程建成之前，我们不会相信你们任何一位专家的承诺。毕竟……这个世界上的骗局太多了。"

"是的，骗局。"约马尔道，"先生们，比起你们说得天花乱坠的技术，菲禄更需要的是沉默的实干派。"

约马尔的一番话，成功反转了会议现场热烈的气氛。

现场的记者敲击键盘的动作都慢了下来，无数双眼睛盯着面前的中国代表团成员。确实有太多深奥的词汇，太多难以理解的工程技术被摆了出来，他们渴望着这些中国专家有更好的说法，告知他们：一切不是空谈，一切都能实现。

律风沉默片刻，忽然推开座椅，站了起来。会议室里回荡着凳脚刮擦地面的刺耳声响，引得所有人齐刷刷地注视着他。

"我可以证明，这是实干派的论证会，而不是无知者的祷告室。"

律风向来礼貌克制，但他最为厌恶的，便是约马尔这样厚颜无耻的人。

也许是被怒火冲昏了头脑，也许是方案确实在论证中变得逐渐清晰，律风拥有充分的自信，撂下狠话后，垂眸请示翁承先。翁承先笑着点头，一点儿没有要给菲禄议员、美国专家留面子的意思。

于是，律风扬声说道："桑托斯先生，请给我一块白板。"

冈萨心跳如擂鼓，他恨自己今天带来的不是笔记本电脑，而是简单的笔记本，恐怕没办法完整记录下律风将要做的事情。

白板。

是的，一块白板。

桑托斯平静地嘱咐工作人员拿白板，室内也升腾起困惑的议论声，而冈萨也压制不住自己内心的激动和强烈的求知欲。

他了解过律风的生平，在那座矗立在平海之上的大桥经历过台风"利苏"的袭击后，他巨细无遗地查找了关于设计师律风的一切资料。

复杂的中文不再是他学习的阻碍，因为在开放的国际视频网站上，清晰留存着多年前的视频影像。

黑发黑眸，俊朗年轻的设计师，站在英国繁华优雅的土地上，凭借着一块白板，勾勒出无数令他遐想的线条。遍布中国、贯通五千年历史的古老桥梁，都在那块小小的白板上拥有了痕迹，无论是乌雀山的凛冽寒风，还是华山的陡峭绝壁，都经由律风神乎其技的手指，震撼了从小到大没有离开过菲禄的冈萨。

这位从来没有考虑过离开祖国的菲禄人，特地去办理了人生中第一本护照。当他踏上中国领土，面对陌生又熙攘的人群时，心里想到的，便是黑色线条画出的山峰，还有温柔的中国人讲述的桥梁。

此刻，那些留在他记忆里的线条，出现在了会议室的白板上。

律风没有解释，更没有多话，他抬手就在白板正中画出了几条曲线。

冈萨回过神，几乎本能地站起来，走到了离律风一步之遥的地方。

他在律风警戒的视线里，认真说道："如果您有什么其他需要，可以叫我。"接着，他好像一个护卫，若有若无地挡在约马尔与律风之间的通道上，暗自发誓要守护好这块神圣的白板。

律风眨眨眼，不明白这算什么奇怪的菲禄礼仪，却礼貌地回答道："谢谢。"

白板而已，又不是什么投影设备，除了手上的笔，旁边的板擦，根本不需要任何帮助。

被短暂打断的绘制，重新在白板上继续进行，律风几笔过去，勾勒出了一湾海峡、一崖海岸，还有一片深邃的淤泥区域。

白板上的景象，不需要他做什么解释，任何一个菲禄人都看得懂这是哪里——

"鱼平地区？"

"那边就是鱼平的淤泥？"

"太像了，简直跟地图上一模一样！"

在场的记者，不是每个人都特别熟悉鱼平地区，但是他们每一个人都在小学的地理课本上，见过地图上鱼平海峡与三季岛衔接的海湾弧度，还有海平面附近的淤泥标识。

即使是在座的中国代表，稍稍翻翻资料，都能从资料配图上看到鱼平地区的介绍，而律风画的黑色示意图与资料中的彩色照片别无二致。

"律工这手艺，没退步哈。"

"那是，平时他画的素描，简单易懂又漂亮，平海项目组还交到国院去参加绘画比赛。"

"现在电脑绘画用得多了，几个按键就能画出地形图，律工能够即兴画出鱼平地区来，估计是对这座桥有想法了。"

翁承先听得笑容满面，心里有一堆夸奖，但是见律风慢下动作，开始给手绘的地图收尾，便提醒道："先看看，待会儿再聊。"

翁承先的话音刚落，律风就转过了身。之前被他挡住的图画，展开了完整的面貌，那是淤泥遍布的鱼平地区，也画到了里可岛与三季岛之间的海峡。

但是，在那一湾浅浅海峡之上，多了一道明晰的线条，展开自然的弧度，连通了两座海岛。

律风看向约马尔，说道："今天，我就现场演示一下，我们能在这里建起一座什么样的桥！"

这种自带绘图的工程方案演示，在场的记者简直闻所未闻。可惜，律风并不打算给他们时间去惊讶、感慨，抬手点在平坦立于鱼平地区的"引桥"上，说道："鱼平地区多淤泥，多台风，架设的桥梁应尽量减少自身重量，为了抗风防洪，还得最大限度地扎根到淤泥层以下的海岩区域。

"所以，我选择的是连续梁桥。桥长七公里，预计八联四十七跨，整体由钢梁制成，并且在每一个桥墩之下，打入六根长约两百米的钢桩，做成密闭式桩端预压结构。"

律风一边说，一边在空白处画下了清楚明朗的图形——六根圆管，支撑起六边形的边角，每一根圆管以特殊的角度倾斜，直插淤泥，共同托起上方厚重基座。

哪怕是不懂建筑的记者，看到这样的示意图，都发出了恍然大悟的声音。

律风所说的把钢管打入地底，原来不是直愣愣地插入无数钢筋，而是采用特殊的力学角度，依靠相互作用力，撑起一座大桥！

律风的讲述远远没有结束，他随手在俯视的桥梁黑白图上，圈出了每一个桩基落位的地点，并且给出了相应的解释。

"A点与D点，作为桥梁引桥选点，圆管支撑角度为垂直下钻……"

"B点与C点，桩基倾斜置入地底，协助主桁架分散桥梁承载重力……"

记者听得如坠五里雾中，只能抬手拍下白板上的图画和数据。菲禄的建筑师们却如获至宝，一边抄着黑板上的设计思路，一边压抑住心中的惊喜。

冈萨作为距离律风最近的人，听到了律风解说的每一句话。但是，他愣在原地，目不转睛地盯着黑板，根本无法像之前听课般自由惬意。他清清楚楚地知道——

这不是什么单纯的讲解！

这是律风亲自设计的鱼平大桥！

律风的绘制还在继续，他勾出了更加明确的六柱支撑的桩基。

冈萨忍不住提醒道："律先生，您没必要将图画得这么清楚，说得这么详细。这……这是中国的专利技术！"

律风看也没有看他，认真画完了他构想之中的桥梁桩基。

白板上不仅有完整的密闭式桩端预压结构，还标注了准确的桥轴线和导向架，它已然不是普通的示意图，甚至可以说是值得一试的设计图。只要菲禄可以按照律风画出来的图纸，做出相同的支撑桩基，那么，在鱼平地区建起桥梁，也不算是什么难事。

可惜，律风清楚菲禄的建设能力，他感谢了冈萨的善意提醒："如果你们仅仅靠着这幅简陋的设计图就能在鱼平建造大桥，我应该感到欣慰。"

律风露出笑意，声音如和煦春风，安抚着面前这位紧张无比，唯恐中国泄露基建机密的建筑师。

"中国援助你们进行基础建设，是为了交到更多的朋友，我们不会紧攥着专利，借此获利。"他的声音坚定，回荡在会议室里，"我说过，中国可以在鱼平建起大桥，也能让你们做到。"

第十五章
CHAPTER 15
不情之请

在此之前，在场的不少人都认为中国人的"五十米""一百米"都是一场执着的空谈。现在，他们见到了黑板上细致的设计图和注释，听到了律风所说的话，才真正感受到了中国人的承诺。

这个国家有着独特的信仰，他们不仅要自己努力站起来，还愿意帮扶更多的人。

"授人以鱼，不如授人以渔"的理念，在中国建筑师代表团的每个人心里，熟悉得就像每一次呼吸。没有任何人反对律风继续画他的设计图，更没有任何人对律风向菲禄人传授桥梁设计技巧的行为提出异议。

线条一道一道地被画在白板上，构造出了菲禄人从未想象过的桥梁。

"主桁架的空间构建大致以两层桁片焊接，按照我的预估，直径在零点八米到一点二米之间。在建设之前，必须进行完整的实验，测试桩基倾斜入地对它产生的水平作用力，才能确定具体的适用直径。"

律风的话回荡在安静的会议室，配合他流畅的绘图，一场交流会变成了鱼平建桥授课现场。

约马尔宛如愤怒的河豚，连坐在座位上都不得安生。他一直用眼神提醒弗格和詹姆斯揭穿律风的作秀，不管是用语言攻击设计图，还是用行动指责律风虚伪，什么都可以！但是，他身边两位纵横建筑界和桥梁界的专家，竟然沉默地待在原位，企图无视他这个身居高位的雇主。

约马尔循循善诱地帮建筑师弗格拓展思路："弗格先生，难道白板上的设计就没有问题？"

已经被律风的行动力所震慑的弗格，用眼神轻轻掠过约马尔。

他也是听说过律风大名的，这位设计师最初在建筑界出名，依靠的可不是巧夺天工的设计，而是直白凶狠的脾气。律风曾经在英国皇家建筑交流会上以一敌百，又何况是和区区菲禄的交流会。弗格发誓，如果他敢模模糊糊地质疑，必定会被律风用翔实的数据反驳得颜面无存。

现场……可有那么多的记者呢。

"先生，我主攻的是建筑物工程，而不是桥梁。"弗格拒绝成为朋友圈的笑柄,"白板上的设计有没有问题,应该问詹姆斯先生。"

炮火烧到詹姆斯身上,约马尔皱着眉看过去,却发现这位美国知名的桥梁工程师正眯着眼睛,费劲地想看清白板上的设计。

年纪大了,眼神不好。

约马尔等了他五六分钟,却见詹姆斯依然伸长脖子、眯起眼睛,没有给身边的雇主一点回应。

"詹姆斯先生——"

然而,约马尔的质问还没成形,眯起眼的詹姆斯抬手摇晃,阻止了他的声音:"让我再听听,再看看。"

即使詹姆斯认为鱼平绝不可能建成大桥,也无法否认,这是一项值得实践的设计。就算菲禄人不懂得里面的技术含量,他这个桥梁工程师不可能不懂。

约马尔怀着期待,耐着性子,等詹姆斯眯着眼、竖着耳观摩律风的设计。

那块小小的白板很快被图形、标注占满。

律风稍稍让开一些,提醒着抄笔记的建筑师道:"我要擦掉上面的设计,再详细说一说密闭结构的问题。"

"我来!"冈萨自告奋勇,拿起了前面的板擦。

面前的中国人和菲禄人一唱一和,准备换板,约马尔终于忍不住了,厉声道:"詹姆斯先生,您看出什么了!"

詹姆斯总算能够休息一下劳累过度的老眼,说道:"虽然还需要实验论证,但是从鱼平现状来说,他的设计值得一试。"

值得一试?约马尔听完,脸都黑了:"我是问,设计有什么问题?!"

"问题?"詹姆斯瞪大眼睛看着他,"问题当然得等实验论证的时候才能看出来。他仅仅凭着一堆数据,能够设计出这么细致的桥梁,已经是奇迹了!"

"哪有什么奇迹!你们连别人随手画的设计图都找不出问题,还有什么脸面说自己是专家?!"

他完全压抑不住自己的怒吼声。坐在黑板对面,正在专心致志抄作业的桑托斯,忽然难以想象自己竟然和这样的人竞争多年。

"安静,先生。"桑托斯沉下声音,难得没有给他留面子,"您如果不想听,可以出去。"

约马尔:……

约马尔最终还是没走,他怒火中烧地坐在现场,成为全场交流会里最不快乐的那个人。

第十五章 / 不情之请

这可能是菲禄记者们采访过的最漫长的交流会,也绝对是菲禄建筑师们经历过的最震撼的课堂。

一座鱼平地区的跨海大桥,经过律风骨节分明的手,一点一点出现在了白板上。似乎只要依照他的设计做好关键的实验测试,这座桥就能从菲禄千年淤积的烂泥湾里,拔地而起。

早上十点开始的建筑交流会,直到晚上十点才结束。所有参会成员,通过短暂的休息填饱了饥饿的胃,又聚精会神地回到现场,填饱空虚的头脑。

当天晚上,菲禄的网络新闻就推送出了一个让人难以置信的消息——

鱼平地区可以建成一座跨海大桥,并且这座桥,已经在交流会现场,被中国的设计师设计了出来!

记者们忍着身体的疲惫,连夜推出了图文并茂的报道。对中国桥梁设计的惊叹和对菲禄鱼平未来的畅想,帮他们战胜了一切怠惰。

"奇迹!现场论证如何在鱼平淤泥地带建成大桥!"

"持续十二小时的会议,中方代表多方面讨论了菲禄的基建难题,并且绘制了一座可行的鱼平大桥。"

菲禄人对鱼平熟悉无比。

烂泥湾,台风区,一旦遭灾,整片地区都是肮脏的淤泥,严重的时候,连救援队的车轮都会深陷进泥坑中。那个地方的居民,要么死于灾难,要么纷纷远走高飞,勉强能维持的产业只有一些海产养殖场和农园。

"为什么要在那里建桥"成了大多数菲禄人的困惑。

他们见过中国人的援建队伍,在繁华的市中心、必备的交通要道,还有那些建设在远离城市的地方,动辄价值几十亿美金的油气场、工业园,才会经常出现中国援建的标志。可是,鱼平就像一片死地,除了淤泥,什么都没有。

困惑的民众与声势浩大的中菲建筑交流会形成鲜明对比。

大部分人都不懂得鱼平建桥的必要性,于是格外关注这些奇怪的新闻,试图从报道里揣测政府的用意。然而,他们打开新闻详情,见到的不光是文字描述,还有记者从现场发回的照片和视频。

陌生的中国设计师,将笔尖落在黑板上,几笔画出了鱼平的烂泥湾,和一座简略的钢管桥。他在阐述了完整的设计思路,解释过数张复杂的结构图后,流畅地用英语说:"我相信菲禄可以做到。"

也许是他说得真诚,也许是视频和照片上的一切看起来足够真实。就算是不懂得"为什么要建鱼平桥"的菲禄人,心里都不禁生出丝丝感慨,豁然开朗地觉得——

啊,好像是有点儿意思。

殷以乔在中国,时不时收到手机软件推送的国际新闻。

中菲建筑交流会的动静闹得比他想象中还大,国内很快就有了关于律风的消息,图文并茂,字句确凿地写道:"平麓跨海隧道跨海大桥设计师,即兴设计出了一座能够建设在烂泥湾里的大桥!"

醒目的标题引起殷以乔无奈的感叹:小风又做了什么?

新闻报道用文字简述了建筑交流会的热闹景象,还贴心地配图展示了律风的板书。

白板上清晰的设计图,和律风做过的其他桥梁设计风格相差无几,律风就站在这一白板的图画前,浑身散发着无法掩盖的光。

殷以乔有了一点点预感,他微微挑眉,给律风发送了消息。

"我看到你画在白板上的鱼平大桥了。"

不过一会儿,手机振动起来。律风给他回了一张截图,截图中是他熟悉的电脑软件的界面,上面是和白板手绘相似但更详尽的大桥设计图。

他说:"现在,你还看到了我画在软件里的鱼平大桥。"

热度逐渐攀升的鱼平大桥,从一个没有指望的工程项目,一跃成为菲禄全国关注的热点。

鱼平大桥背后的"复苏计划",本该在未来五六年内逐步公之于众,并进行招标,却被律风随手画出的这座桥,打乱了节奏。

中菲建筑交流会的成员,结束了明面上的交流,开始进行幕后协商。

中国并没有投标,菲禄也没有招标,他们依然坐在同一间会议室里,就菲禄的"复苏计划"进行详细讨论——要造多少桥,要修多少路,才能完成菲禄想要的经济振兴。

原定一周的交流会,在"复苏计划"的驱动下,延长到两周。翁承先身负监督平麓跨海隧道工程的重任,只身按计划回国,留下来的律风则被安排绘制鱼平大桥的详细设计图,其他工程师负责继续研讨"复苏计划"的深入内容。

律风即兴完成的一座桥梁设计,给中国拉来了意外的百亿美元项目。

他还没能在电脑上勾画出完整桥体,团里各大建设集团的代表,就火速call来了顶头上司,跟菲禄总建公司的桑托斯签订了合作协议。

并且,按照菲禄官方的意思,他们找中国咨询这个计划,就应该把"复苏计划"中涉及的项目建设也交给中国。不为别的,就为了会议上用黑色线条画出的那座大桥,还有大桥设计师言辞恳切的"让你们做到"。

晚上,律风趴在床上,抱着手机跟殷以乔跨国通讯。

"我错了,我真的错了。"律风果断地忏悔,"下次我一定主动告诉你交流会延期的消息,而不是等你看到新闻才坦白。"

殷以乔的笑声,从听筒中清晰传来:"我还以为,你之所以认错,是后悔在交流会现场作图。"

"那怎么可能呢!"这一点律风坚决不认,他轻哼一声,仿佛告状,"师兄你不知道,当时美国人和菲禄议员都骑脸嘲讽了,我又不是他们仁慈的上帝,被人扇了左脸,还要递出右脸。"

他继续道:"像他们这样无耻的家伙,就应该用设计砸得他们头晕眼花,让他们明白——在中国基建的绝对实力面前,一切资本势力都是纸老虎。"

美国就算拿走了城市重建项目,他们也能通过"复苏计划",重新证明自己的实力。

"复苏计划"堪称菲禄史上最为宏大也执行得最为迅速的计划。

建筑总公司的负责人桑托斯在新闻发布会上,向众人宣布,未来二十年间,菲禄将实施改善国民生活水平、振兴国家经济发展的全面性基础工程建设。他宣读了详细的建设方案,而他背后的投影仪上列出的代表性项目,就是那座无数人早有耳闻的鱼平大桥。

鱼平大桥造型简约,横跨于海面之上。

重新精心绘制过的设计图,展现出它的庞大身躯,气势恢宏;更因渲染过后的色彩,显得真实动人。

一辈子都没有想过鱼平地区能建桥的菲禄人,被这个浩大的"复苏计划"震撼到了。

散布在海洋上的岛组群,将会连为一体,所有的海峡都可以快速通行,破烂简陋的公路将会焕然一新,市中心短短一截的铁路,也可以遍布全国各地。

高速发展的时代,即将光临长久以来饱经台风肆虐的菲禄。计划里长长的桥隧公铁项目名单,好像一点点连通菲禄的微光,能够循着弯曲盘旋的通途,燃起熊熊火焰。

之前根本不明白为什么要在鱼平地区建桥的人,看清了官方发布的经济战略地图后,才意识到:鱼平,不过是菲禄改头换面的一小部分,他们真正要建设的,是一个富强发展的国家。

"复苏计划"项目列表一经宣布,合作伙伴名单紧随其后,以中国为前缀的建筑公司,承接了计划里的全部工程项目。其中,鱼平大桥后面打出了设计者律风的名字,宣告全世界:这座史无前例的大桥,由中国人设计、中菲两国共同建造!

新闻报道层出不穷,每一家媒体都在关注"复苏计划"。初期投入超过百亿美元、中期超五百亿美元的宏伟工程,涉及的不仅仅是资金问题,还有更为复杂的幕后利益争夺。

然而,他国政治风向与律风无关,他只需要完成最基本的大桥设计,带着菲禄建筑师们一起研究出工程图纸就行。

菲禄炎热潮湿的夏季到来了,律风住在酒店,日常待在工程办公室,两点一线,完全感受不到什么异国风情。

中方一同研究桥梁设计的工程师共计十六人,跟随他们学习和分担工作的菲方建筑师则有三十多人。

菲禄的建筑师,大多从本土院校毕业,少数前往美国、英国等发达地区深造过,建筑理论还算过关,但是在桥梁建设方面……可能还不如律风在国内见过的一些工作经验只有一两年的新人。

菲禄在桥梁建设的知识过于落后,就算是跟着律风一起研究鱼平大桥详细设计图的冈萨,都是提出疑问多过建议。

冈萨是一个沉默寡言又勤劳努力的建筑师。

律风和他在交流会初识,以为他是一个乐于助人、热情洋溢的菲禄人,真正接触下来,却发现这位先生其实并不怎么喜欢说话,他每一次开口,都在寻求知识。

冈萨:"律先生,在桥基部分进行围堰灌注混凝土,不会泌水、离析吗?"

冈萨:"律先生,鱼平大桥改成公路铁路两用设计,如果台风来了,后期抢修、保养又该怎么办?"

冈萨:"还有,为什么要建成这么长的引桥桥桩,不会影响整座大桥的使用寿命吗?"

即使问题极为简单,有些还超出了桥梁设计的范畴,律风都能耐心解答。他甚至非常希望其他的建筑师也能像冈萨一样积极努力,早日完成鱼平大桥的全部工程设计。

他真的很想回家。

第十五章 / 不情之请

"复苏计划"公布之后,律风作为签约鱼平大桥项目的总设计师,理所当然地成了援菲队伍的一员。

不需要他主动报名,国院直接安排他加入了援菲团队,与后续到达菲禄参与"复苏计划"的同事们,共同为这个邻近中国的国家努力奋斗。

律风得到消息时很平静,毕竟他图都画了,桥也设计了,还闹得沸沸扬扬、全球皆知,他不留下来帮菲禄完善大桥图纸,怎么也不太可能。

绘制桥梁整体设计图,只用了八天,可要带领中菲两方设计师完成鱼平大桥全部施工图纸,再快也得五六个月。

然而,律风忙了半个月,就发现五六个月真是想得太美了。

菲禄人再勤劳也谢绝为国加班,这图不再多派点儿帮手过来,得画两年!

律风这样高效的行动派,完全不能接受一项简单的桥梁施工图要画上两年这种事。但是,在别人的地盘上,想鼓动骨子里缺失奋斗热血的菲禄同事,不经过多年的潜移默化是不可能的,只会得到"我们已经够努力了"的回答。

因此,律风难得给国院打了一次报告。

他详细描述了鱼平大桥施工图设计阶段缺人的现状,顺便阐明了菲方同意接纳更多设计师协助的意愿。

报告打了,律风便开始享受菲禄的无聊周末,他还没能躺在床上,做一条隔空和殷以乔聊天的咸鱼,就被敲响了房门。

是冈萨。

这位周末必定回家陪老婆孩子的建筑师,意外地出现在这里,真诚友好地说道:"律先生,我听前台说您周末都没有出门,所以想邀请您去周围逛一逛,玩一玩。"

在菲禄,长期不出门的家伙,都会被重点关注,特别是律风这样地位特殊的设计师。

之前要赶在"复苏计划"宣布前拿出大桥设计图,他整天闭门不出,还能解释成是在忙碌。现在一切步入正轨,设计又有同事分担,冈萨听前台说律风周末还是大门不出二门不迈,就格外担忧。

律风听着他的担忧,好像自己真成了这位菲禄建筑师眼中的可怜人——身处异国他乡,没有亲属,没有朋友,于是只好待在酒店,为菲禄的未来冥思苦想。

冈萨感动得语无伦次,极力邀请他出门散心。

"不是……"律风不得不纠正冈萨,"我在菲禄有朋友,我们常常在网络上聊天。"

可惜,网络聊天在冈萨这里根本不算交流。他坚持说道:"那我们去约他们一起!现在是周末!"

律风无法拒绝平时沉默的冈萨突如其来的热情:"好吧,那我们去库坎大桥看看。"

他和冈萨一同出行,并且给易兴邦发了消息。他想,虽然是周末,但还是很像视察工地。

易兴邦的建设团队,在完成了瀑帕大桥验收工作之后,迅速就投入到了库坎大桥的项目中。两座桥梁的建设标准和设计思路都相差无几,在易总工的带领下,他们很快就打入钢桩,立起了三根桥基。

库坎大桥位于未来的交通要道,冈萨和律风开车前往,并不太花时间。

中国援建的标志印在库坎大桥施工现场的蓝色围墙上,一到门口就能见到手持武器的安保队伍,以备战重地的姿态站岗巡逻。

经历过一次示威式抢夺,再次回到菲禄的援建队伍,他们当然不可能当作无事发生。很明显,库坎大桥的安保比瀑帕大桥更严格,持枪护卫变多,周围还铸造了高压铁丝网,展现出中国建设者吃一堑长一智的成果。

冈萨以为律风是来见朋友的,随时等着做一位兢兢业业的司机,带他们游览菲禄各个繁华区域。谁知道,律风和库坎大桥的总工程师握完手,就要去桥梁建设现场,看看这座建设在菲禄经济要道上的中国桥。

习惯了休息日停工的冈萨,还是第一次来到全部由中国人施工,没有菲禄雇员的桥梁建设基地。他们一路走向施工地点,耳边不断传来嘈杂的机器运作声音,律风和易兴邦却习以为常地聊了起来。

"库坎大桥预计工期还有几年?"

"两年吧。正好配合'复苏计划'的环岛公路。"易兴邦指了指远处那一片荒地,"我们的桥跟环岛公路连起来,就是最好的高速通道了。"

冈萨清楚"复苏计划"的每一个工程项目。环岛公路从首都出发,环绕整座岛屿,成为菲禄的全新生命线。他意想不到的是,库坎大桥看起来才刚刚打下桩基,几根粗壮的钢管都还暴露在泥地里,这位总工程师居然就敢说"两年完成"。

"这桥有多长?"冈萨不禁问道,怀疑自己记忆出了问题。

易兴邦看他一眼,奇怪地回答道:"七百五十二米,怎么了?"

"七百五十二米的大桥!"冈萨展现出菲禄人的困惑,"你们怎么可能在两年内完工?!"

中国在菲禄的建筑工程数不胜数,冈萨参与过其中多个建筑项目,还了解过十多项中国援建的设施,对中国速度感到惊异。

那些四十个月、三十五个月、三十个月的预计工期,看得他心潮澎湃。他清楚美国、德国、英国那些人的建筑速度,没有五六年的时间,绝对无法协调一致,更别说完工。他以为自己已经是做足了功课,却在律风和易兴邦的闲聊里,意识到自己狭窄的眼界。

他指着前面重重砸入地底的机械铁臂,诧异道:"你们才刚刚打出桩基。"

要是其他人提出这么认真的质疑,易兴邦必然会充满敌意,可是冈萨的惊讶摆在脸上,眼神闪烁着好奇的色彩,让他无法产生半点儿不悦。

他抬手摸了摸热汗蒸腾的脖子,平静说道:"我们一周就打出了三个桩基,一个月就能完成桥座浇筑,两年建完七百米,不难吧。"

他不过是如实阐述,却把冈萨吓得够呛。

一周时间……就他看来,这么短的时间还不够他知道的那些工程完成桩基钻孔。即便是中国援建的其他项目,也没有在一周之内就达成现在这般钢管直立模样的先例。

中国人拼命、超负荷工作的传闻,冈萨去到任何一个援建现场,都能从菲禄同胞口中听说。在规定工作时间之外,菲工们往往需要遵照中方技术负责人的要求继续加班,以免延误工期。

然而,到了完全由中国人建设的桥梁工地,他才第一次领悟到:他不懂得什么叫拼命。

"为什么要这么赶?"冈萨的声音没有谴责,只有疑惑,"难道你们是想早点结束工程,回到祖国?"

易兴邦无声笑了笑,看向律风:"这不是更该问律工吗?"整个国院出了名的加班狂魔,来到菲禄这么久,居然还没让菲禄同事明白为什么。

易兴邦的话题一转,律风都有些不好意思回答。

各国人民都有自己的习惯和规则,就像他在英国的时候,绝对不会去问英国人"你们为什么不努力"。所以,他更不会谴责菲禄建筑师,为什么周末不上班。

现在,看到冈萨的求知欲写在脸上,他也不是随便糊弄人的性格。

"早点结束,早日回国,是一方面。"律风眺望着施工中的库坎大桥,"更重要的是,这座桥建设在中菲国际通道上。"

他斟词酌句,选择了更能令人接受的措辞。

"早一天完成这座桥,中国就能早一天实现给菲禄的承诺。对建设这座桥梁的中国人来说,库坎大桥不只是菲禄的桥,更是象征着中菲友谊的桥。"律风说着,自己笑起来,"为了友谊,我们会竭尽全力。"

冈萨当然清楚这些话里的委婉之意,中国人之所以重视库坎大桥,更多的是因为这座桥建立在中菲国际通道上,未来将会有无数物资通过这座桥运往中国,以满足庞大的中国市场需求。也正因如此,中国才会调集上百位中国建筑师,一路从瀑帕修到库坎。

但律风说得那么真诚,笑容里带着骄傲,令他愿意去相信这些中国人日夜不休、竭尽全力,为的也是一份国际友谊。

冈萨对中国速度的惊叹,得到了唯一答案——中国人可以因为中国需要,在任何国家的土地上奋斗拼搏。

这对从小同样接受爱国主义教育的冈萨来说,觉得羡慕又羞愧。

桥是中国人建的,中国人需要的货物会从桥上通过。可是,桥也会留在菲禄大地上,成为伟大的"复苏计划"中的一环,激活菲禄的经济建设。中国人尚且如此努力,而他作为菲禄人,是不是过于散漫?

他们游览了库坎大桥的建设现场,易兴邦给他们做导游做到一半,就被技术人员叫去查看情况。律风和冈萨在周围转了转,没有等到易总工回来,便准备乘车原路返回。

律风系好安全带的时候,冈萨又问了一个问题。

"律先生,库坎大桥对于易先生来说,是必须尽快完成的项目。那么,鱼平大桥对于您来说,也是这样吗?"

"当然。"律风平静地看他,"没有建设者不希望自己的项目早日完工。"

周末的库坎大桥一日游,成了律风和殷以乔的夜话主题。那座建设得热火朝天的桥梁,也许要不了多久,又会霸占国内外新闻,为中国援建履历添上新的光彩。

第二天,律风接到了冈萨的电话。

"律先生,您可以接收一下我发的邮件,帮我看一看我的设计方案有没有问题吗?"

他没有说是什么设计,可律风点开邮件,便看到了熟悉的结构。

进度止步于周五下班时间的鱼平大桥围堰方案图,已经按照他的想法圆满完成。粗细不一的线条周围，还有这位菲禄建筑师的认真标注——
"这里有点问题。"
"偏差值是零点九还是零点八？"
"八孔方案似乎更适合菲禄吊装塔规格，如果中方有其他种类的吊装塔，请指出。"

律风一条一条看下去，随手打开软件，循着冈萨的标注，慢慢修改存在问题的部分。

冈萨是菲禄建筑师里学习最认真、进步最快的人，但他稳定的"965"的工作时间，根本达不到律风想要的效率。

如今，一张详尽的淤泥围堰筑基设计图展示在律风的眼前，经过律风的修改，终于敲定了最终方案。

他刚用邮件把图纸返给冈萨，冈萨的电话又打了过来，好像一直守在电脑旁。

"您这么快就改好了？我看看……哦，原来是这样！"

"这部分的设计应该可以按照我修改后的方案，递交审核。"律风说，"明天早上，我们可以做一做基桩受力模型。"

"受力模型？了解了。"冈萨认真回答，"我今晚做一个初步估算，明天您再看一看有没有问题。"

律风没有说好，也没有说不好。电话挂断之后，他都在猜测冈萨是不是受到了库坎大桥连续施工的刺激，决心加入"996"阵营。

一时的努力很容易，长期的坚持却很难。律风不知道见过多少一开始斗志昂扬的奋斗青年，在时间的磋磨中逐渐变成一条咸鱼。所以，他并没有将冈萨周末自发加班的事情放在心上。

但是，冈萨的努力超出了律风的预期。他用一晚上的时间做完了基桩受力模型的计算，虽然取数存在一点儿问题，但律风在他的基础上改了改，也得出了最佳结果。

那一个周末，不是什么意外，而是冈萨的新常态。

平时一到下班就会笑着跟律风说再见的建筑师，开始忙于设计，随时都会向律风提出问题，请律风帮他审一审新画出来的图。

天赋总会在勤奋后显现，冈萨在桥梁设计方面，不再是一个只会跟随中国建筑师脚步、亦步亦趋的模仿者，而是在学习了律风对鱼平大桥的设计之后，根据菲禄现有的建筑技术和材料情况，不断提出修改意见的建议者。

菲禄自己的桥，经过冈萨的建议修改后，变得更适合那湾烂泥，也更符合就地取材的原则。

律风从未夸奖过冈萨什么，直到鱼平大桥顺利进入主桥绘制阶段，律风才感慨般说了一句："冈萨先生，您最近好像很不一样。"

不一样地爱加班，设计能力也突飞猛进，帮律风减轻了不少工作负担。

冈萨听完，严肃的脸上露出笑意。他说："跟您共事，我学到了很多东西。你们中国人都这样为菲禄经历，让我时常觉得愧疚，如果没有为菲禄力尽所能，我又怎么好意思说我是菲禄人呢？"

冈萨的眼神执着又坚定。律风忽然觉得，或许不用再增派人手了。

第十六章
CHAPTER 16
援兵乍到

自从律风随着代表团参与中菲建筑交流会起,吴赢启就一直关注着菲禄的消息。

他眼睁睁看到律风站在白板前画出一座鱼平大桥,也眼睁睁看到菲禄媒体震惊地阐述这座桥梁有多不可思议。

那一瞬间,他就觉得……律风恐怕暂时回不来了。

在菲禄人民的期待下,中国怎么也不可能跟菲禄说:我们换个设计师。吴赢启手握十几个项目,每一个都希望律风能够参与,然而还是只能遵照国家要求,沉默地同意把律风转入援菲团队。

紧接着,"复苏计划"公布,中国拿下菲禄价值百亿美元的基建项目,未来二十年都会在菲禄土地上兴建基础设施。那座陌生又遥远的鱼平大桥,成了一个象征符号,将律风的地位抬得极高。吴赢启为他感到骄傲的同时,也无比担心,异国他乡的报道,把律风竖成了明晃晃的靶子,周围尽是居心叵测的豺狼虎豹。故而,律风发过来的关于加派人手的请求,他想也没想就通过了。

不到一周时间,增派援助鱼平大桥项目设计的全部成员名单,就捏在了吴赢启的手上。

律风接到吴赢启电话的时候,十分意外。

那厢吴院却语气凝重,说道:"国院这边找了三位老设计,还有五位下级单位的年轻人,过来帮你的忙。"

人数远远超过律风申请的两人,吓得他赶紧汇报:"其实不用那么多,这边菲禄建筑师上手之后,工作进度加快了不少,我们可能再忙上六七个月就能结束了。"

"不行。"吴赢启语气一沉,"六七个月太久了。我们这边八个设计师过来,一个是帮你们加快速度,二个是让你选选有没有合适的人,培养一下,留在菲禄。一建公司的总工程师会跟你们会合,你能把工作移交掉,就尽快移交。不要像你负责的其他项目似的,一路跟着上工地。"

律风的工作习惯,就是从办公室跟到建筑工地,这种与其他设计师截然不同的上前线能力,吴赢启从来都是乐见其成。但是,他并不乐意律风在菲禄也做着这种鞠躬尽瘁死而后已的事情。

律风越快画完设计图,就能越早回来!

吴院叮嘱了一通,律风连连答应,又觉得压力很大。虽然他不怎么关注外界报道,但是从冈萨热情的反馈来看,菲禄没少用他做一些中菲友谊的宣传。

毕竟是当场给出了设计图的人,还解决了鱼平近百年的淤泥难题。再加上"复苏计划"遭到某些政客反对,坚持推行计划的一派,更需要人民的支持。当然没有什么举措比打造一个"中国"的具体符号更能聚拢人心了。

吴赢启字里行间都是关怀,希望他早日回国,律风却清楚知道,想回去没那么容易。

直到电话结束,吴院才欲言又止地说道:"还有就是……如果派来的设计师不听从你安排,你不妨大胆告诉我。"

律风觉得奇怪,问道:"是有什么不方便说的人会来吗?"

"哎。"吴赢启比律风还觉得奇怪,"不是不方便说。就是钱副院长的儿子,以前实习时候你们见过,他这次也报了名。我想不通他干吗一定要来。"

结束了通话以后,律风思考了好久,他实习的时候,是见过哪个副院长的儿子……

他不是健忘,是真的没有反应过来。忙碌的工作生活,让他整天得跟无数人打交道,援菲队伍里的成员姓甚名谁他都分不清楚。

律风很快回到了鱼平大桥的设计工作之中,为更多与人际无关的数据焦头烂额。等到那份来自国院的设计师名单递到他面前时,律风视线一扫而过,才恍然大悟地愣了愣。

哦,钱旭阳?

国院及下级单位增派的人手,在半个月后办妥了手续,抵达菲禄。

律风埋头审核冈萨带队绘制的图纸,根本忘记了他们过来帮忙的日期就是今天。

办公室里响起敲门声时,律风还皱着眉拿笔勾画支座布置图上的距离:"这边的间距和我们实地测量的不相符。"

他的英语腔调低沉缓慢,便于围成一圈的中菲两方同事都能听清。

"A21点位和B21点位要比这边两座更宽,因为这下面必须预留维修通道,桥座的外部设计也不能忘记这一点,必须要加上安全梯。"

"但是钢制的安全梯可能会因为狂风和海浪而变形脱落。"冈萨提出简单的疑惑,"所以我建议使用可以伸缩的软梯、安全梯,藏在主桥内部。"

格外原始的构想,听得律风一怔:"想法不错,可是在桥梁需要抢修的紧急情况下,伸缩式安全梯会造成更大的隐患。"

他抬笔在设计图上,迅速画出横线:"不过,你的考虑很好,我们可以在桥座进行隐藏式设计。"

就在他们认真开会的时候,钱旭阳跟随其他援菲的同事,安静地进入了会议室。

四十多人一同围着那张超级大桌子,所有人都伸长脖子,去看铺在律风桌面上的图纸。

图纸上面已经有了许多红色痕迹,每一条都来自律风手上的笔。他画完之后,用清晰的英语说道:"支座布置图就按这样改,剩下的我们再看看——"

"律总师。"接洽援菲人员的负责人赶紧趁机打断,"我们的新人都到了。"

律风闻言抬起头,眉头仍保持着刚才紧皱的状态,犹豫半晌才放下了笔。

说是新人,其实都是吴赢启帮忙挑选的熟手,里面那三位老设计,工作经验比他还丰富,律风怎么都不敢怠慢。

他走了过去,真诚地伸出手,欢迎道:"感谢各位老师来指导工作。"

国院的老设计,顿时就笑出声来。

"什么指导工作,我们就是来帮帮忙的。"

"服从安排,听律总师的。"

英语喊"律先生"跟中文喊"律总师"完全是两种感觉,律风在菲禄习惯了介绍自己是总设计师,但是完全不习惯"律总师"这样的称呼。

他见到国院的设计师,就算素昧平生,也没有半点隔阂。哪怕他们从未在同一个项目上共事过,对律风来说,都是值得尊敬的前辈,能来菲禄帮忙,应该是他诚惶诚恐才对。

也就是握手握到钱旭阳时,律风才稍稍收敛笑容,说了一句:"好久不见。"

律风绝对没有想过,钱旭阳会报名援菲。这种家庭背景富裕,又不缺乏晋升渠道的二代设计师,只要想往上走,就没有走不上去的。

如果不是工作繁忙,他必然会好好端详一下这位钱工,揣摩一下这位"二代"的想法。但是,大项目在前,律风不可能还有闲心去管一个外人。

在短暂的欢迎仪式之后,全员都扑在设计图上,继续刚才的改图工作。长达七公里的大桥,要研究的不只是跨越海峡这么简单的事情,怎么衔接公路,怎么对接铁路,都足够在场每一个人忙到头秃。

律风一点儿没见外,边说边征求新到场的老设计师的意见。吴赢启认真挑选的这几个帮手,个个身经百战,接过比鱼平更紧急的任务,律风一问,他们就能给出解答。

这样的合作氛围,不需要什么适应期。直到暮色降临,菲禄建筑师注意力明显变得分散,律风才照例说道:"今天就这样吧,明天我们继续。"

赶进度不能急,就算是努力的冈萨,一周也总有一两天不在状态,需要早点休息。

于是,人都散了,中方设计师转战酒店,为新报到的帮手们接风洗尘。

律风没跟钱旭阳说什么话,但其他设计师已经率先发出了疑问。

"钱工,你不是在二建吗?怎么也来援建了?"

钱旭阳在二建是出过名的。国家设计院副院长的亲儿子,摸鱼打卡混日子,活成了大部分人想要的模样,根本就不需要来援建镀金,和一群没背景、没关系的设计师去拼一个加分项。

钱旭阳握着酒杯,笑得内敛,他好像没以前那么喜欢社交,也没以前那么能说会道。

"年轻嘛,想多出国走走。"他把菲禄说得像是英法美的什么大都市,"公费旅游,还能跟大家多学学设计,一举两得!"

这话确实很像钱旭阳的风格,想要打探他真实意图的设计师,也乐呵呵地接受了这个回答。

可律风一边吃饭喝汤,一边沉默思考,总觉得钱旭阳跟他印象中的年轻人差别很大。这家伙,不是只会坐着玩手机,顺便熟练甩锅吗?

有七大高手齐聚一堂,多一个附赠的"二代",律风也不是很介意。第二天一早,他还没到办公室,心里就已经规划好了:这边周工负责阿克到亚拉段,那边许工负责巴戈到毛里段,然后陈工负责审一下鱼平地区前段引桥,以免设计有误。

安排得明明白白。

律风打开办公室门,却发现自己早起第一名的宝座退了位,让了贤——

钱旭阳已经到了。

"律总师,早上好。"钱旭阳听到声音,从电脑屏幕前转过头,"我在看鱼平大桥的设计资料。"

他像在解释自己的早到,又有点像在挣表现分,搞得律风一时困惑,不知道回答什么好。

"哦。"律风只得点点头，皱着眉走到自己电脑前，想了想，还是说道，"你叫我律风吧，不用叫律总师。"

别人叫是客套，钱旭阳叫……怪怪的，律风不习惯。

钱旭阳确实跟律风熟悉的那个"二代"有了很大的差别，虽然他没有从善如流地叫一声"律风"，但是他非常聪明地学着冈萨叫起了"Mr. Lv"。

一众设计师里，律风对冈萨的态度最好。不管是解释设计结构，还是纠正设计误差，律风的遣词用句、语气神态，都更像一位脾气温和的老师，而不再是平素那个冷漠严谨的律风。

钱旭阳端详着律风，找准了在鱼平大桥项目组的生存规则。即使律风没有详细安排他做什么工作，他也聪明无比地选择了接触冈萨，待在了协助菲禄人的小组里。

第一天，律风觉得困惑。

第二天，律风觉得诡异。

第三天，冈萨高兴地和律风说，钱旭阳画的设计图又快又好，还教会了他不少中国的设计技巧。

律风觉得……这不对劲。

律风："他是受了什么刺激，怎么想到来菲禄了？"

律风："虽然谁来帮忙我都十分感谢，但是钱旭阳真的不像我之前看到的家伙。"

律风："像变了个人似的！"

五六个小时之后，易兴邦才点开聊天界面上的消息，接收到律风的惊讶。

在平麓跨海隧道金屿人工岛，易兴邦和瞿飞见证了钱旭阳的变化，并且心怀猜测，一致认为是律风跟钱旭阳说了什么，改变了这个胆小怕事、散漫拖沓的"二代"的信念。

但是，看律风这发言……易兴邦摇了摇头。大忙人果然已经忘记了这些事情，对钱旭阳的印象依旧停留在最初那个贪图享乐、不敢担责的样子。

于是，他快速敲击键盘，发回了消息。

易兴邦："真的吗？太奇怪了！"

易兴邦："可能在国内被人敲打了吧，不好好援建，就会被永世流放菲禄！"

律风的惊讶一般持续不了多长时间，他没有空。

鱼平大桥细致的设计图，每一张都会带来复杂的技术难题，他全情投入地跟工程师们探讨如何在菲禄实现换在中国早就能够轻松完成的工程。

中国在多年基础建设中创造了许多专用设备和精密仪器，能够生产坚不可摧的桥梁钢材，也能实现淤泥中浮吊打桩。现在，他却得思考：这钢材是进口还是在本地办厂重新制造，这浮吊是拆分运到菲禄还是就地再造？

设计图越完善，产生的问题越多，律风算是感受到了什么叫"没有枪没有炮"的困境，连续递交了好几份需求方案给建设公司，让他们去想办法。反正，他们已经尽量设计得符合菲禄情况，不行……只能再改了。

又是从早头秃到晚的一天，律风盯着冈萨写完了本周报告，确认无误并递交后，谢绝了冈萨开车送他回酒店的好意，选择走路回去。

鱼平大桥项目组位于盖达湾一幢交通便利的空置楼里，距离鱼平地区不过半小时车程，既方便项目组设计师们的居住和工作，也不影响他们前去工程现场实地勘察。

暮色中，律风独自走在街道上。

盖达湾和鱼平隔得那么近，却像是另外一个世界。车水马龙，商铺林立，摩托和汽车并道而行，天空透过交错的高压线，露出漂亮的色泽。

等鱼平建起桥，盖达湾经过出口港送往全球的农产品，也就有了新的路径选择。说不定几年之后，鱼平地区也会改头换面，成为菲禄的新一线城市。

律风正在感慨交通改变城市发展，忽然听到一声熟悉的呼喊——

"律工？"

他转头，看见钱旭阳从路边海鲜店走出来。

"吃晚饭了吗？这家海鲜还可以，我刚吃了炒饭。"

"不了不了。"律风连连拒绝，实在不习惯钱旭阳的热情。

他们不算特别熟，虽然律风在经手乌雀山项目、参与平麓跨海隧道工程时都跟钱旭阳有交集，但是在律风心里，他们根本不是一路人。

不是一路人的两位设计师，如今并排走在菲禄喧嚣的街道上。本该沉默尴尬的气氛，却在钱旭阳聊起冈萨的事情之后，稍稍活跃了一些。

律风很喜欢冈萨。

即使跟中国人比起来，他还欠缺了一点血性，可他的勤奋努力已足够在一众菲禄建筑师里脱颖而出。钱旭阳像是知道这一点似的，聊得格外刻意，律风自然是察觉到了。

律风眺望天空，说道："其实你没必要特地和我找共同话题。"

正常的工作，突然的建议，这些确实是冈萨会做的事情。但是，这位沉默寡言、埋头努力的建筑师，绝对不会像钱旭阳说的那样"激动得眼睛放光，用英语快速地表达情绪，我都有点儿听不清"。

当然，"听不清"可能是真的。

被律风忽然揭穿，钱旭阳显得有些不好意思。他没有见过比律风更不配合社交的成年人，遇到懒得敷衍的人，总是简单、直接，不留情面。

"我怕跟你聊别的，遭你讨厌。"钱旭阳以为自己会很难说出这种话，等到真正说出口，只好勾起自嘲的笑，"我们上次见面时，金屿人工岛的设计误差造成了上百万的损失，我没给你留过什么好印象。"

他叹息一声，望着菲禄的晚霞："本来我都以为，那会是我这辈子最后一个项目了。"

平麓跨海隧道这样全球瞩目的工程，稍有差池都会成为国外借力打力的尖枪。钱旭阳完成了跨海大桥金屿人工岛的项目，回到家里之后，一直情绪低落，每天一睁眼都担心会收到处分通报。

平麓跨海隧道项目组汇聚了全国的设计精英，人工岛的设计误差导致大桥无法圆满对接，到底是哪里的问题，他们只用花点儿时间一查就知道。那段时间，钱旭阳过得浑浑噩噩，上班画图都像坐在金屿岛海浪滔天的办公室，身边有无数双眼睛盯着他，无声控诉着他的失职。

一两百万的钱，不过是半套房子、一辆好车，对于生活优渥的钱旭阳来说，根本不痛不痒。可是，国家项目的工程费用损失高达百万，足够吊销他全部的资格证，将他从国家建筑设计单位除名，永远不再录用。一想到那种可能性，钱旭阳就浑身手脚冰凉。

他学道桥，不光是由于父亲身居国院高位，能够为他铺平道路，更是出于喜欢。

他喜欢路，喜欢桥，喜欢用线条勾勒出的建筑立体图。如果不是喜欢，他又怎么会耐着性子坐在电脑前，一遍又一遍地描绘枯燥的点与线，等待亲手绘制的桥梁建筑建成，再骄傲地发朋友圈炫耀："看到没？我的设计。"

钱旭阳想不起来自己是怎么熬过那段时间的，只记得后来跨海大桥建成的消息铺天盖地，领导召集所有参与人工岛设计、建造的人员进行内部大会，大家都等待着上面公布具体责任人，以终结这场惶惶的猜测。领导却说："金屿人工岛重大失误该罚，长浪人工岛设计建造取得重大突破该奖。"

于是，每一个人都被要求针对金屿问题做出详细的自查自纠报告，二建公司全体成员年终评级降低一档，等到来年年初，大家再去领建设长浪人工岛的回报。

折磨了钱旭阳近半年的利剑，高高举起，轻轻落下，一奖一罚，经济上没有额外收获，可也没有人遭遇吊销资格证的处分。他做好了认错担责的准备，又迎来了组织的宽宏大量，哪怕是现在，他站在菲禄的土地上，也能感受到一千公里外的祖国给予的温暖。

钱旭阳笑得有些傻气："幸好，我还有资格以援建的身份来到菲禄。"

他说："我知道你欣赏的是冈萨这样的人，而不是我这种家伙。可我和他一样，也想为自己的国家，做点什么。"

"你们一直问我为什么来菲禄，都觉得我爸是副院长，我没必要来这么个地方受苦。"钱旭阳没敢看他，盯着脚下，踢着石子喃喃说道，"但是我想，你在的地方，一定是国家最需要人手的地方。"

回到房间，律风一直在想金屿人工岛的事情。

那场重大失误，完全可以严格按照程序追究所有人的责任，以起到强有力的警示作用。然而，跨海大桥成功登陆金屿，全国上下一片欢腾，承建两座人工岛的二建公司派来负责项目的人都殚精竭虑，最终成绩斐然，未来能够做出的贡献远超金屿损失的上百万元。整个平麓跨海隧道项目组都不想去做一件打击士气的恶事，所以，之前的损失被当作试错成本，就这么被揭过了。

在困难和人祸面前，更需要内部团结。律风已经不太记得当时的钱旭阳有没有悔改，此时见他努力想要挽回，又说得真情实意的模样，忽然就觉得——也许他真的是意识到了自己的错误，回头是岸了。

稀奇，稀奇。律风脑子里回想着钱旭阳玩手机摸鱼，嘲笑二〇〇八立项的乌雀山大桥一无所获的过去，十分怀疑这人惨遭"夺舍"。

他正准备拿出手机，跟师兄分享这一奇妙见闻，就看到了一大串让人震撼的消息！

"哇，律工你知不知道殷师兄在搞什么大动作？"

"你师兄太厉害了吧？要不是我在贵州、云南遍布眼线，都不知道发生了这么大的事情！"

"律工，看在我们在乌雀山同事一场、天天加班的份儿上，快悄悄告诉我，殷建筑具体是要做什么？能不能合作一下？"

平时喜欢用聊天消息炸翻群聊的同事，纷纷打着师兄名义，用私信冲击律风。本就消息繁多的手机，变得更加让人不想面对，律风随意翻了翻，就给师兄打去了电话。

"怎么回事?你又做了什么惊天地的事情,我同事都快用消息把我埋了。"

"这么快?"殷以乔惊讶地笑道,"其实是我打算去菲禄接个建筑项目,被你同事发现了。"

律风的脑子"嗡"的一响,嘴边全是劝说殷以乔不要来的理由。他还没来得及说话,忽然思绪一转——

"不对!"律风可是看得清清楚楚,"我同事明明说你在贵州、云南做什么!"

师弟走的路远了,不好糊弄了,殷以乔显然没想到,编造自己要去菲禄做设计的假消息,都盖不住律风得到的真消息。

"好吧,你的同事果然神通广大。"殷以乔的声音都泛着温柔笑意,轻描淡写说道,"反正你短时间回不来,我就约了几个政府方面的朋友,请他们看一看《山水逍遥》。"

律风怔在当场。

殷以乔确实考虑过,要不要跟着律风的脚步,开拓一下菲禄的市场。他的设计作品遍布全球,也不是没有菲禄的华人邀请他过去大展身手。可惜,殷以乔每次端详平海以南那片土地,升起的不是渴望,而是强烈的祈望。

他更希望律风早点回来,而不是流连他乡。

殷以乔和律风讲述了一个宏大的计划,他希望在中国的落后地区,以因地制宜的设计方案建造出真正的《山水逍遥》。

不去破坏山体,不去开凿湖泊,用最少的建筑成本,保持原生态的居住环境,以整体翻修的形式,依山傍水,创造出一座自然之城。

越是自然的建筑,越是需要地区原本风貌的助力。殷以乔辗转于中国藏匿在深山中的美景,风尘仆仆地考察适合《山水逍遥》落地的地方。

他常年身居繁华城市里,等到亲自深一脚浅一脚地走过山道,才明白什么叫山高路远。中国的青山绿水,每一寸都与律风亲手设计的山水模型如出一辙,又或者说,律风设计模型时,本来就想的是这壮美辽阔的山水。

殷以乔说:"我走了好多地方,始终拿不定主意。你什么时候回来陪我一起看看?"

看看祖国的大好河山。

第十七章
CHAPTER 17
失误疑云

殷以乔总有办法挑起律风的情绪，那些他沿途拍摄的风景照，通过网络传输过来，全是令律风怀念的景致。

律风已经很久没有见过深邃山脉间云雾缭绕的样子，更不用说苍穹之下，熹微光亮照出缕缕霞光的清幽。

殷以乔是他心目中最好的摄影师，总能准确无误地戳中律风的喜好，山峦叠翠之间横跨山谷的大桥，与远处白雾相映成趣，不需要解说，律风都能把这些桥认出来。它们遍布于中国横断山脉的高山峡谷，用独特的造型唤醒了律风对故乡的情感。

"你真的拍了好多桥。"律风翻着照片，惊喜地发现殷以乔去了他曾经说过的每一座桥，在绝妙的光影之中拍下了它们如今的模样。

"考察路上总在过桥，顺手拍的。"殷以乔嗓音低沉地解释，又发过来更多照片。

这次律风看到了依山而建、错落有致的民居，它们层层堆叠在碧绿色的山脊上。

殷以乔说："我比较倾向于改造这类村落，这些地方有现成的公路，又离著名风景区较近，只用在这几个点上沿途建造功能性的建筑，便能连成一座山水城市。"

他勾出的几处青山之中，确实存在纯天然的建筑空间。律风视线瞟过，就能想象到青色楼栋、低矮广场与绿水青山融为一体的状态。

藏在深山之中的民居，都是中国广袤腹地地带特有的民族建筑风格，一张一张照片看过去，更像是中式村落的巡展。

殷以乔说："其实这种翻修方案有点冒险，我也怕我一个人完不成建模里该有的效果。"

律风听完笑出声："师兄，你居然还有怀疑自己技术不过关的一天？"

"这是你的设计。"殷以乔语气中透着无奈，"你不在，我又怎么敢大言不惭地说一定没有问题。"

殷以乔想做的是翻修，而律风最初的设计是新建。截然不同的建筑理念，落在现实之中，自然会存在巨大的分歧。

然而，律风认为没有问题。

无论是在深山中翻修出一座自然城市，还是将枯燥乏味的都市融入自然，只要是殷以乔想做的建筑，一定会成为全世界最厉害的创造。

他在电脑上打开《山水道遥》的平面设计图，跟殷以乔商讨去掉一些毫无必要的炫技装饰。

律风只有在谈论完全属于自己的设计的时候，才会感受到自由，这种久违的快乐，盖过了他许多烦杂的念头。他隔着电脑屏幕，和殷以乔视频通话，哪怕随手画一张简略的示意图，殷以乔也能马上领会到他的表达。

律风说了很多想说的话，除了……

我想回家。

鱼平大桥项目组在来了三位国院老设计之后，气氛有了微妙不同。

菲禄建筑师只当作多了三位老师，中方这边却时刻等着律风和老设计师们做交接。在他们眼中，律风能够即兴绘制烂泥湾的桥梁，能主持设计平麓跨海隧道跨海大桥、参与建设乌雀山大桥，这样的人才不应该一直待在菲禄。

哪怕是不受欢迎的钱旭阳，也清楚里面的暗潮涌动。毕竟，他出发之前，吴赢启就非常明确地表达了这个意思：这次援菲，尽量接替律风工作，让他早点回来。

在这样时刻等着"交接"的气氛中，每一位新到场的设计师都适应得格外快。三位老设计师迅速分担了律风的大量工作，就算律风被菲禄建筑总公司叫去开会，他们都可以带领整个项目组，继续设计图的绘制。

高效分工之下，初版设计图按原定计划完成，当所有的资料提交审核，等待菲方敲定具体动工时间后，忙碌了快四个月的设计师们终于拥有了短暂的悠闲假期。

"总算可以好好去菲禄逛逛了，整天两点一线，周末都像没休息一样。"

"可惜不能回国。菲禄到处都是海景，看都看腻了，再远点儿又不安全，估计最多去唐人街玩玩。"

设计师们讨论着放假做什么，钱旭阳却盯着律风。这位不爱闲聊的设计师，心情愉快地收拾着笔记本电脑和桌面上散落的草稿，难得能看出他很高兴。

"律工呢？"钱旭阳主动问道，"休假准备怎么玩？"

"玩？"律风的思绪被打断，一时没能回过神，他顿了顿，回答道，"我可能没空玩。"

初版设计定稿后，律风就有了更加充裕的时间，可以和殷以乔好好聊一聊《山水逍遥》。

之前还需要顾及第二天画图审图的精力，现在得到了休假，律风恨不得一天二十四小时挂在网上，随时和殷以乔沟通。

"山里的情况和城市不同，高楼的外层不能用这种反射玻璃，我们得另外考虑。"

"少用玻璃，多用吸光性节能板怎么样？顺便进行能量循环，减轻深山的用电负担。"

"羽毛纹理可以根据当地的民俗进行修改，哈尼族的花鸟纹，景颇族的团纹都挺不错的。"

简单的设计，经过律风和殷以乔的探讨，变成符合民族特色的山水建筑。他最初凭借一腔热爱凭空创建的模型，总算有了实体化的可能性，连修改起来都充满了激情。

殷以乔一边笑，一边记录着律风的每一个调整。

他们各自负责改动《山水逍遥》的景色与建筑，力图重新制作出能够贴近现实的建模，即使远隔海洋，也像是回到了C.E似的，共同为了一项新作品而努力。

只不过，如今的律风可以更加自信、更加从容地表达自己的想法。

殷以乔觉得，律风很快就会回国，和他一起走遍适合建设《山水逍遥》的地方，慢慢将这个构想付诸实践。他有些迫不及待，特别是从易兴邦那儿听说了鱼平大桥初版设计通过审核的消息，就更加笃定——律风用不了多久，就会回家了。

中国对青年人才的渴望，绝不亚于任何一个国家。律风参加交流会，意外成了菲禄"复苏计划"的代言人。现在，也该让他在尽心尽力设计大桥五个月后，结束任务了。

一想到这里，殷以乔连出行洽谈商务合作，都笑得如沐春风，并且毫不保留地告诉那些对他接下来的工作充满兴趣的客户，他和师弟正在计划一项筹谋了多年的项目。

国院知名设计师和国际知名建筑师携手筹划的大项目，着实引发了不少猜测，原本只有国院神通广大的多面手才得知的消息，渐渐变成了建筑界茶余饭后的谈资。

毕竟，越江桥和越江广场在那里，平麓跨海隧道和立安港综合旅游区也在那里，师出同门的殷以乔、律风，每一次合作都给他们带来了巨大惊喜。

这样的惊喜逐渐扩散开来，伴随着鱼平大桥敲定具体动工日期的消息，变成了双喜临门。

国内的晚间新闻都在热烈报道着不久后即将举行的鱼平大桥开工典礼，这座宣布动工的桥梁，也将成为中菲未来二十年坚不可摧的友谊之桥。

殷以乔看着新闻，随手给律风发送消息。

"鱼平大桥下个月就办开工典礼了，你会去吗？"

律风一直没回消息。

他们常常互相不知道对方在做什么，却依然保持着不追问的默契。

殷以乔做完立安港综合旅游区最后的验收工作，心里估算着时间，如果律风要看开工典礼，那么回来正好遇上立安港综合旅游区的开业庆典。

虽然还没有直通平麓跨海隧道的旅游巴士，高铁站也还在紧锣密鼓的建设当中。但是，他可以领着律风，在旅游区里慢慢溜达，像两位观光的游客，感受焕然一新的平海气氛。

殷以乔回到今澄市，打算趁着天色还早，再看看《山水逍遥》的设计图。

刚进楼下工作室，前台笑容甜甜地说道："殷先生，有您的国际信件。"

"国际信？"殷以乔对这种复古的通讯方式表示困惑，"哪儿来的？"

她拿出那封褐色的信，说道："菲禄。"

只有一个人会从菲禄给他寄信。殷以乔笑着接过，提着公文包走向工作间。

律风上个月问过他的行程，他还以为律风会突然在家里出现，为他准备一桌丰盛的晚餐；又或者漂洋过海，送一些菲禄的特产。

结果，寄信？

比他想象的还要老掉牙。

信封不大，上面贴着菲禄独特的邮票，盖上了无数邮戳。

律风亲笔写的地址、收件人，字体漂亮得令殷以乔勾起嘴角。

他拆开信封，抽出了律风手写的信纸，手指稍稍一展，就见到折叠的信纸上，铅笔描绘的棕榈树孤独地向天空伸展。它一身枝叶粗犷狂放，被风吹得弯曲，仍然固执地遮住了穹顶烈阳。

充满了趣味的素描，带着一种难以言喻的情感。殷以乔沉思片刻，觉得律风的笔触暗藏坚韧，又带了一丝丝的……挣扎？

他还没能仔细品味这幅画的含义,手机便振动了一下,律风迟了近六个小时,回答了他上一个问题。

"我会参加开工典礼。"

微信的消息框,还在闪动着"正在输入"的提示。殷以乔捏着素描画,耐心等待。终于,他等到律风说——

"师兄,我可能要等鱼平大桥跨海主桥建设完成,才能回来。"

殷以乔嘴角笑意有些僵,还没能回复点什么,律风的电话就打过来。

"师兄。"越洋电话带着些微杂音,"抱歉,这边情况比较复杂,我不能做完设计就走。"

殷以乔轻微叹息,心中澎湃的未来规划,被击落得七零八碎。他失望地说:"意料之中。"

即使隔着信号,律风也能听出师兄的语气。

"鱼平大桥主桥不过一千多米,又是援建重点项目,工期不长……"律风也知道自己的解释有些徒劳,音调里都是愧疚,"我保证不会让桥出事,快点完成建设,尽早回来。"

"我更希望你不要出事。一座菲禄的桥而已,建设慢一点也没关系。"殷以乔没法在律风的保证里保持沉默。他敬佩所有为中国速度付出甚至牺牲的人,但他的私心里,不愿这些人里面有律风。

然而,不可能。

既然律风在递交设计图之后不能立刻回来,就意味着他会像建设乌雀山大桥、平麓跨海隧道一样,忙碌奔走,不舍昼夜。

殷以乔无奈地意识到,律风对桥梁一视同仁,中国桥也好,中菲桥也罢,只要是祖国给予的任务,他便义无反顾。

有时候,殷以乔讨厌律风的全情投入,可如果律风不是这样全情投入的人,也不会为他所欣赏。

殷以乔翻着手上的素描,无声叹息。那颗棕榈树哪里是带着寂寞的挣扎,明明是坚韧不拔、迎风不倒的固执。

"小风,你寄来的信不错,我收到了。"他早已把以往的温柔耐心消耗殆尽,变得极其任性,"以后每周我都要收到你的信,如果哪周没收到,我会立刻去菲禄,看你建桥。"

鱼平大桥设计图通过审核,定下开工典礼的日期,应当算天大的好事情,然而，中国援建的处境并没有想象中美好。

当他们真正准备动工时，才从承建公司那里得知现状——菲禄工人数量变少，并且大部分被与约马尔联系密切的美国建筑集团高价招揽，后者顺势抬高了用工成本。

这些美国建筑集团时时做出难以预料的行动，即使没有直接声明，敏感的律风也能感受到被针对的意味。

约马尔虽然没有出现，美国工人却总是围绕在他们身边，连鱼平地区附近都有重建城市项目的工地，开工之后和约马尔的人低头不见抬头见成了板上钉钉的事实。

习惯了在自己国家建设桥梁的安稳自在，律风一想到未来的暗潮汹涌就无比烦躁。然而，越是烦躁，他越不能回避逃跑，将自己肩上的责任卸给别人。

他迎着天台上的风，给殷以乔打电话，叹息道："师兄，我知道你有些担心……其实吴院派了三位经验丰富的老设计来接替我的工作，让我趁着审图阶段回国。但是，我拒绝了。

"菲禄现在的情况不比国内，政局动荡，治安也不好……我觉得他们是响应号召来帮忙的，能帮我完成鱼平大桥详细设计图，就算完成了任务，不该代替我留在这里。"

当然，律风毫不怀疑，他让任何一位老设计接替他总设计师的位置，他们都不会有推拒或者怨言。这些信念单纯的人，和菲禄那些狡猾的政客，形成鲜明对比。但律风清楚，是他挑起了约马尔这种家伙的怒火，就该由他守着这座大桥，助它跨越淤泥，远离阴霾，踏破围困了鱼平百年的污沼。

"师兄，这可能是我唯一一次跟你抱怨。"律风坦然诉说着苦恼与执着，"我不想临阵脱逃。"

"我知道。"殷以乔还是惯有的温柔腔调，"所以，我很想来菲禄找个项目什么的……"

"不行！"律风拒绝得果断，"我怕跨国信被弄丢，给你寄了好多信。你要是来了菲禄，就不知道我在信里跟你说过什么了！"

殷以乔没想到，自己拿来约束律风的要求，变成了律风的花式借口。他语气无奈地说："信什么的，可以回来收……"

"你自己说每周都要的！不能言而无信。"

殷以乔：……

从菲禄到中国，坐飞机也只要两个多小时，他就算每天在中国和菲禄之间飞来飞去,也能一边陪律风,一边收信。律风这是摆明了不想让他过去一起吃苦受累,只想让他乖乖待在国内。

第二天,殷以乔又收到了信件,一模一样的信封,同样漂亮的字体,拆开来,里面是三行书信。

师兄,

听说菲禄寄给国内的信经常丢件,那这封能不能到呢?

律风

明明是半个月前写下的文字,却完美契合了他们昨晚的对话。

当然能到。殷以乔笑着将信放进抽屉,心想,如果天公作美,吞了从菲禄漂洋过海的信件,他正好有理由去一趟了。

但是,律风犹如预判了他的思路,一周里三天,都有新的信件上门。

"师兄,见字如面。鱼平大桥的工棚建好了,是我们中国特色的防风保暖抗地震工棚,特别宽敞漂亮,以后结束了主桥建设,工棚可以直接改造成过桥收费站。"

"师兄,展信佳。最近菲禄又到了台风季,按照气象局的预估,今年会出现和'利苏'一样的超强台风也说不定。"

律风的思绪,通过信纸传递到殷以乔手上。他还没能细细品读,新闻频道播出的鱼平大桥开工典礼上,就出现了发信人的身影。

新闻主持字句清晰,认真说道:"菲方表示,中国再次证明了他们愿意与菲禄一起,实现更加美好的未来。"

律风安静地站立于人群一角,穿着整齐的衬衫西装,正式的三件套勒出了瘦弱的腰身,他以笔挺的姿态脱颖于众人之中。

在这种聚集了众多政要的会场,律风不过是面无表情的工具人。然而,殷以乔的视野里却只有他一个。

这么多年过去,曾经坐在平麓跨海隧道开工典礼现场负责鼓掌的小设计,变成了总设计师。律风西装革履的样子,叫殷以乔骄傲又欣慰,自己心中那个永远稚嫩的师弟,如今变为了许多人的倚仗,在他触及不到的地方,自信地撑起了一片湛蓝天空。

他还没来得及仔细欣赏律风的成功人士风范,新闻画面就切到了绝对主角——鱼平大桥上。

从白板上即兴诞生的桥梁,终于拥有了震撼人心的效果图。

粗壮的钢管斜桩,以Y字形结构轻松撑起了双层宽阔通路,在电视画面上展现着中国基础建设的实力。这样漂亮雄伟的桥梁,带有与生俱来的中国特色,气势如虹的身影,仿佛又一座世界奇迹拔地而起。

殷以乔露出笑意,很难相信这座桥会就这么建设在困扰了菲禄百年的地方。哪怕他一直觉得,律风去得太久,工程完成得太慢,也无法阻止他客观地评判——只有天才,才能在一年之内就设计出这么惊天动地的桥梁。

像听到了他的夸奖似的,镜头又给到了巡视鱼平大桥现场的那位天才。

律风穿着短袖,戴着安全帽,跟身边同行的同事穿着相仿,却尤其显得面颊消瘦,胳膊纤细异常。

什么成功人士,什么顶天立地,殷以乔只剩下一个念头:原来,西装还能让人虚胖。

殷以乔心头生出长辈一般的感伤,抬手拍下电视里穿短袖走工地的队伍,发给了律风。

"你看你,瘦了。"

鱼平大桥开工典礼之后,桥梁建设进度按照中国速度突飞猛进。哪怕是在异国的一滩烂泥里,也能凭中国制造的定制液压锤,一点一点竖起坚固不倒的桩基。

施工现场,每天都是嘈杂的声响。

每天八小时的安全施工,从早上持续到傍晚,现场扬起不少灰尘泥土。律风在工地上监工半天,到食堂吃饭时,一张口,都能尝到干涩泥土的味道。

这可能是他遭遇过的最艰苦的施工环境,头顶烈日,又热又潮,甚至脱下安全帽,都能感受头皮像蒸桑拿似的湿热难耐。

然而,再难的境况,他的笔落在信纸上,写出来的都是好心情。

"师兄,一切平安。"律风吹着电扇,皱着眉写道,"昨天下了一场大雨,鱼平大桥工地特别凉快,还放了半天假,食堂做了刨冰——"

小学生日记还没编完,"咚咚咚"的敲门声就响了起来。

"律工!"钱旭阳喊道,"A7的土塞渗水了!"

建设现场出现任何意外,对建设者来说都不算意外。不过,鱼平大桥桩基采用的是密闭式桩端预压结构,经过了他们和工程师反复实验和论证,才最终选取了用钢管浇筑混凝土,做成土塞,稳固整个斜管支撑的方案。

按理说,这样的方案全面又稳妥,不可能出现问题。可昨天早上浇筑完成的A7号桩基底座土塞,居然出现了渗水情况!

全项目组的工程师、设计师,能赶来的,都赶来了。

深深钻入百米淤泥里的钢管桩,肉眼无法见到的土塞,在精密测试仪器里,显示出格外不同的数值。

"轻微渗水,对底部混凝土造成了破坏。"工程师紧张地汇报,"应该是灌水进行初裂时,加入了过量的水。A7的土塞压浆是和A6桩、B6桩一起完成的,水泥浆配比不会有问题,可能是操作上的失误。"

这种失误,就像巨型钢管上的一丝缝隙,不经过细致检测、反复监控,很难发现问题所在。

根据他们丰富的经验,要弥补这个失误,十分容易,无非就是再做一次渗透注浆,哪怕让菲禄的工人独立完成,都没有什么困难。可对于常年开展大型项目的建设者来说,这种小失误造成的后果,远比想象中严重得多。

这一问题引起了所有人的重视。

他们招进来的菲禄工人,按钱施工,精明抠门。律风甚至担心他们图便利,早关阀门少放水,好早点收工回家,却没想到A7号桩的问题出在放水过量上。

律风跟负责的总工私下沟通了两句,都觉得这情况不符合常理。他马上吩咐钱旭阳:"召集所有人暂时停工,开会。"

国院派来支援的几位老设计,在完成鱼平大桥设计图之后,光荣返乡。唯独钱旭阳申请留了下来,号称要好好学习,走完鱼平大桥的建设工程。

律风也没空去揣度他的心理活动,无论他是真心还是假意,都要人尽其才,物尽其用。反正到了建筑工地上,律风就是使唤钱旭阳使唤得格外顺嘴,简直养成了习惯。

不得不说,是好用。

好用的钱旭阳不到两分钟,就跑到了建筑工地的播音室,用广播召集所有人暂时停工,集合开会。

对于来到菲禄的中国工人来说,工地临停开会,往往代表着有重大事故发生。初次加入中国工程的菲禄工人,却觉得茫然又诧异。

"出什么事了,哈?"菲禄人一边停下手上的工作,一边询问着同事。

科奥刚来工地一周,表情比提问的同事更茫然:"谁知道呢,说不定是那个不可思议的总设计师,又要提出什么无理的要求。"

科奥的语气充满不屑。几乎所有来到鱼平大桥的菲工,都对律风充满了敬畏与好奇，唯独他，总是在律风提出一些安全操作要求之后，与同事们聚集在一起，嘲讽中国人毫无必要的谨慎小心。

同事听了他的话，眼神里有些不赞同："唔，其实律先生的叮嘱也是出于好意，虽然烦琐了一些，但也是为了我们的安全……"

"得了吧。"科奥摘下手套，拍了拍同事肩膀，"事故真要发生的时候，做什么都不安全。"

负责建设鱼平大桥主桥的工人，陆陆续续到场。

律风没有打算隐瞒这次的问题，直接说道："A7号桩基底层土塞在昨天浇筑之后，出现渗水情况。我们用了一周时间，完成了A1到B5共计十个桩基的浇筑工作，对于每一项工序，都进行了严格的要求。因此，A7号桩基出现的渗水情况，我们定义为工程事故，将会在后续发布调查处理结果。"

他简单讲述了今天突发的意外。紧接着，负责项目的总工程师重新对未来一周的桩基浇筑工作，进行了详细的说明。

对文化程度不高的菲工来说，这样的流程稍显枯燥，可他们看在钱的份儿上，仍是认真地听着浇筑工作的注意事项。

只有科奥紧紧盯着台上黑发黑眼的瘦弱总设计师，没听进总工的任何一个词。他像一个安插在鱼平大桥建筑工地上的监视器，用他并不灵光的脑子，描下了律风的一举一动。

短暂的会议之后，工人们提前结束了早上的项目，进入了午休时间。

只有科奥绕开了同事们的视线，走到了工地监控照不到的死角，拨通了一个电话："我按你说的做了，但马上就被发现了。"

"拜托朋友！"科奥咬牙切齿，说是朋友，却根本不像在和朋友对话，"你以为我是傻子吗？中国人比你想的更聪明。"

"你得加钱！"科奥说。

第十八章
CHAPTER 18
"优秀"英雄

律风说要调查到底，不到半小时，负责A7号桩基的工人信息、监控录像以及确认单据就被送到了会议桌上。

工人们下班，律风他们加班，已经成为一种常态。他面前的电脑上播放着昨天的监控录像，配合着确认签字的名单，一眼就能看出A7号桩基水阀控制到底是哪里出了问题。

"刘建宇是我们一建负责浇筑桩基的熟练工，应该不会犯这种低级错误，但是他带的菲禄工人科奥是上周刚来的，可能是业务不熟导致的问题。"

负责混凝土浇筑的小组长，难免觉得律风有点小题大做。浇筑混凝土这种工序，不是什么精细任务，多放了点水，少调了点减水剂，都属于常规失误。

然而，就在他们详细汇报情况的时候，律风一直严肃地盯着手上资料。他忽然问道："为什么科奥的工资比其他的菲禄工人要高？"

负责人按照工地招工标准，如实说道："因为他有建筑经验，算熟练工，所以哪怕是新来的，开的工钱也比较高。"

"之前在哪个工地做事？"律风又问。

现场负责人一愣，赶紧狂呼人事，翻出科奥的档案。

鱼平大桥这样的重大项目，哪怕是不识字的菲禄人，也会拥有完整的入职档案。

不过一会儿，人事就给出了回复。

"他之前在巴丹尼的'幸福都市'做工。"负责人忽然也意识到了问题，"呃……美国建筑集团负责的项目。"

鱼平大桥项目开工前，美国建筑集团就在疯狂抢人，开出的薪资算下来比中方援建工地的月薪高出许多。像科奥这样，上工地前做着小贩、采摘工作的菲禄人，自然会看在钱的份儿上，优先选择美国的项目，悠闲地赚点儿钱。毕竟，美国建筑集团用他们引以为傲的宣传手段，见缝插针地对比着美式雇主的舒适工地与中式雇主的血汗工厂。科奥在鱼平大桥没有朋友，没有亲属，没有理由放弃美方优渥的条件来到这里。

"要么，他是在美国建筑集团负责的'幸福都市'造成重大建筑事故被开除，要么……"律风不怕自己危言耸听,"他是带着目的来应聘的。"

菲禄没有完善的信用制度,中美两边的建设集团的关系又因援菲问题上的冲突而迅速恶化,他们不可能拿到美国建筑集团的反馈。但是,美国建筑集团在约马尔的帮助下拿到重建城市项目之后,针对中国的动作从未消停,再加上科奥才工作一周就造成土塞渗水,足够引起深思。

会议室一片哗然,与会人员交头接耳,都在小心翼翼猜测这个小失误背后可能存在的"阴谋"。

原本觉得律风想太多的人,也开始面露愁色。在菲禄,他们很难像在国内一般乐天派,整个菲方从上到下都呈现出令人高度紧张的氛围。

白天新闻还在借政客之口,抨击"复苏计划"污染生态、浪费资金;晚上就有发言人表示,"复苏计划"振兴经济,与环境相互促进发展,会让菲禄的明天更加美好。

官方论调时常因派系不同,互相博弈,连那些衣着光鲜的议员、官员都无法实现理念统一,更不用说一些处在社会底层的菲禄工人了。

"那……您看怎么处理?"负责人诚惶诚恐地看向律风。

如果雷厉风行地开除科奥,当然可以除掉隐患,不需要再担心后续的什么阴谋诡计;但他也害怕律风真的要立刻开除这个菲禄人。

科奥明面上没有犯什么大错,土塞渗水对于大多数人来说,仅仅是件小事情。他无法保证公开宣布开除科奥,会不会让菲禄人觉得唇亡齿寒,可绝对会让他们更难招到新工人。

负责人忐忑地盯着律风。律风却说:"我和总工商量过一个新的考核标准,正好赶上这事儿,过两天可以拿出来用了。"

会议室的人都看向律风,不敢多问。唯独钱旭阳眼睛一亮:"什么标准啊!"

律风慈祥地看着他,说道:"你马上要写的那个。"

鱼平大桥项目组考核新标准,是律风不满意目前慢腾腾的建设效率,而和总工程师商量许久后拟定的方案。他想快点结束工程,就必须充分调动菲禄工人的积极性。

总之,在菲禄工人感受到项目组关怀之前,钱旭阳先从律风手上接到了真正意义上的任务,还不是跑腿打杂的那种。

这对别人来说,可能是需要加班加点还没什么好处的苦差事,对钱旭阳来说,却像是一种认可。

当律风发给他一套详细完整的数据图表,让他提前熟悉一下内容时,钱旭阳特别激动——

"你们什么时候做的考核标准啊?"

"诶,这些还经过了菲总建的同意吗?"

"我写中文版啊,要不然我把英语版一起写了吧,我英语还可以!"

律风实在无法理解钱旭阳为什么无偿加班还那么开心:"……不用,具体的文件内容,我找了专家来拟。你负责审核,盯着他们不要写漏指标就行。"

晚上七点,鱼平大桥项目办公室灯火明亮。众人汇聚一堂,菲禄建筑总公司的英语、中文和菲禄语专家,在冈萨和钱旭阳的监督下,将完整的考核指标写成了浅显易懂的公示文书。

第二天一早,科奥准时打卡上班,还没找到同事,就见一群人围在每日必经的安全公示板前。

"怎么才算做得优秀?"

"上面没写,但是从奖励来看,没那么容易拿到吧……"

"拿不到优秀也行啊,我想多拿点钱!"

众人喜气洋洋,完全不像平时沉闷的气氛。科奥皱着眉挤过去,抬头就见到大大的表格,从高到低罗列出了一系列考核标准与对应奖励。

考核不再是复杂深奥的文字游戏,变成了简洁明了的"不错"与"优秀"之类的评价等级。

比如,累计获得一次"不错",可以获得十比索;"不错"次数越多,获得的金钱奖励则成倍增加,如果累计获得十次"不错",甚至可以获得一千比索!快赶上他们月薪的七分之一了!

枯燥无味的考核一经简化,公开透明,令人兴奋,连科奥这样领着双份工资的人,都心跳剧烈地仔细往下看去。

"不错"的评价之上,是更好的"优秀"。

等工人们进入了"优秀"等级,就不再是单纯的金钱奖励,还伴随着更多管理层才能享受到的优渥待遇!

带薪休假、国内旅游、出国培训,都不过是平平无奇的奖励。最令人惊喜的是——累计获得十次"优秀",可以获得菲禄建筑总公司公开表彰、乃至登上各大新闻头条的机会,成为令人尊敬的菲禄英雄!

菲禄人从没见过这么直白的奖励规则,好像只要努力,就可以轻轻松松拿到更多工资。

哪怕是科奥,看完这些奖励之后,都在蠢蠢欲动地大胆计划着先每个

第十八章 / "优秀"英雄

月……不,每周!赚它一千比索的小目标!

这几乎是一切有关鱼平大桥的规定发布之后,菲禄人最有求知欲的一次。工地上除了轰鸣的打桩机和"嘎吱"作响的浮吊以外,出现得最多的声音就是:你看英雄榜了吗?"不错"和"优秀"怎么得啊?

连科奥的同事在工作间隙都忍不住感慨道:"不知道英雄榜上的'不错'和'优秀'是怎么评的。我想,以我的情况,至少能拿到十个'不错'吧?"

同事的想法和科奥不谋而合。事实上,这天早晨,鱼平大桥工地上的菲禄人都是这个想法。

十比索太少,没有挑战性,不如就来十次"不错"!

然而,同事的问话,立刻令科奥想起自己接下来的任务——他可不是来追求什么"不错""优秀"和一千比索的,他是来导致鱼平大桥延长工期,最好弄出点大事故的!

好好的英雄榜,突然成了科奥的任务阻碍,什么奖励都不香了。

"无聊。"科奥失落且嘴硬地说,"这些压榨我们中国人的,总是想着用最少的钱,搞出最复杂的事情。什么'不错''优秀',评比标准还不是中国人说了算?就那个总设计师吹毛求疵的样子,如果他真的想发钱,何必搞得这么麻烦!我在美国工地就没见过这种莫名其妙的东西!"

科奥说得义愤填膺,咬牙切齿。刚刚燃烧起奋斗激情的同事,忽然像被一盆冷水浇过头顶似的冷静下来。

对啊……钱哪有这么好赚?

他做过许多工作,给美国人、法国人、德国人都做过雇员,不是没有听过描述得天花乱坠的奖励机制,到真正发钱时候,他才意识到:奖励不过是说说而已,又没写在合同上,根本不可信。

"哎。"同事眉眼都垮下来,"也是,昨天律先生还严肃地说A7号桩基出了问题,就算有奖励也轮不到我。"

他可见了太多无情雇主了,面对现实也只能苦笑道:"我们不被开除,没找我们赔钱,都算中国人仁慈心善了。"

同事耷拉着脸,埋头工作,再也不提什么英雄榜,什么"不错"的事情。科奥看他这样,心里充满了嘲讽,就是因为有这种蠢货,狡猾的中国人才抢夺了他们菲禄的市场!

英雄榜发布后,整个鱼平大桥热热闹闹,小组长刘建宇很久没见到这么多菲禄同事朝气蓬勃的样子了。

可惜,他走到自己负责的小组,发现正在浇筑混凝土、控制水阀门的两位组员,显然没有融入这样欢快的气氛之中。

"出什么事了吗?朋友。"他友好地上前询问。

一位组员摇了摇头,不想回答。

另一位则是傲慢撇嘴,耸着肩说:"哦,没事,太阳太晒了,累。"

他看得出组员不想回答的状态,但是,菲禄人大多单纯乐观,所以刘建宇并没有追根究底。他觉得,马上就有好消息,能够让他们振作起来。

"既然没事,那就准备一下。"刘建宇摊开手上的工作记录本,"待会儿验收组会过来重新验收A7号桩基的工作,希望这次不会出现上一次那样渗水的问题。"

A7号桩基的渗水事故之后,刘建宇带领小组重新进行了混凝土浇筑。小组共计七人,验收组来的时候,所有人都站在现场,等待着又一次的评估。

哪怕是对考核心怀期待的菲禄工人,见到持有精密设备的验收组,也难免升起沮丧情绪,甚至开始向往科奥所说的美国工地的悠闲生活。在那里,虽然没有英雄榜,但是也没有严苛的律先生,为一次意外的渗水,就让他们丢掉了多赚钱的机会!

带着这样的不满,菲禄工人严肃地盯着验收组忙碌的身影,都显得有些垂头丧气。

验收组查完全部数据,在验收单上写写画画,将表单递给了刘建宇。接着,验收人员说:"A7经过你们的重新浇筑,已经达到了验收标准。刘组长,让你的组员们都来签个字吧。"

刘建宇喜形于色,连连说"好好好",他签完字,立刻把验收单递给了组里的菲禄工人。

茫然的菲禄工人接过单子和笔,呆呆地看着组长。

"签字?什么意思?"有一个工人问。

他们来到中国工地,完成了好几个桩基浇筑任务,这还是第一次让他们在验收单上签字。以前,都是组长签完了事。

"快签快签。"刘建宇催促道,"早上没看新的考核标准吗?验收组说我们A7号桩基重新浇筑混凝土的工作干得不错,签字等着领钱呀!"

站在现场的小组成员简直无法相信自己的耳朵。

"我们之前不是出了事故,被律先生批评了吗?!"

"这个……我们只是重新弥补过错而已,也能算是不错吗?"

"我以为至少会被扣掉半个月工资,才能弥补这个错误,怎么……怎么还给我们发钱……"

他们越说越小声,眼神都透着怀疑。

刘建宇看着工人犹犹豫豫地签完字,赶紧又递给其他组员,叫他们签字的同时,耐心说道:"这个叫法不溯及既往,又叫从今天开始,我们重新来过!律先生知道大家工作辛苦,出现失误也不是故意的,特地告诉我,只要重新浇灌的混凝土通过验收,昨天渗水的事故就可以一笔勾销。而且,之所以今天开始实施考核,就是因为律先生希望大家都好好干活,提高工作积极性,总不能把你们排除在外吧?"

刘建宇把签完名的单子交还验收组,继续给组员做思想工作:"律先生说了,只要大家意识到错误,不再发生上次那样的渗水问题,奖励该发的全发!"

他见菲禄组员脸上总算有了光彩,高兴道:"只要我们足够努力,别说十次'不错'的一千比索,就是月薪翻倍的奖金,我们也能赚到!上不封顶!"

这番话语鼓舞了菲禄工人低落的士气,这些月薪不高的工人,既为总设计师的宽宏大量感到诧异,又为不设上限的奖金感到惊喜。

"那我们也能参加英雄榜了?"

"'不错'啊,刚刚我们得到了一次'不错',那就是十比索!"

"哈哈,虽然十比索还不如我在酒店搬行李的小费,但是累积到十次,就是一千比索了。"

"感谢律先生,我再也不怪他严厉了。他真是我的神明,早晚我会拿到'优秀'的带薪休假的!"

议论声渐起,除了那个皱着眉、傻了眼的科奥,其他人都恢复了平时的生机与活力。

"咳咳!"刘建宇很高兴他们能够重新振作,但是他必须严厉提醒,"今天大家都拿到了第一个'不错',可你们一定要记住,以后再出现渗水的失误,赚到手的比索也有可能再被罚回去哦!"

英雄榜成为菲禄工人的神圣指标,每个人都拿出手机拍照,拿起本子抄写,认认真真地记录多少次"不错""优秀"分别能够拿到什么奖励。

第一天,律风没有处罚负责A7号桩基的小组,让他们和其他菲禄工人站在相同的起跑线上。

第二天,公示栏旁边的黑板,出现了小小的粉笔字。

"感谢各位的努力工作,昨天我们产生了1372位'不错'的员工,4位'优秀'英雄!"

并且在粉笔字下方,贴出了四位"优秀"英雄的具体事迹。

"N14小组图勒先生,在进行鱼平大桥桥墩施工时提出了优化建议,被项目组采纳,感谢他为鱼平大桥做出的贡献!"

"M7小组卡玛先生,在浇筑B3桩基混凝土时,严厉阻止同事的违规操作,避免了工程损失,感谢他为鱼平大桥做出的贡献!"

……

图勒、卡玛等人做出的行为,很多人早就在例行会议上听过夸奖。当时的夸奖,对大多数菲禄工人来说,不过是"哦,这样啊"的漠不关心;现在,却变成了"哦,这样啊!"的醍醐灌顶!

成为"优秀"的方法找到了,他们可以提出建议,可以阻止违规操作,总之只要做有利于鱼平大桥建设的事情,就可以成为"优秀"的英雄!

当所有人发现,他们曾以为遥不可及的"优秀",只要努努力就能够得到的时候,心中的奋斗激情就会攀上巅峰。没有获得"不错"的员工,见到超过半数的员工都获得了"不错",开始心怀希望;获得了"不错"的员工,又在见到"优秀"事迹之后,纷纷跃跃欲试。

不少人牢牢记住了榜样们做过的事情,暗自想:成为英雄,原来并不困难。他们也可以像英雄一样,获得"优秀",甚至可以跟建筑总公司的桑托斯站在领奖台上握手合影,风光无限地登上报纸,成为主角!

又苦又累的工作,忽然变成了一种有盼头的奋斗,菲禄工人心里对美好生活的向往,由于英雄榜的出现变得具体起来。"不错"后面不断增加的数字,给他们带来的不仅仅是金钱,还有一种从未体会过的尊重、骄傲和成就感,令他们感受到了"荣誉"的力量。

英雄榜推行不到一周,"优秀"的员工已经超过了两位数,甚至有特别优秀的菲禄工人,获得了两次以上表彰。

不到半个月,菲禄的所有工地都在讨论鱼平大桥建筑工地的这个英雄榜。

"听说他们那里奖金特别好拿,但是休假要难一点,得会写字,或者会背操作守则。"

"我认识图勒啊,就是已经上了两次英雄榜的家伙!不知道他什么时候学会的英语,他都能给鱼平大桥的总设计师写报告了!"

"下周我就辞职去鱼平大桥应聘试试。我隔壁邻居在鱼平大桥才干了半个月，拿到的奖金都比我从美国人那里领的钱多了。我可不比他差啊！我也能得'优秀'！"

几个月前，美国建筑总公司提高薪酬，恶意抢夺菲禄工人的情况，在英雄榜出现后换了一副光景。不少在美国干了大半年的熟练工，急迫地结算了工钱，带着自己的工作经历跑去鱼平大桥基地应聘。他们恨不得立刻进入这个神奇的超级项目，成为摘取英雄榜胜利果实的一员。

当工人们努力工作获得的回报远超心理预期的时候，由菲禄工人组成的工程队，一样可以把项目干得迅速又完美。

实行新考核制度一个月后，桑托斯拿到了新的报告，震惊得说不出话来。

这个被员工们称为"英雄榜"的新考核方式，仅仅是对过去的年终奖制度进行拆分，把一次性发放的奖金变成了每一次考核后支付。化整为零的考核，看起来利少又琐碎，却吸引了更多的新工人，留下了更多的优秀人才。它带来的正面反馈，让鱼平大桥项目组拥有了无数责任心强烈的优秀工人，甚至为菲禄建筑总公司挖掘出了不少未来新星。

那些新星，可能干的是搅拌混凝土的简单工作，可能都不认识几个英语单词，但是他们为了获得更多钱，为了变得更"优秀"，愿意去找识字的人请教。他们一边学习，一边写出一线工人通过经验累积想到的实际性建议，渴望为鱼平大桥献计献策。

桑托斯感慨道："我以为你会趁着A7的事故，清扫藏在鱼平大桥心怀不轨的工人，结果，你居然用一个英雄榜，找到了这么多愿意为鱼平大桥努力奋斗的能人！现在，连科奥都拿过一次'优秀'了！"

无论再多的卧底、间谍还是不轨分子，都被淹没在人民的汪洋大海中。鱼平大桥项目，总共两千多名菲禄工人，登上英雄榜的"不错"员工就有上千名，再加上还有近百次"优秀"表彰，给这些工人做出了良好示范——

你做好工程操作，能获得"优秀"；你发现并阻止了同事的违规操作，也能获得"优秀"；只要你对鱼平大桥的建设提出良好的建议、做有利于大桥建设的事，你就能成为"优秀"！

很快，争先恐后的"优秀"人才层出不穷，就显得那些居心叵测、故意捣乱的家伙微不足道了。因为，这些家伙随时会成为菲禄员工的"刷分"道具，分分钟被同事们揪出来，批评指正！

在无处使坏的环境里，就算是有前科的科奥，也只能做"打不过就加入"的选择，积极主动地成为一个"优秀"的人。

律风笑道:"与其整天害怕被有心人搞破坏,倒不如调动起菲禄工人的工作热情,团结更多可以团结的力量。现在他们看起来是为了钱努力,事实上,他们每一次获得'优秀'的时候,都证明了他们确实有守护鱼平大桥的能力。"

　　他说:"我希望,等这座大桥建成的时候,这些'优秀'的工人们可以真正意识到:这桥不是为了我们中国人建的,是为了他们自己建的。"

　　桑托斯又一次感受到冈萨对律风的赞美真是再正确不过了。这个中国人,不但可以设计出超乎他们想象的鱼平大桥,还可以为菲禄的人民找到一条更合适的前进道路,他一直在慢慢实现最初的承诺。

　　桑托斯把新考核报告看了又看,郑重其事地说道:"律先生,我想把这套考核方法推广到更多中菲建筑项目上去。"

　　让更多的菲禄人,为了自己的未来,努力成为更优秀的自己。

第十九章
CHAPTER 19
谨致橡树

最近科奥舒服得飞起,特别是当他踩着拖鞋,啃着西瓜,从趾高气扬的邻居门口路过时,这种舒爽感觉达到了巅峰。

"嘿,科奥,怎么今天不去工地?你终于被中国人开除了吗?"邻居豁着牙的嘲笑,伴随着明显的恶意。

科奥吐着西瓜籽,呵呵笑道:"你就这点儿见识。我今天休假,带薪休假。"

他特别认真地解释道:"不干活,白得一天工资,中国人还要给我发钱!"

邻居傻了眼,立刻质疑道:"怎么可能?中国人是出了名的精明,会让你白拿钱?"

科奥拿出手机,慢条斯理道:"那是因为我厉害,看看!看到没有,上面写的什么?"

邻居努力睁大眼睛,只能看到手机屏幕上一片花花绿绿:"什么东西!"

"哦,可怜的老瞎子,我忘记你不识字。"科奥的优越感爆棚,他随手丢掉西瓜皮,用一种奇特的、骄傲的腔调,大声朗诵出手机照片上的文字——

"L9小组科奥先生,在K7段钢管填埋发生意外倾斜时,果断用手修正了斜插角度,感谢他为鱼平大桥做出的贡献!"

科奥回忆起那一刻的荣耀,只觉得自己天生就是个英雄!他守在K7段现场,几百米高的钢管被钢缆牢牢固定着,狂风吹得钢管呼呼作响,他立刻警觉地观察四周,觉得这次钢管填埋很可能会出事情,那样他就有表现的机会。

果然!

在钢管慢慢倾斜,即将要以某个特定角度填埋入地的时候,他敏锐地发现——这根钢管倾斜的角和以前斜插的钢管不同!

也许是因为狂风,也许是操作员对角度的把控失误,总之,他根本没机会多想,凭着一股蛮力,以迅雷不及掩耳之势抓住了其中一根小钢绳,全靠他的记忆,把钢管调回了记忆中的角度!就那么一下子,他就得到了"优秀",连坐在控制室里的律风,都震惊于他的英勇神武,亲自夸奖了他的随机应变。

科奥说着自己的英雄事迹,努力模仿着律风清冷高贵的语气,让自己显得与众不同。

"因此，我现在是优秀的菲禄英雄，拯救了菲禄的鱼平大桥。可怜的老伙计，多看看我这张脸，等我登上《菲禄时报》，飞黄腾达了，你想见也只能在新闻上见到我啦！"

邻居听得一愣一愣的，上下打量着自己一向瞧不起的科奥，这家伙还是那副小混混模样，站没站相，居然……要上新闻了？！

科奥的胡侃，震撼了没见过世面的邻居。

最近关于鱼平大桥和英雄榜的消息流传得到处都是，无论男男女女，只要手脚齐全，都想去应聘现场碰碰运气。科奥的这个邻居当然也去过，可惜，英雄榜太出名，抢活儿干的年轻人不计其数，怎么也轮不到他一个眼睛半瞎的老头子。现在，鱼平大桥的英雄就在面前，他怎么可能不好奇？

"能让你上新闻的，就是那个中国人想出来的英雄榜？"

"我劝你放尊重一点，那位是律、先、生。"科奥咬文嚼字，认真纠正邻居轻蔑的语气，"那位律先生，会成为改变菲禄的伟人！我打赌，总统一定会把他的照片印在教科书上，叫三岁小孩子也尊称他为'律先生'。"

这种前所未有的情况，远远超过了普通老百姓的认知。科奥虽然在张口胡说，但是，不少菲禄人都真心这么觉得。还有几个信教的老混子说自己每天晚上不念圣经了，偷偷念工地行为准则，祈祷自己早日得到机会，拿几个"优秀"奖赏。

科奥早就忘记了曾经对律风的不屑，心里只有骄傲，他此时恨不得把他知道的一切，拿出来跟没见识的瞎眼邻居分享，说说律风是多么厉害、多么神奇的一位先生。由于律风的存在，他过去不屑一顾的"中国人"有了全新的形象，闪闪发光得好像财神爷、白龙王，助他走上人生巅峰，变成菲禄大偶像！

科奥正在跟邻居真真假假地吹牛，手机突然疯狂振动起来，他拿出来一看，便皱起了眉。

"以后再说吧，老瞎子。"

他作别邻居，赶紧关门，才接通电话。那边声音夹着愤怒和质问，科奥的神情却始终淡定从容。

"得了吧。"科奥的回复气焰嚣张，"钱根本不是问题，你能让我上新闻吗？你能让我和总统握手吗？哈哈！我就知道你不能！"

科奥觉得自己十次"不错"的小目标，完全可以提升为十次"优秀"的大目标，他的照片总有一天会刊登在菲禄的新闻报纸上，令他摇身变成真正的菲禄英雄，整条大街的人都要高看他一眼。

电话那边开出来的条件，已经不再吸引精神世界充实的科奥，他深深觉得，自己未来可是要和大人物握手的——

"几个臭钱有什么意思？"金钱无法买来的荣誉感，让科奥诞生了全新的追求，他居然都讽刺起电话另一端的人了，"行了，少叨叨了，我保证，现在全菲禄的工人都不想做你说的事情。"

"呸！你们根本不懂，英雄不问出处，王侯将相宁有种乎！"科奥中文说得烂，却吼得叽里呱啦，挂电话的动作更是一气呵成，颇有菲禄大将军的气势。

电话那边的比奈傻了眼。

这是他连续沟通了多个眼线以来，得到的最嚣张的回复。就算他听不懂什么"英国兔"和"王狗中胡"，也听得懂科奥语气里的不可一世与专横跋扈！

不过是一个小混混，太大胆了！比奈一边骂，一边梳理情况，收拾了心情才唯唯诺诺地敲响约马尔的办公室大门。

最近的约马尔日渐沧桑，头发稀疏，不仅仅是为美国建筑集团狮子大开口的条件，还为桑托斯大张旗鼓推行的什么英雄榜而气炸了。

那个玩笑一般的英雄榜，变成了坊间流行话题。各路青壮年趋之若鹜地奔向拥有英雄榜的中国援建工地，美国负责的项目出现大量劳动力流失，相关负责人甚至提出了要把项目分包给中国建筑公司的要求……说什么为了"降低成本"！

约马尔桌子都要锤碎了。他十指交叠，冷静听完了比奈的汇报，微笑着问道："所以，你信誓旦旦说准备好的内应，都没了？一个都不剩？"

"是……是的，先生。"

"废物！"

约马尔怒不可遏地站起来，掀翻了桌上的杯子，抓起厚重的精装书就往比奈那儿砸！

"吃里爬外！一群饭桶！"

"先生，冷静，先生！"

约马尔没法冷静，他砸完了桌上能砸的所有东西，还是阻止不了怒火冲上脑门。

以约马尔的地位，他还第一次遇到全员被"策反"的情况，那些菲禄工人个个都吃了迷魂散似的，对中国人死心塌地！

"为什么！为什么！"他近乎发泄地狂啸。

比奈满头包地小声解释："呃……可能是鱼平大桥工地附近开办了很多中

文教学班、培训机构,让更多的菲禄人学了些……学了些莫名其妙的东西。"

比如"英国兔""王狗中胡",这些比奈在内应那儿听得最多的句子……经过他认真分析,这可能是在传递中国匪夷所思的"没有背景没有文化的人,只凭努力也能成为英雄"的诡异价值观。

比奈简单总结道:"他们都被英雄榜洗脑了!"

英雄榜在阶级固化的菲禄,从底层散开,产生了更深远的影响。这些影响,比约马尔想象的更加严重。

桑托斯把英雄榜推广到了中菲的全部建筑基地,全面覆盖"复苏计划"的项目,俨然变成了全菲禄建筑界最有话语权的人。

约马尔思虑烦忧,隔了很久才终于拿到英雄榜的详细内容,开始了彻夜不眠的深思。

中国人到底会什么邪术,叫贪图钱财的菲禄混混们改头换面?难道,就为了,就为了……十比索?!

十比索在约马尔心里根本不算钱,他绝不能输给这个一文不值的英雄榜。

"必须得想办法,必须得想办法。"约马尔喃喃自语,出神地撑着桌面,"不能让鱼平大桥顺利完工!"

比奈安静地站在原地,亲眼看着沉默的约马尔在经过漫长思考后,重新恢复了冷静。没等他庆幸自己的主子找回理智,就见约马尔优雅地从办公桌抽屉里拿出一把枪。

"比奈,你是我最信任的奴仆。"约马尔按下保险栓,直直用枪口指向面如土色的下属,"给我联系那帮人,我要把鱼平大桥夷为平地!"

桑托斯推广的英雄榜机制,在菲禄境内的中国援建项目上顺利运行。

无数出国做工的菲禄人,都从家里亲戚朋友那儿听说了"在家门口就可以找到好工作,还可以出人头地"的消息。

对那些选择出国务工的菲禄人来说,出人头地简直是想都不敢想的奢望,他们只能做最低贱的工作,赚取微薄的工资,无论干得多好,也不如资本家手下一条狗,没有任何的价值。可在家人的讲述里,创造了英雄榜的中国人,像是什么历史书、传奇故事里的大英雄,带着一群命不如狗的贱民,走上了一条平坦通途。

走出边境线的菲禄人都知道中国,那个在国际宣传中总是以落后、愚昧、封建的形象出现的国度,在短短几十年里,成为了全新的世外桃源。就像家人们提到的英雄榜一样，在中国诞生的人，拥有平等的教育机会，过着努力必定会有回报的神仙日子。那些高不可攀的企业家，赚足千万人民币的富豪，可能出生于中国某些连菲禄都不如的山村，凭借着机遇与努力，改变了与生俱来的贫穷命运。

他们做梦都梦不到的奇迹，在中国广阔土地上日日夜夜发生。可惜，他们想去那片世外桃源，得懂中文，至少也得英语流利，并不是那么容易的事。以至于出现了英雄榜这样具有中国特色的奖励制度以后，无数漂泊异乡的菲禄人都想回家看一看，中国人创造的平等环境到底是什么样子。

"英雄榜"横空出世一年，便登上了中菲两方宣传汇报的必备材料。

这种从资本主义国家传过来、经过中国改良的量化奖惩制度，在混乱的菲禄取得了良好的效果，连国内的新闻台都奔赴菲禄，做了一期关于英雄榜的专题报道。

殷以乔看着新闻，上面正在播报《英雄不问出处——援菲工程新举措、新发展、新气象》的报道。

电视机里的律风，仍不习惯坐着接受记者采访，他穿着短袖长裤慢慢走在鱼平大桥平坦的桥面上，聆听着问题。

"您当初为什么会想到做出这么一套考核制度呢？"

"鱼平大桥项目工程很赶，但是菲禄工人们的工作积极性不高。这不是他们不聪明或者懒惰，只是整个环境没有引导他们怎么去努力，怎么去奋斗。"

律风讲述着自己的想法，他想把中国援建基地改造成像国内一样的工地，正确引导，奖惩得当，又要符合菲禄人的个性——这就有了英雄榜。

"别看了。"正在用电脑和殷以乔视频通话的律风，听到对面电视机里传来自己的声音，抬起头威胁殷以乔，"都是背的稿子，有什么好看的。你再看我挂了。"

"好好好，不看了。"殷以乔假装关电视，其实是按下了暂停，准备结束视频通话再悄悄看。

什么背稿子，殷以乔根本不信。这语气，这感慨，显然是律风深思熟虑的真心话。

从古至今，中国人都信奉"三人行，必有我师""三百六十行，行行出状元"。哪怕是不识字的菲禄人，在律风眼里，都有个人专属的闪光点。

他想发掘这些闪光点的用心，想帮助菲禄懂得鱼平大桥的重要性的意图，绝不是一句"背稿子"可以抹杀的。

没有新闻看,殷以乔就看着埋头写字的律风,问道:"你在写什么内容?"

律风低头认真写信:"要我给你透露一下?我在写关于菲禄中文教学的事情。"

他们经常一边视频,一边聊信件内容。殷以乔一点儿不介意半个月后再看一遍相同的东西。

律风说:"英雄榜里面,提意见、写报告最容易拿'优秀',现在工人们聪明了,特地去学中文课,专门写中文的建议交到考核部去。所以很多国人、华人看到了商机,在工地附近办了免费或收费的中文培训班。他们可以免费教菲禄人进行简单的中文交流,还可以付费教菲禄人用中文写公文。"

当然,律风不用明说,殷以乔也知道收费项目里的教学,大多是投机取巧,让菲禄人依样画葫芦抄写。不过,这也算是扫盲的一种形式,只要能起到一点儿良性影响,律风便不介意。

"生在中国,我们已经比很多人要幸运了。"律风感慨地放下笔,"至少国家的义务教育覆盖了绝大多数的贫困人口,只要是小孩子,都会有村干部去做工作,或者强制带去读书。菲禄这边没有义务教育,很多小孩儿从小跟着爸妈摆摊卖东西,不爱读书……那就是一辈子都不识字了。"

可能只有读过书的人,才能感受到文盲的悲哀,就像只有站在更高处,才能发现脚下有多黑暗。

律风写完了短短的信件,开心地和殷以乔聊起工地里临时抱佛脚的"公文"。连英语都写不流畅的菲禄人,努力模仿写方块字,留下歪歪扭扭的字迹,既努力又好笑。

殷以乔客观评价道:"看起来,你们工地附近的教育机构水平不行。"

"怎么不行?我还见过他们交上来的建议,里面写'请斧正'呢。"律风笑出声,语气格外畅快,"这内容一看就是教育机构的手笔,可看在工人们努力描中文的份上,我要求考核部,只要工人可以现场写出中文建议,至少给他们一个'不错',以资鼓励。"

英雄榜变成了作业帮。殷以乔听着听着,觉得律风去的不是建筑工地,而是幼儿园,专门给努力学习写字的小朋友们发小红花。

画面有些滑稽,也确实叫人惊讶。有钱能使鬼推磨,菲禄人想出这种请老师教自己中文,描摹后拿去骗奖励的办法,真的是非常刻苦了。说不定以后只要是能在现场写出一手漂亮中文的工人,就能直接得到一个"优秀",从此变成菲禄的中国通。

第十九章 / 谨致橡树

他们聊到十点，在结束通话前，殷以乔说道："之前丁记者说，他错过了英雄榜的报道，这次特地申请过去做一期《中国基建在菲禄》的专题采访。"他还叮嘱，"小风，我让他帮忙给你带了礼物，记得拿。"

律风觉得稀奇："什么礼物？"

"一封信。"

丁记者的专题采访团队，将在菲禄进行不少于八期的新闻采录工作。

他们会走遍瀑帕大桥、库坎大桥，去追寻中菲国际通道上中国基建的痕迹，还会循着"复苏计划"，走遍中国援建的每一个工程项目的现场。

鱼平大桥是丁鸿达抵达菲禄后的第一站，摄制组浩浩荡荡开了三辆车，在菲禄向导的指引下，顺利来到鱼平大桥建筑现场。

律风作为总设计师，和其他负责人一起接待这群远道而来的采访组。在未来三天里，这些专业人士会细致详尽地拍摄鱼平这座来之不易的大桥。

记者们的提问，摄影师的镜头，一直包围着鱼平大桥的建设者们。

直到晚上，丁鸿达要出发跟同事一起去拍夜景，才找到机会将殷以乔的信件交给律风。

丁鸿达乐呵呵地说："我帮瞿工给易总工带过绿豆酥，给周总师送过桂花糕。没想到我这个鸿达同志，这次居然要做一回鸿雁！"

中国素来有鸿雁传书、尺牍传情的传统，有了丁鸿达的传递，这封薄薄书信忽然显得贵重起来。

律风收下信件，目送丁鸿达随摄制组出发。

他回到工地宿舍，关上房门，慢慢拆开这封没有收件地址的书信。

洁白信纸上，黑色笔墨力透纸背，一笔一画写着——

"小风，万事顺遂。"

律风和殷以乔越洋通信近两年，还是第一次收到回信。

普普通通的开场白，仿佛有了声音，在安静的夜里，诉说着世上最为温柔的话语。

殷以乔的字，比律风的更好看。每一个字都透着独有的洒脱与自由，落在横线罗列的信纸上，却又规矩整齐，读起来让人心情平静。似乎殷以乔的设计天赋也化入了他的笔尖，随手一写都是能让律风沉醉的画卷。

律风写信的内容，常常是小学生日记般的寥寥数语，说点日常生活里发生的琐事。

殷以乔的回信,则字字敲在律风心头,看得他视线反复逡巡,迫不及待地想翻到下一页,又克制不住地重读上一行。

"我重做了《山水逍遥》的建模,之前我们商量改动的部分基本变了样子。我很满意成品,所以不给你看。

"平麓跨海隧道沉管一直很顺利,如果鱼平大桥同样顺利,你应该可以赶上最后一节沉管安装。当然,赶不上就算了,我可以替你去,不用谢。

"爷爷的《舰归航》会在平麓跨海隧道正式通车之前落成,一切就绪,里面的商铺都陆陆续续入驻,等着开业庆典开门迎宾。据说领导会来,你记得看电视。"

句句写着律风关心的事情,又显露出难得的任性与幼稚。建模不给看,沉管替他去,还有那句让他在电视上关注,怎么读怎么有一股"反正你回不来"的小情绪。

律风不禁勾起嘴角,觉得文字的魅力果然是言语无法替代的。平时和他聊天时语气平静的师兄,原来写起信来会是这样。

不过,鱼平大桥进展神速,再过四十天就能进行主桥合龙;而平麓跨海隧道正在安装第三十九节沉管,距离正式通车还有充足的时间。

他一定可以提前回国,不让师兄独享盛景。律风轻哼一声,往下翻页,刚才的骄傲得意,忽然凝滞在了信件的结尾。

那是一首熟悉的诗,没有标题和作者,但不妨碍律风视线瞥见它时,心中瞬间回荡起抑扬顿挫的朗诵声,回忆起学生时代第一次读到它时的心情。

那是舒婷的《致橡树》。

在殷以乔洒脱的笔迹下,这首诗唤醒了他曾经对建筑事业的向往和期待。

温柔的句子,在菲禄炎热的夜晚中一行一行延展开来,在律风心里留下了深深的痕迹,带着他回溯起一路以来的人生。

橡树与木棉,就像律风与殷以乔。

无论走到世界的任何角落,他们都会如诗一般,谨记自己的位置,立足于脚下的土地。

殷以乔叫人捎来的哪里是一封信,分明是一颗太阳,照进漆黑的深夜,散发出温暖阳光,笼罩着他每一寸肌肤,每一根发丝。

律风沉浸在阳光中许久,整个灵魂被烘烤得暖洋洋的,他缓缓叠好信纸,装回信封,拿出手机。

"我收到信了。"他认真地编写消息,发送给远在祖国大地的师兄,"鱼平大桥就要合龙了。我会尽快回来，不管是《山水逍遥》、平麓跨海隧道，还是《舰归航》，我都要亲眼看到！"

在英雄榜的激励下，鱼平大桥的建设速度超乎想象。

几乎每一个难题被提出来，很快就能被攻克，这其中既有中国工程师的付出，也有菲禄工人不可或缺的助力。

整座主桥横跨在里可岛与三季岛之间，是鱼平地区无法想象的奇迹。眼下这座奇迹大桥即将合龙，全世界的新闻都惊叹于在菲禄也同样施展得开的中国速度。

他们不明白，为什么这项施工团队主要以菲禄工人组成的工程，也可以像其他中国人主建的项目那样按期完成。

他们更想知道，那个英雄榜是不是真的和坊间传言的一样，真的为贫瘠落后的菲禄找到了改变世界的人选。

律风习惯了每一个项目合龙前都会对他们围追堵截的新闻记者，已经练就飞毛腿的本领。妄图拿到想要的消息的外国记者们，最终都只能眼巴巴地望着中国新闻台的录制车进进出出，而他们被手持武器的安保人员拦在外面。

外出采访中国其他援建工程的丁记者，也跟随录制组的车辆回到大桥，静待明天的合龙。但是，他同时带来了不那么岁月静好的坏消息。

"我算是明白鱼平大桥为什么安保这么严格了。"丁鸿达挂着相机，悄声和律风分享独家消息，"我们去巴布尔公路、波桑卡大桥的路上，好几次遇到流窜的土匪，个个带枪，甚至还有带机枪的皮卡车！菲禄治安太差了，土匪打起架来，把工地里的工人和工程师都伤了！"

菲禄允许合法持枪，再加上匪首与总统和谈后拥有了一定特权，这导致菲禄境内的治安一天不如一天，小范围枪械火拼成为了常态。菲方警察见到当街对枪射击，跟看小混混醉酒打架似的，处变不惊。

丁鸿达一路心惊胆战，回到鱼平大桥才算好一些。

"我采访了一些受到枪伤的工人，哎……"丁鸿达生在和平年代，哪里见证过这么无奈的处境，"可能是我没见过世面吧，总觉得在菲禄，受枪伤就像小跌小撞一样频繁，不值一提。"

律风听完，眉头蹙起，问："他们伤势怎么样？"

"还好，没有生命危险，也不影响以后的工作生活。"丁鸿达凝重地说，"只不过流弹毁了沿途公路和大桥的部分设施。那些打群架的家伙声明会负责，可是说负责,又不赔钱,还不是得我们的人来修啊!"他的关注点有些清奇,带着劳动民族朴素的愤怒。

律风之前听说过流窜匪徒的事情,也看过菲禄新闻台的相关报道。他们武装精锐,美式武器应有尽有,每每混战起来,周围建筑设施都会遭殃。他们又总爱选择偏僻地点,刚好和"复苏计划"建设的工程项目所在地巧合般相遇。

他感慨道:"工地既然出了事,也应该加强一下安保了。"

"不是安保问题。"丁鸿达小声表达自己的不赞同,"出事的工地,除了我们自己雇佣的安保,还有菲禄政府派来的卫队定时巡逻,还是挡不住不长眼的枪弹……"说着,他觉得奇怪,"对了,鱼平大桥为什么是我们自己雇的安保公司?菲禄政府没派卫队?"

律风从来不信任什么卫队,当初瀑帕大桥遭到匪首占领,就是恰逢菲方卫队临时换岗导致的悲剧,这给他留下了一丝顾虑。以至于鱼平大桥起基建桥的时候,他拒绝了菲禄政府的好意,自行雇佣了安保公司,并且安装了先进的监控报警系统。

面对丁记者的好奇,他如实回答道:"出过瀑帕大桥的事情,我有点怀疑菲禄的卫队——"

话没说完,他的声音就被"嗡嗡"的巨响盖过。周围突然刮起狂风,律风和丁鸿达诧异抬头,发现远处飞来了三架直升机。它们涂装着国际通用的军绿色,造型尖锐,不像是民用飞机,律风瞬间产生了不祥的预感。

"那是什么!"丁鸿达的大喊响在耳边。

律风心跳如擂鼓,双眼干涩地盯着直升机不敢眨眼。

不可能,不会的……但是——

他还没能理出思绪,只见飞向鱼平大桥的直升机上面,忽然掉落一枚带有滑翔翼的小型物体。它毫不犹豫地冲向鱼平大桥合龙点,炸出了四散的火花与硝烟!

整个鱼平大桥建筑工地爆发出巨大声响,震感伴随着"轰隆隆"的爆炸声从主桥传来。

所有人正觉得茫然,转头只见鱼平大桥浓烟弥漫,鼻尖充斥着刺鼻的味道,耳边是持续的轰鸣!

丁鸿达头脑空白,没能发出尖叫,就见到身前站立的律风疯了般往炸毁的鱼平大桥跑去。

"律工!律工!"

第十九章 / 谨致橡树

他本能地追上去,却根本追不上这个看似瘦弱的设计师,只能眼看着律风往最危险的地方奔去。

无数人往鱼平大桥汇聚,也有不少人正在从鱼平大桥慌忙逃走,钢管、机械燃烧的味道,在熊熊的火焰里弥散出来。明天就能合龙的桥梁,遭遇突如其来的轰炸后,被浓烟笼罩,看不清样貌,只能看到一簇一簇灼烧的烈火。

四周都是惊呼和高喊,场面混乱无比,甚至不少人忘记了英语,用中文在桥梁附近大喊:"打消防!报警!"

有菲禄工人脸上都是烟熏火燎的痕迹,身上是被碎片残骸刮破的伤口,还指着起火的地方尖叫道:"还有人在里面,我们组长在里面!"

那个菲禄工人尚未找到帮忙的人手,眼前就冲过去一道人影。

常见的黑色工装,常见的黑发,令他辨不明到底是谁在冲向火场。但是那人动作迅速,果断拔下了旁边的灭火器,猛地喷在燃烧的门把上。

喷灭了操作室大门上的火焰之后,他打开大门,扯出了里面几近昏迷的受困者。

"先灭火!"所有人都认得出的这个声音,发出严肃的命令,响彻现场,"给我拿起灭火器,救人!救桥!"

不少被爆炸冲昏头脑的人,在律风的命令中回过神来,顺手拿起最近的灭火器,尽可能地喷灭眼前四处燃烧的火苗。

鱼平大桥上缠绕着各种易燃辅助物,要扑灭大火还有些困难。谁也没有想到合龙的前一天会天降意外,为了合龙而准备的机械、钢管、吊绳统统被付之一炬!

原本四处逃生的灾难现场,很快响起了清晰的指挥声。

"各组长负责送伤员去医院,组长受伤的,副组长顶上。"

"把A4到B4、A11到B11的防火隔离放下来,剪断全部缆绳,桥梁内部的也要剪。"

"总控检测主桥各部分数值,有二次爆炸、燃烧风险的,立刻报告。"

"全员清点桥梁损失和人员伤亡情况。"

"要快!"

律风沙哑的声音从扩音器传来,一条一条给在场的人安排工作。

工人们找回理智,每一个人都顶着恐慌情绪,有条不紊地做着自己可以完成的事情,赶在消防队到达前,最大限度地减少损失。

鱼平大桥做过的消防应急演练终于发挥了作用,火势在所有人的共同努力下变小。只剩下主桥合龙段熊熊燃烧的吊塔,里面的机油助长火焰,远远地进行最后的肆虐。

律风看着那束跳跃的火焰,只觉得眼睛干涩,面部灼痛。他抬手擦了擦,却只摸到了一手烟灰。

"咔嚓咔嚓"的声音,镜头在捕捉他呆呆傻傻看向手心的姿势。

律风微眯着眼转头,发现十几分钟前还衣冠楚楚的丁记者,浑身上下沾满了空中飘扬的灰尘,像极了一位流浪艺术家。

他还在拍照。

律风声音沙哑,笑他的职业病:"火都烧到面前了还不跑,还拍啊?"

"要拍。"丁鸿达放下相机,抬手揉了揉发胀发痛的眼睛,"你不也没跑。"

而且……还主动跑到了爆炸现场。

丁鸿达看着眼前的男人,律风的头发有火舌燎过的痕迹,衣服被烟尘染得狼狈不堪,裸露在外的皮肤上也沾满了肮脏的黑灰。

可在他的相机底片里,这人却仿佛浑身带光,震撼得他久久无言。

他记得律风冲向桥梁的义无反顾。

他记得律风灭火救人的当机立断。

他还记得,律风站在现场,沉着冷静地做好了一切安排,哪怕脸上同样写满了担忧和恐慌,他依旧牢牢地稳住了所有人慌乱的心跳。

他也清楚地记得,鱼平大桥每一位工人、工程师,如何竭尽全力地抢救这座遭遇袭击的大桥,眼神里充满恐惧,动作仍然镇定执着。

没有什么故事会比中菲两国的建设者抢救同一座桥梁,让他更想表达和讲述了。而将这个故事用照片如实记录下来,传播到全世界,则是他作为记者的使命。

就像律风奔向被炸弹空袭的大桥一样,他也从未想过畏缩退却。

九死无悔。

第二十章
CHAPTER 20
危机一枪

半小时后，消防人员终于赶到现场。

当高压水枪喷向最后的火焰时，律风终于停下了调动的指令，费劲地闭了闭眼睛，等待火势熄灭。

"送到医院去的人都没事，有几个晕了的，已经全醒了。临时搭建的防护钢网和支架都被烧得差不多了，我们应急灭火的时候抢救了一部分，但是……"钱旭阳满脸是汗，喘着粗气，继续道，"但是吊塔被炸掉了控制中枢，明天没法合龙了。"

钱旭阳转达了总工程师的话，语气像在面对世界末日。全世界都知道明天鱼平大桥要合龙，今天出了这么大的事情，指不定会迎来什么血雨腥风。

他知道律风有多想完成这座桥梁，什么英雄榜，什么动员会，七百多个日日夜夜马不停蹄的忙碌，都是为了早日结束鱼平大桥的工程，实现中国对菲禄的承诺。现在，目标近在眼前，却被来历不明的炸弹毁于一旦，他脑仁儿疼得炸裂，心中满是绝望。

然而，最该绝望的律风，仍是平静，问道："除了吊塔，主桥的情况呢？"

钱旭阳一愣，立刻回答道："主桥各项数值监控正常，我们防火隔离迅速，易燃绳索处理妥当，至于已经建成的桥梁段的具体情况，总工说要等消防灭了火，登桥进行详细检查才知道。"

"嗯。"律风点点头，盯着远处持续喷射的水柱，"谢谢。"

钱旭阳目不转睛地看着律风，律风专注地看向大桥。

消防员带来的高压水柱，浇在放肆燃烧的火焰上，露出了内里漆黑的钢铁支架，烈火肆虐之后的狼藉，在菲禄的烈日下显得格外凄凉。

钱旭阳嗓子干涩，不甘心地追问道："律工，还有什么我能做的吗？"

"……好好休息。"律风并没有看他，声音轻如叹息，"火熄灭了，我们还得登桥呢。"

约马尔的怒火持续了很长时间，终于在新闻台播报出"鱼平大桥惨遭袭击，明日大桥无望合龙"的消息里烟消云散。

"哈哈！"他兴奋地打开香槟，庆祝这难得的盛事，"看看！比奈！就算是中国人，也挡不住美国的滑翔炸弹！"

美式的滑翔炸弹能够完成高精度的打击任务，约马尔准备了很久，才实现这计划已久的破坏行动。

他需要流窜的匪徒遍布菲禄全境，也需要总统向美国寻求军火支援。整个菲禄边缘地区受到战火威胁，急需派出执行城区作战的空军小队，谁料，某支空军小队判断失误，竟然意外地出现了投弹误差，炸毁了建设中的鱼平大桥，造成了令人惋惜的结局！

"完美！太完美了！"

约马尔端着香槟，隔空向电视机里的新闻主持人致敬。

那位严肃的主持人正在转达着军队消息，讲述炸弹偏离目标，导致鱼平大桥主桥损毁，十一名工人受到轻伤的经过。

下一秒，约马尔就见到熟悉的菲军上校表示：已经成立相关调查小组，正在积极调查事发原因。

约马尔笑着抿了一口酒："我太喜欢他说话的样子了，这个精于世故的老混蛋。调查？哈！调查报告我都写好了，希望他们对外公布的时候，不要忘记表情沉重一点。"

完美的计划，破坏了鱼平大桥重要的合龙。虽然没能死几个人让约马尔高兴高兴，但是，当他看到电视上被烧得焦黑的工程机械时，兴奋得将香槟一饮而尽，恨不得立刻开一场宴会，邀请一起筹谋这个计划的伙伴们一起庆祝。

比奈恭恭敬敬站在旁边，为主子的高兴而松了一口气。

哪怕是在菲禄，想对中国的工程大张旗鼓动手脚也需要一点计谋。比如流窜于各地威胁到菲禄安危的匪徒，比如四处爆发的暴力事件，比如美方大力兜售的巷战利器……

比奈露出得意的笑容，空中武器这种不可靠的东西，在投掷过程中出现一点点偏差，很正常，不是吗？

"鱼平大桥完了，我现在简直想慰问一下可怜的中国人，他们的表情一定很精彩。"

"是的，约马尔先生。"

"帮我问问桑托斯，需要帮忙吗？我随时愿意为中国人提供尖端的工程机器，修好那座破破烂烂的桥。"

"哈哈，先生，我想桑托斯一定忙得没空接电话，正在想尽办法掩盖鱼平大桥损毁的消息——"

比奈奉承的话音未落,约马尔的手机铃声就疯狂响起。

"哈喽!哦,我的老朋友,我正打算给你打电话。对于鱼平大桥的事情,我十分痛心……"

约马尔的笑意,藏在假装悲痛的声音里。比奈立刻知道了给他打电话的是谁——除了桑托斯,不会有第二个人。

他正准备欣赏主子更加愉快的表情,却发现约马尔脸色大变,片刻,约马尔咬牙切齿大喊道:"这不可能!"

气氛骤然降温,约马尔根本无法相信桑托斯特地致电传达的内容。

桑托斯的声音一如既往没有起伏:"没什么不可能。我们欢迎您两周后参加鱼平大桥的合龙典礼。约马尔先生,您将亲眼见到,我们菲禄人民在中国人的带领下修建的……坚不可摧的桥梁。"

"怎么回事?!"约马尔把手机狠狠砸在地面,眼球布满血丝,看向比奈的眼神仿佛要杀人,"为什么建成的瀑帕大桥不能炸毁,没有建好的鱼平大桥也不怕炸弹?!他们居然两周后就能继续合龙,美国人的炸弹是假的吗?!"

美国人的炸弹货真价实。

从中国运输到菲禄的特制吊塔,被炸得只剩下一堆钢铁废物,只能用铲车拖走陷入淤泥的残骸。

但是,吊塔不会只有一座,中国完全可以在两周内再发来一座全新吊塔。律风他们只需要保证桥梁完好无损,就能继续合龙!

于是,他们连夜检查了鱼平大桥的受损情况。

钢桁架表面涂层被刮擦,承台辅助支架被烧得弯曲,主梁顶底部的齿轮防滑基垫融化……

他们登记在记录本上的损失状况,一点一点抚平了律风心里的焦躁。

滑翔炸弹爆炸后四散的碎片,狠狠在桥身上划出了大量痕迹。

幸好,只是痕迹。虽然桥梁经过火焰烧灼,看起来惨烈无比,但其实没有遭到任何实质性的重创,依旧稳定坚固。

律风看着记录,长呼出一口气。

"都是小问题,桥没事就好。"他抬起头,看了看远处大亮的天空,"待会儿我们再去前面引桥看一看,虽然是小范围的炸弹,但是引桥比主桥更脆弱。记得通知其他工程段负责人,加强桥梁附近的巡逻和安保,今天误投炸弹应该是为了解决流窜的匪徒,看起来……里可岛的治安相当糟糕。"

所有人安安静静地听从吩咐。丁鸿达守在一旁,记录着一切,直到律风带领队伍,安排了安保人员随行,丁鸿达才捧着相机跟上去,小声交换着内部消息。

"这绝对不是什么误投……那枚炸弹一定是冲着鱼平大桥来的。"新闻记者特有的敏锐直觉和畅通的消息渠道,使丁鸿达对事故原因有更多猜想,"我听他们说,其他国家的建筑工地从来没有出过被匪徒流弹误伤的事情,这足够可疑了。"他义愤填膺,恨不得外交部出面,让菲禄给个交代。

律风却疲惫地看他一眼,淡然说道:"这不重要。"

丁鸿达哑然。

律风说:"国家会帮我们交涉,但是,交涉的结果如何,都建立在鱼平大桥顺利合龙的基础上。"

中菲的友谊,被牢牢地捆绑在"复苏计划"里,鱼平大桥必须如他们的承诺一般建成,中国才能拿到菲禄的交代。

"这次炸弹误投事件,也许是菲禄的内乱阴谋,也许是有心人的伺机而动,也许……只是一个啼笑皆非的意外。"律风不关心背后的风云诡秘,关心了也没有任何意义,"我们能做的,只有保证这座大桥的建成。"

桥梁建设者,以桥梁为己任。

律风劝说丁鸿达留在主桥工地,喊了一声"出发",便开始巡检长达七公里的鱼平大桥引桥。

鱼平大桥引桥分别设于里可岛和三季岛前,由不同路段的项目组负责,已经进入了收尾阶段,并不惧怕任何火力威胁。

坚固桥梁成了矗立在菲禄海岛上的定海神针,律风一路巡检,一路可以看到肤色各异的新闻记者,都在搜集有关这座宏伟的大桥的消息。也有更多菲禄人好奇地看着他们,可能是在期待鱼平大桥能够顺利通行。

全线开工已有两年之久的桥梁,改变了沿途荒芜贫瘠的风景,白色虚线和实线隔出的双向六车道公路与双层铁路,像是蜿蜒的钢铁巨龙,划出了通向未来的道路。

巡检车队停靠在鱼平大桥尽头,这里是连接公路铁路的枢纽。

律风随着负责人走完工程段,回到车边,就看见不远处硕大的英文字母,标注着对面那栋忙碌修建的建筑物属于美国建筑集团。

"那是重建城市项目的工地?"他问。

"对,环球商贸中心。以前就是个菜市场,被炮火炸了之后,美国人计划在那里修起高楼，作为这里的地标建筑。"

熟悉这里的负责人，对美国建筑集团的项目侃侃而谈："不过，等鱼平大桥建设完成，环球商贸中心就直接由我们接管了。"

律风听完，诧异问道："为什么？"

负责人哈哈大笑："因为咱们的英雄榜吸引了对面的菲禄工人，他们的人都跑光了，巧妇难为无米之炊，他们只能跟我们总公司谈分包，求我们帮他们善后啦！"

即使有流窜部队骚扰，也阻止不了负责人的好心情。以前瞧不起中国人的美国建筑集团，到中建公司求合作，把好不容易抢走的重建城市项目交给中国团队来建设，对负责人来说简直是天大的好消息。

"现在我们就盼望着主桥尽快合龙。"负责人看向律风，真情实意道，"没有什么消息比鱼平大桥可以继续合龙更令人高兴了！"

巡检队伍走完了最后工程段，律风心情重回愉快。

引桥没事，主桥修复按计划进行，大桥合龙近在眼前，没有任何事，也没有任何人能够阻挡援菲工程的坚定步伐。

"律工，我们是马上回工地，还是吃了饭再回去？"

"先回工地。"律风远眺着停工的环球商贸中心，"你叫一下负责的许先生，他说要跟我们一起回去。"

钱旭阳连连答应，开心地往工地跑。

律风靠着车，打开手机，终于有了心情和空闲联系殷以乔。

"师兄，让你担心了。桥没事。"近一周以来，他的语气难得轻松。

电话那端等待许久的殷以乔，显然松了一口气："你没事就好。你没事，桥自然不会有事。"

他们的默契，即使远隔海洋也不会消失。这几天里，殷以乔除了发消息询问情况，没有擅自拨来电话。突如其来的炸弹搅乱了预定计划，律风全部心神只会放在那座遭受重创的桥梁上，他便默默等待，没有主动打扰。

律风笑着说："不过，我最近肯定忙得没空给你写信了。下周鱼平大桥合龙，我们还有好多事情要确认，也不知道还会不会发生意外。"

"我等你。"

殷以乔的等待永远不设期限，律风心里升起一阵温暖，驱散全部疲惫，露出浅淡笑意。

"我保证，你不会等太久。"他兀自盘算，"鱼平大桥合龙后，只需要进行简单的拆除防护和铺设亮化，加起来也不会超过两个月。到时候我天天给你写信，你读不到几封，我就能亲自把信送回国了。"

他嘴里的两个月，听起来不过两天似的。殷以乔笑道："希望你不会食言，让我白白高兴两个月。"

"当然不会！"律风大胆许诺，"按照我们这边的施工进度，搞不好一个月就能完成。哪天我突然出现在家门口，你可不要吓一跳。"

"好的好的。"殷以乔语气无奈，充满纵容，"信可以晚点寄，但是你有空一定要回我消息，哪怕一两个字也好，不然，我会担心。"

律风挂掉电话时都有些依依不舍。他点开微信，消息框里满是师兄的关怀，而他的回复言简意赅，除了"没事""好的""别担心"，再也没有多余的回答。

太多压力没法诉说，太多困难没法逃避，这一周，律风顾不得愤怒与猜测，全副心思都放在检查桥梁的工作上，唯恐出现疏忽。

好在，人祸之后，一切重回正轨。

律风微眯着眼睛，看着钱旭阳和其他成员往这里赶，等他们回到工地，又将是连夜会议，以商讨后续的工程进度。

如果万事顺利，他还能腾出时间，给殷以乔写一封长长的信，讲述爆炸时候中国人和菲禄人是如何地齐心协力。

律风认真规划着信件内容，忽然，身后传来一声腔调怪异的呼喊——

"律风？"

律风转过头，见到的是一个头戴鸭舌帽的高大男人，和一双死寂冰冷的眼睛。对方举起黑洞洞的枪口，低吟着"Go to hell（去死吧）"。

那一瞬间，律风想的竟然不是害怕，不是逃跑，而是……

我的信。

钱旭阳和同事们还在有说有笑，谁也不知道变故来得这么快。

一开始，他们只看到律风独自站在车边等他们回程，然后，走过来一个戴着帽子的男人。

鱼平大桥的引桥路段很宽敞，走来走去的工人、记者、居民，不计其数。他们并没有当回事，还在闲聊今晚要不要加班，顺便把巡检报告写了。

随后，钱旭阳听到一声像英语又像中文的奇怪呼喊。他猛然转头看过去，就看见了令人生畏的武器，忍不住惊呼："律工！"

枪声格外响亮，像是一发信号，震得周围一片寂静。

钱旭阳反应格外快，冲过去扶住倒下的律风。

再迟钝的人，听到枪声，见到这副样子，也知道发生了什么。负责这片地区的许工脸色苍白，立刻指着远跑的背影，大声喊道："抓住那个人！他是流窜犯！"

茫然围观的菲禄工人，听到了许工熟悉的声音，表情瞬间从呆愣变为愤怒。他们从四面八方冲向逃跑的袭击者，将那个胆敢冲律风开枪的家伙围堵在开阔的道路上！

钱旭阳没有看到持枪者的下场，他脸色苍白，在颠簸的车厢里，一直按着律风的枪伤。

也许是律风躲开了要害，也许那人枪法不够准确，伤口落在腹侧，剧烈的疼痛让律风脸色苍白地昏死过去，几乎所有血都染在了钱旭阳捂住伤口的毛巾上。他的手都在抖，耳朵"嗡嗡"作响，周围是同事急切联络有关部门的声音。

"喂，大使馆，我们是鱼平大桥项目组，我们需要帮助！"

"菲禄最好的枪伤医生在哪里？地址，给我地址！"

"往最近的纪念医院开！援菲医疗队在那里！"

钱旭阳坐在颠簸的车上，不知道从脸颊上流下的是泪水还是汗水，只觉得浑身发抖。直到耳边响起了援菲医疗队的名字，这个身处异国他乡的中国人，才在极度绝望里重新升起了希望。

"律工……我们的医生在，我们马上就到了……"钱旭阳声如蚊蚋，腔调发颤，更像在安慰自己。

律风唇齿发白，面无血色，呼吸急促，让气氛变得更加凝重，但从紧咬的牙关泄露出的痛呼，让钱旭阳意识到他还清醒着。

钱旭阳练过枪，打过猎，他见过子弹瞬间夺取强大生物的性命。他清楚枪伤有多可怕。

普通人根本不可能像电影电视剧里那样，用意志力战胜这种剧烈的痛苦，更不可能平静地回应他的安慰。

这是钱旭阳第二次察觉到，律风的确是一个有血有肉的普通人。可是，他此刻却宁愿律风永远是钢铁超人，刀枪不入。

钱旭阳的心随着车辆的颠簸疾驰狂跳不已，从毛巾渗透出来的血液，好像不会凝固一般，空气里满是让他恐惧的黏稠腥味。

忽然，一道清冽的声音破开混沌，驱散了他的担忧——

"援菲医疗队已经准备好手术室了!"

钱旭阳猛然抹了一把脸,冲着驾驶席喊:"开快点啊!"他的声音里带上了自己没有觉察的颤抖哭腔,声嘶力竭。

鱼平大桥项目组临时召开紧急全体会议,菲禄建筑总公司的桑托斯与中方援菲代表迅速到达现场。

他们在碰面那一刻,便完成了意见交换。鱼平大桥合龙近在眼前,持枪者已经被原地抓捕,人证物证俱在,决不能让幕后谋划一切的黑手趁乱搅浑水,引发国际争端。

当务之急,最重要的就是保证鱼平大桥的顺利合龙。

两千名菲禄工人及一百多名中国工人站在广场上,气氛骚动而紧张,完全不像是一次普通的会议。

他们不少人已经听说了枪击事件,正如之前流窜匪徒击伤工友,破坏了在建工程一般寻常。

不同寻常的是……律风没有回来。

"各位先生们,晚上好。"桑托斯的声音从音响中传出,压住了场内的喧哗。

他说道:"相信大家已经听说了今天发生的骚乱。一个蓄意破坏大桥的匪徒混入人群中,伤害了我们的律先生。目前,这个凶犯被我们勇敢的朋友们制服了,而律先生被送进医院,正在抢救。"

他这句话还没说完,台下响起一阵骚乱声。

主桥项目工地的菲禄工人对律风非常崇敬,特别是在经历了鱼平大桥的爆炸事情之后,那种同生共死的信念,令他们根本克制不住惊恐的声音。

桑托斯没有柔声安抚,而是掷地有声:"我们不能慌乱!律先生关心着鱼平大桥的合龙,他就算是进入医院,我们也必须让这座大桥顺利建成!

"是那些不希望鱼平大桥顺利诞生在菲禄大地上的混蛋,制造了爆炸,雇佣了枪手,他们就是想看到我们陷入慌乱,放弃这座桥梁!"

"我们不能放弃!"桑托斯平日里的冷静,都变成了夜色中的怒火,"我们将在鱼平大桥建成之时,一起登上《菲禄日报》,告诉全世界——这是英雄们建成的桥梁,它正像我们和中国的友谊一般,坚不可摧!"

登上《菲禄日报》的美好景象,曾经是仰望英雄榜的全体成员心里渴望的荣誉。

得到表彰,登上新闻,成为国家认可的英雄,被亿万人敬仰,几乎是每一

第二十章 / 危机一枪

个得过"优秀"的员工的最终愿望。

这个愿望忽然变得唾手可得，场内却如深邃海洋一般，酝酿着琢磨不透的暗潮。

桑托斯微微蹙眉。他以为工人们会受到激励，会振臂高呼，会充满热血地发誓为鱼平大桥奋斗，可他们安安静静，互相看着身边的同伴，脸上写满了……他读不懂的低沉情绪。

忽然，台下传来一声突兀的喊叫："那么，律先生呢？"

他的质问，像投入平静海面的石头，立刻荡起了不少回声。

"律先生到底受了多重的伤？"

"为什么不告诉我们，他在哪个医院？"

"开枪那个混蛋呢？嗯？就把他交给警察，然后悄悄放了吗！"

夜色昏暗，充斥着工人对桑托斯的不信任。

桑托斯认得那个带头喊叫的家伙——一个闹得律风彻查桩基，连夜请来专家，提前推动了英雄榜出现的小混混。

"科奥先生。"桑托斯喊出他的名字，直视着他的眼睛，回答道，"很抱歉，我们出于律先生的安全考虑，不能透露更多情况。但是我保证，他醒过来的时候，一定会非常高兴你们如此优秀地建成了鱼平大桥，也一定会为鱼平大桥全体员工达成英雄榜最高成就而自豪。"

他字字句句提到"优秀"，希望这些渴望得到认可的人，能放下愤怒，变得理性起来。可惜，此时的鱼平大桥工地不存在理智。

"谁要这狗屁'优秀'！"台下的科奥眼睛通红，吐出一口唾沫，还是那么粗鄙，"我们要律先生平安回来！"

钱旭阳站在手术室门外，脑子一直"嗡嗡"作响。他不停地接打电话，说出的每一个音节都充满了他无法克制的颤抖，但他又不得不强迫自己冷静。

"我们已经送律工进医院了，是我们的援菲医疗队。"

"抢救的是三军医院的谢医生，不会有事的，护士说他很擅长治疗枪伤。"

"嗯，嗯……我们都在。"

跟随律风进行巡检的同事，全都守在手术室门外，他们必须负责传递消息和帮忙办理医院手续。三个大男人蹲在手术室外，全都慌慌张张，气氛焦灼又恐慌。

每个人的手机都在狂振，钱旭阳手上属于律风的手机，屏幕也持续不断地亮起，呼唤着主人的接听。

项目负责人的，中方驻菲人员的，菲禄建筑师的……那些名字，钱旭阳多少有些印象，却一个都没有接起。他在等一些对律风来说极为重要的来电，又害怕真的等到它们。

钱旭阳满手都是擦不掉的血痕，紧张地盯着律风的手机一次又一次亮起，却格外庆幸屏幕上出现的不是"爸爸""妈妈""亲爱的"之类的备注。他不知道应该怎么面对律风的家人。

直到他自己的手机重新响起来，钱旭阳紧绷的情绪才稍稍缓和一点。

打来电话的，是他们鱼平大桥项目组党支部的方书记。

律风被送进手术室后，钱旭阳便联系了方书记，要求取出律风出境之前写下的备忘录。

说是备忘录，许多人却把它当成遗书来写。大到出了事，组织应该通知谁，应该照顾谁，小到银行密码、保险理财，甚至是私房钱，都可以往上写，等到危急时刻，由钱旭阳这些人替他们传达消息，又或者，替他们完成备忘录上写着的心愿。

钱旭阳很不希望取出律风的备忘录，但他不可能因为自己的情绪，耽误通知律风的家人。

"方书记。"钱旭阳声音低哑，"你找到律工的备忘录了吗？"

"嗯。"那边说，"但是律风在备忘录里写，只要自己还能救，还有一口气在，就不要通知他的紧急联系人。哎，我拍照发给你。"

钱旭阳理解律风的心情，谁也不想因为有惊无险的小事弄得远在祖国的家人担心。可是，他听完方书记的话，隐隐有了困惑，问："他的紧急联系人……不是他爸妈吗？"

"不是。"电话那端沉默片刻，回答道，"是殷以乔。"

新闻联播一般会在最后十分钟里展现世界各国最重要的资讯，今晚的菲禄当然出现在报道里。

殷以乔坐在电视机前，眼神凝视新闻界面，听着主持人郑重地念稿：

"菲禄终于放弃幻想，总统签发命令，出兵镇压流窜匪徒，撕毁了当初和匪首所谓的和谈协议，而中方外交部也强烈谴责伤害中方工程人员的行为，坚决反对一切形式的恐怖主义。"

殷以乔早就听说过中方援建人员受伤的事情。那些流窜匪徒打伤中国人，打伤菲禄人，偏偏不会去动美国人。

新闻中短暂地展示了现场的景象，那些烟灰弥散的画面，轻易地令殷以乔联想到爆炸后的鱼平大桥，引起了他心底的烦躁。

律风说不用担心，可他怎么可能不担心。在中国安宁祥和的环境里待久了，他无法忍受律风待在枪林弹雨的国度，而自己不在他身边。哪怕他们在英国也曾经历过几次的爆炸和枪击事件，都是有惊无险，他心里仍然无法平静。

视频通话的申请声"滴滴"响起，电脑屏幕上出现佐特尔得黝黑的脸。佐特尔跟随母亲的乐团前往非洲巡回演出，在那里奏响自然之音，又爱上了美黑，完全跟非洲兄弟打成一片，再配上他闪亮的项链、耳钉，仿佛下一秒就会开始"哟哟哟，切克闹"。

他传过来一份音乐文件，问道："师兄，你看这样可以吗？"

大家的好师兄殷以乔，收敛起情绪，认真倾听了佐特尔的新作品。

室内响起手鼓敲出的鼓点，"呼呼"风声萦绕在山涧之间回旋，经历了非洲大自然洗礼的佐特尔，创作的音乐更加接近殷以乔想要的风格。

"嗯，不错。"殷以乔勾起嘴角，心口凝滞处一松，"小风一定喜欢。"

"真的?!"佐特尔开心死了，笑得见牙不见眼，憨憨地说道，"我超级想知道风哥会怎么点评我这次的新作品。可惜，我发给他的消息，他一直没回我!"

小朋友的委屈在黑脸上蔓延，殷以乔承了他一句"师兄"，自然要有师兄的样子，安慰道："小风太忙了，再加上菲禄最近不太平，鱼平大桥即将合龙，肯定没空回你。他这也是对你的作品负责，不想敷衍你。"

佐特尔遗憾又开心地捧脸："我知道。当初我跟风哥就这么有一搭没一搭地聊，最长一次，他过了快两个月才回我消息，我都习惯啦。"

"非洲朋克小佐"继续问道："师兄准备什么时候发布《山水逍遥》?"

殷以乔轻声道："等他回来。"

殷以乔无时无刻不在等律风，也无时无刻不在担心律风。然而，律风说过自己可能没空，他便安安静静等着，不去打扰沉迷工作的建设者。

有时候，殷以乔觉得这样的等待很有趣，有时候，又觉得很心慌。

就好比他特地空出了行程，坐在电视机前观看鱼平大桥合龙新闻的此时此刻，他的心里说不出的压抑，甚至有些喘不过气来的感觉。

那座承载着中菲两国无数期待的大桥，经历了可笑的炸弹误投事件，终于在万众瞩目中宣告合龙。

总统的身影，驻菲大使的笑容，都是新闻焦点。镜头轻巧地掠过两千多名菲禄工人，重点报道了总统在官员们的陪同下，与他们亲切挥手、握手的场景。

从头到尾，殷以乔都没有看到律风的影子。

新闻里欢天喜地，新闻外空气凝重。殷以乔心沉了下来，发给律风的每一个字都饱含质疑："你没有参加鱼平大桥的合龙仪式？"

没有回复。

殷以乔立刻打开笔记本电脑，手指快速敲击键盘，已经输入了目的地机场的名字。

就在他选好机票即将付款的前一秒，摆放在面前的手机连续振动，仿佛在疯狂催促他查看消息。

律风：参加了。

屏幕上闪烁着"对方正在输入……"。

律风：但是英雄榜效应太强，我再上新闻，菲禄人都要把我供起来了，所以我特地叮嘱他们不要拍我。

屏幕上仍旧是"对方正在输入……"。

律风：我不想回不来。

第二十一章
CHAPTER 21
好久不见

这是自律风出事后，殷以乔第一次发来消息。

钱旭阳捧着手机，坐在病床旁，认认真真地完成律风备忘录上的要求。

备忘录上面是这么写的——

"只要我还能救，还有一口气在，就帮我打开手机微信，回一下殷以乔的消息。我就只有这一个师兄，不希望他为我担惊受怕。不用回太复杂的了，说我在开会、在忙都行。不过，他没发消息就算了，他肯定很忙。"

钱旭阳从律风的字迹里，感受到一种玩闹般的轻松。好像他不过是为了完成组织的要求，为了走一下这没什么必要的流程，写一个敷衍的备忘录。

然而，备忘录里却正正经经地留下了手机解锁密码、微信账号密码，还有作为紧急联系人的殷以乔的电话号码，让钱旭阳得以握着律风的手机，守了整整五天。

当手机提示音响起，殷以乔终于出现在消息列表顶端的那一刻，钱旭阳忽然紧张得如坐针毡，后背冒汗。他感受到良心的谴责和煎熬，一直演练许久的回答，都打得慌乱无比，只好反复思量，修修改改，才把信息发给殷以乔。

哪怕消息发过去，他也止不住在想：新闻有没有报道？殷以乔到底知不知道？或者……殷以乔知道了多少？

片刻，消息得到了回复。

殷以乔：你在菲禄影响力这么可怕了？

钱旭阳盯着那句调侃似的问话，脸色肃穆，心中百转千回。

他想说：律风在菲禄，改变了那些用体力糊口的懒散工人的处境。

他想说：那些工人听说他中枪，恨不得冲进警局把开枪者撕碎，桑托斯都差点压不住。

他想说：如果律风出现在鱼平大桥合龙现场，参与鱼平大桥建设的全部菲禄人，情绪必然更加高亢，笑容必定更加灿烂，发自内心地为得到律风的认可而兴奋激动。

然而，钱旭阳咬着牙，回了一句：当然。

紧接着，他迅速敲击键盘：开会了，下次再说。桥建成了，我就回来了。

他单方面结束了聊天，手机屏幕仍旧亮着。殷以乔言简意赅地发回一个"嗯"字，并没有继续说话。律风曾经的忙碌，成了现在钱旭阳结束话题的最好借口，他收起手机，像完成特级任务一般，立刻看向病床。

可惜，发布任务的设计师，双眼紧闭，脸色苍白，没法给出一个令他安心的点评。

"律工，鱼平大桥合龙了……"钱旭阳的声音，低沉又犹豫，"还有，殷师兄给你发了消息，我帮你回了。"

他默默说完，更显得病房安静。

这样毫无意义的汇报，并不会得到律风的回答，但钱旭阳的紧张，随着自己的碎碎念，渐渐消散在病房里。

律风脸色苍白，呼吸微弱，得依靠氧气罩维持。

枪伤不是简单就能治好的，哪怕是经验丰富的谢医生，都面色凝重地说道："还要观察。"

这一观察，律风就浑浑噩噩昏睡至今。

临近中午，换班的同事过来，拍了拍钱旭阳的肩膀，递给钱旭阳一盒饭，说道："吃午饭吧，大桥那边没什么问题。你回去休息一下，明天再过来。今天我照顾律工。"

钱旭阳点点头，接过盒饭的时候，眼睛都发虚。他不是没有熬夜的体力，但是自从律风中枪，他就没有睡好过。他害怕错过殷以乔的消息，害怕由于他的错过，导致没能完成律风的要求。

同事带来的饭菜，味道并不算好，钱旭阳草草吃完，扔掉盒子，脚步虚浮地往医院旁边的酒店走。他们换班没什么严格标准，谁有空谁来，钱旭阳都忘了自己多久没睡，走进房间，见到那张床便狠狠扑上去，脑子只能记得把手机摆在枕头边。

他累得不想动弹，思绪却安静不下来，脑海不停翻腾，一直在复盘发给殷以乔的消息。语气好像不够沉稳，用词是不是不够严谨，又或者回复速度太快，好像很闲一样，通通成了他的焦虑内容。

他痛苦地蹙眉，脑内不断地后悔，不断地演练，盘算着下一次回复，一定要更加简练，更像律风一些。然后，他在一片混乱的预演里沉沉睡去。

钱旭阳在梦里都没有离开满是红点的联系人列表。他在等待殷以乔消息时见过的无数新消息提示，变为梦魇一个又一个地蹦出来，头像全是殷以乔的样子，指责他隐瞒实情，控诉他窥探隐私，折磨得钱旭阳连睡觉都不安稳。

直到一阵急促的电话铃声，把他解救出来——

"律工醒了！"

听到这话的钱旭阳是跑着冲回病房的。

医生和护士已经来过了一趟，叮嘱了同事要注意什么。钱旭阳来时，律风仍躺在病床上，可能是感觉到他靠近时带起的风，微微睁开眼睛。

那不是前几天昏睡中偶尔睁眼的涣散眼神，而是疲惫却意识清醒的凝视。

钱旭阳心中百感交集，低声喊道："律工。"

律风缓缓呼出一口气，张口低哑问道："桥……怎么样了……"

钱旭阳露出苦笑，拿过凳子坐回陪床的老位置："鱼平大桥已经合龙了，过程非常顺利，前后用了七个多小时。"

他耐心讲述着由同事转达的消息："今天应该进入了铺设桥面阶段，引桥开始调试灯光。等到晚上，整座大桥都会亮起灯，连接里可岛和三季岛。"

律风安静地听，眼睛疲惫地眨了眨。他还是没什么力气，听着听着，困顿得又想闭眼。

"律工。"钱旭阳不得不停下鱼平大桥的话题，"我按你写在备忘录上的要求，联系过殷师兄了。"

这句话像是触及了什么不得了的开关，律风猛然睁眼，眉头紧皱，显露出重症病人不该有的惊恐，连呼吸都急促起来。

钱旭阳一看，立刻意识到自己的话有歧义。他赶紧补充道："不是给他打电话！是按你在备忘录里写的，假装是你，回了他的消息。"

"他不知道你出事了！"钱旭阳嗷嗷完，又觉得自己声音太大，惊扰了病人，再次低声说道，"新闻里没有报道，我们的人也打过招呼了。"

"备忘录……"

"对！就是你交给党支部的备忘录。"

律风长长地呼着气，重新把眼睛闭上。当初党支部要求写下备忘录，以防万一，他觉得没什么必要，却还是完成了流程。只不过，两年多快三年了，他早就记不清楚自己写过什么内容。

此时，他才头脑昏沉地想起来——哦，还有这回事。也幸好有这么一回事，他才免于面对殷以乔。也……没脸。

律风眨眨眼，不敢去想师兄知道他中枪会如何愤怒，他努力大声一些问道："他说什么了？"

呼吸罩蒙上一层白白的雾气，显得他憔悴又虚弱。钱旭阳也不知道他能不能看清，拿出手机，点开对话框，让手机的真正主人检查检查。

"殷师兄问，为什么你没有参加大桥合龙。我跟他说，你参加了，但是你不想引起菲禄人狂热崇拜，想回家，所以才没有入镜。"

律风安静听着钱旭阳的话，视线扫过对话框，却根本集中不了精神。他从头到脚都泛着冰冷的疼痛，哪怕稍稍思考钱旭阳话里的意义，太阳穴都会和腰腹伤口一起"突突突"地跳。

很疼。疼得他没有办法思考，却要努力理清思绪，去回应钱旭阳。

等到钱旭阳把短短几句回答展示带解说完毕，律风才张了张口，说道："……谢谢。"

一句谢谢，安抚了钱旭阳几天来的全部忐忑，反而使他更话痨！钱旭阳眼睛闪着光，说道："律工，不用谢。这次真的吓死我们了，那个开枪的抓住之后，工地上好多工人说要去警局杀了他，桑托斯先生都差点按不住。现在你醒了，我们安心了，大家也放心了，你一定要好好休息，不要担心鱼平大桥！"

钱旭阳喋喋不休，听得律风浑身上下更难受了。可是，这番好意，令他没法无情喊停，更没法无视对方的好意。

没死，很好。虽然四肢躯体如同被扒掉筋骨般软绵绵不受控制，但是耳边吵吵闹闹的，这才是活着的感觉。

律风累得想睡觉，还是尽力睁眼倾听。突然，被钱旭阳握着的手机发出一阵熟悉的提示音。钱旭阳脸色巨变，捧着手机磕磕绊绊起来："律……律工，殷师兄的消息！"

律风闻言，再困都清醒了，他努力睁眼去看钱旭阳递过来的屏幕，眼前却一片模糊。

"帮我……念念……"他说。

钱旭阳反应过来，赶紧看向屏幕，说道："殷师兄说，鱼平大桥主桥合龙，你会去其他工程段，还是继续待在鱼平主桥？"

律风状态不佳，没能听出任何潜台词。

"主桥吧……"他每说几个字，都得歇歇，"你叫他，等我回来。"

钱旭阳如实传达，没敢多写，还要再次确认，写"待在主桥""等我回来"可不可以。

得到律风许可的消息发过去了，没等到殷以乔的动静。律风像是睡着一般，闭着眼睛。

第二十一章 / 好久不见

钱旭阳想站起来，出去打电话告诉更多人律风醒了的消息，可没等他走出几步，就传来微弱的喊声。

"钱旭阳……"律风声如低吟，却透着急切，仿佛想起了什么紧急的事情，努力想翻身起来。

钱旭阳赶紧小跑回来，弯腰过去摁住他："律工，你说。"

"你帮我个忙。"律风呼呼地急切叮嘱，好好一句话，竟然还会漏音，"帮我给殷以乔……寄封信……信封在抽屉里，地址都写了……"

钱旭阳知道律风有寄信的习惯。他们身处同一个工地，时常见到律风将信交给出门的同事，让人帮他投递，寄给殷以乔。

钱旭阳想，这应该是他们私下的一个约定，用信件维持感情。于是，他慎重问道："需要我帮你打印一封信，放进去吗？"

"不用。"律风累得闭上眼睛，呼吸染白了透明面罩，"但记得给他发消息，就说……就说……我给他寄了信，他一定要亲自签收。"

病房有同事守着，钱旭阳飞快回了鱼平工地。

不过五天，这座他熟悉的大桥已经站稳了脚跟，解决了鱼平地区近百年的难题，成了中菲友谊的象征。他虽然没有亲眼见到大桥合龙，但是远远眺望雄伟桥梁的时候，他心中没有半分遗憾。毕竟，桥就在这里，律风也醒了，是值得庆贺的双喜临门，根本无须觉得可惜。

他打开律风宿舍的门，开灯就能见到干净整洁的房间，书桌上放着律风惯用的笔记本电脑和书本，好像律风刚刚离开，随时都会回来的样子。

钱旭阳走到书桌前，拉开了抽屉。里面十几封褐色信件，全都有律风笔锋锐利的字迹，在封面清楚写好了地址，以及：

殷以乔（收）

钱旭阳拿好信，走出工地。

时值下午，不少商铺还在营业。钱旭阳进去，选了几个印有菲禄谚语的书签，往信封里放好，然后拍下照片，按照律风所说的那样，编写了消息。

律风：我给你寄了封信，你一定要亲自签收！

他把照片发了过去。不过一会儿，对话框就跳出了回复——

殷以乔：嗯，谢谢。

钱旭阳愣了，他盯着这句短短的消息，总觉得哪里不对，却说不上来。这种客气疏离的感谢，如果是殷以乔发给他的，他必然不会觉得奇怪。

可是……

钱旭阳怀着疑惑，点开了"查找聊天记录"，简单地输入了"谢谢"两个字。

搜索结果孤零零的，只有刚才的最新消息刺眼夺目。

钱旭阳愣在原地，不知道应该做出什么样的反应。明明下午的菲禄烈日熊熊，他却惊出了一背冷汗。

殷以乔从来不会跟律风说……谢谢。

钱旭阳有了不好的预感。像殷以乔这么优秀的建筑师，不太可能会用"谢谢"这么幼稚的疏离来表达自己的生气。

唯一的解释，只剩下——他知道了。

钱旭阳寄出信，根本顾不上休息，心急火燎地往医院赶。

坐在颠簸小车上，钱旭阳忍不住猜测：菲禄的新闻和国内的媒体，绝对没有关于律风中枪的报道，国院内部更是有知情识趣的优秀保密学专家，不可能悄悄走漏消息……

但是，现在更重要的不是追究到底是谁告诉殷以乔的，而是他必须提前通知律风——怎么办！殷师兄知道了！

殷以乔能够成为律风的紧急联系人，并且还是需要他们帮忙瞒住伤情的重要人物，在律风心里的地位自然不一般。

钱旭阳帮律风保守秘密不到一天，竟然就要面对如此恐怖的结果。他狂奔进医院，还没能踏入病房，便在门外见到了两个稍显陌生的身影。

钱旭阳的同事则疯狂使眼色，悄悄抬手指了指，提醒他Boss来了。

门外的两个人中，一个人安慰道："谢医生都这么说了，你就千万别生气。"

"我不是生气，是——"那人话还没说完，眉峰略带烦忧，转过头看向钱旭阳。

顿时，钱旭阳火烧头顶，不敢相信自己的眼睛。

站在病房外的人，一个是易兴邦，另一个身穿衬衫，手臂上挂着西装外套，神色烦躁却优雅严肃的男人，除了殷以乔还能有谁?!

"殷师兄，我没想骗你！"他的老毛病从来改不了，还没遭到严刑拷打，先自己坦白从宽，"是律工，律工不想你担心，更害怕你来菲禄……这里这么乱……呃……"

说着说着，他自己声音都低了下去，忽然想明白了为什么。这殷以乔都亲自来了，搞不好刚才收到消息的时候，人正站在病房外看着律风呢。

然后，然后……收到了他天真烂漫的假消息。

殷以乔见他说不下去，平静回答："我知道。谢谢你。"

这世上恐怕没有比他更懂律风的人，如果不是律风交代过，钱旭阳又怎么能解锁手机，又怎么敢随随便便回他消息。

他千里迢迢赶到菲禄，联系了易兴邦，在来医院的路上，已经了解了全部情况。

律风中枪，经过抢救，昏迷了五天，今天终于能够睁眼，却依然虚弱，一直被重点看护。援菲医疗队最好的医生每天定时巡房检查，为律风安排了详细的治疗方案。

殷以乔的心一直沉寂着，哪怕只要病房里的医生们例行检查完毕就能进去看律风，他心中依然升不起半分喜悦，只剩下一片惨白。

殷以乔卸下了远在中国的惊慌，心里却充斥着无处发泄的无力感，最终只能化作深深无奈，长叹一声："人还活着就好。"

律风很少生病。

平麓跨海隧道项目时过劳导致的头疼脑热，都好像上辈子的事情似的，被他淡忘在脑后。可如今这一枪，让他前半生没挨过的病症伤痛都猛烈涌上来，把他折磨得浑浑噩噩，意识不清。虽然躺在病床上大部分时间都在睡觉，但是他连睡觉都睡得不安稳。

医生们敬业地检查，不断问道："有没有哪里不舒服？"

"呼吸顺不顺畅？"

"手脚有没有知觉？"

律风哪里都不舒服，哪里都疼，但不想显得娇气，回答得格外坚强。

医生们交流起那些复杂的检测数值，律风听得昏昏欲睡，把他们研究用药的声音当成催眠曲，任由自己闭上眼睛。

他也不知道睡了多久，耳边又传来"嗡嗡"的对话声音。

"是不是发烧了？护士，请你看一下。"

"发烧正常的，体温不算高，暂时不能用药，免得加重身体负担。"

男男女女的声音，模模糊糊作响，律风好像在梦中，隐约感受到眼皮外明亮的光，又好像醒着，清晰地感觉到伤口阵阵发痛。

半梦半醒之间，他皱着眉，呼吸沉重费劲，却有一只温热手掌盖在他额头上，片刻，小心翼翼帮他擦掉了沁出来的热汗。

这样的动作过于亲昵，惹得律风皱了皱眉。他还没能掀开眼帘，就清楚听见一声——

"殷师兄,桑托斯先生说……"

那一声喊,在他纷乱的意识里显得格外明晰,律风骤然觉得心跳加速,听觉数以万倍地敏锐起来。即使眼皮沉重,头脑昏沉,他也想睁眼确认一下,自己是不是产生了幻听。

律风眯着眼,仰望着旁边高大的背影。

那个男人穿着简单的白色衬衫,宽阔的肩线下,袖口高高挽起,露出了结实有力的手臂。

他完全没有精力去辨别病房里的谈话内容,竭尽所能地盯着那人熟悉得令他眼眶发热的后背。

"嗯。"

与记忆中如出一辙的低沉回应,震得律风心脏猛然一跳。他呼吸急促地想要出声,却只发出了一丝丝气音。律风努力闭了闭眼,再睁开,就见到殷以乔无奈的表情。

殷以乔道:"醒了?"

这一看,律风再也不敢眨眼。

殷以乔来了。

"师兄……"律风沙哑的声音,从呼吸罩里溢出。

他本能地想伸手抓住殷以乔,却只能动了动手掌,牵得垂落的输液管摇摇晃晃。

"要拿什么?"殷以乔皱着眉,摁住他乱动的手,"我帮你拿。"

律风摇头,他的手触碰到了殷以乔温热的掌心,忍不住蜷了蜷手指。

钱旭阳站在一旁,不好意思地抓了抓头发。还好,殷师兄没发火,律风也没生气。两个人都好好的。他这个没办好差事的罪魁祸首,总算放下了心里的大石头。

"呃,我去给你们接点水。"

钱旭阳正想找借口,留给他们独处空间,视线一扫,却见律风眼角流下泪来。他吓了一跳,傻愣在原地。

钱旭阳和律风相识这么多年,见过他压抑怒火的样子,见过他平静谴责的神情,还见过他熬了数个日夜依旧精神焕发的笑容。

但是,从没见过他落泪。

钱旭阳还没能出声关心,就见殷以乔夹着纸巾,一点一点擦干了律风的泪水,问道:"怎么了?我还没怪你骗我,怎么你先哭了。"

殷以乔话里有埋怨，有嘲笑，有无奈，律风却任由泪水滑落，半天才说："我想回家。"

虚弱的声音，带着少见的依赖，好像无论受了多重的伤，遭了多少的委屈，只要回家，就能回到安稳顺遂的生活，抚平全部痛苦。

"嗯，我知道。"殷以乔的声音，总是平静郑重，"我陪着你，和你一起回家。"

有殷以乔在，钱旭阳、易兴邦和其他同事，都识趣地离场，将病房交给两个久别重逢的人。

律风身体虚弱，仅有的精神都用来盯着殷以乔，断断续续地问出困惑："师兄……你为什么来了……我看……钱旭阳的回复不错……师兄，你怎么发现的……"

"少说话，攒点力气休息。"殷以乔伸手盖住他的眼眸，止住了他大喘气的提问，"表现好了再告诉你。而且，我还在生气，没打算原谅你带着同事一起欺骗我。"说完，他手往回收。

律风却没有乖乖保持闭眼状态，立刻又睁开眼睛盯着他："可是……"

他还没"可是"完，殷以乔立刻皱眉，凶神恶煞地瞪他。不需要师兄呵斥，律风猛然闭上眼睛，凹陷消瘦的脸颊泛着不甘心。

"晚安。"他吐气如丝。

殷以乔勾起笑，一脸无奈，轻声道："晚安。"

在医院陪床并不是什么好差事，菲禄的天气炎热，碍于律风的身体状况，空调却不敢调得太低。殷以乔睡不到几分钟，就会被热醒，然后伸手摸一摸律风额头，看一看监控仪器。

律风在菲禄被晒得皮肤泛棕，本来是标志着健康的小麦色，却因为他凹陷的脸颊、青黑的眼眶，显露出令人心疼的病态。

殷以乔忍不住坐近一些，捋了捋律风微长的头发。

他知道，律风一向忙碌起来便不修边幅，不知道这次又是忙得多少个月忘记修剪，才会让上次视频通话里的小平头，变成头发都能扎起来的潮男。

炎热难熬的夜晚，殷以乔看着律风，心里庆幸道，没有什么比得知他活着更好的事情。

他甚至后悔自己来得太晚。

一个心里只有桥梁的人，没有出现在自己所设计的桥梁的揭幕现场，这足够让殷以乔动身出发。

那些敏锐的新闻记者也不是傻子，既然律风的影响力足够被菲禄人视为偶像,记者们就算是赌上前程,都会想尽办法偷拍到偶像的身影,赚取关注度。

殷以乔想起微信里的消息都生气。

什么"人在现场",什么"等我回来",什么"亲自收信",虽然发送消息的是钱旭阳,但是背后只可能是律风的授意,始作俑者呼呼大睡,他还不能欺负病号。

"这么大的事情,都敢叫人瞒着我。"殷以乔狠狠捏着律风的长发,"我以后再也不会相信你了。"

第二十二章
CHAPTER 22
偶像归来

律风迷迷糊糊醒来的时候,只觉得一直被汗水浸湿的发际线,终于干爽清凉起来。

他混沌的脑子还没想明白,便听见殷以乔轻声问道:"醒了?渴不渴?"

律风"呼呼"出气,口干舌燥。"你没休息?"律风声音虚弱,担心意味溢于言表,"你昨天刚来……还是去休息一下……"

哪怕他精神状态比昨天好了许多,说起话来,依旧感受到侧腹传来一阵一阵的痛感,惹得他皱眉。

殷以乔身影在他眼里稍微清晰了一些。只见师兄的衬衫经过一夜的陪护,有了不少褶皱,在明亮灯光下略显颓色。他眼里的殷以乔,永远是浑身氤氲着微光的模样,有着与生俱来的温文尔雅,不应该像现在这样狼狈。

"休息过了。"殷以乔一晚上都在注意律风的状态,只睡了两三个小时,但完全不觉得疲惫。他像是知道律风想什么似的,安慰道:"放心,我叫钱旭阳帮忙买几件衣服和日常用品,好好养病,不要操心我。"

"我想快点好起来……"律风直愣愣地看着他。

快点令师兄不再担心,快点脱离这样笑都不能尽兴的状态,快点走出这间病房,去看看自己记挂的桥梁,也好早日回到祖国,回到他心心念念的地方。

有了殷以乔的精心照料,律风的状态迅速好转起来。他醒来的时间多了,就获得了殷以乔特别提供的病中娱乐——听新闻。

殷以乔每天都会找来菲禄的新闻报纸,再刷一刷手机上的国际新闻,帮他挑感兴趣的内容念一念。

鱼平大桥作为菲禄"复苏计划"的重点项目,新闻里总能找到关于它的专题报道。

照片上那座横亘于宽阔海峡之上、深入淤泥之中的大桥,以黄昏火烧云为景,彰显出别样磅礴的气势。律风在设计它时便知道它会成为这样一座桥:不畏风雨,昂首矗立,凝结着中华民族的智慧,承载了菲禄人民的期望。菲禄想要的复苏与振兴,将会随着这座桥梁的建成,蔓延到每一座海岛。

即使律风不在,鱼平大桥也顺利地按照规划,步步前行。

主桥合龙,桥面铺设,灯光调试,殷以乔一天天地陪着律风养病、复健,那座不远的桥梁便一天天地向着验收迈步。

终于有一天,殷以乔问道:"想去看看鱼平大桥吗?"

身体状况好转的律风,除了偶尔能够感受到侧腹的痛感,自觉跟正常人已经没有什么区别。但他仍是特别听话特别乖巧,眼神期待地看着师兄:"我可以去吗?"

"我问过医生了,你可以散散步,稍微锻炼一下。"殷以乔说,"既然锻炼,不如走远一点,也免得你整天看手机,伤眼。"

师兄轻描淡写一句话,说得律风不好意思。

同事们都知道殷以乔来了,全都表示让他安心养伤,不要担心工作。只有钱旭阳,时不时发来桥梁照片,每天给他汇报鱼平大桥的进展,问他身体好不好。律风不过是偶尔看一看,在殷以乔眼里,却是时时刻刻在牵挂。

做建筑这一行,无论是设计还是施工,都放不下手上的事情。殷以乔无比了解这一点,所以特地安排好了时间,挑了一个天气晴朗的日子,带着律风驱车前往鱼平大桥。

从纪念医院到鱼平大桥的路途,律风并不陌生。他每次去参加菲禄方面的会议,都会乘车经过这条繁华街道,穿过低矮居民楼。

时隔一个多月,律风坐在车里眺望,仍觉得亲切熟悉,心里充满雀跃。当车辆驶上鱼平大桥长长的引桥路段时,律风的情绪显然变得亢奋,还有精神跟殷以乔介绍每一段工程都是分别由谁负责的。

"许工办事沉稳,但菲禄的工程师不太配合,经常在改图、用材上提意见,说许工画的图不切实际,得按他的想法改。"律风道。

"但是你猜怎么着?许工有次发了火,亲自去工地按图施工,支模板,扎钢筋,打灰抹灰一气呵成,连质量员都挑不出错。这工程师才知道,我们中国来的设计,不是什么纸上谈兵的画家,都有真本事。"律风说着就笑起来,"后来,菲禄那位工程师追着许工叫师父,想当许工的徒弟。"

中国人的师徒传统,比普通的师生关系更近一层。拜师礼,尊师道,想做许工的徒弟,不是那么容易的事情。

律风高兴地说着别人的事情,殷以乔安静地听。

他在车辆轰鸣里,回忆起爷爷讲过的律风的故事。

那时候,他们不过是见过几面的形式师兄弟。殷知礼这么多年,带过无数留学生,还是第一次告诉殷以乔"我收了个学生"。收学生对殷知礼的意义,就跟领了律风为徒一样,虽然不用敬茶,不用随时伺候,待他却与其他在课堂上教过的学生格外不同。

律风开始频频出现在C.E,出现在殷以乔的世界里。两个原本心里只有建筑的人,逐渐变成了真正的师兄弟,把对方也放在了自己心上。

越靠近鱼平大桥主桥,律风的话语越少。

当这座桥梁宏伟的躯体近在眼前的时候,律风才像叹息般感慨道:"师兄,我不后悔设计这座桥,也不后悔参与它的建设。"

他们的车渐渐停下,在距离主桥不过百米的地方,感受它的肃穆庄严。

"嗯,我知道。"殷以乔说,"能够亲自见到这座大桥建成,任何人都会感到骄傲。"

菲禄炎热的海风,卷起了湿热的气息。宽阔的鱼平大桥安静矗立的模样,正如等待检阅的士兵般凛然。银白色的桥面,椰树似的路灯,成了海岸线全新的风景。人们很难想象,这牢固稳定的钢铁桥梁之下,曾是让人脚步深陷的淤泥,令生活在这里的人连谋生发展都举步维艰。

桥梁尚未通行,他们停下车,步行在宽敞空荡的新桥上。

律风的伤口仍旧会疼,但是他已经习惯了疼痛的频率,走起路来只觉得神清气爽。

再过一周,鱼平大桥就会成为岛屿之间的主干道,承载起繁忙的运输工作,为"复苏计划"的后续工程输送更多有用的力量。无论那些暗藏在阴影里的人多么不希望它存在,它都如期顺利建成。律风恨不得在桥面奔跑,却只能微微张开双臂,惬意地感受迎面而来的海风。

"这么高兴?"殷以乔倚着栏杆笑着看他。

律风收敛不住笑容,精神奕奕地陪着师兄站在桥边,他不能奔跑大笑,但可以和师兄一起欣赏这座美丽的桥梁。

"我每次站在我们自己建成的大桥上,都克制不住激动的心跳。"律风手握白色栏杆,入手的冰凉却使他浑身血液沸腾,"师兄,你明白那种感受吗?成百上千的桥座,数以万计的横梁,全是我们一手设计、一手建造的。每攻克一道难题,前进的不只是工程进度,还有我们中国桥梁建设的高度、深度、广度。"

他站立的,是属于菲禄的桥,也是属于中国人的桥。它的技术诞生于海洋对面的神州大地,却跟着中国人的足迹,改变了这片百废待兴的土壤。

菲禄的"复苏计划"需要众多基础建设的支持，鱼平大桥就是一切基建的标杆和基础，与中国建造的每一座桥梁、每一条道路联系在一起，激活异国崭新的脉动。

律风眼睛闪闪发光："师兄，我们在创造历史。"

鱼平大桥主桥不过短短千米，但足够律风和殷以乔慢慢走上很久。

律风待在病房的时候，特地避免聊到工作，此时，像是灵魂挣脱了枷锁，终于可以对自己熟悉、热爱的事业畅所欲言。

"这下面有四十个桥墩、二百六十九根桩基，本来每个桥墩只设计了六根支撑桩，等真正建设的时候，我们才发现，在桥头桥尾和海床最深处，六根不够，得改。

"我们做设计的时候，以为有了平麓跨海隧道的经验，跨海部分肯定没大问题，结果一钻孔，下面密密麻麻的海底岩石脆得跟豆腐渣似的，又要改。

"不到最后动工，我们都不敢相信，居然是陆地淤泥区的工程进度最快，改图最少，跟我们一开始的设计没什么区别。跨海桥部分改了又改，本来援建结束准备回国的设计师，又被我们调过来了。"

律风踩着鱼平大桥壮阔的躯体，每一句话都在说困难，但字里行间却又是浓浓的自豪。

永无止境的改图工作，贯穿了他们的整个工程，他讲述起来却语气轻松、快乐，还告诉殷以乔："有了英雄榜以后，工程进度比我们预计还要快，有时候都得熬夜改图，才能保证第二天可以正常开工。"

施工追着设计要图的建设体验，律风在国内感受了千百次，却没曾想在菲禄也能感受到。他聊大桥，聊英雄榜，谈起菲禄人对财富的执着渴望，还有对接受表彰、登上报纸的异样狂热。

殷以乔听着听着，竟想起钱旭阳模仿律风时发给他的自吹自擂。

"我怎么听说，菲禄人想把你供起来？"

师兄一句话轻描淡写，让律风尴尬得头皮发麻。

"那是钱旭阳为了……为了帮我瞒住你，胡乱编造的！"律风坚决不承认这种诡异的个人崇拜，"我给出了一个英雄榜的概念，具体内容和文件起草都是交给专家负责的，菲禄工人再喜欢英雄榜，也跟我没什么关系。"

殷以乔难得可以找到令律风局促的话题。他挑起眉梢，语气悠然说道："哦——我还以为，是你告诉他要这么编写消息的。"

秋后算账，为时不晚。

殷以乔从来没有在医院里质问他、责怪他，甚至提都没提一句。此时一声腔调悠长的"哦"，炸得律风汗毛竖立，侧腹一阵发麻。

他们漫步宽阔空荡的跨海大桥，像是独处于水天一色的浪漫长河之上。

耳边风声呼啸，律风的声音忽然变低了一些："当时，我们组团来菲禄，领队叫我们写了备忘录。我本来……不想写的，后来写了，也很敷衍。"

他以为只是参加一星期的交流会，写近似遗书的备忘录实在毫无必要。翁承先却说，"不怕一万，就怕万一"。

当时，律风心里想的"万一"，也不过是车祸、染病这种小意外。谁知道，在这个不禁枪支的国度，他一个普通设计师，还能遭遇这辈子都没想过的枪击事件。

律风顿了顿，说："太敷衍了，才会写让他们不要告诉你我出事的消息这种话。钱旭阳……他性格比较跳脱，危急情况下没考虑太多。你不要怪他，是我做错了。"

律风隐瞒了自己写"只要还没死"的前置条件，诚恳地承认错误，师兄要骂要责备，他都做好了准备。

殷以乔却安慰般拍着他的后背，喟叹道："总有人要做出牺牲，你既然为国家牺牲这么多，我就为你多牺牲一些。"

"别说牺牲这种话！"律风难得迷信起来，"不吉利！"

殷以乔勾起笑："我是你师兄，你就是我的责任。有我在，你就放心大胆地去尽你的责任吧。"

设计更美丽的桥梁，建造更宏伟的工程。无论立足中国，走出中国，都要代表中国，让全世界都看到属于中国人的力量。

他们在鱼平大桥上慢慢走了一个多小时，律风以前爬上乌雀山还能神采飞扬，现在陪殷以乔走完鱼平大桥，累得气喘吁吁，更不用说还得原路走回去。

殷以乔有些后悔没把车开上来。"要不然我背你？"刚提议，他又自己否决，"不行，好像会压住伤口。我打电话叫人开车过来。"

"我没那么娇弱啊。"律风抗议道，"再走回去也就几分钟，休息一下再走是一样的。"

殷以乔扶着律风坐在桥边的休息椅上，简直无话可说。

几分钟？原来律工的自欺欺人大法这么厉害，他们走过来都花了一个多小时，原路返回的路程竟然能被他缩短成模糊的几分钟。

殷以乔当然不可能让病患过度运动，他拿出手机，正考虑叫谁帮忙开车，忽然听见远处传来一声喊。

"律工！"

他们一转头，就见浩浩荡荡的车队一路奔驰而来，卷起猎猎海风。

车队停在离他们不远的地方，钱旭阳率先跳下车跑过来。接着，一大群肤色各异的中国人和菲禄人都跟着他向前跑，黑压压的一片。殷以乔眉头微皱。

钱旭阳跑得快，神情报然地说："殷师兄，他们只是想来看看律工。"

人虽然多，但绝不是来打架寻仇的！

律风和殷以乔上桥是得到了总工许可的，但律风和殷以乔来到现场的消息一传出去，整个建设工地都沸腾起来。还留在鱼平大桥进行后期检测和修整的工程师与工人，都成群结队地跟了过来。

他们跟着钱旭阳一路登桥，追着两个人散步的身影疾驰，又兴奋又忐忑地下车靠拢。

这群等待已久的人，克制不住地一路小跑，他们不敢离律风太近，怕碰着伤患，又不想离他太远，怕看不清他是否痊愈。唯独脸上的高兴和话语里的庆幸，可以显露出他们一片真诚。

"律工，你没事了就好。"

"律先生，您回来看桥吗？"

"我们想去探望您，但是要不到医院地址，工友们走了好多医院都问不到您的消息。"

"如果不是钱旭阳说保密，又说你师兄来了，我们肯定去找书记要说法的。"

他们既开心又兴奋，英语和中文夹杂，中国人与菲禄人在这一刻不分你我。

甚至还有工程师不敢跟律风握手，便向殷以乔伸手致意，说道："殷先生，初次见面。你辛苦了。"

马上就有菲律人聪明地跟风，凑上来说："感谢您对律先生的精心照顾，我们都非常感谢您的到来。"

殷以乔安静地站在律风旁边，在鱼平大桥建设者们这里感受到了稀罕的崇高待遇。

汹涌的关怀扑面而来，就像他每天负责接收的鲜花、果篮、糕点。律风养病期间，钱旭阳一点一点搬来同事们的心意，殷以乔每天都在感叹，幸好方书记有先见之明，封锁了律风中枪的消息，也严禁透露律风所在的医院。要不然，再大的病房都会被探病的人群淹没，根本没法好好静养。

现在,律风回来了。无论是哪一国的建设者,都是鱼平大桥的同胞兄弟。他们凑在一起,英语中文毫无隔阂,都企图抢占发言先机,似乎一定要得到律风的回应。

殷以乔再怎么担心,也只能稍稍站在旁边虚护着律风,放任他们好好交谈。

他在菲禄人眼里看到的崇拜、向往、赤诚,狂热得都有些超过了中国同事之前的描述。

殷以乔无奈地想,原来钱旭阳真的没有夸大其词。

第二十三章
CHAPTER 23
山水桐乡

殷以乔不过是带律风在鱼平大桥散散步，菲禄电视台傍晚播出的新闻就出现了他们的身影，一看就是从社交媒体、短视频里扒拉下来的那几张合照，被传得到处都是。

之前因为律风没有出现在鱼平大桥而出现的各种阴谋论、坊间八卦，再次被翻找出来。

说律风重病、提前回国的不少，说律风涉嫌犯罪、盗窃机密被抓的也有，传播得最广也最让菲禄人茫然和害怕的则是——他死了。

此时，新闻上重新出现了律风的身影，无数与总统握过手、登上过新闻版面、获得了各种奖励优待的工人，重新见到律风健康地出现在鱼平大桥上，悬吊的心才算放了下来。

科奥小心翼翼地叠起那份报纸，刚走两步，又将报纸展平，卷成了长筒，重新往工地食堂走去。

半个月前，他离开了鱼平大桥，去了"复苏计划"的崩托大桥项目工作。他是作为优秀员工被项目组推荐过去的，一上任便是十五人小组的组长，负责长达二十米的桥段浇筑，工资都比其他人高许多。

他还把眼睛不好使的邻居带到了工地里，帮大家洗衣服做饭，领一份能够糊口的薪水。虽然邻居的眼睛坏了，但他洗的衣服干干净净，做的饭菜美味可口，只不过，他经常因为眯着眼睛、勾着脖子看人的模样，遭到工人们的嘲笑。

可是，对他这种曾经只能在大街上捡垃圾的老瞎子来说，有吃有喝有住有穿，这简直是天堂般的生活，受几句嘲笑又算得了什么。

大下午的，远不到晚餐时间，却有人敲响了食堂窗口。

邻居停下摘菜的手，转头眯着眼睛伸长脖子去看。那模糊不清的身影，发出让他熟悉且讨厌的声音："嘿，老瞎子，律先生上新闻了。"

嘲笑他最多的科奥，带着按捺不住的激动，不断挥舞手上举起的东西，叫喊着："他活着！"

邻居想，那准是报纸。他放下菜走过去，努力眯着眼睛，去看报纸上素未谋面的律先生。

看着那五颜六色的图片,他只能分辨出有许多人影,但是,这丝毫不妨碍他咧开嘴,笑出豁口的牙来。

"你看,我说了。"邻居高兴地比画,一双半瞎的眼睛瞪得像铜铃,"天堂是我待的,地狱是老爷们待的。中国人不信上帝,哪儿不会去!"

"老瞎子,你说得对。"科奥的语气从未这么温柔。他避开那张图片,将报纸重新叠起来,慢慢说道,"律先生不信上帝,所以到不了天堂,也去不了地狱。就待在人间,好好活下去。"

关于律风的新闻,随着鱼平大桥通车时间的确定,出现得越发频繁。那些神通广大的媒体记者,竟然循着他们出入鱼平大桥的轨迹,找到了纪念医院,妄图来一次堵门采访。幸好,在殷以乔带着律风溜达完后,医生表示律风状态良好,随时可以出院,贴心的师兄便马上给律风办妥了出院手续,直接入住更加舒适的国际酒店。

如果不是律风还得参加鱼平大桥通车仪式,参加各种中菲表彰大会,殷以乔恨不得带着人火速飞回中国。

律风说:"既然我活着,那一定要那些希望我死的人活得不痛快。"

怎么才能让他们活得不痛快?那必然是高高兴兴地领下奖章,成为菲禄的友好伙伴。

鱼平大桥通车,"复苏计划"正式启动,菲禄将逐渐欣欣向荣,连带着疯狂骚扰周边城市的恐怖组织,都会在强大的军火压制下销声匿迹。

真理的"炮火"从美式变成了中国制造,就像遍布菲禄的基建工程一样,用过的人都说好。

唯一过得不好的,大约是议员约马尔。当然,他收到了贪腐指控,已经不再担任议员一职。只是,即便是作为建筑公司的董事,他也要面临菲禄有史以来最为严重的建筑业大清洗。

美国建筑集团负责的重建城市项目纷纷暂停或终止,两位著名建筑师、工程师早就收到消息,远走高飞。

菲禄政府重新与中国签订协议,把重建城市项目与"复苏计划"的建筑工程一起交由援菲团队负责。

为了这几十亿美元的大项目,约马尔付出了巨大的精力和心血,却竹篮打水一场空。最后,他甚至没能完成最后的希望——令他厌恶的中国设计师不仅活着,还登上了领奖台。

得了"菲禄挚友"奖章的律风，站在总统身边，浑身散发着神圣的光辉。但是，这样的光亮在约马尔看来刺眼而扭曲，那副平静的笑容宛如对他的嘲讽。

约马尔在律风中枪时就收到了汇报，这是近距离枪击，上帝在场也要开门收人。自从律风销声匿迹，约马尔开了许多场庆祝晚宴，与美国建筑集团的人谋划着怎么介入"复苏计划"。

梦还没醒，约马尔就迎来了被调查的待遇！

贪腐，谋反，暗中买凶，各种暗地里的勾当全都被翻了出来，显然有人要他死无葬身之地。

菲禄刚刚恢复死刑，正缺少震慑国内政坛的大案、要案，约马尔作为主谋，与恐怖组织勾结，伤害众多百姓，死一万次都不算冤枉。

此时，约马尔的一腔怒火，在看到律风获奖时达到顶峰。他无法冷静看完那些赞美的言论，只觉得律风才是害他沦落至此的幕后黑手！

"为什么他还活着！"约马尔将报纸撕得粉碎，"这一定是他的阴谋！"

那个中国人脸上没有半点重伤的样子，走路也不要人搀扶。他觉得律风根本没有中枪，一切都是设计好的圈套，等他入瓮！

约马尔愤怒地冲到门前，疯狂地砸着门板："开门！我要见总统先生！他不能被一个中国人欺骗！"

很快，那扇紧锁的房门打开，进来一列西装革履的队列。

"先生，请保持安静。"

回答他的不再是战战兢兢的比奈，而是安全卫队的队长。对这样的军人，约马尔充满了本能的畏惧，特别是他在军部的关联人下台之后，总统亲信亲自来看管他，更足以让约马尔感受到背后的风卷云涌。

"听我说，少将！"约马尔不相信总统会这么轻易地抛弃他，"中国人心思险恶，他们不会满足于基础建设，他们一定会在'复苏计划'和城市重建项目里，想尽办法埋下隐患，让我们受制于他们！到时候，总统会非常危险，中国人说不定会推举新的华人上位，让我们成为附庸！"

队长安静地听着，转头给了下属一个眼神。在岿然如山的队伍中，一个人快速地离开。

约马尔努力想说服这位队长，可他说得口干舌燥，情深意切，眼前的人连眉毛都没有动一下。

终于，约马尔见到刚刚离开的人回来，端着他绝不会想见到的杯盏。

"您一定是渴了。"队长说道。

而端着杯盏的下属，恭敬地将东西放在桌上，与约马尔日常使用的茶杯放在一起。

"总统先生说，他默许您获得地位和财富，相信您，依赖您。可惜，您想要的超过了他的想象，您既然选择与手持美式军火的人为友，就不必再为他考虑未来。"队长的语气，如他表情一般平静，"总统先生还说，您曾是他最好的朋友，他愿意给您最后的体面。"

约马尔不用再问，不用再说。他面色死寂，不必再为总统考虑未来，也不必再为自己的未来打算。

"菲禄挚友"奖章授予了近三年来为菲禄做出杰出贡献的外籍人士，律风便是其中之一。

"菲禄挚友"的荣誉，首次颁发给了中国的桥梁设计师，那座鱼平大桥的专题报道紧随其后，成了"菲禄挚友"的有力佐证。

新闻里通车的大桥，不再是渲染概念中美丽的模型，更不是合龙前仅供观赏的艺术品，而是真真切切承载了过万车流量和高速列车的公铁两用双层六车道桥梁，成了连接菲禄两座岛屿的重要通路！

在鱼平大桥上，汽车、列车夜以继日地行驶，拉开了中菲未来二十年友好合作的序幕。

《菲禄日报》盛赞律风为"改变菲禄的英雄"。

一声声的赞美，都将律风树立为一个伟大的象征，他出色的设计天赋不仅仅体现在桥梁上，还体现在颇具中国特色的"英雄榜"上——这是菲禄有史以来最为成功的荣誉榜，为这个国家创造了更多英雄。

菲禄上至总统，下至百姓，都深深记住了律风的名字。只要律风继续待下去，必然会获得更多的荣誉。但是，他想要的，从来不是荣誉。无论国外的鲜花掌声有多少，律风领了奖章走下台，转身就和殷以乔驱车赶往机场。

当菲禄挚友和鱼平大桥的新闻报道铺天盖地的时候，他已经和殷以乔安全回国，踏上了宁静平和的祖国大地。

机场人来人往，都是黑发黑眼，熟悉而热闹的中文，令律风倍感怀念。他惊叹道："我不过是出去了两年多一点儿，怎么一回来，就像去了一辈子？"

殷以乔笑出声："鬼门关走了一圈，你确实已经在过你的下辈子了。"

这种独特的体验，律风根本不想再来第二次，就算只是在国内做一个籍籍无名的桥梁设计师，他也不想在菲禄当什么崇高伟大的挚友。完成了祖国交付的鱼平大桥任务,他放心地将剩下的建设工作交给了留在菲禄援建的同事。

现在,律风是国院批准的伤患,拥有了不起的假期和"严禁偷偷跑回来上班"的警告。需要他烦恼的不是工作,而是怎么好好利用难得的休息,弥补师兄这段时间悉心照顾他的操劳。

师兄对此却一无所知,推着行李箱,领着苦恼的律风向停车场走去:"想先去哪儿?"

律风脑海里快速闪过《舰归航》、平麓跨海隧道和殷以乔说过的《山水逍遥》选址,一时之间很难排出个先后顺序。

"我……"律风犹豫半响,拿不定主意,"师兄你决定吧,我都可以!"

只要和殷以乔一起,走在祖国的平坦大道上,去哪儿都好。

有殷以乔的照顾,律风的生活变得井井有条。

他们在漫长的假期里,以悠闲的节奏,走遍了殷以乔规划的《山水逍遥》选址。

那些藏在深山里的村镇,拥有几百年沉淀下来的地域特色,他们走入自然之中,在乡间破落的村舍阳台上,摆上方桌、木凳,泡一壶茶就能聊上一整天。

清晨,两人就着柔和的光线,一起研究《山水逍遥》的每一个细节。

"如果是建在桐乡,高楼就不能超过十层。他们的吊脚楼下面用的杉木,我们可以换成环保钢材,承重和防腐蚀效果更好。"

"但是,高楼构造全得改……"律风一边说,一边在纸上落笔,他晃着笔杆,犹豫转头看向殷以乔,"我能改吗?"

殷以乔撑着下巴,愉快地见到律风随身携带的速写本上,重新布满了建筑的线条。他抬手揉了一把律风的短毛,语气戏谑道:"平时改图雷厉风行的律工,怎么修改自己的设计还要问我?"

师兄说得轻松,律风却知道他为《山水逍遥》花费了多少心血,自己不过是隔着遥远的网络,在视频通话里提到过一些想法,而殷以乔都帮他完美地实现了。

殷以乔修改的《山水逍遥》,更贴近中国新型小城镇的理念。做出来的建模换好了律风所说的纹样,拥有柔和的建筑线条,与群山绿树融为一体,再加上佐特尔全新的音乐编曲,《山水逍遥》无异于是一座隐居避世的人间仙境。

律风见过它之后,深深觉得师兄在建筑方面的造诣远胜于他,以至于他想修改都不敢轻易动手。

"师兄,你花了这么多心血,我舍不得改。"他拿过打印出来的图纸,笔尖划过带有深邃光泽的楼宇,"其实我们也可以选在惠村,那里地势平坦,山峰更陡峭,无论是高楼还是'同舟',都可以按照你的设计,直接建成新村。"

"可你想建在桐乡。"殷以乔修长的手指,越过律风眼前,拿过桌那边的地图。上面画满了他们走过的地方,红蓝两色记号笔将地图圈写得密密麻麻。

律风充分考虑过周边发展、建筑使用率,才选定了桐乡。这个安静悠然的深山乡村,成了他们漫漫考察路的最后一站。

桐乡距离高速公路不过半小时车程,周围都是茶山茶海,已经形成了完整的农村经济产业。乡政府提供的建筑规划里,囊括了茶厂、茶楼、茶贸中心、茶叶博物馆。即使不在繁华都市之中,《山水逍遥》建在这里,也不会让律风设计的楼宇大厦变成空置无用的装饰品。

律风的愿望,便是殷以乔的愿望。

殷以乔轻轻划过那条高速公路,指尖挪到了地图不远处的乌雀山上。

"我也更喜欢桐乡。"他说,"但我喜欢它的理由和你不一样。你喜欢它建筑与经济完美融合,而我喜欢的是,从离它最近的公路走到乌雀山大桥只用四十一公里。"

那座宏伟壮阔的盘山桥,早已在官方地图上有了清楚的坐标,殷以乔重新拿笔,在桐乡与乌雀山大桥之间画出赤红痕迹。

"看,是不是很近?"他说得万分得意,"虽然远隔山水,我们也算是隔山相望了。"

律风盯着殷以乔画出的线,为师兄的特殊癖好感到无奈。乌雀山大桥建设在川藏要道,选址自然四通八达,离哪里都近。师兄这么一条直线,好像就真的可以缩短路程距离似的,让桐乡与乌雀山突然一下拥有了神秘的关系。

"嗯,很近。"律风不知道做什么表情,默默按下心里觉得师兄小孩子气的思绪,问,"师兄,你是不是在选址的时候,都会考虑是不是靠近乌雀山大桥啊?"

"当然。"殷以乔点着地图上短短一截的乌雀山大桥,"如果不是你满世界乱跑,乌雀山大桥方圆百里的地盘,都要被我承包。现在好了,我们可以一起建设山水桐乡。"

殷以乔和律风一起改图,效率远超他们曾经合作的任何一个项目。不到一周,适合桐乡的山水城市图纸就递交到了乡政府,获得了全票通过。

《山水逍遥》全新的概念渲染,以"山水桐乡"的名义,发布在了网络上。

喜欢冲浪的网友，今天也在视察各地政府的工作，他们怀着好奇心点开那则名叫《山水桐乡》的视频，立刻就被悠然恬静的茶山梯田所吸引。然而，不过片刻，他们对自然风貌的全部感慨，都落在了未来茶乡全新的建筑身上。

云雾缭绕的梯田下，青色楼宇依山而立，它有着吊脚楼的民族特色，又显然是现代都市的繁华景象。它不是一栋，而是数栋随着山势拔地而起的楼群。那些楼宇或高大，或低矮，或顺着梯田层层叠起，如航船一般显露出壮阔船体，以乘云破浪之势，畅行在生机盎然的茶海之中。

见到这个视频的网友，耳边尽是清风吹拂的声音、树叶摩挲的声音，还有船只破开风浪的激烈声音。他们恨不得亲自走入这片山林，去看看这些令人舒适的建筑究竟是不是和视频里一样。

"这是哪里？"

"视频写了桐乡啊！"

"不可能，桐乡是我老家，怎么没听说建了这么一片楼？！"

网上关于桐乡的议论，渐渐从《山水桐乡》发散开，无数从大山走出去的桐乡人，见到这个视频，都不敢相信这是他们的故乡。

山是熟悉的山。

树是认识的树。

但山林云雾掩映的高大楼宇、广阔房屋、船型大厦和傍水廊桥，怎么看都像是哪个繁华的旅游城市打造的人工景观。

网友充满了求知欲，哪怕从来不会追根究底的家伙，都会认认真真再看一遍视频，等短短的进度条走到最后的摄制组名单。

然而，没有什么摄制组。

在桐乡政府各个组织的名字后面，只有简单的"设计师：律风&殷以乔""配乐编曲：佐特尔"的字样，低调地为视频的创作者署名。

这条被截图的署名，才真正将这则小范围传播的山水视频推上流量巅峰。

"这是律风和殷以乔的设计？这是我认识的那个造桥的律风？"

"啊啊啊佐特尔！我家佐佐居然给政府的宣传视频配乐啦！"

"我感觉这不是录制的视频，桐乡根本没有这些楼，难不成是建模？！"

各种讨论围绕着本该普通的风景宣传展开，中华大地上相似的自然风光数不胜数，却只有这一个桐乡，拥有与自然融为一体的现代建筑。

更重要的是，无数大佬被律风、殷以乔、佐特尔的联合创作炸了出来。他们用侦探般锐利的眼睛，立刻就分析出来——这如同真实的建筑风光，其实是经过渲染的建筑模型！

熟悉建模的人，都知道要做出这么完整的概念有多么不可思议。真实场景的茶海、梯田、群山，与虚拟构架的建筑浑然天成，丝毫没有CG、特效带来的违和感，甚至让观看者蠢蠢欲动，升起马上订票去桐乡的强烈欲望。

看过无数律风经手的神仙桥梁，网友仍是被他和殷以乔联合出品的"山水桐乡"震撼得语无伦次。短视频极其适合网友自发的分享，不到一天时间，观看次数超过千万。

本来，"菲禄挚友"的荣誉称号就足够让律风反反复复地登上国内新闻版面，然而广大民众心目中"桥梁设计师律风"的刻板印象，忽然就被《山水桐乡》打破。

殷以乔和律风的神仙兄弟情，已经让不少人惊叹，现在，二人组一起搞建筑了，难免有人奔走疾呼——我桥呢？律工，您从菲禄回来就不建桥了吗？！

网友当中，惊恐有之，遗憾有之。

毕竟是"菲禄挚友"荣誉获得者、国家优秀桥梁设计师，在功成名就之后，放下国家责任，去打拼属于自己的事业也无可厚非。但他们依然觉得惋惜，多好的桥梁设计师，怎么就被殷以乔拐去搞建筑了呢。

没有人回应的猜测，在网络上慢慢发酵。《山水桐乡》明明只是一个宣传视频，在民众心里，竟然成了律风与国家设计院的公开道别。

大家还在惋惜国家少了个优秀的桥梁设计师，忽然就出现了新的观点——律风的建筑设计好像更了不起！

有人反反复复观看《山水桐乡》，感觉到莫名的熟悉，终于，在佐特尔的视频主页挖出了多年以前的《山水逍遥》。

不过是两个陈年老视频罢了，竟然与《山水桐乡》高度重合，充满了幻想照进现实的不可思议的既视感。

山水逍遥，归去来兮。

悠然田园，把酒东篱。

陶渊明千年前书写的隐士情怀，在名为"归去来兮"的建模师手中得到了完美展现。

此时，不需要谁站出来列明证据，见多识广的网友，也知道"归去来兮"是谁。他设计的桥梁，曾让无数人骄傲于中国的基建实力，想不到他设计的建筑，在更早的时候，已经令他们心驰神往。

网络情绪从高亢到低落，又从低落回顶峰，他们既感叹中国多了一位优秀建筑师，又惋惜中国少了一位桥梁设计师。

桥梁、建筑不可兼得，不明真相的网友忍不住抓心挠肺，整日整夜地疯狂呼唤某位亲民的大网红。

结束了非洲巡演的佐特尔默默登上社交网络，就发现自己的私信、评论和转发，全都被多年前就销声匿迹的建模大师"归去来兮"的名字塞爆了。

然而，他一点儿不伤心，还充满了慧眼识金的小得意。他大大方方发布消息，说道："风哥就是归去来兮啊。嘿嘿，我超高兴可以为风哥和殷师兄的新作品配乐哟。"

骄傲无比。

可惜，更多人关心的不是"归去来兮"究竟是谁，而是想通过这位"归去来兮"的伯乐，得知那位神乎其技的隐士大佬未来的选择。

网络民众误会深，但是，任谁见过《山水逍遥》《山水桐乡》都不会否认：律风更擅长建筑设计。他能够将千篇一律的山树溪林，变成梦幻的人间仙境。

甚至连佐特尔相熟的朋友，也心急火燎地发来消息："大宝贝，求求你快告诉我，律风是不是已经放弃桥梁，选择他梦寐以求的建筑了！"

大宝贝佐特尔盯着众多朋友的惶恐问话，缓缓打出问号。

"那我不知道。"他不过是个平平无奇的小弟弟罢了，"我得问问我风哥或者殷师兄。"

"不过，他们去看平麓跨海隧道最后一节沉管安装了。"佐特尔遗憾道，"短时间内联系不上。"

今天的佐特尔，依旧是发消息没人回复的可怜弟弟。

第二十四章
CHAPTER 24
又见麓岛

　　网络热议话题榜上始终有平麓跨海隧道的身影。官方新闻早就宣布，平麓跨海隧道最后一节沉管，将在近期完成安装。
　　就算是佐特尔这样刚刚忙完巡演的家伙，也得赶快投入到平麓跨海隧道音乐会的准备之中，时刻等着项目组的通知，以开始他们期待已久的演出。
　　佐特尔发的消息虽然没有人回答，但他一点儿也不担心。
　　平麓跨海隧道建成后，他们在非洲磨砺的自然音乐技巧就能登上真正的舞台，他相信律风一定会守在平麓跨海隧道，和他一起等这个好消息。
　　早就从建筑师转行的律风，眼下坐在平麓跨海隧道项目组的工程作业船上，丝毫不知道自己在网上已经被传起了重操旧业的谣言。
　　律风神情凝重地盯着深不可测的海水，明明什么都看不见，脑海里却在持续计算沉管到达海床执行对接任务的时间。
　　最后一节沉管在两小时前已成功入水，按照翁总工所说的流程，沉管安装工作将在十个小时内完成。
　　整个沉管项目组的气氛比跨海大桥时期更加严肃，他和殷以乔走遍乡村的轻松悠闲，在他重回平麓跨海隧道项目组的瞬间消失殆尽。
　　律风十分容易投入到这样紧张的气氛之中，哪怕他只能安安静静地待在总控室外。
　　"不准想了。"
　　担忧的声音从身边响起。殷以乔道："怎么翁总不准你进总控室，都挡不住你瞎操心？"
　　律风受过重伤，翁承先允许他登船的唯一条件，就是希望律风轻松地见证平麓跨海隧道的建成，而不是像现在一样愁眉苦脸。
　　律风无奈道："担心嘛。"
　　工程作业船上，工程师们来来去去，忙碌的状态跟站在一旁看海的律风完全是处在两个世界。
　　律风不知道沉管需要考虑哪些因素，但他无比清楚，安装好一节沉管的难度，不亚于跨海大桥任何一个桥座的建设。

这片蔚蓝海域，海上与海下都充满了挑战，他每一次眨眼，都忍不住去想：在这风平浪静的海洋之下，翁总工、瞿飞，还有平麓跨海隧道沉管项目组的工程师们，又正在面对怎样的困难。

"担心什么？不相信翁总工他们的能力？"

"当然不是。"律风比任何人都清楚项目组的实力有多强。

即便是看起来极不靠谱的瞿飞，在平麓跨海隧道建设中，也没有给翁总抹黑。这是中国最为优秀的一群建设者，他们将毕生所学都灌注在了这座前所未有的桥隧上。

然而，他不可能不担忧。

律风设计的所有桥梁加起来的长度，都不如这座横跨平海的桥隧的三分之一长。那些越过河流、越过山脉、越过淤泥的大桥，经历过的全部困难和危机，在此时的平麓跨海隧道面前都不值得一提。

上百家媒体准备就绪，只要沉管建设区域稍有风吹草动，瞬间就能传遍国际。数以万计的平麓跨海隧道建设者，此时分散在全国各个角落，就等着总控室发回他们期待的消息。律风坐在风平浪静的船舷，也能感受总控室内里的风卷云涌。

数公里的距离内，船舶不断往来，直升机、无人机反复盘旋，他实在辨不清这些是局外的围观者，还是总控室请来的协助者，只能听到海风呼啸，看着海水平静。

近四十米深的海底，所有人关注的安装工作正在紧锣密鼓地进行，他不过是平麓跨海隧道千千万万参与者之一，却很难摒弃压在肩膀上的责任。

"不行，不能再想了。"不等殷以乔提醒，律风抬手揉了揉被海风吹得麻木的脸颊。

他拿出速写本，强迫自己转移注意力似的，提笔边写边说："我们年底去英国探望过老师之后，可以顺着海岸线博物馆，走到利斯图书馆。据说西班牙的秋天很美，到时候我请个年假，我们一起去弗拉门戈音乐厅。我早就想看看你在音乐厅屋顶设计的舞者标志了。"

殷以乔以为，律风会一笔一笔画出平麓跨海隧道的示意图，讲述这座隧道每一次惊心动魄的建设。可律风竟然在认认真真写他的假期计划，把自己的春节假、年假全都填满，所有目的地都与他有关。

国家设计院的员工，从来没什么说走就走的旅行，只有想去就去的工地。

殷以乔饶有兴致地问道："为什么突然想去看这些建筑了？"

第二十四章 又见麓岛

律风笔尖顿了顿,犹豫地说道:"我想陪陪你。"

律风回到国内,一直希望利用短暂假期,陪殷以乔走遍他想去的地方,可惜到了最后,又像是师兄为了他的工作做出让步。

律风忍不住懊恼:"你总是陪我去我想去的地方,我也想陪你去你想去的地方。"

这种从未有过的体验,令殷以乔觉得有意思。就算殷以乔其实一点儿也不想重走自己的设计路,也在律风期待的视线里,露出了律风期待的笑意。

"不如先去康尼斯大厦,再去利斯图书馆。"殷以乔点开手机,翻出了英国地图,"沿着海岸线,从康尼斯到利斯的公路更好走,我们需要休息的话,随时都能找到商店和酒店。"

"这么厉害?"律风停下笔,看了看快要忘记的英国路线图。

殷以乔耐心地告诉他:"走这条旅游路线,可以在海岸线上看日出,在利斯看日落,刚好一整天。也不知道是国内哪些旅游爱好者,一路走一路拍,把这几个地方带火了。"

坐落在英国的C.E建筑作品,向来是全世界旅游爱好者必去的打卡景点。他们一起商量着未来的旅行计划,看着手上搜出来的热门旅游短视频,挥散了等待带来的凝重。

然而,当海上迟来的夜幕降临,律风再也无法装作不在意,执着的视线开始盯着总控室。

那里灯光大亮,一片安静,没有泄露出半点声响。预计完成的时间已经过了,仍是只能听到海浪拍击船舷的"哗哗"声,和海风刮过旗帜的"呼呼"声。

此时,殷以乔也不禁皱起了眉峰。

终于,总控室走出一个高大的身影。

"成了。"瞿飞的声音喑哑,露出疲惫笑意,"平麓跨海隧道成了。"

夜色笼罩的平海,没有想象中的欢呼狂号,只有和黑夜般相同的静谧。律风走进总控室,只见里面坐满了沉管项目组的工程师,每一个都安安静静坐在原位,看向室内清晰的监控大屏——沉管的数据,海洋的检测,潜水员发回的前方影像。

翁承先见他进来,语气轻柔地笑着说:"律风,我们的工程结束了。"

他的"结束"说得极轻,代表的意义却无比之重。

一节沉管的收尾,象征着一代又一代建设者的夙愿终于圆满。

律风站在宽敞的室内,觉得空气拥挤得连呼吸都要小心翼翼。好像凝视着监控屏幕的不只是他,不只是项目组成员,还有没能亲眼看到这座横跨海峡、连接祖国重要岛屿的平麓跨海隧道建成的,千千万万的人。

那一瞬间,堆积成山的图纸总算没有白费,数不尽的日日夜夜都有了终点。

翁承先摘下眼镜,擦了擦眼睛。他声音在笑,眼睛在哭:"这是我们献给祖国最好的礼物。"

平麓跨海隧道建成的消息,就算是深夜也能唤醒网民。

守候在沉管安装点附近的媒体,在第一时间发出了灯火通明的工程作业船的视频,还有令人魂牵梦萦的平麓跨海隧道照片。

海面上的跨海大桥、人工岛屿,早就深深刻进了民众心里。海面下的隧道通路,即使肉眼无法看到,也叫人情难自已。

隧道一成,纵贯平海!

《平麓跨海隧道宣布落成,世纪规划梦想成真!》

《向中国建设者致敬:平麓跨海隧道谱写全新史诗!》

《一百三十二公里距离,四十分钟高速,十五年艰苦建设,终圆百年梦想!》

新闻报道铺天盖地,无论看到新闻的人身在何处,立刻都能感受到平麓跨海隧道建成带来的澎湃浪潮。即使他们可能很久没有关心过这座横跨平海的桥隧,也能在一瞬间找回多年前的共鸣,在超越了时间、空间的桥梁隧道之中,体会无人可挡的力量。

无数人为这样的奇迹感到骄傲,国家测绘局甚至在第一时间,发布了全新的地图。中国的辽阔版图上,多了一条连接立安港和富云县的公铁两用通道。短短的一截,却像迎晨啼鸣的公鸡终于长出了完整的腿骨,傲然挺立在世界版图之中。

关于平麓跨海隧道的报道,如雨后春笋般出现,广大人民群众幸福得不知所以,随便打开新闻网站、电视机,都能见到他们想见的消息。

而官方推送的惊喜,远不止于此!

中国新闻台宣布开通特别节目《车行平海》,全程直播平麓跨海隧道首日通车。

中国铁路提前发出平麓跨海隧道高铁预售链接,开通从立安港到富云县的旅游专列。

中国高速宣布,平麓跨海隧道专属旅游大巴即日起开放售票,并将在通车首日向乘客赠送平海纪念章。

第二十四章 / 又见麓岛

几乎一瞬间，全国上下都感受到了前所未有的节日气氛。网络差点拥堵成第二个春节，数以万计的民众激动地登入车票预售网站，希望能够成为首日通过平麓跨海隧道的乘客。

四十分钟的高速公路，十五分钟的高速动车，成了绵延上百公里的平海桥隧全新的长度单位，清晰地写在了每一列班次上。陆地与曾经隔海遥望了几个世纪的岛屿，其间终于架设起了钢筋铁骨、穿海腾浪的通道，变得近在咫尺，宛如触手可及。

平麓跨海隧道通车首日的前一天，中国新闻电视台以及各大直播网站，在众多夜不能寐的视线里，开启了平麓跨海隧道专属直播频道。

漆黑的直播间满是文字的互相问候，好像有声音一般，吵吵闹闹地，等候着平麓跨海隧道的首日通车。

早晨六点四十五分，立安港平海高铁站已经开始安检，旅游大巴准时停靠在客运站。

井然有序的队伍，慢慢登上这些带着期望的列车。

他们里面有平麓跨海隧道的建设者，有充满好奇的市民，有千里迢迢归国的华侨，有眼神懵懂的孩童。一时之间，不分你我，在记者们的镜头下，都成了令全国人民羡慕嫉妒的幸运儿。

明明是枯燥乏味的登车，没法亲自前去的民众却看得津津有味。网络上有高铁直播间，有旅游大巴车行录，还有固定在人工岛屿的记者队伍，以及行走在立安港旅游区和《舰归航》的采访团队。网民们随时都能找到感兴趣的内容，与感触相同的陌生人交流。但是最让所有人感到震撼的，还是中国新闻电视台的直播画面。

它以俯瞰平海的视角，漂浮在立安港平海高铁站上方，正对着平麓跨海隧道立安港方向，等待着第一辆大巴驶入跨海大桥，第一列动车冲入平海。

平静的海面，安静的大桥。

没有什么起跑的信号枪，观众却在指针划过七点那刻，真切地听到了发动机轰鸣的声音。

一列时速高达六百零五千米每小时的动车从跨海大桥下层冲出，掠过重重叠叠的六方三角格子，留下一缕幻影。

三辆披红戴绿的旅游大巴驶上桥面，车头的朵朵大红花迎风招摇，开得四平八稳。

守在直播间的观众，顿时产生了一种锣鼓喧天、鞭炮齐鸣的错觉，那些散布在天平海北的欢呼声，随着动车飞驰、大巴悠然的镜头，渐渐汇聚在无声的弹幕评论之中。

蜿蜒于平海的桥梁，横贯海洋，气势如虹。

新闻台不断切换预设机位，让观众得以从不同角度看到列车冲锋的身影，仿佛他们也伴随着这辆名载史册的动车一起，冲向麓岛。

海洋一如既往平静，曾经只存在于平麓跨海隧道概念视频里的画面，成了亲眼所见的事实。

乘客坐在平稳的车厢，转头就能见到窗格般的桥构虚影，视线远眺而去，便是浩瀚无际的平海与天空亲密相接。

即使大多人早已看惯了海景，仍是按捺不住激动的情绪。

车厢里喧闹激动如同跨年夜，乘客们数着十五分钟的快速车程，畅聊着自己对平麓跨海隧道的感慨。甚至有人深情地拨弄吉他，唱起一首《乡愁》，重温一九八八年的曲调。哪怕不懂得这座桥梁建设意义的孩童，趴在窗户外眺望海洋，也能感受到祖国的辽阔无际。

嘈杂热闹的声音里，又蹦出响亮的童音——

"妈妈，有大船！"

几乎所有人都诧异地看向窗外。

一列列整齐雄伟的船只，缓缓行驶在海面，成为动车旅程沿途的风景。那不是普通的大船，而是整齐列队的军舰。它们有着冰冷的铁灰色涂装，是祖国平海坚毅如钢铁的守护者。这样的景象点燃了所有人沸腾的血液，湿热了所有人的眼眶。

每一架飞行在平海上空的直升机、无人机，都是守候在网络上的中国人的眼睛。

有桥，有人，有舰队，即使没有并行的花车，没有满天的彩片，也像一场空前盛大的平海巡礼，让每一位透过直播镜头看到这一幕的中国人，都能感受到前所未有的幸福与安宁。

时速如飞的动车，像是一颗导弹飞速掠过海面，扎入海底，又在几分钟后重回海洋，车身映出闪闪照耀的阳光。

镜头记录的画面在国内迅速传播，点燃了一片又一片热情的火焰。

所有目睹了这奇妙旅程的人，以为平海舰队就是最后的惊喜。却没想到，当即将到站的广播声响起，视野里清晰可见的麓岛岸边，竟有一幢建筑物，在阳光下闪烁着与舰艇如出一辙的锐利光芒。

它仿佛竖起了一帆桅杆，迎着海风破浪而来，等候着这场姗姗来迟的相遇。

明明大家都知道，那只是一座名为《舰归航》的商业大厦。他们仍旧忍不住产生另一种幻觉——

这不是他们奔向麓岛，而是麓岛乘舰归来。

媒体的镜头始终聚焦在平麓跨海隧道通行前线，时时刻刻发回关于这座桥梁的消息。

遥远的中国边境线外，更多黑色、蓝色、灰色、绿色的眼睛，被这座旷世桥梁首日通行的气势深深震撼。

台风吹不垮它的身躯，深海拦不住它的前行。通行首日没出一点儿事故，顺利地将旅客送达目的地，还附赠了超乎想象的视觉盛宴。

无论什么质疑或诋毁，在平麓跨海隧道本身面前都显得苍白无力。无数视频和照片在国内外传播开来，作为平麓跨海隧道存在的完美佐证，骄傲地宣示这座桥梁是无可否认的奇迹。

平麓跨海隧道的热闹通车日，也是网友们随镜头奔走的大迁徙日。

一会儿追着俯瞰平海的镜头，观看旅游大巴缓缓行驶，高速动车掠影飞驰。

一会儿切到金屿岛中转站的专题报道，看看平海之上的五星酒店到底有什么过人之处。

大部分人电脑上开几个网页还不够，电视机和手机都要同步直播。

随手一刷，又有全新的直播开了起来，大家跟随着镜头，走进了热热闹闹的《舰归航》。

这座在平麓跨海隧道首日通车时隆重开业的商业大厦，正忙着打折庆贺。那些乘坐专列来到麓岛的游客，快乐得像在置办年货。

记者随机采访的游客中，有很多平麓跨海隧道建设者。他们有的在平麓跨海隧道焊接了十五年的钢筋，有的在平麓跨海隧道铺设了八年的桥面，有的从项目开工守到了项目结束，终于在平麓跨海隧道通车首日，乘上高铁或汽车，驶过自己建设的工程，享受纯粹的成就感。

他们没有戴统一的安全帽，没有穿灰扑扑的工作服，但脸上的笑容如此一致，言语里透出的幸福和喜悦，让观众错觉这是一场春节期间的采访，他们口口声声在说的都是"新年快乐"。

网络的热度居高不下，当晚电视台的加长专题报道，又带领观众回顾了平麓跨海隧道通车盛事，帮观众做了查漏补缺的热点功课。

报道最后，是平麓跨海隧道音乐会的预告——

李晴素乐团携特邀音乐家佐特尔,将在刚刚通车的平麓跨海隧道上,直播一场前所未有的音乐会。

致敬平麓跨海隧道,共谱时代辉煌!

音乐会当日,风和日丽,晴空万里。

律风坐在金屿岛酒店的宴会厅,与平麓跨海隧道项目组成员一起安静地等待这场旷世的音乐会。

自从平麓跨海隧道宣布建成,李晴素乐团与佐特尔便开始了独属于平海的音乐会彩排,律风每一天都能见到佐特尔发来的前线汇报。

有时候他们站在跨海大桥,被风吹得发丝狂舞。

有时候他们钻进深海隧道,轻松弹奏出一室回声。

佐特尔随着母亲走遍了中国援建的大地,性格变得更加沉稳。

平麓跨海隧道的表演,对他而言,更像是漫长旅途的终点,完成一次期待已久的试验。

他在非洲草原建设的铁路上,弹奏过振奋人心的钢琴;也在巴基斯坦横跨河谷的桥梁旁,吹响过深情婉转的长笛。

而现在,他终于能在梦寐以求的平麓跨海隧道上,激动地告诉律风:"我满脑子都是灵感,一定可以创作出最好的乐曲。"

律风从未怀疑过他的话。李晴素女士带着伟大的乐团与她最骄傲的孩子,曾在非洲大陆的旷野风中拨弄琴弦,在呼号的暴雨里击响摇鼓。

他没能亲自去现场倾听,但从援建同事们的口中,得知了他们独特又新奇的音乐魅力。那些不太懂得高雅音乐的建设者,仅仅聆听他们奏响的旋律,就体会到了远在祖国大地的期盼与牵挂,无须任何的文字旁白,已经能听得落下泪来。

此时,这些擅长用旋律讲述中国的音乐人,站上了这座平麓跨海隧道。一如他们所承诺的那样,他们想要用音乐的语言,告诉全世界——

波涛汹涌的平海,就该拥有这座坚不可摧的桥梁。

白昼清晰的光亮,照耀在这群骄傲的人身上。

宏伟的跨海桥隧,便是他们心驰神往的舞台。

身穿燕尾服的佐特尔按下琴键,清亮的钢琴曲调,揭开了这场演出波澜壮阔的序幕。

琴声铿锵坚毅,弦音尖锐激昂。

他们演奏出的乐曲，每一个音节竟都踩在了呼啸的海浪涛声里，像是与变幻莫测的平海奏响了合练已久的乐章。

直播的镜头，缓缓从乐团身上拉远了距离，终于让所有人都见到了这座跨越平海的大桥的全貌。

不是特效，不是空想，而是中国建设者完成的奇迹，是促使音乐家们亲临现场，令人魂牵梦萦的桥梁。

有海浪，有狂风，有车辆和动车通行的轰鸣，这本该是杂音环绕的演出。可是音乐人敲击的每一个音节，每一丝韵调，都精准无比地计算到了这些意料之外的声响，仿佛他们与自然界进行过精心的彩排。

"轰隆"声渐近渐远，音乐声渐远渐近，传递出令人灵魂舒适的节奏。他们寻求的，不是音乐盖过浪潮，而是与浪潮融为一体，在祖国的声音里，汇聚为祖国的新乐曲。

律风耳边尽是震撼的音乐，胸腔里则是心脏的鼓动。明明他可以清晰辨别出海浪、车鸣，也完完全全沉浸在了这场乐器与自然演奏的音乐会当中。

李晴素女士带着令她骄傲的孩子，实现了她的执着。

他们站在平海之上，用超越语言的音乐表述情感的极限，突破了国别文化带来的隔阂。

他们的手指，正在直白又坦荡地讲述：这座桥梁的建成，象征着中国从未动摇的信念和与生俱来的力量。

律风的情绪随着音乐起伏，他能从每一段旋律里回忆起设计桥梁与建设桥梁过程中的阵痛与畅快。直至音乐会结束，律风仍是久久坐在原位，回味着旋律激荡起的余韵。他完全不需要去搜索评价，都知道观看这场直播的观众将产生什么样的情绪，必然是充满激动骄傲，为音乐背后的中国奇迹热泪盈眶。

殷以乔伸手，轻轻按住他的手。

律风红着眼眶茫然转头，便听见师兄用温和的声音笑他："不准哭。"

可师兄说了，他更想哭。

律风抹了一把不争气的眼泪，怅惘地看向身边的人："师兄，我可能一辈子都放不下这座桥。"

殷以乔弯了弯眉眼："我知道。"

在他随着律风走入总控室的时候，他就知道。他从未见过哪一座建筑的建成，能够像平麓跨海隧道一样，肃穆、庄严。

那些工程师，有的还未恋爱结婚，有的已经为人父母；有的做完项目便要退休,有的仍在年轻又美好的年华。明明那么多不同的人,却坐在室内默默流泪,和律风一样呜咽出声,克制不住深藏于心的情感。

集体同心的景象,深深震撼了殷以乔这个旁观者。

在那一刻,仿佛千千万万独立的个体,拥有同一颗心脏、同一个灵魂,于值得庆贺欢呼的时刻,感受到的却是共同的悲伤、快乐与痛苦,然后释怀。

即使是现在,殷以乔都觉得肩膀上依旧留有泪水烧灼的温度。

他清楚知道——

律风想要的,不是自己的名字孤独地出现在荣誉榜上,被万众敬仰。

而是在祖国的大地上,与一群相似的人携手,为了相同的目标,创造举世无双的奇迹。

山河万里,同悲同喜。

回到今澄市的周末,如同律风在这里度过的每一天一样平凡。律风和殷以乔全然没有阔别的怅惘,只有归家的舒适和惬意。

明天律风就要回国院上班,最后的周末自然会过得简单一些。两个人忙碌着换洗被子,打扫卫生,然后出门采购,准备填满闲置已久的冰箱。

休息日的下午,超市人来人往。

殷以乔负责推车,律风则是翻着手机,亲自挑选晚餐做饭需要的蔬菜肉类。

他们相识多年,从英国到中国,向来是殷以乔下厨,律风洗碗,分工明确,早已形成惯性。也不知道律风为什么心血来潮,忽然主动请缨做饭,让殷以乔充满了新鲜感。

大采购之后,两个人有说有笑地整理完毕,律风立刻安排殷以乔:"师兄,你去玩玩电脑,看看电视。这次我全程负责。"

殷以乔看了看律风,又看了看满厨房的菜:"不要我帮忙?"

律风挑眉:"不需要!我在英国认识你之前,都是自己做饭吃。"

殷以乔笑出声,姑且不论什么外卖的炸薯条、汉堡包,律风自己做饭吃,最多泡一碗面,煮一碗菜汤,把自己吃得面黄肌瘦。要不然,他也不会把人接到公寓,同吃同住,免得这位意气相投的小助理饿死了。

"师兄!"律风看他笑,气得动手推人,"你别不相信,我这次准备充分,练过的!"

"练过?"殷以乔认真回想,嗯,好像没有这段记忆,"你什么时候练——"

还没说完,殷以乔的手机就响了起来。远在英国的爷爷打来视频电话,殷以乔就算有一腔困惑，也要暂时压下。

"爷爷。"

他刚接通视频，律风竟然当着他的面把厨房玻璃门给关了。殷以乔无声笑了笑，直接靠着门无奈跟长辈告状："小风把我关厨房门外了，他说今晚他做饭。"

英国正值早晨，殷知礼西装革履，笑声爽朗。

"这么勤快？"殷知礼对律风的厨艺知之甚少，本能觉得学生自有学生的道理，眨眨眼说，"一定是嫌弃你做饭不好吃，所以才自己动手的。"

爷爷的误会很深，可见在老人家的心目中，律风样样出类拔萃，就算是厨艺都比自家孙子强。殷以乔也不辩解，笑着问道："爷爷是有什么事吗？"

《舰归航》建成后，殷知礼仿佛重新焕发了青春活力。他放弃了卸下教授重任的打算，继续回到英国独立建筑学院，开堂授课。

此时，视频里的老人头发已经被染回黑色，笑容带着浅淡皱纹，看起来好像不过五十多岁，还能再教二十年的学生。

殷知礼笑着说："我想在今天的课上，给学生们看看你们改动后的《同舟》。作为一个建筑，它既具有船舶的特色，又带有独特的文化内涵，讲起来应该很有意思。你能不能整理一下发给我？"

爷爷要拿《同舟》当课件，殷以乔怎么会不同意。他视线扫过正在厨房里忙碌的律风："好的，我现在就去整理。"

殷以乔挂断通讯，敲了敲厚实的玻璃："小风，我去楼下帮爷爷找资料。"

律风一听，点点头："那我做好饭叫你。"说完，沉浸于手上的案板工作，全然没有手忙脚乱的样子。

殷以乔看了看，心里居然升起丝丝失落，他好像更希望律风笨手笨脚一点，方便他推开厨房门，理所当然地主导一切。

然而，律风不需要他主导，说好了会做菜，那就是真的准备过。只剩殷以乔怀着困惑出了门，百思不得其解，律风哪儿来的时间练习做饭这项技能，在殷以乔的印象里，他应该只会点外卖或者吃速成食品才对。

周末的工作室没有人，冷冷清清的。殷以乔进来就往办公室走，只想发送了资料，赶紧回去看着律风。

虽然殷以乔长时间不在，但是他雇佣的前台兼秘书，一直兢兢业业地负责工作室的日常事务。他推开门，就见到没能处理的信件堆积在桌上。

殷以乔瞟了一眼，打开电脑，在等待系统启动的时间里，随手翻了翻那堆整齐的信。银行的、合作建筑公司的、乱七八糟没印象的材料商的，还有……

来自菲禄的。

这封信件带着日期久远的邮戳，应当在这张办公桌上放了很长时间。

不过殷以乔记得这封信的每一字每一句，目前对它一点兴趣都没有，便随手将它放在一边，开始给爷爷整理《同舟》。

经过他和律风的再次修改，《同舟》已经成为了桐乡的茶文化品鉴中心。它有着茶叶的清新色泽，依山而立，远远看去，更像是茶海中纵横航行的商船，承载着中国茶文化的过去、现在和未来。

他整理模型，半小时不到就发出了邮件。殷以乔给爷爷编写了简短的消息，正打算回家，又是一通视频电话拨了过来。

"资料有问题吗？"殷以乔问。

"不，我还没有去收。"殷知礼的目光依旧慈祥，"只不过还没到上课时间，想再跟你聊一聊。"

英国与中国的时差，令爷孙俩的对话总是一个在早晨，一个在下午。

殷知礼坐在英国独立建筑学院宽敞的庭院椅上，背景都是郁郁葱葱的树木。他说："独立建筑学院换了校长，是我的老朋友约翰。在你还没有进C.E帮忙的时候，他就已经是C.E建筑事务所的优秀建筑师了。"

殷以乔难得听到爷爷怀旧，他勾起笑意，恭喜道："那么，你们肯定有许多值得畅聊的美好记忆。"

"是的。"殷知礼笑出皱纹，"他环游世界，见多识广，设计风格有了很大的变化。前些年，他在埃及设计的国际机场终于落成，跟我聊起这个话题的时候，特地说想把C.E的陈列室重新装修，弥补他自己的代表作中没有大型公共建筑的遗憾。"

C.E建筑事务所的陈列室，早就变为了英国著名的建筑师博物馆。那些愿意在C.E留下痕迹、愿意将自己的作品模型、照片放在陈列室展览的建筑师，总是热衷于翻新展区，正如更新自己对外展示的履历。

殷以乔略有预感。果然，爷爷慈祥地问道："连离开C.E快三十年的约翰，都要重新布置展区了。以乔，你呢？"

即使殷以乔已离开C.E多年，在殷知礼的心里，依旧是他值得骄傲的孩子。

这孩子在祖国大地上，留下了温柔的越江广场，深邃的平海灯塔，还有和律风一起设计的《山水桐乡》。这么多令人惊讶的建筑，一反"殷以乔"标签下的锐利冷漠，充满了语言无法描述的缱绻绮丽。

殷知礼为他的突破和改变感到欣慰，也在老友热烈谈及C.E陈列室的时候，想起了殷以乔留下的空白。

"约翰认识许多建筑师和建筑爱好者,他们经常去看C.E陈列室的展区。然而,他们每每走到你的展区,都觉得你展示的代表作品,已经完全无法代表现在的你。"他的声音悠然又感慨,"他说,你在自己位于中心位置的展台留下了空白,是因为你把最好的作品留在了祖国大地上。所以他更加好奇,究竟中国的哪一个建筑,才是你最为满意的作品。"

远隔山水的闲聊,听得殷以乔哑然。

他完全忘记了留在C.E陈列室里的位置,甚至找不回当初想在展台上摆出《山水逍遥》的期待心情。

此时,《山水逍遥》不再是凭空想象的模型,而是列入了建设计划,即将在桐乡进行的浩大工程。无论是青色楼宇、市民中心、廊桥庭院,还是那座"同舟",都会在中国的桐乡拔地而起,再也不需要他做什么多余的事情,去证明它是一个绝佳的设计。

殷以乔勾起唇角,心中升起万千思绪,又最终化为一声笑意:"爷爷,C.E陈列室里的我,和现在的我确实不同。但是,我不打算重新修改我的展区。每一个建筑师,都有自己独一无二的成长与变化。留在C.E建筑事务所的每一栋建筑都代表了我在英国的思考,而我现在的作品,则是我对中国的思考。"

越江广场,立安港博物馆,山水桐乡,这些都是独属于中国的设计,其中蕴含的情感,远远超过了单一建筑能够承载的重量,充满了人文主义的温度与无法诉说的浪漫。

以前殷以乔不懂得的事情,终于有了清晰的答案。

再美丽的利斯图书馆,也是英国的利斯图书馆,哪怕它由律风亲自设计,对律风来说,仍是一座遥远又疏离的建筑。

他只想给深爱的这片土地,最好的一切。

"我的现在,还没有出现'最满意'的作品。也许让我挑选,得等到我老了,没法再设计建筑的时候,才能够好好地评判一下所谓的代表作。"殷以乔说,"能有C.E记录我的过去,没什么不好。"

听他在话里轻松地将C.E归为无法返回的过去,殷知礼半是了然半是诧异地问道:"你不回C.E了?"

"是的,爷爷。"他的视线温柔,语气坚定,"我想和小风一起设计出更美的建筑,留在你挚爱的土地上。"

挂掉电话,殷以乔没有一丝遗憾。哪怕他回到C.E建筑事务所,也能继续进行中国建筑的设计和建造,那他也无法再习惯英国悠闲的做事风格,还有那些无止境的商业会谈。

做一个独立建筑师,接一些感兴趣的项目,时间随他安排。也许他再也回不到过去那种为建筑艺术奉献终生的狂热心境,但他可以更加自由,一直对建筑保持热情。

殷以乔关掉电脑,随手整理了桌上散开的信封准备回家,忽然在信堆里,又发现一封钱旭阳代寄的菲禄来信。

同样的棕褐色封皮,同样的黑色笔迹,信封上的邮戳显示的时间却前后相差了一个多月。

律风什么时候,又寄了一封信给他?!

他眉头微皱,快速拆开了这两封看起来一模一样的信。

邮戳时间稍早的那封信,装着几枚批量印刷的书签,上面用英语写着菲禄的谚语:"抓住今天,才能不丢失明天。"

书签上没有律风的笔迹,自然是钱旭阳在律风重伤昏迷的时候,帮忙敷衍他的那一封。

殷以乔迅速转移视线,打开了另外一封信,只消一眼,他就知道这封是律风亲笔所写的。

"师兄,对不起。"

殷以乔笑意浅淡,果然,犯了错的人,连写信都不写什么"展信佳""见信如面"了,开口就端正了态度。

"这封信是我悄悄写的,偷偷让钱旭阳帮我寄出去,你收到了千万不要觉得意外!"

殷以乔笑意渐浓,他当然意外。这家伙在菲禄,天天都在他眼皮底下养伤,怎么背着他写信寄信的?

"我深深意识到自己的错误,我发誓,再也不敢瞒你任何事情,哪怕伤口又痒又疼,也会直接告诉你。不怕丢脸。"

殷以乔克制不住嘴角的弧度,发出"哈哈"的笑声。

仔细想想,律风养伤期间,确实异常乖巧。他还以为是师弟没精力造作了,想不到,居然是律风悄悄在进行自我检讨。

殷以乔停住脚步,忽然不那么急着去盯住掌勺的律风了,反而悠闲地倚靠着办公桌,慢慢品读半年前律风的来信。

"也许我说什么,你都不会信我了。但我这辈子都不会像你说的那样,录下声音来骗你安心。

"我不后悔让钱旭阳帮我寄出那封信。中枪那刻,我想到的不是桥梁,不是责任,而是我的信。

"没有我的信,师兄你会等得多着急。我只后悔自己没用,不能早点醒来,亲自给你写一封,让钱旭阳帮我寄出去。幸好,一切都还来得及。

"师兄,菲禄又热又苦,做援建又累又闷,我不希望你来陪我受罪。但是你来了,我很高兴。

"我们一起走遍了英国,走遍了中国,终于走到了菲禄。师兄,从今往后,我也想陪你走遍你想去的地方,看遍你想看的世界。"

殷以乔的笑意始终未散,眼前看的是字,耳边却净是律风认真的声音。

办公室的门倏忽被人敲响:"师兄,忙完没有?吃饭了!"

楼上楼下的距离,比起拨一通电话更近,是律风亲自跑来喊他了。

"嗯。"殷以乔放好信,关上书柜,笑着打开办公室的门,"就来。"

番外一
EXTRA EPISODE 01
律风的讲座

律风偶尔会在A大开讲座。

他也不教什么高深复杂的理论知识，只是跟憧憬建设祖国的学生们谈谈当前桥梁设计的要点，一起探索未来桥梁设计的方向。

这种讲座随着律风的工程项目时有时无，殷以乔没把它当成什么严肃课程看待，只当是律风闲来无事时的小爱好。

他知道律风喜欢和学生们相处，偶尔还能收点小作业，看一看未来的设计师们怎么规划国内的桥梁、建筑，时不时还和他分享优秀的作品。虽然那些作品在殷以乔眼里惨不忍睹，他还是会温柔笑着点头，鼓励一句：有创意。

殷以乔想，爷爷和律风的意气相投，果然表现在方方面面。教学生这么辛苦不讨好的事情，律风竟然做得格外开心，他们还经常一起讨论怎么修改学生们"有创意"的笨拙作品。

又是周末，殷以乔被门外轻微的响动惊醒。

他翻身起来开门，就见律风蹑手蹑脚地拿杯子，却还是撞得茶几清脆一响。

"小心点。"

殷以乔抬手打开电动窗帘，明亮的晨光洒进客厅，照得律风眉头紧皱，显然在忍痛。

不太正常。

"不舒服？"殷以乔的睡意烟消云散，伸手去帮律风倒水。

律风咳嗽两声，愁眉苦脸地说："好像感冒了。"

"请假吧。"殷以乔觉得自己单手就能把这个病号撂倒，"给吴院还是冯主任请假？我来打电话。"

"不行……"律风拒绝得果断，"我有课呢。"

他说得有气无力，怀着崇高的教师荣誉感念道："之前他们交了作业给我，说好了今天给他们点评。这点儿小病——"

话说一半，律风人就被殷以乔给抓回被窝，直接摁住。

"师兄放手，我要上课！"

"你在家好好休息。"殷以乔无奈看他,病着还有力气扑腾,"我去帮你上!"

律风的讲座向来极受欢迎,无论是哪个系的学生,都会在空闲时候跑来凑个热闹。因为,只要是交给律风的建模、设计,都会得到这位大设计师的耐心点评。运气好的话,还能收获律老师亲自动手修改,直接见证什么叫化腐朽为神奇!

但凡听过律风几次讲座的学生,都忘不掉"修改前"和"修改后"的区别带来的震撼。

那些看起来平平无奇的黑白线条,经过律风的轻松改动,似乎跃然纸上,分分钟就能落在祖国的江河湖海,成为又一座令人魂牵梦萦的桥梁。

他的讲座,从来不是什么枯燥的授课,而是大师级的实例分享。亲切的教学方式,刺激了无数学生暗藏的热情,渐渐帮他们养成了听讲座交作业的好习惯。

今天的阶梯教室,依然满是学生。

学生们高兴地等着时隔两个月的讲座,还没到上课时间,宽敞的阶梯教室满是议论的声音。

"周雨,上次你说要给律老师看的桥呢?"

"我还没做完建模,等律老师来了,我问问光影怎么处理。"

"不知道今天能不能点评到我的作业,我上个月给他发了一个未来高楼设计。"

"《山水逍遥》那种未来高楼?那你惨了啊,待会儿肯定公开处刑!"

嘻嘻哈哈的笑声,带着雀跃的期待。等到一直负责联系律风的A大老师出现在门外,他们才渐渐安静下来。

然而,老师身边的人并非他们熟悉的律风,而是另一个倒也不陌生的人。

他穿着简洁的西装,身材挺拔,比律风多了几分严肃,冷漠的视线轻轻掠过室内,足够叫所有人怀疑自己的眼睛!

"那个人是不是……是不是……"

"殷以乔?他怎么来了?"

"靠,死而无憾了!"

阶梯教室的气氛随着殷以乔走上讲台逐渐攀到顶峰。

这位鲜少参加公开活动、为人极度低调的建筑师,简直是建筑界的传奇。学生们平时上课,总喜欢向律风问一点儿关于殷以乔的问题。然后,他们不苟言笑的律老师,就会以前所未有的崇敬语气,说起殷以乔的伟大设计。

一位传奇赞美另一位传奇的模样,令学生们艳羡不已。天底下师兄弟那么多,唯独这两位,从作品到灵魂都满载着令普通人敬仰的革命情谊。

现在,他们憧憬许久的建筑师站在他们面前,用稳重低沉的声音说道:"同学们好,今天我帮律风上课。"

整个阶梯教室寂静无声。

坐在前排的学生不敢相信自己的耳朵:"殷老师,律老师呢?"

殷以乔见到学生们诧异的视线,难得露出一点无奈笑意:"他病了。"

阶梯教室的安静里透着担忧,学生们紧盯殷以乔,等着代课的殷老师解释解释律老师为什么会生病,然而,殷以乔手握鼠标轻轻一划,下一句就是——

"今天没怎么准备。就说一说之前大家交上来的作业吧。"

学生们:"……?"

这可能是A大学生们上过的最神奇的讲座。

代课的殷老师完全不谈自己的成功经验,不讲自己的伟大成就,点开电脑直接就点评作业,像一个敬业的班主任。

但是,这位殷老师绝对没有他们想象中的那么温柔亲切。

在殷以乔眼里,学生们的作业都是一堆毫无建设意义,甚至没有美感的元素堆砌,堪称设计灾难,简直糟糕透顶。但考虑到这些孩子都是律风的学生,他尽量保持语调平静,客观讲述着这些设计存在的问题。

比如,横跨河流的简单石拱桥。

殷以乔说:"既然选择了拱型桥梁,至少应该把主拱圈截面弯矩、剪力分布算好再动手画图。否则石拱桥坍塌,什么设计都变得毫无意义。"

比如,时尚摩登的螺旋型大厦。

殷以乔皱着眉,沉声点评:"设计的时候没有考虑过重力、载荷力的相互作用,整栋螺旋从四层往上就失去了重心。这不是摩天大厦,而是一座等待雷劈的巴比伦塔。"

从桥梁到建筑,殷以乔都只是直击核心地说出设计问题,但谁都能听得出他话里的深意——

这是什么惨不忍睹的设计?

你们到底在画些什么东西?

学生们听得恍恍惚惚。

殷以乔在冷酷无情的点评之后,还是会善解人意地说一两句"但是想法不错","其实创意还行"。

可惜,学生只觉得寒风扑面,眼含泪水。

殷老师夸奖的话是挽尊吧?是觉得这设计得实在太烂了又碍于我们是律老师学生的强势挽尊吧?!

律风睡了一觉起来,困顿疲倦消退了许多。测温仪量出的体温已经降了下来,这点小感冒,在他面前简直不够看。

他拿过手机,却发现列表塞满了新消息。

"律老师,我们想来探病,但是又怕打扰您。祝早日康复!"

"听殷老师说老师您病啦,希望下次讲座能够见到您!祝您开开心心健健康康!"

"律老师,下次您一定要来QAQ!我们会等您的!祝身体健康!万事如意!"

A大的学生们纷纷发来问候,透着师生深情。律风觉得格外感动,连脑子都清醒许多。

仔细想想,早上那么不舒服主要还是昨晚熬夜过度,工作太累,根本不算什么大病。不知道师兄为什么不说出差、加班,偏偏要说他生病,骗得一群乖巧可爱的学生发消息来慰问。

律风还没起床,殷以乔就完成了代课活动,驱车赶回来的时候抱着一大束鲜花,提着水果。

"这是你学生一定要我带回来的鲜花。"

"还有你学生一定要我帮忙送到的水果。"

殷以乔笑得无奈,说道:"看得出他们很喜欢你,也不知道什么时候买的,下课把我堵在门口,还依依不舍地让我转达,请你下次一定一定要健健康康地回来给他们上课。"

殷以乔以为是律风教学生教出了师生感情。

学生却纷纷抹泪,痛在心头口难开。明明律老师说自己师兄温柔似水、善解人意,怎么师兄上了讲台,和说好的根本不一样呢!

A大备受欢迎的律老师讲座,变成了师兄代课,这个消息分分钟传遍了整个校园,连校园论坛都回荡着匿名用户的鬼哭狼嚎。

"为什么我以前会产生殷以乔是平易近人建筑界大善人的错觉?因为律老师每次提到他都语气温柔满眼崇拜吗?"

"以前我还觉得律老师严格,再优秀的设计都能发现无关紧要的错误……现在才发现,其实是律老师努力在一堆错误里面找出最无关紧要的那一个,免得打击我们的学习热情吧!"

各种帖子飘在首页,不一会儿,A大学生论坛教师风云榜里,就出现了殷以乔的名字。

——曾经我以为教务处请不到殷以乔是A大无能,现在才知道教务处没有请殷以乔来讲课是为了我们的未来着想,是我误会了,请继续保持。

——好老师,没有钢铁铸就的心脏千万不能去听课的好老师。就算是律老师极力赞美说他是天上地下最温柔亲切的师兄,也千万不要随便相信,不做心理建设就去听课!

——谢邀,人在A大,开始头秃。殷老师已经很努力地夸奖了凡人,但本凡人依旧脚步虚浮,双目无神,至今还在反思我是谁我在哪儿我为什么要设计出这种辣鸡?

国家设计院至少有几百个A大毕业生,总有人没事会去逛一下学校论坛。

当瞿飞"哈哈哈"地截图发过来的时候,律风简直怀疑自己的眼睛。

"你师兄太厉害了吧,到底怎么上课的?我很感兴趣!"

律风印象中的师兄,永远温柔和煦如同春风,可在学生眼中……

哪里来的大魔王!

"我以为,他肯定比我教得好。"

律风抓了抓头发,从学生们的字里行间感受到一种惶恐,无奈道:"师兄虽然要求严格一些,但是看问题比我准,也更擅长修改建筑设计,平时我们一起改学生模型,他都很温柔的。"

律风匪夷所思,瞿飞却能够理解。

"正常嘛。"瞿飞没心没肺地发来大笑表情包,"你们一起改模型,殷以乔面对的是你,他一个人跑去改作业,面对的又不是你。"顺便总结一句,"你师兄出了名的不好相处,也只有你会觉得他温和了!"

律风翻看那些学生的哭号,即使不知道名字,眼前也能浮现出平时讲课时见过的一双双单纯认真的眼睛。

学生们误会很深,看起来受到的打击不轻。

律风忽然想起来……

从前，自己也被师兄一句点评，吓得画了十几种螺旋楼梯。

这心理阴影回忆起来，让律风不寒而栗。

他早已习惯了温柔谦逊的师兄，此刻才意识到自己犯了一个严重错误，极有可能导致无数学生放弃设计梦想。

于是，律风思考许久，发出邀请。

"师兄，你有空吗？"

"嗯？"

"我们一起给学生上一次课吧。"

"……"

当律风第二周又要开课的消息传出，A大无数学生落下感动的泪水。

律风的讲座一般一两个月才有一次，想不到上周殷以乔刚刚结束代课，这周又有了！

"是补偿吧，是律老师看到我们被殷以乔吓到的补偿吧？"

"我可以把之前的作业再交一次吗？我要律老师夸夸我，帮我找回设计自信。"

"希望律老师能够讲讲桥梁，再讲讲建筑，我不想梦里全是石桥坍塌！天打雷劈！"

心灵备受打击的学生，早早预定好了时间。

以前对律风的课毫无兴趣的学生，在经历了"殷以乔代课屠版"事件后，都对律老师有多亲切温和充满好奇。

因此，律风上课当天，阶梯教室里有不少人自带小板凳加座，把宽敞的走廊都给坐满了。

然而，律风熟悉的身影和殷以乔一起出现，看得学生们心头一惊。

这种事情真的很有心理阴影，特别是认真交过作业的学生，很可能这辈子都不想再面对殷以乔了。

幸好，律风在。

他走上讲台，笑着说道："今天主要是想针对上一次的课程做一点补充。上周我病了，师兄帮我给大家点评的建筑，我们重新进行了修改。"

他也没有刻意安抚学生情绪，径直打开了投影。

"我们"是谁？显而易见。

律风视线凝视屏幕，还没忘记问师兄："从石拱桥开始讲，怎么样？"

"嗯。"

师兄弟气氛融洽，连殷以乔的严肃冷漠都融化在了律风的温柔里，总算没有了上周单枪匹马"杀"遍A大的凛冽。

学生们在相同的教室，见到了相似的作业，战战兢兢地找回了当初在律风课堂上的快乐。

被殷以乔明示会垮塌的石拱桥，经过重新修改，展现出长虹般圆润的弧度，横跨河面，静谧安详。

被殷以乔点评结构脆弱的花房，镶嵌了金属支撑后，通透得流光溢彩，印照出花卉植物的勃勃生机。

被殷以乔断言造型突兀的装饰风车，离开了浪漫的薰衣草田，被搬进了西方老旧农场，终于与周围环境融为一体。

这些曾经由殷以乔批驳得一无是处的设计，经过了一周的修改，竟然呈现出了截然不同的风貌。

讲述这些设计图的，仍是殷以乔。

他说起这些设计存在的问题时，和上周别无二致，但是有了这些极具说服力的修改图，学生们脆弱的玻璃心终于粘了起来，恍然大悟地感慨：原来如此。

也许是律风在场，学生们完全信任律老师的温柔。

也许是殷以乔的声音低沉宛转，不再是上周那样的尖锐直白。

这堂由两个人上的课，在学生眼中是从未见过的配合无间。

有时候殷以乔举出一个例子，站在黑板前的律风，随手就能画出图样，帮师兄做出简单的补充。

桥梁设计师和建筑师本属于不同的领域，但台上两个人无论是讲述桥梁还是建筑，都散发着相同的光芒。

闻讯而来的非土木建筑专业的学生，也被这两位老师的讲述迷住了。纷纷觉得殷以乔哪有论坛上说得那么恐怖，毕竟是著名建筑师，要求严格一点儿很正常，而且他说得好有道理，感觉又学到了新的知识！

而亲历过上周课堂的学生们，默默盯着律风，终于明白了为什么殷以乔这么冷漠的性格，可以设计出温柔的作品。

是因为温柔的律风啊！

也许是殷以乔的笑意，鼓舞了之前被批驳得身心俱疲的设计者，坐在教室前排的一位学生举起了手。

殷以乔刚刚看完律风即兴发挥的兰花角屋檐，心情愉快地看向台下："有什么问题？"

虽然是殷以乔点的名字，学生站起来回答时，却忍不住看向律风，带着下意识的求助。

律风眨眨眼，笑着说道："是我画的屋檐设计不对吗？"

"不是不是。"学生慌忙摆手，有些害怕，又带着期待问道，"律老师，那我之前设计的螺旋大厦呢？"

"当时……"他看向殷以乔，"当时殷老师说，我做的螺旋很糟糕，所以我想知道怎么改才合适？"

其实，他作为设计者，在结束课程后进行过修改。

但是螺旋结构对作用力的要求本来就极为严苛，哪怕单层尽可能地做到了准确，也会由于其他部分的细微偏差，导致穿模、浮空。

殷以乔的点评简略又形象——惨遭天打雷劈的巴比伦塔，本就不该出现在建筑设计之中。可他仍怀揣期待，希望律风能够化腐朽为神奇。

律风一听，便想起他的名字："你是李恒同学？"

李恒眼睛一亮，点点头。

"其实，你设计的螺旋大厦是一种极为复杂的建筑结构，要修改它，必须根据实地材质、建筑材料以及内部空间使用要求来修改。

"而且我觉得，你的设计特别漂亮，并不是完全不能实现，只不过还没找到能够实现它的建筑方式罢了。"

律风的话说得委婉，更像是安慰，李恒却愣住了。紧接着，阶梯教室的投影幕布上出现了李恒设计的螺旋大厦。

这栋气势震撼的大楼，所有人心中，几乎和殷以乔点评的"等待雷劈"绑定在一起了。

"现在，我们可以对你的设计进行一种实用性简化。"说着，律风看向殷以乔，递出了手上的笔，"师兄，你最擅长这个。"

殷以乔勾起笑，无奈地拿过律风手上的笔。

律老师确实比他优秀，连"这是一种不可能实现的荒谬设计"，都可以说得熨帖人心。

螺旋形大楼在全球不算少见，但它们都是视觉上的层层扭转，和李恒同学设计的不受重力与载荷束缚的中空螺旋完全是两回事。

殷以乔直到拿起笔，转身面对巨大空荡的黑板，脑子里都在想——

要怎么……起死回生。

当黑板上出现了第一笔,在场的学生就感受到殷以乔和律风的不同。

律风习惯于边画边讲,像一位兢兢业业的教师,向学生们传达每一根线条存在的理由。

可殷以乔不一样。

他洒脱恣意的笔触,随着指尖走转,流畅得如同画家创作,每一个动作都充满了柔和气息,看得整个教室的人屏气凝神。

即使殷以乔画的只是一幅黑白简略设计图,也带有独一无二的艺术美感。

仿佛黑板上螺旋状的空中阶梯顺流而下,化作了一汪攀岩流淌的山溪,最终汩汩汇聚于地面,映照出了陡峭山峰的影子。

这么随性的发挥,却比旁边投影幕布上精心渲染上色的设计,多出了难以言明的自然气息。

无需空中花园的点缀,这栋大厦本就郁郁葱葱,生机盎然。

教室里的气氛逐渐变得躁动起来,到处是止不住的窃窃私语。

任何人都能看出来,殷以乔的随性改动,直接创造出了一栋能够实施建设的真实大厦,同时它又保持了原版的风格特征。

最后,殷以乔放下笔,说道:"李恒同学的螺旋大厦十分贴合山水建筑的理念,只不过棱角过于尖锐,像废墟土壤里拔地而起的玻璃,带着后现代主义的反叛色彩,这可能是上色的问题。我现在画出来的设计图,完全按照李恒的设计,只是去掉了繁复的渲染装饰,留下了核心的骨架,这样来看,它就是一栋可以建成的螺旋大厦了。"

他说的话不算温柔,但是配上黑板上缱绻的黑白线条,顿时就变得格外的不同。李恒看到那幅简单的设计图,立刻就发现了自己的作品和大师随手设计的差距。

当然,他一个还没毕业的学生,怎么可能有资格和殷以乔比。

可是……

他仰望台上的殷以乔和律风,两人看向自己的视线,都带着真诚的赞美,鼓励他向着设计领域发起新的尝试。

黑板上超级简化版的螺旋大厦,有着李恒设计的雏形,又充满了殷以乔的独特风格。

这样奇妙的融合,好像他和著名建筑师一起完成了一项设计作品似的,令李恒心生骄傲,颇为欣喜——嘿嘿,老师说是上色的问题,那就是上色的问题吧。

　　一场双人讲座，让学生们感受到浓郁的艺术气息，同时不由得感叹，律老师其实是冬日暖阳体质吧！

　　为什么他在场的时候，殷老师连批评作品都显得平易近人，自带圣光！

　　某知名问答网站上，一直有一个"如何点评建筑师殷以乔和桥梁设计师律风的关系"的问题。

　　里面最新的高赞回答，列举了殷以乔和律风的作品，洋洋洒洒赞美了这对神仙师兄弟的爱国情怀，并且针对殷以乔的建筑，做了一份他回国前后作品风格差异的详细对比，以证明殷以乔所有与律风的桥梁设计有关的建筑设计才是他最好的作品。

　　然而上周，发布高赞回答的人又"嘤嘤嘤"地表示：我以为殷以乔和律风说的一样温和，结果是个大恶魔。律老师骗我！

　　今天，回答又有了更新。

　　"原来殷以乔的性格和他的建筑一样，有律风和没律风都存在天差地别。

　　"对此，我强烈反对所有说'殷以乔放弃追逐律风的桥梁一定会有更大成就'的人，因为他们根本不懂建筑，更不懂得殷以乔！

　　"没有律风的殷以乔简直是一个残忍恐怖的魔鬼，不要问我是怎么知道的。

　　"但是，上过律风和殷以乔今天联合课程的人都可以作证——高山流水，他们绝配！"

番外二
EXTRA EPISODE 02
枫树博物馆

律风的年假一向交给殷以乔安排。

他们的车辆行驶在高速公路上，循着导航的指引，前往一个名为枫叶谷的度假胜地。

律风坐在副驾驶，随手一搜，便能见到细长溪流循山而下，枫树染红了整座山脉的画面。深红灿烂的枫树叶占据了手机屏幕，美丽的风景令人心旷神怡，任何的人工造物出现在这片金灿之中都显得多余。

殷以乔带他去那儿，是因为收到了项目邀请。

"当地旅游管理公司想在枫叶谷修一座枫树博物馆，用来展示枫叶谷的发展历程。

"听他们说，枫叶谷最开始只有一小片五角枫，由本地人慢慢养护起来，又来了研究枫树的团队，陆陆续续栽种了不少国内常见的枫树品种。后来，政府主导修建枫叶谷，就引进了一些国外的枫树品种，这才逐渐形成枫树林。到现在，枫叶谷整片整片的枫树，品种多达一百三十种，一到秋天，整片森林沿着山势变红，特别漂亮。"

当时，殷以乔跟甲方视频通话，看他们发过来的照片、资料，都能感受到那片藏在深山里的枫树林承载的心血。

想要培育出遍布整片山谷的枫树林，只能依靠时间的积累。前前后后六十多年的育林工程，好几代的研究者、护林人，终于将小小一片五角枫，养育成蔓延裕丰山脉的枫叶谷。

殷以乔听了这样的讲述，怎么可能不震撼？

他接了不少邀请和咨询，对方开口就是"山水桐乡"，妄图让殷以乔打造一个一模一样的优秀景点，招揽更多游客前往。

只有曲明市的枫叶谷代表，认真介绍了这片枫树林的情况，希望他设计的博物馆能够展示六十七年来枫树林的发展历程，更重要的是——

"他们希望每一位来到枫叶谷的游客，都能在欣赏漫山红叶的同时，了解到关于枫树的一切。"

他们一路聊着枫叶谷的博物馆，顺着高速路进入了漫长的隧道。周围光线暗淡下来，隧道遮挡了道路两旁层峦叠翠的山林树景。

殷以乔慢慢复述着甲方的要求，清冷声线盖过了车辆行驶的轰鸣。

他带着笑意说道："能够养出这样一片枫树林的地方，肯定有一群不可思议的人。不管最后我们能不能合作，至少，你会喜欢那里。"

律风翻着手上红遍山谷的风景，对即将抵达的枫叶谷充满兴趣。

很快，车辆从漫长的隧道驶了出去，黑暗与光明交接的瞬间，律风微眯着眼睛，视野里出现了一片灿烂辉煌的金秋。枫叶的红色慢慢浸染绿色，一点点汇聚成绚烂的枫树山谷。

他们的车辆向前飞驰，就像从郁郁葱葱的森林，奔向赤红金灿的海洋。

极具震撼的视觉体验，令律风不禁喟叹："枫叶谷究竟多大？"

殷以乔愉快地回答："两万公顷！"

两万公顷的枫叶谷，确实是度假的好地方。

它地处长江中游，僻静清幽，正值十月下旬，整座山谷的枫叶绵延数十公里，铺满裕丰山脉与其间的溪流湖泊，在飒飒秋季，红出别样景色。

他们下了高速，穿过乡镇，又慢慢驶入树叶层叠的僻静山道。车子刚到旅游中心，就有几位项目负责人迎了上来。

殷以乔亲自到枫叶谷考察博物馆，对枫叶谷旅游管理公司，乃至曲明市政府都是一件大事。

这位建筑师，从不屑于高价的委托费和天花乱坠的吹捧，只喜欢具备地方特色的自然风貌、人文景观。而且，传说中，他从不轻易接项目，除非附近有他师弟设计的桥梁……

"殷先生。"负责人见他们下车，客气地打着招呼。

他还没能热情地感谢殷以乔的到来，无意瞟过殷以乔身边的人，便再也挪不开视线。

"这位是不是……"

"是，律风。"殷以乔笑着介绍，领着律风走到他们面前，"他刚好休假，陪我来看看。"

几位项目负责人喜形于色，语气都变得高亢起来。

能够请到殷以乔，已经是意外之喜。想不到这次连律风也来了！

负责接待的项目负责人陪着两位走入枫叶谷景区，边走边介绍起枫树博物馆的情况。

"咱们的博物馆，已经定在了枫叶谷景色最美的地方，政府听说殷先生愿意来考察,立刻叮嘱我们,充分尊重您的意见,完全交给您自由发挥!"

"对对对,我们风景区占地大,又是国家级自然保护区,想在里面修楼造景都不容易。这次殷先生和律总一起过来,我们景区蓬荜生辉。"

"枫叶谷有山、有水、有树,出图、搞建设都可以慢慢来,好建筑不怕等,所以两位就放心大胆地研究枫叶谷,有任何需求都可以联系我们!"

律风和殷以乔走在落满枫树叶的道路,负责人的每一句话都透着项目方对他们的殷切期待。

不仅是对殷以乔的,还有对律风的。律风感觉好像回到了桥梁项目协商现场,即将和师兄一起扛起枫叶谷的未来。

不一会儿,他们沿着溪流到了博物馆预定的选址。大片枫树林以绿色防护网拦了出来,圈画出了未来博物馆的占地。

项目负责人高兴地介绍道:"把这些树都砍掉,就能腾出四千平方米空地。如果博物馆周围还需要配套建设,我们还能跟政府申请。要多大的地方都可以,全看殷先生的想法!"

他说得理所当然,给了著名建筑师最高的尊重。可律风听了这话,视线落在这片被圈起来的地盘上,皱起眉来。

"除了这里,没有其他更适合修建博物馆的地方吗?"

律风的问话引得大家面面相觑。

终于,有人问道:"不知道律总是对哪个方面不满意?"

律风盯着眼前随风招摇的树木,一棵棵参天枫树,高达十米、十五米,他不需要知道这些树木栽种的具体年份,也知道这么大片的枫树林养育起来绝对不容易。

他道:"……四千平方米的枫树林,就这么砍掉,太可惜了吧。"

他问出这样的话,反倒令项目组的人感到奇怪。造桥修路,哪个不是砍树填海,律风作为桥梁设计师,搭桥时碰到过的不得不砍的树肯定不止四千平方米,居然会为了在两万公顷的枫树林中砍掉一小块地方树木而感到惋惜?

"律总如果担心森林绿化、养护,我们也可以把枫树移走。而且啊,我们枫叶谷年年都在砍树,砍多少都补种了,一定会符合流程。"

"我不是这个意思。"律风很难阐明自己的心情,"我是觉得,枫树博物馆建在这里,为的是介绍枫树的历史。既然博物馆的主角是枫树,我们迁走、砍掉枫树,是不是有点儿本末倒置、喧宾夺主了?"

周围一片沉默,谁也不敢反驳,但也不敢表示认可。

博物馆的建设地点已经上报审批，就等着殷以乔签完合同，拿出设计，申请到采伐许可证。在他们看来，多少树都得给枫叶谷重点建设的博物馆腾地方。

可他们没想到，面前这位桥梁界翘楚，竟然在建筑设计这方面保守得不可思议！都什么年代了，还讲究树木有情那套，开山建桥的时候，没见他们的工程少砍树啊！

"殷先生……"项目负责人没法直言，只好向殷以乔求助。

可惜，他们求助错了对象，律风提到的喧宾夺主，正好和殷以乔的感受不谋而合。

"我也觉得不太合适。"殷以乔并不委婉，却没有过多解释，"这次我们来，主要是想看看枫叶谷的风景，再决定接不接博物馆的项目……"他勾起礼貌笑意，"再说吧。"

殷以乔轻描淡写的"再说吧"，炸得周围人后背发毛。

这次殷以乔同意过来考察，他们向政府打包票、做汇报，保证会说服这位著名建筑师接下枫树博物馆。此事若出了变故，不仅博物馆的未来规划会出问题，他们这群名义上的负责人也少不了挨批！

领头的负责人表情惶恐地复读道："再看看，再看看。"心里百转千回，瞬间冒出无数想法，最后转头看向身边年轻人，说道，"既然殷先生和律总要在枫叶谷转转，小汪，这几天你就带着两位好好游览一下枫叶谷。"

那意思很明显了，让年轻人跟前跟后，侧面打探打探殷以乔到底什么想法。

一场热闹的迎接到此结束，汪明成了甲方指派的导游，专门负责殷以乔和律风的行程。

殷以乔和律风道别项目代表，在汪明的引导下离开了博物馆预选地。枫叶谷安静清幽，旅游路线四通八达，他们坐上景点的观览车，盘山蜿蜒了几分钟，最后入住了离枫树林最近的枫叶旅馆。

约好了明天一早登山赏枫后，汪明终于走了。关上门，律风才说："曲明市的规划不错，但是旅游公司的做法有点儿粗犷。"

为了建设和发展，砍树伐木实属正常，但是他刚听了殷以乔转述的故事，对枫树博物馆承载的历史充满敬意。

谁知来了这儿，对方忽然告诉他：为了展示六十七年的植树造林历程，他们决定砍掉四千平方米枫树，修建一座枫树博物馆。

着实有点儿讽刺。

殷以乔无比赞同："也许我们对枫叶谷不够了解，也许是他们的决策出了问题。我们明天在枫叶谷好好转转，看看有没有必要砍伐这四千平方米的枫树林。"

他接项目向来挑剔，如果没有对方讲述的枫树林故事，他们也不会满怀期待地来到这里。真要砍伐大片枫树才能建成博物馆，那这桩合作谈不成也罢。

第二天，汪明来得早。他特地开着一辆枫叶谷随处可见的电动观览车，做好了专属导游的准备。

枫叶谷秋高气爽，景色宜人，浅淡晨光穿过金红色的枫树叶，映出锯齿状的影子。一阵秋风刮过，路边的枫树"飒飒"落下几片叶子，惹得律风都忍不住伸手去接。

虽然景区沿途的仿古商业街都修建得千篇一律，但是公路旁的潺潺溪流与顺水而下的枫树叶，给这片静谧之所染上了独一无二的色彩。

律风很少能见到把喧哗和静谧结合得如此融洽的风景区，枫叶谷的旅游开发做得完善，既有步行上山的阶梯，也有宽敞平坦的公路，方便了来这里游玩的旅客，也吸引了更多赏枫的队伍。

汪明敬业地领着他们穿过昨天的博物馆选址，再往山上走，到了香火鼎盛、游客不绝的山枫道观。

律风站在道观的平台上，扶着石栏杆往下眺望，正好能够看到被绿色防护网圈起来的四千平方米枫树林。

那儿确实是枫树博物馆这种大型建筑的绝佳建设地点，一旦建成，必然可以成为枫叶谷未来游览的中心地带。

汪明旁敲侧击道："从下面的博物馆去哪儿都方便。从南向北，可以顺着溪流游览自然枫树林景观，从西向东，就是我们精心打造的红枫步道、枫叶长虹和赏枫池园。而且啊，您看，去博物馆的人，抬头就能见到咱们山上老前辈们建起来的历史名胜，来山上的人，低头就能见到后来人修建的枫树博物馆，这不是很有古今结合的意境吗？"

言外之意不过就是：博物馆建在这里经过了深思熟虑，没有比这儿更好的地方了！

中国的山水园林，讲究建筑与景融为一体。这座山枫道观虽然比不上祖国大江南北著名的古迹，但是这抬眼可见的复古门楣、青铜鼎器，着实有些历史沉淀下来的文化感。

古代的建筑文化与现代的建筑文化相得益彰，看得出旅游公司为了枫树博物馆的选址耗费了一番心思。

然而，律风依旧沉默，并不觉得在山下建成博物馆有什么值得期待的。

建筑物再美，都掩不住人工雕琢的痕迹，来到枫叶谷的旅客，想看的是这漫山红叶，而不是砍掉红叶修起的钢筋水泥。

一路上他俩默默无言，都是汪明在介绍枫叶谷的景点。殷以乔和律风就当请了一位导游，全然没去思考博物馆的事情，单纯将这趟到访定义为年假旅行。

观览车迎着风行驶在宽阔的公路上，两旁悠然飘落的枫叶，随着他们的驶过荡起一连串的风旋。

忽然，茂密的枫树林出现了一条岔路，律风隐隐能看见枫树间隙露出的青瓦红柱。

一栋占地宽广的小三层建筑，矗立在枫树公路旁的小道上。枫树掩映了它的身影，有一丝隐居避世的感觉。

律风好奇地指了指它的青瓦白墙："这是什么地方？"

汪明看过去，有点尴尬地回答："这是……这是我们的老枫树博物馆，建成五十多年了。"

"你们已经有博物馆了？"殷以乔出了声。

汪明赶紧解释："这博物馆是枫叶谷建成前就有的，最开始是枫树研究所，后来研究所搬走了，政府看这里空着可惜，才找人修了个名义上的博物馆。里面只有几张枫树林的旧照片和一些不值钱的枫叶标本，说是老资料仓库还差不多，漏风漏雨的，和我们请您设计的博物馆根本不是一个概念啊！"

"调头。"律风才不管多老多旧，"既然你们请我师兄设计博物馆，我们肯定要看看你们原本的博物馆是什么样的。"

观览车调了头，悠悠地往岔路口开。

越是靠近，律风越发现那座年龄五十多岁的老旧枫树博物馆，的的确确没有什么"博物馆"该有的样子。如果不是大门挂着"枫树博物馆"的牌子，他可能以为自己见到了乡下的农家乐，方便枫叶谷的旅客体验土味生活。

律风下了车，和殷以乔向着博物馆漆黑的大门走去。

它有着仿古式的青瓦红柱，却因为时间久远，满是剥落的痕迹。红色的大门门柱边角残留着被雨水侵蚀的坑坑洼洼，更不用说整片墙壁在风吹日晒之后惨白得有多可怕。玻璃大门内部一片阴暗，看起来像是已经关门下班的写字楼似的，十分冷清。

律风伸手推门，门发出"嘎吱"的声音。博物馆空荡荡的长廊两旁，竖着不少展板和展柜,但凭借自然光线实在看不清上面贴着什么。

汪明低声劝道:"律总,这儿没什么好看的,放的都是些没价值的东西,游客都不爱来。所以啊,我们才想修一座新的博物馆,挑选一些有意义的展品,让咱们枫叶谷的文化……"

他话没说完,阴暗的博物馆里传来了人声:"嗯,汪明啊?"

一个中年人从博物馆深处走出来,穿着夹克衫,戴着眼镜,眯着眼打量了门口三人:"你朋友?"

"对。"汪明不敢随便介绍,开口就回,"张老师,我们就随便看看。"

"都来了,怎么能随便看看?"张书斌扶了扶眼镜,伸手去摸博物馆灯光开关,念叨着,"这几天小李请假回家,我还想关门来着,既然你朋友来了,就让我来给他们讲解吧。"

"不用,不用。"汪明赶紧拒绝。

"怎么不用!"张书斌按亮了灯,"我的讲解不比小李差!"

老旧的博物馆亮起了白炽灯,照亮了一楼不大的展厅,矗立在长廊左右的玻璃展柜也反射出亮眼的光。这里面陈设简陋,展柜的边缘都起了一层皮,在明亮的灯光下,里面的照片和简介都显得灰蒙蒙的,满是被时间磨砺后的破败。

张书斌半点儿没觉得不好意思,笑着走过来,指着律风他们身边最近的一块简介板,说道:"这张照片上拍的是一九七三年的枫叶谷。当时裕丰山脉乱砍滥伐情况比较严重,等到政府决定保护枫树的时候,我们的五角枫只剩下三百一十二棵,周围都砍得光秃秃的,就跟这张照片上一样,全靠后期重新育苗、栽种,才保下了这一小片枫树林。"

又过了十来年,黑白照片有了色彩,茂密枫树参天而立,铺出了一片高矮有致的金黄。

张书斌介绍道:"后来五角枫长成了片,又来了不少研究枫树的专家,政府就决定,干脆规划一片旅游区,给我们引进了别的改良品种,慢慢做成了这样高低错落的景观枫树林。高的呢,就是我们原本的五角枫,矮的呢,是我们在一九八一年移植过来的元宝枫。"

他的讲解更像是对旧照片的解读。

律风盯着展台上充满历史感的照片,就像在看身边金灿澄黄的枫树林的发展故事,有些枯燥,但很真实。

枫叶谷的过去,正如律风所知的大部分森林一般,遭遇过乱砍滥伐,经历了悉心培育,才慢慢形成如今的规模。最初捉襟见肘的十亩枫林,渐渐成为两万公顷的枫树园林,旧照片上的研究者与护林人都功不可没。

一开始,张书斌照本宣科的解读并没有什么意思,直到走到了枫叶标本区,这位中年讲解员语气才变得活泼起来。

鸡爪枫、茶条槭,这些以象形方式命名的树叶,在张书斌的描述里成了飘在湖面的鸡爪子、泡在山泉里的茶叶尖儿,引得律风不由自主地随着他的话语想象红枫飘零入水的恬淡景象。

眼前的一排排标本,每一片都透露着制作者的绝妙巧思。

六十七年的枫叶谷,本来不需要张书斌讲述太多,可是他认认真真说起枫树林从无到有的历程,一路上付出的辛劳,获得的帮助,他都如数家珍一般,语气满是骄傲和自豪。

先有老一辈兢兢业业的育林护林,才有这两万公顷的漫山红叶。以至于律风走完短暂的枫树长廊,见到博物馆正中那幅巨大的枫叶谷俯瞰照片,心里升起了与来时截然不同的感慨。

金黄深红的枫树叶层峦叠嶂,映照出安静波澜的秋季风华。

种树容易,养树难。这间简陋的博物馆,虽然不大,却记录了为枫叶谷辛劳了六十七个春夏秋冬的每一个人的姓名,蕴藏着生机盎然的灵魂。

等张书斌解说完毕,律风笑着感谢道:"来这里一趟,不仅看到了风景,还听到了有意义的故事,确实不虚此行。"

律风一腔真情,说得张书斌喜笑颜开。

"那当然!"张书斌笑了,指着室内打扫得干干净净的旧展柜,"我们枫叶谷的美景都是博物馆里这些植树的、护林的奋斗出来的。我们博物馆也有五十多年了,不仅见证了历史,也成了历史。您看看这栋楼,青瓦红柱的造型可不简单,是当初请的北京大专家亲自设计的。来来来,我给你们看,我这里还有专家前几年故地重游时合影呢。"

炫耀之情溢于言表,张书斌跟律风简直一见如故,马上就要领着他们去看设计博物馆的专家留下的殊荣。

汪明存心不想让张书斌知道律风和殷以乔的身份,免得多生事端,此时却不得不尴尬地出声提醒——

"张老师,您别啊!什么老掉牙的北京专家,根本没名气!"

"嗯?"张书斌横眼看他,"瞎说,设计咱博物馆的专家拿过金奖呢!"

"那算个什么金奖……"汪明觉得面上无光。这老楼落魄得跟农家乐没区别,就算当年的设计师拿过金奖,又怎么能跟殷以乔这种拿遍国际建筑大奖的著名建筑师相比?

更何况,律风还在这儿呢!

他见实在没法阻止张书斌,唯恐张书斌吹嘘北京老专家,惹得大建筑师和桥梁设计师不愉快,赶紧介绍道:"张老师,这两位可比当初设计博物馆的专家厉害多了。他们是设计'山水桐乡'的殷以乔和律风,他们来给我们设计新的博物馆了!"

殷以乔和律风的名字几乎无人不知,无人不晓。从震惊世界的乌雀山大桥起,人们便常常能在新闻报道里看到律风的身影,而随着殷以乔的平海灯塔助力立安港一跃成为祖国南端最美风景线,师兄弟二人的姓名就总是并列出现在社交媒体上,还一起登上过新闻联播。

哪怕是张书斌这样的中年人,也不可能说对他们一无所知。

然而,张书斌突然变了脸色,一点儿也没有听说名人亲自给他们设计新博物馆时开心的样子。

气氛一时有些沉默,张书斌的视线,在律风和殷以乔脸上来回逡巡,眉头皱了好几回,最终是没能说出狠话来。

"你们慢慢看吧。"他抛下一句冷淡的话,也不想邀请他们去看什么北京专家合影了,兀自说完就走,还没忘记伸手关掉博物馆的灯。

节约用电。

博物馆从明亮重回阴暗,律风面前那幅金灿灿的枫叶谷照片,都呈现出枯黄萎靡的既视感。

张书斌的赶客之心不言而喻,律风他们即使困惑,仍在汪明的强烈要求下,离开了这座老旧的博物馆。

"不好意思啊,两位。这个张书斌在这儿当了十多年馆长了,脾气怪!"汪明愤愤不平,又不得不压住火气给律风他们赔礼道歉,"整天窝在这个破地方,不愿走,也不愿服从安排。我们公司给他做了好几次工作,他都反对修建新的博物馆。我还以为两位来了,他就能回心转意呢,想不到……哎!幸好,他也干不了几年了。"

这一来一回几句话,律风和殷以乔立刻就能明白怎么回事。

旅游公司和政府想砍了枫树林建博物馆,而这位守着破落老馆,一心装满自豪的张书斌,却为这座老博物馆感到骄傲,反对伐木建新馆。

令汪明深恶痛绝的人,却实实在在地和律风他俩想到一块儿去了。

游览了充满历史底蕴的博物馆,无论汪明怎么热情介绍枫叶谷的漂亮景点,律风都显得兴致缺缺。

眼前景色越美，越证明了那些坚守着枫树林的人所付出的心血。

建一座举世无双的博物馆是好事情，但是，如果要以砍掉四千平方米的枫树林为代价，那真的对不起这六十七年来行走于裕丰山脉的护林人。

夜暮星稀，枫叶谷内吹起清凉的秋风，殷以乔洗完澡出来，发现律风坐在阳台发呆。

"想什么？"他走过去一看，只见律风面前摊开的速写本，满是枫树参天的影子，每一根线条都粗糙而坚毅。

律风撑着脸看他："你当时为什么愿意答应来这里考察？"

殷以乔笑了笑，擦着湿润的头发："因为他们说的枫树故事很感人。"

六十七年，好几代人的传承，从一无所有到满山枫林，愿意扎根在荒土深山里研究枫树改良的科研人，愿意徒步走遍山脉守护树苗绿林的护林人，还有一朝读书走出大山，毕业后默默回乡贡献的年轻人。

十年树木，百年树人，曲明市这一片枫叶谷，短短不到百年的时间，培育出的何止是金秋灿烂的枫树林，更有数不尽的英雄豪杰。

"我也觉得，今天听到的故事很感人。"律风合上速写本，"明天，我们再去博物馆看看吧。"

"看什么？"

"看看张老师到底是怎么想的。"

一大早，律风和殷以乔婉拒了汪明的陪伴，说他们想自己随意逛逛枫叶谷。

吃完早饭，他们循着枫叶谷的公路，按照导航里"枫树博物馆"的标识前往目的地。

老旧的博物馆确实很偏僻，它坐落在旅馆到枫谷瀑布的路程途中，而一般游客根本不会想在前往枫谷瀑布的路上停下来。

律风在网上搜了搜，在枫叶谷数量众多的评价里，只能找到零星几句点评。

——博物馆没什么好看的，又老又破，虽然讲解很有意思，但是没必要专门去一趟。

——里面都是老照片和枫叶标本，喜欢当地风土人情的可以去，不喜欢的千万不要去，会失望。

提到博物馆讲解，网友都是称赞和认可，可是，他们百分百不会推荐亲朋好友去那里。

场馆老旧,地点偏远,里面陈列的植树造林成果是在馆外就能看到的真实风景,完全不如别的旅游景区还能挖掘点历史文物保存起来。

博物馆最老的文物,大约就是那栋破楼本身。

律风和殷以乔聊着天重回枫树博物馆的时候,即使满怀对植树护林人的尊敬,也只能站在建筑的角度,客观评价它为"建筑遗物",毫无特色。

今天的博物馆,亮起了一半的灯光,虽然还是昏暗,但至少能够看清展柜里面的照片。

"张老师。"律风出声,叫着坐在长廊尽头看资料的张书斌。

张书斌闻声抬起头,眯着眼睛,反应了过来:"哦,你们啊。"

昨天的不欢而散,确实是张书斌表现得过于极端,要建博物馆的是旅游公司,要砍树的也是旅游公司,他可以怪公司为了发展旅游不顾后果,也可以怪政府为了经济放任不管,却怎么都怪不到设计师身上。

"昨天真的对不住。"张书斌站起来,一脸歉意,"我见到汪明就收不住脾气,本想着今天下了班去给两位登门道歉的……不好意思,不好意思。"

他的年龄比律风和殷以乔大上一轮,怎么也算是长辈。律风道:"您是为要砍树造博物馆发的火,我们没有觉得生气。事实上,我和师兄去看过新馆选址,我们也觉得,为了一座建筑物砍掉四千平方米的枫树林,有些不合适。"

律风说话委婉,一句不合适,几乎打消了张书斌的全部愤怒。

"不合适,真的不合适。"张书斌提起那四千平方米的枫树林,眉头皱得死紧,"去年汪明还跟我说,公司和政府会重新研究,换个合适的地方修博物馆,哪知道今年直接把枫树林给围了起来,划了地盘,还把两位给请过来了。我这个人不懂什么建筑,但是吧,商业街那边不能建吗?马路边不能建吗?或者把我们这个老博物馆推平了建新的也成啊!"

"怎么就非要砍树了!"张书斌的抱怨,更像是积攒已久的宣泄。

他忍不住领着律风去看展柜里一张张老照片,详细介绍道:"他们现在划的地方,就是以前的石溪滩,溪水周围都是碎石、黄沙,根本种不活枫树。"他指着石溪滩荒土治理的系列简介,"当时我们余教授专门带了团队,研究了两三年,改良了红枫,才慢慢能在那里栽活几棵树,又过了二十年,溪水上下游才种满了红枫树。你说政府怎么能批四千平方米呢?余教授的团队种四平方米的红枫,都花了六年时间啊!"

说起枫树,张书斌就容易激动。

他带着律风重新走了一遍展柜,讲述的不再是千篇一律的枫叶谷发展,而是每一片发展之中的辛酸艰苦。

四千平方米不再是单纯的数字，而是枫叶谷育林护林人倾注的心血。

律风安静地听着，最终听到了张书斌的一声叹息。

"其实，我很喜欢你们的设计，前年还去过桐乡。"张书斌不再说眼前的老皇历了，他摘掉眼镜擦了擦，脸上尽是感慨，"我觉得羡慕啊，桐乡能请到你们帮忙建设，真的是幸运，当时我还想，什么时候咱们枫叶谷也能请到你们就好了。"

他笑了笑："谁知道，请了你们来，就要砍掉这么多树呢。"

话语里暗藏的苦楚，顺着他嘴角的纹路蔓延上眉梢。这个把有关枫树的一切都当作宝贝一般珍藏的人，陷入了另外一种挣扎。

建成新的博物馆，凭借殷以乔和律风的名气，必然会吸引更多的游客。

他可以为更多人讲述枫叶谷六七十年的发展历程，可以让更多人知晓这片红枫叶的来之不易，也可以有更多的人记住这片漂亮的枫树林。

然而，代价就是砍掉四千平方米的珍贵枫树。

气氛里凝重得好像一场旷世抉择。

律风轻声开口，问道："张老师，如果我们能够说服旅游公司，在不砍伐任何一片枫树林的情况下，建成一座新的博物馆……您还反对建成新馆吗？"

这样的话其实有些自作主张。

毕竟项目甲方邀请的是殷以乔，备受期待的建筑师也是殷以乔，他最多不过是一位趁着年假前来度假的伙伴，却依然问出了这个问题。

果然，张书斌视线怀疑地看着他，又默默地看向殷以乔："这……"

殷以乔笑容是前所未有的温柔："'山水桐乡'是我和律风共同的作品，他的想法，当然也就是我的想法。我们设计的建筑，是为了搭建人类与自然的桥梁，而不是毁坏人与自然的和谐。"

殷以乔郑重的肯定，令张书斌的眼神里染上了一丝激动，他与旅游公司争论、抗议了多次，还去跟政府谈判，最终的结果却毫无变化。

但是，政府和旅游公司认可的两位设计师，给出了他想都不敢想的承诺，他怎么可能反对！

"不反对！"张书斌的眼睛都亮了起来，"只要不砍树，让我不做这个馆长都行！"

始终期待殷以乔给回应的项目甲方，终于等到了一通电话。

殷以乔愿意和律风一起，接下枫树博物馆的建筑设计项目，但是，他有附加条件。

"我们不满意你们的规划选址,枫树博物馆的大小规格由我决定,地址也应该由我来选,一切得按我的要求办。"

本该是甲方主导的建筑项目,到了殷以乔这里,有了新的规则。

旅游公司不敢贸然答应,更不敢拒绝,只能请殷以乔等一等,然后马上联系了市政府,转述殷大建筑师的狂妄要求。

拥有杰出建筑作品的人,说话就是有底气。

政府被旅游公司说得一愣一愣,开了个会认真研讨,最后落在了一个非常重要的问题上——"桐乡的'山水逍遥',也是这么提的要求?!"

他们算是研究了多年桐乡茶文化旅游项目的专家,立刻就有人给出回答: "是的,当时桐乡写的先进经验总结里,确实是说,项目全权交由殷以乔和律风自由发挥。"

自由发挥的成果,便是红遍大江南北,名震国际七洲!

殷以乔出马提条件,就没有谈不下来的。

当地政府在一天的紧急会议之后,当场给出了明确回复:枫树博物馆项目由殷以乔和律风全权主导,旅游公司及曲明市各部门全力配合。

曲明市想拿下枫树博物馆的决心甚笃,这也在殷以乔意料之中。

他和律风跟旅游公司签完合同的第二天,便带着速写本、相机、测量仪,走进了枫叶谷两万公顷的大山。

寻找博物馆最佳建筑用地的工作并不容易,但是律风干劲满满,全然没有浪费年假的惋惜,反倒是兴趣盎然,乐在其中。

殷以乔最喜欢的就是这样的相处时光。

他们仿佛回到了许多年前,走在不知名的深山老林里,为了一项建筑设计忙碌地测绘,充满青春朝气。

只不过,那时候他们尚在英国,都是身负工作重任的建筑师。

此时,他们踩在祖国漂亮的枫叶林里,任凭自己的喜好,为这一片广袤的自然风景,寻找到最能打动人的建筑语言。

律风和殷以乔顺着溪流,走遍山谷,本子上画满了枫树,标注了各项数据。

偶尔,还会遇到工作中的护林人。他们大多饱经风霜,穿着反光夹克,背着大布包,却依然热情地跟律风和殷以乔这样的陌生人分享巡山护林的趣事。

防虫防火防偷猎,育林护林保家园。护林人谈起这些,表情就和张书斌聊起枫树时一模一样,让律风感到格外诧异。但细细想来,又觉得理所当然。

枫叶谷茂密的红枫,都是这些育林人和护林人慢慢培养起来的,张书斌守护的就是这样的历史,每一代行走在枫树林里的人自然也与之有相同的情谊。

律风和殷以乔花了近一周的时间走遍了枫叶谷,在本子上一条条划掉了他们实地勘测过的几个地点。

山脚树木茂密,不适合建馆;山腰坡地较陡,不适合建馆。唯剩一方护林人提过的日出崖,车辆直达,枫树稀少,除了能看日出,什么景点都没有。

这个冷门得只有勤快的游客才会喜欢的日出崖,是律风和殷以乔最新的考察地点。

他们在凌晨三点出发,背着相机,拿着速写本,在灰蒙幽蓝的天穹下,一路闲聊着去看日出。

公路上冷清得只剩枫树叶飒飒的摩擦声,和他们的聊天说笑声。

律风对日出崖没有太多的期待。他们的考察辛苦,却大多是徒劳,走了快半座山谷,始终只能感慨于老一辈育林人的栽种密度,竟让他们找不出任何能够藏馆于林的地方。

"如果日出崖太窄,到时候我们就跟张老师商量一下,推平旧馆修新馆好了。"律风打着哈欠,"我相信凭师兄你的水平,修起来的新馆再偏僻,也能吸引源源不断的游客来打卡。"

殷以乔笑他:"这才几天就想放弃了?之前你可是信誓旦旦,保证不砍一棵枫树建成博物馆的!"

"推平旧馆也是不砍一棵枫树啊?"律风嘿嘿笑,"再说了,我只负责提供建议,这可是你的项目!"

嘴上说着"你的项目",殷以乔对他心里怎么想的清清楚楚。

律风的速写本上,已经画了好几种博物馆的设计,从长廊般狭窄的博物馆,到露珠般分散的博物馆,应有尽有,草稿里的每一笔线条,都流露出律风对于人林和谐的深思。

他乐于见到这样的律风,好像自己终于能将他那一腔热血的师弟从桥梁世界里拽了出来,和他一起享受久违的安宁。

尽管这安宁需要在凌晨徒步八公里路来实现,也不妨殷以乔心情愉快,认为枫树博物馆的工作接得很值。

日出崖若乘车抵达是近,走起路来却有些遥远。

他们攀登长长的石阶,视野终于变得开阔的时候,等候许久的太阳,也正在慢慢爬上对面的山峰。

那轮圆日还没变得刺眼夺目，只是散发出柔和温暖的金光，日出崖周围的风景全被照得清晰明亮。整片壮阔瑰丽的枫叶谷，尽数展现在律风和殷以乔的面前。

低洼的深红枫叶林，紧接着是攀山而上的橙黄色泽，满眼金、红、绿三种颜色交叠辉映，随着一次平常的日出，绽放出独属于枫叶谷的绝美风光。

殷以乔抬手拍摄下独一无二的景致，沉浸在大自然的鬼斧神工之中。

他转过头，却发现律风握着速写本，呆愣地眺望着光影交错的枫树林，眼睛里盈满了参天枫树傲立于地面、向往天空的模样。

"有想法了？"殷以乔笑着问道。

律风瞥他一眼，快速展开了速写本，将日出那刻自己波澜起伏的思绪记录在了纸面。

寥寥数笔，殷以乔便看到了像飘落的枫叶一样落在日出崖上的建筑物。

熟悉的意境令他心生怀念，这幅潦草的速写，竟使他没由来地想起了英国的利斯图书馆。

那是律风设计完成的第一个建筑作品，它就像一片春天飘临大地的落叶，给予进入那座建筑里的所有人此生仅有的温柔体验。

殷以乔耐心等到律风停笔，才听到了想要的回答。

律风眼睛里映照着晨光，熠熠生辉地说道："师兄，我们为什么一定要造一间屋子呢？"

枫叶谷本身，就是最好的博物馆。

远道而来的建筑师住了下来，这是曲明市当下热门的话题。

而几乎全国人民都知道，殷以乔带着律风去了一个叫枫叶谷的地方！他们要造一座建在枫树林里的博物馆！

令人激动的消息，引起各路建筑设计爱好者的八卦讨论。

这对师兄弟的事迹，大家已经熟悉得能够背诵。

从越江桥与越江广场，到平海灯塔与跨海大桥，律风和殷以乔从未让他们失望，只有无数心系茶文化的外乡人"愤怒"表示，都怪他们，自己甚至订不到入住桐乡的民宿。

现在，曲明市红遍数十里的枫树林，成了新的关注点，那座在网络上介绍极少的老博物馆也登上了热门。

枫树博物馆的小李随手刷新消息,都能看到网友对她任职的博物馆的评价。

——讲解有意思,可惜博物馆太破了。

——小姐姐挺可爱,可惜博物馆太无聊了。

——里面枫叶谷的发展叫人感慨,可惜博物馆太远了。

破旧,无聊,太远了,几乎就是他们对博物馆的全部印象。哪怕网友夸奖讲解员小李人美音甜还专业,也没法叫她开心起来。

"馆长,人家来你都不抓着人签名合影一下!"她转过头就抱怨自家古板的馆长,"殷以乔和律风那么厉害的建筑师和桥梁设计师,咱们把他们的照片签名挂在馆里,不比你那几十年的北京老专家强?"

张书斌盯着报纸,道:"北京专家是咱们馆的设计师,挂墙上以示尊重。殷先生和律总师那是国际知名人物,该挂去枫叶谷旅游中心大墙上,挂我们破博物馆里干什么?"

"什么破博物馆啊,他们都要给我们设计新馆啦!"

小李还没兴奋着教育教育自家馆长,视线余光就瞥到两个逆光的身影。

她赶紧笑容甜美地站起来,热烈欢迎这两位稀有的游客。

"欢迎来到枫树博物馆,我是讲解员——"

自我介绍僵在半道,她看清了两位游客的脸,是她每天会在网上刷到至少三次的熟悉长相。

"律风!殷以乔!"

小李这么一喊,看报纸的张书斌顿时赶了过来。

律风和殷以乔仍是前几天来过的样子,只不过满脸笑意,眼神有光。

张书斌似有所感,又不敢戳破心中的期待,板着脸沉声提醒道:"小李,游客来了,还不赶紧工作?"

愣得找不到北的小李,听到馆长严肃的话,立刻找回了讲解员的专业素养。

"殷先生,律先生,你们好,我……我是枫树博物馆的讲解员李小雨,欢迎来到枫叶谷枫树博物馆。"

小李的讲解和张书斌的半路出家不是一种风格,她说枫叶谷植树造林的时候,还会夹杂一些有趣的传闻故事,让人辨不清真假。

张书斌一直跟随在他们身边,等到小李认真讲完,才故意支开她:"你去给两位贵客倒两杯茶。"

小李蹦跶着就去了博物馆的办公室,张书斌像探听机密似地悄悄问道:"博物馆选好地方了吗?"

律风笑容灿烂，展开了手上的速写本，说道："选好了，在日出崖。那里地势平坦，自成圆弧形的观景石台，周围的枫树间距足够宽敞，还有几片荒地，正合适。"

张书斌没能听明白他话里的深意，迫不及待地去看速写本。

那里没有高大威严的建筑物，更没有张书斌想象中的空无一树的选址，而是一片舒展的枫树叶。

"我们的设计，参照了五角枫树叶的模样，在日出崖上建造心形基部，向四周延展开五片卵状三角形，基部位置没有枫树，所以是博物馆的中心展厅，五片掌状裂片位置，穿插于生长在日出崖的枫树周围，留出枫树的生长空间，做成最真实的枫树展厅。"

速写本上，不过是手绘的草图，却随着律风每一句介绍，有了详细的馆内结构。

可以说，这不是一座封闭了屋顶墙壁的建筑物，而是如同日出崖一般视野开阔的新型博物馆，将日出崖上一棵棵枫树做成了鲜活的展示物。

律风环视破旧简陋的室内，说道："您所在的这间博物馆，属于枫树林的历史。"

"而它——"律风点了点设计草图，"属于守护枫叶谷的每一个人。"

张馆长说不出心里的感受，他第一次意识到建筑物的设计能够多么超乎想象，他好像听到了什么仙境宫殿的创意，而不是什么枫树的博物馆。

他耳边回荡着旅游管理公司劝他的话。

——砍了的枫树我们还能种回来，新建一座博物馆是我们未来发展的重要方向。

——你也不想游客来了之后，只看看风景，根本没机会知道育林护林的故事吧？

——他不是一般的建筑师，他肯定能设计出最符合咱们枫叶谷的博物馆。

他们确实是最好的建筑师，哪怕这座博物馆设计图里，生长于日出崖的枫树林悄无声息，张书斌也能从草稿里感受到鲜活的声音。

枫树们多年生，多年长，更能和这座讲述着过去的老故事的博物馆，共同迎接游客们好奇的目光。

张书斌抹了一把眼睛，问："这……能建成吗？"

他发出了普通人都有的困惑，得到了律风肯定的回答。

"当然能。"

律风和殷以乔在枫叶谷待了两周，画出了完整的设计草图。

国家设计院的年假短暂，律风负责枫树博物馆的创意，而殷以乔尽情地完善起了枫树博物馆的设计图和概念视频。

就像当初律风的利斯图书馆一样，这座如树叶飘落地面似的建筑，将会在未来变得与众不同。

这片枫叶生长在阳光充沛的日出崖上，度过春夏秋冬，将记录枫叶谷的前世今生。

当枫树博物馆的设计通过审批，公开发表时，不出意料地造成了轰动。

曲明市发布出来的宣传视频恰好在日出时分。只要点开它，就能见到一方高高凌驾于山谷之上的平坦山崖，闪着璀璨的阳光。

观众本以为这是一则简单的旅游宣传视频，却很快发现——

迎着太阳出现的不仅是金红枫树林，还有山崖上呈枫叶脉络状匍匐的清幽长廊，安静地划出了一片随性的领土。

日出之时，叶脉形状的露天长廊承接着天上的阳光，透彻明亮得好似晶莹湖面，反射出柔和光芒。

黄昏之后，宽敞开阔的山崖长廊，竟然缓缓蒙上了一层雾霭，略略遮住了夜风中飘落的雨露。

没等观众从这晴日与雨天的变换中回过神来，镜头就模仿着游客的视角，登上长长的石阶，展示这座不可思议的博物馆。

裂片般先窄后宽的长廊两侧，玻璃隔断在每一棵枫树身前，为游客们全方位展现矗立在日出崖的不同枫树品种。

阳光温柔地洒落在玻璃上，照耀出枫树枝干粗粝的痕迹，更像是博物观察的放大镜，人们能借此看清鲜活的植物如何生长。

一路循着长廊，走进宽敞的心形大厅，环绕四周的玻璃展板上，记录着枫叶谷的发展历程。

观看视频的观众好像置身于那座立于山崖、与枫树同在的博物馆里，耳边回荡着树叶互相摩挲发出的"沙沙"风响，与它们一起感受枫叶谷的春夏秋冬。

这是绝无仅有的设计，更是不可思议的建筑。

露天长廊的顶部是半透明的遮蔽薄膜，可以随时伸展出来，将这一片宽敞通透的展厅都包容在枫树林的荫蔽之中；也能随时收起，让枫叶谷的阳光散落在日出崖的枫叶林里，洒下斑驳的光亮。

任何一个看了宣传视频的人，心里都充满了矛盾。

他们怀疑这一自然静谧的建筑根本没法实际建成，又恨不得立刻亲身前往，感受一下在枫树林里游览枫树博物馆的独特体验。

直到视频结束，慢慢跳出了"律风＆殷以乔"的字样，所有人只剩下满腔激动——

"曲明市搞快点！快点搞！我准备好买门票了！"

宣传视频发出的时候，殷以乔已经奔走在枫叶谷，忙碌于监督建筑的每一步流程。

律风的年假，为了这个万众期待的项目，又变成了陪伴殷以乔去日出崖检查博物馆的建设工作。

他们独特的设计风格，也吸引了方圆二十里的护林人。

这些终日行走在枫树林的人们，时不时会来到建设中的日出崖，悄悄看看这座建在山崖树林子里的博物馆，到底有多神奇。

博物馆清理好了石板地面。

博物馆铺设好了底部线缆。

博物馆树立起了玻璃隔断。

博物馆马上要装伸缩屋顶。

……

一条条消息，就像枫树长出一圈圈的年轮，通过护林人的眼睛见证，又被传播到网络平台，刺激着每一个人的心弦。

当枫树博物馆宣布落成的时候，政府甚至不需要操心请媒体参与宣传，只需要操心怎么安排蜂拥而至的人潮。

枫树博物馆对外开放的第一天，张书斌从未见过这么多游客，他们耐心等待在长长的石阶上，期待着进入这座博物馆。

负责讲解的小李必须得带着麦克风，才能保证队伍后排的游客能听清她的声音。她所讲解的不再只是植树造林，还有曾经差点被砍伐的四千平方米枫树林，以及设计出这座博物馆、挽救了枫树的设计师的故事。

宽敞喧闹的博物馆里，每一条伸展出来的长廊内，都有游客驻足的身影。

张书斌站在这里，听着耳边鼎沸的人声，甚至有些恍然。

头顶洒下柔和的阳光，地面落满斑驳的枫叶影子，好像走在枫叶谷的树林里，一伸手就能握住太阳。但他又真实地站在老旧照片前，看着玻璃展板后面黑白泛黄的记忆。

张书斌仍旧记得，多年以前，昏暗的枫树博物馆里，走来了两位年轻人。

他们专注地听着老掉牙的植树造林故事，认真考虑起与他们无关的四千平方米枫树林，然后，告诉了他一个不可思议的博物馆设计——

不砍一棵枫树，在枫树林里建成博物馆。

以前，如果有人告诉他，博物馆能够赋予枫树新生命，他一定会嗤之以鼻：水泥浇筑的死物，怎么可能给活着的树以生命？

现在，那些为了枫树而走入这片山谷，种下了一片希望，守护了一片未来的人，好像不再只是挂在展柜里的老照片，而是实实在在回到了这里，与他们亲手养大的枫树一起，呼吸着自然的空气。

"你看，这棵树好像在发光！"

忽然，张书斌听到旁边惊讶的呼声，他转头一看，发现是一对远离讲解队伍自行参观的小情侣。

男生嘲笑身边人，捏了捏她的掌心，说："你傻啊，这是屋顶漏下来的光，刚好照在枫树上罢了。树怎么会发光啊！"

他们笑着离开，却引得张书斌走了过去。

枫叶谷充沛的阳光，透过层层树叶，映照出点点光亮，给玻璃后面的枫树勾勒了一圈发光的晕影。

他伸手摸在温暖平整的玻璃上，见到手掌旁边，枫树叶片上的光芒随着微风吹拂，一点一点地摇晃，几乎让他觉得是眼前的枫树在回应他的到来。

张书斌想，自己就算退休了，也愿意继续在这儿为每一位游客讲解枫树的故事，护林人的故事，还有……

这座枫树博物馆的两位设计师，带给枫树林的崭新未来。

（全文 完）

图书在版编目（CIP）数据

世界一级基建狂魔：上下册 / 言朝暮著. — 广州：羊城晚报出版社, 2021.12
ISBN 978-7-5543-0976-6

Ⅰ.①世… Ⅱ.①言… Ⅲ.①长篇小说-中国-当代 Ⅳ.①I247.5

中国版本图书馆CIP数据核字（2021）第193242号

世界一级基建狂魔 上下册
SHIJIE YIJI JIJIAN KUANGMO SHANGXIACE

责任编辑	黄初镇　张灵舒
特约编辑	刘兆兰　岳弯弯
责任技编	张广生
责任校对	杨　群
出版发行	羊城晚报出版社
	（广州市天河区黄埔大道中309号羊城创意产业园3-13B　邮编：510665）
	发行部电话：（020）87133824
出 版 人	吴　江
经　　销	广东新华发行集团股份有限公司
印　　刷	恒美印务（广州）有限公司
规　　格	889毫米×1240毫米　1/32　印张 18.75　字数 560千
版　　次	2021年12月第1版　2021年12月第1次印刷
书　　号	ISBN 978-7-5543-0976-6
定　　价	70.00元

版权所有 侵权必究

本书如有印装质量问题，请与广州天闻角川动漫有限公司联系调换。
联系地址：中国广州市黄埔大道中309号 羊城创意产业园3-07C
电话：（020）38031253　传真：（020）38031252
官方网址：http://www.gztwkadokawa.com/
广州天闻角川动漫有限公司常年法律顾问：北京市盈科（广州）律师事务所